目录

第一章 天道杀......6

第二章 心是黑的......12

第三章 自由自在......19

第四章 神威传承......24

第五章 罚恶在前......30

第六章 我也想活下去！......36

第七章 洛家少年......43

第八章 师兄，饶命啊！......49

第九章 天地如炉，造化为工！......55

第十章 父爱无疆......61

第十一章 我要修仙！......67

第十二章 道体仙身......72

第十三章 仙缘？仙缘！......78

第十四章 借壳藏身......83

第十五章 脱壳化蝶......88

第十六章 回归中土返人间！......94

第十七章 灵蝶七巧紫阳山！......100

第十八章 该出手时就出手！......106

第十九章 灵蝶门录留真名！......112

第二十章 三千左道传真经！......118
第二十一章 若问如如心自在！......124
第二十二章 拆骨分肉脱舍院！......129
第二十三章 心如累土入仙台！......135
第二十四章 气冲九关踏仙路！......141
第二十五章 真气贯体天地宽！......146
第二十六章 拳大难道是规矩？......151
第二十七章 剑影流光胆气寒！......156
第二十八章 当令美味入吾唇！......161
第二十九章 休与时人说洞天！......167
第三十章 紫阳崖前炼真气！......172
第三十一章 磨刀霍霍向猪羊！......178
第三十二章 养气要如刀解牛！......183
第三十三章 往生法咒度凡尘！......188
第三十四章 一饭感恩无地报！......194
第三十五章 书中自有黄金屋！......200
第三十六章 天蛛坊市寻道缘！......206
第三十六章 神通淘宝宝自现！......211
第三十八章 灵犀有晕中间明！......216
第三十九章 众人丛中唯独见！......222
第四十章 仙子若彤机缘隐！......227

第四十一章 自喻愚公徙王屋！ 232
第四十二章 南山采石心不惑！ 237
第四十三章 一切法空观自在！ 242
第四十四章 功德圆满灵石足！ 247
第四十五章 好事成双福双至！ 252
第四十六章 颇闻琳琅入内门！ 258
第四十七章 不听话就是欠打！ 263
第四十八章 找师兄一样挨打！ 268
第四十九章 善德发威透生死！ 273
第五十章 梦里依稀慈母泪！ 279
第五十一章 紫阳崖上观天地！ 285
第五十二章 黑龙俯首大道成！ 290
第五十三章 湛然清冷黑龙波！ 296
第五十四章 金风玉露一相逢！ 301
第五十五章 天变洞中生死决！ 306
第五十六章 传说筑基斩金丹！ 312
第五十七章 黑龙发威断魂波！ 318
第五十八章 死斗唯我道独行！ 324
第五十九章 宁死绝不退半步！ 330
第六十章 有缘再次他乡见！ 336
第六十一章 二鬼三巫十七道！ 342

第六十二章 斗战胜佛方寸山！.......................347
第六十三章 天地灵物洗经髓！.......................352
第六十四章 洞府天宫在眼前！.......................358
第六十五章 回头一任是红尘！.......................363
第六十六章 爱恨情仇绝生死！.......................368
第六十七章 明日登天做真仙！.......................374
第六十八章 狭路相逢勇者胜！.......................380
第六十九章 四海云游有货卖！.......................385
第七十章 也许他年会相遇！.......................391
第七十一章 昆仑制艺十万问！.......................395
第七十二章 道德遗法神孽身！.......................400
第七十三章 秘传入心封灵禁！.......................405
第七十四章 大道茫茫我独行！.......................411
第七十五章 轻如蝴蝶乱随风！.......................418
第七十六章 蝶龙发威斩雪盗！.......................424
第七十七章 蛟龙斩处翻沧海！.......................430
第七十八章 暴虎除时拔远山！.......................435
第八十章 游刃有余生意火！.......................446
第八十一章 机运一步入长生！.......................451
第八十二章 尘中楼铺改姓洛！.......................456
第八十三章 纵剑腾空游苍穹！.......................461

第八十四章 集 阳采血万千蛛！........................466
第八十五章 供不应求真好卖！........................472
第八十六章 排队排到姥姥桥！........................478
第八十七章 一念之差千万里..........................483
第八十八章 宛转蛛丝巧意真..........................489
第八十九章 名园高会送芳辰..........................495
第九十章 鱼翔浅底避水术............................500
第九十一章 旧爱红颜可记否..........................505
第九十二章 灵蝶飞千里，终遇暴风雨！................511
第九十三章 快意恩仇当尽欢！........................518
第九十四章 太虚挂剑全生杀..........................524
第九十五章 万花丛中过，片叶不沾身！................530
第九十六章 千里血战归灵蝶！........................536
第九十七章 金丹一粒定长生！........................541
第九十八章 众生林里玄妙处！........................546
第九十九章 讨回公道斗天蛛！........................552
第一百章 有请白虎昴日鸡！..........................558

第一章 天道杀

龙首山，银州第一名山，山势陡峭，青岩片片。

这青岩光滑如玉，有人在青岩之上，开辟出嶙峋小道，一路向上，蜿蜒曲折，经九转十八弯，即可来到山顶，来到慈清寺前！

慈清寺，银州第三古刹，供养观音菩萨化身，甚是灵验，每到佛日，诸多银州大陆信徒不远百里千里，到此叩拜焚香许愿还愿！

别看龙首山上，青岩无数，依然生机勃勃，于那青岩石缝间，坚强地生长着无数兰花。

每逢花开之时，高山之上千百株兰花一起绽放。清香隽永，一眼看去，岩如玉，花如海，色斑斓，真真锦绣山河。

在龙首山下，有大片竹林，是龙首山的入口，也只有这一条路才可攀上青山，于是在此渐渐地形成了一个小村镇，白旗镇。

靠山吃山，白旗镇的居民自是依靠龙首山而生，几乎没有种田的。他们靠的就是到此游山拜佛的游客信徒，过着属于自己的生活。

或开客栈，或营酒馆，聚客烹茶，售卖香火……也有沿街吆喝，贩卖小吃、零食、小玩意度日，亦不乏挑山工，卖力气，抬着担子送人上山，讨一口饭吃。

在村落的尽头，再过一步，就上龙首山的石道。

上有一个道观，香火却并不旺盛。虽然银州大陆信奉佛道不分家，兴盛的庙宇旁边，必有道观，但是正常信徒都会爬上高山，前往慈清寺送香，谁还会在这里停留。

道观不大，只有三丈之地，但是却很干净，道观中只有两个道人，其中一个老道人，在观中摆上一个卦桌，为人测字算卦。

今天九月十九乃是佛日，上山游客如潮，可是道观中依旧清冷，无人进入，但是这两个道人毫不在意，就在这时，进来一个香客！

这个香客，身体矮胖，肥头大耳，一看就是员外富商之流。他进入道观，颤颤巍巍，左顾右盼，好像进入了阎王殿一样，一步步来到卦摊之前，犹豫了半天，拿出一个钱袋放在卦摊之上，同时递过去一个纸条。

然后，他伸手在那卦签中，拿起一签，念了念卦上七个字！

“杀，杀，杀，杀，杀，杀，杀！”

开始念诵杀字，声音极少，胆怯无比，随着后面的杀字，好像有一种无声的魔力，在引诱他，使他整个人发生巨变，然后他的声音越来越大，一种恨意杀机，勃发而出。

老道卜算子一捏钱袋，看了一眼纸条，缓缓说道：“后屯镇镇长刘进财，纹银五十两，好的，他活不过十月，这活我们天绝杀堂接了！”

那香客长出一口气，目光中带着一丝疯狂杀气，然后掉头离开，看来江湖传言是真的，纵横银州大陆，杀人无赦的杀手组织天绝杀堂的联系处，果然在此。

香客离开之后，陆续又有人进入，都是杀人的买卖，纹银三五十两不等，杀的都是凡夫俗子，最多一个不过百两纹银，卜算子十分不耐，没有什么大买卖。

其实卜算子根本不在意这银钱多少，只是所杀的都是凡夫俗子，一点挑战性都没有，不过为了训练杀堂弟子，再小再没意思的杀人买卖，他也得接下！

这时日落西山，进来一个香客，这香客个子魁梧，穿着黑袍，全身遮蔽黑袍之中，一张面孔，也是隐藏不露，只露出一双战靴，这是标准军战之靴，只有军中统领才能装备。

他行走间，气势如虎，一看就是军中将尉，来到观中，直奔老道卜算子，也不多说话，将后背的一个包袱放下，递过去一张纸条！

然后伸手在那卦签中，拿起一签，放在桌子上，说了七个字！

“杀，杀，杀，杀，杀，杀，杀！”

这七个字，带有无尽的杀气，一看就是军中百战之士才有如此气势。

老道士那浑黄的眼睛就是一亮，伸手一摸这个包袱，立刻心中有了数，黄金三千两，大买卖！一两黄金，价值三十两白银，这就是白银九万两！

在银州大地，一个包子不过二文钱，一个十六岁的处女丫鬟不过三十两银子，这九万两白银完全就是巨款！

卜算子接过纸条，看着字条上的名字，思考了片刻，开口说道："信陵侯，好的，他活不过十月初一，这活我们天绝杀堂接了！"

那军士点点头，退步离开，大步如龙，转眼消失在道观之外，向着远方走去。

卜算子坐在那里，好像思考什么，许久，他敲响了身边的一个铜钟！

"咚、咚、咚……"

三声之后，这铜钟发出的声音很小，但是一种无形的波动，向外传播，在无声之中，传遍整个龙首山，这就是传说中的法器！

云来客栈打着算盘的胖掌柜，缓缓停手，看向远方；慈清寺的老方丈慈云大师，放下念珠，微笑的看向山下；龙首山腹石室之中，一个老瘸子，抬头看向地面，然后狠狠的喝了一口酒！

……

在这龙首山的山腹大堂中，这些人汇集一起，开始细细商量，大约过去了半个时辰的时间，那铜钟的声音又一次的响起，这一次响起的五声！

"咚、咚、咚、咚、咚……"

这是点兵鼓声，钟声响过，高山之上，一个红发挑夫，放下挑担，快速消失。翠红楼的头牌姑娘，带笑的离开恩客，悄然下楼……转眼之间，小镇之上，少了足足三十多人！但是其他人完全无视他们的消失，甚至接过他们的活计，该干什么，还干什么。

这才是此处小镇的真正身份，整个镇里都是天绝杀堂的弟子，这就是一个杀手窝窑！

那军士在道观中走出，骑上一匹快马，策马狂奔，已经离开小镇三十里外。

这时小镇中，五声钟声响起，这军士的腰中，竟然也有一个铜铃响起，声音几乎没有，但是却随着远处的钟声一起震动。

军士隐藏的面容，露出微笑，他继续向前，策马扬鞭二十多里，进入前方一片隐秘的树林，在那树林中，早有一人等待多时，他也牵着一匹马。

军士下马，开始脱下衣服，身上的所有衣服，连同战靴，全部脱下，在脱下衣服的同时，他的体型开始变化，骨骼变换，身体缩小，足足缩小了一个头颅的身高，原来那百战血腥气息，完全消失，黝黑的皮肤，开始白皙细嫩起来。

然后他接过另外一人递来的包袱，开始换衣服。衣服穿好，转眼之间，他就由一个百战将军，化作了一个翩翩白衣公子！

对方那人将那他穿过的衣服，全部细致的收拾好，就好像衣服上有着什么可怕的毒物一样，小心翼翼，绝不碰到，最后全部装入一个奇异的包裹中，然后说道："洛离师兄，你放心吧，我一定会处理好的，你赶快回归总堂吧。"

变成翩翩公子的洛离，将腰间长剑系好，说道："小七，你注意了，这衣袍之上，都有宗门的灵香牵机引，一定要将它们送到刘军门的衣柜中，宗门会派人调查的，确定雇请杀手者的身份，不要漏了马脚。"

小七说道："明白，明白，放心吧，洛离师兄。"

说完，他骑上洛离原来的战马，向着远方跑去，继续洛离原来的路程，而洛离在身上撒上一种奇异的药粉，消散在那道观中附身灵香牵机引的气息，然后骑上另外一匹快马，掉转方向，回归龙首山下的白旗镇。

这次的洛离，在看过去，和来时的策马狂奔，完全不同。来时之前，看过去就是一个铁血军人，现在的洛离悠闲自在，就是一个公子少爷。

这不是简单的衣服装束变化，而是一种骨子里的气质变化，这就是杀手，最基本的本能之一——伪装！

装人像人，装鬼像鬼！

洛离，天绝杀堂的顶尖杀手天道杀，银州大陆上到公爵大吏，下到平民百姓，无人不知的天道杀！

天道杀，三年前出道，一出道就斩杀黑虎帮帮主马老黑，扬名立万。马老黑精通七十二路谭腿，无恶不作，而且拥有天赋神通跃马平川，一跃三十丈，见势不好，立刻就逃，所以作恶多端，仇家无数，也是逍遥自在。

但是，他就是被天道杀击杀！一时间，天下轰动。

次月，天道杀击杀十三连环堡堡主天力老人，再次月斩杀长隆府知府洛天雨，然后几乎他一个月出手一次，每一次的目标，或者是江湖名宿，或者是封疆大吏，或者是武林强者，那个也不是简单人物。

但凡他出手，对方必死无疑，每一次刺杀，都是天下闻名。

之所以天下闻名，是因为天道杀的每次刺杀，都只杀目标一人，绝不妄杀一个无辜，那怕是对方的死士爪牙，也是绝不妄杀。

而且每次刺杀，总会刺杀之前，大声数落对方所犯罪行，无一不被他所言中，然后堂而皇之斩杀对方。

这那里是刺杀，简直就是明杀！嚣张至极！

银州大陆，大地蕴含奇异地气，世人受此地气影响，体质康健，血性好斗，身负神通者比比皆是，刺杀暗算，更是小事，但是这种堂而皇之的刺杀，先是数落罪行，然后强杀敌手，如此嚣张，从来没有过。

那些被杀之人，都有一个特点：罪大恶极，穷凶极恶。每个豪强的被杀，都有无数受他们迫害平民的感激不尽，这天道杀所做之事，就好像替天行道一样，公道自在人心，他身为杀手，只杀恶人，不妄杀一人，所以他被人称之为天道杀。

有人喜欢，自然有人愤恨，无数恶人期待他的失败和灭亡，可是他出道三年，击杀三十一豪强，无一失手，所以被誉为替天行道天道杀！

这时的天道杀，已经进入白旗镇之中，到了这里，翻身下马，自然有人牵着马匹，他缓缓前往进入龙首山山腹之中，天绝杀堂的地下入口。

小镇之中，除了天绝杀堂的诸多杀手，也有一些普通人，他们不知道这里的秘密，乃是天绝杀堂刻意留下的掩护。

其中有一些小乞丐，就是如此，他们只是知道这里香客多，好要钱，被天绝杀堂的暗桩，引到这里乞讨。

时间一长，他们或者加入天绝杀堂，或者莫名消失。其中两个小乞丐傻傻的看着，远处馒头铺蒸出的雪白馒头。

雪白的馒头啊，吃了一个，一天肚子不饿，不用忍受那最痛苦的饥饿，可是今天他们没有乞讨到一文钱，这馒头绝对吃不上，饿的他们的肚子咕噜噜的响。

转眼，洛离在他们身前经过，不经意间，一个碎银在洛离身上掉落，三滚两滚的滚到了他们的身前，顿时两个小乞丐露出激动的光芒，他们捡起这碎银子，向着馒头铺跑去。

洛离看着他们的身影，笑了笑，这件事做得悄然无声，应该没有人在意，虽然不知道他们的命运以后如何，但是至少这几天不会挨饿了！

自己也就只能做到这些了，虽然改变不了他们的命运，但是至少会带给他们短暂的快乐。

天地如炉，造化为碳，世人皆是炉中之物，忍受无尽煎熬，又有几人可以真正的掌控自己的命运！

他继续向前，走进买卖社，打开地道入口，进入其中！

第二章 心是黑的

在洛离消失的瞬间，不远处青楼之上，斜窗之下，两人悄悄的看着洛离，直到他消失在联友书舍之中。

其中一人，身体魁梧，肌肉结实，红发披肩，整个人带着无尽的野性，就象是一头凶猛的野兽，此人就是在山上消失的那个挑夫，他狠狠的将手中的酒壶捏碎。

这一捏下去，那青铜打造的酒壶，就象是豆腐一样，丝毫没有金属坚硬感觉，一下子化作万千碎片，散落四方！

“偷偷的给小乞丐银子，真是喜欢做善事啊，惩恶扬善，嘿嘿，替天行道？我呸！

为什么我每次看到他！就是这么的恨，就是这么的怒呢！”

这挑夫愤怒的大吼，整个人就好像一个暴怒的猛兽，一种说不出的血腥之气，在他身上发出，房间中挂着的七八只鹦鹉八哥，全部吓得瑟瑟发抖！

“那马老黑，要不是我们堵住他的逃生之路，他能追的上马老黑？那天力老人，要不是我们击杀了他的四大护法，他能走到对方身前？那洛天雨，要不是我们挡住他的近身七卫，他那有功夫数落罪名！

可是凭什么，凭什么，他是天下闻名的大杀手，天道杀，替天行道，我们都是无名小卒，连个名号都没有，我呸！”

在他身边，一个美貌女子微笑的看着红发大汉。这个女子，她的肌体如初生婴儿的肤质，光滑而细嫩，红丽透白，晶莹闪闪，窈窕身段让人惊叹，纤细的腰肢，非平窄，而是浑圆细润，轻轻摇转间，如同美人蛇的腰肢一样的动人，她正是翠红楼的头牌小青姑娘。

那红发大汉又喊道：“凭什么，哼，还不是师父的溺爱，没有师父的庇护，那里轮得到他出风头，替天行道。

天道杀？呸，和我们一样都是杀手，满手血腥，装什么冷艳高贵！”

小青突然摇头，说道：“猛龙，你说错了，他凭的不是师父的庇护，他凭的是手中的剑！

就凭他的剑快，剑狠，剑毒！你能破解马老黑的谭腿七十二式？那马老黑的谭腿七十二式，可以在瞬息踢出十七腿，但是还是被他的快剑，刺破喉咙。

天力老人的铁布衫，刀枪不入，你的神通暴龙变，都伤不到对方的毛发，可是还是被他狠剑，刺破命门，当场死亡。

洛天雨的追魂手，天下三毒，但是还是毒不过他的毒剑！所以，你说错了，他凭的是手中剑，不是师父的庇护！“在这小青的话语中，猛龙双眼一咪，露出一个细缝，更显阴森，他低声说道：“小青，你这么说，你到底向着谁？

你可以知道，门中五年一次的升仙大会，还有三个月就要举行了，想要走出这无灵之地，想要摆脱长生毒，只有在升仙大会中获得机会，然后离开这银州牢笼，加入总堂七杀宗，进入那真正的锦绣世界。

可是前两届我们的天绝杀堂出去的杀手，表现不好，所以这届我们天绝杀堂的名额，只有两个，师父喜欢他，必然有他。

还有一个名额，你我都有机会，果我们不杀了他，就得你我相残！但是我不想和你生死相拼，我真的不想！”

说到这里，他露出柔情一片，然后阴沉决断的说道：“但是我也不想死！所以我们只有杀了他！杀了他，就有两个名额了！”

小青看着猛龙，轻轻的拿起茶杯，喝上一口气，目光还是那么温柔，就象是说一件微不足道的事情：“那就杀了他吧！”

一句话说出，就好像是掐死一个蚂蚁一样。

猛龙长出一口气，看着小青，这小青如此坚决，他准备的无数劝解话语，全部白费，他反倒迟疑起来，缓缓说道：“你真的会下手，你可是他的小青师妹，你们从小长大，青梅竹马，关系默契，据说在影子试炼时，他曾经救过你三次。”

小青一笑，说道：“我们都长大了，过去的事情，就都过去吧，为了你我活着，只有杀了他！”

猛龙看着她，说道：“为什么？我不懂？你怎么选择我这个鲁莽的粗汉，而放弃那个青梅竹马的天道杀，没有道理啊？”

看着猛龙鲁莽无比，但是那是装出来的，如果真的鲁莽，那里会活到现在。

小青缓缓的说道：“为什么？因为我太熟悉他了，我的洛离师兄！他的剑，他的根底，他的性格，我太熟悉了！

有时候最可怕的不是你的敌人，而是你的亲人朋友！太熟悉了，并不是好事。

我之所以放弃他，主要是因为他没有神通，我可以确定他没有任何的神通！毫无潜力！

另外他这个人太喜欢做善事了，几乎就是日行一善，这是发自内心的，丝毫不是做作！可是我们是杀手啊，什么妇孺老少，我都杀过，我的心是黑的，和他不是一道人！道不同不相为谋！

没有神通，毫无潜质，却喜欢做滥好人，到了外面的大世界，到了七杀宗内，他活不长的，所以我选择了你！只有你我配合，才能在七杀宗，活的更长。”

猛龙哈哈一笑，说道：“好！好！好！这个世界是残酷的，好人是没有好报的！我们只有心黑，才能活的更好！对了，你真的确定，他没有任何神通？”

小青说道：“没有，绝对没有，我从小和他认识，在一起，我可以确定，他没有任何神通！

我了解他的一切，所以我不看好他，我放弃了他，所以，他死定了！”

猛龙长叹一声，说道：

“好，他没有神通就好，这我就放心了！其实他是个好人，不该如此下场，但是这个世界是残酷的，好人没有好报的，所以洛离师兄你还是去死吧！

痛快，小青，我们两个的心都是黑的，来吧，那就黑到底，走，去大殿，接受任务，然后送师兄到下边做好人！”

两人站起，打开地道入口，进入地下！

那边洛离进入地洞之中，这天绝杀堂在此龙首山，经营数百年，整个山腹全部都是空的，地道无数，厅堂上百，其中墙壁之上，都镶嵌奇异宝石，发出道道柔光，明亮无比。

洛离顺着地道，向前走去，每一个看到他的天绝杀堂弟子，都恭敬的行礼：“拜见师兄！”

“洛离师兄好！”

洛离微笑点头，三步二步，来到一个大殿之中，这个大殿位于地下，乃是此处的核心大殿。

只见大殿之中，坐满了人，足足有三十人，这些人都是小镇中离开的杀手，他们全部一身黑衣，只露出一双眼睛。

看到洛离到此，他们一起站起，向着洛离行礼道：“见过师兄！”

天绝杀堂准确的说，乃是七杀宗在此银州大陆的杀手训练营地，每隔五年，通过升仙大会，提供数个弟子，加入七杀宗的外门。

银州大陆，毫无灵气，乃是无灵之地，没有一丝灵气，修仙者每施展一个法术，都只能消耗体内灵气，无法补充，更无法修炼，完全是修仙者的牢笼坟墓。

但是其中大地蕴含奇异血气，有特产血矿石，用以炼器。因为有此血气，大陆之上出生之人，很多具有奇异神通。所以七杀宗才会在此建立天绝分堂，吸收此地之人，进入宗派外门。

像这样遍布各个小千世界的堂舵分支，七杀宗共有千个，为自己的外门不断的输送血液。

在此天绝杀堂共有四个等阶，第一等阶是雏鹰，无数被天绝杀堂收集的少年，在此经历各种训练，就像外面的小乞丐，都是故意引来的，时间一长，都会被带到这里，经历训练。

这中训练最是艰苦，死亡率极高，甚至有时需要互相残杀，十人中只能有一人活下来。

第二等阶，就是影子杀手，通过雏鹰的训练，受长生毒不死，领悟七杀十八法之一，就可以成为天绝杀堂的杀手之一，洛离一路上遇到的诸多师兄弟，在此的黑衣人，小镇中的大部分杀手，都是如此。

但是影杀乃是天绝杀堂中的底层，他们无名无姓，需要不断拼命，刺杀他人，积累功勋，最后进阶。

第三等阶，铁牌杀手，洛离、猛龙、小青就是如此，整个天绝杀堂一共十二人，他们都有了自己的姓名称号，统领各路影杀。

第四等阶，铜牌杀手，天绝杀堂堂主洛离的师父慈云大师，三大长老道观接活的卜算子，训练弟子的陈瘸子，云来客栈的胖掌柜，他们都是如此。

他们是天绝杀堂的掌控者，诸多弟子的教官老师，所有弟子都是他们培养出来的。再往上银牌、金牌，那是七杀宗外门里的排行了，这里铁牌杀手，就是极限。

洛离到此，坐在诸多黑衣影杀的最前边，默默等待，不一会猛龙、小青分别到此。

猛龙看着洛离，冷哼一声，他一直如此对待洛离，小青则走过来，温柔的坐在洛离身边，挽着他的胳膊，小鸟依人，情切无比，说道："师兄，好几天没有看到你了！人家想你了……"

双目传情，温柔无比，那有一丝方才姿态，果然最狠美人心！

洛离微笑说道："很好，很好，最近我在修炼猛剑术……"

除了他们三人，还有一个邋遢中年人到此，此人不修边幅，手里拿着一个大酒葫芦，不时喝上一口，他叫做浪子，和洛离猛龙一样，乃是天绝杀堂十二铁牌杀手之一。

就在这时，一声钟响，进来四人，为首正是慈清寺的老方丈慈云大师，后面的分别为云来客栈的胖掌柜，道观卜算子，还有一个瘸子老头，正是训练教官陈瘸子。

这四人进入大殿，洛离等人一起站起，行礼道：“拜见堂主！拜见各位长老！”

异口同声，声音响亮！

慈云大师，个子不高，法相威压，无时无刻手中拿着一串晶莹剔透的念珠，不住的诵经轻念，在不断的诵经声中，肉眼可见，无数光芒在他身上和念珠间不断循环。

他的脸上带着一丝似笑非笑的表情，他看着众人，在他的目光下，无论是谁，全部低头！

这是一种无形威压，在场诸多弟子，都是后天境界，只有这慈云大师进入先天，炼气期第九重境界，一种无上的威严，在所有人心中出现，众人全部无语，等待他的命令！

慈云大师缓缓双手合十，低垂着眼皮，仿佛雕像一样一动不动，脸上的似笑非笑的表情一点一点地淡去，等到他终于又抬起头来的时候，仿佛下定了什么决心，无喜无悲的脸上仿佛出现一种刀刃般的寒气，几乎让周围的空气温度都为之陡然一降。

他缓缓说道：

“信陵侯，十月初一，黑风口，小河西，杀！”

一句话喊出，声音不大，但是杀气迎面而来，顿时在他身后三个长老，一起随着喊道：“杀！”

然后台下所有弟子，一起随声喝道： “杀！”

“杀！”

“杀，杀，杀！”

杀声震天，气贯苍穹！

七杀之后，此人必死！

第三章 自由自在

七杀之后，众人散去，今天不过九月十九，距离十月初一，还有十一天。

十天之后，也不知道在场的众人，还有几人可以活下来，虽然没有人说这个，但是个个心中有数，也许这七天就是他们人生的最后七天。

各自散去，这些杀手直奔洞府后面走去，这里除了是天绝杀堂训练基地，总坛所在，还是一个销金窟。

在后面的色堂中，汇集无数美女，粉腿细腰，娇嫩无比！在那食楼中，摆满无尽美食，酒池肉林！在玩阁中，人间七十二种玩乐全部拥有！

本来这些所在，杀手想要进入享受，必须花费银两，但是这一刻，他们不用了，因为没有人知道他们可以活下来多少，可以随意玩乐，不用花钱，这就象是死刑犯临死前的一顿鸡腿饭。

猛龙大笑，带着一帮手下，直奔那色堂而去，小青则是进入玩阁，浪子走入食楼之中，开始品尝美酒，而洛离去没有前往那里，他转身向上走去，来到一处地下演武场。

这演武场乃是山腹中十二演武场之一，大约二十丈方圆，青石铺地，在墙边的武器架摆满了各种武器，在里面还有三五个或者举石锁，或者挥舞双刀，在此修炼。

洛离进入，他们看到洛离，一起鞠躬喊道："见过师兄。"

洛离点点头，也不说话，这几个人放下石锁刀剑，退步离开，这个演武场就剩下洛离一人，青石大门缓缓关上。

这是门中规矩，铁牌到此，影杀退散。

看到四周无人，洛离随手拿起一把长剑，这长剑乃是七杀宗最普通的长剑，剑锋三尺，精铁铸造，在灯下一晃，发出幽幽青光，锐利无比。

洛离开始舞剑，剑随人动，剑光四射。一剑剑的舞出，一剑剑的砍劈崩刺，洛离忘乎所以，在此只是舞动着自己的长剑，专心致志，这一刻只有他和剑，那如同凶猛无比的利剑，天地之间再无他物，只有一人一剑，忘我归一。

天绝杀堂共有十八套修炼绝学，号称七杀十八法，七杀分别为：剑、拳、刀、枪、毒、鞭、匕首，其中剑法四套，拳法五套，刀法二套，枪法二套，毒术三套，鞭法一套，匕首一套，合在一起，号称十八法。

必须领悟其中一法，才能算作影杀。洛离领悟其中剑杀中的三法，快、毒、狠！还差一套剑法猛剑术，没有炼成。

猛剑共有六式，洛离就差剑六没有炼成，这十八法也没有什么招式名称，就是用快、狠、毒、猛来命名，招式就是剑一，剑二这么简单。

但是你绝对不能小看它们，这些秘籍，如果在武林之中，绝对是天阶秘籍，价值百万黄金，无数强者争夺，因为这是修仙上门七杀宗为自己的外门弟子，编制的七杀十八法，可以说乃是炼气之下，凡人之中，最强神功！

洛离手中长剑，发出凶猛剑啸，一剑发出，如同巨兽，这一剑发出，洛离的全身精气神，全部尽在剑中，一剑斩出，有去无回，这一剑不杀敌，就杀已，这就是七杀宗的剑法，七杀之下，万生俱灭！

这一剑发出，所用的力气，身体的姿势，完全是人体的极限，甚至可以说是一种自残，如果普通人使用此剑法，当时就是筋脉尽断，当场吐血，但是洛离什么事都没有，不是他与众不同，而是因为长生毒！

天绝杀堂的杀手，必服长生毒，这是堂口控制他们的手段。每个月所有人都要吃上一颗解药，不然立刻全身经脉断绝，痛苦哀嚎七天七夜才会死亡，而且这长生毒，没有任何办法可以解除。

天下事，有一利必有一弊，这长生毒在七杀宗内又叫做长生丹，严格来说，它并不是毒，若是一种药——灵丹妙药！

吃下它不死之人，身体的潜力全部激活，需要百天才能治愈的伤筋断骨，二十天就可以痊愈，至于小伤小病，转眼就好。

而且这长生毒还可以将生命力完全燃烧起来，服药之人，力大无穷，身轻如燕，过目不忘，精神矍铄，潜力无限，修炼一年等于普通人修炼五年。

不然凭什么天绝杀堂的杀手们，可以掌握七杀十八法，要知道这都是绝世秘籍，正常修炼，没有个三十年四十年，根本无法炼成。这也是洛离不过十六岁，就可以击杀无数强者的原因。

天下事，除了利弊外，还有得失，有一得，必有一失。

这长生毒是以燃烧人的生命为代价，所以服用他之人，活一年等于普通人活五年，这是以阳寿为代价吃下此药之人，没有人可以活过十年。

所以很多天绝杀堂的老弟子，也许说说话，就断气了，也许战斗正酣，就倒下死亡，那是因为他们的潜力都被长生毒焚尽，导致死亡。

想要解脱长生毒，只有一个办法，那就是参加升仙大会，进入七杀宗外门，开始修炼，成为铜牌杀手，那时就可以解开长生之毒，慈云大师他们都是如此，解开了长生毒。

洛离沉浸剑法之中，剑光如电，猛的一剑下去，猛剑剑六，三百斤的石锁，顿时被斩断。

洛离收剑，点点头，猛剑第六式终于练成，刺杀信陵侯又多了一分信心！

他伸出左手，五指快速的掐算，这是紫薇算时法，通过各种计算，测量自己的血脉运转，计算现在的时间，此法专门用于这看不到天日的地下，属于天绝杀堂所传授的九十九辅助之法之一。

外面已经入夜三更，计算时间正好，洛离缓缓离开修炼室，向着上峰走去，三转五转，透过一个地道出口，洛离来到了龙首山之巅，前方就是慈清寺。

洛离向着四野观看，这里位于山巅，天地苍茫近在眼中！

苍山层叠，青蟒绵延，风光无限，苍翠浩渺，浮云荡胸，苍松掩映，泉水叮咚。山壑间清风迷雾，岚气蒸腾，缥缥缈缈，直锁青峰。

不远处一道奇泉，冲破淡雾轻烟，飞流直下，霞光闪耀，色彩绚丽，晶莹剔透，如珠似玉。水帘直泻龙饮涧中流到崖壁，轰雷喷雪般地飞向山下。

洛离缓缓的进入慈清寺，寺中的几个僧人，都是七杀宗弟子，看到洛离，纷纷行礼，洛离一步步走进方丈室内。

那方丈室中，慈云大师手持那串晶莹剔透的念珠，不住的诵经轻念，在不断的诵经声中，肉眼可见，无数光芒在他身上和念珠间不断循环。

洛离来到大师一旁，缓缓坐下，一动不动，好像老僧入定，转眼就是一个时辰过去。

这时慈云大师结束诵经，那光芒消散，他看着洛离微微点头。

洛离说道："师父，我修炼猛剑术，有一法不懂，请师父指教。"

慈云大师微笑道："好，好，徒弟，来，跟我走，我给你解惑。"

说完，他带着洛离，进入方丈室的内间，里面也有一个小型修炼室。

进入这里，慈云大师缓缓一伸手，一道五彩光芒升起，整个内室和外界完全隔绝，方才话语不过借口，到此与外界隔绝，他慈祥的看着洛离。

洛离低声说道：

"爹，事情没有问题吧？"

所问事情，就是洛离下午道观买凶之事，什么师父，这慈云大师就是洛离的生生父亲。

慈云大师点点头，说道："没有问题，卜算子完全被瞒过，老瘸子也没有发现，很是顺利。就看运气了，我们能不能脱离这无灵之地。"

这银州大陆，其实就是一个岛屿，长四百里宽三百里，乃是一个无灵之地，毫无灵气灵脉灵石，修仙者在此就是牢笼，这样的小千世界，完全被修仙者放弃。

不过此地大地蕴含一股血气，可以出产一种血矿石，还有一些利用价值，被几个左道下门控制，建立朝廷，控制凡人，开采矿脉。

另外此地之人，受此血气影响，本性好斗，很容易诞生神通，所以这个小千世界，被上门七杀宗算作门下千个外门弟子培养地之一。

洛离说道："爹，其实我有信心，就是参加升仙大会，我完全可以进入七杀宗，离开这无灵之地，解除长生之毒。"

慈云大师摇摇头说道："七杀宗外门弟子，不过还是杀手，而且还是中天主世界最低级的杀手，炮灰一样的蝼蚁，被人左右性命，一个号令，就让你去死，你就得去死，生死在人手。

而且你爹当年在门中，得罪了一些人，他们对我恨恨不忘，而且知道你我的关系，只要你加入七杀宗，三个月内，必死无疑。

你是我的儿子，我答应过你娘，我要让你快快乐乐的活在世上，不受任何人左右控制，为了这个愿望，那怕身入无间地狱，我也愿意。

所以，我不会让你参加升仙大会的，但是，我还要让你离开这银州大陆，前往中天主世界，自由自在的生活，给你一个自由自身，回归人间！"

第四章 神威传承

“回归人间啊～”

洛离重复了一遍，悠然神往，自小生活在这无灵之地，自小就是杀手，他还从来不知道，银州之外的人间，到底什么模样……提及这个，两人不再说话，陷入了沉默当中，许久过后，洛离才开口说道：“爹，狠剑术，我已经全部修炼成功！”

慈云大师摇摇头，说道：“这所谓七杀十八法，不用下什么功夫，不过是凡人的剑法绝技，剑中不含任何真元，毫无用处。

遇到修仙者，那怕对方不过炼气期一重境界，一个火符，你就必死无疑，一个金刚符，你刺上百十剑，对方也是毫发无伤。”

看到洛离难掩脸上惊疑，慈云大师摇了摇头，继续道：“算了，等你到了中天主世界，感受到灵气，你就明白了！”

说到这里，他不想再说这个话题，转而道：“神威宗的祈神上祭仪式，你可记牢了？”

洛离说道：“记牢了！”

慈云大师说道：“好，你演示一遍！”

洛离开始演示一套动作，这动作古朴苍桑，一共一百零八个动作，或是祭拜，或是舞蹈，隐约中带着莽荒的气息。

他的动作，他的神情，在这一刻无不显得神圣无比，一丝不苟的演示着。

看着洛离的演示，慈云大师微微颔首，怅然说道：“我这一生，最大的辉煌，就是遇到你娘，生了你！

另外一个，就是得到这曾经横行天下神威宗的无上传承。有此两大荣耀，这辈子，我算是没有白活。”

慈云大师继续说了下去，其实这已经不是说给洛离听，而是自言自语，说给自己听："当年神狱崩溃，我带着你使劲的逃，没想到竟然遇到了他，神威宗的少宗主，当年那个高高在上的存在。

本来他可以像杀蝼蚁一样，杀了我们，幸运的是，他身负重伤，一点力气都没有，被我所俘获。

我足足折磨他三个月，让他求生不能，求死不得，折磨到我自己都难以忍受的地步，这才得到这套神威宗的无上传承。"

"这是神威，神之威严，无所不能，无所不灭，无所不破，无所不敌……神通的最高境界，无上秘法，不需要任何修炼，不需要付出任何代价，就可以掌握的超强神通！

想不到，我这个普通到极点的七杀宗小蝼蚁，竟然可以得到它！"

说到这里，慈云大师长出一口气，继续说道："你现在不知道它的珍贵，等你回归中天大世界，用它得到神威宗的神威之力，你就知道它的珍贵了！"

"当年，我年轻的时候，要是得到如此秘法，绝对可以成就金丹真人，元婴真君，甚至可能成为化神真尊。

可惜，可惜，我那时就是一个七杀宗外门弟子，炼气七重，普普通通。

那时神威宗倒行逆施，违反修仙天条，以人炼神，捕抓天下修仙同道，我也被他们抓入神狱，在那里被他们折磨祭炼，生不如死。"

"虽然现在我也不知道，他们到底要做什么，虽然那时我被他们折磨的痛苦不堪，但是我还是要万分的感谢他们。

因为他们逼迫我们这些被禁锢修为的修仙同道，两两结成夫妻，生儿育女，因此我遇到了你的母亲，曾经身为金丹真人的她！

那是我人生最荣耀，最幸福的事情。

当时你的母亲，有着无数被困在神狱中的同道们，疯狂追求。他们有的是名门大派的弟子，有的是名满天下的英雄，有的是同为金丹真人的强者，有的是她的过去好友，但是她就选择了我。

至今我还记得，我问她，为什么选择我，她看着我，对我说的那句话：没有原因，就是因为喜欢！

只为喜欢啊！”

“在那神狱中，我们度过了最幸福的三年，那是我人生最最快乐的三年，直到你出生。神威逆天，以人炼神，你出生就是母亲消亡之时，我当时万分痛苦，她抓住我的手，让我发誓：一定要让你活下去！

一定要让你快快乐乐活下去！活出自己的精彩！

一定要让你掌握住自己的命运！自由自在的，永远不被他人左右的活下去！”

慈云大师的语气里，既是缅怀，又是悔恨，那种痛入骨髓，那种铭刻在心，即便是时隔了多年，终究不能淡然。

好半晌，平复了一下，他才继续说道：“后来，神威宗事情败露，混元宗等六派破了神威宗，碎了神狱，我带着你逃了出来，不知道神威宗到底做了什么，所有神狱中出生的婴儿，大部分都被六派灭口，为了你，我只有逃回七杀宗，才能保住你的性命。”

“虽然保住你的性命，但是我还是违背了宗门门规，虽然师父力保我不死，但是你我还是被送入这无灵之地，自生自灭。

这里银州大陆，就是一个牢笼，在此无法修炼，百年一过，自然尘归尘，土归土，对不起，儿啊，我没有完成你娘临死前的心愿。

不过你放心，我一定要送你离开这银州大陆，让你生活在自由的天地中，自由自在的活着，无人可以左右你的人生！

那怕我身入无间地狱，也要如此！”

如果当年慈云大师舍弃洛离，现在的他收取神威宗传承，也许实现了自己的理想，已经是高高在上的强者，但是为了洛离，他选择了在此困顿，百年一过，化作黄土！

在慈云大师自言自语之中，洛离完成了那套仪式，他看着自己的爹，不由的皱眉，这一年，慈云大师越来越怀念过去，自言自语，这可不是什么好兆头。

他担心的说道："爹，你没事吧？"

慈云大师回过神来，看着洛离。洛离立刻知道他要问什么，急忙说道："中天主世界，楚南地域，昌州天姥山，入山山口，在天姥山字迹之下，以此仪式祭拜天姥山三个字，得到神威宗七大神威之一。"

慈云大师欣慰的笑了笑，继续说道："这神威，强大无比，当年神威宗开宗七祖，各自掌握一大神威，可以搬山填海，毁天灭地，号称神威七子！

后来他们大战一外域仙秦战俑，最后他们将其镇压在那里，经过万年，战俑消散，但是这七子飞升的飞升，陨落的陨落，无人在世，只留下当初的七大神威。

在以后的岁月中，神威宗遇到浩劫，山门碎粉，门派消散，但是有中兴弟子，危机关头，得到仙界祖师赐法，在那里领取一道神威，然后就重兴门派，所以那里就是神威宗最重要的传承之地。

不过神威宗已经经历了四次大劫，现在那里只剩下三道大神威了。这仪式你一定要记住，而且切记，只可以领取一道神威，不可贪心。

本来这些秘密，都是神威宗的少宗主才能知道的，我足足折磨了他三个月，这才打探出来。

离儿，你要切记，切记！

有此传承，足够你在中天大世界过上自己想要的生活，自由自在，快快乐乐，永远不被他人左右！这是我留给你的最大的财富！"

洛离点头，这一切全部记录在心。

慈云大师最后说道："离儿啊，这次行动，你要小心……"

洛离一笑，说道："爹，我知道，你不要说了，你儿子不傻，我可是天下第一杀手，而且我的神通，爹你知道的，不说天下无敌，也可以说这银州毫无对手，你放心吧！"

慈云大师点点头，不在说话，开始继续凝练手中的那串念珠。洛离站起，缓缓离开……就这样时间缓缓过去，转眼时间到了，信陵侯马上就要到达黑风口，一声令下，洛离等人全部出动，前往黑风口。

龙首山距离黑风口足足百里，洛离等人策马狂奔，直奔那里，一天之后，十月初一清晨，他们来到了黑风口附近的后屯镇，这里距离黑风口小河西只有五里。

这里有天绝杀堂的暗桩，在此开了一家客栈，众人可以在此休息，他们提供休息住宿，各种美食酒水，大家休息一白天，晚上夜袭黑风口，击杀信陵侯。

进入镇中，前往客栈，走到半路，洛离听到不远处阵阵哭声，远远一看，一堆人聚在那里，他随口询问了一句，暗桩回答道："镇长刘进财，九月二十七，骑马一不小心，摔死了，今天出殡。其实这活是我们做的，用来训练新进弟子。

刘进财为富不仁，为人刻毒，得罪了不少左邻右舍，没有人帮他抬灵，他的家人哀求邻居呢。"

洛离点点头，看过去只见一个棺材停放在灵车旁边，但是没有人出力将此棺材抬上灵车。

那刘进财的妻女，在那里哭喊着，四处跪拜左邻右舍，许诺给予众人，只要帮忙，就给多少银钱。

可惜以前这刘进财太过阴损刻毒，得罪了无数邻居，众人记恨他，没有一个人过来帮忙。

洛离长叹一声，下马走了过去，缓缓说道："人死如灯灭，管他过去如何，邻居一场，帮帮他吧！"

说完，他一把抓住棺材，轻轻一使劲，将此足足三百多斤的棺材，放在灵车之上。

然后洛离掉头离开，刘进财的老婆女儿，在洛离的身后，不住叩拜。

看到这一幕，那个曾经出现在道观中，身体矮胖，肥头大耳的张员外，喊道：“是啊，人死如灯灭，过去的事情就算了吧！来吧，多年老邻居了，大家过来帮帮忙吧！”

众多邻居，在他的呼喊下，纷纷走了过来，过来帮忙。

远处的小青摇摇头，说道：“唉，他又开始做善事了！”

猛龙笑道：“最后的善事了，这个世界，好人是没有好报的，哼哼，他会后悔的！”

洛离回归，众人开始休息，养精蓄锐，今天夜里，杀上黑风口，击杀信陵侯！

第五章 罚恶在前

十月初一，夜晚二更，半边天黑，半边天火。

起火的，是黑风口。

然后，杀声四起，到处都是火焰，到处都是刀光剑影，但是但是不到片刻，又渐渐没了声息。

看过去，尸体遍地，有的是信陵侯的护卫，有的是一身黑衣的杀手，战况惨烈。

战斗并没有结束，信陵侯在手下三个护卫的掩护下，被九个杀手围住，双方处于僵持局面。

不过看过去，信陵侯没有任何的恐惧表情，反倒是轻松无比的看着围住他的诸多杀手，就象是游戏一场。

在信陵侯脚下，躺着一具尸体，赫然是和洛离齐名的铁牌杀手浪子，那个不言不语，为人放荡的浪子，现在他已经身首异处，头颅被信陵侯踩在脚下，不住的碾压，脸上最后的表情全是难以相信的神色。

信陵侯看着他们，高傲的说道："你们这些凡人，也想杀我，做梦一样！

我爹乃是仙人，赐予我灵符一道，就凭你们，还想杀我，真是不知死活！"

看着狂傲的信陵君，一旁的猛龙还有小青，剩下的七个影杀，全部紧锁眉头，方才浪子的十三刀，刀刀夺命，但是就是无法伤到信陵侯一丝一毫。

在方才隐藏暗处的浪子，突然暴起，突击，刺杀信陵侯，瞬间在对方身上砍中十三刀，但是信陵侯身上金光一片，毫发无伤，轻轻一剑，浪子就身首异处。

本来按照约定，由洛离斩杀信陵侯，但是为了升仙大会的奖励，浪子率先出手了，他要抢夺这个功劳，每个人都有每个人的算计，谁也不想失去升仙大会的机会，如果无法进入七杀宗外门，自己不过只剩下了几年寿命，结果功劳没有，反倒是送了性命。

猛龙看着信陵侯，说道："真是见鬼了，刀枪不入，我的猛龙变，都无法伤到他，这是什么宝贝，怎么办？"

小青说道："喊师兄吧，本来就是由他击杀，现在该他出场了。"

猛龙点点头，说道："是啊，是啊，要是他也杀不了，就此死了，我们省了不少麻烦！"

然后猛龙扬天长吼，如龙狂啸，声震天地！

随着他的吼叫，远处传来马蹄声，洛离到此，每次都是如此，最后时刻，洛离出场，击杀强敌。

马蹄声瞬间就到，一个白衣少年，跃然马下，向着被团团围住的信陵侯走去。

一步步，气势如山，一步步，如渊如岳，遥遥看去，带着一种可怕的意志，就好像天人一体，替天行道！

信陵侯头一次露出郑重的表情，他看着走过来的洛离，他手下一个护卫颤声喊道："天，天道杀！"

这话一说，那三个护卫，都忍不住颤抖，手中刀枪甚至都有一种握不住的感觉，其中一人大吼："主上快走，我们挡着他！快走，他是天道杀！"

信陵侯却没有遁逃，他说道："天道杀？替天行道的大杀手？

我呸，他也配替天行道，小毛孩子，毛还没有长起。老子的爹是仙人，老子有仙符护体，刀枪不入，水火不侵，他就是老天爷，也拿我没有办法！"

这时洛离走到信陵侯四人身前一丈远，那个呼喊信陵侯快走的死卫，一声大吼，挥舞手中钢刀，冲了过去，向着洛离就是一刀！

这一刀，刀光如电，凶猛无比，但是洛离手中长剑一摆，毒剑术，剑法阴毒，诡异一刺。

顿时破解这一刀，顺手一剑，那死卫一声惨叫，中剑，倒地不起，但是他没有死，只是被击昏倒地。

这就是天道杀，只诛首恶，绝不多杀一个人，三十一次刺杀，都是如此。

那剩下的两个护卫，对视一眼，他们也是大吼大叫冲了过去，但是洛离出手就知道，他们根本就是糊弄，洛离剑光一到，他们就是丢下兵器，倒地不起。

这样算是完成了护卫任务，捡了一条性命，能不死，谁也不想死！

转眼之间，就剩下洛离和信陵侯对视，信陵侯目光冰冷，说道："天道杀，你敢杀我，我爹是仙人，是中天大世界的仙人，你杀了我，他会杀你全家！"

洛离面色严肃，开口喝道：

"信陵侯，龙天星，宗真三年，抢夺民女卢氏，卢氏不从，当其面前摔死卢氏三岁小孩，卢氏咬舌自尽，你不但奸尸，还将其一家十三口全部杀害。

宗真四年，武安侯弹劾你的罪行，你陷害对方，诬其谋反，导致武安侯一家一百六十七口，全部满门处斩，其中武安侯被你活活勒死，四个女儿全部被你蹂躏致死。

宗真六年，你门下小厮因为打破了你的一个水杯，被你吊起，七天七夜这才折磨死，事后你偷偷割下他的心肝下酒，竟然上瘾，每隔一个月，就杀害一个少年，割下心肝下酒，直到今天，至少四十三个少年，因你而死。"

随着洛离的控诉，好像一种奇异的力量，从天而降，注入到洛离的身上，只是所有人都没有发现！

信陵侯的这些年做过的恶事，一个个的被他说出，其中有些事情真是罪大恶极，天地不容。

"信陵侯龙天星，我说这些事，可否属实？你可辩护？"

信陵侯微笑的听着，等到洛离说完，他点点头，说道："差不多都是我做的，有些我都已经忘记了，谢谢你提醒我，但是我要告诉你，我和你们是不同的。

你们都是凡人，我爹是仙人，你们不过都是凡人蝼蚁，我们的命是不同的，你们就是卑贱，被我所杀，完全是抬举你们！”

洛离点点头，说道：“苍天在上！后土在下！罪证确定，罚恶在前！”

说完，洛离缓缓拔剑，一剑斩出，快剑术，那信陵侯一动不动，微笑的看着洛离，在他身上出现一道金光，化作光芒，将他保护其中。

就是这金光，浪子的十三刀，毫发无伤。

洛离一剑刺到，金光再一次的出现，挡住洛离的这一剑，信陵侯哈哈大笑，说道：“天道杀，也不过如此！看我仙法护体，刀枪不入！”

洛离瞬间又是刺出几剑，无论是快剑术，还是猛剑术，那怕三百斤的巨石，都可以轻易斩断的剑法，在此信陵侯身上只是金光一闪，毫发无损！

洛离点点头，暗中想道：“果然，这七杀十八法，不过是凡人的剑法，无法攻破修仙者的防御，不过，幸好我可不只是只有这七杀十八法！”

心念电转，洛离眼中的神光一闪，一凝，心中大喊：“神通：赏善罚恶！启动！”

“杀！”

“刷”的一下，随着洛离心中一念，在他身上放出一种奇异的元能，那元能融入天地中，受此吸引，天空落下的奇异伟力，开始发威！

洛离又是一剑刺出，这一剑，乍看起来与此前的那些没有什么不同，可是又带着一种说不出的韵味，无法言述的一剑。

“啪”～

气泡破裂一般，这一剑瞬间刺穿了金光，刺穿了信陵侯的身体，从他的后背冒了出来。

——前心进入，后心出来，透心凉！

“呃～”

信陵侯口中冒着血泡，却浑然不觉，只是低头看看没入了身体的长剑，抬头看看对面的洛离，一脸的迷茫。

他的眼睛越瞪越大，难以置信地看着穿透身体的利刃，许久许久才反应过来，想起被自己虐杀那些人的最后一幕，忍不住哭喊哀求道："不要杀我，不要杀我，我错了，我爹是仙人，你要什么，我给你什么，不要杀我！"

洛离低声说道：

"你爹是仙人？不过是黑龙镇海宗的筑基真修龙文定！你这是仙法护体？不过是小小的金刚符，你也配称之为仙人？去和那些被你害死的人忏悔吧，死吧！"

一剑发力，绞碎心脏，一声闷响，信陵侯一下子飞起，整个胸口完全粉碎，露出一个人头大小的窟窿。

信陵侯，死！

斩杀信陵侯，洛离收剑，长喊一声："苍天在上！后土在下！恶人伏法，罚恶在前！"

那洛离身上的奇异天地伟力消散，不过同它们来时一样，没有一个人知道，没有一个人注意——除了洛离。

战斗结束，这时影杀还剩下七人，其他二十三人，全部战死，四个铁牌杀手，折了一人，洛离走向浪子，收拾他的尸体。

其他人也在打扫战场，猛龙在一旁大吼，将剩下的七个影杀，汇集到自己身边，开始训话。

小青走到了洛离身边，小鸟依人一样，缠住洛离的胳膊，温柔的说道："师兄，你真是太棒了，那一剑，太帅了，可是为什么你可以刺破他的金光防御，那是什么东西，怎么刀枪不入呢？"

洛离笑着说道："邪不胜正，天道惩罚！所以他的邪法就破了。"

突然远处的猛龙，双手之上，出现血色巨爪，足足三尺长的利爪虚影，这正是他的神通暴龙变，他猛的一抓下去，那七个影杀全部在这一抓之下，惨叫都没有来得急发出，全部被他一抓抓死。

小青顿时发出了一声惊讶，使劲的拉着洛离的胳膊，惊恐的喊道："师兄，你看，猛龙疯了！"

在洛离看过去的时候，小青另一只手突然抬起，成蛇手式，中指无比的漆黑，然后向着洛离的脖颈正中点去。

千蛇毒，七杀十八法毒功之一！

这一点，只要点中，管你神功盖世，也是立刻毒杀！

但是小青万万没有想到，她的手指插入过去，没有一点以前插入人体的感觉，而象是插入一个软囔囔的东西中，再一看，在自己的蛇手之上，多了一个包子，正是早上大家吃的大肉包子。

洛离长叹一声，缓缓说道：

"师妹啊，就像你无比熟悉我一样，我也无比的熟悉你，当你生出异心的那一刻，我就已经感觉到了！"

第六章 我也想活下去！

“什么？！”

小青心神剧震，向后一跃，如同蛇行，转眼离开洛离，她和猛龙成犄角之势，警惕地望着洛离。

在小青一跃之时，被洛离打倒的三个护卫全部发出惨叫，当场死亡，无论事情成败，这一次，都不可以有活口，所以小青开始灭口，不然事情败露，天绝杀堂最忌内斗，他们会被三刀六洞，处于极刑。

洛离看着小青，目光中说不出什么感觉，他缓缓说道：“师妹，我们从小一起长大，一起做了影杀，我记得我至少救过你三次，告诉我为什么，你为什么非得要杀我呢？

告诉我！”

洛离的语气是那样的轻描淡写，仿佛不带一丝一毫的情绪，但隐含在其中，深藏在内里的质问与愤怒，只有同样了解对方的小青，才感觉得到。

她忍不住又退了一步，错开了目光，不敢面对洛离的眼神。

这时候，一旁的猛龙喝道：

“洛离师兄，天道杀？我呸！

我老早就想呸你了！我们是杀手啊，我们无恶不作，我们妇孺婴孩都杀，我们的心是黑的，可是你去日行一善，做什么好人，替天行道，我呸！

你的心是白的，你是好人，你和我们不同，道不同不相为谋，所以，小青选择了我！

最关键的是，你连个神通都没有，没有神通，无牙老虎，不值一提！所以，你必须死！”

洛离听到对方话语，脸上露出奇异的表情，说道：“黑白真的那么分明吗？神通真的那么重要吗？

你们不要忘了。我也是杀手啊？怎么会道不同呢？”

小青摇摇头说道：

“师兄，洛离师兄，你人太善良了，你不该做杀手的，这个世界，好人是没有好报的！

如果你不死，我和你通过升仙大会，进入七杀宗外门，就你的善良性格，你能在宗门中活多久？

但是猛龙不同，他和我一样，我们都有神通，在宗门，我们可以互相扶持，一起活下来，和他在一起，绝对比和你在一起，可以活下去。为了活下去，所以我选择了他！

师兄，我知道小时候，你对我好，你把我当成妹妹，你救了我很多次，但是人要向前看，过去就让他过去吧，为了活下去，我只能如此！

谁让我修炼的是千蛇毒，谁让我的神通是训蛇，我就是蛇，忘恩负义是我的本性！”

猛龙喝道：“哈哈哈，对，洛离师兄，天道杀，你这么喜欢做好事，你就做做好事，让我们杀了你，成全我们吧！这也是善事啊！”

然后他恶毒的说道：“就是你不成全，我们也不怕，你的一切，我们都全部摸清，你刚刚炼成的猛剑术，你掌握的辅助秘法，你的一切的一切，我们都无比的熟悉。

包括你十三个隐藏身份，其中最重要的隐藏落脚身份，负责在外面顶替你的小七，还有你那个小小婢女，我们都知道。

真不明白，你竟然以真名，隐藏在洛家旁系，难道你是银州大陆的土著？真的是洛家子弟？可是你明明是银州大陆之外的生人啊？

哈哈，管你呢，你死定了！”

洛离一直听着，当对方说到洛家子弟的时候，他的眼中露出一丝寒光，这是杀意。

无比了解洛离的小青，顿时心中一寒，她说道：“猛龙，别废话了，送洛离师兄上路！”

在她手中十二条毒蛇，飞出，每条足有一丈三尺长，铮明发亮，如同银鞭，这都是巨毒之蛇，经过特殊秘法培养，咬人必死，正是七杀十八法的杀鞭术，小青将神通融入武功，以蛇为鞭，这就是她的杀手锏。

那边猛龙低声闷吼，身体狂涨，暴涨，体型扩大足足一倍，整个人如同化作野兽，那双手之上，各自出现三尺长的血色兽爪，无坚不摧，这是他的神通暴龙变。

银州大陆，毫无灵气，乃是无灵之地，但是其中大地蕴含奇异血气，有特产血矿石，用以炼器。

因为有此血气，大陆之上出生之人，很多具有奇异神通。小青的训蛇，猛龙的暴龙变都是如此，就是因为这样，所以七杀宗才会在此建立分堂，吸收此地之人，进入宗派外门。

天下修仙之人，必须具有灵根，才能修仙，之所以洛离他们可以成为铁牌弟子，就是因为他们都具有灵根，所以只有他们才有机会参加升仙大会。

神通极其重要，在中天主世界，仅在道体仙骨之下，拥有神通，各大门派都会争相吸收这种弟子。

看着他们两个出手，洛离长剑一挥，剑光一闪，快剑如风，向着猛龙小青刺去。

双方立刻大战，剑光，爪影，毒蛇，三人大战，转眼交手三十多个回合，三人分开，洛离大口喘气，看着对方两人。

猛龙说道："哈哈哈，洛离师兄，天道杀，你不行了吧！我们这合击之术，可是为你准备了一年多，利用我们两人的神通，专门克制你。

我知道你的剑法很是厉害，但是你没有神通，我们就可以利用这个压制你，杀了你，所以今天你死定了！"

洛离看向小青，小青避开了他的目光，杀意更浓！

洛离长出一口气，缓缓说道："既然你们真心想要杀我，已经无情，那就不要怨我了！

其实，你们错了，神通，我也有的！”

说完，洛离一指猛龙和小青喝道：“苍天在上，后土在下！

猛龙、小青，宗真六年三月，你们刺杀黑虎帮帮主马老黑，击杀对方护卫十七人！

宗真六年四月，你们刺杀十三连环堡堡主天力老人，击杀对方护卫二十一人！

宗真六年五月，……”

听着洛离控诉，猛龙笑了，说道：“死到临头，还玩这个，别废话了！你真是傻了，你以为你真的可以替天行道吗？老天爷会帮你？”

洛离听到这话，朗声大笑，笑罢，摇头说道：“罢了，好歹是自己人，就不玩这些虚的了，反正我的身上还有七道善功，可以罚恶！

猛龙，小青，苍天在上，后土在下！罪证确定，罚恶在前！”

说完，在洛离身上放出二道奇异的元能，那元能融入天地中，受此吸引，天空落下的奇异伟力，落到洛离身上！

洛离一剑，刺向了猛龙！

这一剑乃是快剑剑一，一剑直刺，简单，凶狠，整个人的力量化作一击，刺杀出去！

猛龙对于洛离的这一攻击，早就演练过无数次，应对这一剑，他有着十八种办法，不过他还是没有轻视，按照最安全的一种办法，破解此剑！

这一剑，剑光清澈，快如闪电，猛龙伸手一挡，使用自己的神通阻挡此剑，这一挡可不简单，暗含七种大变化，十三种小变化，绝对可以挡住这一剑！

但是，就是没有挡住，洛离的这一剑，什么大变化小变化，全部无效，猛龙大惊，急忙防御，结果还是无用，这瞬间一剑，刺破猛龙的神通，一剑刺入猛龙的前胸三寸！

瞬间，猛龙和小青全部喊道："不可能！"

洛离拔剑，继续出剑！

又是一剑，猛龙疯狂抵抗，小青出手相助，但是这一剑，太快了，比起以前洛离的攻击快了足足一倍，于此同时，这剑上的力量，也是暴涨一倍！

这一切，完全超出了他们两个人的想象，瞬间这一剑，又一次的穿透猛龙的一切抵抗，刺入猛龙的前胸！

然后洛离又是一剑，这一剑猛龙再无斗志，拼命逃走，但是这一剑比起以前，足足快了一倍，瞬间刺透他的心脏！

拔剑，血光飞溅，猛龙拼命的捂着前胸，傻傻的看着洛离，说道："这不可能，这不可能！你，你，你隐藏了实力！"

"隐藏实力？"洛离摇头，失笑。

"我说了，我也是有神通的！"

"你们就没有想过，我为什么日行一善，为什么替天行道，惩罚罪恶！

"你们没有想过！"

"原因很简单，我的神通就是：赏善罚恶！"

"每当我做一些善事，在我体内就会聚集一种力量，我称之为善功，每凑够一道完整善功，我就可以启动一次罚恶，击杀一个敌人！

只要我指定你为恶人，我的一道善功就会吸引天地之力，给予我力量，我的剑就会更快、更猛、更狠、更毒！

所以我从不妄杀一人，是为了更好的杀人！因为使用神通，每杀一人，都要消耗我的一个善功，所以我要到处做好事，就是为了积累善功！

杀了你们两个，我还剩五道善功！这是你唯一不知道的秘密，所以你死了！"

猛龙看着洛离，恨恨的看着，突然他的恨消失了，他笑了说道：“原来如此，原来你做善事是为了这个！原来你也有神通，你和我们一样，也是黑心的，哈哈哈，我死的不冤……”

一句话没有说完，鲜血喷溅出来，猛龙倒地死亡！

然后洛离看向小青，小青完全傻了，看着洛离，这才回应过来，她僵硬的笑了笑，说道：“洛离哥，对不起，对不起，我不知道啊！早知道如此，我绝对不会背叛你！

洛离哥，我错了，你能不能原谅我，以后我全部听你的，你让我做什么，我就做什么！我还是处子呢，我一切都听你的！

我们小时候在一起，那时候你背着我走出死亡之地，你说过你会照顾我一生的！”

她的目光中，带着无比的哀求，柔顺的像个猫咪！

洛离摇摇头，回答道：

“活下去？活下去！你为了活下去背叛我，我也是为了活下去，只能杀了你！

人要向前看，过去的就让他过去吧，我是杀手，对不起了，我会记住你的，但是你必须死！”

说完，洛离出剑，快剑如风，猛剑如虎，毒剑如蛇，狠剑如狼，向着小青狂攻。

在每一剑发出，天地之力汇集在洛离身上，速度，力量，全是以前的一倍！

洛离的实力一下子暴涨，正是因为如此，洛离可以轻易的斩杀三十一个豪强，这才是洛离真正的杀手锏！

剑光飞舞，轻轻一碰，顿时小青的蛇鞭斩断，十三剑之后，小青蛇鞭全灭，十六剑之后，小青神通粉碎，第十九剑，追上逃走的小青，刺透小青的心脏！

穿心而过，前胸进入，后胸出来，透心凉！

小青死死的抓住这剑锋，双手鲜血留下，但是也不能改变自己的命运，她看着洛离，剧痛愤怒仇恨，使她的脸完全的变形。

渐渐的生命消散，人之将死，回光返照，渐渐的那剧痛愤怒仇恨消失，小青的脸恢复正常，她看着洛离，说道："洛离哥，洛离哥，我也要像大力，二虎他们那样死了吗？"

大力，二虎当年洛离他们的同伴，没有经过影杀考验，全部死亡！

这一刻的小青，再也不是那个毒蛇一样的女人，变成了洛离当年的温柔小师妹。

洛离点点头，说道："是的，是的……"

然后他低声说道："对不起，但是我不得不如此，我也想活下去，你们知道的太多了，你们不死，我和爹就无法离开这无灵之地……"

小青惨然一笑，说道："我不怨你，是我被叛了洛离哥。我只是想活下去，原谅我们…… 真想活下去啊……

洛离哥，你要好好的活下去，替我们活下去，不要像我们一样死掉，离开这个牢笼，好好的活下……"

声音戛然而止，小青死亡，满脸对生的期盼，对死亡的不甘心！

洛离缓缓的拔出长剑，大喊一声："苍天在上！后土在下！恶人伏法，罚恶在前！"

洛离身上的奇异天地伟力消散，然后他转身离开！

大步流星，毫不停留，面色不变，还是那么的坚毅，但是在他眼角，泪水流下！

只有洛离一个人能听得到的声音，在风中渐渐飘散："其实你们还是错的，我的心，还没有黑……"

第七章 洛家少年

微微泛黑的天色，黑压压一群的乌鸦在盘旋。

一切已经结束，一片死寂沉沉。

地面上，到处都是尸体，无论是杀堂的杀手，还是信陵侯的手下，全部死亡。

很快，杀堂的善后人员到了，驾轻就熟地清理现场，打扫战利品，带走自己人的尸体。

突然有人惊讶的大喊道：“这，这是极品血晶石！”众人看去，只见有人在信陵侯的尸体上，发现至宝！

血晶石乃是银州大陆的矿产，一万斤在地下开采的普通血矿石，可以炼制出一块血精石。而血晶石则是需要凝萃一万块血精石，才能炼制出一块。极品血晶石更是厉害，一块相当于一百块普通血晶石，而且根本无法炼制，只能依靠运气，在地下开采，传说银州大陆万年历史，也不过开采出来七块。

所以，每一次极品血晶石的出现，在此大陆之上，都是惊起一片风波血雨。不知道为什么这至宝会出现在信陵侯的身上。

不过这些，洛离已经不知道，他回归龙首山，交接任务，去时三十四人，回来只有他一个，所有看到他的堂中杀手，全部无语，虽然这是杀手的宿命，但是难免人人心中戚戚然，兔死狐悲，物伤其类！

回到山腹中，找到卜算子，交接任务，自己刺杀信陵侯的功勋，记录在堂中功勋簿上，得到黄金五百两的奖励。

卜算子看着洛离，不住的点头，说道：“洛离，我看好你，你现在在功勋簿上，功勋第一，为天绝杀堂第一人。”

洛离说道：“侥幸而已，全是运气！”

卜算子继续说道：“我天绝杀堂，开堂口八百年，有此成绩者，只有二百年前的冰点，和五百年前的十三郎，两位前辈有此殊荣。

我天绝杀堂最近二十年出去的弟子，据说在七杀宗外门的试炼中，都没有活过一年的，所以我们这一届升仙大会，我们只有两个名额。

洛离，如果你到了七杀宗外门，一定要给我们杀堂争光，活的长一些，为我们多多的赢取升仙资格，那些后辈弟子，就靠你了！”

洛离说道：“长老放心，弟子一定完成使命，让天绝杀堂在七杀宗外门，重扬雄威！”

卜算子不住的点头，说道：“好，好，就看你了！对了，这个月的长生丹来了，你赶紧过去领取吧！”

洛离说道：“是的长老，弟子告退！”

洛离离开卜算子这里，然后领取这个月的长生丹，这就是长生毒的解药，以新毒压制旧毒，每吃一颗，可以多活一个月。但是只要吃过长生丹，无法炼气修仙，绝对不可能活过十年！

吃下解药，慢慢炼化，洛离就觉着全身气血滚沸，自己的气血，化作无尽气息，渗透到每一寸肌肉骨胳，从中抽取力量，再融入气血之中，进一步燃烧。自己的身体已经变一个熔炉，燃烧自己的生命潜力，化作无尽的力量，融入自己的身体，自己是越来越强，但是生命潜力越来越少，至少少活五个月！

这就是长生丹，得到力量，却失去寿命！修炼结束，洛离悄悄离开龙首山，消失无影。

做为一个铁牌杀手，洛离有权利可以选择自己的落脚点，在这银州大陆，他有十三个隐藏身份，等到堂中召集杀手的钟声响起，他才会赶回总堂，执行命令。

不只是他，所有铁牌杀手，都是各种隐藏身份，可以随意的离开龙首山的总舵，铁牌之下，就没有这个权利了。

洛离策马向前，在经过一片树林之后，化作了另外一个少年，身体足足矮了三分，更加的瘦弱，完全就是一个清瘦少年！

身上衣服朴素无比，一看就是家境一般，这个少年虽然样貌上没有多大变化，但是比起原来洛离的模样，更加的清秀，和那天道杀，完全就是二个人，看过去就有一种纯真感觉，就是一个普普通通的十六岁少年。

这就是洛离十三个隐藏身份之一，洛家旁系子弟，在此洛离直接以自己的本名生活。银州大陆包括皇室，一共有十二望族，那个信陵侯龙天星的龙家，就是其一，传说这些望族都是仙人之后，其中之一就是洛家。

洛家千年前有一个子弟加入灵蝶七巧宗，修炼三百年，晋升金丹真人，至此他的后裔在此银州大陆中兴，已经七百年，整个家族子弟过万，其中封侯的足足四人，更有无数旁系，散落大陆各地，洛离的这个隐藏身份就是如此，位于龙首山外六十里的洛家村中，属于旁系的旁系。

洛离下马，将马交给等待此地的小七，由他交给本地的杀堂暗桩，然后两人一前一后，缓缓走回洛家村。

十里的山路，很快就到，进入村中，立刻有人和洛离打招呼："阿离回来了？这次修炼的怎么样？"

洛离微笑道："还行吧，我练成了一招洛家拳法，谢谢七叔公关心。对了，七叔公，你腿还疼吗？"

"唉，老寒腿了，没有办法！"

"没事的，七叔公，我在山上采到了一些药材，晚上我给你送去，正好可以治疗老寒腿！"

另外一个老者说道："阿离真是好孩子啊，我们全镇子所有人阿离都帮过。就是你太年轻了，等你成年，我们一定要禀告族里，选你做我们这一支的村长！"

洛离回答道："谢谢四大爷，我们说好了，等我成年了，可得选我做村长啊，到时候可不许变卦。对了，四大爷，你家三哥在族里当差，你身体也不好，没有劳力，明天我给你打两捆柴送过去！"

"啊，那太谢谢阿离了，好孩子啊，真是好孩子！

对了，雪眉昨天在镇口等你，一直等到天黑，怎么劝也不回去，都等的心碎了！”

“我知道了，雪眉小孩子不懂事了，我都和她说了，不用等我的，让四大爷担心了！”

洛离有一句，没一句的回答着，这些人都是洛家旁系子弟，都是他的亲戚。

洛离走过众人，回归家中，那些老人议论起来：“阿离真是一个好孩子，乐于助人，做尽了好事，刻苦练功，很是懂事。”

“是啊，是啊，可惜他父母走的早，不然一定可以出人头地的。”

“唉，真是可惜了，不过还好，有个小丫鬟雪眉，也不算孤单了，我看再过几年，雪眉长成了，他们就可以成亲生娃了。”

雪眉是洛离已经故去的父母，为其准备的童养媳，小丫鬟，今年十五岁，传说她小时候，双眉是白色的，被家里人认为不吉利，卖给了洛离家，所以被称之为雪眉。除了她，洛离一家，还有一个小厮仆役小七。

其实真正的洛离，早已经在十六年前，和他的父母一起因为意外，离开人间。现在的洛离就是冒名顶替。

那小丫鬟雪眉和书童小七，都是洛离父亲慈云大师为洛离安排的，用以掩饰洛离的身份，只是雪眉对洛离的真正身份一无所知，而小七则是洛离的杀手小师弟，负责洛离执行任务之时，乔装成洛离的模样，闭关修炼，免得身份暴露。

之所以洛离有此隐藏身份，对于他和慈云大师来说，意义重大，为了这个身份，他们付出代价也是极大的！

这是他们唯一可以不通过升仙大会，离开银州大陆的依仗。所以当猛龙小青说到这个身份之时，洛离露出了杀机，知道这个秘密的其他人，必须死！

很快洛离回到自己的家门前，一个破旧小院，院子不大，里面的房屋家具，都已经有些破旧，但是却十分干净，一个女孩站在门口焦急的看着这边。

看到洛离，女孩高兴的冲了过来，她一把抱住洛离，喊道：“少爷，少爷，你可算回来了！”

声音中好像带着哭腔，死死的抱住，毫不松手。

小女孩，个子不高，比洛离小一个头，还没有发育好，瘦瘦的，脸上还有一些雀斑，小时候的雪色双眉，现在已经变成黑色，很是普通的小女孩，不过眼睛一片清灵，纯净无比！

洛离一笑，轻轻的为她擦掉眼泪，说道：“我就是上山修炼了几天，有什么好怕的，哭什么？”

雪眉还是使劲的抓住洛离的手，说道：“我做了一个噩梦，梦到了有一个猛兽，还有一个毒蛇，追咬少爷。

少爷在和他们打架，可是少爷一边打架，一边流泪，好像那个毒蛇，是少爷的亲人一样，那个梦里少爷好伤心啊，好难受！但是还要装出一副若无其事的样子！”

听到这里，洛离眼睛一红，但是嘴里却说道：“胡说什么？什么猛兽毒蛇，少爷我在山上修炼，又炼成了一招洛家拳，一会给你看看，少爷是无敌的！”

一旁的小七说道：“是啊，是啊，少爷由我伺候着，雪眉姐你就放心吧，对了，这是少爷让我给你买的七香斋最好的胭脂水粉，你还要不要？”

看到漂亮的胭脂水粉，可以遮挡脸上的雀斑，这样少爷一定不会嫌弃自己，终于雪眉不再哭泣了，少爷已经回来，那不过是一场梦而已。

洛离微笑的看着她，其实他很早之前就知道，父亲之所以将雪眉留在自己身边，就是为了自己离开银州大陆，可以成为自己的助力！

雪眉经常做梦，会梦到一些匪夷所思的事情，然后验证这些事情，都是现实存在发生过的事情。按照父亲的解释，这叫做他心通，乃是佛门六大神通之一！

回到家中，小七开始劈材，雪眉开始做饭，在二年前，伪装洛离父母的杀手离开，三个人就是在此相依为命了，虽然很单调，但是很平静，很自在，这就是洛离的生活，洛离喜欢这个生活。

那杀手身份天道杀，反倒象是在演戏一样，洛离并不喜欢那种生活。

晚上洛离把准备好的药材送给了七叔公，看着他不再疼痛，洛离忍不住的微笑，每帮一个人，虽然洛离可以获得善功，但是更主要的是，看到其他人开开心心，他都有一种说不出的高兴。

第二天他为四大爷送去两大捆干柴，洛离开始做起这些好事，村子里有需要帮助的人家，洛离总是第一个出现，帮助他们。

七叔公吃了洛离的药材，老寒腿不再折磨，四大爷烧起洛离的送来的干柴，家里充满了温暖，陆陆续续洛离又做了不少善事。

每当别人心存感激之时，每当受到洛离帮助的乡亲，露出笑容之时，一种无形无声的力量向着洛离汇集，它们在洛离体内，汇集形成一道善功！

洛离感受着体内的善功，悄声说道："六道善功，又多了一道，我又可以赏善罚恶了！"

可是这个生活没有进行多久，五天后，突然洛离腰间的铜铃，发出铃声，赫然是十二响！

这是从来没有过的事情，最紧急的时候，也不过九响，十二响代表着所有天绝杀堂弟子，那怕是卧底潜伏，也必须回归总堂！

洛离长出一口气，豁然而起，小七紧随其后，他又一次离开洛家镇，前往龙首山！

第八章 师兄，饶命啊！

离开镇子，改变模样，洛离又一次成为那魁梧的天道杀。

两人步行十里，来到暗桩所在之处，包括此地三个暗桩，所有人全部上马，策马扬鞭，向着龙首山冲去。

一路上，他们一行人不断壮大，包括其他地方卧底、暗桩，汇聚同行，沉默中赶路，等他们龙首山脚下，已经足足百人。

在夜色之中，一片灯火通明的地方就是白旗镇中，不下千人，云集于此。

刚刚来到此处，洛离立刻就闻到了一股血腥气，心中顿时一凛，他知道，这是——清场！

所有白旗镇中，不属于天绝杀堂的普通人，全部杀掉，真的是出大事。

洛离摇摇头，看来那几个小乞丐，还没有机会入门了，凶多吉少。

诸多杀堂弟子汇集这里，众人各自选择一处位置坐下，默默等待，千人静寂无声，只有风呼呼的吹过。

依稀地，如同呜咽哀鸣，又带着一种肃杀的味道，入耳生寒。

到了晚上自有人送来酒菜，大家也不说话，默默地吃下东西，然后继续等待。

这一等，就是三个时辰过去了。

天色愈发地阴沉，连月华星辉都没有，在一片火炬的红光下，终于慈云大师、卜算子、胖掌柜、陈瘸子四人出现在了大家面前。

众人豁然站起，看着他们四个，等待命令。

慈云大师手中还是拿着那串晶莹剔透的念珠，不住地诵着经，在不断的诵经声中，肉眼可见，无数光芒在他身上和念珠间不断循环。

他突然抬头，看向东方，第一个开口：“上次刺杀信陵侯的行动，我们得到一个极品血晶石，此乃黑龙镇海宗之物，他们派遣强者龙文定，进入银州大陆，要夺回极品血晶石！

这极品血晶石，我们已经上报宗门，宗门会派高手过来收取，灭杀黑龙镇海宗龙文定，但是宗门高手需要明天中午以后，才会到此，所以明天中午之前，我们要守住极品血晶石。

这极品血晶石乃是银州至宝，而我们天绝杀堂乃是银州大陆最强大的杀堂，无论王亲贵族，还是凡夫俗子，听到我们的名字，谁不害怕，谁不胆颤！

难道我们连属于我们的宝物，都守护不住吗？难道我们的威名只是虚幻吗？

笑话！

天大的笑话！

极品血晶，必须属于我们七杀宗，这是我们堂口，在此存在的意义，就该属于我们！由我们贡献给宗门，这是我们存在的价值！

所以，我命令，所有弟子汇集，死守龙首山，守护极品血晶！

你们，敢不敢？敢不敢杀死守龙首山，守护我们自己的宝物！”

随着他的话语，顿时众人异口同声的回答道：“敢！”

慈云大师转动念珠的手猛地一顿，大喝道：“敢犯我七杀宗者，如何？”

“杀！”

“杀！杀！”

“杀！杀！杀！杀！”

声浪汇成了一股，冲天而起，裹挟着陡然腾起的，汇集了上千个杀手而成的杀气，连天上的乌云都为之冲散。

清冷的月华披洒了下来，如同晶莹的袈裟披到了慈云大师的身上，他点了点头，道：“好，好，好！”

“这次守护成功，所有弟子奖赏一千两白银，门中销金窟为所有弟子开发，免费一个月，另外谁杀了那个龙文定，奖励升仙大会资格，解除长生毒，直接升仙，进入七杀宗外门！”

这话一说，所有人眼睛亮了，就像天上乌云散开后露出的点点繁星一般。

升仙资格本来只有十二铁牌杀手才有机会获得，现在机会共享人人有份，能活下去，谁也不想死！

慈云大师很是满意众人的反应，说道：“机会就在眼前，生死在天，成败由我，来吧，杀死龙文定，守护极品血晶！”

“杀！”

一句话喊出，声音不大，但是杀气迎面而来。

随后，在他身后三个长老，一起随之高喊： “杀！”

四个人的杀气汇在一起，扑面如刀，竟似连之前千人汇聚的杀气都比之不过，顿时所有人仿佛一瞬间就置身于无尽杀场中！

台下所有弟子，不由自主地随之高呼了起来。

前声未落，后声再起，层层叠浪，充斥六合。

这一刻的白旗镇，杀声震天，气贯苍穹！

七杀之后，强敌必灭！

命令下达，立刻行动，进行各种布置，巨大的穿云弩搬出地下，这穿云弩乃是巨型弩炮，足足有一丈长，需要十人才能上弦，可以射出七尺铁枪，三百丈外，力透五尺石岩。

这样的穿云弩足足十二件，在小镇中布置起来，在小镇外，开始散播各种毒物，布置各种陷阱，无数人行动起来，将此地变成一个可怕的死亡之地，只要那什么龙文定到此，就让他必死无疑。

三更时分，一切布置完毕，诸多杀手开始休息，等待明天的来临，而洛离等人，则在山腹之中白虎堂，开始开会。

在这白虎堂中，最中心坐着天绝杀堂堂主慈云大师，他还是手中拿着那串晶莹剔透的念珠，口中还是在念着经文，依然有光芒在念珠与他之间流转着。

在他下手坐着长老卜算子、胖掌柜、刘瘸子，除了他们还有九个铁牌杀手，站在一旁，其中洛离就站在最前边。

众人在此议论纷纷，对于慈云大师召集所有天绝杀堂手下，对抗龙文定，很多人表示异议。

卜算子焦急的说道："慈云师兄，我们真的要死守此地吗？那龙文定可是筑基真修啊，我们当中你最强，不过炼气第九重，我们如何是他对手啊！"

胖掌柜也说道："是啊，是啊，我们应该四散人马，大家各奔东西，躲在人海中，他龙文定再强也不可能找到我们，到时候门中高手到此，灭他就像灭个蝼蚁，我们何必冒这个险呢？"

卜算子说道："是啊，是啊，何必呢！如此硬抗，这不是我们杀手应该做的事情！"

一旁的刘瘸子说道："这你们就不懂了，我们乃是七杀宗的分支，堂堂上门，那黑龙镇海宗不过是万兽化身宗的旁脉出身，小小左道下门，我们避开他们，好说不好听，让宗门知道，必受惩罚。"

卜算子说道："惩罚？就是惩罚，也比死了好！那龙文定可是筑基真修啊！我们四个不过炼气境界，炼气对筑基，必死无疑！"

刘瘸子说道："为了宗门荣耀，死，并不可怕！"

这一句话，气的卜算子指着刘瘸子，不知道说什么好。他们在此不住的争吵，但是那主座之上的慈云大师，只是不住的诵经轻念！

卜算子实在受不了刘瘸子的话语，冲着慈云大师喊道："师兄，我们到底怎么办啊！"

看到卜算子有些发怒，刘瘸子突然嘿嘿一笑，说道："其实师兄早就得到消息，那龙文定后天晚上，才会进入银州大陆，而明天中午，门中的强者就会到此！"

这话一说，在场的所有人长出了一口气，原来如此，这么的准备，其实不是为了和那龙文定死战，而是为了明天中午到此的门中强者，做做样子，让他们看看天绝杀堂的锐气，谁也不傻，谁也不会在此等死。

卜算子一指刘瘸子说道："好你个刘瘸子，耍我玩呢！"

然后看向慈云大师，说道："师兄，你真高明，高，实在是高！"

胖掌柜说道："唉，这样最好，不然我们绝对九死一生，那龙文定拥有四只真灵宗培养出来的灵宠落地蜈蚣，可以遁入大地，这山腹中的密室在隐秘，也是没有用。"

刘瘸子说道："是啊，是啊，你们以为我不怕吗？我们在这无灵之地，就是混吃等死，宗门的荣耀，管我们屁事，多快活一年是一年！"

就在他们说话的时候，突然慈云大师手中的念珠发出一声清鸣，咔嚓一声，竟然所有的念珠粉碎。

这一变化，所有人都一愣，这是怎么回事！

这念珠慈云大师可是足足祭炼了十年，几乎时时刻刻都在祭炼，不知道是什么仙法妙术，想不到今天粉碎了？

慈云大师看到这一幕，脸上露出无尽的狂喜，那喜悦是发自内心的，高兴到了极点。

他抬头看了众人一眼，最后目光落到了洛离身上，说道："成了，成了，成了！十年苦熬，今天终于成了！洛离，你过来！"

洛离回答道："是，师父！"

说完，洛离走了过来，慈云大师一拉他，将洛离拉到自己身后，将手中用于串联念珠的丝线，套在了洛离的脖子上。

那动作小心翼翼，前程无比，然后慈云大师回头，看向其他人，开口低声说道：“对不起了，各位师弟，为了我儿子，没有办法，我骗了你们，明早龙文定就会杀到龙首山下，因为我们杀了他的儿子，他一定会来报仇的，对不起了，你们先走一步，我随后就到……”

最后几个字，声音越来越高，完全狂飙，慈云大师那慈祥的面容一下子变成狰狞起来。

于此同时，对他无比熟悉的卜算子，在身上发出强光，这是御使法器的迹象，同时他尖叫道：“师兄，饶命啊，不要……”

第九章 天地如炉，造化为工！

“师兄，不要……”

“饶命啊！”

在卜算子的尖叫声中，慈云大师的话语说到了最后！

“对不起了……”

那个“了”字，声音不大，却有肉眼可见的波纹在空气中扩散了开来。

波纹的每一次震动，都有声波缕缕如利剑，扫向四方，除了他身后的洛离，在场的所有人，立刻魔音灌耳，口鼻出血，此乃七杀宗的魔音杀！

“嗡嗡嗡嗡～～～”

恍若有人持铜钹，在耳边猛敲了一下，所有人立刻双手捂耳，除了连绵不绝的震鸣声音，就再也听不到其他东西了。

整个房间，也在颤动着，共鸣着，仿佛亦为这一声魔音所撼动，不住有灰尘扬扬洒洒而下。

八个铁牌杀手，最先控制不住自己的身体。

其中一人直接吐血倒下，其人即便是没倒，却也动都不能动一下。

这就是魔音杀的用处，以奇异魔音，震颤对方耳窝，扰乱对方反击。

但是卜算子、刘瘸子等人，也是七杀宗的老人了，惊骇，恐惧之余，在这魔音灌耳的同时，他们也开始了反击。

刘瘸子举起自己的拐杖，对准慈云大师，那拐杖中蕴藏一百零八精铁毒心针，只要一扣机关，就可以瞬间射出，三十丈内，透金穿骨。

卜算子的身前，出现一个铁八卦，飞舞在其头顶之上，此乃御使法器，那八卦发出光芒，护住他的全身，全力防守。

不等他们出手，慈云大师接着动手了。

只见他摊开手掌，不知道什么时候，拿出了一个三寸大小的玉符，这玉符成令牌形状，银光闪闪，上边都是各种奇异的符文。

此玉符一出，那一直没有说话的胖掌柜，发出一声绝望的惨叫："符宝！师兄，饶命……"

话音未落，在慈云大师的手中玉符，光华大作，凭空化成了一柄七尺长的银色长刀，这长刀完全是光芒组成，向着对面众人斩去。

那刘瘸子铁拐中的一百零八精铁毒心针，已经射出，但是在这银色长刀之下，这毒心针全部粉碎，化作飞灰。

刘瘸子的脸色煞白，猛地跃起，使出自己全身的解数，将自己所会的功夫发挥到极限，但是毫无意义，整个人在此银色长刀之下，一分为二，当场斩杀！

这还不算完，这银色长刀飞到卜算子身前，那铁八卦所构建的防御，如同纸糊的一样，瞬间一扫，法器铁八卦连同后面的卜算子，一起化作两半。

紧接着，看出符宝来历的胖掌柜身前寒光一扫，虽然他身上亮起了二道光芒，但还是毫无用处，"啪"那光芒粉碎！

胖掌柜看着慈云大师，喊道："为什么，为什么，咱们这么多年的交情，为……"

一刀下去，头颅落地。

银色长刀毫不停留，在地面一转而过，那八个铁牌杀手，全部分尸当场，立刻死亡！

所有银色长刀造成的伤口，都好像被火炭烙过一样呈现烧焦模样，竟然一滴血也没有流出。

转眼工夫，三息不到，在场众人，只余慈云大师和洛离父子。

余者，皆死！

银色长刀回归慈云大师手中，化作原来的玉符，不过看过去，其中的银色黯淡了一分，玉符的体积也缩小了一点，看来驱动这无尽不催的银色长刀，也是一种消耗。

慈云大师嘴里说道："为什么，对不起了，兄弟们，为了我儿子，只能如此！你们先走一步，我随后就来！"

洛离傻傻的看到现在，说道："这是什么？"

慈云大师说道："这叫做符宝，就是修仙的威力，凡间武学那怕你修炼到极限，也挡不住我这符宝一扫！

可惜了，这个宝贝，不能传给你了！"

洛离这时才回过神来，看着地上一地的尸体，不由的心中一疼，这些人从小到大和他生活在一起，胖掌柜刘瘸子如同亲人一样，对他十分不错，就这么的都死了，这是为什么？

洛离张口怒道："爹，你为什么？为什么啊！"

声音很大，带有一丝的怨气！

慈云大师看着一地的尸体，说道："为了什么？为了你啊！

儿子啊，儿子，要想你可以脱离这无灵牢笼，他们就都得死！而且不只是他们，你过来看！"

说完，在慈云大师手中，出现水镜，那水镜中乃是镇中所有杀手的景象。

慈云大师继续说道："他们，天绝杀堂一千三百七十四人，他们都要死！"

在这景象中，有着洛家村外的暗桩，有着洛离无数熟悉的师兄弟，还有从小和他一起长大的小七！

说到这里，洛离忍不住又问道："为什么？为什么！"

慈云大师缓缓说道："为了你啊！他们不死，如何能证明，你也死了！

脱离这无灵牢笼，就是背叛七杀宗！你以为七杀宗是开玩笑的存在吗？背叛七杀宗，你还想活下去？不要说你个小小的毛孩子，就是金丹真人，元婴真君，也是难逃一死！

七杀，七杀，七杀之下，青冥九幽，万物生灵，何人能活！

所以，明天早上，龙文定将会到此，取回极品血晶石，为儿子报仇！所有人都将死在他的手中，包括我在内！只有用我们都死了，才能隐藏你的离开！”

说到这里，洛离傻了，说道：“爹，爹，你以前不是说我们一起离开这里吗？我们一起！”

慈云大师微笑了一下，伸出右手，触摸洛离的脸颊，说道：“傻孩子，爹在骗你，爹必须死！所有天绝杀堂的弟子，服下长生毒，就都有牵魂引在堂中，总堂完全可以顺着牵魂引，找到所有人。

爹可是七杀宗弟子，天绝杀堂堂主，于情于理，爹都得战死！另外爹如果不死，如何能分魂切断你的牵魂引，如何能骗过七杀堂！

傻孩子啊，傻孩子，只要你活着，只要你能自由自在的活着，爹就是死了，也开心！”

洛离顿时眼泪落下，心中剧痛，连声音都在颤抖：“爹，爹，不要啊！你说好了，我们一起走的，我们永远在一起！”

虽然洛离乃是杀手，但是一直在慈云大师的庇护之下，赤子之心仍在，另外说到底，他不过是一个十六岁的少年，听到自己最大的依靠，最亲的人，也要去死，心情激动，热泪滚滚而下，怎么都止不住。

慈云大师摇摇头，说道：“十六年前，你娘为了你，已经去了，她在那边很寂寞，我一直想去找她，可是因为你，我必须看着你长大！

现在你长大了，现在我要去找你娘了！”

慈云大师精心的用手，小心翼翼的触摸洛离脖颈上，那条他所套下的细线，继续说道：“儿啊，爹和你把来龙去脉，说清楚！

这一次爹设了一个局，让你雇佣杀堂，杀了那个龙天星，乃是整个计划的引子！

那龙天星乃是黑龙宗筑基真修龙文定的爱子，龙天星五行灵根，修仙根本没有前途，而且为人狂妄残暴，在中天大世界根本活不长！

龙文定最爱这个此子，将他送到这里，这里没有修仙者，龙天星有神符护身，想让他在此享受荣华富贵一生，在此我倒是理解龙文定。

不过真是好笑，有的人想要进入这牢笼，有的人想要出去这牢笼！

所以我们把龙天星杀了，那龙文定必然愤怒的前来报仇，夺回极品血晶石！这样天一亮，他就到此，一场血战，我们所有杀堂众人，全部战死。

其实他就是我的刀，那怕筑基真修，也是一样被我玩弄，要杀他我有三个办法，绝对可以将他斩杀！

但是为了清除你存在的痕迹，只能让他破灭杀堂，他也活不了太久了！

儿子，记住，人都是有弱点，只要你洞悉人性，不要说筑基真修，就是金丹真人，也是一样可以轻易欺骗的！

在他到此，我会自斩魂魄，借以分魂替代你的牵魂引。其实我根本没有向总堂传递什么消息，这样过一段时间，七杀宗就会派人过来调查，通过牵魂引的调查，溯本归源，他们就会认定我们都死了。

这样你就和七杀宗，毫无关系，从此你就是自由自身！就是洛家一个小小的外系子弟！

刘师弟，卜师弟，他们老奸巨猾，明天龙文定一来，他们一定第一个逃走，他们如果活下去，他们知道你的跟脚，你就无法隐藏身份！

小七也要死，他存在的意义就是为了替代你，他死了，他们才会找到你的尸体，相信你也死了！

同样，这一千三百七十四人，他们有的认识你，知道你，所以他们都要去死，那怕只有万分之一的可能性，但是危害到我儿子的安全，所以他们必须都要死，才不会泄露秘密！”

洛离听到这里，看着父亲，不知道说什么好！

为了他一人，为了那怕万分之一的可能性，慈云大师决定让所有人，都去死！

慈云大师继续说道：

“儿子，我知道你不忍心，但是没有办法，说到底我们不过是两个小小的杀手，蝼蚁一样，微不足道，天地如炉，造化为工，我们只能在此熔炉中拼命的挣扎，拼命的活下去！

他们不死，你就要死！为了活下去，没有办法！

儿子啊，你娘为了你，在十六年前，已经去了，现在轮到我了，儿子啊，我希望你可以好好的活下去，自由自在，不受他人掌控，活出自己的精彩！”

说完，慈云大师开始默默念咒，所念咒语正是他这些年，祭炼念珠的咒语，随着他的念咒，那洛离脖子上的细线，开始发出光芒，溶解分离，注入洛离的体内！

第十章 父爱无疆

顿时间，洛离有一种感觉，好像万千把钢刀在身上砍削，整个全身，剧痛无比，这种疼，疼入心扉，让人根本无法忍受！

慈云大师缓缓说道：“儿子，疼吗？忍住！你身中长生毒，只有四年可活！

但是十年前，你爹就开始寻找破解之法，经过我十年苦苦祭炼，终于方才祭炼成功，此乃上门造化宗的洗筋伐髓换体诀。

造化宗，生生造化万灵体，青莲白藕铸金身！

他们最善于肉身改造，祭炼战体，修炼金身，这是你爹在神狱中，费尽心机得到的秘法！

我十年苦修，用自己的所有精气神，终于祭炼成功了！其实我即使离开这里，也活不过一年了，我也快死了！

儿子，挺住，只要你挺过去，这长生毒就会破解，而且你的体质经过长生毒的刺激，我的洗筋伐髓，将会拥有最好体质，未来你的路，就会更宽，更好走！”

随着慈云大师的话语，洛离死死的坚持着，难怪自己的父亲，永远手中拿着那个念珠，原来这十年，他一直是为了自己，在默默的祭炼。

什么是亲情，什么是爱，这就是了，为了自己的儿子，甘愿付出一切，无论是身体还是精神，还是一切，包括生命！

父爱无疆！

洛离死死坚持，忍受，忍受，忍受！渐渐的那个痛苦化作了酸痒，这酸痒让人有种想要去死的感觉，但是洛离还是忍受！

死死忍受，嘴角咬破，鲜血留下，渐渐的酸痒感觉消失，顿时洛离感觉到毛孔俱开，浑身上下暖洋洋的，像喝了一杯百年醇酿。这种美妙难言的感觉，让他忍不住的长出一口气，太爽了！

就在这时，慈云大师说道：

“快，七杀塑形，变回在洛家村洛离的原型！

记住，这次塑形，从此之后，就是你以后的模样了，再也没有改变的可能，你的七杀塑形就废了，再也无法使用。”

洛离在慈云大师的指挥下，开始塑形，身体矮了三分，那英俊魁梧的天道杀，再也不见，变成了一个十六岁，瘦瘦弱弱的俊秀少年模样！

慈云大师点点头，说道：

“好，好，好！我一直刻意的安排你那个洛家身份，就是你离开银州大陆的办法！

回去之后，你将大病一个月，在这一个月中，你的身体中被我隐藏的灵根，将会引发出来。

这样你就会被洛家发现，再过三个月，就到了洛家二十年一次，将拥有灵根的子弟，送到洛家老祖的时候。那时你就可以用洛家子弟的身份，离开银州大陆，前往中天主世界，拜入灵蝶七巧宗。

灵蝶七巧宗，万花丛中过，片叶不沾身！在修仙界以灵、巧、细闻名，最善于小范围缠斗，倒也不弱。

灵蝶七巧宗的心巧一脉，有一门秘法叫做问心言，新入弟子入门之时，使用此法，扣心自问，问你姓名，这秘法直指本心，你会发自内心，将自己从小父母给予你的名字说出，这是先天灵机，筑基以下，全部无法抵抗！

有此法，他们可以防止其他门派卧底潜入门中，任何伪装，任何假冒，都会露出马脚，但是你从小就叫做洛离，自打记事起就在那洛家村长大，那怕扣心自问，也是心中无愧，因为你就是洛离，所以你可以通过他们的审查，离开这里。

不过灵蝶七巧宗，万兽化身宗旁脉出身，左道下门，比起上门神威宗，在传承上差了万倍！到时候，等你适应了中天大世界，就悄悄的离开那里吧，那里不是你的立身之所，去寻找神威宗的无上传承！

离开这里之时，所有的七杀宗的一切，你要全部抛弃，那怕爹的符宝，也不能留给你，因为其中有着七杀宗的秘法印记，一切皆无，从头开始！

不过这个极品血晶石，你拿着，此物乃是炼器极品材料，价值一万灵石，没有任何七杀宗的印记，已经被我用秘法禁锢，你可以藏在胃中，到时候在灵蝶宗，用它换取灵石，做为前往天姥山的路费。

得到天姥山传承之后，有此依仗，你愿意做什么就做什么吧。是回归灵蝶宗，还是自己开辟洞府，还是加入其它门派，那就是你自己的自由了，爹就无法帮助你了。

爹只能安排到这里，爹就这么大的能耐了，以后就靠你自己了！”

说到这里，洛离跪下，向着慈云大师说道：“爹，儿子记住了，记住了！”

慈云大师递给洛离一个鸽子蛋大小的银球，这就是极品血晶石，不过外面已经被慈云大师处理，没有任何血气外放。

洛离张口吞下，藏到胃中，这是吞海藏绝术，和那紫薇算时法都是天绝杀堂辅助秘法之一，凡人即可修炼。

慈云大师点点头，说道：

“你再给我演示一遍收取神威宗传承的祈福仪式！”

洛离开始演示，一百零八个动作，或是祭拜，或是舞蹈，带着洪荒的气息，洛离一丝不苟的演示着，从来也没有如此认真！

等到洛离演示结束，慈云大师手中拿出一个碗口大小的镜子，在那镜面上出现光明，化作一片景色，这也是修仙秘法，可以将自己见过的景色，幻化在普通的水镜中。但是这秘法在此无灵之地需要消耗大量真气，所以慈云大师以前从来不敢使出！

在那水镜中，出现无尽山脉，巍峨高山，慈云大师缓缓说道：“天姥连天向天横，势拔五岳掩赤城。天台四万八千丈，对此欲倒东南倾。”

这就是中天主世界的天姥山那镜子景色转化，出现一个很普通凉亭，对面有一块天然平整的大石块，石块高越十丈，上边雕凿有三个红漆隶书大字：“天姥山”。每个字大如丈许，刚劲有力。

这就是天姥山的登山入口，外面乃是一条官道，乃是昌州到翼州的必经之处，离开官道，向里面一拐，就是进入天姥山。

每一个进入天姥山的游客，都要经过这里，此地可以说很是普通平凡，说到特别之处，就是那三个大字，显示出再往前就是无尽巍峨大山，无限美景在眼前。

慈云大师看着这里，说道：“儿子，记住了，记住了！”

洛离死死的盯着，将这一景一物，刻入脑中！

慈云大师继续说道：“天姥山自古以来就是神威宗的山门所在，度过四大劫难而不灭，其中洞天福地一百零三处，神威宗被攻破灭门，这些洞天福地八成都被其他上门夺走。

如果在山中隐藏门派传承，就是再隐秘，经千万修士寻觅，怕是无法保存，最后只能被人抢走。

神威宗先贤聪慧，却选择天姥山的山口，昌州到翼州的必经之处，凡人进入天姥山的进山入口，在这最平凡，最普通之地，每天无数游人经过之所在，隐藏门派传承。

千万年来，无数先贤前辈在此停留，走过，人来人往，谁也无法想到，这里竟然隐藏着神威宗最强传承。

大家从这里经过，都可以触手可摸，但是谁也想不到，这里竟然隐藏着无上的秘密。这就是灯下黑，越是摆在大家眼前，越是无法看到。越是危险的地方，越是安全！你都记住了吗？”

洛离回答道：“一丝不差，都记在脑中！”

慈云大师长出一口气，说道：“好了，儿子，我能告诉你的都告诉你了！活下去，好好的活下去，替我，替你娘，替这些为你死的人，活下去，好好的活下去！”

他又开始自言自语：

“孩他娘，你看看，这就是我们的儿子，我们的儿子！

我把他养大了，我没有辜负你的嘱托，你为什么非得喜欢我，如果你不喜欢我，你就不会死了！

因为喜欢！只为喜欢！我想你啊，我想你！

我终于把儿子养大，可以和你在一起了，在一起了！”

慈云大师忍不住哭泣起来，随着慈云大师的话语，瞬间洛离的身体，不在受自己控制，在慈云大师的遥控下，他缓缓站起，然后一步步的向外走去。

慈云大师看着远去的儿子，说道： “儿子啊，儿子！

一定要活下去！

一定要快快乐乐活下去！活出自己的精彩！

一定要掌握住自己的命运！自由自在，永远不被他人左右的活下去！

儿子，爹也就是这么大的能耐了，爹再也不能保护你了，以后就靠你自己了，儿子啊，儿子，永别了！”

洛离不受控制的走出山腹，走出白旗镇，在那些无数自己熟悉的杀手中，慢慢走去！

他的身体完全不受控制，只是一步步的向前走，那些杀手，看着洛离走出，因为洛离有任务在身，纷纷行礼，他们不知道，太阳升起，就是他们死亡之时！

小七来到洛离身边，展示一下自己新得到的法衣，悄声的说道：“洛离师兄，师父提升我做了铁牌杀手，许诺给我一个升仙大会名额，太好了，我可以继续跟随你了！”

洛离没有回答，多年相处，小七顿时感觉到有些不对头，他傻傻的看着洛离！洛离也看着他，两人双目相望，小七好像明白了什么！

但是他还是说道：

“洛离师兄，你去吧，我会完成师父的命令，你的事情，交给我吧！”

他一点也不知道，他的使命，其实就是替洛离去死！

洛离没有回答，在那不知名的力量控制下，他继续快步向前，走出白旗镇，走上大路，走出森林，走过河流！

身体不受控制的大步向前，绝不回头，但是眼角，泪水一滴滴地留下！

第十一章 我要修仙！

大步流星，洛离快步向前，走出了十里，远远的离开了龙首山。

渐渐的洛离恢复了身体的控制，他停止了脚步，回头看去，远远的龙首山，已经化作了一个影子，立在那里。

那里有着自己的父亲，有着自己的朋友，有着自己的过去，那里即将消失。

洛离不知道说什么好，只是看着，这时太阳升起，天空亮了，这时官道之上，已经出现赶早的行人，然后洛离看到一个人，在自己头顶飞过！

那人是一个老者，虚立半空十丈高处，负手身后，黑衣白发，披散的白发过腰，五官隽永，凤目长眉，双眸有如幽潭，散发血色光芒，冰冷而深沉，在他身上有一种无比可怕的气息，洛离看到就忍不住的全身颤抖，如同猎兔遇到了虎狼！

是的，这不是人，在他身上，有一种猛兽的气息，这是一条龙，一条黑龙！

这老者后背，有一对翅膀如同龙翼，乃是他所穿黑袍披风所化，不时的扇动，每扇动一下，瞬间飞出数十丈，转眼之间，飞过洛离头顶，直奔龙首山而去。

老者就这样在洛离的头顶飞过，瞬间，洛离知道了他了，黑龙镇海宗筑基真修龙文定！信陵侯的父亲，他来替儿子报仇，为门派夺取极品血晶石！

“来了，来了，他来了！”

洛离忍不住要大喊：“你儿子是我杀的，来找我吧！不要去那里！”

但是他忍住了，他没有大喊，他快速的看着四方，在不远处有一个小山，登高而望，可以远远的看到龙首山的白旗镇。

洛离快速的冲向那个小山，拼命的向着山顶登去，然后就听到远方传来一个声音：“你们这些愚昧凡人，竟然敢杀我儿子，竟然敢夺我宗门秘宝，你们是不想活了，好，好，好，我赐予你们这些愚昧的凡人，永生！

都给我死吧！”

龙文定来到了白旗镇前，傲立在诸多杀手的头顶三丈之上！

看着这飞过来的强者，所有的杀手胆战心寒，所有的陷阱毒药，都是布置在地上，他们自以为对付的是武林高手，谁知道来的乃是飞空仙人，所有人都傻了！

这时一个人站起，大喊：“不要怕他，穿云弩，穿云弩，射死他！”

这人正是小七，他第一个反应过来，开始反击。

顿时那十二只穿云弩，开始转向，要射杀龙文定！

龙文定冷哼一声，说道：“愚昧！蚍蜉撼大树！可笑不自量！”

随着他的话语在他身上，出现一种可怕的威压，这种威压犹如实质，所有小镇中的杀手，顿时全身无法行动，手中的刀剑，如有千斤，纷纷落下，有的人胆破心碎，开始吐血。

恍惚间，似有天龙，力压天地，在龙吟，在怒吼，恐怖的气息笼罩下，好像空气都为之凝固了。

这是龙威，黑龙镇海宗的镇海七法之一，这也是黑龙镇海宗，镇海二字的来由！

黑龙镇海宗乃是上门万兽化身宗的旁脉，得到万兽化身宗十二龙术之一的黑龙身，此宗弟子，走的是肉身成圣之道，以观想之法，炼化黑龙之身。

黑龙宗的弟子，他们具有强悍的肉身，可怕的感应，无敌的龙威，还有灭绝一切的黑龙波，有此能力，所以黑龙宗乃是中天主世界的下门三千左道之一！

所以当龙文定外放龙威，所有的杀手，全部被镇压，一个个的活活压碎内脏，鼻口七窍缓缓流血而死！

这种死亡，最是痛苦，在无尽的恐怖中，一点点的身体崩溃，缓缓死去，这是龙文定对他们的惩罚，谁让这些凡人，杀了自己的儿子。

就在这时，突然大地之中，一道银光飞出，赫然是一把银色长刀，正是慈云大师的符宝，一下子斩向龙文定。

这银色长刀向着他斩去，但是在斩到龙文定身前的瞬间，龙文定猛的翅膀一动，一下子飞到了三丈开外，这一刀斩空了！

这就是黑龙宗弟子的可怕感应，他们观想黑龙，灵觉龙化，都会变得可怕无比，可以预知危险，提前示警。

龙文定也被这一击吓了一身冷汗，这可是符宝啊，只有金丹真人可以炼制，那怕自己是筑基真修，被斩上就是不死，也要受伤！

瞬间，他知道了，这个事情，绝对不简单，自己被骗了，他开始重视此地之人，立刻升空，飞到五十丈高空，然后张口就是一喷！

一道光柱在他口中喷出，这光柱足足有水桶粗细，笔直向下，从天而降，所到之处，万物焚烧，分崩离析，爆炸连连，这就是黑龙波，黑龙宗最强秘法！

火焰波及之处，顿时成了炼狱，无数人在火焰中挣扎着，惨叫着，狂奔着……最终，一个个倒伏了下去，任由火焰舔舐着身躯，一动不动。

龙文定动了！

他在整个白旗镇上空飞舞，那黑龙波席卷整个小镇，大火升起，整个村镇开始燃烧。

越来越多的七杀宗弟子卷入了火海，目之所及尽是一片血一样的火红，耳中充斥的是绝望痛苦到了极点的惨叫。

“哈哈哈～～～哈哈哈～～～～”

龙文定疯狂地大笑着，周身一震，从他的身上，飞出四条足足有三丈长的可怕蜈蚣。

这些蜈蚣全部都是黑褐色，各自拥有近百三尺长的蜈蚣足，那蜈蚣足如刀如刃，发出银白光芒！

龙文定一收狂笑，大喝道：“十里之内，一个生灵也不要放过，全部杀掉！”

应声而动，四条蜈蚣从空中落下，它们落到大地之上，这大地在它们蜈蚣足下，就好像水波一样，它们立刻钻入大地之中，向着龙首山的山腹冲去。

洛离爬到小山之上，远远望去，只看到一片火海，然后还有无数的惨叫声，凡是靠近白旗镇的行人客商，也是被卷入其中，纷纷惨死。

那火焰冲天，不久远处一声轰鸣，整个龙首山都在这火焰中，在这火焰上空飞舞一人，这人掌管所有人的生死，一念之下，毁天灭地！

这是洛离人生第一次感觉到修仙者的力量，这种力量，远远超越他过去所接触过的所有力量，他为之疯狂，因为如果他没有这种力量，别人就会用此力量，来镇压他！

那大火足足烧了一个时辰，然后四只落地蜈蚣钻出，它们交给龙文定自己找到的所有宝物，假冒的极品血晶石，还有慈云大师的符宝，都在其中。

“父亲……父亲……”

“死了……”

远远地看着这一切，洛离的双眼被泪水模糊了，他还是使劲地睁着，使劲地看着、记着这一切。

良久良久，他确定了这一切永远不会淡去，永远不会遗忘后，洛离这才咬咬牙，咬咬牙，一转身，走下小山，开始离开这里，回归洛家村。

一路上，洛离解下腰间佩剑，来到一个水塘边，这把剑伴随他足足五年，剑下斩杀了三十二个强者，斩杀了自己的师妹师弟。

他一伸手，这把剑丢入水塘之中，然后他将自己身上的暗器囊，行军粮，护心镜，各种毒药丹药，天绝杀堂中自己拥有的所有一切，包括所有黄金，全部丢入这水塘之中！

这一刻，那横行银州大陆的天道杀，死了，消失了，再也不存在了！

这一刻，洛离就是一个普通的少年，洛家子弟！

过去的，都过去吧，武功就是再厉害，剑法就是再神奇，遇到那可以飞天的修仙者，一切都是白费！

“我也要修仙，我也要拥有哪种神通，只有这样，我才能自由自在的活下去，掌握自己的命运，不受他人主宰！”

“还有，我要杀了这个龙文定，杀了他！杀了他！”

洛离长出一口气，大步离开，坚定无比，返回洛家村！

回归洛家村，整个村子现在都已经乱成了一片，六十里外的大火，这里远远可以看到，谁也不知道那边发生了什么。

洛离悄悄的回到家中，还没有进入大门，就看到雪眉站在大门口，在远远的观望，她在担心洛离的安全！

看到雪眉，一瞬间，洛离拼命压抑的痛苦，彻底爆发！

他一把使劲的抱住雪眉，一直压抑的痛苦，这一刻爆发，他头一次的大声哭泣起来：“没了，没了，没了！”

“什么都没了！一切都没有了！”

“我就剩下你了，就剩下你了，就剩下你我相依为命了！”

真正的痛哭，哭到痛不欲生，哭到哭不出声。

雪眉不知道发生了什么，她只能使劲地抱住洛离，说道：“没事的，没事的，雪眉陪着少爷，雪眉永远陪着少爷，永远在一起！”

两个少年，死死拥抱，用这自己的身体，温暖对方，抱团取暖！

永远在一起，永远不分离！

第十二章 道体仙身

那龙首山的大火，足足烧了一天一夜，最后才熄灭，白旗镇的消失，也就消失了，银州大陆官方解释是山火爆发，小镇毁于山火。

天绝杀堂的那些人死了也就死了，控制银州大陆的豪门，都是修仙后裔，将此事彻底压下，淡化。没有人敢谈论那个飞空的仙人，这事就算过去。

不过龙首山上的慈清寺，却在如此大火中保存下来，毫发无损，反倒更显神迹，再日后的岁月中，引得无数信众过来烧香。

虽然有些老信众，怀念过去的慈云大师，但是随着时间的过去，在新的主持大师的经文声中，很快将他忘记。

这时的洛离，却在重病，那天回来后，他就重病不起，全身发烧，昏迷不醒，在床上辗转反复。

这下子把雪眉吓坏了，急忙哀求村子长者去请族中大夫，然后求神拜佛，能使用的办法全部使用！

第二天，族中大夫到此，诊断之后，大喜！

“这是祖先赐福啊，太好了！太好了！”

雪眉差一点把大夫打出家门，说道：“病成这样好什么啊？”

大夫说道：“你不懂的，这叫做后天觉醒，乃是大吉之象，本来灵根在婴儿出生之后，就可以检查出来。但是有一些人，会在成年之前，突然原来隐藏的灵根爆发出来，这就叫做灵根化生！

按照族中记录，我们洛家族人每隔百年，就会出现这样的弟子，我们洛家的三祖、六祖都是如此！”

雪眉听到这个，惊讶的问道： “灵根是什么啊？”

那大夫摇摇头，说道：“我也不知道是什么东西，反正是好东西，族里就是这么传承的，有此灵根，就可以去和仙人修仙，离开这里，前往仙界，从此长生不老！

太幸运了，我马上禀告族里！不过，他必须熬过这个坎，等他苏醒，你们两个发达了，从此人生不同了！”

说完，大夫快步离开，禀告族里。

族里顿时被惊动了，第一时间派人到此看护，等待洛离的苏醒。

一个月后，洛离苏醒，但是身体还是十分的不好，这时慈云大师刻意安排的，乃是洗筋伐髓解开长生毒的过程，也是让洛家注意洛离的办法。

又是一个月后，洛离可以站起吃饭，可以在屋中行走，族里经过测试，最后确定洛离拥有灵根，立刻大喜，准备将洛离接到族中，进行培养。

雪眉高兴无比，当初洛离重病之时，她曾经许愿求佛，现在洛离好了，她自然要去还愿！

就这样雪眉还有村子里的七大妈八大姨，一起前往新修的慈清寺，过去还愿。

在这两个月中，慈清寺重新修建，历经大火不损一瓦，成为神迹，无数信徒到此求佛保佑。其中就有雪眉她们几人。

在这无数的信徒中，有两个人漫步寺院中，这两个人一人散发披肩，面容癫狂；另一个道装齐整，颔蓄短须，面如美玉，但是不时的蹙紧眉峰，这两人都是筑基真修，七杀宗的强者！

他们在此寺庙中，转来转去，许久两人不再乱转，那癫狂之人开口说道：“冰点师弟，按照寺中记录法阵，可以确定我们天绝杀堂覆灭的来龙去脉了！”

这两人正是七杀宗的弟子，负责到此调查天绝杀堂覆灭的原因，这慈清寺不损，也是因为法阵保护。

那道装之人点点头，说道：“是的，邪灵师兄，可以确定了！

应该是在十月初一，杀堂接到了一个买卖，刺杀了本地的一个小侯爷，无意中得到他准备上供黑龙宗的极品血晶石！

然后黑龙宗筑基真修龙文定到此，杀堂集合所有弟子，想要护住宝物，最后全部战死！就是有逃出升天的弟子，二个月没有服药，长生毒发作，也活不下去了！”

邪灵点点头，说道：“应该就是如此，罪魁祸首就是天绝杀堂堂主慈云！

第一，他因为疏忽，没有将消息传递到宗门。第二，他忘记了修仙者的威压，在这里做惯了土皇上，妄想用一群凡人对抗修仙者，最后导致了杀堂的覆灭。

冰点，你确定一下牵魂引，看看是否堂中有幸存者？”

冰点开始施法，最后说道：“可以确定，堂主慈云以下，三大长老，十二铁牌杀手，六百二十七个影杀，再加上那些闲杂人员，天绝杀堂的所有人员，全部战死！”

邪灵书生点点头，说道：“好的，全部血战而死，也算没有丢我们七杀宗的脸！

对了，我记得慈云有一个儿子，你看看他死了没有？”

冰点查看了一下，说道：“死了，魂灭，尸骸都在，确定，必死无疑！”

然后他迟疑的问了一下：“师兄，为什么专门的提到他？”

邪灵书生看看四周，悄声说道：“慈云当年得罪不少人，犯过大错，要不是他师父护着他，早就死了！

就是发配这里，也有人惦记他，本来他们为他儿子，准备了很多项目，等他升仙进入宗门，打算好好的玩玩，谁知道就这么的死了。其实对于那小子来说，也是一种幸运！”

冰点点头，说道：“我明白了，我明白了，啊，那消息没有及时传递到宗门，会不会是他们故意瞒住消息……”

邪灵书生摇摇头，说道：“不要说，这事就此过去，你明白就好！唉，门中现在倾轧的太严重了，我们这些普通弟子，能避开那些纷争，就避开那些纷争！”

冰点长叹一声，说道："是啊，是啊，那里也没有净土啊！"

邪灵书生说道："对了，你出身这里，我可以给你休假十天，你在此好好休息休息！"

冰点摇摇头，说道："二百年前，我离开这里，现在这里早就物是人非了。

无灵之地，在这里待着实在难受，师兄，调查完毕了，我们离开吧，上报宗门，让他们重建这里。"

邪灵书生点点头说，说道："好，我们走吧！"

冰点说道："不过，师兄，我有一个非分请求，那个龙文定交给我吧，我想杀了他！"

在说杀了他的时候，冰点露出一丝的狰狞，就象是一个猛虎看到绵羊，猎人发现猎物一样！

七杀宗，以杀入道，杀人越多，杀敌越强，修为越高！

七杀之下，青冥九幽，万物生灵，何人能活！

邪灵书生笑了笑，说道："好，给你了，一个小小旁门的筑基真修，杀起来也没有什么意思！"

他们两个边说边走，转眼和雪眉擦肩而过。

邪灵书生、冰点继续前进，他们走下龙首山，突然冰点停步，皱眉，说道："师兄，且住，我们好像找到宝贝了，快回去！"

说完，他大步回归，邪灵书生一皱眉，也随在冰点的身后。因为他知道冰点乃至银州大陆出身，具有神通觅宝！

正好雪眉等人拜佛完毕，也走下龙首山，在山脚他们相遇！

冰点死死的看着雪眉，然后他笑了，说道： "发达了，发达了！"

冰点的双眼爆发血色光芒，死死的盯着雪眉，吓的雪眉一动不敢动，一旁的七大姑八大姨不干了，骂道："你这个登徒子，你想干什么！"

"我们是洛家人，你想死吗？"

邪灵书生也在一旁说道："这女孩好像有灵根，不过好像是五行灵根，最垃圾的灵根，对于那些散修小派，或许是宝贝，对于你我，这算什么啊？"

冰点毫不理会其他人的喊叫，说道："师兄，你不知道，你仔细看！"

这话一说，邪灵书生一愣，他伸手触摸雪眉的额头，其他人就要阻止，他双眼一瞪，立刻所有人全部一动不能动！

他触摸到雪眉的额头之后，顿时手上多了一滴鲜血，他放在口中，细细品尝，说道："五行灵根，金灵根占了大半，其他四行灵根，混乱不堪，没有什么啊？"

冰点摇摇头说道："不，师兄我的神通是觅宝，她就是宝，你仔细感受！"

邪灵书生继续触摸雪眉，得到鲜血，品尝，然后皱眉说道："奇怪了，奇怪了，好像真的有点说道！金灵根对比水灵根，比例正好是零点六一八，水灵根对比木灵根也是零点六一八，木灵根对比火灵根还是如此，五行相生，全是黄金分割点！

这，这五行灵根如此巧妙排序，这是道体啊，六十道体之一的太和道体啊！"

说到后面，邪灵激动不已！

冰点摇摇头，说道："师兄，你还是小看了！"

说完，他一伸手，雪眉的手上起火，烧的血肉啪啪作响，雪眉顿时惨叫一声，但是冰点毫不在意，在他眼中雪眉就不是人，只是一个东西！

他再一施法，火焰消失，施展凝神归元气疗术，雪眉手上的伤口立刻愈合，在愈合的时候，有股清香传出。

冰点也是激动无比的说道：“这是道体之上的仙身，十二仙身的九玄仙身，师兄，我们发达了！”

第十三章 仙缘？仙缘！

中土大世界，凡人欲修仙，必须先拥有灵根。

沧海桑田，世事变化，随着时间流逝，天地灵气也发生了变异。

仙道文明不断发展，日新月异，原本上古时期最好的五行灵根，现在已经是最差的灵根了。

五行灵根入门艰难，瓶颈无数，事倍而功半。

灵根之中，以五行灵根为最差，四行次之，三行就已经可以入门了，两行灵根就已经相当不错，单行灵根就是最佳弟子了。

更在其上的，就是单行的变异灵根了。

随着时代的发展，计有天、地、风、雷、变、日、月、电、云、冰等等十三种变异灵根被发现！

它们比单行的五行灵根，在修仙上更胜过一筹！拥有这些变异灵根的修士，自然也就成为了修仙界的宠儿。

在修仙界中，发展与发现，是永恒的主题。

在变异灵根之后，人们又发现，其实还存在着更好的灵根。

这些灵根就是以这些灵根中的数个，进行各种奇妙组合，拥有这些奇妙组合灵根的修士，修炼起来一步千里，一飞冲天，比起拥有变异灵根的修士，更是厉害！

在不言宗的研究下，最后将这种复合灵根称之为道体，并且确定了六十道体，经过数十万年千万修士的确认，最后确定不言宗的研究，准确无误！

六十道体，名传天下，为无数修仙者所欣羡，垂涎。

比如五行灵根以相生次序排列，每两个相生灵根的比例都是黄金分割点，这就是太和道体，具有奇妙神通，修行一步千里。

再如身体拥有变异雷灵根，还拥有水灵根和金灵根，相应比例为六点一八比二点四一，比一点四一，这就是雷贞道体，适合修炼雷系法术。

若是身体中拥有水、火、土灵根，其中比例特殊，初始固定，但是会随着修炼，化成熔岩、岩浆两种奇异终极状态的地火道体……这些道体共有六十种，得到其一，这弟子就是一百零八上门都会疯抢。

这，竟然还不是尽头！

在这道体之上，还有十二仙身！如果说道体已经是可遇不可求了，千年难遇，那拥有仙身的弟子，那就是万年难出其一。

雪眉所拥有的就是十二仙身之一，慈云大师并不知道，只是感觉到她的不同，所以将她留在自己儿子身边，为自己的儿子留下辅助之人。

说到底慈云大师不过炼气境界九重天，那里可以知道这些隐秘，这是他无法接触到的修仙秘闻。

这雪眉就是传说中的修仙天才，天才中的天才，这样的弟子，无数门派疯狂抢夺，因为有了这么一个弟子，好好培养，绝对可以修炼有成，振兴门派。

其实在这仙体之上，传说还有一种修仙体质，叫做圣灵之体，不过那个就是传说了，传说的传说了！

冰点确定了雪眉的仙身体质，再看过去，就是满脸笑容，无比的虚伪，完全忘记了他才烧雪眉手时的残忍，他慈祥无比的冲着雪眉说道：“孩子，我们是仙人，你和我们有缘，走吧，我们带你去修仙！”

这话一说，周围无数的凡人，不由的一起倒吸了一口冷气，这是遇仙！这种情况，在银州大陆上多少年来，无数次发生，凡人得到仙缘，和仙人离开，过了几百年归来，长生不老，整个银州大陆那些豪族，统治大陆的皇族，都是如此由来！

其实什么仙人，不过是自吹自擂，只是普通的修仙者！

立刻无数人的目光，看向了雪眉，这目光蕴含着羡慕、崇拜、高兴、嫉妒。但是雪眉坚定的说道：“不，不要去修仙，少爷在等着我，我要回家！”

冰点听到这话一皱眉，说道："少爷？那是以前了，从今天起，你的人生已经不同了，你就是修仙者，高高在上的存在，小小凡人，还能做你的少爷？"

雪眉坚定的摇头，说道："不，不，我家少爷在等着我，我要回家，我要回家，放开我，放开我，我不去修仙！"

说完，她就使劲的挣扎，大声的呼喊，想要离开这里，回家，家里还有洛离等着自己！

雪眉的坚决态度，使得那边邪灵一皱眉，吹了一口气，顿时雪眉昏迷，他抓住雪眉说道："现在你会想回家，等到你踏上仙路，就会感觉到自己的愚昧无知，就会对我们感激不尽！"

然后他回头看向众人，说道："此女有仙缘在身，是她的福分！"

说完，他冲着一旁的石壁一点，瞬间在石壁之上，刻出一个三丈方圆的仙字，这个字刻入石壁三尺，发出微微金光，让人不敢目视。

看到此字，顿时围观众人纷纷跪下，喊道："仙人显灵了！"

"仙人显灵了！"

在他们的呼喊声中，冰点邪灵两人带着雪眉腾空而起，向着远方飞去！下边无数的百姓，羡慕的喊道："仙缘啊，仙缘啊！"

在那空中，冰点说道："师兄，这次可是发达了，回归门派，献上如此弟子，门派一定重赏！"

邪灵冷哼一声，说道："重赏？现在门派乱成这个模样，你说他们能奖励我们什么？"

这话一说，冰点顿时无语，邪灵又说道："就是奖励了，你想看到这个小丫头，在未来成为我们的大师姐，对我们指手画脚吗？"

冰点使劲的摇摇头，然后说道："那师兄你说怎么办？"

邪灵说道：“我知道几个上门的坊市，这种天才弟子，那个上门都会求之不得，绝对可以卖个好价！

这个丫头，她和我们不是一路人，可以预见她必定会扬名中土大世界，未来的天之骄子，门派新星，说实话，我真的很妒忌她啊！

不过也许我们踏入金丹境界的机缘，在这个丫头身上，绝对可以卖个好价钱……”

冰点不住的点头，说道：“师兄，高明，高明！”

他们两个这时那还有心思调查天绝杀堂的事情，立刻离开，至此洛离和七杀宗再无关系，再无任何联系！

慈云大师不惜灭杀千人，**其身，最后目的达到，洛离脱去一层枷锁，从此成为自由人！

一个月后，黑龙门筑基真修龙文定被人刺杀，死前凄惨无比，在尸体上，被人刻下七个杀字！

傍晚，雪眉消失的消息传到洛离的耳中，洛离知道这一切后，既没有愤怒，也没有悲哀，整个人很是平静！

然后他挨个的询问七大姑八大姨，将那时她们听到的一切，看到的一切，全部一丝不差的打听出来，当听到冰点邪灵忘形时所说的太和道体九玄仙身之时，洛离长长的出了一口气，可以确定至少雪眉未来的日子，应该很受重视，不会有生命危险。

夜幕来临，洛离来到那仙字之下，看着这个字，默默的触摸，感受着这字中蕴含的力量！

“没有死就好，只要没有死，就有机会再相见！”

“仙缘？狗屁仙缘！一定是七杀宗过来调查的修仙者！七杀宗！七杀宗！”

“雪眉，好好的活下去！我也要离开这里了！”

“雪眉，我会找到你的，我发誓，我一定会找到你的！”

“雪眉，等着我，我一定会找到你，一定，一定！”

月末，洛离的仙缘到了，该来的终于来了，洛家管事到此，洛离和他们一起离开洛家村，前往洛家主家。

离开村庄，无数的乡亲出来相送。

“阿离，走好啊，到了族里要争气啊！”

“阿离，记得没事回来看看，这里永远是你的家！”

“阿离哥，再见了，保重啊！”

看着那些看着他从小长大的父老乡亲，洛离使劲的挥挥手，再见了，乡亲们，他登上骏马，离开洛家村，开始了属于他的仙缘，开始新的征程！

仙缘？仙缘！各自有缘！

第十四章 借壳藏身

洛水城，洛家直系家族所在地，整个城市几乎都是洛家子弟，内城就是洛家主家。

在此一路上，洛离一边死死的抓住马缰绳，一边瞪大眼睛看着周围的一切，把一个不怎么会骑马，从来没有见过如此繁华景色的少年形象，表演得淋漓尽致。

这对于洛离，太是小意思了，装神像神，装鬼像鬼完全是他的杀手本能。

“七叔，这城门好大啊，太大了！”

“七叔，这都是我们洛家的吗？太繁华了！”

“七叔，那个女孩对我笑了，我是不是脸上有脏东西，她在笑话我吗？”

在少年的幼稚惊讶声中，管事洛七已经对这个少年，已经产生了好感，自幼父母双亡，可怜无比，但是却自强不息，刻苦学习，努力练武，而且为人善良，喜欢帮助别人。

一路上，洛离寥寥几句话，几个动作表情，就取得了洛家管事洛七的信任和好感。

很快他们入城，来到内城主家之前，洛七忍不住说道：“等他们检查完毕，你要是真有灵根，就没有人敢得罪你的，你就想说什么，想要什么，就大胆的说！”

然后他小声的说道：

“大老爷很喜欢敢说敢做的孩子，讨厌腼腆不敢说话的小孩，所以你大胆的说，没有事的。”

这就是好感带来的好处，大老爷就是洛家家主洛天龙，当初洛离刚刚出道，斩杀的洛天雨，就是他的亲弟弟。

这些其实洛离早就知道，身为杀手，情报是第一位的，在慈云大师的安排下，他对这洛家了如指掌。

不过洛离还是抱拳，感激不尽的说道：“谢谢七叔！”

洛七点点头，说道：“你要有事，就来找我，我一般都在外堂，你七叔大能耐没有，但是一般的小事，还是可以搞定的！”

进入主宅，洛七离开，洛离被人带入一个大堂中，在此有五六个老者等待多时，然后就是各种检查。

脱光衣服，剪头发，测体重，量身高，抽取心血，看牙齿，摸肋骨，足足搞了半个时辰，最后几个老者确定洛离拥有灵根，而且还是三行灵根，水、土、火，相当不错的资质！

消息传出，立刻洛家一片欢腾，每一个新发现的具有灵根的洛家子弟，都将前往中天大世界修炼，都将是洛家在此银州大陆安身立足的依仗。

检查结束，洛离沐浴更衣，然后换上最好的绫罗绸缎做成的锦袍，送到洛家最好的楼宇之中，身边貌美婢女四人，小心翼翼的伺候着他，享受最高的待遇。

第二天，洛离被带到一个大厅之中，在大厅中心有一个矍铄老者，洛家长老洛天林，他满头白发，双眼炯炯有神。

和洛离一起到此的，还有四个人，二男二女，其中一个女子大约有十七八岁，比洛离还大，一副大姐姐模样。

另外一个女子，十分的清秀，大约有十五六岁大小，两个少年其中一个和他差不多，但是有一个岁数很小，也就是十四五岁模样！洛离看过去一眼，就是知道那个清秀女孩，是众人的头领，其他三人对她言听计从。

这都是最近二十年来洛家发现具有灵根的子弟，到时候大家一起离开这里。

不过他们不同于洛离，他们从出生就被发现灵根，在这里长大，从小接受洛家的修仙启蒙教育，享受洛家所有资源，可以说他们是洛家的天之骄子。

洛离属于后天觉醒，完全就是洛家的野花杂草，乡下的土包子，而且他们从小在一起长大，看到洛离这种后加入的乡间少年，虽然没有说什么，但是眉宇间都有一种不屑，在无形之中，一种界限在他们中间出现！

洛离看着他们，不住的潜移默化的对自己催眠："我现在是洛家的小小少年，什么都不懂，什么都新奇，我不再是那个无敌的天道杀，我就是少年洛离！"

"我是小孩，我什么都不懂，我什么都好奇……"

骗人最高境界，想要欺骗别人，先要欺骗自己！

洛天林看着他们，不住的微笑，开始说道："洛欣、洛兰、洛风、洛明，这就是你们新来的兄弟，他叫做洛离，从今天起你们五个就是兄弟姐妹，记住上阵父子兵，打虎亲兄弟，以后，洛家的兴亡就寄托在你们几人的身上。

想当年，最开始我们洛家在银州本是猎户出身……"

说到这里洛天林长老恭敬站起，向着西方行礼，表示自己对先祖的恭敬，然后继续说道："我洛家先祖，希夷老祖具有大气运，遇到仙缘，得以离开此界，前往中天大世界，苦苦修炼，最后修成无上金丹真人！

七百年前，希夷老祖回归银州，至此我们洛家中兴……"

洛长老讲起没头，从千年前洛家希夷老祖遇到仙缘，到七百年前，洛家兴起，到现在洛家的强盛，一点点的讲起，一口气足足讲了二个时辰，在这讲述中，好像具有一种魔力，听的人热血沸腾，恨不得如同先祖一样，披荆斩棘，开辟出一片新天地。

最后洛长老说道："你们，到了中天主世界，好好修炼，在老祖座下听从教诲，一定可以闯出属于自己的新天地！

人生不易，不要空度百年，抓住机会，潜心苦修，一定要学有所成……"

洛离做出一副热血沸腾的模样，好像完全被洛长老的话语，刺激的恨不得马上就奋斗一番的模样，更让一旁的几个少年，嗤之以鼻，他们对这些话语，早已经免疫。

那个清秀的女孩叫做洛欣，那个比洛离还大一岁的女孩叫做洛兰，最小的少年叫做洛风。

不是他们可以抗住洛天林长老的教诲，而是他们从小听了十多年，早就耳朵磨出茧子了！

讲历史，说古训，培养家族忠诚信念教育结束之后，洛天林长老开始传授修仙知识！

“你们都有灵根，就可以离开银州大陆，前往中天主世界进行修仙！

不要以为这很容易，这是可遇不可求的机缘，多少散修，苦求无门，一法值万金，你们只有所以有此机缘，是因为你们都姓洛，借了祖先的荣光！

如果不是希夷老祖在灵蝶七巧宗晋升金丹境界，继承了灵巧一脉，哪有我们的今天？你们是不知道修仙的艰难啊……”

就这样又是一番教育，然后回归正题，继续讲道：“所谓修仙，就是求长生不死，得无量神通的过程，只要修成，就可以乘风御宇，一剑纵横千万里，驾云而啸，水火不侵，食雷渡劫，一丹齐天寿。

朝游昆仑暮北海，食青云兮餐红霞，闲看涛生云灭，千秋宛如一梦！擒龙为骑，以鹤为伴，享受人间无上大自在！”

“修仙古老传说，共有六大境界、炼气、筑基、金丹、元婴、化神、返虚，每重境界分成十重，其中一到三重为初期，四到六重为中期，七到九重为后期，第十重为大圆满。

传说再往上还有三重境界，那就不是我们可以知道的了！

修仙之途，艰难无比，每一境界，每一层次，想要晋升，都是千难万难……”

“所谓的修仙界，其实就是中土大世界，此界乃是大千世界，无穷大也！

我们银州大陆，其实不过是此界的一个附属次元空间，不及中土大世界的九牛一毛。

中土大世界，不过经过先贤不断探索发现，最后确定了中天大世界为九域组成！

这九域分别为中原、辽东、楚南、关西、苍北、绥远、苗湘、高藏、青宿！在九域之间，还有东南西北四海，将九大地域彼此连接！

这九域四海的庞大，不是你们可以想象的。之所以被称之为域，就是在此大陆之上，一处太阳升起之地到一处太阳落下之地，被此处太阳所照射的大地，为一域！

记住，这是一处，一处的意思，不一定是一个太阳，或许是二个，或许是三个，其中高藏地域，共有十二个太阳！”

在此洛长老开始传授各种知识，听着这些知识，洛离长大嘴巴，不时发出一声声的惊叹！做出一副难以相信的样子！其实这些知识，他早就在慈云大师那里知道，现在只是伪装而已。

洛离无比的惊讶，其他几个少年，早就听过无数遍了，毫不在意，他们更视洛离为土包子。有此对比，洛长老很满意洛离的反应，更加卖力的讲了下去！

“是个好孩子，可惜觉醒的有点晚了，不然我可以把自己会的东西，都教给他！”

就这样一直讲到中午，这才结束教授，然后众人享受美食，下午继续教授各种修仙知识！

中午吃饭的时候，洛欣、洛兰等四人一桌，洛离坐过去想要和他们坐在一起。

那洛明立刻霸占桌子，说道：“土包子，这里没有你的地方！”

其他几个人也是如此的看着洛离，他们都把洛离当成了土包子！

洛离装出一副被同伴歧视看不起，心中愤愤不平的感觉，少年就要有少年的样子，天道杀已经消亡，只有这样，自己才能不被怀疑，离开这里！

其实这对于洛离来说，太幼稚了，小孩的把戏，不过这样更好，洛离刻意的想要避开他们，双方分开，尽量能不接触，就不接触，事情越少越好，安全顺利的离开银州大陆，才是正道。

第十五章 脱壳化蝶

在此院落中，洛离有把握轻松刺杀任何一人，那怕刺杀洛家家主也不再话下，就是杀了他们，洛离也有把握，轻松离开。

下午，洛长老又开始传授修仙的知识，洛离感觉差不多了，站起问道："心林爷爷，我有一个问题！"

洛长老回答道："什么问题？"洛离说道："心林爷爷，为什么我们要学这些东西？我们洛家不是有七十二式洛家拳，为什么我们不修炼那洛家拳啊？"

这话一说，洛天林还没有回答，其他的少年一起发出嘲笑声："哈哈哈，还修炼凡人的武技，那没有用的！"

"土包子，真是土包子！啥也不懂！"

洛长老也微笑的说道：

"那七十二式洛家拳，只是凡人修炼的拳脚功夫，只能强身健体，对于修仙毫无用处，所以不练也罢！

好了，好了，我继续传授你们修仙知识，洛离啊，等你离开这里，到了中土大世界，感受到灵气的存在，就知道为什么了！"

就这样洛离不时提问一些幼稚的问题，随着洛离的提问，洛离在诸多长老眼中是一个认真好学的少年，在其他四个洛家同伴眼中就是一个土包子。

随着时间的过去，渐渐的人们发现，洛离这个孩子，特别喜欢助人为乐，清晨起来帮助老大爷扫地，帮助执事修复破损的桌椅，帮助小厮打扫房间，与人为善。

只要有他可以出手帮助的地方，他就会过去帮忙，每个人都对他报以好感，他无声无息的融入洛家。

除了众人的认同，还有一个无形的好处，那就是善功，在众人感激之时，洛离的善功开始持续增加，又增加了两道，达到了九道，可惜能做的都是小事，没有那种感激不尽的事情，所以只是多增加了两道善功。

终于这一天，每隔二十年一次的仙人接引，时间到了，整个洛家全部的紧张起来，期待这一天的来到。

在家主的带领下，诸多长老，洛离等人从天一亮就在城中的一处高台下，默默等待。

在这一段时间中，洛离已经摸清几个同伴的情况，洛欣，拥有水木两行灵根，是这批孩子中资质最好的，被洛家重点培养，所以她可以成为这些人的头领。

其他三人，洛兰、洛风、洛明，都是拥有五行灵根，刚刚可以进行修炼，几乎可以说没有什么前途，筑基难成。不过其中洛兰、洛风各自拥有神通，倒也弥补了一些劣势。

其实洛离对他们也没有怎么在意，按照慈云大师的预计，即使自己以洛家子弟的身份，离开银州大陆，加入灵蝶宗，虽然有着洛家一脉前辈照顾，但是最开始也不过是一个外门弟子身份。

这是灵蝶宗的规矩，加入门派，最开始都是外门弟子，苦苦修炼，搞出成绩，才会被吸收到灵蝶宗内门，成为灵蝶宗真正的弟子。

不过洛离可没有这个心思，到时候等到自己适应了中土大世界的一切，找个机会，卖了极品血晶石，然后悄悄踏上征途，前往天姥山收取神威传承，这才是洛离的目标，灵蝶宗也不过是一个踏板而已。

就在洛离胡思乱想的时候，天空轰隆一声，雷鸣声出现，可是此时天气晴朗，没有一丝的乌云，更不要说下雨了！

等待的众人顿时议论纷纷起来：“来了，来了！”

“接引使者来了，不知道是三祖，还是六祖！”

“按照规矩，应该是六祖吧？”

所谓的三祖、六祖都是洛家出去的子弟，他们在灵蝶宗苦苦修炼，加入内门灵巧一脉，最后筑基有成，都活了二百年以上，这样洛家老祖，一共有六个，如果其中有人突破金丹境界，那洛家就更是昌盛。

这时天空一朵金色云彩，快速出现，伴随着雷声，快速向着这里飞来，那雷声乃是修士由外域穿越到银州世界，引发的天地异象。

家主洛天龙大喊一声：“都规矩点，奏乐，放鞭，焚香，恭迎先祖回家！”

顿时锣鼓响起，鞭炮齐鸣，众人规规矩矩的站好排，等待先祖回归。

转眼那金色云团飞到了高台之上，这云团看过去并不是云气组成，就象是一个水滴，流线外体，金色璀璨，在其中有着一种说不出的美感，让人看到就是喜欢！

洛离身前的洛天林悄悄说道：“看到没有，这是灵蝶宗的彩翼飞车，一共才有十二辆，这一辆就是我们洛家希夷老祖的座驾！”

这是飞车，修仙界用以代步的工具，驾驭飞车可以上天入地，日行万里。

洛天龙大喊一声：“恭迎老祖回家，后辈弟子有礼了！”

说完，他带头第一个跪下，磕头，所有洛家子弟全部跪下磕头，迎接洛家回归的老祖！

这时那飞车发出一声清鸣，整个飞车如同流水一样，向着一点流去，转眼整个飞车化作一个弹丸，被一只素手抓住！

飞车消失，露出车中之人，出乎所有人的预料，这人既不是什么洛家三祖，也不是什么洛家六祖，赫然是一个女子，一个洛家谁也没有见过的女子！

这女子看过去很是年轻，有着倾国之色，丽色逼人，光华美艳。身穿紫色宫装，肌肤胜雪，长发及腰，头上带着一只紫色彩蝶，看过去和活的一样，振翅欲飞！但是那精致的脸蛋上，却没有一丝笑容，如同寒冰一样，看过去让人心生畏惧。

这个女子出现之后，所有洛家的老人，都是一愣，这人是谁？

那女子看了众人一眼，说道：“万花丛中过，片叶不沾身！

吾乃空远峰峰主希夷真人爱妾苏采真，你们叫我苏仙子就行了！”

万花丛中过，片叶不沾身！这是灵蝶宗的诗号！每个修仙门派都有自己的诗号，陌生的修士一碰头，一碰诗号，基本就对彼此的身份知根知底了。

声音不大，传遍全城，随着她的声音，一种无形的威压发出，在场所有人都有一种肝胆破碎的感觉，这是筑基威压，她是筑基真修！

洛离这一刻，心神一瞬间，高度集中，他知道洛家出事了！

这洛家除了金丹真人希夷老祖之外，还有六个筑基真修，号称六祖，每次都是他们之一归来，在银州小住，然后带走具有灵根的子弟。

但是今天，那六祖一个也没有来，反倒是来了这么一个苏仙子，她自称自己是希夷老祖的爱妾，如果是真的，那事更大了！

于情于理，希夷老祖都不会让自己的妻妾，抛头露脸出来办事，可是她就是到此，换句话说希夷老祖实在座下没人，不得不让她出面，可是那洛家六祖都哪去了？

想到这一点的，不只是洛离，洛家家主洛天龙，长老洛天林都是彷徨不已，看向这个苏仙子。

苏仙子一皱眉，说道：“怎么，不欢迎吗？”

洛天龙反应过来，他高喊道：“欢迎，欢迎老祖奶奶归家，快，奏乐，放鞭！”

立刻锣鼓又一次响起，鞭炮齐鸣，苏仙子缓步走下，由洛天龙在前边带路，他们进入府中，看来苏仙子有事要说。

洛离等人等在外面，其他洛欣、洛兰等人根本看不出事情出现问题，还在那里议论：“老祖奶奶真漂亮啊！”

“是啊，太美了，真是天仙一样！”

“我更喜欢那彩翼飞车，太漂亮了，可以飞天遁地，真想拥有一辆！”

“哈哈，阿风，你不要做梦了，灵蝶宗才有十二辆，我们老祖才有一辆，你也想有，除非你成为老祖那样的高人！”

“为什么不行？我一定要成为老祖那样的高人，拥有一辆彩翼飞车！”

洛离却在细细思考，默默的祈祷：“不要出事啊，千万不要出事，我一定要离开这里！”

“千万不要出现意外，顺顺利利，一定要成功，爹，你保佑我啊！”

“爹为了我舍弃性命，天绝杀堂一千三百七十四人，因为我全部死亡，付出了这么多，我一定要离开这里，离开这里！”

那苏仙子进入洛府，很快就出来，直奔洛离他们这些人而来，洛离众人立刻站好，恭恭敬敬的看着苏仙子！

苏仙子到了他们的跟前，左右看了一眼，说道：“就他们五个？”

洛天林恭敬的回答道：“是的，老祖奶奶！”

善于观察的洛离，立刻发现，洛天龙、洛天林等人虽然强颜欢笑，但是面色死灰，这种死灰是一种绝望到了极限的绝望！

洛家果然出事了！

苏仙子看着他们五人，一直最前边的洛欣，说道：“你叫什么名字？”

声音奇异无比，带着一种可怕的魔力，直指本心，正是灵蝶宗用以防范卧底渗透的秘法问心言！

可是这是灵蝶宗心巧一脉的秘法，而洛家老祖乃是灵巧一脉的老祖，她怎么会此法？

洛欣听到问话，老实的回答：“我叫洛欣！”

然后苏仙子看向洛离，问道：“你叫做什么名字！”

随着她的一问，一种可怕的力量注入到洛离的体内，一瞬间，洛离开始不由自主的回忆！

白旗镇的破灭，慈云大师的故去，小青的背叛，三十二次刺杀强敌，影杀之时的拼命修炼，过去的一幕幕全部出现在洛离脑中，然后洛离张嘴，情不自禁的说出自己真正的本名！

……

“洛……离！！！”

第十六章 回归中土返人间！

洛离回答完毕，圆满过关！苏仙子继续问下去！

“洛兰！”“洛风！”“洛明！”

询问结束，苏仙子点点头，说道：“好，我们准备离开吧！”

这话一说，众人一愣，以前回归的老祖都会住上十天半个月的，才会离开，洛欣等人都没有准备，立刻就走！

一直被洛家寄予厚望，在族中小公主一样的洛欣，忍不住的开口问道：“祖师奶奶，以前不是都住几天，再离开这里吗？”

苏仙子听到这话，反手就是一个嘴巴子，啪嚓，一声清响，打的洛欣左脸通红。

苏仙子可不是洛家大爷洛天龙，喜欢敢说敢做的孩子，敢和她顶嘴，打！

洛欣从小到大，都以为自己是天之骄女，从来也没有被人打过，完全懵了，低声哭泣，眼泪一串串的掉下。

苏仙子厌恶的看了一眼，冰冷说道：“给我憋回去，不许哭！”

在她的话语中，洛欣捂住嘴巴，不敢在哭。

苏仙子看着洛欣，然后看向洛离等人，冰冷的说道：“教你们修仙界第一条规矩，尊敬前辈，在你们没有实力之前，前辈说什么是什么，让你们做什么，你们就做什么。

没有实力，蝼蚁不如，不要顶嘴，不然，死都不知道怎么死的！”

然后她又对洛欣说道：

“你要是受不了，就不要跟我来，在这无灵之地，好好的过一辈子，也许对于你不是件坏事。

告诉你，修仙界不是天堂，那是残酷无比的世界，弱肉强食，羊只会被狼吃掉！”

说完，她登上高台，一伸手，手中出现一滴水，那水滴落下，转眼间化成飞车，然后迈步进入飞车之中！

其他人还没有反应过来，洛离第一个冲了过去，他等待这一刻，太久了，冲向那个飞车。

这飞车没有任何车门，就是一个巨大的水滴，洛离毫不犹豫的撞向这水滴，瞬间就好像穿入水中，洛离进入一个空间之中。

这空间成葫芦型，分成两个空间，一大一小，墙壁为银白色的金属构筑而成，除了银白色，再无一丝杂色，其中并无灯火，可是室内明亮无比。

前方小的空间大约有一丈方圆，四个座位并排排列，苏仙子坐在最右边。

后面的空间，大约有三丈方圆，有着六排座位，每排可以做五人，洛离控制住内心的狂喜，立刻坐在第一排，一动不动！

苏仙子看着第一个进入的洛离，眼中精光一动，然后她笑了，方才她随手打了洛欣，并不是因为洛欣的顶嘴，而是因为问心言的异常。

虽然洛离通过了问心言的测试，但是洛离扣心自问的时间太长了，这绝对不是一个十七八岁少年的正常反应。

苏仙子隐约感觉到异常，但是却又说不出什么，她乃是灵蝶宗心巧一脉，这一脉最讲究直觉问心，先天预感，所以心中烦闷，洛欣顶嘴所以挨打。

现在她看到洛离第一个冲进来，豁然醒悟，知道自己的问题出在那里，这个少年不简单！

内心疑问得到答案，苏仙子心情舒畅，所以看到洛离，不由的一笑！

这一笑，百媚千娇，动人心魂，洛离引不住的被这笑容吸引，口中说道：“好美啊！太美了！”

女人都喜欢别人称赞自己的容颜，十七八岁的少年，不由自主的赞叹，纯真的表情，这比什么样的马屁，都让人高兴！

苏仙子侧过头去，对这个少年心生好感，那洛离扣心自问时间太长的疑问，再也不重要，管他如何？也是洛家的子弟，小小凡人，还能翻天了不成？

灵蝶宗心巧一脉的修士，都是如此，说好听一点，随心所欲，变幻不测，说不好听一点，都是精神病！

洛离还在痴痴的发呆，心中长出了一口气，装傻充愣，就是有用！

他不知道自己那里出了问题，但是方才自己绝对出了问题，对方看出自己不对头，不过这问题又莫名其妙的解决了！

这时其他几个人进入，他们分别坐在了椅子的最后面，四人坐在一起，和洛离远远分开。

五人坐好，那银白色的墙壁就是一变，化作水幕色，可以看到外面的景色，顿时洛欣等人，看到了在外面送行的父母亲人。

他们拼命的挥手，和亲人再见，那些亲人也看到了他们，也向着他们挥手。

这里面没有洛离的亲人，但是洛离还是向着外面挥手，因为瞬间洛离判断出苏仙子是那种外冷内热的女强人。

她直接驾驭飞车离开就可，可是却还将飞车化作水幕，让洛欣等人和家人告别，可见她还是很讲人情的，所以洛离向着外面挥手，那怕没有人和他告别，他也挥手，并没有留露一丝自己内心的狂喜。

飞车飞起，向着高空飞去，渐渐进入云层之中，看着脚下越来越小的银州大陆，洛离忍不住轻声说道：“再见了，银州，再见了，故乡！”

“爹，我离开了无灵之地，爹，我走了，我走了！”

“我一定会回来看你的，那时我一定要成为金丹真人，掌握自己的命运！”

这是洛离忍不住发出的低沉声音，低到只有自己可以听到。在洛离心中，他所接触的修仙者，金丹真人，已经是最强的存在了！

但是在他耳边，苏仙子的声音响起：“金丹真人？掌控自己的命运？

嘿嘿，好大的笑话啊，中天大世界，天地熔炉，不能成仙得道，飞升离开，有谁可以敢说掌控自己的命运？

就是返虚真一，化神真尊，也不敢发出如此豪言！”

洛离顿时一愣，然后说道：“老祖奶奶……”

苏仙子打断他的话语，说道：“住口，记住，我是苏仙子，你们谁在喊我老祖奶奶，我就撕烂谁的嘴！”

洛离立刻闭嘴，然后开口说道：“苏仙子姐姐，请问返虚真一，化神真尊，是什么样的存在？他们和金丹真人，有什么区别？”

不让喊奶奶，那就喊姐姐吧！

苏仙子看了洛离一眼，随便看看后面的四人，开口说道：“待着也是待着，我告诉你们一些修仙界的知识吧，免得你们进入宗门，丢人现眼。

修仙六大境界，你们可知道？”

随着她的提问，后面的洛风立刻显摆自己，抢着回答道：“我知道，我知道，炼气，筑基，金丹，元婴，化神，返虚！”

苏仙子看了他一眼，说道：

“下次回答，面对长辈，要说弟子知道！”

然后她又说道：

“修仙界中，对应修仙六大境界，都有相应的称呼！筑基真修，金丹真人，元婴真君，化神真尊，返虚真一，这就是对修炼有成大能者的尊称！

进入筑基才算真正开始修仙，辟谷胎息，寿比蛇龟，不再是凡人，初期享寿二百年，中期二百六十年，后期三百二十年，大圆满三百六十年。

百人筑基，一人凝丹，进入金丹境界，精气凝结，出手风雷，初期享寿七百年，中期八百年，后期九百年，大圆满一千零八十年！

千人金丹，一人化婴，进入元婴境界，金丹成婴，飞天遁地，初期享寿三千年，中期三千六百年，后期四千二百年，大圆满五千年！

万人元婴，一人炼神，进入化神境界，神宰于气，阳神大成，至此摆脱寿命限制，不过至此劫雷滚滚，大多数化神真尊，不显于世，外探星空，周游诸天，以求返璞归真之道！”

苏仙子所说的修仙界的知识，完全是在洛家无法学习的，甚至慈云大师都没有教导过，洛离侧耳倾听，全部记在心中。

其他的四人也是如此，全部注意力集中，细细倾听。

苏仙子讲到这里，闭口不言，那被打的洛欣又忍不住开口问道：“弟子求问，好像还有一个返虚真一，仙子没有说！”

她恭敬无比，行弟子礼，开口求问。

洛离暗中点点头，这洛欣也不简单，这个问题完全是幌子，她在表明自己的态度，行弟子礼，讨好苏仙子，淡化那个嘴巴子的影响。

苏仙子一眼就看出来了，冷哼一声，说道：“你们这些土包子，在温室中长大，以为修炼容易无比，出来转转就能筑基有成，结成金丹？

做梦去吧，你们五个，能进入筑基，也就是两人有希望，但是只是一丝希望而已！

其他三人，三行灵根以下，苦修一辈子，能达到炼气七重，就是你们祖坟冒青烟了。

还返虚真一呢，就是金丹真人，也是高高在上的存在，我灵蝶宗虽然贵为左道之一，但是门中只有九个金丹真人。

小丫头片子，返虚真一，你也配问？”

话语如刀，那洛欣被骂的满脸通红，眼泪在眼眶中打转，但是她没有哭出来，而且继续恭敬的说道：“谢谢仙子指点，弟子明白了！”其他三个少年，洛风若有所思，身体悄悄的离开洛欣，和她划清界限。洛明暗恋洛欣，听到这话，死死的咬住嘴唇，为洛欣愤恨不已。

洛兰看到洛欣被骂，打心理有一种喜悦，同为女子，一直以来她都暗中嫉妒洛欣。

但是洛离却若有所思，这看着是骂，可是洛离却感觉到这是一种激励，一种培养，绝对不是谩骂那么简单。

洛离没有注意到，苏仙子骂的是洛欣，心神却凝结在洛离身上，在悄悄的观察洛离的反应！

第十七章 灵蝶七巧紫阳山！

就在这时，飞车外面传来啪啪啪的声音，再看过去，只见飞车之外，缠绕无数雷电，在啪啪的作响。

苏仙子点点头，说道："这是越界反应，好了，要越界了，你们坐好了！"

洛离身下的椅子，瞬间伸出绳索，将他们五人死死的绑在椅子上。

飞车附近的雷光电影越来越强，几乎被雷电包围，瞬间，整个飞车化作一道光芒，瞬间穿越！

洛离就感觉到自己被死死的压在座椅上，一个手指头都动不了，在眼前空间变化，化作了无尽的光华，好像自己在一个巨大的通道中，快速向前冲去。

这种感觉，也不知道过了多久，洛离猛的长出一口气，瞬间恢复对身体的控制，再看过去，自己处于一个新世界中！

只见四野天地，也是青山、绿水、白云片片，和银州大陆没有什么区别，可是仔细看去，山峰错落层叠，林木繁密，青山削翠，碧岫堆云。

朝看云封山顶，暮观日挂林梢。流水潺漫，飞泉瀑布，龙走蛇舞，山光映水，好一派清秀天地！

这就是中土大世界？这就是父亲舍弃一切，也要送自己归来的地方？

洛离死死的看着这片天地，要将一切映入眼中，记在心中！

突然他一下子站起，跪下，向着随意一边，狠狠的磕了三个头，咚咚咚，口中喊道："爹，爹，爹，我出来了，我到了中天大世界，我成功了，我成功了！"

声嘶力竭，眼泪忍不住的留下，再也不管其他了，过去种种，现在都已经没有意义，洛离又哭又笑，在此大吼起来。

一旁关注洛离的苏仙子，顿时被吓了一跳，但是看到洛离真情流露，不知道为什么，她笑了。

她并没有怀疑其他，因为洛离通过了问心言的考验，越是强者，越相信自己的能力，而且即使在洛家，也有不少盼子成龙的老人，所以洛离的表现虽然极端，倒也正常。

洛离又哭又笑，哭了半天这才结束，这才想起自己身在何处，回头一看，查看苏仙子反应。

苏仙子看到洛离看向自己，一指后面，洛离回头一看，只见洛欣等人还都在昏迷之中，没有苏醒。

苏仙子说道："你的身体比他们强健了数倍，比他们提前很久苏醒。

苏醒之后，第一姿势，就是下意识的防御，可见你的过去，并不是洛家所说的普通少年，你是一个有故事的人！"

说到这里，洛离头上见汗，想要说什么，开口艰难！

苏仙子又说道："不过，我并不在意，不管你过去如何，那不过都是凡人的事情，既然修仙，全部过去！

我看的是你在外门的表现，不要让我失望啊！"

洛离立刻点头，说道："是的，弟子明白！"

就在这时，那边洛欣苏醒，苏仙子微微点点头，然后过了好半天，洛兰、洛明、洛风等人依次苏醒。

苏仙子看着他们，说道："好了，欢迎你们来到修仙界！来到中土大世界辽东地域！

我们所在的位置叫做天蛛五岛，是辽东连州的外围地域，距离连州大陆六千里。

现在我们所在的位置，是灵蝶岛和黑龙岛的交汇之所，在此穿越虚空，才能到达附属空间银州大陆。"

众人看着外面的景色，洛欣又忍不住问道：“这里是岛屿，可是为什么看过去，都是陆地山川呢？”

苏仙子这次痛快的回答：“天蛛五岛，是以前的老名字，这里三万年前都是大海，但是在这三万年里，被先贤前辈用大法力，排山倒海，填海造陆，五岛之间，已经再无海洋，全部化作陆地，连接在一起！”

这话一说，众人傻了，看过去一片片山脉丘陵，这原来都是大海无垠，被无数修仙者，施展法术，填海造陆，这就是修仙者的力量！

苏仙子看到他们惊讶不已，继续说道：“其实在十万年前，这里本来就是一片大陆，这大陆足足方圆九万里，为辽东元州大陆，为上门元珠宗掌控。

后来元珠宗，倒行逆施，想要改天换地，结果导致天地大劫，整个大陆崩溃，元州消失，只剩下一些高山，化作海岛保存下来。

那才是真正的修仙神通，颠倒乾坤，毁天灭地，沧海化桑田！

只要你们现在好好修炼，也许未来也会诞生那样的大能，修炼，修炼，炼气化精！

你们在无灵之地长大，从来没有感受过灵气，一定很好奇，什么是灵气，马上你们就可以感觉到了！”

这话说完，苏仙子一伸手，围绕众人的飞车墙壁，快速液化消失，众人暴露在空气中，顿时清新的气息，喷涌过来！

在这气息中，洛离顿时惊呆，他就做出一个动作，大口的呼吸，恨不得将所有的气息，全部吸入到自己的肺中！

不只是他，其他四个洛家子弟，也是如此，拼命的呼气，吸气，恨不得把所有的空气，吸入自己的体内！

洛离现在只有一个感觉，那就是爽！

就好像水中窒息之人，突然冲出水面，吸到一口空气，就好像喝了一杯百年醇酿，痛快到极限！

太爽了，就好像全身沐浴在阳光，浸泡在温水中，全身上下，毛孔俱开，无比的舒服！太爽了！

这就是灵气，吸收炼化这个灵气，就可以让人一步步的进化，一步步的成仙，一剑纵横千万里，驾云而啸，水火不侵，食雷渡劫，一丹齐天寿。朝游昆仑暮北海，食青云兮餐红霞，闲看涛生云灭，千秋宛如一梦！擒龙为骑，以鹤为伴，享受人间无上大自在！”

苏仙子看着他们，缓缓说道：“感受到灵气了吧？不过，你们这是刚从无灵之地到此，初次感受灵气，也就是这一次机会而已，时间一长，身体就会适应，再无感觉。”

好半天洛离适应过来，那种爽到极点的感觉，缓缓消失，他默默感受自己的身体，比起在银州之时，力量、速度、心智反应，各种素质足足增加一成。

他感叹道：“难怪他们都说银州就是一个牢笼，真是如此，这灵气太好了，我再也不想回到那无灵之地了！”

其他四人也纷纷回应：“是啊，是啊，还是这里好！”

“太舒服了，太爽了！”

“我再也不想回去了！以前我们都是怎么活过来的！”

“这灵气到底是什么啊，为什么就这里有呢，为什么我们家乡没有呢？”

众人议论纷纷，苏仙子说道：“你们说错了，不是灵气为什么就这里有，而是你们家乡为什么没有！

你们记住，凡是有生灵存在的地方，就有灵气，只要有树木，有青草，有走兽，有游鱼，有飞禽，那就一定有灵气！天地万物，只有灵气存在的地方，才会诞生生命，万物生灵，就是如此！”

洛离迟疑道：“可是，为什么我们家乡，也有树木走兽游鱼，为什么没有灵气？”

苏仙子说道：

“你们家乡银州大陆，其实也有灵气，没有灵气那有万物生灵，你们早死了。

只是银州本是远古时期龙族一龙神的残躯所化，那里龙神血气太重，除了那血气，所有灵气都被压制，你们无法感觉到而已。

而且告诉你们，你们的祖先都是我们天蛛联盟五大派，万年来送到那里的凡人。”

原来如此，原来银州是这个来历，难怪那里盛产血晶石，乃是龙神残躯所化。所有银州大陆凡人的祖先，都是什么天蛛联盟五大派，刻意送去的凡人。

在他们说话的过程中，飞车继续向前飞去，远远看去，大地之上出现一片片农田，村镇，城市。

大地之上，道路开始宽阔，行人渐渐增多，牛马车辆到处都是，这些凡人看到飞车经过，纷纷行礼，有的直接跪下，叩拜不已！

苏仙子说道：“这就是我们灵蝶岛，长三千六百里，宽一千五百里，在此岛上，都是我们灵蝶宗的地盘，凡人城市十四座，足足三百万凡人，在我们灵蝶宗的庇护下生活！

我灵蝶岛中共有山脉七条，其中有珍禽异兽无数，奇花灵草遍地；向南就是直接进入南海，海兽无穷，珍惜资源无数，宗派山门紫阳山，更是锦绣天下！”

飞车继续前进，渐渐的前方进入丘陵山区，远远看去，有一片高山，直耸入云！

进入山区，向下望去，随处可见青松碧柏，一片片井字药园，散发无尽的药香，其间清泉流水，白玉石阶小路，遍布在一片片的群山中。

最远处高山之上，那主高主峰之上，一片琼台楼宇，尽显雍容气度，虽然远远看去，但是就感觉如同九天仙阙，隐藏在群山之巅，白云深处，真如人间仙境！

苏仙子用着自豪的口气，说道：“那里就是你们的新家园了，灵蝶岛紫阳山，天下三千左道之一，灵蝶七巧宗！”

第十八章 该出手时就出手！

渐渐的飞车靠近灵蝶宗的山门，苏仙子控制飞车，缓缓降落，她看了众人一眼，说道："按照以往惯例，我将送你们前往外门，你们都将成为灵蝶宗外门子弟，得授灵蝶宗修仙无上法门。

然后你们在外门好好修炼，自力更生，表现优异者，将会被收入内门，成为一名真正的灵蝶宗弟子，或者苦修进入筑基境界，自动成为灵蝶宗内门弟子。"

这些事情，众人全部知道，在洛家说过无数次，他们都知道这是一个必须走的过程，只要在外门修炼一段时间，洛家的老祖们，就会将他们收取进入内门，成为空远峰的弟子，所以众人并没有怎么在意。

看到他们的模样，苏仙子冷冷一笑，继续说道："对了，有一件事，我必须告诉你们，三年前，空远峰灵巧一脉弟子遭遇浩劫，自希夷老祖之下，灵巧一脉十三筑基真修全部陨落，你们洛家的六个筑基真修，也在其中，在此灵蝶宗，洛家除了希夷老祖还有我之外，就剩下你们五个了！"

这话一说，顿时所有人傻了，洛离长出一口气，原来如此，难怪当时洛家家主等人脸若死灰，他们的最大依仗，所谓的洛家六祖，三年前全部死亡！

等等，瞬间，洛离反应过来，洛家希夷老祖乃是千年前遇到仙缘，可是苏仙子所说金丹大圆满境界，享受一千零八十年，换句话说希夷老祖，寿命也到了极限，如果他要一死，洛家彻底失去后台，沦为草根！

这消息一说，洛欣等人全部都傻了，洛欣忍不住大声的问道："都死了，我们洛家六大老祖，都死了？"

苏仙子点头说道："都死了！"

话语中，带着一丝的残忍！

洛兰在一旁，傻傻的说道："可是，可是，我们洛家，六祖之外，还有十七个炼气期的前辈啊，其中我爷爷已经是炼气期大圆满了，马上就可以筑基了！"

苏仙子说道："炼气期大圆满？你爷爷是洛心翎吧，死了，你们洛家在灵蝶宗，六个筑基，十七个炼气期，在那浩劫中，全都死了！

所以，你们就是灵蝶宗普通的外门弟子，不要幻想再有家族庇护了！"

在她的话语中，洛离听出一种隐隐对洛家的仇恨，她可是老祖的爱妾啊，怎么会对洛家后辈弟子如此仇恨呢？

瞬间，洛离分析出原因，这苏采真筑基有成，年轻无比，貌美如花，还掌握心巧一脉秘法，可见不是普通弟子，可以说前途无限。

可是她不得不成为一个千年老人，马上要死老头子的爱妾，这其中必然有着故事，也许她完全是被逼迫的，城门失火，殃及池鱼，所以对待洛家心中隐藏着一种仇恨，这样一来，一路上她的表现就完全说得清楚了。

不过这不管洛离的事情，到了这里，自己的任务就是摸清修仙界的环境，找到前往楚南地域昌州天姥山的办法，然后离开这里，去收取神威宗的神威传承！

至于这洛家如何，希夷老祖如何，事不关己，高高挂起！

洛离不在意，那洛欣四人完全傻了，他们叽叽喳喳的议论起来，本来他们想象的修仙之路，全部改变。其中洛兰忍不住哭了起来，她一哭，洛风也跟着哭了起来。

这时一声清响，飞车降落在了一处平台之上，飞车继续向前，终于来到外门驻地，这里是一个山谷，足足占地十里，一排排的亭台楼宇，围绕中心一个广场，依次排开。

远方看去，顺着山脉向上，一个个的二层石楼，错落有序，向着山上盘旋而去。

这里就是外门所在了，那飞车停在中心广场之上，在此广场中心，有一个水泉，向外不断的喷溅着泉水，这喷出的水气之中，蕴含无尽灵气，吸上一口，可以让人舒服半天！

苏仙子一伸手，飞车化作流水，融入她的手心，成了一个银球。洛离等人站在这广场之上，他们来到了灵蝶宗的外门。

这时有两个老者，他们都是外门执事，快步赶到这里，向着苏仙子行礼，说道："万花丛中过，片叶不沾身！拜见仙子！"

苏仙子看着他们两个，说道："万花丛中过，片叶不沾身！老陈，这是门派眷属，洛家新来的五个子弟，按照门中规矩，先到外门修行吧！"

其中一个老者说道："弟子明白。"

苏仙子点点头，说道："好，不错！你们五个在此好好修炼吧，希望你们早日气冲七关，进入炼气一重天，成为一名修士，开始自己的修仙之路！"

说完，她就要转身离开，洛离突然开口喊道："老祖奶奶！"声音中带着无尽的哀求！

苏仙子几乎就是把众人丢在这里，然后就再也不管不问，再无关系，可以说冰冷无情，就这么放她走了，洛离感觉实在亏本，怎么也得赚点便宜，所以洛离这么的哀求喊了一声。

洛离喊出这话，洛欣等人立刻远远避开洛离，因为苏仙子说过谁敢再喊老祖奶奶，就撕烂谁的嘴，他们怕被殃及池鱼！

但是洛离不怕，这里可不是飞车之上，乃是外门，远处人影闪闪，修士众多，众人看着，苏仙子绝对不会如此绝情，她可是老祖爱妾，怎么的对老祖族人，会被他人指着脊梁骨嘲笑，怎么也得撑起这个脸面啊！

果然苏仙子回头，看向洛离，目光中闪烁不定，这简直就是道德绑架！

洛离哀求的说道："不要就这么的抛弃我们……"

可怜兮兮，苏仙子看到这一幕，摇摇头，对着老陈说道："就给他们三等弟子待遇吧，另外谁也不许欺负他们，谁欺负他们就是不给我苏家面子！"

老陈立刻回答道："是，是，弟子明白！"

苏仙子转身离开，再也不看洛离他们一眼，几步就消失无影。

老陈一直恭敬的目送苏仙子的离开，然后长出一口气，回头看向洛离等人，在这一转身间，他就好像整个人变了一样。

原来面对苏仙子好像是个哈巴狗，面对洛离等人之时，腰板挺拔，好像掌握不世权威。

洛离看到这一幕，顿时对此人心理有了约莫，他恭敬的抱拳行礼：“弟子洛离，拜见执事大人！”

然后深深一躬！

后面那洛兰洛风等人根本没有反应过来，还以为这老陈对待他们，会如同对待苏仙子一样，根本没有想到行礼，就是被苏仙子教育过的洛欣，学着洛离勉强行了一个礼，说道：“弟子洛欣，拜见老陈！”

这就是温室中的花朵，洛家的教育根本没有想到这个，因为以前洛家子弟根本不用学习这些，有着门中长辈的支持，他们到外门修炼不过走一个过程，什么执事老陈老王，看都不看一眼。

但是现在不同了，那老陈看到洛欣等人的态度，冷哼一声，低声说道：“还以为是从前吗？洛家，已经不存在了！”

然后他说道：“你们几个，跟我过来，走，我领你们登陆名册，这样你们就算是外门弟子，然后可以领取宗门秘法，领取弟子福利！”

说完，他看都不看洛离他们一眼，向着前方一处大殿走去，这个大殿庄严肃穆，外面雕刻符箓极多，这都应该是防御法阵，可见这里无比的重要。

在此大殿门口，还有六个少年在那里等待，这些少年所穿衣服全是法衣，其中不时闪烁各种符文，他们恭敬的排成一排，在此等候。

老陈将他们带到这里，然后自己一个人进入大殿，让他们在外面等待，他们和那六个少年，排成一列。

对面一个高大少年，看着洛欣等人，在洛欣身上目光就是一滞，然后他仔细看着洛欣等人身上穿的衣服，虽然也是绫罗绸缎，但是不含一点灵气，这是凡人的衣服，于是他开口说道：“喂，你们这些土包子，从那里来的，这里没有你们的位置！”

这话一说，当初洛欣等人就如此说洛离，现在轮到其他人如此说洛欣等人，一句话说的洛欣等人哑口不言。

洛离不知道为什么有一种说不出的爽感，他看着对面六个少年，细细分析。

那带头的高大少年，死死瞪着洛欣，骂道："说你呢，小丫头片子，大爷问你呢，你是那里来的，赶快回答！"

他瞪眼怒吼，声音越来越凶，在使劲的吓唬洛欣。在他身后几个少年，露出嬉笑的面容，他们笑呵呵的看着热闹。

洛欣那里遇到这个，在洛家倒是骄傲的小公主，说一不二，在路上被苏仙子打掉了锐气，在此人生地不熟的地方，家里长辈又都死亡，顿时被骂的满脸通红，眼泪在眼眶中打转。

看到洛欣被骂，洛风又靠后了一步，远离洛欣，洛兰心中暗自高兴，洛明要为洛欣出头，可是对方六人，自己这里人生地不熟，又有些不敢。

洛离听着听着，突然上前，扬手就是一个嘴巴子！

"啪嚓！"

一声清响，打的那个高大少年，捂着左脸，向后退了三步。

洛离开口说道："给我闭嘴，你是哪里的土包子，这里没有你说话的位置！"

那高大少年骂道："混蛋，你敢打我！"

洛离笑道："打的是你！"然后洛离扬手又是一个嘴巴子，啪嚓，打在对方右脸之上！

打的就是他！洛离仔细思考后得到的答案，首先他们也是在此等待，也是未入门的弟子，和自己身份相等，如果他们要是外门有关系，何必在此等待，早就入门了。

另外这少年就咬住洛欣不放，洛欣两行灵根，是这批人中资质最好的，所以这少年就特意的打压洛欣，现在在洛欣心中落下烙印，让她恐惧占据，借此压制住对方，在将来外门比斗等等方面，遇到洛欣都可以占据优势！

最后洛离可以感觉到，周围并不是一个人没有，那进入大殿的老陈等人，都在观望他们，还没有进入外门，一种无形的竞争已经开始，弱肉强食，强者永生，这就是修仙界！

所以洛离出手了，这里已经是中土大世界，不用隐藏自己的身手，该出手时就出手，他虽然打的是对方的少年，但是却是给所有人看的！

第十九章 灵蝶门录留真名！

那高大少年又挨了一个嘴巴子，他喊道：“哥几个，这土包子打我，来帮忙啊！”

其他几个少年，奔着洛离冲了过来，洛离看到他们就是一笑，他们虽然修炼过几天拳脚，但是比起曾经为天道杀的自己太弱了。

看到对面几个少年过来围殴洛离，洛欣一咬牙冲了过来，帮助洛离打架，洛明犹豫了片刻，也冲了过来，其他两人没有动。

但是还没有等他们冲过来，洛离已经出手，使用的就是随便练过几天的洛家拳法，一拳一脚，虎虎生威。

一个黑虎掏心，打的对面少年捂着肚子趴下，一个力劈华山，一巴掌拍倒另外一个少年。

转眼之间，冲过来的五个少年，都被他打倒，那个惹事的高大少年，就要逃走，洛离飞起一脚，一下子踢倒！

那少年还不服，嘴里喊道：“小子，你等着，等我进入外门之后，学习了法术，我……”

洛离上去又是一个嘴巴子，打的他不敢说话！

然后洛离喝道：“都给我面墙蹲着，给我排成一排！”

谁不听话，就揪着谁的耳朵，然后一个巴掌，顿时这六个少年，蹲在地上，老实的排成一排。

在这过程中，洛离冲着洛欣他们一笑说道：“你们看看，这凡人的拳脚，土包的武技，到底有没有用？”

当初洛离提出为什么不修炼洛家拳，被他们所嘲笑，今天洛离就是靠着洛家拳，打的对方蹲成一排！

这话一问，如同打脸，说的洛欣等人，满脸通红！

然后洛离挨个的问道：“你叫做什么名字！”

第一个问的就是那个高大的少年，那少年还不服，骂骂咧咧，顿时洛离又是一个嘴巴子！

好汉不吃眼前亏，他老实的回答：“我，我叫做高鹏！”

洛离又是一个嘴巴子，说道：“记住，修仙界在长辈面前，要是弟子！恭敬点！”

高鹏捂着脸说道：“你也不是长辈啊！”

洛离说道：“啊，我不是长辈？”

啪嚓，又是一个嘴巴子，洛离继续说道：“那，那我是师兄，在师兄面前，也要恭敬！”

然后挥舞拳头，高鹏不得不老实的说道：“是，是，师兄，师弟叫做高鹏！”

洛离点点头，开始威胁其他人，“我叫邹四海！”“我叫张文柏！”……一个个的全部老实报出名字，这个报名过程不重要，重要的是一种秩序的建立，一种震慑！

果然洛离刚刚问完名字，那老陈从大殿中走出，就像没有看到眼前的一切，说道：“好了，你们可以进去登录外门名册了！”

高鹏等人站起，就要进去，洛离冷哼一声，想起方才洛离的淫威，顿时众人止步，洛离第一个进入！

高鹏想了想，突然一笑，说道：“师兄，师兄，您先请进！”然后跟在洛离身后，就象是小弟一样，随着洛离进入。

高鹏他父母本是散修，千辛万苦才将他送入灵蝶宗外门，这几个少年都是如此，既然打不过洛离，那就拜洛离为大哥，审时度势，投靠大哥，转换门庭，这对于散修出身他们来说，在正常不过！

进入大殿，只见中心处有一处祭坛，在祭坛之后是一排排的玉竹简编制而成的书典，一本本整齐的排放，足足有千卷之多。

在祭坛的右边有四处法阵，他们连接在一起，形成一条通道。祭坛之上有一本巨大的名录册。这个名录册大约有三尺见方，厚约一尺，悬空空中，在那个祭坛之上，循环自转，书皮漆黑，上边有三个金色大字，外门弟子名录册。

老陈走到那里，一指这个名录册，手上的戒指发光，顿时名录册自动打开，在名录册左边，有一处法阵，那处法阵立刻启动，向空中发出光芒，在光芒中出现十一个人影。

这十一人影都是虚幻，看不清面目，老陈说道："好了，你们从法阵走一遍吧，这是必然程序。"

顿时右边连成一排的法阵全部发出光芒。洛离第一个走了过去，进入第一个法阵，光芒一闪，洛离处于一种离奇的状态之中。

这个状态洛离熟悉无比，问心言！

然后洛离听到有人问道："你叫做什么名字？""你来自哪里？"

有了苏仙子的考验，对此洛离完全有了经验，实打实的回答："洛离！""银州大陆！"

问题一共七个，洛离纷纷回答，法阵光芒消失，洛离经过考验，他走出这个法阵，继续下一个法阵的检查！

当洛离走出四个法阵，那十一个人影当前的第一个，化作了洛离的模样，看着很是威风，把洛离的飘逸潇洒姿势全部表现出来，然后在光影之下出现一排字迹："洛离，次元外域银州洛家人士，骨龄十七，三行灵根，水、土、火、还未修炼！

根骨上佳，体质上佳！"

这些资料都是法阵的收录，洛离经慈云大师洗筋伐髓，自然根骨体质都是上佳，在此特别标注出来。

然后老陈一指，顿时洛离的影像飞入到名录册中，下边出现一个数字，五！

老陈再一伸手，在祭坛上拿起一个令牌，递给洛离说道："这个令牌就是你的身份牌，请你无时无刻都要带着，这样我就可以通过名录册和你联系，直到你晋升内门弟子，或者离开灵蝶宗。"

洛离表示明白，将令牌别上，这时其他人开始一一的通过法阵，洛欣是水木两行灵根，不过多了一个悟性上佳的字样，高鹏赫然也是两行灵根，为金木灵根，难怪他见到洛欣就开始打压。

其他众人，都是四五行灵根，只是洛风多了一个掌握神通字样，他为了显示自己，特意的暴露出来，而洛兰则选择了隐藏神通。

大家一一的通过法阵，把自己的资料存在那个名录册中，然后领取令牌。

老陈说道：

"好了各位，登记完事，现在我给你们讲讲外门弟子的福利待遇和责任任务。

进入外门之后，你们可以去传法堂，领取宗门秘法传承，然后金瓶抽签，确定你们各自的外院去向。

记住，修仙界四大要素，财法侣地！我们灵蝶宗只提供后三样，你们要想修仙有成，必须通过完成门派发放的任务，努力工作来赚取灵石。

所以外门弟子都要选择一处外院，边工作，边修炼！等你们选择了外院之后，就可以去那里杂物处，领取门派福利。"

老陈清清嗓子，继续说道：

"门派福利包括，每人可以在自己工作的别院，选取一个五等外门弟子住所，生活杂物，衣服日用品可以随意领取，各个外院的食堂十二时辰全天候供应酒菜，但是想要吃增加灵气的仙酒仙谷，需要另行支付灵石。

开辟气海后，进入炼气期第一重，晋升为四等弟子，可以换取四等住所，一个月可以领取一个灵石。每提升一重境界，加一颗灵石！

进入炼气期四重，为三等弟子，换取三等住所，可以到传法堂听筑基前辈授法，可以到藏经阁，选取秘法修炼，一个月可以领取四颗灵石和四颗炼气丹，每提升一重境界，加一颗灵石和一颗炼气丹！

进入炼气期七重，为二等弟子，换取二等住所，可以选取飞行法器一件，一个月领取十颗灵石和十颗炼气丹，每提升一重境界，加二颗灵石和二颗炼气丹！

达到炼气大圆满，为一等弟子，换取精品住所，可以进入内门修炼，一个月领取二十颗灵石和二十颗炼气丹。

这是基础福利，如果你们在各个外院做的好，还有分成福利！”

这是福利，这时洛离才知道，自己那一句话带来的好处，现在自己享受三等弟子待遇，相当于炼气期四重外门弟子的待遇！

老陈说完那个之后，继续又说道：“好了，福利你们知道了，还有有几个门规必须跟大家说明，令牌中有本门门规四十九项，你们回去熟读。

另外你们还未开辟气海，在领取门派秘法之后，如果一年内，还不能气冲九关，开辟气海，那就只能被逐出外门！

还有不许外门弟子互相争斗时伤人性命，或者将对方打残，只要一经发现，立刻驱逐，轻者废去修为，重者打入轮回。

最后，灵蝶宗有很多禁地，大家修为不够不要轻易乱闯，否则进去出不去，年年都有乱走死于禁地的外门弟子，这里令牌之上，都有一份法息地图，请大家记牢。

好了，你们去那边传法堂，学习门中秘法吧！”

说完，老陈再也不看众人，就要离开！

洛离猛的喊道：“陈老，弟子有事！”

老陈回头看了一眼，似笑非笑，说道：“什么事！”

洛离说道：“苏仙子离开之时，曾经说我们享受三等弟子待遇！”

老陈说道：“啊，我差点忘了，哈哈哈！”

说完他一伸手，一点光芒注入祭坛之中，在洛离的人影之下，数字发生变化，由五化作了三！

但是只是洛离一个人变成三，其他洛欣等人，毫无变化！

洛离一皱眉，说道：“陈老，苏仙子走时说的是我们，我们洛家子弟全部如此！”

老陈也是一皱眉，看向洛离，说道：“管好你自己的事情就得了，何必多事？”

洛离笑着说道：“大家都是一个地方出来的，还请陈老体谅帮助！”

说完长长一躬，但是态度坚决！

老陈摇摇头，一伸手洛欣等人，全部变成了三等。

看到这一变化，邹四海、张文柏忍不住喊道：“凭什么啊，凭什么啊，不公平！不公平！他们是三等弟子，我们是五等！”

这五等弟子和三等弟子之间，每个月差了四颗灵石和四颗炼气丹，而且三等弟子还可以去听法和藏经阁观经，可以说差了很多倍的待遇！

只有高鹏没有说话，默默不语，看着洛离，思考着什么。

陈老也看着洛离，微笑的说道：“其实你是害了他们，有时，好事并不一定是好事，福兮祸所伏！”

说完这句话，他大步离开。

洛离毫不在意，既然这修仙界，弱肉强食，那么属于自己的权利，就要争取！

第二十章 三千左道传真经！

老陈离开，洛离长出一口气，豁然发现，自己多了两道善功，已经达到十一道善功。

这次很奇怪，不同于在银州，善功来的莫名其妙，这一次他明显感觉到，这善功来自洛欣和洛兰。

她们面带感激，看着洛离，对洛离为她们出头，殴打高鹏，为她们争取三等弟子待遇，力抗外门执事，感激不尽！

她们本来对洛离没有什么好感，鄙视洛离为土包子，到此之后，发现自己原来也是土包子，需要洛离为她们出头，帮助她们，这巨大的情绪转变，使得她们惭愧不已，更加的感激不尽，所以一个人身上直接收获一个善功！

但是那洛风、洛明，却一点也不感激，他们受到了洛离的好处，可是心里却认为："我之所以可以得到三等弟子身份，那是老祖奶奶给的，和他无关，感激他干什么！"

"真是多事，楞装英雄，越看真是讨厌！"

"这家伙想干什么？难道他也对洛欣有企图，我必须防备他！"

虽然没有在他们身上收获善功，但是洛离惊异的发现，自己好像知道他们心中所想，这也算是一种收获吧！

洛离不由的想道：

"洛风这家伙，一路上我就看出来，没有担当，遇事就跑，看到洛欣被苏仙子责骂，就立刻划清界限。洛明喜欢洛欣，生怕我也多洛欣有企图，所以毫不感激，也是正常。

这两个家伙属于白眼狼，不可交，欺软怕硬，就是欠揍！

奇怪了，真是奇怪了，我好像可以看出他们的想法？

等等，看来我的神通赏善罚恶，到了中天大世界，吸收灵气，发生了变异！不知道是好使坏？"

走出大殿，看着周围一排排的建筑，顿时洛离等人傻了，鬼知道那个传法堂在那里。

就在这时，高鹏在一边说道："洛离师兄，你是不是要寻找传法堂？我知道，我带你过去！"

洛离看了他一眼，高鹏满脸笑容，都是讪笑，洛离顿时知道他是真心的想要投靠自己，为自己带路，以为这种笑容，在天绝杀堂无数弟子都是如此。

身后的洛风说道："洛离，不要上当，他是不是有企图，把我们骗到别的地方……"

洛离搭理都不搭理他，当他狗放屁！对着高鹏说道："高鹏师弟，请带路！麻烦了！"

说完一躬！客气无比！

高鹏立刻还礼，说道："客气了，客气了，咱们都是同门师兄弟，小事一件！"

说完，高鹏在前边带路，洛离跟在身后，他走之前，回头看了洛欣一眼，说道："相信我，就跟我走吧！"

洛欣犹豫了一下，洛明说道："不要相信他，我们可以去问执事大人！"

洛风也说道："不要去，刚打完对方，对方怎么会老实带路，有危险！"

但是洛欣咬咬牙，跟在了洛离后面，洛兰也跟着走了过去，洛风洛明对视一眼，看看四下没有人，也不得不跟在身后。

一路上洛离和高鹏聊了起来："高鹏师弟，这里你很熟？"

高鹏说道："那当然了，我父母都是散修，虽然没有机会加入灵蝶宗的外门，但是总有机会在外门接点小活计，所以他们对这灵蝶宗的外门，熟悉无比。

他们把那些知识，都告诉我了，所以我也对此十分了解！

对了，洛离师兄，你们是什么来头，怎么到此一下子就成了三等弟子？"

洛离还没有说话，洛风在一旁抢着说道：“我们是洛家子弟！我们的老祖是希夷真人，金丹真人，掌控灵巧一脉！”

洛离一皱眉，这个洛风太多嘴了，洛家六祖都已经死亡，看那苏仙子的态度，这洛家身份能不宣扬还是不要宣扬为好！

果然高鹏身边的一个小弟邹四海，忍不住说道：“啊，你们就是那个老独夫的后人！”

这话一说，洛欣等人不干了，竟然说自己的老祖宗为老独夫，侮辱先祖，他们立刻骂道：“你说什么！”“混蛋！你说什么！”“王八蛋！你敢侮辱我们先祖！”

邹四海也有点害怕，他诺诺的辩解道：“大家都是这么说的，你们的老祖宗寿禄马上到了，本来应该由空远峰的副峰主继承灵巧一脉的峰主之位。

可是他舍不得放权，就故意搞事，为自己个人夺取增寿宝物，结果把空远峰灵巧一脉，十三个筑基真修，一百多炼气期的弟子，包括你们洛家六个真修，十七个炼气弟子，全部送命！”

另外一边的少年，张文柏说道：“是啊，当初消息传来，灵蝶宗一片哭嗥，门派实力大降啊，一下子折了十分之一的好手！”

“我家三大爷就是空远峰的弟子，就是死在上次浩劫中，害的我家关系全断。要不我早入外门了，何必像现在，我爹不得不把家传的宝贝，送给赵管事，我才得以入门，都是你们家的老独夫，害死人了！”

另外一个少年也是如如此骂到！

顿时几个少年纷纷开口，说的洛欣等人，无话可说，看来当年真的是因为希夷真人，为了个人增添寿命，害死了空远峰灵巧一脉的所有弟子。

别的不说，老祖对于他们几个不管不问，如果洛家那些修炼者有一个活着的，也不会这样，所以他们毫无底气。

洛离开口说道：“好了，好了，别说了，我们都是新进弟子，那是门中大事，那里轮到我们谈论！

在继续说下去，妄议尊长，你们当门规不存在吗！”

这话一说，话语森严，顿时众人无语，谁也不敢说了！

一路上，不时洛离看到一些其他的外门弟子，他们男的相貌英俊，女的漂亮非凡，每个人身穿穿着华丽法袍，看过去真是美丽。

如果这是一两个人入此，也就算了，大多数如此，洛离暗中确定，这怕是灵蝶宗修炼带来的好处，男子英俊，女子漂亮，此乃门中功法所致！

继续向前，终于他们来到一个巨大的殿堂之前，这殿堂高约十丈，屋顶乃是歇山顶，即有峥嵘嶙峋之势，又有玲珑秀丽之像，坡面和缓，出檐深远，檐角微翘，优美弧线的垂脊。

整个楼阁给人以既厚重无比又显轻盈飞动的感觉。可以说如翚斯飞、作庙翼翼，颇尽其状。

这个殿堂都有禁法保护，必须举起令牌才可入内。在石楼门口有石像十八尊，这些石像面目凶恶，背刀别剑，这都是法傀，只要发现违规之人，立刻就会攻击。

这就是灵蝶宗的传法堂，来到这门前，高鹏却没有进入，而是跪下，冲着这个殿堂，磕了三个头！

他恭敬无比，肃穆庄严，他的几个小弟也是如此，个个严肃无比。

洛离看到了，也有样学样，在人家地盘，就要守规矩，也是跪下，庄严肃穆的行礼。

洛欣等人看到如此，也是学样，跪下磕头。

众人起来，洛离问道：“这是拜的什么啊？”

高鹏回答道：“师兄，我们马上就要得到灵蝶宗的秘法了，这可是位列左道的秘法传承啊！能不激动吗？所以在此叩谢感恩！”

一旁的洛风，又忍不住说道：“这么厉害？不是说三千左道吗？足足三千个呢，这不过是其中之一，有什么可高兴的！”

其实不只是他，洛离也有这个概念，灵蝶宗位于三千左道之一，换句话说和他一样的门派，足足三千个，在它们之上，还有八百旁门，还有一百零八上门，所以他们一直有一个灵蝶宗也不过如此的概念！

这话一说，高鹏鄙视的看着洛风说道：“土包子就是土包子！你明白个屁啊！

整个天蛛五岛，外加附属过千海岛，整整海域百万里，散修十万众，门派近百，却只有四个左道，一个旁门，能进入这灵蝶宗，能得到这左道传承，那是多大的荣耀！

我家祖辈四代，附属灵蝶宗，直到我被发现两行灵根，才能进入这外门，就你那五行灵根，要不是你是洛家后人，你还想加入灵蝶宗，做梦去吧！”

邹四海也说道：“是啊，是啊，真是不知道天高地厚！”

“三千左道，是以整个中天主世界来说，这些大神通士说说这话还行，你个小屁孩，也敢装逼！”

“真是装逼，敢侮辱门派，打他，打他！”

几个少年顿时骂了起来，一旁走过的门派弟子，好像听到了什么，也向这边看过来。

洛离伸手就是给了洛风两个嘴巴子，说道：“跪下，向着法殿，磕头认错！”

看着洛离是在打他，其实是在救他，洛风太傻了，这句话完全惹了众怒，如果那些外门弟子过来，听到这话，那后果就不好说了！

不过洛离这两个嘴巴子，倒也打的过瘾，方才自己帮助了他，他却不感激自己，也算出了一些闷气！

洛欣、洛兰等人可不傻，这话可是犯了众怒，本来众人就不待见洛家子弟，这件事可大可小。

他们看出这是洛离在救他，急忙说道：“快，跪向着法殿，承认错误，他还是小孩子，不懂事！”

洛风这才跪下，承认错误，但是可以看出不情不愿的。

这时洛离收到了洛欣等人的感谢，同时也受到了洛风的心里所想：“洛离，你等着，你个土包子，敢打我，我一定会报仇的……”

就是有这样的人，你帮了他，别人都感谢你，他反倒怀恨你！

洛离上去就一脚，骂道：

“让你恨我，叫你要报仇，让你不诚心认错，让你胡说八道……”

看到洛离扁踢，高鹏等人也上去踢了两脚：“还不诚心认错！”

“欠打的贱货！”

一顿扁踢，这下子洛风老实了，哭着喊道：“我错了，我错了！我再也不敢了！”他诚恳无比的认错！

洛离踢了几脚，没有意思，打够了，说道：“好了，好了，不要打了！”

洛离已经在这些少年中权威确定，他说话，现在就是好使，顿时没有人在打了！

这时洛离奇异的感觉到，在洛风身上，传来一道善功！

这人就是贱，帮他救他，他不感激，自己打累了，不打了，他反倒感谢起洛离！

第二十一章 若问如如心自在！

洛风向着法殿，承认错误，最后也被拉起，众人一起进入传法殿！

进入之时，那十八个石像，好像活了一样，目露光芒，手持神兵，注视众人，好像一个不慎，它们就冲过来，一下子将众人打成肉饼。

这种感觉很可怕，所有人都有一种发自内心的恐惧，这是生灵来自本源的危机感！

洛离就感觉到自己全身的汗毛，瞬间全部力气，根根直竖，皮肤之上，冒出了一粒粒的鸡皮疙瘩。

这时众人腰间的门派令牌，发出光芒，那十八石像双眼光芒黯淡，恢复石像，众人长出一口气，得以进入。

进入大殿，所有人长出一口气，这大殿空旷无比，在中心有一个老者，坐在那里。

洛离等人来到老者面前，恭敬行礼，拿出自己的令牌，高鹏说道："万花丛中过，片叶不沾身！请前辈赐法！"

众人一起说道："万花丛中过，片叶不沾身！请前辈赐法！"

老者头都没有抬，只是缓缓说道："万花丛中过，片叶不沾身！你们入我灵蝶宗，得无上大法，这是你们的缘分，切记，切记，不要自误！"

瞬间，在空中飞出十一只彩蝶，向着他们飞去，这彩蝶看过去五彩斑斓，不是活物，乃是法术所化。

飞蝶落到洛离头顶，瞬间化作光芒，消失无影，然后洛离就感觉到一点光芒，注入到自己的身体中！

一声脆响，洛离就觉着眼前一花，好像与这个世界，彻底脱轨，控制不了自己的身体，只能感受到那点光芒，随着自己的心脏的跳动，向上顺着血管流动，很快来到洛离的心脏处，然后刷得一下，立刻分解。

一瞬间，在洛离的脑中好像炸了一样，无限开阔，就好像他置身于一处神奇的空间，在这空间内，有着无数个彩蝶。

无数彩蝶在空中飞舞！他们都是由符文组成，他们像在对洛离说着什么，介绍着什么！

这些符字并非世间文字，字字都包含大道至理，玄妙无穷。虽然洛离感觉可以看见他们，但是去看不清它们到底是什么模样。

在洛离耳中出现一个声音：

“吾在此立誓……”

这个声音，好像是洛离的声音，洛离瞬间知道，这就是传说中的心魔誓言，有道是法不轻传，法不传六耳，门派赐法必须发下这个誓言。

洛离随着那个声音说道：

“吾在此立誓……”

“吾修炼心如自在经，有意无意绝不传授任何一灵，如果泄露，心魔天惩，本我自灭，必受天谴，走火入魔，永世不得超生。”

这就是心魔誓言，立下之后，洛离如果向外泄露这个秘法，身体会自动阻止，他可以自己修炼，但是却不能说出一点，除非境界达到金丹，否则强行泄露，那就会走火入魔，彻底死亡。

所有门派功法都有这种心魔誓言，避免私下无序传播，不过也有传说，这个誓言也是有限制的，当你的实力达到一定程度，这誓言就会自动消失，那时你也可以制造这种秘籍，进行贩卖了。

洛离立下誓言之后，立刻空中彩蝶，一声脆响，化作无数人影，瞬间凝结一起，化作一点光芒，消散洛离脑中。

一瞬间，洛离脑中多了无数经文，好像一个无上强者在自己耳边缓缓倾诉，声音缓慢而又坚定，无论洛离能否理解，这些经文，完全刻入他的脑中。

这种经文只可意会，无法言传，你明明知道他是什么，可是你就是说不出，这大概就是心魔誓言的效果，避免私自传授。

经文声音缓缓说道：

“禅关暂到何须住，法窟虽深岂用穷。若问如如心自在，梦魂不入大槐宫。

心如自在经，为上门万兽化身宗入门无上秘法，取之问心自在之意，询问自己本心，更加的了解自己，掌控自身，以身化兽，得无上神通！

我灵蝶宗，以灵蝶传世，诸多弟子，修炼到炼气第四重，需要选度灵蝶，人蝶合一，得灵蝶血脉，获灵蝶神通，掌控七巧身之一，然后继续修炼！

所以此心如自在经，只有炼气期前三重法门，进入第四重境界，炼气中期，需要再到此处，另得秘法传承！

修炼此法，修炼之前，需要净身，正体，坐禅，入定，控制气感，以……”

这心如自在经，乃是灵蝶宗的入门经法，但是只有炼气期前四重的秘法，因为只要过了炼气期第四重，就可以在宗门中选择一个灵蝶蛹，进行孵化，孵化出一种灵蝶。

然后修炼者将此灵蝶，炼化为本命灵蝶，最后彻底融合，人蝶合一，借以吸收这灵蝶的血脉神通，改变肉身血脉，修炼无上神功。

所谓灵蝶就是一种灵兽，灵蝶宗拥有千种灵蝶，其中他们掌控最强七种，转生庄周蝶、时纹裂剑蝶、准提问心蝶、七星九天蝶、五蕴万彩蝶、三界琉璃蝶、空蝉圣魂蝶！

以转生庄周蝶的变异之能，衍生了化巧一脉！以时纹裂剑蝶，掌控蝶剑术，衍生剑巧一脉！以准提问心蝶的心灵之力，衍生心巧一脉！以七星九天蝶的控风飞行之力，衍生飞巧一脉！

以五蕴万彩蝶的幻化之力，衍生幻巧一脉！以三界琉璃蝶的空间掌控之力，衍生了灵巧一脉！以空蝉圣魂蝶的噬魂之力，衍生了魂巧一脉！

借此灵蝶宗拥有七大分支，化、剑、心、飞、灵、幻、魂！和黑龙镇海宗的龙威镇海一样，所以灵蝶宗叫做灵蝶七巧宗！

洛离默默的感受，至此他拥有了修仙之法，可以踏上这条仙路！

他缓缓睁开眼睛，其他众人也都睁开了眼睛，这些经文，已经成为他们的本能，永远不会忘记。

高鹏、洛欣、邹四海等人，还都在感悟这些经文。

洛离不住的皱眉，这功法他有一种似曾相似的感觉，细细回想，豁然他想起，当初自己老爹，有的时候不住的背诵一些经文，苦苦研究，和此功法有些类似，难道说那些经文也是修炼秘法？无上神功！

洛离使劲的回想，可惜自己记得不全，只有十之八九，其实慈云大师在神狱中得到的也不全面，所以没有传授给洛离。

可惜啊，可惜！要是全的多好，现在出来到此，才知道这秘法的珍贵！

洛离刚刚有此想法，就感觉到体内的十一道善功，一声清响，一道善功粉碎，那记得并不清楚的经文，开始补全！

但是还不够，又是一道善功粉碎，继续补全，慈云大师过去所念的经文，洛离全部记住，而且在其基础上，经过优化，毫无缺憾。

洛离一下子傻了，这完全是神通赏善罚恶的新妙用，这是善功分解，奖赏自己，真正的赏善，以前只有罚恶，现在看来，这是赏善的妙用！

洛离忍不住激动的热泪盈眶，看来做好人还是有前途，自己必须做无数无数的好事，积攒善功！

善功一道道的消散，最后只剩下了六道，洛离脑中多了二篇经文！

“合抱之木，生于毫末；九重之台，起于累土；千里之行，始于足下……”

此乃天行健宗的毫末累土诀，这篇经文和心如自在经一样，都是属于炼气初修的启蒙心法，不过这篇经文比心如自在经要长，可以让洛离修炼到炼气期第七重。

另外一篇经文，乃是天目宗的风物长宜放眼量，这个并不是内功心法，而是一种目术，当洛离达到炼气期五重，就可以修炼此法，修炼得到一种目术。

天行健宗、天目宗，还有万兽化身宗，这是这一天来，洛离听到的宗门名字，洛离默默的记住这三个宗门的名字，等到有机会，好好看看他们都是什么样的门派。

就在洛离思考的时候，那个老者开口说道："好了，你们都得到门中传承秘法了，现在可以进行然后金瓶抽签，确定你们各自的外院去向。"

说完，他拿出一个金瓶，等待众人的抽签，其中有着各个外院的名字，抽中那个，就去那个外院，一边工作，一边修炼！

第二十二章 拆骨分肉脱舍院！

众人你看我，我看你，不知道该怎么做？

高鹏看出洛离的犹豫，说道：“好吧，我先来！”

他伸手进入瓶中，一边摸着里面的竹签，一边口里不住的念叨：“清净阁，清净阁，采织堂，采织堂，实在不行香静厨也行，静香厨也行，……”

老者看到他这个模样，一笑，说道：“倒是个懂行的！”

高鹏用力一抽，拿出一个金色竹签，上边写着三个字：“脱舍院！”

一下子，他就傻了，嘴角上翘，哭丧着脸，不知道说什么好。

老者那边记录，说道：“高鹏，脱舍院！”

高鹏离开，邹四海过去抽签，他抽出一个竹签，上边写着清净阁三个字，顿时他发出一声欢呼。

老者记录：“邹四海，清净阁！”

洛离看着奇怪，向着高鹏问道：“这是什么意思？清净阁很好嘛？”

高鹏点点头，说道：“灵蝶宗外门，共有十三个外院，其中最肥的外院就是清净阁，采织堂，还有静香厨！

清净阁是负责整个门派的打扫运输工作，门中的紫阳崖、潜龙林的打扫工作，都是清净阁负责，那里都是门派福地，无数内门弟子在此修炼，他们随手露出点东西，就够我们活了，可以说好处无数，外捞多多。

再次就是采织堂，负责采取门派特产彩蝶衣的材料工作，在其中也有各种好处，仅次于清净阁。

最后一个就是静香厨，就是种植灵田，烹煮饭斋、药斋的外院，厨子那有饿自己的，都是吃的膀大腰圆，这是第三好的外院工作。”

这时洛欣抽签，抽出一个驭兽斋，洛明抽签抽出一个丹火房，洛兰抽签抽出一个炼金堂！

高鹏继续说道：“驭兽斋就是捕抓、养殖门中灵兽的外院，收获一般，而且很累，不过可以最先得到上好的灵蝶蛹，对于以后的修炼很有好处，那丹火房就是负责采集灵草，炼制丹药的外院！炼金堂就是这是专门负责探矿、采矿、炼器的外院。这些外院都算一般，唉，十三外院中，最次的就是我这个脱舍院！”

这时洛离开始抽签，他伸手进入金瓶中，摸到无数竹签，随手拿出一个，一看：“脱舍院！”

老者记下：“洛离，脱舍院！”

洛离一皱眉，对高鹏说：

“咱俩在一起了！脱舍院到底做什么的啊？”

高鹏看到这个，似笑非笑，说道：“师兄，我们一起混了，以后你多照顾小弟！

脱舍院就是屠宰场，门中饲养培育的灵兽，都由我们屠宰、分解，各种材料给采织堂做衣，骨肉交给静香厨做饭！

我们就是屠夫，这个是最累，最脏，最没有赚头的地方！不过……”

洛离说道：“不过什么？”

高鹏说道：“不过，那里太苦了。境界高的师兄，都调走了，最高也就是炼气四重的师兄，空房精舍无数，不用像其他地方，需要排队分房。

而且对于师兄你还有一个好处，那里没有实力高的师兄，不会太黑，你的门派福利至少可以保住一半！”

这时洛风抽签，抽出一个云游客，看到这个，高鹏等人都是一脸惊讶，看他就像看一个死人，但是谁也没有说什么。

这时那老者说道：“好了，你们的地方都已经有了，按照令牌上的指引，各自去自己所属的外院报道吧。

好好修炼，记住了，一年之内，还不能气冲九关，开辟气海，那就只能被逐出外门！到时候，可不要哭鼻子啊！

另外下个月月初，门中恩赐，静香厨晚上举行谢恩宴，可别忘了参加，一个月可就一次！”

众人一起行礼，说道：“是，多谢指点，弟子告退！”

说完，众人离开，走出大殿之外，各自拿出门派令牌，按照上边的指引，前往各自的所在外门。

众人一一分开，反正都在外门，可以随意相见，不是什么生死离别，各自散去。

洛离和高鹏一路，走出很远，高鹏长出一口气，小声说道：“我们在外面的事情，那个长老都知道了！

洛离一愣说道：“怎么回事？”

高鹏说道：“那云游客，就是在外行走，探听情报，需要在外面走动，和散修接触，到处游荡。

到时候那小子就知道左道代表着什么，就知道自己错的有多厉害了。

这个活计，其实我们都接不到，只有炼气四重以上才能接到，这小子完蛋了，到处游荡，那里可能修炼，一年之内，不能气冲九关，开辟气海，就要被逐出外门。

看来他的大话，被执事听到，还不真心忏悔，所以被予以惩罚！”

洛离也是一愣，说道：“这么狠！”

高鹏说道：“就是如此，仙路已绝，这就是修仙界，一个不慎，万劫不复！”

洛离摇摇头，他和高鹏按照门派令牌的指引，快步向前，远远避开那里。

按照门派令牌的指引，他们来到一处石楼门前，只见那石楼上写着脱舍院。

两人敲门，然后恭敬进入，只见里面有一个大汉，坐在那里喝着小酒，迷迷糊糊，这大汉脑袋大，脖子粗，一对粗眉，血盆大口，看到他们两个，那大汉说道：“万花丛中过，片叶不沾身！才接到门派通知，说我们脱舍院新来两个小子，就是你们了！”

洛离行礼说道：“万花丛中过，片叶不沾身！见过师兄，在下洛离有礼了！”

高鹏也紧随其后，行礼！

大汉笑道：“希望你们可以挺几天，我叫做司徒雅！脱舍院的二执事，炼气期四重！

走吧，我带你们去堂里报道！”

高鹏迟疑的问道：“这里不是吗？”

司徒雅哈哈一笑，说道：“这里怎么可能是脱舍院那个龌蹉地方！”

说完带着洛离两人走向后院，只见后院游荡着七八头奇异灵兽，这灵兽看过去就象是一个毛毛虫和蜗牛的结合体，将一个蜗牛壳放在了毛毛虫的背上。

这灵兽毛毛虫一样的躯体，足足有一丈长，一尺粗，那蜗牛贝壳有三尺大小，灵兽的头颅高扬，却是马头！看着奇异无比。

洛离头一次看到这种奇异的灵兽，看的目瞪口呆，那司徒雅哈哈一笑，说道：“不要大惊小怪，这是门中饲养的驼兽，俗称草泥马，不然就你们两个走到外门需要半天，快快上来！”

说完，他一跃，跳上一个驼兽的蜗牛壳上，洛离也是一跃，跳到了另外一个蜗牛壳上，那壳很稳，洛离坐下，牢牢不动。

高鹏颤颤巍巍的也爬了上去，司徒雅一声低吼，三个驼兽向着远方冲去。

洛离慢慢感受，这驼兽速度不比奔马慢，而且坐在壳上十分平稳，最关键的是，驼兽行进之法乃是一窜一跳，一跃一丈，根本不需要道路，在群山峻岭之间，如走平地，过山涧，登山峰，穿山林，轻松无比。

洛离不住的点头，好东西，好东西！

司徒雅说道："不错吧，这是我们灵蝶宗特有的灵兽，专门给我们这些不会飞行外门子弟所用的，据说驼兽乃是由灵蝶邪月碧土蝶进化而来，很是好用！"

驼兽辗转腾挪，很快冲到一处山峰的半山腰，那里远远看去，一道瀑布轰鸣而下，流水潺潺！

三转二转，一片楼宇亭台出现，看到那里，这些驼兽立刻颤颤巍巍，不敢快行，惧怕那里。

司徒雅说道："看到没有，那里就是我们的脱舍院，驭兽斋送来灵兽，我们负责宰杀分解，然后材料送到采织堂做衣，骨肉交给静香厨做饭！这就是你们的工作！"

驼兽来到那些建筑之前，迎面一股说不出的气息，扑鼻而来，不是腥臭气息，但是却有一种腥臭难闻的味道，这是一种心灵感应！

这是无数灵兽被宰杀后，血液迸溅，嘶叫悲鸣，千万年来，无数戾气，积累在此，形成一种难闻的气味，是一种无形的气味，其实鼻子并没有闻到什么味道，但是心理却可以感觉到，那怕你捂住鼻子也是会闻到，所以很少有弟子愿意到此！

高鹏闻到这个味道，差一点吐了，使劲的捂着鼻子，但是最后还是一张嘴，开始吐了起来！

洛离只是一嘌鼻子，他细细品味，这是杀戮的味道，这是无尽血液凝集挥发的味道，这味道洛离无比的熟悉！

他使劲的吸收这些气味，大口的呼吸，让自己适应这里，这味道是很难闻，但是自己暂时只能在此，无法改变它，那就适应它吧！

久居兰室不闻其香，久居鲍市不觉其臭。

既然现在无法改变，那就适应它！不过适应只是暂时的，等到自己彻底适应了，就要改变它！

　　如果可以改变这里，消散戾气，解除恨怨，这积累了数千年，甚至数万年的怨念，这会是多少善功？！

第二十三章 心如累土入仙台！

司徒雅看到了洛离的模样，低声说道："有趣的小家伙！"

司徒雅领着洛离穿过山门牌楼和迎客亭，进入脱舍院的外院，司徒雅带着他们来到一个老者面前，这个老者身上一件青衿长袍，三尺长髯，满头白发扎着道髻，脸却像八、九岁的孩童一样白里透红，鹤发童颜，倒是有几分仙家的味道。

司徒雅走了过去，恭敬的说道："万花丛中过，片叶不沾身！吉安叔，新来二个小子！"

然后对着洛离等人说道："这是我们脱舍院的首座吉安老人！好了，我有事先走了！"

说完，好像惧怕什么一样，穿过庭院消失在一片红花绿草、殿阁连绵的楼宇中。

洛离他们一起恭敬行礼，这是脱舍院的老大！

吉安老人看着他们，说道："万花丛中过，片叶不沾身！新来的，很好，很好！你们都叫什么名字？"

洛离施礼回答道："洛离！"高鹏也回答道："高鹏！"

吉安老人说道："好，你们是新来的，今天头一天入门，不要着急干活，去先去三执事永川那里，他会安排你们的住处！

你们现在的任务，就是苦修，赶紧气冲九关，开辟气海，成为一名真正的修士！……"

洛离、高鹏二人细细倾听，这吉安老人足足讲了半个时辰，这才住嘴，这时洛离他们才知道为什么司徒雅走的那么快，原来他怕吉安老人的唠叨。

终于三执事永川到此，吉安老人才住口，三执事永川带着洛离他们进入建筑群中。

远处瀑布落下，在虚空被分为两半，其中一半引导这里，化作一条河，在脱舍院流过。

借助这流水，清洗污秽，在河流两旁分成屠宰场，扒皮场，分解场，炼材场，储材场。用以屠宰灵兽，分解炼制灵兽血肉，借以得到各种灵材。

在这些场地之外，远处山林中，一排排的石楼依次排开，那都是脱舍院弟子的修炼之所。

三执事永川看上去三十多岁，唇边留着短须，眉毛很淡，眼睛眯着，身体微胖，一路上他看到谁，就指挥一下！

“小七，使点劲，你是娘们吗？”

“老沙，给我使劲的干，今天你不把这些皮子拔完，不许吃饭！”

他带着洛离二人，来到远处的石楼，一指其中两个相连的石楼，说道：“好了，这就是你们的住所了！五等精舍，四百吐纳一息的洞府，正好够你们修炼。

这里只要你们开辟气海，进入炼气第一重，就给你们发放门派福利，也会换成四等精舍！四等精所可是二百吐纳一息的洞府啊。

如果你们饿了，去那里食堂，那里十二个时辰都有吃的，不过都是凡间食物，只能果腹，不含灵气，想吃灵谷灵肉，需要自己掏灵石购买。”

高鹏点点头，就过去选取石楼，洛离却向着三执事永川说道：“永川师兄，我是三等弟子，住所应该是三等精舍！”

永川就是一愣，看着洛离，不敢相信，这脱舍院吉安老人炼气期大圆满是一等弟子，剩下只有他和司徒雅等等四五人，达到炼气四重，是三等弟子，现在又冒出一个三等弟子，真让他吃惊不已！

新入门的弟子，就提升为三等弟子，到也不少见，一些门派眷属弟子都会如此，但是刚入门就提升为三等弟子，却被分配到脱舍院，却是第一个。有能耐，谁也不会到此外院。

然后他拿起洛离的令牌看了又看，最后确定无疑，然后说道：“你跟我来！”

他对洛离，并没有什么感觉，三等精舍就三等精舍吧，也不是什么大事，洛离跟在他的身后，两人向前走去，走出足足数里，进入一片密林，这里隐约有六七个石楼。

永川一指那里，说道：“你就住那里吧！这可是一百吐纳一息的三等精舍啊！”

他转身要走，突然好想想起了什么，说道：“你姓洛，你是银州洛家的人，希夷是你老祖？”

洛离心中一凉，这么问，必有恩怨点点头说道：“是的！”

永川冷哼一声，说完，掉头离开，看都没有看洛离一眼！

果然，这个家伙和希夷老祖有恩怨，八成也是三年前的事情。不过，洛离并不担心，这不算什么，在此灵蝶宗，只不过是他熟悉修仙界的跳板。

看着这个石楼，洛离长出一口气，这里就是自己暂时的定居之所了，石楼是二层小楼，占地三十丈，外体坚固典雅，毫无装修，朴素异常，都是花岗岩大理石等上好石材构建而成，外面有层真元护盾保护，防止外人进去。

洛离拿起令牌对着护盾一点，顿时护盾消失，石楼大门打开，此处就属于洛离了，缓步进入石楼，这石楼分为上下两层楼，一楼分成二间，一间修炼室，供主人在此修炼，这室中有**一个，室内元气充足，这元气极度充沛，甚至达到肉眼可见的程度，比起高鹏的石楼元气足足多了四倍。

一间是演武道场，用以修炼法术，修炼剑术，御使灵蝶，不过需要用灵石激活防御法阵，不然法术外放，很是危险。

二楼上去，中间是大卧室，供主人在此休息，里面只有一张石床，其他的什么床上物品都没有。

除了卧室，还有洗浴室，卫生间，厨房，储物间，茶室，书房，静室！当然了，里面都是空空如野，也是什么也没有。

就在这时，外面传来敲门声，打开房门，一个杂役出现，说道：“前辈你好，我们来送门派福利了。”

说完，一群人走进，他们将石床之上铺上被褥，地下铺上地毯，其他房间，也是摆满茶具、书籍、围棋等等物品。

但是这些东西，都是普通货，想要好的，需要自己购买。

这些人离开，洛离长出一口气，进入洗浴室，洗了一个澡，然后来到一楼修炼室中，开始修炼！

坐在蒲团之上，这是洛离的第一次修炼，只有修炼成功，气冲九关，开辟气海，那时洛离才算是一个修士，进入真正的修仙界！

洛离细细回想心如自在经，这片经文讲究的是心如自在经，开发自身，修炼此经可以将自己的潜质，完全的发挥出来。

然后他又回想毫末累土诀，这篇经文的特点是积累节约，一丝也不浪费，修炼此经，修炼越长，积累节约的越多，修为越强！

两个都很好，可是到底用那一个修炼好呢？

洛离开始研究，“合抱之木，生于毫末；九重之台，起于累土；千里之行，始于足下……”

“禅关暂到何须住，法窟虽深岂用穷。若问如如心自在，梦魂不入大槐宫。……”

到底用那一个好呢？洛离扣心自问！

突然洛离还剩下的六个善功，其中一个粉碎，化作奇异元能，注入到洛离身上，洛离所有所悟！

但是这还不够，继续有善功粉碎，第二个，第三个，第四个！

然后两个功法开始融化，在洛离所知道的经文基础上，进行最好，最强的优化组合！

这种融合有一个前提，那就是必须这经文，洛离心中有数，曾经听过，在这个的基础上，开始融合，优化，不会超越这个范畴，自动推演，进化提升！

然后洛离得到一个混合功法，将此两者混在一起修炼，既有心如自在经，又有毫末累土诀！这样既有心如自在经的开发自我潜能的妙用，又有毫末累土诀的积累威能！

得到这个混合功法，洛离再也不惑，开始修炼！

正体，坐禅，入定，控制气感，控制自己现在身上的真气，不过三息，洛离的心境就从杂乱瞎想变成了一心一意，心无杂念，这是洛离在天绝杀堂养成的习惯！

整个心神，快速的进入不思不想，不听不动，不迎不送，不争不明的清净境界，再无其他，心神凝结丹田，细细呼吸，按照那个功法开始修炼！

呼、吸、呼、呼、呼、吸、吸、呼、吸……三次长呼，一次短吸，在二次短吸，三次长呼，按照奇异的频率，洛离开始呼吸修炼，这奇异呼吸之法，完成一次，叫做一次吐纳！

一次吐纳结束，再来第二次吐纳，然后第三次，随着洛离的吐纳呼吸，这就是修炼！

这是一个相当漫长、无聊和枯燥的过程，不如果没有洛离在天绝杀堂的修炼，根本他无法坚持下去，早就耐不住性子导致心境浮动，最后彻底放弃，浪费时间精力。

吐纳一百次，突然洛离感觉到全身开始燥热起来！

这种热舒服无比，整个人好像飘飘然，这在心如自在经中，叫做入仙台！

这就代表着自己开始炼气了，洛离顿时感觉到一种周围好像无尽的灵气，向着自己汇集，吸收到自己的体内！

自己的身体就象是海绵，吸收无尽灵气，就象是深渊，吞噬一切灵气，然后随着这种吞噬，一种全身舒服到极点的感觉，向外扩张！

舒服了，太爽了，整个人处于一种神奇状态，全身都是无比的欢悦，无比的幸福！

是的，幸福感觉，超越一切的幸福感觉，如同九天之上的快乐感觉，那怕高官得坐，那怕美女再怀，那怕山珍海味，那怕吸服五石散，比起这个感觉，都差了无数倍！

太爽了，太好了，太过瘾了，这才是人生！

难怪爹总是让我离开银州，让我到此修炼，真是不修炼不知道，人生竟然有此爽快之事！

太爽了，过瘾，过瘾，难怪传说那些前辈高人，一下子闭关几十年，不出大门一步，原来如此，这感觉太爽了，出门干什么？躲在修炼室内修炼，享受这痛快感觉，才是王道！

谁也挡不住这种爽快，痛快，过瘾！

原来如此，凡人总以为修仙者，个个傻子，一修炼就是几十年，其实谁炼谁知道，不是修仙者可以耐得住寂寞，断七情绝六欲，而是因为他们能得到凡人难以想象的快乐，傻子才不继续修炼呢。

比起凡人，也许修仙者的执念、欲望只会更加强烈，绝不会更少，不然他们也不会走到今天！

第二十四章 气冲九关踏仙路！

洛离按照经文，开始修炼！

体内原来在银州大陆积攒的真气开始粉碎，消失，变异，被这漫天过来的灵气取代，这才是修仙者真正的真气！

这真气在洛离体内慢慢凝结，开始顺着经脉移动，随着凝结，渐渐的洛离发现有关隘阻挡！

脚下涌泉、肛门会阴、下腹丹田、体前气海穴、脊椎神阙、心口紫宫、颈部咽喉、头部太阳、头顶百汇！

这就是九关，九大关卡，阻挡修炼者气惯全身，打通任督二脉，必须冲破这九关，然后吸收灵气由涌泉入，经任督二脉，过百汇，最后凝结丹田，开辟气海，在全身完成一个循环，此乃一周天，叫做一息！

然后这真气保存在气海之中，当需要施法之时，就可以提取使用了，这真气就是修士的能量源！

当这样的真气，在修士体内凝结到一定程度，达到气贯重楼，气海溢满，就可以所有真气凝结，粉碎，发生进化，真气性质提升，境界改变，这样，就可以晋升炼气期二重。

然后重新大周天运转一周，凝结一息真气，积攒这一息息的真气，在修士体内再一次的达到气贯重楼，气海溢满，全部融合，粉碎，再次进化，重新再来！

这二重凝结的真气，会比第一重的真气，在质量上，强度上，威能上，强上很多，第三重的真气，更是强大，这样以此真气为动力源的修仙者，才可以施展各种法术，才会拥有越来越强的法力。

气贯全身，龙象之力，这就是炼气期的特点！

这真气到了四重，会进行一次变异，炼气四重修士就可以御使法器了，借助法器，法术飞行天地间了，比如灵蝶宗的修士，只有进入第四重炼气中期，才能炼化灵蝶，这就是炼气期中期！

到了七重，又是一次变异，那就是炼气后期！

其中一个显著特点就是炼气七重修士就可以到了筑基期，这气态真气，就会化作液态的真元，那时完全脱离现在的概念！

当修士进入金丹境界时，液态的真元就会凝结固态的金丹！进入元婴境界时，固态的金丹变成生命体的元婴！这就是修仙之道！

洛离小心翼翼的驱转灵气，缓缓由大地之中，向着自己的涌泉渗透，就好像攻关一样，冲击着自己的身体！

一次，二次，三次……

轰，涌泉破，顿时间无尽的灵气，汇集到洛离体内，那爽快的感觉，更是一波波的冲来。

洛离死死的控制心神，不要沉浸其中，第一关最难的就是此处，涌泉好破，心神难宁，很多修士沉寂其中，无法自控，最后到此血脉倒流，崩溃而亡。

涌泉破，真气向上，顺着双腿，慢慢汇集到肛门处，此乃会阴！真气被此处挡住，再也无法向前！

洛离开始凝结真气，冲击这里！

一次次的冲击，冲击，冲击！

在第三十八次，一声清鸣，会阴破，顿时洛离体内咕噜噜的声音响起，洛离有一种强烈的排泄欲望，不过他死死的控制住，有些修士体内杂质过多，每次冲关，忍受不住这种排泄的欲望，最后败在此处。

继续向前，第三关，开丹田！

这一关，洛离很是轻松，圆满通过，在银州大陆的修炼，对此丹田反复祭炼过，所以轻松通过！

然后第四关体前气海穴、第五关脊椎神阙、第六关心口紫宫，洛离小心翼翼，按照以前的经验，一关关的冲过！所以难题，一一解决！

马上到达第七关颈部咽喉，这时洛离遇到一个最大难关！

那就是方才他苦修一百吐纳，吸收的诸多灵气，要用光了！

这时修炼最难一点，体内可以储存的灵气有限，无法冲破九关！

有经验的修士，都会准备丹药，在此关口吞噬丹药，进行冲关，但是冲关的修士还没有踏上炼气之旅，普通修仙者的丹药，他们无法服用，灵石也无法吸收，所以这种丹药十分珍贵，不然门派也不会以一年为限。

这过九关最是艰难，就在这里。而且失败一次，需要休息七天，才能进行第二次冲关！

正常修士都需要大约一个月时间，三四次才可以冲破九关，差一点的需要三个月，再差的需要半年，至于门派规定的一年，那就是最最垃圾的修士了。

洛离现在到了难关处，他唯一的办法就是停止修炼，可是他不想！

真的不想，他就想一飞冲天，一口气炼气有成！不想再等七天，再来冲关！

念头一动，洛离体内的最后二善功，一个个的消散，在他身上放出一种奇异的元能，那元能融入天地中，受此吸引，天空落下的奇异伟力，开始发威。

洛离借助自己的神通，想要一口气冲破九关，直接进入炼气第一重！

可是出乎洛离的意料之外，这伟力并没有直接帮助洛离修炼，而是粉碎了洛离体内极品血晶石的伪装，慈云大师包裹血晶石的材料，粉碎！

然后那伟力注入血晶石内，刺激血晶石，在这伟力刺激之下，血晶石开始散发奇异的血气，这血气注入洛离的身体之中，补充洛离需要的天地灵气！

继续！冲关！

破咽喉，洞破太阳穴，直奔头顶百汇！

最后一道关卡，最后最关键的一击！

打通头顶的百汇穴，借此和涌泉，形成天地人桥，让灵气在体内形成生生不息的循环，这就是一周天，然后存入丹田气海，这就是真气，修仙者驱动法术的源动力！

这一步万分艰难，那有那么容易，洛离连续百次，全部失败！

“不行，不行，这样不行！”

“我能够使用的手段，已经全部使用，我的善功已经全部消失，难道我就这样失败吗？”

“休息，休息，多积攒点善功，七天后再来，放弃吧……”

“不行，绝对不行！”

“我必须冲破这一关，我必须晋升修士！我必须成功！”

“爹在看着我呢，小七，小青，猛龙，卜算子，他们都在看着我呢！”

“雪眉还等着我去找她！”

“他们因为我而死，我必须活下去！”

“人生如此，险关在前，必须向前，破关而过！”

“我要活下去，我要快快乐乐活下去！活出自己的精彩！

我要掌握住自己的命运！自由自在的，永远不被他人左右的活下去！”

“所以，我必须成功！”

“必须，必须！”

“坚持，挺住，破关！”

“必须……”

洛离知道自己唯有坚持，坚持到最后，才能成功！慢慢的他想起了为自己而死的父亲，想起了死在自己手中的小青，想起了失踪的雪眉，想起了自己过去的一切！

我一定可以成功，没有人，没有任何事情可以阻挡我。

洛离一点点的排除杂念，一点点的坚持自己。一心一念，心神合一！持续向前，由犹豫到坚定，有坚定到淡然，由淡然到超脱。

洛离心神合一，意念坚定，在这必须的信念下，只试了一次，就一次，强壮坚挺的真精之气一下冲破头顶，打通了百汇穴！

一瞬间，气冲九关，天地桥开，洛离修炼成功！

顿时洛离有了一个感觉，天地动，万物惊，至此，自己再也不同！

这一小步，却是洛离人生的一大步，至此他的人生彻底改变，洛离晋升炼气期第一重，踏入修士行列，正式进入修仙界！

第二十五章 真气贯体天地宽！

真气贯体，如心开目，洞察周身，纤毫毕现！

气由外入，复由内出，周而复始，感知天地！

突破炼气第一重，凡人变成修仙者，母鸡变凤凰，立刻对外界的感观也立马不一样了，世界变化了！

洛离感觉自己的五官轰然之间似乎突然开了灵窍一般，外界变得异常的生动。他第一次惊讶的发现，眼前的事物都变得这样明亮，数丈范围之内一切动静，看见的，或者没有看见的，几乎完全在他的掌握之中。这种控制感，是以前所完全没有体会到的。

耳朵微动，可以听到屋外树上的潜伏着一只蟋蟀，发出低微的噗哧声，以及屋中苍蝇扇着翅膀飞过的声音。眼睛象是被清泉洗过一样，明亮清澈，房顶棚上的花纹，墙外蜘蛛网的每一条丝线，都清晰可见。鼻子可以嗅到身上的血腥之气，外面的浓郁的湿气味道。

双手轻动，洛离呆了一下，惊讶的望着自己灵巧无比的双手。身体内似乎一种从未有过的力量感，这不同于以前的内力真气，而是另一种奇异的能量。

那吸收的灵气，化作一种奇异的力量，游走在洛离的身体之中，四肢百骸，伐毛洗髓，淬炼肉体中的结构，锤炼身体，清除杂质，排除体内余毒！

洛离的身体，都比以前轻灵了不少，在屋中稍稍一动，腾挪游走，丈许之内的空间里，就能够舞出一团迷蒙的幻影。

而且好像自己的体内，长出了一只眼睛，能够清清楚楚地看清自己身体中的一切，大到五内脏器，小到微末血脉，都可以看清，一种奇异的真气，在缓缓地流淌着，滋养着他的身体。

这就是真气，修仙者特有的真气，一种十分玄妙的灵气，在身体之中，四万八千毛孔，百骸九窍之中，运转自如，拥有不可思议的力量。

这就是修仙者的特殊能力！洛离的眼识、耳识、鼻识、舌识、身识，五感结为一体的，化成一种感觉，这就是修仙者的神识感应！

不过现在洛离可以感觉数丈之外，甚至十多丈外，只是因为他现在刚刚破关而已，随着时间的过去，他神识将会缩小，最后固定，炼气期第一重，神识范围不过离体三尺！

洛离渐渐的清醒过来，看向自己的体内，赫然发现，在自己的丹田处，形成一片海洋，这就是气海，修士用来积蓄真气之地！

进入筑基境界，这里将会变成液态真元，进入金丹境界，这里将会诞生固体金丹，进入元婴境界，这里将会出现活生生的元婴！

不过洛离的气海，仔细的看过去，在那海中，只有一滴水！

一点真气，这就是一息，衡量修仙者真元的名词，一息就是指修炼者真气在身体中运转一周，完成大周天，最后凝结成的一息真气！

这气海可以容乃这样无数的真气，然后它们融合，进化，变强，洛离晋升第二重天，再一次的容乃这样无数的真气，再一次的进化！

直到炼气期的第十重，进入筑基，气态真气化作液态真元，进入筑基境界！

洛离长出一口气，看看日晷，自己从开始修炼，吐纳开始，冲破九关，到现在进入炼气境界，一共用了四个时辰，这时间真是不值钱，转眼就过！

看看时间，还有一个时辰天亮，继续，继续！

呼、吸、呼、呼、呼、吸、吸、呼、吸……洛离又开始呼吸修炼，这奇异呼吸之法，一次吐纳结束，再来第二次吐纳，这就是修炼！

吐纳一百次，终于那种爽快感觉再一次的来到！这种感觉就是多少次重复，每一次都是爽的要命！

入天地桥，通任督二脉，渐渐的洛离的气海之中，又多了一息真气！

又是一次修炼结束，洛离长出一口气，休息几十息，继续修炼……呼、吸、呼、呼、呼、吸、吸、呼、吸……洛离凝结出第三息真气！但是这次完毕，洛离就再也不能修炼了，他体内的经脉传来阵痛的感觉，按照修炼经文上的介绍，这叫做瓶颈！

现在刚刚踏上仙路的洛离，一天只能修炼五个时辰，超越这五个时辰，身体就受不了，就再也无法修炼！

洛离缓缓结束修炼，不由的一皱眉，这可不行啊！

“我每天可以修炼五个时辰，也就是可以诞生十几息真气，那进入炼气期第二重，至少需要七八百天，不是吧，至少要二年，我才能进入炼气期二重，这还是我在三等精舍的结果，不会吧！”

洛离不由的傻眼，想不到修道如此之难！

“不可能，不可能，一定有其他的办法，加快这个速度！”

洛离开始查看经文，渐渐的发现了解决之法，那就是灵石、灵丹、灵膳！

灵石，修仙界的基础，手中拿上一块灵石，在灵石中吸收灵气，洛离的修炼速度可以加快数倍，不过灵石中灵气蕴含石气，不可以吸收太多，吸收多了，对身体不利。

灵丹则是好东西，吃下去之后，自动转化真元，强化身体，比灵石来的快，但是这个吃多了，也有丹毒，也有抗药性。

最好使用灵石，辅助灵丹，两者一起使用，这是修仙界基本知识！

灵膳，那就是最爽的修炼辅助手段，所谓灵膳就是美餐，以食代补，因为是食物，毫无危害，比起灵石灵丹，都要强的多！

但是灵膳最贵，远远超越它们的价值，一顿可以补充五个灵石蕴含灵气的灵膳，至少要支付十个灵石，才能吃到！

洛离摇摇头，看来只能如此了，以后自己要多多的赚取灵石，有了灵石才有前途！

这时他看过去，外面天已经大亮，转眼一夜过去，洛离未睡，但是身体轻松无比，这修炼比睡觉还要对身体有益！

他缓缓站起，洗漱一番，然后离开住所石楼，去脱舍院报道！

永川洛离找不到，他直接去找脱舍院首座吉安老人，到了那里，洛离一愣，他看到了高鹏，他也在那里，看过去和以前完全不同！

吉安老人看到洛离到此，点点头，说道："好，好，好！想不到我脱舍院来了两个都是一夜破九关，开辟气海的修士。

好，好！"

原来高鹏也是一夜破关，进入炼气期。

高鹏抱拳，说道："恭喜，恭喜！果然是我师兄！"

洛离抱拳回答道："同喜，同喜！"

吉安老人问道："你们都炼化多少息真气？"

高鹏回答道："弟子炼化了十七息！"

洛离回答道："弟子炼化了三息！"

看过去完全是高鹏占据优势，他是五等精舍，洛离是三等精舍，差了两等，而且高鹏是十七息，洛离是三息，差了更多。

但是并不是如此！高鹏之所以可以气冲九关进入炼气期，是因为他服用了父母为他准备的丹药，这丹药至少价值近百灵石，他还服用了炼气丹，这才达到了十七息。

洛离则是什么都没有服用，就靠自己，而且高鹏是两行灵根，洛离是三行灵根，所以高鹏并没有比洛离强到那去！

果然吉安老人指着高鹏，说道："你使用丹药太多了，以后注意，丹药能不吃就不要吃，好钢用在刀刃上，不然会影响你以后的修炼的！"

然后他指着洛离说道：

"你，很不错！"

"好了，你们两个，去杂物处，领取门派福利吧，高鹏，你算作四等弟子。

这个月快结束了，便宜你们了，可以多领一个月的福利，算是本院对你们的奖励！”

洛离两人一听，顿时大喜，马上这个月就要过去了，下月初还可以领取一次福利，这算是脱舍院对他们一夜破九关的奖励。

洛离现在知道了灵石的珍惜，没有灵石，单靠自己苦修，至少两年时间才能进入炼气第二重，灵石真是好东西，硬通货，珍惜无比！

第二十六章 拳大难道是规矩？

两人高高兴兴来到了脱舍院的杂物处，司徒雅正好在此负责，看到他们两个，不由的也是一愣，然后说道："行啊，小子们，不错啊！"

"太好了，太好了，你们真厉害啊！竟然都是一夜入道，靠了，我那时足足二个半月，才气冲九关，有前途，有前途！"

洛离抱拳说道："师兄，我们来领取门派福利！"

司徒雅说道："我看看……"

然后他核实一下，最后说道："是首座的奖励，好，给你们门派福利！"说完，他一人递过去一个小袋子，说道："这是储物袋，你们用真气可以打开，用以储存东西，不过这都是最普通的储物袋，空间只有三尺见方！"

洛离接了过去，输入真气，顿时那储物袋中的东西，都在心中，可以随意在这个只有拳头大小的袋子中取出！

储物袋中还有其他的东西，有着三套法衣，五道玉刻的符录，还有一口鲨皮长剑，三本金丝书籍。

司徒雅继续说道：

"储物袋里有三件法衣，一件为仪式专用法衣，咱们灵蝶宗的特产就是灵蝶系列法衣，这法衣咱们在修仙界都是排的上号的，所以穿上后，仪态翩翩，风度不凡，凡是门派集合，出门办事，必须穿着它，撑场面用的。

一件为短打修炼服，修炼时所用，其中有密纹符咒，可以起到聚气、提神、驱除心魔、冰心、净身等等作用，有益于修炼。

一件为生活战斗装，平时生活，遇敌战斗时所穿，此乃天蚕丝、冰蚕丝、金丝银线、黑煞丝、玄冥草屋中材料织成，柔和百种灵药，穿上之后，在山中穿行，可以躲避百虫，蛇虫鼠蚁不会侵袭，可以避百毒，各种瘴气，更是刀枪不入，除非法器才能够损毁。

这五道符箓，第一道是清净符，可以引来法水，只要身上脏了，心念一动，法水化成雾气，环绕周身，立刻可以带走污秽，使得全身洁净清爽。第二道净衣符可以洗涤修补法衣，使法衣焕然一新。

第三道是愈体符，里面蕴含药力，可以治疗各种皮肉伤口。你们被刀剑砍伤，用他立刻就可以止血，止疼，伤口愈合。第四道为寻火符，可以随时取火。

第五道，是真水符，无时无刻，都可以吸取空气中的水分，净化储存在符中，你们以后会到沙漠等无水之地，去执行各种各样的门派任务，历练修为，这些东西都能够用上。”

司徒雅把法衣和符录都说了一遍，随后取出那口长剑，唰的一声拔出，立刻精光闪烁，如龙吟鹤啸，剑身上闪烁着一寸寸的毫芒。

“这是灵蝶宗的入门法剑，虽然不是飞剑，但却削铁如泥，而且上面蕴含阳刚之气，可以斩杀阴魂厉鬼，躲避邪魔，也是一件法器。

另外那些书，记载的是我灵蝶宗的门规，还有修仙界的一些秘闻和介绍。

这是入门奖励，每个人只有一次，这些东西要是坏了没了，门派可不补，自己花灵石买去！”

说完这些，司徒雅开始发放第二个门派福利，他说道：“高鹏，进入炼气期，为四等弟子，一个月可以领取一个灵石。每提升一重境界，加一颗灵石！

洛离，为三等弟子，可以到传法堂听筑基前辈授法，可以到藏经阁，选取秘法修炼，一个月可以领取四颗灵石和四颗炼气丹，每提升一重境界，加一颗灵石和一颗炼气丹！”

说完，他给高鹏一颗灵石，给洛离四颗灵石，还有四颗丹药！

那灵石大约有二寸长，一寸宽一寸厚，晶莹剔透，流光溢彩其中蕴含着最原始最纯净的先天灵气。

此乃修仙界的流通货币之一，而且是最坚挺的！因为修仙者无论苦苦修炼，还是炼器炼丹，布阵制符还是和人拼命，修炼法术，交易买卖，都离不开它，真正的硬头货。

洛离得到了四颗灵石，除了这四颗灵石，还有四颗丹药。

这丹药个个鸽卵大小，颜色也如翡翠一般，翠光流转，精致得好像完美的绿宝石。这就是炼气丹，最普通最常见，炼气期服用的丹药。

洛离得到这些丹药，收入自己的储物袋中，心中高兴，恨不得立刻回去修炼。

但是司徒雅说道：

“好了，好了，你们得到福利了，去屠宰场找永川分配任务，好好的干活吧！”

洛离和高鹏行礼，离开，前往屠宰场，去找永川，分配任务。

这就是外院的工作，修炼不可能一天十二个时辰都修炼，必须劳逸结合，所以白天都会给外门弟子安排任务，不过这任务都不多，也就是消耗二三个时辰而已，而且工作一天休息一天，不是强制性的。

来到这里，永川正在指挥手下，整理屠宰场，准备接货，看到洛离两人，永川一皱眉眉头，说道：“不错啊，都一夜气冲九关了！好了，你们两个去储物场打杂吧！”

说完，看都不看他们一眼，新人先到储物场打杂，乃是老规矩，新来的都在那里慢慢干活，适应环境。

洛离和高鹏向着储物场走去，顺着河流向下走，储物场距离这里不算远，只有二里地。

绕过楼宇草地，穿过石桥水台，储材场就在前边，经过前边屠宰场屠杀，扒皮场扒皮，分解场整理，炼材场祭炼，最后存入储材场，等待清净阁的运走。

这里乃是五个场地最轻松的地方，就是一些力气活，到了这里，两人就被分配了任务，一个在门口接货，一个在储物场中摆货！

洛离在储物场中摆货，高鹏在门口接货，不要以为这摆货很简单，其实也很复杂。

储物场中，时刻运转寒冰符篆，整个会场中十分寒冷，但是进入摆货者不许穿戴任何避寒衣服，只能运转真气，抗拒寒冷。

其实这就是一种修炼，时刻让修士控制自己的真气，抗拒寒气，说到底外门还是修炼之所，每一个工作，都是一种修炼方法，不然卖力气的杂役有的是，何必让他们干活。

除了这个，摆放物品，还是一种修炼，这些物品故意不标注名称，而且还都是灵物，散发灵气。

摆放他们，全靠摆放者自己的判断，相同属性的货物，放在一起，如果摆错了，立刻就会传来警报声，借以锻炼摆放者对各种真气属性的判断。

洛离干上活之后，就分析出来在此劳役的好处，他立刻全身心的投入，控制真气，抵御寒气，分辨物品灵性，一一整洁摆放。

干了大约三个时辰，所有的货物全部摆放完毕，令牌提示工作完毕，洛离长出一口气，转身离开。

明天可以在住所休息一天，后天继续工作，不过他并没有远去，而是直奔储物场另外一边而去，高鹏在那里干活，大家一起来的一起走，这样要休息一起休息。

洛离刚刚来到门口，就看到高鹏被一个人压着胳膊，按在墙角，使劲挣扎。

高鹏大声喊道：“师兄，玄水师兄，我明白事的，份子钱我已经准备了，你还要想干什么啊！”

在门派中，经常有些老弟子欺压新进弟子，勒索他们的福利，这叫做份子钱，保护费。

高鹏一边挣扎，一边哀求，看过去鼻青脸肿，被人打了。

玄水笑道：“份子钱？那是欺压后进弟子的恶霸师兄才会要的，那是欺负人，我们不要！咱公平交易，我想和你买三颗炼气丹，你看如何！”

高鹏说道：“公平个屁啊，三颗炼气丹，至少价值六个灵石，你才给我二个灵石，完全是抢买，太黑了！”

高鹏昨天一夜冲破九关，落在有心人眼中，立刻知道他身上有药，所以抢买。

玄水说道：“至少我给你灵石了，没有白抢！

小子，就当我欠你的，等我以后灵石多了，我再还你！”

这个是废话，修炼者什么时候可能灵石会多过？从来都是灵石不够！

说完玄水就强翻高鹏的身，拿走他的储物袋，高鹏父母为他准备的丹药也在其中。

高鹏忍不住哭道：“不要啊，这炼气丹是我爹娘积攒十年的辛苦钱，才给我买到的。

呜呜呜，你拿着三颗，相当于我损失了四颗灵石，我爹娘要白干一年，才能赚到！我才炼气一层，按照规矩，不会被抢的，你也太黑了！”

只不过高鹏说到底还是一个十七八岁的少年，在家不说小皇帝，父母也是当成宝贝，而且还有几个小弟，到了这里刚刚炼气成功，非但没有受到表扬，反被人抢劫，四个灵石啊，够他父母干一年的，所以实在忍不住哭泣起来。

玄水笑道：“规矩？你真是天真！我炼气一层马上就要大圆满，我的拳头比你大，所以我就可以抢你，这就是修仙界的规矩！”

话音未落，一只手搭在他的肩膀之上，洛离的声音响起：“按照你的规矩，如果我的拳头比你大，那我就可以抢你了？”

第二十七章 剑影流光胆气寒！

那手正是洛离的手，玄水冷哼一声，肩膀一动，左手成龙爪，抓向洛离搭在他肩膀的手！

洛离立刻变招，使出小擒拿手，想要拿住玄水，玄水使出一套爪法，和洛离在此擒拿起来。

玄水苦练过擒拿之法，足足和洛离抗了七八招，但是说到底还是不如洛离，对于他们来说修仙才是王道，武功练练就行，对于洛离来说，过去就是靠这个活着。

高下立判。

七八招之后，玄水被洛离一把拿住胳膊，一扭，顿时他被洛离死死的压住！

那胳膊上传来剧痛，使玄水不得不低头，但是他冷哼一句，说道："你是洛离！"

高鹏捡起自己的储物袋，看到洛离，他一惊，悄声喊道："快走，快走，我们快走，他们本来三个人，其他两个去找你勒索门派福利了！

他们说了，就给你留一个灵石，省着不公平，凭什么你到这里就是三等弟子，快跑！"

玄水说道："小子，你等着，七哥马上就回来！

七哥苦苦修炼，炼气三层，才不过四等精舍，你来了就是三等精舍，不公平！

所以，我们会让你公平的，啊啊啊啊……"

洛离使劲一压，让玄水发出惨叫。看来麻烦来了，自己直接就是三等弟子，一定会有人愤愤不平，该来的终会来，不是逃跑可以解决的问题！

既然你要斗，那咱就来吧，比比谁的拳头大！

就在这时，一旁的储物场大门打开，就要有人出来，洛离一伸手，玄水就被他送了出去，蹬蹬蹬，一下子撞入那没有打开的大门。

顿时大门一顿晃悠，然后玄水带着两位二个人，怒冲冲的走了出来。

为首那人，洛离依稀昨天见过，就是被永川称之为小七的那人，他看着洛离说道：“你敢打我兄弟玄水！”

洛离说道：“他勒索我朋友高鹏，欺压后进弟子，抢劫勒索还有理了？”

玄水说道：“没有，我是用灵石购买，没有勒索！”

洛离嘲笑道：“价值六个灵石的丹药，二个灵石买走，有这种好事？你为什么不卖给我？”

玄水顿时说不出话来，七哥身边的一个大汉，喝道：“废话少说，来，让我试试你的身手，小小炼气一层，也配讲道理！”

说完，这个大汉就扑了过来，扬手就是一拳，这一拳虎虎生威，发出拳风，看来他苦力气很大。

但是洛离毫不在意，身手一隔一挡，借力打力，然后一撞，全身的力气撞了过去，竟然一下子将此大汉，撞得蹬蹬后退，差一点做了一个屁墩。

他大叫道：“小子，你很狂啊！”

一伸手，在储物袋中拿出一对亮银锤，这锤人头大小，每个足有百斤重，在他手中如同无物。

看到这样，洛离摇摇头，一伸手将门派发放的法剑拿出，说道：“这个，你更不行！”

大汉舞动双锤就冲了过来，上下锤影纷飞，带起无尽锤风呼呼作响，但是动了真家伙，他在洛离眼中，更是废物。

这锤法完全就是仗着力气大，乱舞，也就是糊弄一下外行人，对于洛离这种在杀戮中长大的孩子，破绽百出，一招毒剑术分开对方的双锤，一招快剑术，在这大汉的头顶就是一花而过，斩落他头顶所带头巾。

大汉就是一愣，洛离又是一剑，然后又是一剑，在他身上连续刺出七剑，将他身上法袍刺出七个大窟窿，但是都没有伤及皮肉，如果想要杀他，如同杀一婴儿一样。

那边七哥喝道：“憨子，退下！”

这大汉立刻后退，冲着七哥喊道：“七哥，这家伙剑法很厉害，是个高手。”

七哥向着洛离走来，说道：“好剑法，好剑法，但是我们是修仙者，凡间的剑法再厉害也是废物！”

洛离看着他，缓缓说道：“炼气三重？还未炼化七大灵蝶，好像你也没有什么仙家法术手段？”

灵蝶宗想要得到门派的正宗法术，必须达到炼气四重，炼化七种灵蝶之一，人蝶合一，才会拥有真正的灵蝶宗法术。

七哥一笑，说道：“是的，我是还没有修炼什么法术，但是对付你足够了！”

他一伸手，在手中出现四张符箓，然后他将一张符箓向着自己的身体一拍，瞬间在他身体之上，出现一个金色光膜。

一旁的高鹏喊道：“金刚符！这是金刚符，一张价值一个灵石的金刚符！洛离快跑，这符箓一贴，刀枪不入，我们还不会法术，无法破开金刚符的防御。”

七哥在一旁说道：“跑，我看你往那跑！”

他拿起第二张符箓，向着洛离一点，瞬间那符箓化作一道风刃，向着洛离斩去。

两人相距七尺，那风刃转眼就到，发出呼呼之声，碗口大的树木都可以一刀斩断。就在这生死瞬间，洛离一弯腰，铁板桥，几乎倒在地上，避开了这一击。

多少年在杀堂苦修的身法起到了作用，洛离竟然活生生的避开了风刃一击，他瞬间弹起，如同猎豹一样围着七哥快速的转了起来，在旋转的同时，七哥身上的金刚符发出当当作响。

这是洛离的法剑，刺中七哥身上的声音，只不过七哥在金刚符的保护下，刀枪不入，只能发出这种当当当的声音。

那声音越来越快，每响起一声，就代表着七哥被洛离刺中一剑，洛离还真就不信了，什么刀枪不入，任何东西都有极限，只要自己的攻击达到对方的极限，自己一定会获胜，打碎对方的金刚符。

七哥好像也看出问题，但是他不怕，风刃符箓的攻击速度不是最快，避开不算什么。

他拿起第三张符箓，这张符箓叫做落雷符，发出法术就到，没有人可以避开，他向着洛离就是一点，一声轰鸣，天空落下一道闪电，劈向洛离。

但是就在落雷轰下的瞬间，洛离猛的加速，快速冲锋，一下子冲到了另外一边，那道闪电落下，洛离毫发无伤。

这一下七哥有些发呆，这落雷符可以说，启动就中，从来没有听说过人可以避开，这是怎么回事？

其实洛离也避不开这个落雷的轰击，但是他可以根据七哥的身体反应，眼神变化，真气运转，在对方启动符箓的瞬间，提前跃起，避开这个符箓的攻击。

符箓再快，但是使用者的反应速度有限，只要预判出对方使用符箓，就可以避开。

这是慈云大师以前教授洛离对付符箓的办法，这符箓都是普通符箓，没有神识锁定，所以只要利用速度的变化，可以避开这种符箓的攻击。

七哥顿时傻眼，他拿起第四张符箓，却不敢轻易发出，这是他最后一张攻击符箓，发出去打不中怎么办？

在这过程中，那当当当的声音，就没有断过，一剑，一剑，一剑，转眼之间，一口气洛离刺中了七哥身上一百多剑。

这就是快剑术，剑快如雨，洛离手中之剑，乃是门派所发，也是法器，十分锋利，几十剑没有问题，一百剑之后，七哥身上的金刚符就要崩溃。

七哥一伸手又拿出一张金刚符，可是这可是价值一个灵石的符箓啊，他有点犹豫，舍不得贴上去。

就在这时，洛离突然收剑，剑背身后，向后倒退十多步，然后说道："七哥，好厉害的符箓，我打不破，我认输了，小弟败了！"

七哥顿时长出一口气，他有一个感觉，再来二三剑，自己的金刚符就要粉碎，在使用新的金刚符，他舍不得，可是被打败又丢人现象，完全是骑虎难下。

这时洛离罢手，正好顺坡下驴，七哥收起手中那唯一的符箓，说道："好，就算这样吧，洛离，你的剑法很是厉害啊，在下界怕也是一方高手吧？难怪你可以到此就住三等精舍！你有这个实力！"

洛离回答道："侥幸成名，对了，七哥，我听说静香厨的灵餐不错，小弟想请大家吃顿便饭，小弟初来咋到，还请各位大哥赏脸！"

其实出手打败了这个七哥，又有什么意义，这家伙属于老人，昨天看到三执事永川对他的态度，很是依仗，赢了只是得到虚名，反倒因此得罪了众人。

现在自己见好就收，对方也不是傻子，再也不能勒索自己，看到自己的厉害，反倒会和自己结交，多一个朋友多一条路，正好可以借助这些老人，打听出前往楚南昌州天姥山神威宗的办法！

所以洛离见好就收，还要请他们吃饭！

这话说完，想不到在七哥身上，竟然收获了丝丝善功，虽然微不足道，不够一道，可见对方看着不动声色，其实内心情绪激动，感谢自己，给了面子，这人还是不错的，可交！

第二十八章 当令美味入吾唇！

七哥看着洛离，好像在思考什么，他再想洛离想要干什么？

洛离笑道：

“一顿饭而已，七哥，多个朋友多条路，这点面子都不给吗？”

听到静香厨，一提到吃东西，一边的憨子直流口水，说道：“七哥，去吧，这小子我看不错，很顺眼！”

七哥看着洛离，说道：

“好，这顿饭我吃了，不打不相识，你这个朋友，我交了！”

洛离抱拳说道：

“爽快，不打不相识，你这个朋友，我交了！”

七哥说道：“我们不去什么静香厨，那里的东西死贵，灵气也不足。我们去坊市刘家串店，那里的烤串相当不错，免费灵酒随便喝，而且咱们几个吃个饱，不到一个灵石。”

洛离说道：“好，请七哥带路，对了七哥，我昨天看到你和沙哥在一起忙碌，不知道他是否有空，可否请他一起去吃点？”

昨天洛离看到三执事永川老是指挥这个七哥，还有一个老沙，不断的干活，可见他们是永川手下得力干将！

这个七哥现在看来在脱舍院就是一霸，那个老沙也绝对不简单，所以怎么也是请，一个羊是放，二个羊也是放，洛离想连那个老沙一起请了。

七哥一愣，说道：“玄水去喊沙哥过来，在咱们脱舍院，执事之下，我们老哥俩，还是说了算的！师弟你有心了！”

洛离笑道：“在家靠父母，出门靠朋友，咱们都是师兄弟，理应亲近。

玄水，沙哥应该有几个兄弟，一起喊来，人多才会尽兴，咱们不醉不归！”

七哥手下还有两个兄弟呢，那老沙也一定有几个兄弟，要喊一起喊，要去一起去。

然后他回头看了一眼，高鹏看到洛离他们打架结束，准备出去吃饭，他想要悄悄的离开，这可是去吃灵餐，需要花灵石的，对方都是大哥，自己不过是小蝼蚁一个，不会带自己去的，不如悄悄离开。

洛离一把抓住高鹏，夹着他的脑袋，说道：“那里走，你是我的小弟，吃饭必须跟着！”

洛离手臂用力，夹的高鹏啊啊大叫，说道：“师兄，师兄，放手，放手。”

洛离哈哈放手，高鹏不说什么，但是眼中闪烁晶莹泪花。

不一会老沙过来，一起来的还有两个人，一个叫做铁子，一个叫做三宝，一共八个人一起出发，这时可见老沙和七哥在脱舍院中的威信，到了院门口，也不用说什么，一个人牵过一个驼兽，上了驼兽就走。

如果洛离想要出门，必须去找执事申请，才可以借到驼兽。

八只驼兽在丛林山岭中穿梭行走，路上众人聊了起来，洛离见人说人话，见鬼说鬼话的能力发挥出来，几句话忽悠的这帮人把洛离视为兄弟，无话不说。

他们去的是灵蝶宗的坊市，距离脱舍院六十里外，修仙者坊市就像凡人的市场，属于修仙者的交易市场，基本货币是灵石，大家在坊市中互通有无，贩卖自己不需要的法器、灵药、秘籍功法等等修仙物品，用以购买自己需要的修仙物品。

在驼兽的飞奔下，二刻钟就到，穿过高山峻岭，来到一处怪石嶙峋处。

这是一个奇异的巨石，足足有三丈大小，雪白石体，溜圆石身，像个圆球，位于一处山崖上。

这里乃是一片旷野，远处一群野马在飞奔嬉戏，众人不再前进，他们微笑的看着洛离。

洛离立刻知道，坊市到了，可是这么没有任何建筑物，他们这是在考验自己。

既然到了这个怪石处，那这坊市一定和此有关，但是洛离不会这么说，只是抱拳说道："各位师兄，不要耍小弟了，请问坊市何在？"

七哥说道："这里就是坊市入口了，咱们灵蝶宗，可不像那些小门小派，小家子气，坊市不过凡人村镇模样。

这个石头叫做吞地石妖，乃是筑基期的石妖，没有太大的能力，不过它拥有一个本命神通，吞天藏地，能够吞噬周边的空间，形成一方独属于自己的迷你小世界！

坊市就在它的体内！这石妖乃是我派大能封禁，元婴以下不能破坏，这样整个坊市就都在我派的控制之下，坊市之内，十分安全。

如果门派遇到危机，将此石妖带走，重新换个地方立起，坊市就全部跟过去了，既省时，又省力，不用重建楼宇亭台。"

说完，七哥向着这个怪石输入一丝真气，这是开门费用，被石妖吸收，然后他大喊三声开门，瞬间整个人一下从原地消失的无影无踪。

洛离也学着模样，输入真气，开门，进入，瞬间眼前一变，自己站在这一个小镇之中，前方一个牌坊，走进去之后，到处都是房屋楼阁，人来人往，好不热闹。

那牌坊上写着三个大字，天食市！在看过去里面店铺至少三五十家，高楼石屋，披彩挂锻，锦绣门脸，到处都有一种隐约的香气，这是一种饭香肉香，无比的吸引人。

洛离和高鹏傻傻的看着，他们都是头一次来到坊市，七哥说道："走了，走了，我们快点，不然刘家串店怕没有位置。"

说完带着洛离他们向着坊市中前进，一路快行，很快来到一处酒店门前。

这酒店乃是五层石楼，气势不凡，七哥在此熟门熟路，很快在一楼大堂找了一个大桌，八人坐下。

他们坐下，立刻有人送上美食，二道干果，四道鲜果，六道凉拼，六道热菜，这些美食在银州时都是富贵人家才能吃到，可是在此坊市因为不含灵气，只是果腹之物，乞丐都不吃。

七哥继续说道："这里乃是我灵蝶宗四大坊市之一，叫做天食市，以吃饭为主，洛离你昨天修炼了，可是知道了修炼之爽？"

洛离点头说道："是的，修炼太过瘾了！"

七哥哈哈一笑说道："等你吃到了灵食，就会知道，比修炼还有更爽的！"

这时有个店小二走了过来，看到他们喊道："小七，老沙过来吃饭，吃点什么？"

看来他们都是熟人。

七哥喊道："三哥，今天你干活啊？先来四十串羊肉串，再来四十串牛肉串，最后再来二十串烤蘑菇！"

店小二记下，说道："来什么酒？"

七哥说道："酒水，就来店里的西凤酒吧！"

店小二喊道："好了，四十串羊肉串，四十串牛肉串，二十串烤蘑菇，一坛西凤酒！"

说完，他转身离开。

七哥对着洛离说道："这是静香厨的师兄，在这里打工，其实这刘家串店就是静香厨三执事刘大脑袋开的。

这些串一共一个灵石，那酒是免费喝的，不过也带灵气，就是少点。"

洛离迟疑的说道："牛肉串？羊肉串？烤蘑菇？"

七哥回答道："都是俗称，这牛肉串乃是翠羽火硫犀的肉，那羊肉串乃是紫冰金妖羯的肉，翠羽火硫犀、紫冰金妖羯都是咱们门派饲养的灵兽，这肉都蕴含灵气，对我们修炼大有益处。"

洛离回答道：“原来如此！和我们在老家吃的烤串差不多，只不过这里烤吃的都是灵兽，这就是修仙界的烤串！”

听到洛离拿凡人的烤串，和此比较，一旁不怎么说话的老沙开口说道：“可没有那么简单，这肉可不是随便可以拿来烤的！也不是随便谁都可以随便烤的！

翠羽火硫犀和紫冰金妖羯乃是门中用彩蝶谷的灵蝶，喂养长大的，比起外面野生的还要灵气充足。

牛肉串的肉，只用翠羽火硫犀的上脑肉，蕴含无尽火灵气，一只金震犀只有十斤上脑肉，羊肉串也是只用紫冰金妖羯的后腿嫩肉，蕴含子冰灵气，一只紫冰金妖羯后腿肉只有五斤，所以这肉很是珍惜。

而且那串肉的签子乃是用紫心竹所做，至少是五十年的成竹，烤肉串的火乃是清灵火，清灵火虽然只是黄级下品灵火，但是那也是天地灵物啊，咱们灵蝶宗就三人掌握，这刘大脑袋就是其一。

这样用清灵火烤肉，刷上凝脂铁甲貘的油脂，会将紫心竹的灵性和肉的灵气，全部逼出，两者相融，融入肉中，并且加上灵盐、仙椒、仙葱、仙蒜、灵孜然等十一种调味料，激发美味，吃下去那个香啊，而且灵气可以全部吸收，毫无副作用，其实这就是一种简易炼丹。

蘑菇乃是仙草冲虚仙菇，至少都是三十年份的，经清灵火一烤，驱除寒气，只留灵性，那才叫好吃。”

随着老沙的叙述，洛离忍不住口中泛出口水，这肉串或许真的很好吃。

就在这时，那个店小二送上来一盘子肉串，说道：“先来四十串羊肉串，三十串牛肉串，二十串烤蘑菇，还差你们十串牛肉串，对了，一坛西凤酒！”

那肉串每一只的竹签子，足有一尺长，发出幽幽青光，上边五片烤肉，烤的油彤彤的发出金光，还没有吃，就闻到一股香气，真是好东西。

上菜了，大家也不客气，众人一人拿起一只，开始撸签子，吃烤肉！

洛离拿起一个牛肉串，用力一咬，这肉入嘴就融，香嫩可口，却又好像有种火焰，烧的人神魂飘起，飞到九天，然后满嘴上下都沉浸在那种痛快的感觉中！

这肉是洛离一辈子从来没有吃过的美味！

而且这还不算完，这肉的香味从嘴慢慢扩散到全身，全身毛孔全部有一种暖洋洋的感觉，昨晚在精舍修炼，足足百息吐纳，才能达到的入仙台的状态，现在一口烤肉，就出来了，真是痛快！

第二十九章 休与时人说洞天！

过瘾，真是过瘾！

洛离感觉好爽啊，他将这块烤肉慢慢的吃下，慢慢的炼化这块烤肉中蕴含的灵气。那灵气汇集全身，在经脉中运转，然后在气海又多了一息真元！

靠了，一块肉，相当于在精舍百息吐纳！

洛离忍不住又咬了一口，再吃一块！然后洛离又吃一块，继续炼化，又多一息真气，吃完一根串，转眼体内多了五息真气。

这时玄水给每个人倒上一碗酒，七哥端起酒杯，说道："来，我们喝一杯，借以感谢洛离小师弟的请客！"

众人纷纷举起酒杯，一饮而尽，这酒醇香干厚，在凡间绝对是名酒，以前洛离喝到，绝对会赞叹一声好酒。但是其中蕴含的灵气太少了，一壶也就是蕴含一点灵气，就是借点味，所以才会免费喝。

喝完这酒，洛离慑慑嘴，曾经沧海难为水，吃过那蕴含灵气的烤肉，这不含灵气的酒水，再也没有什么味道了。

继续吃肉串吧，还是这肉串好吃！

一旁的玄水递过来一个羊肉串，说道："吃完牛肉，吃羊肉，这才是过瘾！"

洛离拿起一个羊肉串，又是一口，这和牛肉串完全不同，是另外一个味道，香甜干爽，却又带着一股寒气，透彻心扉，吃下去这个舒服啊！

这是紫冰金妖羯的肉，自然有寒气，这寒气和方才那翠羽火硫犀火气对撞，水火相融，更是过瘾！

洛离差一点有了成仙得道的感觉，太爽了，人生就当如此！

吃完这羊肉串，许久洛离才恢复过来，心智回归，顿时发现一个问题，一共八个人，这才一百串，一人不过十串，大家一人一口，已经吃剩的差不多了。

老沙一边吃一边说着：

“这签子的紫心竹，绝对没有到五十年，奸商！这调料只放了十味，奸商！这羊肉有前腿肉，冒充后腿肉，奸商！”

其中像七哥憨子等人，那竹签子上的肉已经吃光，他们还在使劲的撸签子，这签子也是灵物，蕴含灵气，能吸收多少，就吸收多少，撸的竹签子直冒火星子！

这也太惨了吧，不至于吧！

怎么自己也是请客，钱是王八蛋，没了咱再赚，怎么也得吃个痛快！

洛离喊道：“小二，小二！”

那店小二跑了过来，说道：“什么事情，客官？”

洛离抱拳说道：

“三哥，麻烦了，再来四十串羊肉串，四十串牛肉串，二十串烤蘑菇，另外这酒不咸不淡的，再来一壶灵酒，真正灵酒！”

洛离说完，七哥急忙说道：

“行了，行了，洛离够了，够了，不要花灵石，咱们吃这么多，足够了！这真气吃多了，也不一定可以留下，需要修炼吸收的，！”

一个灵石请大家吃饭，在脱舍院乃是正常事，谁也没有几个闲钱，有灵石都留着修炼的，请别人吃都是白瞎了！

洛离说道：“没关系，要吃就吃个痛快，三哥，麻烦了！”

店小二说道：

“好，要什么价位的灵酒？有三十灵珠的，有五十灵珠的！”

灵石以下的单位就是灵珠，它们都是灵石的边角料，一百灵珠等于一个灵石。

洛离说道：

“来一个灵石的，要烈一些的，大口吃肉，大碗喝酒，越烈越好，人生才是痛快！”店小二说道：“好，够爽快！来了，四十串羊肉串，四十串牛肉串，二十串烤蘑菇，空蝉紫阳酒一坛！”

不一会的功夫，肉串就都上来，欠的十个也补上了，还端上来一坛好酒，这酒坛子就是金属炼制，发出幽幽金光，但是体积不大，只有拳头大小，打开那坛口，顿时一股浓郁的酒香传了出来！

众人忍不住吸气，然后说道：“好酒！”

可是酒太少了，一人分到一小半碗，就都分没了。

高鹏忍不住说道：“这可是一个灵石的美酒啊，怎么这么少呢？”

老沙说道：“不懂了吧，这是空蝉紫阳酒啊，咱们门派的特产啊！外面卖三个灵石一壶呢。”

顿时众人一愣，说道：“那怎么卖我们一个灵石呢？”

老沙说道：“这是内部价，你们看酒坛有些残破，卖相不好，又不能换坛子，门中消费所以才会这么便宜。

此酒乃是以彩蝶谷的空蝉为原料，配合藏红花、白虹草、临枫叶、赤珠果、玄阳草、天蛛草等十六味五十年的仙草，三年时间酿制而成的美酒。

此酒酿制出来之后，还要埋在紫阳崖之下，吸收三年紫阳之气，这才成酒，一个灵石，值得！”

众人说道：“这么好？真的假的？”

洛离说道：“今天和大家相会，就是缘分，以后还请各位师兄帮助，让我们一起修炼，踏上仙路，得享仙福！

来，咱们干了这碗酒！”

说完就要干掉，一旁的老沙急忙说道：“等等，这酒不是这么喝的，最开始只能舔一舔，干了？你不过炼气一层，会烧死你的！”洛离一愣说道：“只能舔一舔？那好，咱们就舔一舔！”

众人举杯，全部添了一添，这酒入口，开始有种清爽感觉，然后就是爆烈，无尽的爆烈，如同紫火入口，从口到胃，全部如同火焰在烧。

所有人全部强忍着这种火热，死死的闭紧嘴巴，那怕再难受也舍不得将此酒喷出，这可是整整一个灵石的好酒。

挺住这最火热之时，然后这酒就由火爆转为爽快，全身心的舒服，那体内的气海，真气一息息的狂涨，真是过瘾。

众人好半天，才发出一声感叹，好酒！

酒宴继续，但是不像开始那么狂吃海喝，大家一边吃肉喝酒，一边开始炼化体内吸收的灵气，有时炼气半个时辰，呆若木鸡，一句话没有，状态正常的，不再吃肉串，吃点鲜果干果，开始聊天。

或者谈论修炼心得，或者谈论最近的门派传闻，你一句我一句，好不痛快。这时在此酒店中心，出现十二个美女，还是载歌载舞，跳了起来，开始助兴，这都是凡人，没有灵根，无法修炼。

洛离抓住这个机会，向着老沙说道：“沙哥，你才说什么彩蝶谷、紫阳崖都是怎么回事？”

洛离发现这个老沙见过识广，所以正好问他去神威宗的办法，不过不能直接问，先开头问点别的。

老沙说道：“彩蝶谷、紫阳崖这都是咱们灵蝶宗的福地！”

洛离说道：“福地？什么意思？”

老沙哈哈一笑，解释道：“这福地分为三种，风水宝地、洞天次元、祸土遗迹！

只有拥有福地，门派弟子才能茁壮成长，门派才是真正的门派！

因为按照修仙界的规矩，没有风水宝地、洞天福地、祸土遗迹作为山门之所的修仙门派，皆属散修、野修一流。来头再大，传承再牛，也是如此！

至少你得有一处福地，开了山门，有了跟脚，修仙界才能把你算作门派。”

洛离听到这个，还是似懂非懂，一旁的七哥说道：“你可以把福地理解为灵石矿，修仙界延续十数劫，远的不说就说咱们灵蝶宗，这灵蝶岛能开采的灵石矿，早在一二万年前开采一光了。”

洛离惊讶的说道：“灵蝶宗没有灵石矿了，可是咱们门派福利的灵石拿来的啊？”

老沙笑道：

“没有灵石，靠着精舍那点灵气，一辈子也无法晋级，修士怎么活？这福地就是变异的灵石矿。

咱们门派福利的灵石都是门派用特产换来的，咱们门派特产不少，灵蝶彩衣，七星茶，这空蝉紫阳酒等等十多种呢，灵石不愁。

其实门中灵石矿脉，倒也不是彻底没有，传说宗门有两条灵石矿脉，不过都是这一万多年培育的，都被封印，这是战略储备，等到门派遇到大劫之时，特产卖不出去，才会进行开采。

所以，有了福地，才是有了跟脚，才算门派，普通小门小派有一个福地那都乐完了，咱们灵蝶宗可是有着七大福地，所以才能位列左道！”

七哥看到老沙抢走话题，忍不住接道：“是啊，是啊，七大福地！

紫阳崖、潜龙林、彩蝶谷、天变洞、七星茶园、彩蝶原、银州大陆！”

第三十章 紫阳崖前炼真气！

洛离听到银州大陆也在其中，不由的一愣，说道："银州大陆？我就是银州大陆出来的啊！"

七哥继续说道：

"银州大陆是我们宗门七大福地最差的，只能出产血精石，炼器材料，不值几个钱，而且还是天蛛联盟五大派共享。

如果不是此乃洞天次元大陆，拥有一个可以充场面，提升门派潜力值，五大派也许都会放弃。"

洛离小心的问道："原来血精石不值钱啊，可是我们那里会出产极品血晶石，这东西好像是至宝啊！"

七哥笑道："血晶石还是可以的，一块**十灵石，走货很快。极品血晶石毫无价值，属于有价无市的天地灵材，价格很高，一万灵石，但是用处不大，至少极少修士可以用到，买主比卖主还稀少，有货你卖不出去，所以没有多大价值。"

洛离听到这里，心中一跳，想不到自己依仗的极品血晶石，竟然是鸡肋，有价无市，不过洛离表情毫无变化，立刻岔开话题。

"原来如此，对了师兄，请问其他六处福地，都有什么价值？"

老沙回答道：

"灵蝶宗七处福地，天变洞，属于风水宝地，门中精英专用，传说在那里修炼，灵蝶可以变异，这个属于禁地，就不说了！

彩蝶谷，风水宝地，乃是咱们门中最重要之地，方圆三百里，具有奇异元能，花海一片，那里养着我们门中掌控的千种蝴蝶，都是灵兽，我们所炼化的七大灵蝶，都是那里出产的。

驭兽斋喂养灵兽的原料，也都是那里收集的蝴蝶，乃是我们灵蝶宗立门之本。

花蝶原，风水宝地，可以培养出七种特异灵蝶，用这些灵蝶炼制的材料，乃是我们门中灵蝶彩衣的制造主要材料。

灵蝶彩衣乃是我们灵蝶宗的特产，无数修士最爱，咱们门中消耗的大部分灵石都是靠着卖灵蝶彩衣赚来的。

七星茶园，风水宝地，可以出产一种灵茶，也是本门特产，可以赚取灵石。

潜龙林，属于祸土，那林中衍生十七种妖魔，被前辈高人牢牢锁住，弟子进入炼气四重天，人蝶合一，到那里修炼战斗，一点点成长。

咱们门派万花丛中过，片叶不沾身！这句话，就是从这里来的，门中弟子灵、巧、闪、快、狠的特性，都是在那里练出来的！

最后一个宝地，就是紫阳崖，风水宝地，这也是咱们脚下紫阳山的来历，在门中主峰之巅有一个神奇悬崖，在那里每当太阳初升，悬崖可以吸收紫阳之力，灵气汇集，坐在那里，相当于一次炼化一个上品灵石。”

洛离惊讶的说道：“那么好？我们一会也去吧？”

顿时众人哈哈大笑，七哥说道：“别做梦了，那里是门中内门弟子修炼所在，而且还得是精英弟子，就是紫阳崖的边角道边，都得排资论辈的！

咱们，除非能进入内门，当上精英弟子，才有可能！”

洛离看到喝的差不多了，开口说道：“我倒是想周游世界，对了，咱们这是辽东地域，我听说还有什么关西，楚南地域，咱们这里怎么才能去楚南地域啊？”

老沙见过识广，回答道：“好办，一个是等你筑基，驾驭法器，自己慢慢飞去，到处游历。

一个是花钱，去天蛛宗的坊市，那里不时有跨域飞舟，坐上飞舟，想去那里就去那里。”

洛离心中一跳，狂喜，他继续问道：“啊，跨域飞舟，有什么限制条件吗？对了，我要是去楚南昌州怎么走啊？”

老沙回答道：“跨域飞舟只要你有灵石，就可以坐，不过去楚南昌州可不近啊！我看看，我这里有跨域飞舟的路程表！”

说完，老沙拿出一个玉竹简，仔细的看了起来，然后说道：“每年七月初七，左道大派天蛛宗坊市，天行健宗的跨域飞舟会到达一次，停留三个时辰，然后飞往楚南昌州。

不过不是直达，需要经转三处左道大派，历时一个月，才会到达，需要路费三千灵石！还是经济舱，需要自备食物！”

洛离将这个牢牢记住，每年七月初七，天蛛宗坊市，天行健宗跨域飞舟、路费三千灵石！

然后他岔开话题，说道：

“沙哥，你这个玉竹简，那里得来的？”

老沙回答道：“在天蛛宗坊市免费送的，不过，可不是给我，给的门中筑基真修，他转送给了永川师兄，师兄赏给我的！”

说到这里，他一滞，悄悄说道：“那个筑基真修是空远峰的弟子，三年前也陨落了，他是永川师兄的三爷爷，永川师兄至此失去依仗，最后只能到脱舍院做了执事。

所以永川师兄怕是对你，不会有什么好感，以后你要注意，他对你可没有什么好感。

不过永川师兄这个人还是不错的，为人很正直，最欣赏能干之人，只要你干活实实惠惠，不耍奸偷滑，认认真真，他也不会太为难你的！”

洛离顿时知道了为什么永川师兄对他没有好脸色了，不由的苦笑，哀叹道：“老祖宗啊，老祖宗啊，刚到门里，就因为你，我得罪了无数人啊，唉。”

这时外面传来一声钟鸣，那些跳舞的凡人立刻结束，纷纷离开，周围几座的客人，全部开始打坐修炼，一动不动。

老沙说道：“好了，时间差不多了，修炼吧！”

七哥也说道："后半夜了，子时到了，可以修炼了！洛离师弟，不要以为你吃完烤肉所化的灵气就是你的，那都是幻觉，它们会自动消散的，这是无本之木，需要炼化的！

而且每个人因为灵根的不同，潜质不同，能留下的真气也是不同的，如果现在回到精舍，一路上会浪费很多灵气，所以我们赶快在这里修炼吧。"

说完，众人在此纷纷打坐，开始炼化吃掉烤肉诞生的灵气。

洛离也有样学样，开始打坐，炼化真气。

这一顿晚饭，他吃掉二十二串烤串，还有一杯灵酒，一共得到四百二十七息灵气，然开始炼化。

五息时间不到，洛离就进入修炼状态，开始炼化气海中的一息息的灵气。

开始炼化的很快，这些灵气渐渐的变成洛离的，可是到了后期，有些灵气开始消散，最后洛离只是得到二百五十七息真气，加上以前的三息，正好二百六十息真气，占据了气海五十分之一的空间。

洛离睁开眼睛，长出一口气，损失了一百七十息真气，很是心痛。

这时发现，身边几个人全部都炼化完毕，他们各自询问："沙哥，你损失了多少真气？"

"我损失了四成，三行灵根就是及格线！玄水你呢？"

"唉，我损失了六成，四行灵根就是吃亏啊！七哥你呢？"

"我也损失了二成，高鹏，你好象是两行灵根吧？"

"我，我损失了二成，昨晚得到了三百四十息的真气！"

"靠了，真多啊，两行灵根就是爽，你小子我看只要到炼气四重，很快就会被内门吸收！"

洛离这时才知道灵根的重要性，四行灵根损失六成真气，三行灵根浪费四成，两行灵根浪费二成真气，难怪灵根越是单行，越是强大。

众人修炼结束，洛离结账离开，三个灵石，不算什么！炼气期一重，一个灵石就足够一个月的修炼了，气海容量有限，灵石多了也是吸收不了，不然门派福利不会如此颁发。

大家继续骑着驼兽回归门派，今天都没有活计，回去后各自修炼。

不过回去没有走原来的道路，而是绕了一圈，从另外的地方走过。

来到一处山林里，众人没有前进，老沙一指远方，一处巨大的山峰，说道："看那里！"

只见一处高山悬崖之上，都是奇异的紫色岩石，大约有三十丈之地，上边坐满了修士。

那些修士一个个身穿五彩法衣，有筑基真修，真气冲天，有炼气弟子，器宇轩昂，都是内门精英子弟，看过去比起洛离等人强上百倍。

其中苏仙子也在那里，自己独占一块岩石，周围三尺无人，不像其他人挤得密密麻麻，看起来她在门中也是佼佼者！

这时远处太阳升起，无尽的阳光好像都被吸收到那里，那里光彩万道，那些修士开始吸收这些紫阳之力！

七哥咬牙说道：

"那里就是紫阳崖了！紫阳崖前炼真气！大丈夫！人活一世，修炼一回，理应如此！"

其他众人，也是纷纷点头，高鹏也是轻声说道："紫阳崖前炼真气！大丈夫！人活一世，修炼一回，理应如此！"

原来如此，所以老沙他们特意绕远过来看看这里，话语中带着羡慕，带着坚定，带着激励，那怕他们现在不过是最底层最弱小的小修士，但是他们也有梦想，他们也有人生目标！

人活着，就要有理想，这才是活着！不然就是行尸走肉！

洛离也忍不住的说道：“大丈夫！人活一世，修炼一回，必须活出个样来，给自己看！”

只是他的梦想，可不是这紫阳崖前炼真气，是更加的远大，也不是小小的灵蝶宗，可以包容的！

第三十一章 磨刀霍霍向猪羊！

回归外院，七哥想了想，对洛离说道："洛离，今天修炼，你不要吸收灵石，也不要吞噬炼气丹，因为昨晚我们吃的那些灵肉，体内还有残留，你现在使用灵石，完全就是浪费，今天徐徐吸收，灵气完全够用。"

这是修炼的小窍门，这都是他们用自己经历总结出来的经验，洛离不住点头，牢牢记住。

七哥又说道："另外你注意了，那炼气丹，你过几天再吃，记住，你现在不过是炼气期一重，三个月最好只吃一颗炼气丹。

老话说的好，是药三分毒啊，你们的身体还没有被真气完全改造，能不吃就不吃，这样再突破境界的时候，吃上一颗炼气丹，效果极佳。好钢要用到刀刃上！这个倒不是因为炼气丹很贵，而是为了我们以后的修炼。"

洛离也将这些话牢牢记住，突然他想起了什么，一伸手拿出三颗炼气丹，递给了七哥。

七哥一愣，顿时发怒，说道："你以为我和你要丹药吗？你干什么？我不要！"

看到七哥发怒，洛离急忙说道："等等，七哥，你误会了！

这丹药不是给你的，是借给你的，而且还是高利贷。"

这话一说，七哥有些发愣，洛离继续说道："我就只能炼化一颗炼气丹，剩下三颗，我留着也是浪费，所以我借给你，以后需要你还的，但是需要还四颗！

这是高利贷啊，七哥帮帮我吧！"

看着洛离，七哥长出一口气说道："谢谢了，这情我领了！"

这话一说，周围的老沙、玄水都长出一口气，现在七哥确实紧缺炼气丹，只要有了炼气丹，他就可以冲击炼气第四重境界！

洛离猜到了，最开始洛离遇到他们的时候，玄水正在勒索高鹏，就要三颗炼气丹，那玄水和憨子不过炼气一重，炼气丹对他们没有用，看来是达到炼气三重大圆满的七哥，八成要冲击炼气四重，需要丹药支持。

这炼气三重叫做炼气前期，炼气四重叫做炼气中期，一字之差，可是修为境界、在门派中待遇、个人实力各个方面，差上十倍。

灵蝶宗只有达到炼气四重，才算真正入门修炼，才可以炼化本命灵蝶，人蝶合一，修炼法术。

所以这炼气丹对七哥十分有用，但是现在洛离、高鹏已经成了朋友，再也没有办法勒索了，正愁没有办法呢，洛离这就给了三颗丹药，什么高利贷都是给他下台阶，顿时七哥心中无限感激。

这善功，洛离立刻收到，心中带笑，说了高利贷了，以七哥的性格，这丹药一定会还的，而且还结交了朋友，帮助了他，还得了善功，真是一举多得。

众人回归外院，交换驼兽，七哥突然对着那些杂役说道：“这是我洛离师弟，我兄弟，他来借用驼兽，就是我来借用，谁要是阻止，就是不给我面子，别怪我不讲情义！”

那些杂役立刻点头哈腰的说道：“是，是，记住了！”

“洛离师兄，你要是用驼兽，尽管来，不用申请，随便借用！”

洛离又得到一个好处，草泥马随便用！

众人回归外院，聊了几句，各自散去，大家都要回归自己的精舍，休息半天，然后继续修炼，把昨天吃下的灵肉全部炼化。

洛离也回到了自己的住所，休息片刻，开始算计：“七月初七，天蛛宗坊市，天行健宗跨域飞舟、路费三千灵石！

这也太多了啊，三千啊！我一个月才四块，需要八百个月，才够路费的！”

“看来靠门派福利，是肯定不行了，必须开阔财路，可是怎么赚钱呢？”

“必须靠山吃山，靠海吃海，脱舍院就是我的财路！”

“不过，看七哥，老沙的模样，脱舍院真的没有什么财路，都是苦哈哈，看来的慢慢想办法，开辟财路，多赚灵石！”

休息了半天，经脉恢复正常，洛离开始继续修炼，炼化灵气。

吸气，吐气，呼、吸、呼、呼、呼、吸、吸、呼、吸……一百次吐纳之后，入仙台，吸收灵气，不过这次吸收的是昨天吃掉灵肉残余的灵气，果然昨天吃下的灵肉，还有剩余，一丝丝的出现，注入气海，变成一息息的气旋！

太爽了这种感觉，太舒服了，如同守财奴一样，洛离一个个，一遍遍的查着这些气旋！

呼、吸、呼、呼、呼、吸、吸、呼、吸……转眼，六个时辰过去，洛离全身经脉酸痛，不得不结束修炼。

六个时辰的修炼，他又炼化了一百七十二息灵气，可是最后在气海中留下的，变成他自己的真气只有一百零五，三行灵根浪费了四成，加上以前的二百六十息，洛离的真气达到三百六十五息。

洛离计算自己气海的容积，最后得出一个结果，要是天天如此，二三个月，就可以进入炼气二重，可惜了，烤肉真的好贵啊，吃不起啊！

洛离忍不住感叹，结束修炼，小小睡上一觉，第二天清晨洛离起来，到了第二次工作的时候了。

一路上遇到了高鹏，又一次来到屠宰场，等待执事永川的分配工作。

看着洛离，执事永川眉头一皱，面色冰冷。

洛离知道，因为三年前空远峰事件，殃及池鱼，执事永川对自己没有什么好感。

果然永川看了看，一指高鹏，说道：“你，过去到储物场打杂！”

这是正常工作，每一个新来的都会被分配这个任务。

就在这时，远处过来一行人，是清净阁的弟子，他们也负责送货。

他们驱使驼兽向前，在驼兽后面帮着足足三百多各种灵兽。这些灵兽什么模样的都有，有的如同肥猪，有的如同野牛，有的如同兔子，有的如同蟒蛇，各种各样，稀奇古怪，不过每一个灵兽都是肥肥的，毛色极佳！

它们靠近这里，就忍不住的哀嚎，它们都是灵兽，具有简单的智慧，知道这里是什么地方，即将死亡，所以个个嚎叫流泪，但是在秘法的控制下，它们只能走进这屠宰场！

永川看到这些灵兽，好像解释的说道："三百多个，今天任务很重啊！"

然后他一指洛离说道：

"你小子不是挺能搞事吗？好，今天就在屠宰场干活吧！"

这话一说，周围的众人，全部一愣，新人都是在最后的储物场工作，然后一点点的向前提升，最后才到屠宰场。

这是门派的工作过程，每一个工作都是一种修炼，循序渐进，屠宰场的工作，不是那个人都可以杀的，新来的那里会给这个任务，顿时所有人知道，永川对洛离有意见，故意刁难他，要在此看他出丑！

一旁的老沙，昨天吃了洛离的肉串，今天怎么也得帮帮洛离。他在一旁说道："永川师兄，他才是一个新人，怕是……"

永川直接打断他的求情，说道："老沙闭嘴，我是执事，还是你是？那把三楞破骨刀，给他！

你，就在这里杀猪吧！"

这话一说，老沙打断话语，满脸通红！

众人全部无语，用一种可怜的目光，看着洛离，这杀猪可不是杀的普通的猪，乃是灵兽，需要很高的技术和过硬的心理。这是屠宰场，最难杀的生灵！

看来永川是一定要给洛离苦头吃了！

洛离是何等人物，立刻感觉到所有人的异样目光，用脑袋一想，就知道事情的来龙去脉。

洛离什么都没有说，伸手在老沙那里接过三楞破骨刀，这刀如同寒冰炼制，细长，如同柳叶，刀锋足足一尺，上边全是奇异符文，在其中有一种冰冷的力量流过，这是法器！

洛离笑着说道：

“各位师兄，小弟初来乍到，要是做得不好，请大家见谅！”

众人没有说话，避开洛离的目光，大家都知道他得罪了永川，不敢搭理他。

老沙说道：“洛离，走吧，和我抓猪去！”

这时送货的清净阁弟子，已经将三百多只灵兽，送到了院落中，他们卸货之后，立刻离开，这里的味道实在难以忍受。

洛离看过去，一共有六种动物，猪、牛、蛇、兔、虫、鸡！但是这些动物说是猪羊都是似似而非，比如那猪根本没有毛皮，全身都是鳞甲，这鳞甲如蛇鳞，发出幽光，似铁似金，那一对獠牙，铮明瓦亮，尾巴乃是一条毒蛇，蛇头不住的攒动。

“靠了，这是什么猪，看着这么吓人！”

洛离忍不住说道：

一旁的老沙回答道：“这叫做凝脂铁甲貘，长的像猪，但是不是猪，这兽体内有三层凝脂，乃是最好的油脂，昨天我们吃的烤肉，就是刷的这个油。”

洛离说道：“凝脂铁甲貘？！”

第三十二章 养气要如刀解牛！

老沙继续说道："对，这东西也是最难杀的，全身铁甲覆盖，只有一处弱点，可以下刀子，而且他极其狡猾，明知自己必死，会断尾咬人，被他尾巴咬上一口，虽然不至于丧命，但是至少需要养上半年！"

洛离惊讶的说道："断尾咬人？就是那像蛇一样的尾巴？"

老沙说道："是啊，是啊！小心啊，洛离。"

这时其他人过来，将那牛、蛇、兔、虫、鸡搬走，那边开始屠宰，发出各种野兽将死的嚎叫声，一阵阵血气传来，那些没有被屠宰的灵兽，也开始嚎叫。

唯独这地上躺着的十八个凝脂铁甲貘，一声不叫，它们和那些灵兽不同，具有智商，相当于人类七八岁的小孩，它们哼哼的闷哼着，死死的看着洛离他们。

这目光带着无比的仇恨，有一种自己要死了也要咬你一口的渗人感觉，难怪这凝脂铁甲貘是最难杀的。

老沙、洛离，还有七个杂役，负责杀猪，老沙说道："洛离，你看好了，一定要小心。"

老沙拿起一个奇异的竹管，去捅一只凝脂铁甲貘的屁股肛门，这么一捅，竹管插入七寸，那只凝脂铁甲貘剧痛，忍不住蛇尾巴瞬间就缠住这个竹管，阻止竹管捅进入，竹管其中蕴含奇异元能，顿时这蛇尾巴缠住以后，再也无法挣脱。

老沙说道："好了，这样就无法脱尾咬我们了！"

然后老沙指挥那两个杂役，将这只凝脂铁甲貘，抬到了屠宰场，放在一个奇异的屠宰台上，放上之后，老沙向着屠宰台输入真气，驱动屠宰台上的法阵，顿时那只凝脂铁甲貘四肢头颅被拉动，十字型的扭曲展开。

这展开会带来剧痛，那凝脂铁甲貘往回挣扎，老沙控制屠宰台，双方使劲的较劲，猛的老沙松开控制，那凝脂铁甲貘一下子四肢头颅挣脱回来，由于用力过猛，身体卷曲起来，头颅后面的铁甲之上立刻露出一丝空隙，这是他唯一的破绽。

瞬间，老沙一刀插入，一下子那三楞破骨刀足足插入凝脂铁甲貘一尺刀身，这只凝脂铁甲貘使劲的挣扎，大声的嚎叫，但是屠宰台外放光索，将它锁住，不一会它就停止挣扎，死了！

老沙点点头，说道："好了，完事一个，抬走吧！"

那些杂役就要将此凝脂铁甲貘抬到了下一个扒皮场，然后有人开始打水清洗屠宰台，洗刷血迹。

这些杂役都是凡人，没有真气，根本无法控制屠宰台，他们也没有神识，无法抓住那一瞬间露出的破绽，所以只能洛离他们这些修士，进行这个工作。

血水流动汇集到那穿过外院的小河中，这小河穿越外院之后，就会流入一个山洞，进入地下，不会对下游造成污染。

老沙继续说道："这个杀猪，最关键记住两点，一个是控制，必须用神识，拉扯它，压迫它，然后松开，如果做不到位，它就不会露出弱点！

第二个，就是要一刀见底，如果你无法穿透它的身体，它就不会快速的死去，甚至可能引起其爆种，让这猪挣脱屠宰台，到处伤人！你一定要注意！

其实这也是一种修炼，第一点修炼真气的控制，神识的应用，第二点修炼见机的反应，身手的敏捷！

你不要以为在我们脱舍院就没有前途，咱们灵蝶宗历来的狠角色，敢打敢杀的，当年都在脱舍院干过活，在这里养出了一身杀气。现在门中十大新星的纳兰听风，就是三年前，在这里出去的！

现在纳兰听风已经是掌门三弟子，灵蝶宗十大天才新星最强之人！"

洛离听到这些，不住的点头，说道："谢谢师兄指教！"

老沙很不错，他教授洛离关于杀猪的知识，其实这工作，也是一种修炼。

洛离伸手触摸那个被杀掉的凝脂铁甲貘，细细的触摸，然后他去那边看着那些凝脂铁甲貘，随意选择了一个，拿着那个竹管一捅肛门。

这竹管一入菊花猪，那蛇尾巴顿时缠在了竹管之上，但是洛离却没有搬运这个凝脂铁甲貘，他伸手触摸这个凝脂铁甲貘的铁甲，默默的感受它的身体。

这一摸足足摸了一刻钟，那边老沙已经又杀了一只凝脂铁甲貘，看着洛离，他摇摇头，没有说什么。

洛离渐渐的嘴角带笑，洛离和他们不同，他是七杀门的杀手出身，杀戮是他的本职工作，通过感受，他已经对这个凝脂铁甲貘身体完全摸清，说到底凝脂铁甲貘只是野兽，虽然有智力，但是在洛离眼中就是比猪强一点，洛离脑中已经出现了一整套屠杀办法。

但是洛离却没有那么做，他在思考，在研究，然后他的嘴角，笑容越来越明显。

洛离站起来喊道："好了，这个给我抬到屠宰台上！"

两个杂役过来，将此凝脂铁甲貘抬到屠宰台上，然后洛离开始操控屠宰台，拉扯这凝脂铁甲貘的四肢和头颅。

屠宰台有着自己的灵气源，消耗灵石，操纵屠宰台只是需要一点真气。

洛离一边的控制屠宰台，一边准备，他有极其信心，一刀捅死这凝脂铁甲貘，但是第一只，他不会那么做！

因为除了永川之外，还有七八个修士，在远处虽然干着活，目光却不住的扫向这边，他们在等着看洛离的笑话。

要知道这利用屠宰台，欺骗铁甲貘露出弱点，这需要相当高明神识运用之法，和真气掌控之道，普通的小新人，根本不可能。

永川等着洛离真气耗尽，也找不到弱点，到时候过来训斥他一下，告诉他天外有天，人外有人，不要仗着家族的势力，就以为自己天下第一。

洛离却在暗中冷笑，想要看我的笑话，好，那我就给你们看！

他控制的那屠宰台，呼呼作响，猛的一松手，那凝脂铁甲貘挣脱控制，用力过猛，露出破绽！

一边注意洛离的老沙，忍不住说道：“好！”

能达到这种控制都是老手，至少要练习百次，才有可能成功，想不到洛离一下子就成功，这小子有潜力！

然后洛离拿起三楞破骨刀，一刀捅下去，老沙不由的大叫：“不好，小心，你劲小了！”

是的，劲小了，洛离故意如此！这一刀下去，只是刺入了三寸，方才老沙已经警告洛离，那就是一刀捅不下去，捅不到底，这猪就是死命的挣扎，甚至可能挣脱屠宰台的控制。

洛离要的就是这个，故意如此，那凝脂铁甲貘一声哀嚎，一下子挣脱了屠宰台的控制，向着一边猛冲过去！

这一下子乱套了，所有看热闹的，急忙过来围堵捕抓，那凝脂铁甲貘一边哀号，一边猛冲，却避开洛离，因为他身上有死亡气息，他冲向的就是永川，这是洛离特意控制的，凝脂铁甲貘向着永川举起獠牙，扑去。

眼看着凝脂铁甲貘冲到了永川身边，那獠牙雪白狰狞，恐怖无比，永川危险！

可是永川只是一笑，一扬手，在他手中出现一个山形法器，瞬间在空中化作三尺见方，一下落下，啪嚓，将此凝脂铁甲貘一下子砸扁，当场死亡！

这就是法器山崩，炼气期四重天的威力，一下子将这凝脂铁甲貘砸成肉饼。

永川看着洛离刚要训斥，洛离开口说道：“对不起，对不起，都是我的错，都是我的错！”

洛离使劲的道歉，永川想要说什么，却再也说不出什么了，如果洛离不出事，才是反常，他不过是一个新人，就让他屠宰，本来就是强人所难。

其实永川根本没有想到，洛离可以刺激凝脂铁甲貘出现弱点，还可以一刀捅进去，本来他就是想看看洛离在那里找不到弱点，然后教育他一下，不要狂妄，没想到洛离把事情搞大。

永川摇摇头，说道："你去做别的吧！"

洛离却说道："不，不，再给我一次机会，求求师兄了，再给我一次机会！"

说完，洛离快速的冲向第二个铁甲貘，那竹管捅肛门，抬到屠宰台上，然后洛离小心的控制，全心全意的操控，注意力完全集中，一点点的控制。

这一次洛离足足操纵了半个时辰，然后突然猛的一发力！

那破绽再一次的出现，然后洛离一刀，轻松到底，直透核心！

这铁甲貘都没有像老沙所杀的那样挣扎，就是蹬蹬腿，然后就死了！

洛离使劲的擦擦汗，做出累的不行的动作，满脸天真的说道："好了，杀掉了！终于杀掉了！"

一句杀掉了，说完之后，所有人看着他，全部默默无语！

他们全部被震惊，这，这是什么潜质，两次，两次而已，突飞猛进，这就杀掉了最难杀的铁甲貘！

所有人全部傻了，为洛离的潜质惊呆，其实这就是洛离所求的，如果他第一次轻松杀掉，众人会认为他天生如此，以前或许学过，有这个能耐，不算什么。

可是第一次洛离失败，第二次成功，这两者的差距，无限的证明了洛离的潜质之深，成长性之强！

果然，所有人都是如此，天才，天才啊！都被洛离惊呆！

第三十三章 往生法咒度凡尘！

杀掉第二个铁甲貘，展现了自己天才潜质，洛离假装修炼了半天，然后并没有停手，他开始准备杀掉第三个。

不过这个铁甲貘，他不想如同以前那样杀掉，他想按照自己的思路来。

他来到这个铁甲貘身前，猛的出手，左手用力一抓，抓住这个铁甲貘的尾巴，如同被抓住七寸的毒蛇，那铁甲貘的尾巴一动不动，垂了下去。

这铁甲貘被牢牢捆住，只有那尾巴，无法捆住，可以攻击敌人，所以只能任由洛离抚摸。

洛离用右手触摸铁甲貘，嘴里默默的念着经文："尘归尘，土归土，生终将死，灵终将灭，万物终将消亡，在辉煌，不过一抔黄土，一捧青灰！人生百年，如若一梦，岂有永恒不灭者，夕阳末世，惊怖可闻，不过光阴一刹……"

这是七杀宗的九十九辅助秘法之一的往生咒，用以超度将死之人，这个往生咒不只是七杀宗拥有，在民间也广泛传播。

远处看热闹的，不由的说道： "这小子要干什么？"

"是啊，是啊，他在做什么？"

"这是往生咒，他再超度那些铁甲貘。"

"他疯了吗？超度铁甲貘，真是开玩笑？"

"是啊，是啊，他到底要做什么？"

这种咒文以奇异频率念出，有一种安魂静心的魔力，不然也不会流传这么广了，这魔力不只是对人，铁甲貘乃是灵兽，也有智力，虽然只是相当于人类的六七岁，但是不傻，可以感觉到。

随着洛离的缓缓念咒，在他手下抚摸的铁甲貘，开始渐渐的放松，其实除了这经文的妙用，洛离右手的抚摸也是关键，随着他的抚摸，真气渗透，如同催眠一样，渐渐的分离了铁甲貘大脑对身体的控制。

铁甲貘随着洛离的诵咒，渐渐的放松，放松，它的鳞片开始分开松懈，那弱点渐渐的暴露出来。

洛离左手放开尾巴，手持三楞破骨刀，猛的右手发力，真气一震，震断铁甲貘大脑对身体的控制，然后那三楞破骨刀一下子刺入！

快，准，狠，随着那真气震断的瞬间，刺透铁甲貘的要害！那剧烈的疼痛被洛离一震，隔绝在铁甲貘的大脑之外，他丝毫感觉不到疼痛。

一刀毙命，洛离继续缓缓诵经："尘归尘，土归土，生终将死，灵终将灭，万物终将消亡，在辉煌，不过一抔黄土，一捧青灰！人生百年，如若一梦，岂有永恒不灭者，夕阳末世，惊怖可闻，不过光阴一刹……"

在这诵经声中，虽然铁甲貘听不出这是什么意思，但是可以感受到这种安详，然后这铁甲貘就缓缓死去。

没有一丝的挣扎，就这么的死了，所有人都看傻了，这算什么？

"不是吧，超度铁甲貘，这小子是干什么的！"

"此子绝非池中物啊！太厉害了吧，太厉害了，没有见过这样的狠人！"

"天才，天才啊！"

他们在议论，洛离在发傻，铁甲貘安详死去，洛离竟然得到了一个善功！

一个整整的善功啊，如果做好事，需要做三四十件，才能积累到一个善功，想不到竟然就这么的得到了。

而且是来自铁甲貘，想不到这灵兽竟然也可以提供善功，那被洛离杀死的铁甲貘，最后一刻，对洛离抱有无尽的好感和感谢，它们具有智力，相当于七八岁的人族小孩，它们知道自己最后的下场，这种安详死去，对于它们来说，是一种幸福。

当生灵情绪激动之时，无论是高兴还是愤怒，其实都会无形中，向外散播一种能量，而洛离的神通，就是可以吸收这种能量，为自己所用。

不过洛离只能吸收那些因为感激而导致心情激动，所散播的能量，只有被帮助者，心存感激，感谢不已，真心真意，情绪激动，洛离才会吸收到他们散播的能量，化作属于自己的力量，因此洛离将此命名为善功！

洛离惊讶不已，这次得到的善功，比起以前的善功，精纯无比，因为灵兽不像人类，没有任何的私心杂念，感激就是感激，铁甲貘死亡之前的最后感激，最是精纯。

这也就是洛离杀了铁甲貘，像其他几种灵兽，智力不够，超度了也白超度，毫无收获。

其实本来洛离只想击杀二三个就可，竟然有这样的好事，洛离绝对不会收手，放下这个铁甲貘，开始抚摸下一个铁甲貘。

那铁甲貘开始还使劲挣扎，但是身体被绑住，只能被洛离控制，随着洛离的诵经，它渐渐的放松，然后震断大脑控制，一刀刺杀！

一个，二个，三个，转眼之间，除了老沙杀的七个，洛离开始刺杀的二个，剩下的九个，全部被洛离一个个的安详杀死，洛离收获九个善功，过去消耗掉的善功，今天全部收回来。

洛离收手，将那三楞破骨刀收好，看着永川说道："师兄，所有的猪都杀掉了，还用做什么？"

永川看着他，许久没有说话，然后说道："这个杀猪之法，可以传给别人吗？"

洛离说道："可以！谁想学，我就教他。"

往生咒这也不是什么秘法，对方学习学习，就可以掌握了。

永川点点头，说道："不错，你很出乎我的意料之外，对要死的猪猡都一心良善，秘法也不藏私，你改变了我对洛家人的看法！"

在后面的说话中，永川不在那么冰冷，果然和老沙说的一样，这人很正直，他渐渐的改变了对洛离的看法。

洛离抱拳说道："谢谢师兄！"

永川说道：“今天可以了，回去休息吧，明天休息一天，后天再来！”

洛离杀了这么多的铁甲貘，完成任务，永川直接给他放假休息。

其实永川都没有发现，他没有像洛离刚刚到此，当成一个小孩子看待，已经把他当成了同样的师兄弟。

洛离点点头，说道：“谢谢师兄！我反正待着也没事，给各位师兄打打下手吧！”

洛离并没有离开，开始到处的做善事，帮帮这个，帮帮那个，到处热心肠的做好事。这样既可以积累善功，又可以尽快的熟悉脱舍院，看看能不能开辟财路。

洛离到处帮忙，那些被他帮助的弟子，不住的感激他！

“谢谢师弟！”

“师弟真是好人！”

“谢谢，太谢谢了！”

当然了，有的真心感激，有的忽悠了事。很快这一天的工作完毕，众人回归住所，开始修炼。

吃过晚饭，洛离在精舍修炼，呼、吸、呼、呼、呼、吸、吸、呼、吸……许久之后，洛离忍不住大骂一声：“吐纳了半天，才能积累三息真气，太痛苦了！”

虽然是三等精舍，但是灵气含量太低了，洛离不得不拿出灵石，开始吸收灵石中的灵气。

灵石握在手中，随着洛离的修炼，灵气缓缓流出，注入到洛离的体内，立刻和方才完全是两个感觉，这吸收灵气的感觉太爽了，在气海中，一个个的气旋，相继形成。

一息，二息，三息……

十息，二十息，三十息……

一百息……

难怪灵石这么有价值，确实是好东西，有它自己的修炼速度提升了无数。不然靠这精舍，可真是要累死了！

但是到了一百息的时候，洛离发现一个问题，这灵石中的灵气，蕴含一种杂质，这些杂质在吸收的时候，必须炼化。

炼化的同时，对身体完全是一种伤害，自己的身体还没有达到可以无视这杂质的强度，另外也是一种浪费，这灵石提供的灵气，自己也就能吸收十分之一，剩下的都是如此浪费了！

除了这个浪费，那些被自己吸收的灵气，还有四成会在以后慢慢消失，三行灵根只有这样的吸收强度。

渐渐的六个时辰之后，洛离摇摇头，不行了，不能继续了，需要停止，最后一看，自己又得到了一百三十七息的真气，自己拥有了五百零二息真气。

一百三十七息不如吃烤肉增加的多，但是也不少了，普通的修士，如玄水憨子等人，吸收灵石一天也就是增加二、三十息的灵气，就是高鹏两行灵根，也不过才是六、七十息的灵气。

洛离之所以可以高高的超越他们，第一个是他所修炼的功法，不只是灵蝶宗的秘法，还有天行健宗秘法，天行健宗最大的特点就是积累，减少浪费。

另外洛离的身体，数年长生毒的刺激，又经过此父洗精伐髓的调整，其中潜力全部开发出来，所以比别人可以更加容易的忍受灵石中石毒，所以才会远远高于他人。

但是这种优势，会随着境界的提升，众人身体的持续进化，而渐渐的减少。

看着手中灵性微微减弱的灵石，洛离不由的皱眉，吃饭，修炼，一切的一切，都和灵石挂钩，他渐渐的感悟到灵石的重要性，看来想在修仙界混好，想要去得到神威宗传承，第一件事必须的赚灵石！

有了灵石，什么都有！

没有灵石，寸步难行！

第三十四章 一饭感恩无地报！

白天到来，洛离并没有休息，又去屠宰场帮忙，众人完全一愣，这小子今天不是休息吗？怎么又来了！

看到洛离就是来帮忙，义务劳动，不图任何回报。

在洛离帮助过他们以后，有感激的，有怀疑的，有暗中骂洛离**的，有阴谋论怀疑洛离有企图的，想什么的都有。

但是洛离毫不在意，管你们想什么，说什么，我做着自己想做的事情，看到别人需要帮助，就过去帮忙。

当然洛离可不傻，那些为人不厚道，被洛离帮助了，毫无感激之情的，带不来善功的，一边滚蛋去。

这善功其实就是那些感激洛离帮忙之人，所发出的特殊精神波动，这种精神波动，可以被洛离吸收，化作一种奇异元能！

到了宗内第六天，洛离掐算时间，正是四月初，当初入门的时候，就说了今天晚上静香厨举行谢恩宴，十分隆重。

果然，到了下午，脱舍院就敲响钟声，所有弟子汇集，全部身穿法袍，在院首吉安老人的带领下，雁翅排开，集体出动。

洛离和高鹏在队伍的最后面，看过去这队伍足足有一百多人，这就是脱舍院的所有人手了。

在脱舍院之外，足足六辆飞车一滞排开，都是彩翼飞车，等待他们上车。

看到这飞车，七哥悄悄的说道：“咱们门中一共十二辆彩翼飞车，这一天都会出动，迎送弟子，反正飞车也快，转眼就到。”

众人纷纷上车，轮到洛离上车，立刻无数人喊道：“师弟，到我这里来！”

“来，到我这里，我这里有空座。”

“我这边吧，我这里坐着舒服！”

这几天的帮忙，洛离在门中建立良好关系，众人对待他都十分客气。

洛离随便选择一个座位坐下，很快众人坐好，飞车飞起，将众人送到那外门总院处。

下了飞车，在吉安老人的引路下，众人进入其中一个大殿，这大殿青石铺地，一溜排开数百宴席，每个宴席可以做十人。

到了这里，所有人都寂静无语，按照多少年形成的规矩，快速的找到自己的座位坐好，洛离也分到了一个座位。

这时洛离发现，整整大殿之中，足足有三千多个座位，看来这外门拥有三千弟子，这些座位分成十三群落，这代表着外门的十三外院，对比其中座位，自己这脱身院算是最少，不过百十人。

这时陆续有人到此，清净阁、采织堂、驭兽斋、丹火房、炼金堂，这些弟子陆续到此，一个个全部不言，挨个坐好，默默等待。

很快三千座位，只有静香厨的座位，一个人没有，他们正在做饭。

这时洛离看到的陈老出现，开始主持仪式，先拜天地，再拜祖师，足足折腾了一刻钟，这才算是完事，然后开始上菜。

这饭菜都很简单，每个人一小份，二菜一汤，菜式很简单，一个是青菜豆腐，一个是炒肉，还有一个茶菌汤，最后一小碗白米饭。

量很少，根本不够洛离吃，但是洛离发现，周围七哥等人，看向那菜饭，眼中都是精光，恨不得一口下去，将这些菜饭甚至座椅全部吞下。

饭菜摆上，却不可以吃，那静香厨的弟子，也全部入座，众人在此等待，这时一行人缓缓进入大殿，各院的首座立刻站起行礼：“弟子见过掌门宗主大人！”

其他人也纷纷站起，行礼说道：“弟子见过掌门宗主大人！”

原来等的是掌门宗主，这可是灵蝶宗的天王老子，最高老大！

洛离也急忙和他们一样喊了起来，然后使劲的看过去！看看这老大长成什么样子！但是只看到一团光芒，这光芒无比的柔软，无比的轻灵，无比的温暖，看到之后，就好像自己沉入梦境之中，昏昏然，不知东南西北。

瞬间，洛离惊醒，心神恢复，好可怕，只是远远看上一眼，就会让人无法控制自己，悬入梦幻之中，生死尽在人手。

一旁的七哥悄悄说道："厉害吧，这是咱们方宗主金丹异象，大幻若真。"

洛离轻声说道："金丹异象？"

七哥继续说道："对，修士体内凝结金丹之后，会根据他们的功法，他们的人生经历，他们的心性，身体四周自动出现异象，这就是金丹异象。

这异象一出，都具有大神通力，甚至不用法术法宝，就可以完灭金丹以下修士！当然了，也可以收起，异象不显。"

洛离点点头，说道："咱们宗主姓方？"

七哥回答道："是啊，方若雷！法号百幻真人！"

这时灵蝶宗宗主方若雷走到了主台之上，他看向众人，在他身上的光芒消失，台下所有人可以看清楚他。

洛离仔细观察，这方若雷是一个白发老者，披散的白发过腰，五官隽永，凤目长眉，双眸有如幽潭，明澈而空寂。

但是仔细一看，他又是一个中年壮汉，身材魁伟，剑眉星目，俊朗中含着股刚烈之气！

可是又一看，他又是一个青年，拥有一头灿烂的金发，双瞳是耀人眼目，如同翡翠一般的绿色，他笑起来时，有一种荡人心魄的魅力。

在仔细看一眼，模样又是不同！无论洛离怎么看，也无法看到方若雷的真正模样，一眼一变，难怪叫做百幻真人。

方若雷看着众人开口说道：

“万花丛中过，片叶不沾身！各位弟子好！”

所有人立刻全部站起，一起回答道：“万花丛中过，片叶不沾身！掌门好！”

这是门派礼节！

方若雷继续说道：“今日之宴，乃是感恩之宴！

三万年前，万兽化身宗大劫，我派师祖不得不脱离门派，远渡重洋，来到天蛛五岛，开辟一番天地。

那时万兽化身宗十二分支左道宗门到此，以海熊、黑龙、金犀三脉最强，我灵蝶乃是最弱一只，备受欺凌，可是在此经过三万年，只剩下我灵蝶和黑龙二只左道宗门，其他宗门，消亡的消亡，远遁的远遁。

这是为什么？这不是运气，也不是巧合，而是我们宗门无数前辈抛头颅洒热血，用命换的，打下的江山基业！

所以我们要感恩，感恩开宗祖师道蝶祖师，为我们开创灵蝶一脉，感恩飞升祖师金蝶仙子，望她在仙界庇护我们，给我们这些后辈引路。感恩无数先贤祖师，为我们血战，为我们挡风遮雨！”

说到这里，方若雷不在说话，闭眼感恩，所有人都是如此！

洛离也开始感恩，他是真心的，如果没有这些先祖，他也不可能离开无灵之地，有着自己的神通做例子，他这是发自内心的感激，假的也是真的！

方若雷感恩结束，说道：“好了，开动吧！”

一句话说完，众人开始吃饭，这饭菜都是门派里种植的灵谷，和饲养的灵兽之肉，灵气十足，对修士有滋养补益的作用，效用虽然没有丹药那么强悍，却胜在温润调和。

洛离开始吃了起来，饭菜入口即溶，本来量就小，三口二口，就都吃没了，然后他就感觉到一股极其微弱的热流从肠胃中散开，流转几下之后，便化作无尽灵气，灌注全身。

这比那上次吃的烧烤，蕴含的灵气多了一二倍，洛离立刻开始修炼，炼化这灵气。

这时大殿关门，脚下法阵启动，一股股的灵气，在法阵中涌出，比起洛离所住的三等精舍，这灵气要强上十倍。

同时掌门方若雷，开始念咒，随着他的咒语，身后异象狂动，整个大殿遍布奇异光芒，如梦如幻。

“有动之动出于不动，有为之为出于无为。无为则神归，神归则万物云寂，不动则气泯，则万物无生。

忘于目则光溢无极，泯于耳则心识常渊，两机俱忘，众妙之门。

养其无象，象故常存；守其无体，体故全真。全真相济，可以长生。天得其真故长，地得其真故久，人得其真故寿……”

随着他的诵经声，洛离身边的七哥拿出六颗炼气丹，开始吞下，炼化，他一直在等待这一天，他要冲击炼气四重天！

不只是他，很多修士都是如此，借着这个机会，冲击瓶颈，有着灵食助力，有着掌门施法相助，有可能一举破境！

洛离开始修炼，慢慢的炼化灵食中带来的灵气，一息息的保存在气海之中，缓缓增加，却有部分消散，最后他收功，这次修炼得到三百六十四息真气，自己气海之中一共有了一千零八十七息真气。

“终于过了一千大关，气海已经满了十分之一了！这才六天而已，看来二三个月后，我就能进入炼气期二重！”

洛离长出一口气，结束修炼，和一边的同门聊了起来，第一件事就是互问得到多少息的灵气。

“高鹏，你炼化了多少灵气？”

“今天收获很大，我炼化了二百零三息！您呢，洛离师兄？”

“我比你多了七息！玄水你呢？”

“靠了，洛离，高鹏，你们真厉害，我才炼化了一百一十七息，唉，四行灵根就是废啊！”

洛离没有说实话，只是称二百一十息，隐藏了一半实力，有道是木秀于林，风必催之，这点道理他还是明白的。

洛离看着周围，突然在他一旁，一道气柱冲天而起，足足有三尺之高。

第三十五章 书中自有黄金屋！

一道气柱冲天而起，足足有三尺之高。

七哥紧锁双眉，全身颤抖，满头是汗，他在冲关。

各个境界的一重，四重，七重，十重，都是关口，分别为初期、中期、后期，大圆满，每晋升一个时期，实力都是暴涨。

洛离看着七哥，只能默默的为他祈祷，成功啊，老七！

过了大约一盏茶，七哥一声大吼："万花丛中过，片叶不沾身！"

全身气息再无阻碍，一飞冲天，整个身体的骨节发出咔咔作响，他进入了第四重境界，踏入炼气中期。

周围众人看到这一幕，顿时纷纷鼓掌，至此七哥再也不同。

像七哥这样，整个大殿不少人如此，但是有的冲关成功，有的冲关失败，最后一人结束冲关之后，掌门方若雷点点头，说道："修仙之路，崎岖坎坷，尔等不要为一时成功惊喜，一时失败沮丧，一切不过刚刚开始，路还在后面。路漫漫其修远兮，吾将上下而求索！

好了，这次谢恩宴结束，万花丛中过，片叶不沾身！"

所有弟子站起，一起回礼说道："多谢掌门庇护，万花丛中过，片叶不沾身！"

掌门方若雷离开，众人纷纷离开静香厨，回归各自分院，继续修炼。

第二天，消息传来，在昨天的谢恩宴中七哥被掌门选中，直接提拔到内门修炼，成为内门弟子。

消息传来，顿时脱舍院一片沸腾，只有成为内门弟子，拜祖师堂，授无上法，那才是真正的灵蝶宗弟子，至此前途无量。

众人都来欢送七哥，就这样七哥离开，在以后的日子，那紫阳崖前出现了他的身影。

在七哥走后，门派福利发放，洛离得到了四颗灵石，四颗炼气丹。

一直有人在等待这一刻，世上之人总有一些奸猾之辈，他们在前几天看到洛离到处帮忙，很多人认为洛离是个傻小子，一等福利发放，他们就过来找洛离借钱。

说是借钱，就是有借无还，反正你也喜欢做好事，就把自己的东西都给我们吧，我们帮你做好事，算是成全你！

看着这些来借灵石，借丹药的师兄们，洛离微笑，拿出一纸契约说道："好的，好的，只要签约，想借什么，我就借什么！"

那借钱之人，一看契约，九进十三处，利息驴打滚，而且还是门派契约，欠钱不还，门派追缴，立刻脸都白了，这小子不傻啊，签了这个契约的才是傻子。

就这样一个个的绿着脸离开，出去之后，大骂不已。

有的人就是如此，好像他们借钱就是天经地义，你不借他就是罪大恶极，等你和他们要钱还债的时候，那是彻底得罪，不还钱不说，还骂骂咧咧，说什么的都有！

洛离毫不在意，自己就是如此！不管他们说什么，高兴也好，讨厌也好，全部不管，自己有条不紊的做着自己想做的事情。

时间继续，白天洛离或者帮忙，或者工作，那屠杀铁甲貘几乎成了他的专职工作，这东西本来就难杀，都让洛离杀，大家正好轻松。

洛离屠杀铁甲貘，借以收获善功，洛离不杀，它们也是死，倒不如让它们毫无痛苦的死去，等到了晚上，吸收灵石灵气，不急不躁，缓缓修炼，补充气海真气。

洛离开始在灵蝶宗修炼之路，渐渐的开始熟悉脱舍院，了解灵蝶宗，融入修仙界！

时间一点点的过去，洛离一天天的如此，人们渐渐的适应，渐渐的所有的想法全部消失，洛离就是这样的人，就是如此热心肠，就是如此性格，怀疑也罢，感激也罢，最后全部的适应他，无声无息。

随着时间的过去，渐渐的永川改变了对洛离的看法，和洛离关系亲密起来。

在这些天的工作中，渐渐的洛离找到了一条生财之道。

有道是靠山吃山，靠海吃海，静香厨弟子的生财之道，就是自己偷种两亩灵田，卖点灵谷，采织堂弟子的生财之道，就是低价收购堂中的残次品，然后卖给外面散修，赚取其中差价。

而洛离身在脱舍院，靠的只能是脱舍院！

不过多少年来，脱舍院中能赚外财的生财之道，不是被人掌控，就是被门派发现，弥补漏洞，根本没有什么好的生财之道。

但是有道是天无绝人之路，最后洛离发现在这脱舍院中，送来屠宰分解的灵兽，经常在分解的时候，会出现意外，有一些皮毛破碎，根本无法用于制造材料，最后只能当做废物丢弃。

洛离发现了这一点之后，立刻敏锐的感觉到，这就是生财之道，他开始收集这些破损毛皮，几乎一钱不花，别人还要感谢他帮助倒垃圾。

可是这些毛皮到底怎么才能变成灵石呢？洛离开始寻找办法，这时三等弟子的福利发挥作用，洛离前往外门的藏经阁，开始看书，寻找办法。

书中自有黄金屋！

一有空闲，洛离就借上一匹驼兽，来到外门总院，进入藏经阁，开始看书，寻找生财之道。

在寻找生财之道的同时，洛离也通过对藏经阁书籍的解读，更加详细的了解修仙界的种种过去往事和传闻。

在那藏经阁中，也有秘法秘籍，但是想要学习，都需要花费灵石，洛离现在不过炼气一重，买了也没有用，所以根本不学那些秘籍秘法，只是观看各种传闻笔录手扎。

一本本的翻看，一本本的寻找，那些废弃毛皮用来制造法袍？不行，灵气太散了，根本无法使用！

那用来炼丹？这是皮毛啊，更是不行！

怎么办呢？渐渐的洛离找到了这些皮毛的用处，那就是制造符纸！

符箓，修仙十六艺之一，上到返虚境界，下到炼气境界，都有可以使用的符箓，可以说老少皆宜，居家必备的好东西。

但是想要画符，必须有一样东西，那就是符纸，符箓的基础的基础，市面上的普通符纸五十张价值一个灵石。

这符纸可不是什么纸来就可以用的，必须使用具有灵性的纸张，经过特殊之法炼制，才可以算作符纸。

不过洛离发现，不一定非得用纸炼制，毛皮、灵木、金属、玉石、甚至骨头，都可以用以制符，上古时代，那有什么符纸，都是用毛皮制造的，而且就是现在，越是高级的符箓，越是需要特殊的载体。

看到这个，洛离眼光一亮，他继续寻找，又找了三天，终于在一本澜沧道人留下的游记中，找到了利用毛皮制造符纸的办法，他长出一口气，这就是他的生财之道！

心动不如行动，洛离立刻回归脱舍院，按照那个办法，开始用那些毛皮制造符纸。

收集皮毛，清洗柔顺，重盐去毛，灵气灌入，打磨沙浆……洛离开始不断的研究，最后总结出十二道程序，终于制造出可以用来做为符纸的毛皮。

这毛皮每一张都有一尺见方，皮质白皙，手感柔软，灵气均匀，虽然比起普通的符纸有些厚，外观一般，但是在使用上，毫无问题。

洛离请来一位会画符的师兄，请他试验，最后得出一个结论，这和普通符纸，没有什么区别，正巧老沙前往天蛛宗坊市，购买灵丹，洛离拿出一百张皮质符纸，求他帮忙贩卖，看看效果如何。

在灵蝶宗，洛离混的久了，知道普通弟子购买丹药法器什么的，都会去到天蛛宗的坊市买卖，那里的坊市比灵蝶宗大上数倍，属于整个天蛛五岛修士的买卖的集中地。

很快老沙归来，高兴的对洛离说道：“洛离，你让我卖的符纸，真有买的，不过他们说这个皮质符纸，很少见，效果不明，给价是一百符纸一个灵石，你卖不卖？”

洛离去不由的皱眉，黑，太黑了，明明效果一样，却只给一半的价格，太欺负人了！

老沙看出洛离的想法，说道：“唉，这个没有办法啊，我走了很多商家，他们都说这东西没有试验过，不是符箓，一看效果就知道，万一有了问题，最后赔点钱不算什么，关键是名声完了。

一个灵石就一个灵石吧，反正也没有多少本，就当辛苦一下！”

洛离说道：“这不行，他们太黑了！”

忽然，洛离灵光一闪，说道：“对了，沙哥，你才说什么？不是符箓，一看效果就知道！

沙哥，在那坊市，符箓都是什么价钱？”

老沙说道：“符箓，炼气期下品符箓，三张一个灵石，中品符箓，一张一个灵石，上品符箓一张三个灵石！”

洛离一拍大腿，说道：

“这好办了，咱们把这符纸制成符箓，自己的符纸，无本的买卖，这灵石岂不是赚的更多？”

老沙听到这话，就是一愣，然后说道： “难，难，难啊！

画符那有那么简单，首先你得有制符的能力，想要制作符箓，最少你得晋升炼气第二重，可以做到灵气外放，那才有可能制作符箓。

其次虽然你得有制符的工具，你虽然有符纸了，可是你还得有符笔，那可是法器啊，还得有灵墨，镇砚，这都需要灵石啊，太难了！

最后你还得掌握制符的技术，这是修仙十六艺，只有进入内门，才会传授，倒是有符箓法册可以购买学习，可是至少得数百灵石，才能买下，想学这门能力，太难了。

洛离只是笑笑，没有说什么，只要有了目标，前进就有了方向，就剩下努力了。

第三十六章 天蛛坊市寻道缘！

只要有了目标，前进就有了方向，就剩下努力了。

先解决第一个问题，晋升炼气第二重，这个对于洛离，还真不是什么问题，三个月来的修炼，每天炼化灵石，洛离都会增加灵气，多着获得百息灵气，少则数十息，其实在此之前二天，洛离就将整个气海全部充满。

可是整个气海全部充满之后，洛离发现，却没有办法将所有灵气融合，进入炼气期二重，就好像一个无形的关卡，横在他的眼前。

不过这也好解决，三天后就是七月初一，洛离决定在这次谢恩宴上，冲关！

很快七月初一到了，这感恩宴洛离已经参加三次了，不再像前两次那么新奇，现在游刃有余。

吃完感恩饭，掌门外放金丹异象，洛离头一次服下一颗炼气丹，借助这宴会的环境，开始冲关。

将炼气丹纳入口中，用唾液慢慢融化，然后咽下！

丹药入体，转眼之间，在胃里，一股清凉馥郁的暖流出现，便顺着十二重楼直达肺腑。全身十万八千毛孔立刻好像全部挣开，然后就有一个感觉，无尽的灵气，在体内出现，按着自己的修炼途径，开始疯狂运转！

灵气汇集，瞬间所有真气崩溃，它们快速的融合一点，然后爆发，冲破那层阻碍，破关而过，气贯全身。

这真气贯穿全身，洛离产生了一种语言难以描述的美妙感觉，全身上下在这真气的冲击下，开始改变！

经脉变强，血肉变强，灵觉变强，神识扩展，由原来的三尺扩展到了四尺，一切的一切，全部强化，就象是毛毛虫破茧成蝶。虫化金蝶，今日成真！洛离冲入炼气期第二重境界！

他长出一口气，成了！自己修炼一百零六天，晋升炼气期第二重！

炼气期每重境界，都有自己的独到能力，第一重开辟气海，第二重就是可以外放真气，有此能力，洛离可以画符了。

在这个宴会上，老沙终于突破了炼气期第四重，没有白去天蛛宗的坊市采购灵丹，众人对他恭喜不已，掌门在临走之前，曾经看了这边一眼，老沙有可能被选拔入内门修炼，实现紫阳崖前炼真气的梦想。

回归外院，领取七月门派福利，洛离开始整理自己的行囊，这一段时间，他在脱舍院里领取三、四、五、六、七，五个月的门派福利，减去请人吃饭，自己炼化的三颗灵石，还剩下十四颗灵石。

除了灵石还有二十六颗炼气丹，当初送给七哥的三颗丹药，七哥已经求人送回，而且送回了十颗，洛离赚了七颗丹药，还有一个大人情！

除了这些，胃里还有一颗极品血晶石，不时的散发血气，补充洛离的真气。另外这些天洛离宰杀凝脂铁甲貘，到处做好事，积累了足足八十三道善功，马上就要突破小一百。

可惜凝脂铁甲貘，每个月只有一二次送来的机会，不然会可以积攒更多。

另外这些天，洛离收集废弃毛皮，制造皮质符纸，反正这毛皮也不花钱，就是花点功夫而已，这样洛离手里拥有三百张皮质符纸。

除了这些，洛离手中还有一百零六根变异紫豪，都是青眼月光兔的最好紫毫，质软而毫健。

月光兔就是脱舍院屠宰的灵兽之一，不过这种兔子有时会出现变种青眼月光兔，这是二阶灵兽，可以出产最好的紫豪毛，用以做符笔、法笔。

一只变异的青眼月光兔，只有不到十根的变异紫豪，可以说这紫豪毛十分珍惜，但是说到底这青眼月光兔需要脱舍院的弟子来屠宰，炼制材料，经手的每个人都会留下一些最好的紫豪毛。

老沙回来之后，洛离在脱舍院的师兄弟间，开始求这种变异紫豪毛，洛离这几个月的好事岂能白做，人缘极佳，这个给二根，那个送三根，永川就给了三十根，立刻就收集到了一百零六根的变异紫豪，这要是花钱买至少需要十个灵石。

清点完自己的所有物品之后，洛离将它们装入储物袋，然后天还没亮，一大早就早早起来，骑上一头驼兽，离开脱舍院，前往外门总院。

今天七月初七，天蛛宗坊市赶大集，外门总院有人出车，拉着想去天蛛宗坊市淘宝的弟子，过去大采购，洛离也要前往，亲自采购！

“这次去，三个目的，一个是好好的研究一下，符箓在坊市中的销售情况，什么符箓最畅销，最好卖。

第二个，找一家工房，让他们将我的变异紫豪毛，炼制一个符笔，用以画符。再买一个镇砚。灵墨倒是不算什么，脱舍院别的没有，灵血朱砂有的是，不行我自己都可以炼制。

最后一个目的，今天七月初七，看看天行健宗跨域飞舟到底什么样子！”

其实还有一个目的，洛离他要打听黑龙宗筑基真修龙文定的消息，此仇不报，誓不为人！

很快，洛离来到外门总院指定场所，只见那里已经汇集了不少的外门弟子，足足有一百多人，大部分都是新进弟子，在此等待，很多人都和他一个目的。

这时天边出现亮光，远处开始飞来驾驭各种法器的灵蝶宗弟子，足足十多个！

有的是坐在三丈大小的彩蝶身上，有的脚下乃是七尺飞剑，还有的驾驭如同风筝一样的奇异法器，有的骑着巨大的飞兽，最厉害的乃是一辆飞车，虽然不如门派的十二彩翼飞车，但是也相当不错。

这都是门中拥有飞行法器的弟子，或者达到炼气七层以上，可以御气飞行的弟子，他们纷纷飞到此处。

那驾驭飞车的内门弟子喊道：“有去天蛛的没有，飞车带人了，还有五个座位，四个站票，二个灵石一个座位，一个灵石一张站票，有去的赶快来报名……！”

立刻有人喊道：“我，我来，我来！”

那飞车上很快坐满了人，甚至有四个站着的，不过这能坐起飞车，完全也是一种享受，没灵石可坐不起！

那飞车飞起，向着东方飞去，然后那驾驭彩蝶的弟子喊道：“有去天蛛的没有，雅美蝶带人了，可以带五个人，挂五个人，带人的六十灵珠，挂票的二十灵珠！有去的赶快来报名……”

立刻有人冲了过去，喊道：“我，我，我来！”

然后那雅美蝶之上，挤挤压压站了五个人，雅美蝶还伸出触手，五个人悬挂在触手上，可能是勒的太紧，他们发出各种呻**吟声，这雅美蝶勉强飞起来，恍恍惚惚也向着东方飞去。

这时骑飞兽的内门弟子喊道：“有去天蛛的没有，飞翼蝙蝠带人了，可以带四个，爪子里抓二个，嘴里含一个，带人的五十灵珠，爪子的二十灵珠，嘴里的十个灵珠，受伤自负，有去的赶快来报名……”

靠了，嘴里还能含一个，真是恐怖！不过看看这里这么多的想去外门弟子，洛离也伸出手来喊道：“我也报名，我也报名！”

就这样洛离登上了一只飞翼蝙蝠的后背，花了五十灵珠，获得了前往天蛛宗的资格。

飞翼蝙蝠飞起，直奔东方飞去，虽然飞翼蝙蝠身上有一种气盾，抵御告诉飞行带来的狂风，但是风还是不小，吹得洛离的长发飘然荡起。

山川，大地，河流，村庄，纷纷脚下过，这种飞行的感觉太爽了。

大约半个时辰后，前方出现一条长河，分割大地两边，这其实不是长河，而是天蛛五岛两个岛屿之间的海岸线，只不过被前辈高人填海造陆，最后剩下这三十里大海，没有填充，算作两个岛屿的分割点。

越过这里，前方就是天蛛岛的地域了，洛离立刻感觉到微微的不同，这边大地有一种潮湿阴冷的气息，好像丛林很多，飞虫无数，因为蜘蛛喜欢这种环境。

又足足飞了半个时辰，终于前方出现无尽山脉，那驾驭飞翼蝙蝠的师兄喊道："好了，好了，飞了一个多时辰，九百三十七里，前方就是天蛛宗的山门所在了。

你们有不少是第一次到此的师兄弟，我和你们说一声，天蛛宗不同我们灵蝶宗，乃是天蛛联盟的盟主，位列中门，八百旁门之一，所以他们的坊市只有一个！"

这话一说，众人都是一愣，有人问道："只有一个？我们灵蝶宗可是有四个啊！"

"是啊，是啊，据说神织门有七个，黑龙宗有十二个！他们怎么只有一个呢？"

那师兄笑着说道："对，只有一个，一个特别大，一个可以顶上其他天蛛联盟四派灵蝶宗、黑龙宗、神织门、静鱼宫所有坊市加在一起的大坊市，所以一个就够了！

看到没有，那就是天珠门的坊市干元天蛛，这大妖已经是金丹境界，它的金丹异象将整个坊市都笼罩其中，所以一个坊市就够了！"

随着他的话语，只见前方森林之中，有一个巨大的蜘蛛网出现，遮天盖地，足足有千丈范围，这其实乃是金丹异象！

雪白的蛛丝有三尺粗，里三层，外三层，构建成一个复杂的立体网络，在那蛛网之中，有一只金色蜘蛛，如同石像一样，立在那里，一动不动！

这就是干元天蛛，纳天地于丝网之中，整个天蛛宗的坊市全部藏在它的金丹异象中，受它掌控。

灵蝶宗的坊市只是一个炼气期的吞地石妖，干元天蛛却是金丹蛛妖，二者无论在实力、气势还是坊市面积上，差了至少百倍。

瞬间飞兽进入网中，空间一转，眼前出现一个巨大的空中城市，这就是天蛛宗的坊市！

第三十六章 神通淘宝宝自现！

空间一变，极目远望，一个巨大的悬山，出现在前方。

那悬山就好像一座山峰从中间斩断，然后方向掉了过来，山峰冲下，悬浮控制，形成一个巨大的平台。

这平台之上，有农田，有河流，有山脉，向着中间飞去，中心有一个城市，这就是坊市。

这个城市，外面是巨大的花岗岩城墙，城墙之内，街道很宽，两旁都是楼房，一般是五层到七层，最矮的也有三层。

这些楼房通体湛蓝，仿若水晶砌成，极尽晶莹剔透之感。墙身泛着幽幽的光芒，正是这层光芒，阻挡外面的目光，无法窥伺其内。

它们除材料质感精致之外，房屋的风格反倒简单粗犷，偶尔能在墙上看到淡灰线描绘的壁画。画的都是一只只形态奇特的蜘蛛。

无尽苍松翠柏遍布城市中，如梦如幻，近看则碧草铺地，绿树成荫，更之袅袅白云于脚下飘来荡去，就宛如人间仙境一般。

整个城市共有十二个城门，飞兽飞到一处，在城门口停下，众人纷纷跳下飞兽，那驾驭飞兽的师兄，说道："你们记住，今天有跨域飞舟到处，乃是小集市，会很热闹，但是小偷也会很多，要小心自己的储物袋，还有到了这里不要妄自争斗，大家都在干元天蛛的肚子里，都要老实一些，要守坊市的规矩。

另外在这市场中，蜘蛛很多的，虽然看着很吓人，但是没事，只要你们不惹它们，它们都不咬人的，不过记住千万不要踩死蜘蛛，不然要赔偿的，需要赔同体积的灵石！

最后说一句，傍晚时分，我会在坊市西出口等待你们，先来先走，想自己走回去的，来晚的，我可都不管了！"

说完，他收起飞兽，自己一个人进入坊市，洛离等人也快步进入。

这里楼房都是店铺，卖什么的都有，在那店铺之前，还有无数行人，摆起地摊，做起小买卖。

洛离在此逛了起来，到处看看，了解物价，见识宝贝，最关键一个，他看看符箓在这里是不是有市场，价格如何。

卖符箓的大多数都是摆地摊的，价格还算可以，三个下品符箓价值一个灵石，一个中品符箓价值一个灵石，一个上品符箓价值三个灵石。几乎买卖符箓的都是以十多张来交易，走货速度很快，这个买卖还是有前途的。

除了符箓，这个坊市真的很大，卖什么的都有，永川一下砸扁铁甲貘使用的法器山崩，八十灵石就有的卖。还有那可以用来单人飞行的法器竹鹰，只要一百五十灵石……好东西太多了，洛离沉浸其中，虽然买不起，但是见识见识，也是好的。

转来转去，洛离来到一家二手杂货铺，这里专门贩卖二手破烂货，残次品很多，不少穷苦散修在此寻觅自己需要的货物。

洛离进入这里，也不用说什么，在远处一堆的货物中，开始寻找，他的目标是找到一个镇砚。

镇砚是画符的辅助法器，用以保持画符时灵气的稳定，有一个镇砚至少可以提高一成的成符几率。一个最普通的完好新镇砚，大约价值三十灵石，当然了也有昂贵的，传说最好的镇砚价值数十万灵石。

洛离自然买不起，买一个便宜货就行，他期待在这个二手杂货铺中，可以有点收获。

找了半天，洛离找到残缺一个边角的镇砚，和杂货铺的老板一聊，十二个灵石，就可以买下。

但是洛离没有买下，他继续游走，这样的二手杂货铺，在这坊市中还有十一家，他先逛遍了再说。

就这样，一家家的找下去，最后洛离在其中七家找到了十三个各种残破的镇砚，最贵的十八个灵石，最便宜的十一个灵石，等待洛离的选择。

“那个松花镇砚不错，体重而轻，质刚而柔，摸之寂寞无纤响，按之如小儿肌肤，温软嫩而不滑，可惜太贵了，要十八个灵石！

那个西绛镇砚，也很好，还便宜，才十一个灵石，而且石质细腻，纹理如丝，气色秀润，发墨细快，保温利笔，可惜残破的太多了！

那个易水镇砚，倒也不错，其石坚润，抚之如肌，磨之有锋，涩水留笔，滑不拒墨，墨小易干，涤之立净，而且残缺的还不大，才十四个灵石，就买他？”

洛离合计来，合计去，洛离也没有想好买那个镇砚，最后一刻，洛离突然想起了以前自己的神通赏善罚恶，上次就靠神通，自己才得到了修炼之法，这次是不是可以试一试？

洛离开始不住的想要激活自己的神通，可是罚恶容易，赏善很难，怎么也无法激活自己的神通。

最后洛离忍不住喊道：

“靠了，我做了这么多的好事，这么多善功，为什么没有好报啊！

气死了，气死了！”

福如灵至，洛离张口说道：

“苍天在上！后土在下！好事确定，赏善在后！”

随着洛离的这句话，他体内的善功开始分解，一道善功消散，注入到洛离的体内，剩下八十二道，一瞬间，洛离想起了自己找到十三个残破镇砚中，最不起眼的一个！

那个镇砚黑漆漆的，象是泥捏的一样，破烂不堪，在一家杂货铺中，售价十三个灵石。不知道为什么，洛离就是想到了这个，他长出一口气，就是这个了！

洛离大步的走过去，来到那个杂货铺，买了那个镇砚，买了之后，手里就剩下五十灵珠，不过还有二十六颗炼气丹，一颗可以顶二个灵石使用。

这个镇砚可是不知道这东西哪里好，洛离忍不住前往一家大商铺，找到过眼先生，请求鉴定。

修仙界中，奇物无数，谁也不可能全部了解知道，因此衍生了一个职业，过眼先生，他们在大商铺前台，租个位置，专门为人鉴定物品，或者根本就是大商铺培养出来的先生。

洛离来到一家茂源斋的大商铺，进入其中，那过眼先生就在商铺门口，摆上摊位，给人鉴定，前边有三四个人排队等候。

洛离排在队伍后面，默默等待，又有二三个人，排在他身后，把他完全挡住。

这时在商会中，走出来两个人，洛离一愣，赫然是洛欣和洛明。

只从上次分开，洛离一直没有和他们联系过，不知道他们混的怎么样，不过现在远远看过去，他们的状态很好。

洛明高兴的说道："欣姐，太好了，咱们的血晶石都卖出去了，这些灵石足够我们修炼的了！"

洛欣也高兴的说道："是啊，还是族长对我们好，将来咱们修炼有成，一定好好好的回报族里。

对了，回去后，小心，不要被他们发现了，太可恨了，他们抢走了我们的门派福利，将来我们一定要让他们后悔！"

他们两个太高兴了，兴高采烈，完全没有发现，在他们身后，已经有人开始盯着他们。

洛离摇摇头，他们太不小心了，一个血晶石至少价值**十灵石，好像他们还不是一颗二颗，换句话身上至少五六百灵石，两人不过是炼气一重的小修士，完全就是身揣巨款的肥羊，还这么不谨慎，开口就说，不知道多少人，已经盯上他们了。

看来这是洛家族长在临走之时，偷偷的给了洛欣他们一些血晶石，虽然一块也没有给洛离，有点厚此薄彼，不过洛离不在意。

洛离继续排队，在这天蛛宗的坊市中，所有的一切，都被那个干元蛛妖掌控，只要不离开坊市，没有人敢明目张胆的抢劫。

这时轮到了洛离，洛离将砚台送了过去，那过眼先生看了看，说道：“鉴定费用一个灵石！”

洛离拿出一颗炼气丹，说道：“这个可以吗？”

过眼先生点点头，说道：“好，可以！

你这个是澄泥镇砚，属陶瓷砚的一种。此乃用灵沙神泥为材料，掺进黄丹，雕琢，烘烤而成。其特点是质地坚硬耐磨，易将蕴含血气的灵墨和符纸的灵气，彻底激活，属于小极品的镇砚，至少提升一成的成符率！

可惜有点坏了，要是完好无损，应该可以提升一成五的成符率，没有个三五百灵石买不下，现在也就值五十个灵石吧！”

说完，他找了洛离一个灵石，然后说道：“下一个！”

洛离说道：“谢谢！”

他转身离开，这个确实是好东西，自己不过才十三个灵石买的，真是掏到宝了，太好了，自己的神通果然有用！

第三十八章 灵犀有晕中间明！

镇砚搞到，洛离开始第二步，寻找一家法器工坊，为自己制造紫豪符笔。

有着买砚台的例子，洛离忍不住开始轻声喊道："苍天在上！后土在下！好事确定，赏善在后！"

他希望依靠自己的神通，自动为自己指引出那家法器工坊最合适。

其中一道善功消散，受此吸引，天空落下的奇异伟力，落到洛离身上！

然后……没有然后，什么也没有发生。

洛离顿时有点傻，这是怎么回事？

他反复总结，细细猜想，最后得出一个结论："上一次我购买镇砚，挨个杂货铺全部逛过，每个镇砚都是挨个的摸过看过，所以赏善神通可以为我找到那个最好的。

而这次，我没有进行考察研究，对于那些法器工坊，没有一点资料，所以神通发威，什么作用也没有起到！

看来必须在我十分了解的基础上，赏善神通才会做出选择，告诉我那些对于我来说，是最好的选择！"

"以前我用罚恶斩杀敌人，爆发的也是属于我自己的力量，只是我没有掌握而已。

上一次赏善启动，修炼功法的记忆融合，也是我过去听爹念过的，没有听过的，不会平白无故的出现！

还有后面的炼气冲关，是神通刺激极品血晶石带来的真气，这个极品血晶石是我所拥有的，不是平白无故的为我吸收真气，神通奏效，必须有个前提，是我所拥有的！

就是如此，这赏善神通不能平白无故的带给我好处，只能在我所见过，看过的，拥有的，进行优化，带给我最佳选择。"

既然如此，洛离就开始行动，挨家的法器工坊询问，各种询问，细细打听这加工紫豪符笔，需要多少灵石。

不问不知道，一问吓一跳，这竟然属于定制法器，加工费用，赫然比购买符笔还要贵！一个普通符笔也就是五十灵石，最便宜的也就是四十二灵石，这个制造符笔，那怕自出材料，至少也需要五十灵石。

不过也有好处，这个符笔属于定制的，比那些普通符笔，在灵性上多了很多妙用。

洛离开始犯愁，自己手中只剩下二十五颗丹药，还有一颗灵石五十灵珠，如果定制了符笔，再算上回去的费用，自己就成了穷光蛋，没有什么灵石了。

“实在不行就买一个普通的符笔吧，还能剩下八颗灵石。再把那些紫豪毛卖了，至少可以卖出十个灵石，还能小赚一笔，怎么办呢？”

艰难选择，洛离咬咬牙，再一次的使用神通。

“苍天在上！后土在下！好事确定，赏善在后！”

善功又减一个，剩下八十一个！然后洛离脑中出现一个法器工坊的模样，是他方才打听过的一个。

洛离长出一口气，前往那个工坊！

说实话，这个工坊叫做尘中楼，店面老旧，生意并不好，两个待客的伙计，一个憨来，一个傻，半天说不出一句话，那个店主老头脾气更火爆，对待客人爱答不理，十个客人，有九个都是被他气走的。

可是神通指引此地，洛离就来到这家尘中楼，推门进入，站在那里，那两个负责待客的伙计，不知道跑到那里去了，就剩下店主在那里发呆，好半天，没有人搭理洛离。

洛离也不着急，只是默默等待，又过了好一会，那店主发呆结束，才算看到洛离，大嗓门的喊道：“你小子怎么又回来了，问来问去，废话连天，五十灵石，不讲价！走，走，走！”

洛离平复了一下心情，向老者行了一礼，说道："老前辈有礼，五十灵石就五十灵石吧，我可以用炼气丹支付，请老前辈帮忙，初次来到贵店，不知深浅，还请前辈见谅。"

洛离客客气气的说话，拿出二十五颗炼气丹，递了过去，然后恭恭敬敬的站在那里。

那店主老者看着洛离，突然一笑，显然对洛离的表现颇为满意，说道："好吧，算你识货，正好我若有所悟，七天没有接到一个活了，手有点痒，待着也是待着！我给你做了！把那些紫豪毛，都拿来！"

洛离递了过去，老者接过来，看了一眼，说道："这些紫豪毛到都是精品，可惜不是一只兔子身上的，而且有的保养的不好，效果弱三分！

看你小子懂事，我就帮帮你！"

说完，他一伸手，忽，一团火焰，在他手中出现，将那些紫豪毛放在火焰中烧烤！

洛离看到这火焰，忍不住说道："天地灵物？这是灵火！"

洛离在外院藏经阁的书，不是白看的，这是天地灵物。

所谓天地灵物，就是天地自然生成的具有各种属性的灵物，分为天地玄黄四阶十六品，天地灵物每种都是十分的稀少，每一种都弥足珍贵，也是十分的重要。

特别是其中灵火最有价值，可以用来炼器、炼丹、战敌，乃是天地灵物中的最佳宝贝。

老者笑笑，说道："还算识货，这是玄级极品的地心熔炎，只有深入地下万丈，进入地肺之中，才能遇到的灵火！

算你运气，我看你顺眼，我也待着没事，用此灵火为你炼个符笔！"

说道这里他一伸手，那些被烧烤紫豪毛飞起，然后另外一抓，另外一旁摆放的十多件材料飞起，融入他手中的火焰中，他根本不使用火炉，直接虚空炼物。

这灵火不住外放无数灵气，逼的洛离不由的后退，完全傻了，这灵火为玄阶极品灵火，又是虚空炼物，这，这只有金丹真人才能做到，他，他是一个金丹真人！

这是相当于灵蝶宗掌门的高手啊，金丹真人，靠了，洛离真的冒汗了，太强了！

那火焰忽的一闪，然后老者张口喷出一口真气，嗤的一声，房屋中升起无尽的白烟，许久才消散。

老者微笑道："好了，成了，小极品符笔！而且一不小心炼成了法器，蕴含十二重地煞灵禁，至少成符率提升二成，够你用到筑基期的，你滴血认主吧！

记住，滴血认主之后，这符笔就你一个人可以用，其他人输入真气，此笔立碎，免得你出门转身卖了，白费我一番功夫！"

说完，递给了洛离一只符笔，这笔轻如无物，看过去如同春天刚刚绽放的青竹绿芽，晶莹剔透，具有无尽的生命之力。

小极品符笔，法器，十二道禁制，金丹真人炼制，这至少可以卖一千个灵石，所以老者使用秘法，必须滴血认主，这样除了洛离，其他人无法使用此笔，免得洛离将此笔卖掉。

这笔需要滴血认主，洛离咬破中指，在此符笔上滴血，于此同时他灵机一动，嘴里轻轻念叨："苍天在上！后土在下！好事确定，赏善在后！"

随着洛离的这句话，他体内的善功开始分解，一道善功消散，引天地之力落下，注入笔中！

随着洛离的鲜血还有天地伟力的注入，那笔就是一变，在笔身上出现两个古符文，一枚是淡黄色的古符文，一枚是淡蓝色的古符文，两枚重合在一起，形成了淡绿色的古符文，非常漂亮。合成的古符文散发绿色光芒，若隐若现，含而不放。

远处的老者一愣，说道："不是吧，今天真是见鬼了，刚刚制造的法器，不过是滴血认主，竟然生灵了！

靠了，小子，你运气太好了！你把笔给我！”

洛离将此符笔给了老者，老者默默施法，瞬间这笔变得暗淡，灵气全无，就是一个普通到极点的符笔。

老者说道：“这笔经你滴血认主，发生了异变，已经变成了灵器！有灵之器，价值连城，只要以后不住的祭炼，筹齐七十二道地煞灵禁，就可以化作一道天罡禁制，晋升法宝。

你小子很有运气，这笔外体被我用秘法遮蔽，不过你还是要切记，不要被人发现，引人窥视，你小命难保。

此笔至少可以提高三成的成符率，可以算作大极品符笔了！”

说完，他把这符笔给了洛离！

洛离接过来说道：“请前辈为此笔赐名！”

老者点点头，说道：“天赐灵性，被我锁住！金锁无须两头动，灵犀有晕中间明。就叫做灵犀笔吧！”

洛离身行一礼，说道：“多谢前辈，请前辈赐名，弟子无尽感激，永不相忘！”

老者哈哈一笑，说道：“我乃尘炼门穆英雄，在此求道，小子，出去后不要乱说。

我看你是灵蝶宗弟子，你的血有点机缘，我想下次炼器，雇你出血开光，酬劳吗，一次一百灵石，你看可行？”

果然穆英雄乃是金丹真人，在此求道就是为了突破瓶颈，入世试炼，难怪他们家的工坊生意这么差，人家根本不在乎这点灵石。

洛离心中微笑，不是自己的血有机缘，而是自己的神通有妙用，一百灵石，干什么不做，不做就是有秘密，那就是自寻死路，做了几次，放他几次血，对方发现乃是偶然，才不会引起对方的兴趣。

洛离立刻回答道：“我做！”

穆英雄点点头，伸手交给洛离十张符箓，说道：“当符箓发光，你就过来，我需要你的血开光，一次一百灵石！”

洛离接过符箓，说道：“多谢前辈，弟子告退！”

说完，退步离开，至此符笔也得到，而且还是大极品符笔，这灵石花的值得！

第三十九章 众人丛中唯独见！

出去之后，洛离微微打探了一下，立刻知道了尘炼门的来历。

尘炼门也是中门，八百旁门之一，和天蛛宗齐名，这个门派精于炼器，擅长修补，道法取于万物终将归尘之天理，认为我先化尘，和光同尘，借此六尘不染，避开天道轮回，然后超尘拔俗，自我圆满，飞升仙界。

不过此派真正做到飞升仙界的，只有八位祖师，其他弟子，却因为门派**万物同尘，视天下万物为尘土，想怎么捏就怎么捏，借此掌握炼器修补之道。此派号称尘世之物，尽在掌控，各处的大型坊市都会有他们弟子开设的店铺。

洛离想买的都已经买到，小极品的镇砚，可以提升一成的成符率，大极品的符笔，可以提升三成的成符率，这合起来就是四成，普通的符笔加镇砚不过才提升二成到三成的几率，洛离的足足四成成功率，很是高兴。

这次到此就差最后一件事了，他来到坊市的飞舟停靠点，等待今天跨域飞舟到此，看看这飞舟到底是什么模样。

飞舟的停靠点，位于坊市的最南方，是一个巨大的平台，上边布满金色的符篆，无数人在那里等待。

有的是接人，有的是送行，有的是等待货物，有的是准备贩卖货物，还有不少专门过来看热闹的，包括洛离。

洛离在此等待，不知道那跨界飞舟什么模样，不到一会的功夫，有人喊道：“来了，来了！”

“真的来了，太好了！”

洛离顺着他们指点的方向看去，只见远方云层晃动，然后忽的一声，一个巨大的身影，在远方出现！

远远看去，是一只巨龟，足足有百丈大小的巨龟，在远方云层中出现，看着行动缓慢，但是那巨龟的速度极快，转眼就到了跟前。

飞到近前，远远看去，这不是真正的巨龟，而是一个楼船，这楼船是个圆形，外体如龟，方圆大约有百丈大小，十二只云桨位于船下，轻轻摇动，好像乌龟的四肢，轻轻一划，就是飞行千丈，后背七层楼船看着如同龟壳，转眼那楼船就到了坊市上空。

巨龟原来还速度如电，到了坊市上空，瞬间就一动不动，由急动化作急静，却一点异样感觉都没有，好像它就该如此一样，而且一点声音都没有，静的出奇。

这就是跨域飞舟了，洛离看去，赫然发现有一排类似鱼叉一样的法器，发出狰狞白光，插在飞舟外面船体之上，再仔细看，这飞舟的外体之上，还有火烧、雷轰、冰冻的痕迹，好像在万千军中杀出重围一样。

不只是洛离看到了这些痕迹，周围也有人看到了，有人问道："那是什么？难道还有人敢袭击这跨域飞舟不成？"

"这你可真说对了，看那叉子，应该是被虚空鸟妖袭击了。"

"虚空鸟妖什么东西？"

"一群妖族强盗，位于关西和楚南地域的交汇处，专门袭击过境的修士。"

"不是吧，还有这样猖狂的空妖，这飞舟好像是天行健宗的啊，为什么这堂堂上门不铲除他们？"

"哼哼，这你就不懂了吧，铲除了空妖，大家可以随便过境了，谁还会乘坐这跨域飞舟，传说这批空妖就是天行健宗做起了飞舟买卖，才开始强大起来的。"

"啊，我懂了，家养的，真他妈的黑！"

"知道了，你看那叉子，完全就是故意叉上去的，不然哪有那么齐整。这就是警告你我这样的小修士，金丹之下，不要乱跑，跨界飞行，很危险的！"

在众人的议论声中，飞舟悬浮在平台之上，一个云梯斜斜落下，然后开始有人从云梯中走下。

第一个走下之人，身上好像有着十二只金乌绕着他飞行，这是金丹异象，方才议论不休那人，立刻转换话题说道：“靠了，快看，这是旁门天阳宫火鸦真人，他怎么到我们天蛛岛了呢？”

第二个下来的是一个中年人，没有任何金丹异象，但是眉宇间带着一种说不出的邪气，远远洛离望去，就有一种心神不宁的感觉，好像他的眼睛可以勾人魂魄一样。

旁边议论的那人又悄声说道：“不要看他，这是散修真人惜花公子，采阴补阳，男女不忌，害人无数，奇怪了，他怎么敢到天蛛岛？”

第三个走下的是一个女人，娇嫩无比，但是身上好像有一层水雾，看不清她的模样，这也是金丹异象。

旁边议论的那人又说道：

“这个应该是静鱼宫的玄姬真人，我知道了，火鸦真人惜花公子都是她请来的？”

这三个真人缓缓走下云梯，这时有人过来迎接，那人看过去矮胖无比，慈眉善目，看到这人，旁边议论的那人又说道：“啊，是天蛛宗的智蛛长老，看来天蛛宗在策划什么大事啊！”

这时云梯之上陆续有人走下，其中有火鸦真人他们的弟子，也有其他的普通修士，没有什么特别之人。

洛离回头对着那个说个不停之人，抱拳说道：“这位兄台请了，在下灵蝶宗洛离，敢问高姓大名！”

这人见过识广，几乎什么都知道，所以洛离想要和他结交。

那人一笑，说道：“在下朱明华，过眼先生，号称包打听，在茂源斋租了小摊，见过兄弟了！”

原来如此，过眼先生，以鉴定为生，难怪如此见多识广。

洛离说道：“朱兄，你可真是厉害，几乎无所不知啊。”

朱明华哈哈一笑，说道：“洛老弟，有所不知，我就是靠这个吃饭，卖点消息混点灵石，你要是有什么事，无论打探消息，还是出卖消息，尽管来找我。”

说完，他送过去一张名帖，上边有着他的联系办法，洛离收下。

洛离突然想起了什么似的，问道：“对了，朱兄，我想打听一个人，黑龙宗筑基真修龙文定，你可有他的消息？”

朱明华一愣，说道：“这人命短，早在几个月前因为灭了七杀宗一处旁支，得罪了七杀宗，被七杀宗的筑基真修冰点，残杀致死！形神俱灭，黑龙宗连个屁都没有敢放！”

洛离听到这话一下子傻了，龙文定死了！不由的有高兴有失望，高兴的是他死了，父亲大仇得报，失望的是他死了，不是自己亲自报仇！

好半天洛离才回归神来，这时云梯上的行人下了七八个，就没有人再走下，洛离掩饰自己的心情，故作好奇的问道：“一次飞舟，就下七八个人？”

朱明华说道：“老弟，这你就不懂了，这都是头等舱的客人。一会下来的就是经济舱的客人，那才是真正的旅客了。”

这时云梯又开始下人，这批人和前边那些人完全不同，大包小包扛着背着，一群群的走下云梯，下边开始呼喊：“二哥，二哥，我在这里！”

“大师兄，大师兄，这边，这边！”

“三舅，三舅，我在这里！”

这才是正常的旅客。

洛离忍不住说道：“头等舱，经济舱？”

朱明华说道：“是啊，经济舱便宜，而且要自备饮食，船舱狭窄，上了飞舟就不许出舱门。头等舱飞舟提供饮食，可以随意在飞舟上游玩，但是价格是经济舱的三四倍……”

说到这里，在此经济舱的客人中，有一个女子走下，这个女子很是奇怪，看过去很是普通，但是所有人都不约而同的给她让步，就像臣子给女王让路一样，好像就该如此。

她步步向下，虽然就是一人，可是却有一个感觉，好像她的身边有着无数无形的仆人，为她在飞舟之下的人山人海中，开辟出一条道路。

她笔直向前，正前方正是智蛛长老等四个金丹真人，他们四人聚在一起，好像在聊什么，因为他们的金丹异象，周围十丈，没有一个修士，都远远的避开他们，他们身边足足十多丈，没有一个修士，可是他们就挡在这个女子的身前。

这个女子，就是这么的笔直走过去，走到他们身前，看着他们说道：“借过、借过……”

然后这四人，很自然的给她让开路，女子在他们中间穿过，继续向前，那四人好像毫无感觉，很是正常，继续聊天。

洛离看的目瞪口呆，怎么可能，金丹真人竟然给她下自然的让路，还没有感觉，怎么可能！

他回头看向朱明华，希望朱明华看出点门道，但是朱明华傻傻的看着，也是无视那个女子的异常。这时洛离才发现，就好像自己一个人，发现了这个女子的反常，在场数千修士，没有一个发现她的不同！

洛离不由的毛骨悚然，全身颤抖，这是怎么回事？再仔细观看，那个女子，不见踪迹，洛离左右使劲的查看，也没有找到她的影子！难道这是自己的幻觉？见鬼了不成！

第四十章 仙子若彤机缘隐！

就在洛离左右寻找那个女子之时，就听到身后有人喊道：“洛离师兄！”

回头一看，洛离一愣，赫然是洛欣洛明，他们也到这里看热闹，先看到了洛离，过来打招呼。

洛离向着他们身后一看，不远处三五个修士，好像毫不在意，但是不声不响的尾随在他们身后，这就是钱财露白的下场，洛离都敢打包票，只要他们离开坊市，走到荒野之中，这些家伙就会出现，劫财害命。

洛离说道：“啊，你们也到这里看热闹……”

洛欣立刻微笑的走了过来说道：“洛离师兄好！”

洛离说道：“洛欣师妹好，没想到在这里遇到了你们……”

他就和洛欣两人聊了起来，洛欣对洛离态度很好，完全和以前不同，到了灵蝶宗，她才知道被人歧视成土包子的委屈，以己度人，她知道了洛离当时的感觉，后悔当初歧视洛离。

看到洛离，她不由的想起在外门时，洛离为她出头，看着这个英俊的少年，少女多情，她不知不觉中多了一丝说不清的情愫。

一旁一直默默喜欢洛欣的洛明，第一个感觉出这种情愫，他越看洛离，越是愤恨。

洛离洛欣两人聊了几句，洛欣越说越是开心，洛离突然悄声说道：“洛欣，你们两个身上的灵石，已经被人盯上，注意，不要飞行回去，不安全。这里有传送法阵，可以直接从此传送回灵蝶宗的坊市，你们传送回去，不差那几个灵石……”

说到这里，一直不说话的洛明突然笑了起来，说道：“哈哈，我就知道，你小子不安好心，看到我们有灵石，过来卖好，想要巴结我们，然后也借几个灵石花花？

不安全？不安全个屁！回去也不是就我们两个，还有其他师兄弟呢！能有什么事情！”

这家伙开口就骂，洛离一片好心，完全当成了驴肝肺，洛离看着他，不知道说什么好。

洛明说完，拉着洛欣就走，洛欣摇头说道：“不会的，洛离师兄，不是那种人！”

洛明又说道：“洛欣不要搭理他，他不是好人，上次就是他陷害的，害的洛风惨死了，到现在还没有气冲九关，进入炼气期。

他这是看到你我有灵石了，故意吓唬你我，然后装好人，骗你我的灵石。黄鼠狼给鸡拜年，不安好心，我们走！”

在他的死拉之下，洛欣和他一起离开，洛离一句话也没有说，只是摇摇头，自己该说的已经说了，仁至义尽，他们不知死活，那就不要怨自己了！

突然耳边有人说道：“好心当成驴肝肺，可惜啊，可惜！”

声音清冷无比，但是带着一股颤音，十分好听。

洛离回头一看，不由毛骨悚然，在他身后，方才那个走下云梯，在金丹真人中穿过的女子，微笑的看着他！

他是所有人中，唯一注意到她的修士，同样她也是如此！当你看到了对方，对方也看到了你！

一瞬间，洛离有种无比的恐怖感觉，对方也许伸伸手，自己就灰飞烟灭。这种恐惧的感觉，完全真实！什么乾元天蛛，什么坊市不能争斗，毫无用处，生死尽在人手！

但是洛离越是恐惧，越是镇静，他微笑的施礼说道：“见过前辈，在下左道灵蝶宗弟子洛离，有礼了！

前辈有何吩咐，只管命令，洛离绝对完成任务，不差一毫！”

那女子看着洛离，说道：“你怕什么？”

洛离笑道：“弟子不怕！”

那女子好奇的说道：“那你的头上怎么都是汗呢？”

洛离一摸真是满头大汗，他说道：“天气炎热……”

然后他话题一转说道：“弟子真的害怕，吓得！前辈饶命啊！”

女子一笑，阴森的说道：“怕什么怕，难道我是大魔头吗？啊，你知道了我是魔头的秘密，我要杀了你！”

洛离顿时傻眼，不知道说什么好！

然后她又说道：“不过，杀你也没有什么用！算了吧，留你一条命，其实我只是想问个路，对了，静鱼宫怎么走？”

洛离那里知道，他急忙一拉旁边的朱明华，问道：“朱兄，静鱼宫怎么走？”

那朱明华一指北方，说道：“北方直走，三千二百里之外，就是静鱼宫了！”

他根本无视洛离身旁的女子，好像没有这个人一样，那怕这人就在他的眼前！

洛离回头对着这个女子说道：“前辈，那边直走三千二百之外，就是静鱼宫了！”

女子点点头，说道：“好，对了，你那两个同伴完全不相信你，他们身陷危机之中，你还想做点什么吗？”

洛离摇摇头，说道：“什么也不做！我不过炼气二重，我又不是他们父母亲人，我已经警告他们了，该做的我都做了，仁至义尽！

修仙之路，万般险阻，无尽危机，靠的是自己！得到警告，却毫不在意，那是自取灭亡，就算这次我救了他们，他们不吸取教训，以后也是死！”

洛离说出自己的真心话，女子点点头，说道：“修仙界，弱肉强食，一步错，万劫不复，切记，切记！”

然后转身而去，再也不看洛离一眼，向着北方静鱼宫走去。

在洛离耳边，一个声音响起："记住我的名字，我叫做若彤仙子，有缘我们还会见面的！到时候，我会给你一个机会，一个改变你命运的机会！"

随着她的脚步，瞬间在她身前身后出现四个力士，这四人洛离根本没有看清他们是怎么出现的。

这四个力士身高一丈，都是昆仑奴，全身漆黑，体格魁梧，胸肌鼓鼓，好像有着无穷的力气，他们四人抬起一个凤撵，女子转身坐在那凤撵之上，继续向北。

他们每走一步，就好像有人凭空诞生，有扶着凤撵的貌美丫鬟，有前后警戒的高大护卫，有跟在后面的嬷嬷，最后前面出现十二个不住敲鼓跳舞的开路舞者……转眼之间，就由一人变成了百人队伍，这些人没有一个人洛离看清楚他们是怎么出现的，那怕他们敲锣打鼓，周围除了洛离，也没有一个人注意他们，好像一切都是那么正常，又好像一切都是那么反常，出了坊市，他们腾空而起，浩浩荡荡向着北方飞去。

洛离长出一口气，修仙界真是强者无数，什么都有可能遇到，还是老实在门派修炼安全。

他和朱明华告别，快步的走向门派回归聚集处，登上一个马上够人的雅美蝶，回归灵蝶宗。

回到脱舍院，洛离长出一口气，还是这里好啊，还是这里安全！

回归之后，洛离就剩下一个灵石，不过画符的符笔、符纸、镇砚、符墨，全部筹齐。符墨很简单的，偷偷的在脱舍院的材料中偷点灵血，用真气融入普通墨中，祭炼一下，就是符墨了，一切全部具备，就差最后一条，制符的技术了！

这个说难也难，说不难也不难，不难在于，制符之法到处都有的秘籍卖，买一本，照猫画虎，就可以制符了。

但是也难，随便一本制符的秘籍，售价都在三百灵石以上，最贵的达到了一千灵石，这还是记录最简单，最普通的制符之法的秘籍。

倒是有人掌握这制符之术，但是他们不会轻传，而且整个脱舍院也没有人会制符，想从个人手里学会制符之术，根本不可能。

不过洛离对此早有主意，在外门的藏经阁中，这种制符秘籍十多本，虽然价码很贵，但是它们之下都有一条，各大外院掌院可以无偿借阅，这就是洛离想出的办法。

第二天一早，洛离正要行动，有人来找洛离，赫然是洛欣，她双眼通红，看到洛离忍不住问道：“洛离师兄，你看到洛明了没有？”

洛离迟疑的说道：“昨天，你们不是一起走的吗？”

洛欣说道：“没有，我最后相信你，传送回来的，他说什么不信，非得自己做师兄的飞兽回来！

可是，可是大家都回来了，就他一个人没有回来，有人说他坐上了一个不认识师兄的飞兽，我问了昨天去过的同门，没有人认识拉他回来那个师兄。

洛明，他，他失踪了！”

说到这里，洛欣大声的哭泣起来！洛明死了！

那些人换上灵蝶宗的弟子法衣，伪装成灵蝶宗的弟子，将洛明骗上飞兽，从此之后，再也没有人见过洛明！

时间慢慢过去，除了洛欣，再也没有人记着他，一个大活人，就这么的彻底消失，这就是修仙界，一步错，万劫不复！

第四十一章 自喻愚公徙王屋！

看着痛苦的洛欣，洛离不知道自己做什么好，他只能哀叹一声，表示自己的安慰。

洛欣突然一下子扑了过来，抱住洛离，使劲的哭了起来。

一边大哭，她一边呜咽的说道："洛离师兄，洛离师兄，洛明死了，死了，我可以感觉到，他已经不在了！

我们五个一起到此，洛兰讨厌我，洛风不理我，洛明死了，就剩你了，你以后不会讨厌我吧？不会不理我吧？呜呜呜……"

大声的哭泣，眼泪一滴滴的留下，死死的抱住洛离。

洛离摇摇头，也抱住了洛欣，轻声说道："不会的，不会的，我不会讨厌你，不会不理你的，不要哭了，乖！"

在他轻声的劝告声中，洛欣渐渐的不再哭泣，看着这个清秀的面容，洛离替她拭去眼泪，然后说道："放心吧，以后我护着你，如果有人欺负你，你尽管告诉我，我替你出气！"

洛欣点点头，说道："我明白，我明白，谢谢洛离哥，我的亲人就剩下你了！"

洛离说道："洛欣啊，在此修仙界，靠亲人，靠朋友是不行，靠的只能是自己！

昨天有个前辈赐予我一句话，修仙界，弱肉强食，一步错，万劫不复！我把这句话送给你！

我们能做的，只有拼命努力，努力，努力，坚持，坚持，我想以你的资质，只要达到炼气四重，就一定可以进入内门，那时成为真正的灵蝶宗弟子，才是你的未来，才有前途！"

洛离拉着洛欣聊了一会，将自己对修仙界的了解，缓缓的讲给洛离，洛欣细细倾听，渐渐的目光坚定起来……这时太阳升起，各大外院工作的时候到了，洛欣必须离开了。

她缓缓站起，突然快速的亲了洛离脸颊一口，然后红着脸，掉头就跑，留下傻傻的洛离，看着她纤细的背影，消失在远方。

许久，洛离摇摇头，他长出一口气，用力拍拍自己的脸，这不过是自己人生的一个小小插曲，转眼过去，忘记！现在到了关键时刻，自己该出手了！

洛离大步的走向屠宰场，在洛离出现之后，永川喊道："洛离，来了，今天送来三个铁甲貘，给你留着了！"

洛离笑道："谢谢师兄！等我一会，我有事情找院首。"

在所有需要屠宰灵兽中，就这个铁甲貘具有智力，可以得到善功，所以杀铁甲貘成了洛离的基本工作，大家都把这个活留给他。

洛离很快来到院首吉安老人所在房间，敲门，进入，行礼！

吉安老人看到洛离，微笑的说道："小离，有事吗？我听说和你一起来的一个老乡，昨天晚上消失了，唉，人生就是如此……"

好事不出门，坏事传千里，吉安老人知道了，他看到洛离，就开始唠叨起来没头，这是他的爱好，人老了，就是如此，不说上半个时辰，不会住口。

洛离长出一口气，严肃的说道："万花丛中过，片叶不沾身！"

吉安老人一愣，这是门派诗号，如此说，必有大事，他不在唠叨，看着洛离，不知道他要做什么。

洛离开口说道：

"吉安叔，我第一次来到脱舍院，远远还没有进入，就闻道一股腥臭气息，让人窒息！

我们脱舍院乃是灵蝶宗十三外院之一，乃是三千左道大派，可是门中怎么会有这种腥臭气息，这对于我们灵蝶宗，对于我们脱舍院，都是一种侮辱，所以我想除去这腥臭气息！"

洛离严肃无比，庄严的一字一句的诉说！

吉安老人细细倾听，听到洛离说完，他摇摇头说道：“难啊，难啊，难！你以为我们灵蝶宗，没有清理过？

这脱舍院千年来，我们一共清理了三次，甚至全部扒倒重建，但是每次清理完毕，过了十多年，这气味又出来了。

此乃怨灵之气，这里杀了太多了灵兽，无数灵兽的怨气汇集此地，所以才有此腥臭气息，那不是气味，而是一种心灵感应。我们甚至请了雷音寺的高僧超度，但是只是干净了十几年而已，没有办法，只要杀戮在，这腥臭气息就会在。”

说到这里，吉安老人看到了洛离的表情，一脸的坚定，毫不放弃，他长叹一声，知道自己无法说服洛离，他问道：“你打算怎么办？”

洛离说道：“弟子研究过，这怨气腥臭之味，都来自地面，这脱舍院地面都为石板所铺垫，我曾经掘开石板，发现石板之下，都是新鲜土地毫无怨气。

而不远处南山完全是座石山，曾经有过石场，石质很好，弟子愿意去南山开石，以新的石板替换脱舍院中所有石板，那怕日后怨气再一次的汇集，再有腥臭之气，但是至少我在脱舍院这十几年，不会有腥臭之气！”

吉安老人看着洛离，说道：“你可想清楚了，这可不是小事，脱舍院的铺地石板足足万块！”

洛离坚定的说道：“二万三千六百三十七块！”

吉安老人继续说道“你想让我做什么？号召大家陪你一起去换石板？”

洛离说道：“不！吉安叔，你什么都不用做，这事我决定的，就由我一个人来，不需要任何人的帮助！而且我不会耽误脱舍院的工作！”

吉安老人说道：“这样的话，只能你一个人，一个人孤独无比，那种孤独的味道会让人窒息的！你能忍受？

而且你这么做了，别人没有做，那就是与众不同，木秀于林，他们会笑你，辱你，骂你，你能忍受？”

洛离笑道：“能忍！能受！我要做的事情，何必在意他们！请吉安叔恩准！”

吉安老人说道：“好吧，你要做，就去做吧！”

洛离行礼，说道：“谢谢吉安叔！”

说完，他就要离开，吉安老人点点头，说道：“万花丛中过，片叶不沾身！”

洛离一愣，急忙也回礼说道：“万花丛中过，片叶不沾身！”

这是门派诗号，吉安老人说出此话，完全是对洛离的一种认同，不管怎么说，此心此意，吉安老人心中佩服！

有此院首认同就好，自己就可以干了，洛离出门，长出一口气，成了！

如果直接和吉安老人说，求借阅秘籍，对方绝对不会答应，那简直做梦一样，凭什么白白借给你观看，你算老几，让你省去数千灵石的花费，所以就得策略前行。这个策略就是清除脱舍院的腥臭晦气，这是洛离算计许久的计划。

这么做有着三点好处：

首先脱舍院一片腥臭，这是无数怨气凝结所成，自己如果真的能将此地净化，这将得到多少善功？不可计算！

其次，在替换一定石板之后，洛离就可以向吉安老人提出需要雕刻石板，布置符阵，借以阻挡怨气重凝，这样自己就有借口查看符箓书籍，寻找抵御怨气之法，那可是价值足足数千灵石的十多本符箓书籍啊，自己不花一个钱，就可以看到。

最后，开山取石，搬运石板，替换石板，其实也是一种修炼，炼心，炼体，炼气，怎么也是修炼，为什么不做！

其实吉安老人之所以答应他，最关键的一点，是洛离到此之后的表现，他无怨无悔的帮着所有人，持之以恒，无论众人说什么，怀疑也罢，夸奖也罢，谩骂也罢，最后大家都适应了洛离。

无声无形之中，所有人对他做什么，都不感到惊奇，认为他想做的事情，绝对可以做到！所以吉安老人完全相信洛离，一点也没有迟疑。不然的话，一个小毛孩子，鬼才会信你！

可以说，从进入脱舍院，洛离就开始布局，布局，现在收网！

就这样洛离回归屠宰场，诵经，超度三个铁甲貘，善功再一次的回归八十二道！然后做了其他的工作，终于到了中午，大家活计完事，休息放假。

洛离长出一口气，来到永川面前，说道："永川师兄，我有一事禀报……"

洛离把自己的要做的事情说完，永川傻了半天，才说道："你真的要一个人这么做？"

洛离点点头，说道："必须如此！"

永川说道："好吧，好吧，没有人能阻止你，你想做就做吧，下院中有一些工具，你想用就拿着用吧。我只能帮你这些了。"

洛离说道："谢谢师兄！"

他去取工具，然后前往南山开石。

诸多好友听到洛离想要做什么，一个个目瞪口呆，这是门派才能做得事情，洛离竟然要一个人去做，不知道他又犯了什么疯？

但是没有人过来劝阻他，多日的相处，大家都知道洛离的性格，说做就一定要做，你看看，我看看，高鹏等人随在洛离的身后，一起前往南山。

第四十二章 南山采石心不惑！

离开外院，向着南方走出三里，就是一座巨大的石山，这就是南山。

这山高三百丈，山上没有树木花草，完全就是一个石头山，曾经门派在此取过石，有石场位于山脚，但是这是很多年前的事情了，石场已经老旧。

洛离一步步的到此，手中拿着在外院取来的工具，石刀、石凿、石钎、石锄、石磨，整整一套工具，这都是法器，只要输入真气，就可以轻易的切开石头，随意塑形。

来到石场，洛离开始整理工具，寻找石材，准备干活。

这时高鹏、老沙、玄水等人到此，足足来了十二个人，都是洛离的好友，过来帮忙。

高鹏说道："来，我们一起干！"

老沙说道："是啊，这腥臭之味，早就闻的恶心，大家一起干，把石板都换了。"

众人全部过来帮忙，洛离也不阻止，大家一起忙碌，清理石场，开辟采石之处，开始采石。

大家一起干活，那工具只要输入真气，切割石头，就像玩一样，很快就有石头被切割下来，然后打磨成型，做成可以替换外院的石板。

就这样大家一口气，干到傍晚，足足切割出来一百二十多块石板。

高鹏高兴的说道："太好了，这其实很容易，咱们十三个人，一天可以搞出一百多石板，一年功夫就可以完成。"

但是其他人却没有回应，有人不断的皱眉，那使用工具，都需要输入真气，切割一块石板，至少需要一息真气，忙和了这一下午，昨夜积攒的真气，消耗了三分之一，天天在这里干活，自己的修炼完全就是废了。

洛离看着他们说道："各位师兄，今天到此为止吧！从此也就是到此为止！

这是洛离的选择，洛离的决定，洛离的道！大家明天不要过来帮忙了！”

老沙说道：“那怎么行，大家都是朋友，我明天还来帮你！”

洛离摇摇头，说道：“各位兄弟，如果你们当我是朋友，就不要过来帮忙，这将是一场旷日持久的战斗，如果不是真心想为脱舍院做点什么，就不要过来了！

我可不想，我和大家的友情消耗在这里。如果，你们真心想要帮忙的话，就替我到处宣传吧，这就是帮我！”

老沙点点头，说道：“我明白，你这是借着此事炼心炼气！这也是一种修炼。那好，明天我不来了！洛离啊，这是你的选择，你想做，那就做吧！”

洛离点点头，众人回归脱舍院。

第二天，本该休息的洛离，又一次的在众人疑惑的目光下，前往南山开山，取石，然后背回来，用新的石板，替换脱舍院陈旧石板。

这天清早，昨天的十二个人，只去了四个，第三天，只去了高鹏，第四天，再也没有人去了。

至此就剩下洛离一人，一个人在那空荡荡的石场中，开凿岩石，切割，打磨，然后背着回来，回归外院，替换石板，将那有怨气的石板，消除怨气，然后远远的丢入深渊之中。

寂寞无比的寂寞，辛苦无比的辛苦，一天晚上辛苦积累的灵气，第二天都要用光，每天大约可以开采十五六块石板，这就是洛离的一天。

但是洛离无怨无悔，天天就是如此！

每天洛离除了修炼，吃饭，休息，干活，剩下所有的事情，就是做这个，开采石材，打磨石板，背回来替换！

一天，二天，三天……

最开始的时候，众人观望，看到其他帮忙的陆续归来，不再过去，一些流言蜚语开始诞生！

“就他最能耐啊，最会作秀，院首都没有做，就他显大瓣蒜，看他能干几天！”

“是啊，是啊，这小子就是博名气，还求人宣传，其实就是想吸引内门的注意，好提拔他进入内门。”

“一定如此，这小子一定有着其他居心，就是作秀啊，以前我看他过来帮忙，就是心怀叵测。”

“是啊，心机太深了，这人不咋地啊！我都敢预言，干上一个月，他就得缩！”

“哈哈哈，到时候绝对会说，修炼才是第一位的，然后缩回来，七天，我赌七天！”

说什么的都有，无数流言蜚语，集中在洛离身上，他们做不到，也不喜欢别人可以做到，所以他们不惜用最恶毒的语言，来攻击洛离。

但是洛离毫不在意，十天，二十天，三十天…… 渐渐的这些话语改变了！

“这家伙是个傻子吧？”

“是啊，不象是作秀啊，确实，确实，这家伙就是一个傻子！”

“哈哈，大傻子，愿意干，你就干吧！”

“这种傻子，脑袋有问题，不要搭理他！”

四十天，五十天，六十天……二个月后，再也没有人议论洛离，都完全适应了洛离，好像背着石板回来的洛离，就是脱舍院的一个景色，就该如此。

洛离却在轻轻的数着日子，六十七天，可以了！可以收获了！

第一天清晨，他又一次的去找吉安老人。

看到全身肌肉紧绷，晒的黝黑的洛离，吉安老人一笑，说道：“洛离，怎么了？你是不是想放弃了？

高鹏已经进入了炼气二重，修为追上你了，这些天你开石，做石板，消耗大量的真气，我看你修炼毫无进展，说到底，我们是以修炼为主，不该做这些杂事，有时候放弃也是一种选择……”

吉安老人以为洛离放弃了，过来想要结束，他说点让洛离下台阶的话，借此结束此事。

洛离摇摇头，说道：“不，吉安叔，我还想继续！

不过，我发现，我最开始替换的石板，开始被其他的石板同化，怨气开始过度到那些石板之上，这样下去，我所做的就是无用功。”

吉安老人一愣，说道：“那你想我做什么？”

洛离说道：“吉安叔，我想求您指点，如何抗拒这怨气过度？”

吉安老人想了想，说道：“那就只有在石板上布置法阵，或者雕刻符箓，借以抵御怨气侵袭。你才不过炼气二重，法阵是肯定布不了，那就只能雕刻符箓。”

说到这里，洛离心中狂跳，到了关键时刻了，他行礼说道：“还请吉安叔帮忙！”

吉安老人久久不语，然后说道：“这样吧，这个令牌给你，这是我的院首令，你拿着这个令牌，去外院的藏经阁，可以借阅所有关于符箓的秘籍。

算是我给你的支持，希望你可以找到解决怨气之法！”

洛离接过令牌，心中狂喜，二个月的辛苦工作，相当于赚了几千灵石，太爽了，他恭敬的说道：“多谢吉安叔成全！”

吉安老人只是一笑，说道：“好个有心的孩子，希望你有始有终，不要让我失望！”

这话说的玄妙，吉安老人九十多岁，一院院首，吃过的盐比洛离吃过的饭还多，什么没有见过，洛离的心思目的，他完全洞悉！

洛离回答道：“放心吧，吉安叔，我一定不会让你失望的！”

院首令牌到手，洛离离开，头一次没有去石山工作，而是去了外院的藏经阁。

到了外院，出示令牌，那洛离垂涎许久的符箓秘籍，全部摆在了洛离身前！

《符箓真解》《神符三百问》《先天一气真符经》《洞玄灵宝本命符章》《石鼓问符经》《太清真符》《不言说符录》……这就是符箓秘籍，其中记录着各种制符之法，掌握它们，就相当于掌握力量。

一口气足足十四本秘籍，观看这些秘籍至少需要三千六百七十个灵石，在此洛离一分钱没有花，全部摆在眼前。

只要看完这些符经，炼气期的制符之道，彻底掌握。

洛离长出一口气，拿出自己用毛皮符纸做的一本经书，然后拿起灵犀笔，在澄泥镇砚中化开灵血墨，开始抄录这些符经。

简单的地方，全部记忆下来，困难的地方，洛离一点点的抄录到自己的经书之上，一笔一划，全心集中，不差分毫。

其实洛离真想在此好好的研究这些符经，彻底把他们掌握，炼会，但是不行！

自己答应了吉安老人有始有终，说到就要做到，现在还不是研究符箓的时候，现在只能将他们囫囵吞枣全部记录下来，然后回去继续开采石板，那时在南山石场，自己有的是机会研究这些符箓经书。

就这样，七天之后，洛离将所有的经书全部记忆在心中，同时又大体抄录了一份，然后洛离返回脱舍院，送还令牌，继续去南山开石干活！

第四十三章 一切法空观自在！

清晨，太阳还未升起，洛离早早起床，吃过早饭，然后就踏上征途。

三里路，转眼就到，洛离来到石场，到此空寂无人的石场，洛离第一件事，就是大吼一声，啊！

随着这声大吼，声音传遍整个石场，宣告自己的到来。

然后洛离开始查看采石之初的石质，触摸那石壁，仔细观看，每一道石纹，每一寸的石质，通过眼看，通过手摸，通过真气的渗透，对它们完全的熟悉了解。

这一看就是半天，观看，触摸，了解，然后瞬间出手！

洛离拿出石刀、石凿，扬手就是一击，这一击下去，那石壁如同活了一样，在他手中，开始一点点剥离，一块块石板被他切出来，然后放下，用石磨打磨。

在那观看中，整个石壁都融入他的心中，所有一切的反应变化，他完全明了，出手就有收获，转眼之间，十块石板，已经被他全部的制做出来。

然后就是打磨，抛光，制成一块块普通的石板，摆放一边。

本来这些工作，洛离至少要干上一个白天，但是经过二个月的磨练，制造十块石板，洛离也就只用了一个时辰，就全部完成。

石板制造完毕，洛离坐在石板之上，拿出自己抄录的符箓经书，开始默默观看，信手在石板上，按照经书的介绍，研究符箓，这一研究就又是一个时辰过去，然后洛离继续的制造石板。

一边干活，一边学习，劳逸结合！

在这空旷的石场，虽然就是洛离孤独的一个人，但是，却有一种无比的清净感觉，在此可以听山风，看鸟雀，观云起，望霞落，生活简单，而又有序，天道自然！

虽然这一段时间，洛离体内的真气，没有增加多少息，但是这种生活，洛离十分喜欢，他有一种感觉，这是一种心境上的进化，自己的收获，绝对比在那静室之中，苦苦的修炼真气，要大的多。

傍晚来临，洛离背着今天做好的三十块石板，回归脱舍院，然后将这些石板摆在一旁，吃饭，小小休息片刻，回到精舍之中，开始借助灵石修炼。

第二天一早，结束修炼，休息完毕，洛离来到院中，工作，将自己的本职工作做完，然后开始替换这些石板，替换完毕，拿起自己的灵犀笔，开始在这些石板上画符！

观看完符经之后，洛离使用了自己的神通，消耗善功，得到了指引，知道了在这些石板上该布下什么符。

出乎洛离的意料之外，神通赏善的指引，既不是那驱散怨气的消灾符，也不是那固本凝元的清心咒，更不是那抵御邪气的正气符，而是和怨气八竿子打不到的云霞符。

这云霞符布置起来，会吸收外界水气，化生道道云霞，不知道为什么，神通赏善指引自己在这些石板上，刻画这个符箓。如果说这个符箓的优势，那就是制符比较简单。

为了测试自己的神通，洛离在这石板上开始画上这个云霞符，同时他在其他的石板上，画上其他的消灾符、清净符、正气符，看看到底为什么自己的赏善神通到底为什么让自己使用云霞符。

其实制符也不是一个简单的事情，符就是法，道之载体！

远古时期，人族先贤，并没有得到任何传承，一切都要靠自己摸索。当时的一些大贤观察天地之变化，从中得到一丝天道的轨迹，他们用线条记录这些天道轨迹然后开始模仿。有人成功了，这些模仿天道轨迹的线条就是阵，这就是道。

先贤为了方便记住，也为了方便传授，就把这些固定的变化描绘下来，后来又删掉一些枝节，只留下主干；久而久之，这些简化的东西就变成符，而后又由符演化出文字。

所以符代表法，符由阵演变而来，这意味着法由道生；符又演化成文字，所有的功法都是由文字记录，这又意味着道由法传。

这制符有着自己的一套程序，真的的制符需要在特点的时间，进行绘制，还需要做好各种各样的准备，才可以制符，可以说是一件非常严肃的事情，绝非儿戏。

净身、净手、净口、净笔墨纸砚台，凝神收息忘我，渡真气和意念与笔端，然后一挥而就，中间不可有任何停顿耽搁，作符之后还要入气、行独门奇术之印诀催法，使得符箓上带有作符者的灵气和独门术法的印记，可不是简单的一画了之！

幸好洛离有着灵犀笔和澄泥镇砚，而这个云霞符又是极其简单，在此二者的辅助下，洛离几乎二次就可以成功一次，效果极佳。

几天之后，渐渐的洛离看出问题，那可以驱散怨气的消灾符，照理应该驱散怨气，就像水灭火一样，可是在此汇集无数怨气的大环境下，如同满山大火，却只用一杯水救火，无济于事，根本坚持不了太长时间，就会被怨气反过来渗透，破坏。

那固本凝元的清心咒，抵御邪气的正气符，照理都可以抵抗怨气的渗透，但是同样，一个符箓的力量太弱小了，面对这无尽的怨气，随着时间的过去，它们都会渐渐的被侵袭，渗透，最后破坏。

唯独云霞符这只能聚集水气的普通符箓，却奇异的扛住了怨气的渗透，因为它并不是和怨气相争相抗，而是不争之道，它只是本能的聚集水气，有了水气，怨气被水气阻止在外，所以就无法渗透此符，这石板就丝毫不受影响。

如果时间长了，这云霞符也挡不住怨气的侵袭，这时一个更奇妙的事情发生了，一块二块附上云霞符的石板，铺上之后，毫无用处，可是当石板达到了十块百块之后，它们连在一起，渐渐的发生一个奇妙的反应。

那些云霞符汇集的水气，竟然联通在一起，没有经过洛离任何的控制，它们连在一起组成一个大的云霞符，这是符阵！

这是云霞符的特性，水气本来就是如此，极少成多，汇集成云。渐渐地它们势力大了起来，完全可以抗拒住怨气的侵袭。

至此，凡是洛离铺上石板的地方，再无怨气到此，清净干爽，再无异味。

洛离长出一口气，这就是希望，只要坚持，自己就会成功！

就这样，洛离继续下去，开采石材，制造石板，搬运归来，画上符箓，铺上一块块崭新的石板，铺在脱舍院中。

九月，老沙被内门看中，吸收进入灵蝶宗内门，十二月，高鹏炼气进入第三重，来年三月，洛风因为修炼一年也没有气冲九关，被逐出灵蝶宗外门……在此期间，洛离就是不住的开采石板，制符替换，从烈日炎炎的夏天，到落叶金黄的秋天，到冰雪漫天的冬天，洛离一直如此，坚持，坚持，再坚持！

不惑，不屈，不疑，不弃！

坚持，坚持，坚持到底！

他由最开始一天只能做出十几块石板，到一天可以艰难的做出五十多块石板，到现在一天可以轻易的做出百块石板，实力大涨。

随着洛离无怨无悔，一天天的工作，脱舍院开始有着明显的变化，变得干净了，变得怨气消散，变得臭味渐少。

终于这一天，一直看着洛离无怨无悔的忙碌的永川，动了，他也拿起石刀石凿，和洛离对视一笑，加入到洛离的行列，一起开始凿下石块，塑形打磨，制造石板。

这完全是自发的，被洛离的精神所感动，没有任何豪言，没有任何承诺，完全是一种自我的无私奉献。

随着永川的加入，高鹏、憨子、玄水，一个个的身影，出现在洛离身边，不像上一次，他们是为洛离帮忙，这一次他们是为了自己，为了脱舍院，自愿无声的开采石板。

渐渐的，前往南山的不再是洛离一个人，渐渐的人影开始增多，一个，二个，三个…… 十个，二十个……

大家被洛离的精神所感动，自发的汇集这里，开凿，打磨，辛苦干活……直到一天，吉安老人走出自己的掌院房，加入这个行列！

在他加入之后，所有脱舍院的弟子，全部的加入了，院首都出动了，九十多岁的老人都在干活，那还有人舔脸不去，再不去就是找死！

人多力量大，近百人一天就是千块石板，洛离再也不用自己开采石板了，他的任务就是画符，在一块块的石板之下，画上云霞符，使它们连接在一起，形成符阵，排斥怨气。

就这样，进入来年三月，洛离到此灵蝶宗的整整一年，历时九个月时间，脱舍院所有的石板替换完毕，至此整个院堂再也没有任何的一丝腥臭之气，焕然一新！

其实也没有替换完事，堵不如疏，洛离特意的留下一处位置，那里使用的是引灵符，这样怨气就会被水气的挤压下，汇集在此，然后每隔一段时间替换这里的石板，就可以永无腥臭之味！

在院首吉安老人宣布庆祝成功，院里出经费，请所有脱舍院弟子美美大吃一顿之后，大家全部欢呼起来，成功了，成功了，然后众人将洛离死死的抱住，丢到天空，一次，二次，三次！

众人欢呼，庆祝不已，但是其中最高兴的就是洛离！

在大家欢庆成功的时候，在将他抛到空中的瞬间，洛离有一种奇异的感觉。

第四十四章 功德圆满灵石足！

众人的欢呼雀跃，在他们身上，一种奇异的精神力量渗透而出，这些精神力量，汇集到洛离的身上，于此同时，洛离身上的诸多善功，开始自动分解消散。

这些善功化作奇异元能，引得天地之中，一种伟力，贯穿之下，够过洛离，传遍整个脱舍院，然后好像整个脱舍院中，都是这种天地伟力，在这伟力中，无数以前被屠杀的灵兽幻象出现。

这些幻象就洛离可以看到，它们还都保持在死亡的那一刻，狰狞无比，痛苦无助，哭嗥叫喊，不过在此伟力之中，就好像一种无形的力量，在安慰它们，在超度它们。

不再愤怒，不再痛苦，不再悲伤，不再哀嚎，它们一个个变得平静，带着笑容，腾空而起，渐渐消失，回归自然，然后一个个的幻象消散。

这次是真正的消散，真正的超度，它们融入自然轮回之中，尘归尘，土归土，一切回归自然。

随着它们的消散，一道道无形的力量，注入到洛离的体内，这是善功！

一个，二个，三个……

十个，二十个，三十个……

一百个，二百个，三百个……转眼够了一千，然后还在继续增长，突破二千，最后达到二千零四十六个！这才缓缓停止！

果然和洛离想的一样，整顿脱舍院，超度诸多亡魂，功德无量。

这时发生了一个奇异的事情，一千善功，竟然融合在一起，它们开始蜕变，化作了一个奇异的元能，截然和以前的善功不同，比起善功精纯千倍。

就这样洛离收获了两个这样的元能，还有四十六个善功。这元能到底是什么，洛离也不知道！

不过由善功凝结，应该是好东西，洛离想了想，把它们取名叫做善德！这样合起来就是功德，听起来顺耳多了，当然了，这只是洛离起的名字，只是好听顺耳而已。

这是洛离的第一个大收获，第二个收获，就是身上的符经，这是价值三千六百七十个灵石的符经，经过九个月的苦修，至此洛离完全掌握炼气期的符箓制造之法。

第三个收获，乃是隐形的，九个月的孤独工作，使得洛离整个人变得成熟，变得自信，在他身上有一种强大的阳光味道，这是无形的，看到他你就会相信他，他无所不能。

第四个收获，那就是洛离炼成了云霞符的真符种子。

所谓真符种子，就是一个修士，符法达到了一定的水平后，在长年累月描画、使用符箓的过程中，深谙符意，将某种符箓的真意刻到了骨子里，以至于周身气机已与符箓生出了某种感应，在体内窍穴处留下了符法印记，在无需花费时间画符，念动符发。

掌握真符种子者，凭借着雄浑真气和强悍的神识，运气发力，以手代笔，单手一指，一笔而就，虚空便能作符，若是以血作符，威力更甚，举手投足间都可以展现出符法威能。正所谓“一点灵光即是符，世人枉费墨和朱”便是此意。

一个人足足画了二万个云霞符，就是傻子，也会无比精通，洛离借此彻底的掌握云霞符的精髓，领悟了云霞符的真符种子，再画云霞符，伸手一动，符法自成。

不要小看云霞符，虽然它在符法中微不足道，但是它乃是水系符法的基础符箓之一，举一反三，窥一法而知大道，洛离借此摸到了真符种子的影子，看到了那扇大门。

不过洛离也有损失，那就是九个月的时间，还是炼气期二重，并无进境。这九个月所修炼的真气，全部用以采石，制符，没有多大的进步。

其实这也是洛离刻意的，灵蝶宗不过是洛离的垫脚石，他的目标是楚南神威宗遗迹，那里有着神威宗的秘法传承，那才是他的目的，所以他刻意的压制境界，不想继续提升。

如果境界达到四重，进入内门，那再想离开灵蝶宗，就难了，能没有门派禁制吗？你都炼化了人家的灵蝶，修炼了人家的秘法，想抬屁股就走，不可能！

这一天，脱舍院大庆，灵酒灵肉随便吃，到了第二天，洛离起来，长出一口气，今天再也不用去南山了，算是告一段落。

干什么呢？制符！

净身、净手、净口之后，洛离在自己的储物袋中，从中拿出一张毛皮符纸，展开放在桌上，用镇砚压住，然后拿出一节灵墨，放在镇砚中，倒入特意准备的灵水，缓缓化开。

然后一点点的磨墨，当着灵墨发出一种血气腥味，可以了，他拿出自己的灵犀笔，看着那符纸，久久不动。

这是洛离的特点，先研究观望，成竹在胸，然后在出手干活！

突然，他动了，那灵犀笔在灵墨中一粘，然后快速的在符纸之上，开始制符！一笔下去，如走龙蛇，凝神静气，忘乎自我，天地之间，只剩下眼前的符纸，再无其他，真气顺着身体，注入到灵犀笔中，落在符纸上，和符纸中蕴含的灵气，互相发生反应，赫然一个符箓出现在这符纸之上！

随着最后一笔完成，瞬间，洛离全身一震，精血沸腾，他缓出了一口长气，一次成功！自己完成了这个烈焰符的制作！

感受了一下符中蕴含的灵力以及散发的威力，洛离高兴无比，虽然昨夜积攒的灵气失去了十息，但是这个符箓，三个就可以卖一个灵石。

洛离再接再厉，继续画符，又做了九张下品符箓，可惜其中两张制作当中出现失误，报废了。八成的成符率，炼气二重天，若是让其他修士得知，怕是要惊呼出声，这样的成功率太厉害了。

这就是九个月采石带来的好处，洛离坐下，休息了片刻，拿出灵石，稍微恢复一下真元，然后继续制符。

诸多辛苦，为的就是这一刻，这九个月，洛离足足积攒了一千张毛皮符纸，画吧，这回有的是时间画符了！

风刃符、烈焰符、绿毒符、炎击符、落石符、清净符、静衣符、仙疗符、寒冰符、疾风符、金剑符、轻灵符、正气符……炼气期的下品符箓，洛离足足掌握近三十多种，然后他开始画了起来，每十张休息一会，恢复灵气，然后继续制符！

痛快，真是痛快，每一张符箓完成，洛离终有一种爽快无比的感觉，这符箓就是修仙的力量，轻轻一点灵气，就可以激活，化作可怕的寒冰、烈焰、风刃、巨石，毁灭敌人，这比自己以前依靠刀剑的锋利，要强上数倍！

画好的符箓，他都分门别类的保存起来，放在储物袋中，这都是钱啊。

最开始的时候，虽然经过数万次云霞符的洗礼，但是制起其他符箓，洛离制符的成功率也就是六成，这还是有着镇砚和符笔的帮助。

但是随着洛离的一次次制符，那九个月的苦修，那云霞符的真符种子开始发挥妙用，洛离的制符能力暴涨，六成一，六成五，七成，七成一，七成五，八成！

洛离达到了八成的成功率，之所以不能百分百完美制符，是因为他不过才炼气二重，真气量不足。不过也有时候，洛离也会十张符纸，完全没有失败，全部制造符箓。

最后，花了一个月时间，千张符纸洛离制成八百四十一张符箓，收获的时候到了，他前往天珠宗坊市，过去卖符。

第二次来到这里，这里还是和以前一样的繁华，洛离上缴了一个灵石，在坊市中寻到一个位置，将自己准备的面具戴在脸上，便将包裹打开，十二张相同的符箓为一打，一共二十打，分别摆在包裹上面。

这符箓都是下品符箓，既有攻击符箓，又有辅助符箓！

洛离的符一拿出来就引起了别人的注意，很快便有一个红脸修士前来询问价格。

“都是下品符箓，一个灵石三张，最少三张一卖，购买超过一打符箓，送一张！”

洛离改变了声调，冷声回答道。

虽然他拥有八百多张符箓，但是他一共就拿出二百张符箓贩卖，洛明例子在前，他可不想钱财外露，引起豺狼的注意。

有着购买一打送一张的福利，转眼之间，洛离的二百多张符箓，全部卖掉，洛离微笑收摊离开。

不一会的功夫，变换衣服外貌的洛离，操着其他地域的口音，在另外一边，摆起摊位，继续贩卖！

不到中午，洛离漫步此间坊市中，八百张符箓全部卖掉，变成了二百六十七颗灵石，装在了自己的储物袋中。

有钱了，头一次洛离有了身怀巨款的感觉，真的穷怕了，以前一个月三四个灵石，就是有钱人了，现在二百六十七颗灵石，身家完全不同。

有钱了，自然要消费一下，爽一爽。

以前看着眼馋的美餐，去吃！吃个够！吃饱，不就是几个灵石吗，咱有钱了！

以前想喝的灵酒，去买！喝个够！不就是几个灵石吗，咱有钱了！

以前羡慕无比的法器，去看！看个够！这点灵石，现在赚钱了，还是买不起！只能看看！

不过未来这不算什么，现在一条赚钱的坦途大道已经掌握在自己手中，灵石再也不愁！

洛离吃了一顿大餐，过过嘴瘾，就不在乱花钱，准备继续赚钱，积攒灵石。

第四十五章 好事成双福双至！

“依靠脱舍院的废弃皮毛，制造符纸，一个月也就是二百多张，根本不够我制符的，看来我得另外买点符纸，磨刀不误砍柴工，五十张符纸一个灵石，以我的制符成功率，还是有的赚的。”

“另外，制造下品符箓，不够合算，我应该制造中品符箓，那些中品符箓一张价值一个灵石，同样的符纸和笔墨，同样的真气消耗，差了三倍价格，我应该试一试。”

“不过制造中品符箓，至少需要炼气三重天，看来我得晋级了。可是提升境界后，会不会把我吸收入宗门，那时再想走，就不容易了！”

“对了，我应该购买一个飞行法器，这个钱不能省，不然每次乘坐其他人的法器到此，第一个不安全，第二个还需要给别人钱，十分不爽。”

“我要是买一个飞行法器，可以带几个人飞行的那种法器，这样每次到此都可以带几个师兄弟过来，一个人收五十灵珠，极少成多，几十次下来，法器钱就出来了。”

洛离直奔贩卖飞行法器的商会，想要购买一个飞行法器。

还是和以前一样，洛离并不急于挑选法器，而是各个的店铺游走，观看他们贩卖的飞行法器，多多的打听，仔细的了解，甚至偷偷的摸上一摸。

“这风喙鹰，竟然是活的灵宠，鹰背宽大柔软，坐在上面，几乎感受不到颠簸，堪称绝顶享受，可惜需要七百灵石，才能购买。”

“这一团踩在脚下的是瑞祥云，踏云而行，一定很爽，那一对通体银白的风雷翼，雷光流溢，来去如电，飞行起来一定可以快如闪电。

可惜这都需要筑基境界，才能驾驭，唉，只能看看。”

“这个飞行纸雀符，见风变大，形体比真鹤略大，就可以飞行。不过才五十灵石，可惜只能带一个人！”

“这个木驴，最简单的飞车雏形，倒是不错，可以带四个人飞行，就是贵了点，一百五十灵石，太贵了！”

这样一气逛了下来，洛离对于这些飞行法器都有了了解，最后洛离启动自己的神通！

“苍天在上，后土在下，好事确定，赏善在后！”

顿时一道善功慢慢的分解，化作奇异的力量，引的天地伟力注入到洛离的体内，在洛离脑中出现了一个飞行法器的模样。

这个法器不是风喙鹰那种灵宠飞兽，也不是纸雀符那样的符器，更不是木驴那样的小型飞车，而是一把飞剑法器，灵木剑，而且还特意的出现了一个店铺的招牌，茂源斋！

灵木剑，乃是使用万年灵木炼制的法器，其中蕴含二十四道地煞灵禁，可以御剑而行，也可以御剑战斗，适合炼气三重以上修士使用，价值八十灵石。

不过洛离现在炼气二重，还不能御剑飞行。而且这灵木剑，只能洛离一个驾驭飞行，载客赚点路费的想法，破灭。

洛离一皱眉：“奇怪了，怎么让我购买这个法器呢？

算了，每次神通的指引，都是最正确的，那就买他吧！”

洛离前往茂源斋，去购买青木剑，到了那里，洛离一愣，在商铺中足足摆放了十二把灵木剑，而自己神通指引的那把，正是其中之一。

洛离若有所悟，花了八十个灵石，买下了那把灵木剑！同时又花了二十个灵石，购买了一千张符纸，够画一气符箓的了。

但是他并没有离开，走到前台，去找上次认识的朱明华，他就是在这里摆摊。

朱明华看到洛离就喊道：“洛离老弟，你来了，怎么想起老哥了！”

洛离说道：“哈哈，自然有事，老哥帮我看看！”

说完将自己的灵木剑递了过去，朱明华开始鉴定，他鉴定结束，迟疑的说道：“这剑就是灵木剑，很普通的法器，不过，不过，我有一个奇怪的感觉，好像这剑的材质灵气很足。

传说灵木剑这种法器，一颗万年灵木可以制造十八把灵木剑，但是其中一把为万年灵木树心所造，但是制造者根本看不出来，这万年灵木树心应该算作最差的天地灵材了！

你这个应该是那个万年灵木树心所造的灵木剑，灵木有灵，有时候会出现异变现象，等你炼气三重天，可以驾驭它的时候，你去购买辰雷符水，用此水洗剑，也许会激发灵木灵性，引起变异，那你就发了，这剑就会升值十倍。”

洛离点点头，微笑，看来就是如此，所以自己的神通才会指引自己购买此剑。

洛离伸手递过去一个灵石，这是规矩，朱明华收起，两人又聊了一会，突然洛离储物袋中，一个符纸发出光亮，洛离一愣，拿出来一看，然后笑了，心中想到：“刚花了一百灵石，这就来钱了，真是运气！”

这个符箓就是当初洛离炼制符笔时，尘炼门金丹真人穆英雄留给洛离的符箓，雇佣洛离炼制法器时，放血开光，每次一百灵石。

十个月过去了，符纸一直没有反应，洛离以为穆英雄忘了自己，没想到今天符纸发亮，外捞来了。

朱明华看到这个符纸，也是一愣，说道：“真人召唤？”

洛离说道：“朱兄对不住了，前辈召唤，我得赶紧过去了！”

朱明华说道：“那当然了，这是真人召唤，快去，快去！”

洛离立刻大步离开，在他走后，朱明华低声思量：“有金丹真人的关系，这小子看来不简单，必须好好结交啊！”

洛离前往尘中楼，暗中思量：“这个我必须去，不去就是此地无银三百两，会引起对方的注意，如果我的神通暴露，那就必死无疑。

反正我就是滴血开光，别的不管，相信失败几次之后，他把灵犀笔当成偶然事件，也就算是完事，不会找我了。”

“最关键的是一百灵石，可不是小数，必须去！”

很快洛离来到那家店铺，穆英雄还是老样子，远处的火炉中，店铺的一个憨傻伙计正在炼制着什么。

穆英雄看到洛离喊道：

“小子，过来，过来，你来的好快啊，我都差点忘了你了，才我徒弟炼制法器时和我聊天，我才想起你，赶快过来准备滴血开光！”

洛离说道：“是，前辈召唤，我怎么敢不来，前辈，我可是使用门派传送门到此的，一次传送需要十个灵石，来回就是二十个，前辈你看……”

穆英雄说道：“好，好，我给你报销，多大的事啊！”

洛离说道：“谢谢前辈，谢谢前辈！”

穆英雄看着洛离，一皱眉说道：“你小子，好像和以前有点不同了！最近是不是通过了什么门派历练？”

洛离摇摇头，说道：“弟子是有点机遇，不过还是外门弟子，没有什么门派历练。”

穆英雄冷哼一声，说道：“你啊，不适合灵蝶宗。

灵蝶宗，太小家子气，什么灵、巧、轻、闪、快，像蝴蝶一样飞来飞去，一心就想避开敌人，被动防御，终是外道，修仙界就要比狠的，躲的再厉害，迟早有躲不过去那一天。

以前你们灵蝶宗，剑蝶魂蝶两脉还在的时候，那剑蝶掌控时间之剑，魂蝶掌控噬魂之灭，倒是有着一击绝命的实力，现在幻蝶当家，只剩下躲避了，嘿嘿，老太太过年，一年不如一年！”

这是金丹真人的指点，价值无量，不过洛离还是激扬的说道：“多谢前辈指点，但是弟子生是灵蝶宗弟子，死是灵蝶宗鬼魂，请前辈不要侮辱在下师门！”

做一天和尚撞一天钟，那怕以后离开，这灵蝶宗的恩情不能忘记，还是要维护的！这个穆英雄这种倔老头，洛离见识多了，别看他们这么说，如果你不维护灵蝶宗，顺着他说话，他就会认为你是小人，不会看得起你呢！

穆英雄摇摇头说道：“我说的只是实话，不过你们灵蝶宗，只要有化蝶一脉存在，庄周梦蝶啊，就不会崩溃的。

唉，我们尘炼门就不同了，尘炼八脉，没有一脉可以起到中流砥柱作用，庇护宗门不灭。

自从罗睺浩劫以来，仙路断绝，祖师无讯，万年无变局，整个修仙界江河日下，现在金丹真人，就是可以挑梁称雄，这样下去，万年以后，也许再也没有什么尘炼门，灵蝶宗！”

穆英雄说完这话，意气消沉，他说的罗睺浩劫，洛离在藏经阁看过介绍书籍，乃是一万二千年前，修仙界的一场大劫，有门派召唤出魔界魔皇罗睺投影，降临人间，为祸天下。

那时无数门派行动起来，诸多上门联合起来，一场血战，虽然罗睺投影被灭，但是修仙界受到重创，至此之后，万年时间，再无一人可以飞升。

以前飞升的诸多仙人，再无祖师赐法赐宝之事，甚至有些上门灭亡之时，最后的手段请祖师下界庇护，也全部失灵，没有飞升祖师下界庇护。

而且修仙界的灵气越来越少，修炼越来越难，一万二千年前，元婴真君遍地走，化神真尊多如狗，现在化神真尊几乎不见，金丹真人就可以做一门之主，整个修仙界的水平，在持续下降。

不过这话题太大了，和洛离不搭界，洛离就是哼哈答应。

就在这时，那个炼器的店小二，喊道：“师父，出器了！”

说完，一道红光，在炉中飞出，穆英雄一抓，定在身前，是一把飞剑。

洛离立刻刺破中指，滴血炼化，他可不会使用善功，鲜血递上，自然也不会炼出什么灵器。

不过穆英雄也没有在意，只是抱着万一可能的想法，成也罢，不成也罢，都不算什么。事情完毕之后，他给了洛离一百二十个灵石，打发他离开。

洛离微笑，花了一百个灵石，赚了一百二十个，出来一趟，最后剩下二百八十三个灵石，还有灵木剑一把，今天真是自己的好日子。

第四十六章 颇闻琳琅入内门！

回归脱舍院，洛离干劲十足，一边修炼，一边炼制符箓。

在这脱舍院中，经上次的事件，他隐约为三大执事之下第一人，无数同门师兄弟，对他无比的恭敬，小日子过得十分爽快。

但是这一天，突然有人传信，有人来见他，正是一年前引领他进入灵蝶宗的苏仙子！

苏仙子还是那么的端庄美丽，自然清纯，她看到洛离，微笑道："洛离，你所做的一切，都在我们的注视之下，你通过了灵蝶宗外门的考验，从今天起，你就是灵蝶宗内门弟子，明天到灵蝶宗空远峰报道！"

洛离长出一口气，说道："多谢仙子，明天我一定过去报道！"

苏仙子点点头，轻轻飞起，转眼消失远方。

听到这个消息，洛离的好友们立刻过来庆祝，苦尽甘来，终于洛离也要进入内门，大家决定晚上举行送行宴，为洛离送行。

不过这个好事，并不是洛离想要的！洛离并不想走，只想在外院安安静静的赚灵石，然后离开这里，现在看来，梦想破灭！不过事已至此，自己灵石还没有攒够，只能离开脱舍院，到空运峰报道。

现在倒是可以离开灵蝶宗，可是走出山门之后，就是一个散修了，再无宗门庇护，也无修仙之路，外面豺狼遍地，非常危险。

而且就是进入内门，也不一定是坏事，内门的财法侣地都比外门强上十倍。以后的事情，走一步，看一步吧，也许这是好事。

晚宴之上，高鹏等人羡慕不已，个个恭喜洛离，但是永川却没有恭喜，在众人喝多了没有注意的时候，永川悄悄的说道："洛离，小心啊！"

洛离一愣，说道："永川师兄，小心什么啊？"

永川悄悄的说道：

“别人都以为我是后台倒下，被发配到这里的，其实不是，我特意申请的，在这里苦熬，终比死了好。当时空远峰出事以后，你家老祖宗，要我还有两个人，去空远峰做执事。

我家前辈指点不要去，我故意被发配这里，所以没有去！结果被你家老祖宗调去的那两个人，全失踪了，死的不明不白。

传说，你家老祖宗已经疯了，他修炼千年，灵寿马上就要到了，人之将死，有的人会极度疯狂，不甘心自己失去一切，恨不得拉着所有人去死，所以他制造了四年前的浩劫，灵巧一脉十三筑基，数十弟子，一个不剩，全部死绝。

然后他行使金丹权限，逼的门中十大天才中最有前途的苏仙子，嫁给他为妾，完全是倒行逆施。

自古以来多少门派，因为这种门中强者灵寿到了，又不甘心去死，疯狂出手，引发浩劫，最后导致门派消亡。

门中现在就怕他最后一刻也是如此，翰海真人、明香真人、盛威真人，全部守在空远峰下，就连一年前静鱼宫发现海外洞府，咱们门派都没有派人参加探索，真到了那一刻，他们就会不得不出手，阻止他的最后疯狂。

所以，那空远峰，你去了要千万小心，太危险了！”

洛离长大了嘴巴，不知道说什么好，其实这个事情，一年前他就想到了，没想到还是没有避开。

不去？如何能不去！不去就是违抗宗门令法，会被宗门门规处罚，不去自己又能去那里？

想在灵蝶宗混下去，自己就得去！再说了，自己不过是小小的炼气期弟子，二重天，还是希夷老祖的后辈子孙，应该没有问题，也许希夷老祖死了，自己还会得到一些遗产。

不过通过永川所说，看来当初自己遇到的火鸦真人、惜花公子，还有那个神秘女子，都是为了静鱼宫发现的海外洞府而来。

就这样一夜欢庆，第二天在二执事司徒雅的带路下，在众人的欢送声中，洛离离开脱舍院，前往灵蝶宗内门。

顺着山路，骑着草泥马，缓缓向前，离开外门范围，进入紫阳山灵蝶宗的真正山门，这里以前外门弟子，不许进入，只能远远观望。

一路向前，越走越是轻松，远远看去，高山巍峨，山峰挺拔，山势陡峭，这才是真正的灵蝶宗。

极目远望，整个紫阳山共有七座山峰，依次排开，遍布百里之地，无尽苍松翠柏遍布山间，如梦如幻，近看则碧草铺地，绿树成荫，更之袅袅白云于脚下飘来荡去，就宛如人间仙境一般。

司徒雅指点说道："洛离，这紫阳山有一山六山峰之说，其中主山为咱们灵蝶宗总山门所在，咱们灵蝶宗的祖师堂、演武堂、藏经阁、战堂等等十六堂阁都在这山上，现在被幻巧一脉掌控。

门中太上长老元婴真君魏黎祖师，坐镇那里。有元婴真君坐镇，此山不破，咱们灵蝶宗就可以永远传承。

除了主山，其他六峰，分别是我们灵蝶宗的其他六脉，你要去的空远峰，就是灵巧一脉掌控的地盘。"

洛离突然想起穆英雄对他所说之话，他问道："司徒师兄，我听说咱们灵蝶宗，剑巧魂巧两脉以前很是厉害，现在都好像衰落了，是不是有这事？"

司徒雅点点头，看着四周没有人悄悄说道："是的，本来这个是不许和你们这些弟子说的。

既然你问了，我就告诉你，最开始我们灵蝶宗，掌控宗门的是剑巧一脉，现在灵蝶宗的福地和威风，都是他们打下来的。

罗睺浩劫之后，天地变异，渐渐的时纹裂剑蝶、空蝉圣魂蝶，这两种灵蝶，咱们灵蝶宗不在出产，没有了这两种彩蝶，咱们灵蝶宗空有秘法，无法人蝶合一，修炼根本是无根之木，最后导致这两宗最厉害的秘法都一一失传，所以渐渐的剑巧、魂巧一脉衰落了。

剩下五脉之所以幻巧一脉可以掌控灵蝶宗，就是因为环境改变后，五蕴万彩蝶变异出好几种异种灵蝶，导致这一脉因此弟子众多，不会出现断绝，所以掌控宗门。”

洛离点头，原来如此，在他们的聊天中，走进了宗门之中。这宗门比起外门，气势威严，无尽的亭台楼榭，遍布山间。

其中最典型的一个建筑，就是宗门正前方，一处牌坊，高逾三十丈，竟是间十柱的形制，其上飞檐层叠，通体碧透，如海浪凝波，上盘神兽灵禽法相，又有巍峨力士雕像，分立门上，气象森然。在牌坊上，还有一行短偈：生有何欢，死亦何苦！

这就是灵蝶宗的山门，此乃护山法阵中枢，此阵启动，方圆百里，全部都在法阵庇护之下，那怕万千神雷狂轰，也无法破开护山大阵的一丝一毫。

牌坊后面，有七处紫色玉台，都是五丈见方，如塔傲立，成玉鼎形态，整个玉台之上有烟云缭绕，玉壁刻有万类万物的形相，天地山川、风云雷雨，至日月星辰、怪物恶鬼，小而昆虫鳞介，无不毕具，中间还夹有许多朱书符篆。

在这玉台中心凹处有团赤芒，形如日轮，自旋不休，霞光四射，令人不可方目。这是紫罡轰天雷，以整个灵蝶岛灵气为动力，此玉台可以发射紫罡轰雷，整个灵蝶岛都在其射程之内，乃是灵蝶宗攻击禁制。

这样的攻击禁制，可不止一个，在它们后方虚空，云烟层层，仙桥飞架，不知多少如此机关，隐藏其中，既有攻击禁制，又有守护法阵，它们有守有攻，将整个灵蝶宗，庇护其下。

宗门之中，远远的有两个人在等待洛离，一个是老沙，一个是七哥，他们得到消息，今天洛离入门，在宗门内等待，为洛离接风。

洛离看到他们，使劲的挥手，司徒雅说道：“你先别急，还有几个仪式要走，最后拜过祖师堂，登名造册之后，正式进入内门，你再和他们叙旧。”

洛离点点头，进入内门必须要走几个仪式，最后在祖师堂祭拜祖师，然后留名法册之上，才算是正式的内门弟子。

前方有执事在等待洛离，完成这些仪式，就在这时，不远处苏仙子悄然走过，在她身后还有一男一女，赫然其中那个女子正是洛欣，一步步的紧随在苏仙子的身后。

她看到洛离，皱眉说道：

“你怎么才来呢？前边两个人，足足一个时辰才算完事，难道还要等你一个时辰！

算了吧，那些仪式，过一段时间再补吧，你赶紧跟我们走！”

苏仙子为了等待洛欣和那个少年完成入内门仪式，足足等了一个时辰，再也不耐烦，不想在等洛离，打断洛离进入内门的仪式，带着洛离直接离开。

那执事听到苏仙子发话，嘴里不住的说道：“这个，这个，不合规矩啊，不合……”

苏仙子一瞪眼，说道：“不合规矩？哼哼，咱们灵蝶宗，还有什么规矩可言？”

说完，她一伸手发出飞车，说道： “我们走！”

洛离只能进入，远远的和等待他的老沙七哥摆摆手，没有办法了，以后再聚。

四人进入飞车，苏仙子控制飞车飞起，向着远方的一个山峰飞去。

第四十七章 不听话就是欠打！

四人进入飞车，苏仙子控制飞车飞起，向着远方的一个山峰飞去。

那山峰，上接天光，下临虚空，空灵而乘紫气，高风峻骨，鼎足而立，撑起青天。委实秀丽。高峰下临深谷；幽潭傍依天柱。一看就知道，是修炼的好地方青山削翠，碧岫堆云，朝看云封山顶，暮观日挂林梢。流水潺漫，涧内声声鸣玉珮；飞泉瀑布，洞中隐隐奏瑶琴。若非道侣修行，定有仙翁炼药。龙走蛇舞，山光映水山峰错落层叠，林木繁密，互相争奇斗胜，活像是一幅雄浑壮丽的水墨画。

这就是空远峰，取之宁静致远之意！

看着远处的空远峰，在飞车之中，洛离和洛欣聊了起来。

入门一年，洛欣两重灵根的优势显现，现在已经进入炼气三重天，而且马上就要突破，进入炼气第四重，修为境界比起洛离强上不少。

另外一个少年，叫做贺厉，也是炼气三重天，为人很是乖巧，看到洛离，一口一个师兄的叫着。

九个月的开山取石，使的洛离身上有种稳重成熟之气，不知不觉中，少年就认为洛离比自已大。

飞舟很快靠近空远峰，看着那山峰之上，一处处的灵田，不少修士在那里辛苦劳作，种植灵谷，收获灵果，很是热闹，一片繁忙景象。

洛离很是奇怪，都说空远峰四年前浩劫之后，人才凋谢，可是这看过去很是兴旺啊？

不只是洛离，其他两人也是如此怀疑，驾驭飞车的苏仙子冷哼一声，说道：“是不是觉着很奇怪，这里很是兴旺？很传说的不同？”

洛离说道：“是啊，是啊！”

苏仙子说道：“那当然，能不兴旺吗？不过这和我们空远峰毫无关系。

四年前，老东西出事回来后，第一件事就是都出借贷灵石，空远峰三百六十七亩灵田，十七处药园，十二处矿产，二十一处产业，四大坊市的股份，所有的所有，三万年来空远峰积攒的家业都被他卖个干净！”

这话一说，洛离就是一愣，苏仙子对希夷老祖心中恨意十足，直接以老东西称呼！

洛离说道：“不能吧，这可是灵蝶宗的产业啊，谁敢买啊？”

苏仙子说道：“外人自然不敢买，但是有时候自己人比外人更狠！”

这时飞舟缓缓落下，进入一片宫殿之中，有花园假山，有小桥流水，有亭台楼榭，有碧波清湖，有挺拔山丘。

其中院落重重，花园石山，小桥流水，甚至还有一处湖泊，简直就是一处小世界。

可惜看过去，到处都是一处破败景象，花园凋零，小河阻塞，蛛网重重，到处都是破烂不堪的景色。

苏仙子继续说道：“好了，这就是咱们空远灵巧一脉，唯一剩下的东西了，灵巧一脉的驻地！

不过天高峰，九转峰，可是等的眼睛发蓝，只要等到老东西一死，这里就是他们的地盘了！”

洛离发现，像苏仙子这些内门中人，谈论灵蝶七脉的时候，都用山峰代称，灵巧一脉被称之为空远峰，风巧一脉被称之为天高峰，心巧一脉被称之为九转峰，主系幻巧一脉，被称之为紫阳山。

其他剑巧、魂巧，都已经衰落，名存实亡，而化巧一脉十分低调，大家都称之为落周峰。

苏仙子带着众人，走入这片建筑群中，这时洛离发现，这空远峰真的很冷清，不要是修士弟子，就是仆役都看不到几个。

苏仙子说道：“就是这样了，墙倒众人推，咱们这里传说无数，门中仆役，谁也不敢不愿意过来干活，冷冷清清，不过这样更好，清净。”

然后苏仙子一指远方湖边一排高大的洞府宫殿，说道：“你们几个便宜了，去吧，一人选一个洞府，先住下，那可本来是只有筑基真修才能拥有的洞府，现在你们可以一人一个。

对了，明天早上，都早点起来，老东西要收你们做记名弟子，有事吩咐。”

说完，她看都不看洛离等几个人，转身消失，将洛离几个人留在这空旷的宫殿中。

一阵狂风吹来，那宫殿的窗户一下子被吹开，发出呼呼之音，看过去无比的凄凉冷清。

洛离长叹一声，这就是当年的空远峰，看着大殿之内，一排排翻倒的石桌石椅，残缺不全的壁画，破败无比，蛛网满墙，但是洛离却可以想象当年这里是多么的辉煌。

十三筑基真修，上百内门弟子，济济一堂，欢歌笑语，转眼一场浩劫，一切成空，只剩下三脚猫几人，空空荡荡，如同死域。

洛欣忍不住抓住洛离的胳膊，看着四周，她有些害怕。

洛离去拉开洛欣，然后开始到处的寻找东西，洛欣说道：“洛离哥，你再找什么？”

洛离说道：“打扫工具啊！”

洛欣一愣说道：“什么打扫工具？”

洛离说道：“扫把，铁锹，锤子，这窗户坏了，给它钉上，都给他收拾好。”

洛欣迟疑的说道：“你要打扫这里？”

洛离说道：“为什么不呢！”

然后他一指这大殿，说道：“洛欣，你细细倾听，你仔细看，这里有多少我们洛家的祖先，在此喝酒，在此修炼，在此欢唱，在此死亡！

不管这里什么模样，这里有我们祖先的留下的痕迹，这是我们的根，不管以前如何，既然我们到了这里，就不能让它在这么的破败下去。”

洛离这番话说完，洛欣眼中充满了光亮，她被洛离这番话感动，她点头说道：“我也来！”

洛离微笑，他坚信这番话希夷老祖、苏仙子，一定也听到了，本来就是说给他们听的！

贺厉也喊道：“我也来，我也来！”

他们很快找到了打扫的工具，然后开始工作，扫去落叶残灰，清除蜘蛛网，收拾废弃草木，为树木剪枝，为阻塞的小河疏通，破碎的窗户全部的修好，在洛离三人的工作下，忙和了二个时辰，这里焕然一新，再也不是来的时候的破落样子。

干到晚上，一切结束，洛离拿出在脱舍院带来的食材，找到一个大锅，开始做饭，不久那浓郁的肉香味就传了出去。

肉香滚滚，三人都饿了，但是洛离并没有开动吃饭，他在等人，等待苏仙子或者希夷老祖的出现。

但是他们都没有来，反倒是来了一个少年，这少年三角眼鹰钩鼻，看过去阴冷无比，他到此也不客气，也不说话，拿起碗筷就要吃肉。

洛离一伸手，说道：“且慢，这位兄弟，你是何人？介绍一下，再吃不迟。”

洛离打扫卫生，还有一个目的，那就是快速的了解这空远峰，通过打扫，他知道了这空远峰驻地后殿，有气盾保护，自己根本进不去，那里应该是希夷老祖所在之所。

苏仙子却没有和希夷老祖住在一起，她占据了第一个筑基洞府。除了苏仙子占据的洞府，还有四个洞府，有人居住，这个少年看来必是那四个洞府中的住客。

少年看到洛离阻止，不由的骂道：“你这个新来的仆役，找死吗？大爷吃你点饭，你还让我介绍，我看你是不想活了！”

说完，上来就要给洛离一个嘴巴子，动手就打。身手还挺敏捷，看来练过。

洛离微笑，自己没有经历入门程序，穿着外门法袍，所以这个少年把自己当成了仆役，想要教训自己，这种人不能惯毛病，该打就得打！

洛离用手一架，挡住他的巴掌，那少年一愣，说道："你还敢抵抗，好，让大爷我……"

"啪嚓！"

洛离扬手就是一个嘴巴子，打的这个少年转了一个圈，洛离微笑道："你是谁的大爷，嘴巴干净点！"

少年被打懵了，死死的看着洛离，一伸手在怀中开始取出符箓，足足拿出五张符箓，他要施法，驱动符箓，攻击洛离。

洛离一笑，他也取出符箓，他一伸手，足足拿出来五打，六十张符箓，顿时少年眼前一亮！

看到这一大堆符箓，再看看自己的，少年手开始颤抖，这要是动手，人家六十张，自己就五张，死定了！

他伸手将符箓收起来，还嘴硬的说道："门中不许私斗，小子，你等着，你等着，我去找师兄，你死定了！"

说完，他就要走，洛离喝道："站住，当完大爷？就这么想走？道歉！向着我们三个道歉，然后再走，不然……"

那符箓如同孔雀开庭一样，在少年面前展开，烈焰、寒冰、落石、风刃、金剑，看的少年脸色骤变，他咬咬牙，道歉说道："对不起了。"

洛离说道："声音小了，大点声！"

少年狠狠大喊道："对不起，对不起，你是我大爷，你等着！"

然后掉头就走，洛离哈哈一笑，说道："大爷在这等你，来，我们吃饭！"

第四十八章 找师兄一样挨打！

三人开始吃饭，洛欣很是担心，说道：“洛离哥，他去找师兄，他们人多势众，会不会过来报复你？”

洛离笑道：“来一个，打一个，来两个，打一双！你不要管，吃饭，吃饭！”

其实洛离隐约中，发现了一个事情，洛欣和这个贺厉，都是炼气三重天，被苏仙子选中，按照门中规矩，炼气四重才可以进入内门。

这可以解释为空远峰缺少人才，提前提拔，是个巧合，可是方寸那个少年，也是炼气三重天，这就不对头了。

他在这环境中，在筑基真修才能所在的洞府中，修炼有段时日了，可是还是三重，这就有问题了。应该是苏仙子吩咐的，让他刻意压住修为，不许突破到第四重。

因为到了第四重，就是进入炼气期中期，就可以炼化灵蝶，修炼法术了，但是这违背了苏仙子选拔众人的目的，所以大家都是炼气三重天。

就在洛离思考的时候，远处那少年带着另外一人到此，看到那人，洛离笑了，果然那人也是炼气三重天，自己的判断完全正确。

那个三角眼少年来到洛离身前，一指洛离，说道：“大师兄，就是他欺负我！”

那个大师兄缓缓走出，看着洛离说道：“就是你欺负我师弟？”

此人身材魁梧，样貌凶猛，面色漆黑，在他身上有一种说不出的味道，洛离看到他就是一愣，好像在那里看过这个人。

洛离缓缓站起，说道：“我好像在那里看过你？”

那人哈哈一笑，说道：“小子，不要想拉关系，没有用，你欺负我师弟，跪下认错，我就饶了你！”

三角眼少年喊道：“师兄小心，这小子符篆很多！”

大师兄笑道：“符箓，符箓对我有什么用？”

在他说话的时候，使劲握紧双拳，随着他的动作，他的脸庞，隐约出现片片黑鳞，那鳞片散发出一种奇异的气势，这就是他的依仗，可以抗拒洛离的符箓。

看到他这个模样，洛离豁然想起来了，龙首山，白旗镇，黑龙宗筑基真修龙文定！

就是他，就是这个气势，这是龙威，两个身上的感觉味道，完全一样！

龙文定以及死了，洛离一直以为，自己忘记了那天，但是这一刻，他看到和龙文定气息很像的大师兄，一下子，内心燃了，怒火中烧。

洛离举起饭锅，一下子将这个饭锅扣在了那个大师兄的脑袋上，然后出拳，狠狠一拳打在他的心口窝。

那大师兄被饭锅扣在脑袋上，发出一声惨叫，然后心口中了一拳，一下子如同虾米一样的卷曲身体，然后洛离就是一撞，将他撞倒，扑过去，拳头像雨点一样的打过去。

拳拳到肉，啪啪啪，打的那个大师兄啊啊啊的惨叫，嗷嗷的求饶：“大哥，别打了，别打了，我服了，我服了……”

但是洛离像疯了一样，狂暴，就是打！

一旁的洛欣还有贺厉都傻了，不知道谁喊了一句：“别打了，再打，就死人了！”

他们两个死命的拉住洛离，但是两个人都拉不住疯狂的洛离，最后强把洛离拉开，这时那个大师兄已经只有进气，没有出气了。

洛离这时才清醒过来，自己真是疯了，万一打死人，就坏菜了，说到底他也是空远峰弟子。

不过没想到那大师兄，身体很好，方才一副要死要活的模样，不一会的功夫，缓过来了，而且脸上身上一点伤痕都没有。

如此强大的自愈能力！洛离不由的一皱眉，第一个念头浮上心头！长生毒？

可是他仔细观看，这恢复不是以消耗寿命为代价，不是长生毒，这小子就是身体如此强横，如同黑龙一样，就是如此！

恢复过来，这个大师兄，面对洛离，被教训一顿，老老实实了，在洛离面前承认错误："我错了，我错了！"他反倒是不住的道歉。

洛离摇摇头，又支起大锅，重做了一锅美食，喊道："知道错就好，过来吧，给我去找点柴火！"

洛离开始指使他们两个干活，不一会美食做好，洛离说道："好了，你们也别白忙和，也来尝尝！"

这两人方才被洛离指挥的团团转，一个个都打服了，都老实了，以后相处时间还长，冤家宜解不宜结，所以喊过来一起吃饭。

那个大师兄性格直爽，没有什么坏心眼子，虽然被洛离爆锤了一顿，但是毫不在意，吃的比谁都多，他叫做金陵。

那个三角眼少年叫做王倪天，这小子很阴，虽然面上也和洛离笑呵呵，过去的事情都算了，但是眼中全是恶毒表情，他把这仇恨，记在了心中。

洛离冷笑，和自已玩这套，你还真嫩，小子有你受的了！

众人吃饭完毕，各自散去，各自找了一个筑基洞府休息。这洞府墙壁光洁如晶玉，光明如昼。大约有几处房间。

一进洞府，是一处回廊，在向前走就是前室。待人迎客之处，其中茶几杯具应全，地上铺着豪华地毯，一处雍容景色。

前厅右侧有一房间，此乃炼器炼丹之所，不过里面并没有炉鼎，好像原来有，但是不知道为什么被搬走了。前厅左侧有数间房间，是仆役居住之所和放置杂物之地。

前室有十丈，向前行走，便到了这前室的尽头，来到了后室。这是一修炼室，放眼看去无比的光明，中间宽广约十丈，墙壁全是石质构成，室内无一处杂物，硕大的空间只有一蒲团，一口清泉，全洞形如覆碗，洞顶也是圆的。通体石壁石地皆是灰白色，光洁莹泽，全没一丝斑痕，和美玉相似。

最后面的卧室，虽然不大，但是里外干净无比，一床，一椅，一台，一榻。室内家具不多，但是件件都是精品，都是紫木打造，可以从细微之处看出精巧心思。

洛离在修炼室内开始打坐，这里果然是筑基真修的洞府，在此修炼太爽了！那石壁好像不住的外放灵气，这里灵气充足到爆！

在脱舍院三等精舍修炼，一百吐纳一息真元，在这洞府修炼，竟然是两个吐纳一息真元！是那脱舍院灵气含量的五十倍，在此修炼根本不用吸收灵石真气，这里比灵石提供的真气还有充足。

一呼一吸，两个吐纳下来，丹田中，洛离就多了一息真元，这里真是太爽了。

过去九个月，洛离如果不是刻意压制自己，上山开石，制符炼气，消耗大量真气，早就应该进入炼气三重天，即使这样，洛离气海中也补充了一半真气。

现在怎么自己也进入内门了，那就不要再压制了，大家全部炼气三重，自己不能落在人后！

想到这里，洛离拿出炼气丹，一口气吞噬二颗，然后又拿出一颗灵石，握在手中，猛吸一口这里的灵气，他开始冲关修炼！

炼气丹消融，化作无尽的真气，灌注全身，然后一丝丝的被洛离炼化，融入到丹田之中，与此同时，随着每二个吐纳，一丝灵气诞生，洛离气海之中开始疯狂增加灵气！

六成，七成，八成，九成，十成，大圆满，冲关！

灵气汇集，瞬间所有真气崩溃，它们快速的融合一点，然后爆发，冲破那层阻碍，破关而过，气贯全身。

这真气贯穿全身，洛离产生了一种语言难以描述的美妙感觉，全身上下在这真气的冲击下，开始改变！

经脉变强，血肉变强，灵觉变强，神识扩展，由原来的四尺扩展到了五尺，一切的一切，全部强化，就是如此顺利，一气呵成，冲关成功！

洛离缓缓睁开眼睛，世界变得无比的清楚，三重天，增加进入了炼气三重天！

看着自己的双手，用力一挫，全是污秽，身上一股腥臭之味，很是难闻，这都是洛离体内的杂质，提升境界后，被排除体外，洛离急忙去洗，好半天才全部洗净。

换上法袍，洛离想起苏仙子的交代，他急忙的离开洞府，前往大殿。

到了大殿，洛离立刻发现，苏仙子等人早就在那里等候。

除了洛欣、贺厉、金陵、王倪天，还有另外一男一女，所有人都是炼气三重天。

看到洛离到此，王倪天立刻喊道："洛离，你最后一个到的，仙子大人都等了你快一刻钟了！"

他在给洛离上眼药，这么一说，苏仙子完全下不来台，必须惩罚洛离。

果然苏仙子看到洛离到此，皱眉说道："你很厉害啊，让我们这么多人等你？你真以为自己是天之骄子吗？"

洛离急忙道歉说道：

"对不起，对不起！我错了！愿意受罚！"

洛离也不解释什么，说完后，慢慢的运转真气，将自己的实力暴露。

苏仙子一愣，说道："昨天你好象是二重天？原来冲关进入炼气第三重？原来如此，倒是情有可缘！记得下次不许迟到，不然你会后悔的！

好了，都到齐了，我们一起走吧，去拜见希夷祖师！"

说完，苏仙子带着众人，向着那真气庇护的后殿走去，洛离向着王倪天微笑，小子，给我来阴的，我会让你后悔的！

第四十九章 善德发威透生死！

一行八人，向前走去，来到那后殿大门，苏仙子在门前默默站立，那气盾瞬间自动消失，众人可以进入后殿。

大家缓步进入，这后殿可不是前边的破败景色，大殿内部的布局广阔壮丽，汉白玉石为阶，描金绘彩为廊柱，处处高大宽阔，气势宏大。

紫铜熏炉里燃着珍贵的龙涎香，如袅袅青烟般细细散开，弥着屋内异香扑鼻，光洁的大理石铺地直欲照出人影来，在大殿之中，一个老者坐在宝座之上，虽然他已经满头白发，但是肌肤如同白玉，面容俊逸，身上散发着一股九天十地，唯我独尊般的帝王气息。

他的双目，无比的深邃，让人难以捉摸。这就是灵蝶宗空远峰峰主，洛家的老祖宗，金丹真人希夷祖师！

苏仙子缓步走到他的身后，这几步走过去，洛离顿时有了一个奇异感觉，苏仙子和以前完全不同，以前她是玉女冰清，不苟言笑，这几步她是一步三摇，婀娜多姿，娇艳到了极限。

她来到希夷祖师的身后，伸出素手，为希夷祖师按摩肩头，一边轻轻按摩，一边说道："老东西，这几个小子都给你带来了，资质都很不错，都是两三行灵根的好苗子！"

她直接称呼希夷祖师为老东西，但是同样三个字，味道完全不同，在外面对洛离他们说，那是冰冷到极点，蕴含无尽的仇恨，在这里当着希夷老祖说，那是柔情万种，带着无尽的暧昧。

希夷祖师很享受苏仙子的按摩，他微笑的闭上眼睛，苏仙子足足按摩了一刻钟，他才睁开眼睛，看向洛离等人！

这一眼望去，就好像一个洪荒巨兽，睁开眼睛，看着眼前的几只羔羊，好像再选择要拿那个开荤吃掉！

一眼看过来，洛离就有一种全身毛骨悚然的感觉，手臂之上，所有毫毛倒立，无数的鸡皮疙瘩出现，这就是金丹之威，一眼看过去，就可以决定洛离他们的生死！

希夷祖师看来一眼，最后目光落到了洛欣的身上，许久才说道："洛明羽是你什么人？"

洛明羽，洛家五祖，筑基真修，四年前死亡，洛欣的太爷爷。

洛欣立刻回答道："我的太爷爷！"

希夷祖师长叹一声，说道："可惜了，明羽那孩子，本来他有希望进入金丹境界的，可惜了，可惜！"

然后突然他坐直，面目肃穆起来，这一个微小动作，洛离等人忍不住全部随着他庄严站立，一动不动，倾听他的话语。

希夷祖师开口说道："你们一定听过很多关于空远峰的传说，说什么的都有吧？说是我不想传位给其他人，所以害死了所有弟子，说我阳寿将近，已经失心疯；说这这空远峰，来一个死一个，没有人会有好下场？"

他的话语低沉，带着一种磁性，但是没有一点癫狂发疯的迹象，众人傻傻的看着他。

希夷祖师继续说道："这些传说，却没有一个说空远峰那些弟子都是怎么死的？你们有谁知道他们是怎么死的？"

果然，洛离回想，传说很多，但是真的没有一个传说能说明白那些人是怎么死的！

希夷祖师长叹一声，说道："我告诉你们，他们是怎么死的！我们不是为我而死，而是为我们灵蝶宗而死！他们都是我们灵蝶宗的英雄！

可惜，他们的功绩，我们只能隐瞒，这是对他们的不公平，这是我们灵蝶宗，是我对不起他们！"

说到这里，希夷祖师很是悲伤，他摇摇头，长出一口气继续说道："四年前，黑龙宗的地牛翻身，黑龙断翼事件，你们有知道的吗？"

这话一说，王倪天大着胆子说道："弟子知道，这是当年和我们空远一脉陨落同样的大事，黑龙宗遭遇地牛翻身，一处山峰崩溃，足足死了七个筑基真修，还有一个金丹真人重创，内门弟子死了也过百！"

希夷祖师点点头，说道：“那是我们做的！”

众人一愣，怎么回事？

希夷祖师继续说道：“是我带着空远一脉，夜袭黑龙宗，震碎龙翼岭，那些人都是我们杀的！在那一战，除了我之外，所有的空远一脉弟子，全部战死当场！”

顿时众人哗然，黑龙宗乃是灵蝶宗的盟友，都是天珠联盟的成员，怎么可能袭击黑龙宗呢，那岂不是代表着门派战争？

希夷祖师继续说道：“这件事，我们做的隐秘，没有人知道，就是现在黑龙宗也不知道是谁袭击了他们。

可是你们知道为什么，我会带着空远一脉，夜袭黑龙宗？”

希夷祖师聊聊几句话，吸引了所有人的注意力，大家等待希夷祖师说出原因。

希夷祖师却话题一转，说道：“罗睺之劫以后，仙路断绝，修仙界江河日下，一年不如一年！

六千年前，我灵蝶宗时纹裂剑蝶绝种，导致剑巧一脉衰落，三千年前，空蝉圣魂蝶绝种，魂巧一脉名存实亡，而最近百年，三界琉璃蝶也开始绝种了！”

这话一说，所有人傻了，三界琉璃蝶乃是空远峰灵巧一脉的根基，所有弟子都是炼化了三界琉璃蝶，拥有三界琉璃蝶的空间掌控之力，才能修炼灵巧一脉的神功。

希夷祖师继续说道：“三万年的传承啊，难道就绝在我们的手中，我们不甘心啊！

可是能想到的办法，都想到了，踏遍天涯海角，寻找其他的三界琉璃蝶；返回万兽化身宗，寻求他们的帮助；苦苦培养，希望可以出现三界琉璃蝶的替代变种异种。

但是一切的一切努力，都失败了，三界琉璃蝶绝种无疑！而且这么看，三千年后，我灵蝶宗，又将绝种一个灵蝶，那么再过三千年，六千年，九千年？如果七大灵蝶全部灭绝，我灵蝶宗还能存在吗？

最后的最后，我们查遍经典，想出了一个办法，其实在三万年前，那时我灵蝶宗还没有在万兽化身宗分裂出来时，做为龙系一脉的附庸，我们除了融合七大灵蝶，还有一个融合的对象，那就是龙体！

融合最强大的龙体，以龙为身，以蝶为变，蝶龙变！万兽化身宗七大龙变之一的蝶龙变，既有真龙之体那样强横的肉身和真气，又有灵蝶那样灵巧的身手，二者结合，天下无敌！

所以，我带着空远一脉，夜袭黑龙宗，夺取了黑龙宗的传承之法，然后用他来取代灭绝的三界琉璃蝶，实现当年的蝶龙变！

掌控黑龙体，轻盈若彩蝶，既有最强战体，又有最灵巧之动，我灵蝶宗不但不会衰落，而且还会大兴，这样即使七大灵蝶全部绝种，我灵蝶宗也会晋升旁门，杀入上门，永恒不灭，传承千古！”

说到最后，希夷祖师的话中，好像带着一种魔力，让所有弟子心中有种火焰再烧，个个雄心勃勃！

希夷祖师看了一眼众人，这一眼中带着无比的期待，他说道：“你们，就是历史所选中的英雄，你们，就是我灵蝶宗的希望！

从今天起，我将传授你们黑龙宗修炼之道，如果你们谁能练成黑龙身，我这空远峰的峰主，就由谁来继承！

不止如此，他将是我灵蝶宗大兴的带路人，太上长老，掌门宗主大人，都已经决定，他将成为未来灵蝶宗掌门的继承人之一！

诸多先贤，已经为你们把路铺好，现在看你们的了，空远峰的未来，灵蝶宗的未来，就在你们手中，你们敢不敢接过这重任，振兴我灵蝶宗！”

希夷祖师越说越有激情，在他的话语中，传来强大的精神之力，诸多台下弟子，异口同声的喊道：“弟子愿意！”

“振兴灵蝶宗！”

“弟子愿意，那怕去死，弟子也无怨无悔！”

希夷祖师点点头，说道：“好，好，好！

你们都是好孩子，记住，炼成黑龙身之前，不许进入炼气四重，这是无数弟子用性命换来的黑龙宗秘法，切记，切记！”

然后他挨个的看了一眼，看到谁，谁就挺胸抬头，表示自己行的！

很快他看到了洛离，洛离在他的精神诱导之下，也是情绪激动，恨不得立刻开始修炼，这时两人对视！

双目相对，直指本心，一瞬间，洛离体内的一道善德，粉碎！

这善德乃是一千善功融合而成，洛离无论怎么试验也不知道它们的用途，现在它自动激活，妙用发挥，洛离知道善德的用处！预知危险！洞彻人心！

在洛离脑中出现了无数的画面，这都是希夷祖师的所想所做，瞬间，洛离知道了希夷祖师的真正目的！

希夷祖师说的都是真的，只是在这些事实的背后，希夷祖师还有另外一个目的，他可不是为了什么振兴灵蝶宗，他为的就是自己！

希夷祖师其实真的疯了，大限将至，他不想死，他又恨不得所有人都陪着他去死，在他即将疯狂爆发的时候，他遇到了一个神秘人，在那个神秘人处买到了夺舍之宝，借此欠下巨债，最后空远峰的产业全部卖掉，换取灵石还债。

有此夺舍之宝，他可以完美夺舍，重新的再活一次，重头再来。

可是，即使重头再来，千年苦修，希夷祖师知道自己，也就是再一次的金丹境界，过了千年，又将面临这死亡危机。

他实在不想在重复现在的痛苦，眼睁睁的看着自己慢慢的死亡，于是他打着振兴灵蝶宗的口号，以门下弟子死绝户的代价，得到黑龙宗修炼秘法，然后寻找后辈年轻弟子修炼。

那个后辈年轻弟子，炼成黑龙身，就是他夺舍的对象，这样自己就可以，另辟蹊径，走上蝶龙变修炼之路，自己才能在下一世，突破金丹境界，好好的活下去！

为了活下去，他操纵了这一切，一切的一切，都是为了他自己！

第五十章 梦里依稀慈母泪！

善德消散一道，还剩下一道，这由千个善功凝结的善德，就是有用，因为它的价值是预知危险，救人一命，那怕你拥有再多的财富，掌握再强大的力量，死了，就都什么都没有了。

洛离长出了一口冷气，这黑龙身绝对不能炼，那个炼成了，就要被夺舍，夺舍就是死！

可是，真的不修炼就行了？洛离苦笑，那些脑中的画面都是希夷祖师的所想所做，其中有一些残破画面表示，洛离他们并不是第一批试验者，在他们之前，还有几批灵蝶宗的弟子，修炼这黑龙身。

结果不用说了，那些人全部死亡，有的是在修炼中，走火入魔而死，有的是想要逃走，最后被灭口，有的是互相残杀而亡。

就是他们的努力，他们的牺牲，一步步的完善功法，才有现在希夷祖师传授给大家的功法，这四年来，进入这空远峰的灵蝶宗修士，还没有一个人，可以活着离开。

自己这七个人，也是如此，在未来会有各种挑战，刺激众人拼命修炼，因为希夷祖师自己的时间也不多了！

按照这画面，不久将会有一场互相残杀的试练，因为黑龙越是凶残，越是强大，如果自己不修炼这黑龙身，不用等到希夷夺舍，自己就会其他人杀掉！

至于逃走，那更不用想了，进入这空远峰，众人昨夜已经被暗中下了禁制，生死尽在希夷一念之间。把事情闹大，引起宗门的注意，这更是白扯，没有宗主和太上长老的支持，希夷的事情早就败露了。

修炼是死，不修炼也是死，只不过修炼成功了，会比修炼不成功，晚死一段时间！

可是没有别的办法，只有继续修炼，好好修炼，要修炼的比谁都好，这样以后才有机会，才有可能，继续的活下去！

唉，希夷祖师所做一切为了活下去，自己所做一切也是为了活下去，在修仙界活下去，真难啊，洛离不由的心中长叹一声，人生真是无奈啊，但是他的面容还是无比的庄严，嘴里还在喊着：“振兴灵蝶宗！”

“弟子愿意，那怕去死，弟子也无怨无悔！”

希夷祖师看到差不多了，点点头，说道：“好，采真，你开始传授他们黑龙修炼之道吧！”

苏仙子说道：“好，老东西，身体要紧，你休息一下吧，剩下的交给我吧！”

苏仙子来到众人之前，看着他们，说道：“你们切记，在没有炼成黑龙身之前，不许进入炼气第四重，这是用血换来的经验！”

然后她开始传授秘法：

“黑龙宗，虽然和我灵蝶宗，都为万兽化身宗的旁脉出身，可是他们不同我们的肉身融合之道，他们走的是肉身观想之道，观想黑龙，炼化肉身。

黑龙宗的弟子，他们具有强悍的肉身，普通的法术符箓，甚至法器飞剑，对他们毫无伤害；他们还有可怕的感应，可以预知危险，料敌在前，使他们立于不败之地；最后他们的无敌的龙威，还有灭绝一切的黑龙波，无坚不摧的龙爪，防御攻击的龙鳞，纵横天地的龙翼等等绝技，使得它们十分的可怕强大！

但是它们也有弱点，那就是速度缓慢，特别是反应速度，最是缓慢。这一点比起我们灵蝶宗，差了无数倍！

我们灵蝶宗，就是靠着反应迅速，速度第一，才能存在到现在，翩翩蝴蝶最入行，万花丛中过，片叶不沾身！没有比我们更快，更巧的宗门了！

如果你们可以完成蝶龙变，那时你们就会拥有黑龙身的一切优点，同时你们也将拥有灵蝶宗的一切优点！”

苏仙子说完之后，伸手一指，在她素手之中，出现一滴黑色血珠，这血珠悬浮在她指尖之上，散发着淡淡龙威，她缓缓说道：“这是黑龙血，现在分给你们，有此黑龙血为源头，你们就可以借此观想黑龙的一切，这可是黑龙宗传承的根基，是牺牲了空远一脉修士，换来的宝物，你们都要精心保护，血在人在，血失人亡警神！”

在她说话的同时，那滴黑龙血缓缓分解，化成了七滴，飞向了众人。

洛离闭眼，那黑龙血融入到他的眉心之中，时刻可以感应。

然后苏仙子继续说道：

“黑龙身的修炼之法，第一要观，第二要想。

观想之道，首先要先观本心，先破极乐境，再破四苦境，然后破虚妄境，破恐惧境，破万象境，一路二十四境，最后直观本心，才能看到这黑龙精血，观想黑龙全貌！

观想黑龙，先观黑龙的身、骨、肉、皮、肤、鳞、筋、脉、流、血、肝、肺、肠、胃，再想其神、韵、精、气、动、静、喜、乐、怒、哀。

做到这一步，便可以用真气演化黑龙，炼龙于心！然后以此黑龙之心为源，炼化真气，改变全身！

修炼法决如下：

至道常虚寂，玄化应真精。分神通一切，凝景在三清。

恍惚生有象，冲寞见无形。未能求解脱，常只观黑龙。

五亿诸天界，三千道境中。是非更有待，生死互无穷。

六骸俱不实，万法悉归空。体随烦恼尽，心与色尘终。

……”

众人细细倾听，全部记录在心。

全部教授完毕之后，苏仙子继续说道：“好了，都散去吧，对了明天初六，乃是三六九，清晨都早点起来，我带你们到紫阳崖修炼，那里紫气威压，可以压制观想时的心魔杂念，对你们的观想十分有用。

这次谁再晚了，就自罚十鞭！”

说完，她看向洛离，洛离急忙说道：“弟子遵命！”

就这样众人回归各自的洞府，开始修炼观想，洛离回归洞府，准备修炼。

为了活下去，必须练好这个黑龙身！其实洛离对这个黑龙身，心中隐约有些期待，当初龙文定一人破灭天绝杀堂，那可怕的法术威力，洛离记忆在心，现在自己也将拥有哪种威力，洛离隐约有些期待。

首先是要沐浴，整洁身体，然后静坐，念咒语，捏手诀，等待己的心侧底静下来之后，再观想黑龙身。

咒语很是繁复，手诀也很复杂，但是对于洛离不算什么，洛离闭上眼睛，开始修炼。

闭上眼睛，默默观想，这是洛离第一次修炼观想之道，随着身体真气的运转，脑中的想象，渐渐的各种异象重生。

这就好像凡人望梅止渴一样，想象嘴里吃着梅子，口中就会满口生津，其实嘴中并无梅子，只是假象而已。

不过修仙者的这种观想，更是厉害，因为他们在调动真气，这真气运转，能够引起神魂甚至身体的种种反应。

洛离坐了一炷香的时间，观想着，渐渐的就进入了状态。

渐渐的洛离感觉到了全身清凉，好像沐浴在清风之中，全身毛孔之中都呼吸着清气，整个人飘飘欲仙，无比舒畅！

这样舒畅的感觉，洛离整个人都一种舒服得呻吟的感觉，这种舒服深入骨髓，这种舒服的感觉，就算是心神的修士都抵挡不住诱惑。洛离渐渐有了一种沉醉的感觉。

幸亏他修炼多年，心中警惕，强迫自己摆脱这种感觉，控制自己，掌握本心，渐渐的所有舒服的感觉都消失，取而代之是回复了神智。

世界还是原来的世界！这就是极乐境了吧？

洛离却是知道，如果刚才不是及时的清醒过来，自己将会沉醉下去，这次修炼就以失败告终，而且如果不能控制自己，也许就会走火入魔，彻底疯狂，最后可能导致死亡！

这观想之道，果然厉害，必须掌控本心，不受外物影响，不然真做假，假做真。一个心神失守，立刻万劫不复。修炼之危险，比修炼更大。

“有了刚才的经验，再试一次就有不怕了。”

洛离再次定神，念咒，掐法决，观想黑龙！

果然，再一观想，全身又清风环绕，舒服了起来。但是洛离有了经验，不再去管，一步步继续观想，不久破极乐境，幻象消失，可是却诞生另外一个幻想，全身刺痛，头痛欲裂，随后又是酸甜苦辣万般滋味涌上心头。

真的很疼啊，疼入心扉！

洛离苦苦坚持，渐渐的这些幻象消失，破四苦境！

忽然，又是一番感觉，洛离看到了青青猛龙等人，那些被他所杀之人，一个个火了过来，他们围着洛离，大声咒骂！

突然他们身形一变，化作恶鬼、修罗、夜叉、魔鬼，四面环绕，好好个个都要扑上来吃人喝血。

洛离好像是跌入了修罗地狱之中，血海满天，到处都是恐惧恶鬼，耳边好像是传来了各种凄厉的叫声，环绕不绝。

他并不理会，紧守心神。这应该就是恐惧境！

忽然又一变，如坠入温柔乡中，美女如云，妙处若隐若现，缠绵温柔，轻歌曼舞，她们在挑逗洛离。

继续坚守，破境！

忽然又变，四面厮杀，尸山血海，置身战场刀枪丛林之中。

继续坚守，破境！

忽然之间，己全身腐烂，爬满蝇蚊蛆虫，节节白骨外露。这就应该是虚妄境，但是洛离苦苦守住，一个个的破境而出！

幻象百般的变换，突然之间： 洛离听到一声轻呼：

“儿啊！”

声音是那么的熟悉，洛离睁开眼睛一看，只见慈云大师微笑的站在他的面前，他看着洛离继续说道：“儿啊，我回来看你了，你娘也回来了，她也来看你了！”

然后一个人影出现，一声慈母声音响起，轻轻的呼唤：“儿啊，这些年，苦了你了！娘对不住你！”

一声呼唤，洛离再也不能坚守，忍不住开口喊道：“娘，娘亲，儿子想你！”

观想失败……

第五十一章 紫阳崖上观天地！

观想失败，豁然洛离清醒，但是他还是忍不住喊道：“娘亲，娘……”

在看四周，自己坐在修炼室内，孤单单一个人，那有什么爹娘！

眼泪忍不住流下，那怕失败，洛离也毫不在意，如果真的可以看到娘的模样，那怕只是看上一眼，那怕就是失败千次，万次，永远修炼不成，也是值得！

许久洛离才平心静气，结束观想修炼，果然神通难的，观想难成！

观想失败，这一天就再也不能修炼了，洛离开始炼气，然后小睡片刻，等待天亮的到来。

第二天一早，洛离第一个来到大殿之中，默默等待，不久一个个众人到此，洛欣、贺厉全部愁容满面，过去一聊，果然个个失败，没有一个观想成功。

不久苏仙子到此，看了一眼众人，说道：“大家不要沮丧，如果真的这么容易，黑龙宗早就大兴起来，一统天蛛五岛了，走，我带你们到紫阳崖修炼，那里有紫阳之气庇护，诸多幻境都可以避开，观想起来十分容易。

可惜，具有避邪妙用的紫阳之气，只有每个月的三六九才会出现，只能辅助一时，你们不能完全依靠它！”

说完，她放出飞车，众人登上飞车，向着紫阳崖飞去。

很快，飞车就来到紫阳崖前，众人下车，在苏仙子的带领下，登上紫阳崖。

这紫阳崖乃是灵蝶宗的中心，先贤发现此崖之后，灵蝶宗才会在紫阳山上开辟山门，可以说先有紫阳崖，才有灵蝶宗。

这里极其玄妙，每当太阳初升，悬崖可以吸收整个山脉太阳光中蕴含的紫阳之力，汇集在此。在此修炼相当于一次炼化一个上品灵石。

当初七哥老沙等人的梦想，就是紫阳崖前炼真气，现在他们都已经一一实现，进入内门。

来到这紫阳崖，这里只有三十丈之地，在一旁足足有近百修士排队等待。

这些修士，有的是筑基真修，有的是炼气弟子，他们一个个动作如电，翩翩若蝶，飘然荡气，再狭小的空隙，也可以轻松穿过，这才是真正灵蝶宗的修士。

他们飞舞而起，飘然落下，有的人直接落到紫阳崖上，轻轻一点，占据一个位置。有的人在紫阳崖外，踩着青松树尖，踏在紫蒿之上，荡在清风里，悬在虚空外，等到确定今天谁不来了，他们可以过去替补一个位置。

灵蝶宗内门弟子数百，这里只够百人修炼，所以位置十分紧俏，各支都采取轮换办法，排队修炼，甚至有的人直接将自己的位置卖掉，换取灵石。

洛离查看了一眼，没有看到老沙和七哥，他们所在的支脉，弟子无数，想要到此修炼，需要轮换排队，所以今天没有他们。

其实就是进入紫阳崖，那位置也有说道，最好的是正中七块岩石，那是门中精英弟子的位置，然后是岩石之间的空位，再次是过道石路，最次的是边角隔拉。

苏仙子带着洛离他们来到其中最好的一块岩石那里，八人依次坐在岩石之上，这是空远峰的地盘，他们的周围无人，不像其他人挤得密密麻麻。

再向远处看去，这里是紫阳山最高一点，紫阳山山下三十里，诸多美景，尽在眼中！

远处的森林中，道路旁，有一些修士在路过行走，他们都是灵蝶宗的外门修士，有意无意的看着这里，就像当初洛离老沙他们一样，看着这里，暗暗发誓，紫阳崖前炼真气！

这时远处太阳升起，无尽的阳光好像都被吸收到那里，那里光彩万道，苏仙子说道：“好了，紫阳之气来了，你们开始吧！”

说完，她开始吸收这些紫阳之力！

洛离等人立刻开始观想，果然身体在此紫阳之气下，那脑中观想立刻顺利无比，无论什么样的幻境，都不足以当真，刚刚出现，就被压制消散。

一口气突破二十境，那眉心的黑龙血一颤，在洛离眼前看到一只巨大的黑龙！

蛇身、鱼鳞、龟眼、鹿角、五爪，能显能隐，能巨能细，遨游四海，乘风九天，神通天生！这黑龙也在看着洛离，斗大的鳞片晶莹透彻，全身漆黑，唯独那双眼，不是黑色乃是两团最纯粹的红色火焰。

火焰跳动中，把黑龙的情绪清晰的传递出来，虽然只是观想出来，可是如同活的一样，鹰爪般的龙爪闪着夺人心魄的慑人锋芒。黑龙通体明澈无暇，身躯腾挪中，无数的细小火焰从巨大的身躯中不停迸射出来。

看着洛离，火焰黑龙两团火焰化作的龙眸火焰募然一盛，昂首发出一声怒吼。

穿云裂石的龙吟中带着一种奇异的金铁交鸣声，龙吟的绝伦威力在空中震荡出一圈圈的涟漪。

涟漪由近及远，这可怕这震颤，具有无穷之力，可以破灭万物，瞬间这一吼，震破洛离的观想，狰狞可怕，恐怖如斯！

瞬间，洛离观想粉碎，惊呼一声，回到现实。不只是他，其他几人也是如此，唯独那金陵还在观想，此人憨直爽快，傻人有傻福，可以抗拒黑龙之威！

洛离大口的喘气，这时他发现紫阳崖上，紫阳之气渐渐稀少，修炼的时间马上就要过去，他立刻重新开始观想。

再一次的突破二十四妄境，黑龙再一次的出现，看着这个凶猛黑龙，洛离这一次没有被它赶出观想。

观想黑龙，先观黑龙的身、骨、肉、皮、肤、鳞、筋、脉、流、血、肝、肺、肠、胃，再想其神、韵、精、气、动、静、喜、乐、怒、哀。

洛离开始观想黑龙，在他脑中，这黑龙一点点的分解，鳞片飞离身体，血肉分开，内脏暴露，只有对这个黑龙完全了解，那时才能用真气演化黑龙，炼龙于心！然后以此黑龙之心为源，炼化真气，改变全身！

突然，一声轰鸣，那身前黑龙开始淡化，化作万千流光消散，洛离恢复正常，在看过去，太阳已经三杆，紫阳之气全部消失，今天的观想结束了。

苏仙子说道："好了，走吧，记住每个月的三六九，你们都可以在此观想黑龙，其他时间，你们愿意来就来，不来通知我一声就行！

最后，给你们一个警告，你们的时间不多了，想要今生有成，赶紧的修炼吧，不要浪费你们的生命。"

看着好像空话大话，但是洛离知道其中的真正含义，要想继续活下去，必须炼成黑龙身，不然不必等希夷老祖夺舍，必死无疑。

苏仙子继续说道："你们跟我来，我领你们去一个地方。"

说完，她放出飞车，带着众人进入其中，然后向着西方飞去，大约飞出六十里，进入一片山谷之中。

这片山谷，被巨大的法阵控制，里面四季如春，花海一片，到处都是花，到处都是飞蝶，足有亿万只，那些飞蝶不住飞起，在天空组成片片蝶云。

苏仙子说道："这里是彩蝶谷，风水宝地，方圆三百里，具有奇异元能，在此几乎可以找到世间所有蝴蝶。

咱们门中的七大灵蝶，都是那里出产的。驭兽斋喂养灵兽的原料，也都是那里收集的蝴蝶，乃是我们灵蝶宗立门之本。

你们观想很废心神的，所以需要补神静气，才能好好修炼，这里可以出产一种灵液，具有这种奇效，可惜这灵液必须现场采集，立刻服下，不然效果全无。"

在她说话的过程中，一群外门采织堂弟子开始工作，他们开始吹响一种奇异的笛子，随着笛音一种灵巧彩蝶，向着这里飞来。

这些灵巧彩蝶，金色翅膀，小巧身躯，很是漂亮，飞舞在众人身边，让人有种如梦如幻的感觉。

洛欣伸出手指，立刻有彩蝶落在她的手指上，她说道：“太可爱了，这是什么彩蝶，太可爱了！”

苏仙子面带微笑的说道：“这是回生石晴蝶，可爱的小生命！”

有采织堂弟子，打开一个法器，那法器如同一个巨型漏斗，发出轰轰巨响，在那声音的吸引下，回生石晴蝶纷纷飞起，全部的飞入那漏斗中。

进入漏斗，立刻被这法器磨成齑粉，其中体液缓缓顺着法器缓缓流下，注入一个个的杯中。洛欣手指上的那个彩蝶也是如此，飞入其中，被磨成齑粉！

看到这一幕，众人傻了，苏仙子继续说道：“回生石晴蝶的体液，具有补神妙用，只是可惜，必须在采摘后百息服下，不然又是一个特产，所以你们赶快喝吧。

这一杯灵液，门中筑基真修一个月不过才会奖励一杯，至少需要三千只回生石晴蝶，才能压榨出来！”

这话一说，洛欣一张嘴，啊的一声，开始呕吐，其他几个人，脸色惨白。

唯独洛离伸手拿起一杯，一饮而尽，味道又腥又苦，他长叹一声，心中想道：“完了，门中将紫阳崖、彩蝶谷，全部对我们开放，筑基真修一个月一杯的灵液，我们三天一杯，可见门中的支持，对我们的期待！

越是如此，越是期待，越是没有回头路，看来我必须炼成黑龙身，不然必死无疑！”

第五十二章 黑龙俯首大道成！

洛离喝下之后，其他几个人捏着鼻子喝下，贺厉喝到一半，竟然都吐了出去，洛欣根本不敢喝。

看到他们这一幕，苏仙子只是冷笑，没有说什么良田秀舍。

喝完灵液，众人回归，回到空远峰即将解散的时候，苏仙子突然对众人说道："本来这个事情，我不想告诉你们，但是看到你们方才的表现，一个个都像千金小姐，大少爷公子一样，娇生惯养，我不得不提前告诉你们！

黑龙宗好像发现我们灵蝶宗的异常，所以我们的修炼计划必须提前，也就是说，三个月后，将会举行一次生死试炼。

你们七个，会在宗门的天变洞死斗！"

说道这里，苏仙子闭口不说看着众人的表情，众人都是一愣，死斗什么意思？

苏仙子继续说道：

"死斗，就是你们七个，互相残杀，最后只能活一个！其他六人必须去死！

你们得到的黑龙血，有一个特点，可以融合吸收。这就象是养蛊一样，蛊虫互相死斗，战死者失去一切，胜利者得到一切，强者恒强，吸收弱者养分。

你们只有三个月的时间，如果无法炼成黑龙身，你们就是其他人的养分！所以最后的三个月，抓紧时间吧！想活下去，就努力吧！"

苏仙子平静的说完，洛离等人或者目瞪口呆，或者全身颤抖，或者不能相信。

洛欣说道："不是吧，不是真的吧？我们可是空远峰弟子啊，不会……"

啪嚓，苏仙子一个大嘴巴子，打的洛欣转了一个圈，苏仙子说道："记吃不记打的东西！"

不知不觉间，众人开始悄然分开，开始对其他人警惕起来！

苏仙子点点头，说道："这样才对！

记着这三个月，不要妄想逃走，离开灵蝶宗，你们身上的禁制就会立刻启动，爆体而亡。

不要对任何人说出此事，说了也白说，都会宗门灭口，不要害其他人。

战斗只能靠黑龙身，什么法器飞符全部不许使用！另外这三个月，不许结伙联盟，我们要的是修炼有成的弟子，不是拉帮结伙的废物，还有不许袭击暗算自己的同门，你们都在老祖的神识监视之下，那么做就是自寻死路。

本来还想让你们过一段快活日子，但是你们今天的表现，太令我失望了！也许这样，生死在眼前，可以逼出你们的潜力，希望不要让我失望！"

说完，苏仙子走开，洛离等人互相对视，原来那彼此之间的友情，荡然无存，所有人谨慎小心，三个月后，都是自己的敌人！

众人散开，回到住所，所有人都知道这是真的，生死就在三个月后，全部加紧修炼。

三天后，紫阳崖修炼完毕，再喝那灵液，全部抢着喝，一饮而尽！再也没有一个呕吐装纯的，彼此对视，寻找对方的弱点！

如果说以前他们个个是原石，现在开始打磨，露出锋芒。或许以前他们不是洛离的对手，但是当他们苦心修炼，一切重新开始，突飞猛进，渐渐的洛离感觉到压力！

第五天，洛欣突破二十四妄境，第七天，王倪天突破二十四妄境，第十一天，另外一名女弟子死亡，她妄想逃走，结果爆体而亡！

第十四天贺厉突破！第二十一天，那个不知名的男弟子，失踪，他失去斗志，不在修炼，就想虚度三个月，混吃等死，所以在世间消失。

洛离修炼二十一天，每天都卡在亲情境上，无法通过二十四妄境！

这些天的修炼，那些开始观想黑龙的众人，身体都开始改变，男的变得高大凶猛，女的变得身形笔直，他们有的身上出现淡淡威压。

他们有的力气暴涨，有的开始出现黑色龙鳞，刀枪不入，有的双眼开始出现幽光，有时张嘴就会喷出一股火焰。

洛离炼制的符箓，打在他们身上，毫发不伤，一个个开始变强，变狠！

只有洛离，还是原来的模样，他无法通过二十四妄境，身体没有任何的变化。

王倪天看着洛离冷笑，他不住的在洛离面前，做出抹脖子的动作，告诉洛离，二个月后，自己就要杀了他！

以前开朗无比的贺历，也变得阴沉，变得阴冷，在他头上开始长出龙角。金陵也不再憨厚，全身黑鳞一片，生死面前，所有人都在蜕变。而洛欣个子狂涨，变得无比的漂亮，身上散发一种说不出的美丽！

虽然不许内斗，但是他们开始变得冷酷，开始冷嘲热讽，打击对方的信心，互相伤害，那个失踪的少年，就是被他们刺激的！

转眼又是七八天后，一个月过去了！众人又一次在紫阳崖前修炼完毕，到了彩蝶谷喝完灵液，回归空远峰之后。

足足长高一头，甚至比洛离还高三分的洛欣，突然一把抱住洛离，死死的抱住。

一旁的王倪天冷笑道："呦，我们的大才女啊，动情了，哈哈，和你的洛离哥好好的睡一觉吧，马上你们就要死了！"

洛欣松开洛离，看着王倪天，说道："跳梁小丑！"

然后她身上猛的发出一种可怕的龙威，在此龙威之下，所有人忍不住后退，她高傲的说道："你们记着，洛离哥是我的，谁也不会伤害他！不然我会让你们最痛苦的死去！"

然后她温柔的看向洛离说道："洛离哥，你永远是我的情郎，放心吧，我永远爱你！我会最后一个送你上路，不会给你任何痛苦！让你微笑的去死！"

说出这话的洛欣，满脸柔情，好像一切都是那么自然！

王倪天一愣，然后哈哈大笑，模仿洛欣的声音说道："洛离哥，我也让你微笑的去死的！"

他在讽刺洛欣，洛欣大怒，两人对峙起来，一旁的金陵长叹一声，说道："也许两个月后，我们都会一起上路，不管未来如此，大家同门一场，何必呢！"

这话一说，众人全部无语，兴趣索然，贺厉说道："不管谁活下去，都要为大家活下去，不要轻易的死掉，让他们付出代价！"

这话是憋在所有人心中的话语，所有人都暗自微微点头！

众人散去，洛离回归住所，坐在蒲团之上，他长叹一声，摇摇头，火候到了！

闭眼观想，转眼进入状态，入极乐境，那快乐的感觉，又一次的出现，这一次洛离却和以前，完全不同，他挥挥手，幻境立刻粉碎！

然后是四苦境、虚妄境、恐惧境，洛离一次次的挥手，一个个的粉碎，终于到了亲情境！

慈云大师又一次的出现，慈祥的看着洛离征服非常女上司：底牌！在他身边就是洛离永远也看不清模样的母亲！

洛离缓缓站起，在幻境中，跪下，给爹娘磕了三个头！

这是绝对不可能的，观想幻境只能默默承受，只要一动，就会被踢出幻境，观想失败！

但是洛离就是做到了，他可以在幻境中，行动自如！

这就是洛离一个月苦修的结果，其他人都去观想黑龙，洛离却在这一个月，死命的观想幻境，将幻境安全掌控，可以在幻境中行动自如！

洛离叩拜完毕，开口说道：

“爹，娘，你们为了我，舍弃了一切，命都不要了，才有我的今天，儿子谢谢你们！

儿子无能，不能为双老进孝！请你们原谅！

娘，我真想看你一眼，儿子还不知道，娘你是什么模样！

真想看你一眼啊！

不过，爹，娘，儿子必须走了，必须坚定的走下去了！

儿子会好好的活下去，自由自在的，永远不被他人左右的活下去！活出个样来，给他们看看！”

说完这些话，这幻景开始缓缓消散，慈云大师和洛离他娘，一点点的消散，洛离在幻境之中，落下眼泪，他真的舍不得爹娘的消失。

突然慈云大师在消散的最后瞬间，向着洛离伸出大拇指，意思为加油，而洛离他娘那看不清的脸，渐渐的清晰，洛离看到了一张明媚动人的面容！

洛离一愣，难道这是爹娘在天之灵的庇护吗？

瞬间，亲情境全部消失，洛离感觉到了天上虚空之中，冥冥传来了不可抗拒大力，把他的神魂扯出体外，向天上飘去。

亲情境之后的飞天境出现，但是这幻境刚刚出现，就立刻粉碎，然后后面的美女境，金钱境，权势境一个个的突破！

洛离不是不能突破二十四幻境，而是故意没有这么做！

枪打出头鸟，洛离刚刚到此，打了王倪天，灭了金陵，几乎就是众人中的老大，如果正常修炼，死斗之时，对方第一件事就是合力杀了洛离，因为洛离太强了！

所以洛离刻意第一个月，没有观想黑龙，只是观想幻境，这样洛离远远的落在众人之后，失去威胁，死斗之时，毫不引人注意，众人无视，才会获得最后死斗的胜利。

观想幻境，也不是无用功，经此磨练神魂，正所谓磨刀不误砍柴工！洛离借此具有了强大的观想之力，观想黑龙异常轻松。

别人还在准备死斗，洛离的死斗已经开始！布局完成！

最后一声轰鸣，二十四境消散！

洛离扬声唱道：

“大道坎坷，唯我独行！万丈红尘，勿须回眸！

前路崎岖，荆棘遍地，我有利斧，披荆斩棘，筚路蓝缕，粉身碎骨，也不回头！大好男儿身，务虚空度，一切彷徨、惆怅皆斩，那怕万劫不复在眼前，也要向前！”

随着他的歌声，所有幻境，全部粉碎，只有那一只黑龙，在他眼前！

那黑龙看到高歌洛离，竟然缓缓向着洛离点头，黑龙俯首，大道独行！

第五十三章 湛然清冷黑龙波！

黑龙俯首，洛离看着黑龙，开始观想！

先观黑龙之身，看其鳞片，观其龙皮，知道其骨、肉、筋、脉，洞悉其血流走向，透视其肝、肺、肠、胃，对这黑龙身体无比的了解，然后继续想象！

再想其神、韵、精、气，思考其动、静、喜、乐、怒、哀，由肉身上升到情绪，至此将这黑龙完全的掌控，最后在心中完全定型，得到属于自己的黑龙，然后使用真气，开始以此为凭，塑造自己的肉身，得到那强横的力量，这就是黑龙之道。

其他众人都是如此修炼，这些天的注意观察，洛离已经知道，洛欣观想的是黑龙气势，得到龙威之法，气势狂涨，可以力压众人。金陵观想的是黑龙肌体，全身黑龙鳞片隐隐若现，一身力气，已经达到恐怖境地。贺厉观想的是黑龙爪牙，得到黑龙战斗之法，头顶长角，手指锐利，立刻轻易撕开一切防御。

其实那王倪天最是阴险，看他好像只是观想黑龙感应，但是洛离知道，他在隐藏实力，其实他观想的最全面，既有龙威之压，又有黑龙之力，只是他隐藏起来，想要扮猪吃老虎。

现在终于轮到洛离观想黑龙，但是洛离笑了，他并没有想其他几个人那样观想黑龙，因为洛离知道他们错了！

大错特错！就是希夷祖师，八成也是觉着不对头，所以才会找诸多少年，过来试验！

他们都在如此观想黑龙，其实这条路，他们走错了，他们观想的再好，也是变龙之道，以龙为主，由人变成龙，最后变来变去，就是成功也是半人半龙，乃是歧途！

在修炼这个功法之前，洛离做的最多的事情，是思考！他故意一个月不观想黑龙，就是看看洛欣等人修炼后的反应，让他们先去探路，看看有没有问题。

现在看来，自己做对了，他们果然有问题，至少洛离当初看到的龙文定，并不是他们这个模样，龙文定拥有黑龙之力，他外体还是人类模样，没有搞的半人半龙，妖怪模样，他那才是黑龙宗的修炼之道，所以说洛欣他们如此修炼，是错的！

修炼，修炼，修炼万千**，最后为的都是自己强大，都是以人为主，那些把人修炼成半人半鬼的功法，都是有问题的！

所以这观想黑龙之道，不应该是人去模仿黑龙，让自己改变，去适应黑龙，而应该掉过来，观想黑龙，让黑龙改变，变成最适合自己的模样，然后再观想它！

这就是洛离思考许久发现的问题，所以他没有象着其他几个人，死命的观想黑龙，他先修炼掌控幻境之道，然后开始改变黑龙模样！

那巨大的，可怕的，狰狞的黑龙，在洛离面前，开始一点点的变化，獠牙散去，利爪变小，狰狞消失，体型收缩，由大变小，渐渐的那个黑龙由一个巨大的恐怖的黑龙，变成了一个龙宝宝，只有三尺大小，幼稚可爱，飞舞在洛离面前，这才是洛离需要观想的黑龙！

看着眼前的可爱龙宝宝，洛离不由的苦笑一下，这个就是自己观想的黑龙，虽然看着有点奇怪，但是绝对应该没有问题的，至少自己的神通就是如此指引的！

洛离确实走对了这一步，这就是黑龙宗的秘法，这个秘法从来不记载任何秘籍中，甚至都不可以口述传授，只是在宗法传授中，才会悄悄的使出，这是黑龙宗最大的秘密。

最开始修炼黑龙身的修士，都是炼气境界，其实他们就相当于黑龙的幼生期，龙宝宝的状态，在黑龙宗，一开始修炼，都是观想龙宝宝，然后随着修为的增加，观想的黑龙才开始一点点的长大，最后变成那恐怖巨龙。

不知道此道之修士，那怕得到黑龙血，得到黑龙宗的所有秘法，进行观想，都会直接观想那成熟体的巨龙，这就好像三岁小孩舞动百斤大锤，最后只会砸到自己，自取灭亡，这也是黑龙宗保护传承的秘密。

希夷祖师得到黑龙宗的秘法，本能之中，他就感觉到不对头，所以他从来不修炼，搞出一批批的小修士，进行修炼探路，诸多修士，一个个的走上不归路，只有洛离发现问题，正确的修炼了黑龙身。

就这样，洛离开始修炼，观想这龙宝宝，看其身、骨、肉、皮、肤、鳞、筋、脉、流、血、肝、肺、肠、胃，想其神、韵、精、气、动、静、喜、乐、怒、哀。渐渐的心中有了一个龙宝宝，真气随着这个龙宝宝，改变洛离全身经脉，肉身变异！

一天天的修炼，洛离的力量开始无限的增强，伸手一举，千斤之物，轻松拿起，皮肤之上，多了一层元能保护，自己炼制的法符，那怕数十张一起轰击在身上，毫发无伤，刀剑划过，只有白嶙一道，那怕刺破，转瞬就完全愈合。

于此同时，在洛离身上，一种威压出现，在此威压之下，众人胆寒，万灵远遁，这是龙威！

这就是黑龙身，洛离在不住的进步，不过随着时间的过去，其他人也在进步，洛欣等人变得更强！

金陵全身长满黑鳞，身高足足过丈，腰围六尺，就像一个巨人，可以轻易举起万斤巨石。贺厉轻体轻盈，双手双脚巨大化，完全化作龙爪，十指锋利若刀。

洛欣那龙威肉眼可见，化作光环，围绕她的四周丈许之地，王倪天长发三尺，十丈之物，尽在感应之中，而且不时有火花在身上落下，洛离和他们比起来，唯一的优势，就是外体没有任何变化，原来什么样，还是什么样。

但是真的如此吗？洛离远远的落在他们的身后了吗？不！洛离其实有一个比他们都强的地方！

小小龙宝贝，没有肉身的强大，没有可怕的感应，没有强横的龙威，但是它有着最强的龙息！

洛离舍弃龙身变化，舍弃力量和防御，舍弃龙威威压，舍弃龙心感应，舍弃龙鳞龙爪，洛离真正追求的是龙息！

那无敌的龙息，黑龙波！一道光柱下去，万物崩溃，万灵灭亡的可怕力量，这才是洛离的追求！

在那修炼室内，洛离看着七尺外试炼仙术的靶子，站在那里，一动不动。

他看着那个靶子，嘴里不住的嚼动，好像在嚼着什么，在他体内，全身真气在疯狂运转，汇集到口中，一种奇异的元能变化，正在产生！

猛的，他张口吸气，然后一喷，一道光柱，在他口中喷出，这光柱碗口粗细，长度一丈，好像无数精炎组成，白炙如虹，如刀如刃，瞬间穿透那靶子，将靶子刺穿一个碗口大的窟窿！

这道光柱，激射而出，湛然清冷，光芒流转间，无尽的森然毁灭气息向外铺天盖地的发散而出。

金陵的强横肉身，贺厉的可怕龙爪，在此光柱之下，皆是虚幻，一击全破！

然后洛离在吸气吐气，那黑龙波又一次的射出，不过这次横着一扫，如同利刃，在那靶子之上，瞬间划过，那给筑基真修修炼的仙术所用的靶子，在洛离的黑龙波一扫而过，一分为二！

洛欣的龙威，王倪天的伪装，在此光球之下，全部粉碎，不堪一击！

洛离大口喘气，这就是洛离的杀手锏，黑龙波，看着威力强度，相当于筑基真修施展的法术，什么符箓护符、真气护盾、防御法器，在此黑龙波之下，全部不堪一击！

掌握此术，洛离完全有信心，可以坚持到死斗的最后一刻。

不过这么强的法术，洛离并不可以无限制的使用，炼气三重的境界，使他只能发出三道光柱。

而且光柱在一丈之内，可以切开万物，但是出了一丈范围，就威力减弱，毫无伤害。

不过这黑龙波，张口即发，瞬间就到，根本不需要准备时间，这就是它的强大之处。

洛离苦苦修炼，默默准备，其他四人也是如此，时间一天天的过去，转眼三个月后，死斗之时就要来临。

第五十四章 金风玉露一相逢！

时间一点点的过去，又是一年七月初七来到，可惜洛离身陷牢笼之中，根本没有办法积攒灵石，也没有办法离开这里，只能平静度过。

转眼到了八月初三，本来这一天应该去紫阳崖修炼，可是苏仙子却召集众人，看着他们，缓缓说道："今天不用修炼了，给大家放假三天，八月初五晚上举行夜宴！"

说到这里，所有人都明白了，时间到了，最后的晚餐！

苏仙子继续说道："你们不要以为这是一个劫难，其实这也是机会！

修仙，修仙，万千修士之中，想要一步登天，谈何容易！

但是现在就有一个机会，在你们面前，五分之四的死亡几率，但是还有五分之一的成功几率。

一旦成功，你就是灵蝶宗的开拓者，你就是空远峰的掌控人，你就是未来灵蝶岛的主人，百万人之上，不知道有多少修士，苦修数百年，也求不到这么一个机会。

人活着，就要有野心，有**，这才是活着，不然和混吃等死有什么区别？"

说到这里，众人纷纷点头，这野心众人皆有，生死之斗，失败死亡，胜利享受一切！

然后她又说道：

"死斗之后，为门中战死的弟子，你们的亲人家族，将会得到一个灵蝶宗入门名额，市面价值五百灵石，另外还可以得到空远峰三亩灵田五十年的耕种权，这都是可以转让的，算是补偿。"

这话一说，洛离没有多大的反应，那贺厉、金陵、王倪天全部眼睛一亮，他们都是修仙家族出身，有此补偿，家族可以大兴，自己就算死了，也算是没有白死。

苏仙子话题又一转，冰冷的说道：“但是记住，坊市的传送阵对你们已经全部关闭，你们身上都有金丹真人的禁制，神识监控！

你们不许离开灵蝶岛的范围，不许对任何人说这件事，不然，必死无疑！

好了，去吧，去找你们的朋友，亲人，享受也许是你们最后的快乐！”

至此，洛离等人放假三天，获得自由，三天后举行死斗。

贺厉、金陵、王倪天立刻回转家中，他们的家都在灵蝶岛上，都属于修仙小家族，洛离和洛欣却没有办法离开，只能在灵蝶宗内度过这三天。

洛离想了想，离开空远峰，先去了外门的脱舍院，那里他足足住了一年，感情仍在。

到了那里，拜见吉安老人，这时高鹏已经突破炼气四重，吸收进入内门，脱舍院只有玄水、憨子等人。

看到洛离回来，永川执事开始呼朋喊友，老沙、七哥、高鹏等人从内门归来，大家一起去坊市庆祝。

再一次的来到坊市，来到刘家串店，这一次众人可不是要几个肉串蘑菇了事，他们已经和以前不同，好酒好肉，就是上！

众人开怀痛饮，喝的好不痛快，但是洛离隐约感觉到他们知道自己的处境，洛离等人被牢牢的控制在空远峰，不得和外人接触，莫名其妙死亡的两个弟子，灵蝶宗内门才多大啊，几百人而已，谁也不是傻子，在门中早有小道消息传递。

酒过三巡，永川看着洛离，忍不住眼泪落下，说道：“好孩子，啊，好孩子，洛离，你一定要挺住，挺住！”

洛离敬过一杯酒，说道：

“谢谢永川师兄，我一定会活下去的！”

一饮而进！

众人喝醉，勾肩搭背回归脱舍院，那怕进入内门，这里也是他们的家。

许久，洛离酒醒，他漫步离开这里，脚下踩着一块块他所切割搬运回来的石板，一种强大的信念，在心中浮起！

“我一定会活下去的！”

“我一定会胜利的！”

“我不是为我一个人活着，为我爹，为青青，为猛龙，为杀堂一千三百七十四人！”

“我一定要活下去！活下去！”

不知不觉，洛离走到南山，看着自己曾经孤独一个人战斗过的地方，洛离一声大吼！

“我一定要活下去，什么洛欣，什么贺厉。什么金陵，什么王倪天，都给我死吧！”

“我洛离，是无敌的！”“爹，你看着吧，我一定要杀了他们，我一定要活下去，活下去！”

“永远的活下去！”

信心十足！洛离回归空远峰，继续修炼，准备备战！

回到空远峰，还未进入住所，洛离一愣，只见一个女子，坐在自己洞府的台阶之上，在那里默默不动，好像在等洛离。

那个女子，正是洛欣，三个月的修炼，她和以前完全不同，以前她只是清秀的花蕾，现在三个月修炼黑龙身的妙用，使得她完全长大，修长身躯，笔直长腿，绫萝长衫，明眸皓齿，美艳绝丽。

她看到洛离归来，咬咬嘴唇，说道：“洛离哥，洛明死了，洛风被驱逐，不知道那里去了，洛兰讨厌我，我没有地方去，我只有过来找你。”

洛离看着她，摇摇头，同是天涯沦落人，说道：“进来吧！”

他将洛欣带入洞府，拿起前厅的茶具，泡上一杯香茶，递给了洛欣。

洛欣接过香茶，轻轻的喝了一口，这是灵蝶宗特有的七星茶，普通修士根本喝不到异界大魔神。

一口香茶入口，全身暖洋洋，洛欣看着洛离，说道："洛离哥，我知道你对我好，我对不起你……"

三天以后的死斗，只能活一个人，洛欣是不会留手的，所以她不敢面对洛离。

洛离笑了笑，说道：

"没有什么对不起的，大家都是修士，这就是我们的命，不要小儿女一样的哭哭啼啼，人生如此，就勇敢的面对！

洛欣，到时候我面对你，我是不会收手，也不会留情的，我会杀了你的，所以我也先和你说一声对不起！也请你不要留情，让我们痛痛快快的战斗一场吧！"

洛离缓缓说着，这话真心无比，到了死斗之时，洛离是不会手下留情的！

可是洛欣却不在幺想，她以为洛离修为不高，观想黑龙失败，自己一定可以杀了洛离，她这么说，其实就是为了让自己宽心！

她忍住的眼泪落下，突然说道："洛离哥，你永远是情郎，放心吧，我永远爱你！"

说到这里，她轻轻一拉，身体外面的绫萝长衫一下子落下，露出她那完美的身躯！

娇挺肌肤，傲然双峰，没有任何赘肉的平坦紧绷小腹，圆翘丰臀之下，一双修长的秀腿，笔直长挺！

她缓缓说道：

"洛离哥，我，我，我还是处子，也许三天后，你我就都要死了！

我，我，我不想就这么的去死，洛离哥，我喜欢你，你，你，要了我吧，这样我也算没有白活一次，我想永远的记住你，留下你的痕迹！"

在说话的时候，洛欣满脸通红，明眸中那股娇媚似乎都要滴出水来。婀娜、秀美、修长、性感、娇艳的玉体，近乎裸呈的显示在洛离身前，愈发显得这玉体的动人。

看着这个娇艳的面容，洛欣丽色逼人，光华美艳，她低头垂首，粉面泛红，娇媚羞涩，更是艳色惊人。

洛离长出一口气，一瞬间好像体内的血液全部的沸腾，管他未来如何，管他将来怎样，洛离一伸手，抱住洛欣，将她抱起，大步的走向卧室。

一切尽在不言中，不一会在那卧室之中，那诱人的骄哼声响起，似痛苦，似呻吟，又似在享受，好像冲上天堂，又似落入地狱，满屋春色，然后一声长嘶，少女成为少妇，一切改变。

渐渐的，骄哼声响起，一遍遍娇声哀叫，“好哥哥，好哥哥”的一通乱求讨饶，什么好听的说什么，只希望他快些结束。

但是这只能带来更猛烈的风暴，渐渐的，声音越来越高亢，化作无法忍受的嘶喊，喊到尽处，就变成无意识的呢喃，最后一切都无声无息。

天地混沌间，两人死死想拥，都是头一次初尝禁果的他们，沉浸其中！

洛离漆黑浓厚的头发早已被汗水打湿了，两人喘着哑着，洛欣身体酥麻的厉害，直如化作一汪水般。

两人对视一笑，金风玉露一相逢，便胜却人间无数！

这样的疯狂继续，日升日落，月起云散，三天时间，他们就是如此疯狂度过，他需要她，她也需要他，死亡之前，只有那彼此的胸膛，跳动的心脏，才能给自己带来温暖，带来勇气！

第五十五章 天变洞中生死决！

初五早上，洛离醒来，伸手一摸，床边之人消失，只有自己一个人在此卧室之中。

在一旁有一张白纸，上边写着几个字：“君之情，永记在心，妾已用身还君恩。至此恩断情绝，死斗场上，一绝生死！”

除了几个字，还有一缕长发，洛欣用自己的身体，过来补偿洛离，剪下长发，算作最后的纪念，至此恩断义绝，死斗场中，必然斩杀洛离。

“心狠手辣的娘们，为什么青青如此，她也如此？”

洛离长出一口气，继续大字躺下，看着屋顶，许久不动。

这一天终于到来，洛离躺了片刻，一跃而起，既然来了，那就战吧！

起床，洗澡，修炼，平心静气，准备战斗！

傍晚时分，五人身穿华丽法袍，彼此汇集在一起，直奔后殿而去。

贺厉、金陵等人，动作深沉，目光坚定，这三天回家度假，对于他们也是一种洗礼。

一路上，洛离看向洛欣，洛欣一头短发，态度冰冷，无论洛离看向她，还是和她说话，都当没有看到，视洛离为无物，全身杀意盎然。

苏仙子就在后殿门口相迎，带着众人进入后殿，洛离却有一个奇怪的感觉，苏仙子好像默默的注视自己，可是当洛离看向她的时候，她又快速的避开洛离的眼光，而且好像微微有些脸红。

难道是生病了？还是自己的错觉？洛离也说不清楚。

众人来到后殿，在此后殿，摆上了一桌酒菜。

这酒菜都是灵酒灵菜，价值相当的不菲，这一桌至少价值数百灵石。这算是最后一顿晚餐，死刑犯人处死之前都会给吃顿鸡腿饭的！

众人坐下，准备就餐，这时他们再一次看到希夷老祖。

和上一次不同，洛离看到希夷老祖，就立刻感觉到一种死气，日暮西山，死气沉沉，如山如岳，希夷老祖虽然看着和以前没有什么不同，但是在洛离眼中，他其实就是具尸体，或者说已经死了，只是一个僵尸。

黑龙具有超强的感知能力，三个月的修炼，洛离没有感觉到自己的具体变化，其实在不知不觉中，他的感知已经比以前强大了十多倍。

不只是洛离，其他几个人全部感觉到希夷祖师的死气，一个个露出惊讶的目光。

希夷老祖看着他们笑了，说道："看来你们个个修炼有成，是的，我阳寿已尽，今年这个冬天，我过不去了。

所以，我希望在我消亡之前，可以看到我的继承者，可以让灵蝶宗发扬光大的后辈强行占有。

而你们，就是我的希望！"

说到这里，他在众人脸上一一注视，那目光充满了无数的希翼，除了知道他真正目的的洛离，其他人都被他感动。

突然，他的目光看到了洛欣身上，他的目光就是一滞，好像在犹豫，在思考，在回忆。

说到底，洛欣乃是他真正的后裔，血脉相连，在死斗之前，他不知道怎么了，良心发现，改变了主意。

许久，他长叹一声，说道：

"我这一辈子，唯一对不起的就是我大哥，当年是他把我抚养长大，我修仙大成之后，他已经早死了数十年，我明白办法报答他，所以我只能善待他的子孙，算作我的报答！

洛欣，你是一个女子，其实你修炼黑龙身，也不可能达到大成，你太爷爷洛明羽当初为我弟子，受我教导，为我而死，我欠你太爷爷的，洛家也需要你挡风遮雨。

你走吧，不用参加死斗了，去找宗主，他会收你做弟子，在紫阳山，好好修炼吧！”

所有人顿时一愣，洛欣不用参加死斗了？不是吧，这太儿戏了吧？

但是就是如此，希夷祖师一句话，改变了洛欣的命运，她不必参加死斗了。

一瞬间，众人露出各种表情，洛欣完全不相信自己的耳朵，贺厉、金陵等人也是狂喜，洛欣龙威光环肉眼可见，是自己最大强敌，她不参加决斗，自己生存的几率又大一分。

洛欣站起，好像要说什么，希夷祖师一挥手，洛欣一下子飞了起来，顺着大殿殿门向外飞出，转眼飞出空远峰，不知去向。

这就是金丹真人的实力，那怕希夷祖师马上就要死了，顺手一挥，就是如此威力。

希夷祖师长叹一声，说道：“人老，就是念旧啊！大家原谅我这个要死的老人吧！”

众人纷纷点头，表示理解。

洛离却站了起来，向着希夷祖师行礼，说道：“希夷老祖宗，洛明羽也是我三叔公的四大爷老姨的堂兄的太爷爷，我也是洛家子弟，我也要守护洛家，为洛家挡风遮雨，老祖宗，祖爷爷，你也不要让我参加死斗了吧？”

说完洛离深深一躬！

顿时引来嘘声一片，这完全是临阵退缩。

希夷祖师看着洛离摇摇头，不由的一皱眉，对于洛欣他有一种血脉相连的感觉，对于洛离，他什么感觉都没有！

他扬声说道：”住嘴，我洛家男儿，一不怕死，二不怕苦，都是铁血男儿！

你是我洛家的后裔，岂能临阵退缩，你是男人，男人就该流血不流泪，你再说一个不字，我先灭了你！”

这话一说，王倪天等人高兴不已，洛离在他们眼中是最弱一个，都算不上敌人，可以说有他不多，没他不少，参加死斗，必死无疑。

这样洛离被喝骂，必须参加死斗，那怕自己就算败了，有他在黄泉路上做伴，心理也很平衡。

洛离心里暗骂：“洛欣是个女的，你怕她胜利了，夺舍变成女人，所以才会放过她！”

嘴上洛离却说道：“弟子明白可以修仙！弟子明白！其实老祖宗和族长都一样，洛欣他们是金瓷器，人人都有血晶石，俺是野草花，狗屁没有，自生自灭！”

说完，怨气十足的坐下，大口的吃饭喝酒，完全一副抱怨放弃模样。之所以如此，就是最后一次表演，让王倪天等人放松对自己的警惕。

希夷祖师就当没有听见，要死的人了，说什么都是正常。

很快众人酒饭吃饱，希夷祖师缓缓说道：“你们这次选拔试炼，门中很是重视，将门中圣地天变洞借给你们使用！

我现在送你们过去，在那里你们好好修炼一晚，明天太阳升起，屏蔽消失，你们的试炼之时！

那黑龙血具有魔蛊妙用，可以融合吸收。你们死战，战死者失去一切，胜利者得到一切，强者吸收弱者养分，强者恒强！

好了，希望你们其中的胜利者，可以领悟黑龙身，引领我灵蝶宗，走向辉煌！”

这话说完，希夷祖师一伸手，洛离等人就觉着空间一变，瞬间出现在一处奇异空间中！

这里就是天变洞，虽然名为洞其实却是一台！大约有百丈方圆，是一个圆台，悬浮空中！

一个高高平台，位于九天之上，青云之巅，向上一看，满天的星辰，那巨大的圆月走在眼中，向下一看，根本看不到大地，只见那无尽的云气，白茫茫的云海。

这就是天变洞，灵蝶七大福地之一，灵蝶宗的弟子在此修炼很容易激发潜力，引发变异，其实道理很简单，这里乃是九天之上，罡风强劲。

在此修炼，就好像蝴蝶飞入狂风之中，如果没有超强的体魄，就会被狂风绞碎，根本无法飞出狂风，这里也是这个道理，压迫，压榨，刺激灵蝶宗弟子，借以激发他们人蝶合一的潜能。

现在这里就是洛离等人的决斗台！四人各处于一角，有两道真元屏蔽众人，将他们分成四处，这时正是夜晚，等到夜晚过去，太阳升起，就是他们死斗之时。

洛离触摸那真元屏蔽，根本无法打破，另外一边的王倪天好像对洛离说着什么，但是洛离根本听不到，王倪天发现洛离听不到，开始做起各种猥亵的动作，他在刺激洛离，在表示说自己第一个就要杀他。

洛离向着他微笑，其实王倪天所做的一切，都是幌子，他真正的目的是要避开贺厉金陵，然后洛离坐在一旁，开始修炼。

刚刚入夜，就把众人送到这里，肯定希夷祖师他们有目的，果然不一会的功夫，一种清风在一旁吹过，这风清凉无比，吹在身上十分的舒服，但是洛离知道这是罡风，可怕至极，现在吹着舒服，一会就会要人命！

他缓缓坐下，驱动真气，开始观想黑龙身，全身黑气翻滚，开始修炼。

果然不一会这风就阴冷的透骨，然后化作一种种的阴风罡气，注入到他们的身上，吹得众人全身酸麻，如同万蚁附体，在撕咬钻钉！

洛离长出一口气，默默忍耐，他相信这风只要扛过去，必有好处！

随着时间的过去，渐渐的那些痛痒感觉消失，一种说不出的暖意在身体浮现，全身真气沸腾，飘飘欲仙，那身体所受的诸多暗疾、隐伤，全部开始一点点的治愈，这天变洞的好处出现。

得到如此好处，洛离等人拼命修炼，他们没有注意到，在他们一旁，有人看着他们，在缓缓评价：“各位道友，你们看，这四个小子，谁能走到最后，炼成真正的黑龙身？”

第五十六章 传说筑基斩金丹！

说话的是一个大汉，面容英伟，身躯雄峻，扑面而来的便是一股英雄气概。

在他身后有一只巨大蝴蝶幻象，足足有十丈大小，那蝴蝶好像金属铸造的一样，那翅膀不时的扇动，每一动作都如同机械一样的僵直，却又带着一种凶横之力，好像一飞就可冲天！

这是金丹异象，此人乃是金丹真人，正是掌控风巧一脉之主，天高峰峰主盛威真人！

“我看那个王倪天不错，他修炼的黑龙身，很是均衡，无论龙体，还是龙威，还是感应，还是爪牙，都平衡到位，而且此人很是狡猾，伪装的很到位，我看他可以活下来！”

说话的是一个清瘦老人，全身上下都修饰得一丝不苟，睿智深邃的双眼似乎能够看透世界的一切。他眉毛很浓，如刀一样，双眸精光四射，宛如两颗璀璨的黑宝石，摄人魂魄。

在他身后的影子，不时变化，从一个孩童的人影，渐渐长大，成为少年，中年，然后苍老，化作老年，然后再一次的成为孩童，不到片刻，就进行了九转，这也是金丹异象，此人正是掌控心巧一脉之主，九转峰峰主翰海真人！

另外一旁有人不同意他的话语，开口说道：“我不这么想，那个金陵，为人憨直，却又隐藏疯狂之心，暗合黑龙之道，从修炼开始就一路突飞猛进，我看此子才是能活到最后的强者。

其他诸人，不过是他的养分而已！”

这人是个女人，说完温柔婉转，却带着不可抗拒之意，在她身上有一种奇异的香气传出，这香气其实你仔细去嗅，却闻不到，可是你那怕封住口鼻，闭住全身毛孔，却可以闻到，直入本心，这就是她的金丹异象，此人正是化巧一脉的金丹真人，落周峰的明香真人。

三人分别表态，坐在正中宝座之上，一言不发的宗主百幻真人方若雷，开口说道：“洛老，您怎么看？”

他在询问希夷真人的看法！

一旁不言不语，只是轻轻喝茶的希夷真人，看了一眼洛离等人，缓缓说道："我家那个后辈小子，还是不错的，差一点我都被他骗过，宴会的时候，我才发现他的不凡。"

这话一说，盛威真人哈哈一笑，说道："他？那个软货？洛老，你真的老了，眼睛不好使了！"

盛威真人盛气凌人，对于希夷祖师毫不尊敬，没有一点门中传说的迹象。

希夷真人只是一笑，说道："不然我们打个赌吧！十万灵石，我赌洛离可以活到最后。"

盛威真人看着希夷真人，说道："你还有钱吗？空远峰能卖的你都已经卖了，你拿什么和我赌？"

希夷真人说道："就凭空远峰之下的四条中型灵脉！一条算十万灵石，你敢不敢和我赌？"

盛威真人说道："洛老，你真疯了，好，各位道友，你们都听到了，这是他要和我赌的，我和你赌了，我赌洛离绝对活到最后！"

明香真人也笑道："我也来，我也赌洛离活不到最后！"

然后她看向翰海真人，说道："白来的灵石，不要白不要！"

翰海真人仔细的看着洛离，许久之后摇摇头，说道："我不赌了，我的心蝶看不透他！"

盛威真人说道："你看不透他？翰海你的眼睛也出问题了？这可是白来的灵石，不要会天谴的！"

突然一只金色彩蝶，向着他们飞来，宗主方若雷一伸手，那彩蝶落到他的手中，化作万千流光消散。

方若雷闭眼片刻，缓缓说道："好了，好了，赌钱什么的都是小事，你们不要吵了。

方才我得到芊芊师妹的飞蝶传信，静鱼宫海外洞府的事情，告一段落。”

顿时众人不再争吵，看向方若雷等待他的消息。

灵蝶宗共有九名金丹真人，在场五人，两人闭关，另外两人偷偷参与探索静鱼宫海外洞府行动，方才就是其中之一传来的消息。

方若雷缓缓说道：“静鱼宫海外洞府乃是当年元珠宗一名元婴长老所留下的洞府，其中有一套完整的元珠宗的传承，还有三件法宝和两件天地灵物。

破开洞府的时候，一场血拼，十分混乱，其中一个通灵法宝，遁出洞府，不知去向，另外的法宝和灵物都落入他人之手。

不过那套传承，芊芊她们复制了下来，但是元珠宗的传承，哼哼，毫无用处，意义不大，可以说白去一次。”

元珠宗的传承，真的可以说毫无用处。上古时期，元珠宗乃是一百零八上门之一，曾经足足三千年占据上门前十宝座，可以说极度辉煌过！

元珠宗的修炼之法，是以各种荒兽神兽的本命金丹元珠为源，上古时期，荒兽神兽遍地，凤凰满街走，龙族多如狗，掠取这些金丹元珠十分容易。因此元珠宗只要弟子修炼有成，就是金丹境界，可以说元珠宗内，金丹最弱，根本没有炼气筑基的弟子，所以上古时期，他们极度强横。

元珠宗成于此，也败于此！

但是随着时间的过去，神话时代结束，进入现代，天地元气减弱，荒兽灭绝，神兽消散，不要说掠取它们的金丹，就是看到它们一眼，都是万难，元珠宗渐渐衰落。

元珠宗自然不甘心如此消亡，他们建立天蛛林，培养各种灵蛛，采取蜘蛛之丹，建立海珠场，饲养大量贝类海族，采取海族珍珠。建立兰若寺，驯养各种厉鬼，采取阴魂之珠。

能够想到的办法，他们都想到了，但是随着时代的变迁，他们跌出十大上门，掉出一百零八上门，最后马上就要跌出八百旁门……他们最后一搏，妄想改天换地，让这个世界，回归洪荒时代，结果十万年前导致天地大劫，元州大陆崩溃，被大海淹没，只剩下一些高山，化作海岛保存下来。

天蛛宗就是天蛛林的残余弟子所建立的，所以元珠宗的传承，最没有用处，屠龙之技，就是废物。

听到方若雷如此之说，翰海真人、明香真人露出不甘心表情，他们若不是为了希夷真人，这次行动必定会参加，也许可以得到哪些宝物。

方若雷继续说道：“不过，芊芊她们也有收获，她和一个混元宗的筑基女修士，结下友谊。”

盛威真人一愣，说道：“不过是一个小小筑基修士，有什么可结交的！那怕她身位上门弟子，那又如何！”

方若雷摇摇头说道：“那可是混元宗弟子，可不是其他的上门弟子。

此女在此洞府中，将两大天地灵物全部夺走！”

翰海真人一愣，说道：“什么，怎么可能？这次虽然没有元婴真君出动，可是各门各派到此的金丹真人，足足三四十，怎么可能被她将两大灵物夺走呢？”

方若雷说道：“是啊，所以很多人不服，然后她在那洞府之中连斩七大金丹，所有的不服的都死了，再也没有发出异议！”

这话一说，众人全部倒吸了一口冷气，明香真人惊讶的问道：“七大金丹，开玩笑吗？”

方若雷说道：“真磁宗的飞霞真人，洗剑门的无虑先生，灵妙谷的姑射仙子，天阳宫的火鸦真人，散修真人惜花公子，力殛子，青冥衣，都在她手上陨落了！

唉，洗剑门的无虑先生，灵妙谷的姑射仙子，当年和我都有一面之缘，青冥衣曾经败在我的手中，但是被他逃走了，没想到，他们都这样的陨落了！”

众人顿时无语，这七人他们或者认识，或者听过名字，都和他们修为差不多，想不到都死在一个筑基修士手中，让他们难以相信！

许久，希夷老祖开口说道：“她是筑基大圆满吧？”

方若雷回答道："是的，筑基大圆满！"

希夷老祖继续说道："筑基斩金丹！这就是上门的力量，他们的筑基等于我们的金丹，他们的金丹相当于我们的元婴！"

盛威真人咬咬牙说道："没什么，混元宗那怕他们再强，他们也是大道无门！"

这话一说，似乎为众人拉回一些自信，翰海真人说道："是啊，是啊，要不是万年前罗睺之劫，门派排名规矩松动，这混元宗再强，也没有资格进入上门行列！

他们没有仙路，大道无门，从门派建立没有一个人飞升仙界！咱们灵蝶宗在弱，还有金蝶祖师荣升仙界，他们呢？那怕返虚无数，也是没有办法摆脱天地束缚，飞升仙界！"

盛威真人接着说道："是啊，是啊！所以不用羡慕他们！"

这几个金丹真人，在此自吹自擂，自己给自己打气，完全就是吃不到的葡萄是酸的。

方若雷看着众人，暗中摇摇头，他缓缓说道："那个混元宗的女弟子，已经接受芊芊师妹的邀请，要到我灵蝶宗做客！"

这话一说，瞬间众人无语，她可以连续斩杀七个金丹真人，自己并不比那几个金丹真人强到哪去。

盛威真人缓缓说道："没事，没事，魏黎祖师没有闭关，不怕她！"

魏黎祖师乃是元婴真君，灵蝶宗的太上长老！

方若雷一皱眉，说道："胡说什么，盛威你又犯混了，她是我灵蝶宗的贵客，又不是强敌上门！"

盛威真人豁然醒悟过来，说道："对，对，她是客人，我们的盟友啊，哈哈，好，好，好！"

不是敌人，有此盟友强援，众人全部脸色一缓。

方若雷继续说道：“即是贵客来临，咱们自然要尽地主之谊，好好接待，最好至此和混元宗待上关系。

混元宗的镇派五大秘法之一的众生林，在养灵召唤之上，独树一帜，和真灵宗的真灵引，影魔宗的元影炼真台，恒古都天教的十二都天神魔界，天龙寺的八部天龙，魅魔宗的三千外道，号称天下六大灵法！

整个中天大世界，万千门派，就属他们六大派，在养灵召唤之上，天下第一等！

这个上门值得我们结交，有此盟友，对我灵蝶宗益处无穷，而且传说众生林中暗藏三十六丹，七十二液，都是用于培养召唤灵兽的，庄周梦蝶丹也是其一！”

这庄周梦蝶丹对于灵蝶宗弟子，那怕是金丹真人，也是妙用无穷，因为灵蝶宗弟子，乃是肉身炼化灵蝶，人蝶合一，也属于灵兽之道。本来灵蝶宗掌握此丹炼制之法，后来失传。

方若雷深吸一口气，一字一句的说道：“芊芊师妹说，她到我灵蝶宗，做客的一个目的，就是要用这庄周梦蝶丹和我们换取宝物！

所以，机会难得，大家不要错过！”

这话一说，翰海真人、盛威真人眼睛全亮了，兴奋不已，暗中盘算怎么交好此女，换取庄周梦蝶丹！

唯有希夷祖师看着方若雷，这事件的从头到尾，都是方若雷所掌控，先扬此女之威，再说此女之利，不断的暗中警告，免得盛威真人见利忘义，得罪此女，那就是滔天大祸，翰海真人、盛威真人等人的反应，皆在他的掌控之中！

希夷祖师摇摇头，心中暗想：“难怪他可以做一宗之主，我只能为一脉之主！我不如他！”

第五十七章 黑龙发威断魂波！

夜色之中，洛离缓缓驱动真气，对抗那穿心透骨的罡风，那罡风阴冷无比，可是这阴冷中，却又带着一丝阳罡之气，那阳罡之气，具有洗筋伐髓之妙用，难怪此地乃是灵蝶宗七大福地之一。

渐渐的夜色消散，远处放亮，太阳升起，在此平台之上，出现一个巨大的护盾，在此护盾之下，整个平台如同一个山洞，被牢牢护住，不然这九天之上，真阳落下，他们几个全部都会被烤成焦炭。

在此护盾之下，罡风消失，众人长出一口气，在他们眼前出现一个沙漏幻象，那沙漏不住的沙子落下，当沙子全部落下，就是死斗之时。

洛离起身，开始准备，其他贺厉、金陵、王倪天也全部起来，开始准备战斗。

王倪天死死的盯着洛离，不住的谩骂着，虽然听不到他的声音，但是可见他对洛离的仇恨有多深。

其实洛离知道，这都是假的，王倪天仇恨自己，都是装出来的，他这个小丑模样，这样他就可以让贺厉、金陵对他放松警惕，果然贺厉、金陵彼此对视，互相打量，洛离和王倪天都不放在他们的眼中！

沙漏终于流光，一声清鸣，隔绝四人的屏蔽消失，死斗开始！

洛离长出一口气，来吧，生死一战，就在此刻！

屏蔽消失，王倪天向着洛离就冲来，喝道：“小子，小子，你的好妹妹滚蛋了，我看看这次谁能保护你！

你还记得吗？三个月前，打我嘴巴子的爽快，这次我要报仇了，打我一个，我还你一百个，我要把你脑袋打个稀烂！”

洛离看着他，骂道：“跳梁小丑，不足为据，杀你如杀一狗儿！”

然后洛离掉头就跑，王倪天哈哈大笑，在后面开始追赶，他们一逃一追，在这平台之上，奔跑起来。

王倪天嘴里大骂，脚下追赶，但是他并没有死命的追赶，永远的比洛离慢上一步，他并不想追上洛离，眼角余光不时的飘向了一旁的贺厉、金陵！

贺厉、金陵傲然相对，一个体型巨大，拥有万斤之力，一个身手敏捷，十指若刀，两人对视，他们的眼中只有对方！

金陵说道："本来我还想和洛欣一战，没想到她走了，不知道算她幸运，还是算你我幸运！"

贺厉说道："多她不多，少她不少！来吧，师兄，我们战吧！看看你选择的龙体之道正确，还是我的龙战之道正确！"

金陵说道："好，来吧，你我一战之后，再处理那两个小丑，他们的小心思，谁不知道？

他们装出仇敌，避开我们，妄想等我们死拼之后，捡便宜，真是可笑。他们忘记了修士必须迎难而上，毫不退缩，才能大道有成，独享长生！"

贺厉说道："是啊，是啊，他们以为我们傻，其实谁不知道谁！师兄，来吧，让我们一战，看看谁能在这大道路上走得更远！"

话语说完，贺厉猛的动了起来，向着金陵冲去，他的双手双脚发出幽幽光芒，十指若刀，轻轻一抓，脚下的巨石，一下子就粉碎。

看着快速冲过来的贺厉，金陵一声大吼，用力一拉，那地面一块青石石砖被他举起，这石砖足足有一丈大小，万斤重，这是他昨夜悄悄挖起的。

他挥舞起这个巨石，如同挥舞一个大棒，向着贺厉轰去，那巨石发出呼呼之声，只要打中，就是全身粉碎。

大殿之中，明香真人一笑，说道："看到了吧，大智若愚，这个金陵可不真傻！"

方若雷长叹一声说道："他倒是不傻，可是咱们这天变洞却需要维修，至少需要花费三千灵石！"

在金陵的一击之下，贺厉突然跃起，在他后背出现两只简陋龙翼，靠着这个，他整个人悬浮空中，避开金陵的一击，这就是他的依仗。

金陵大吼，挥舞巨石，继续轰击贺厉，贺厉在这巨石之间，拼命躲避，然后伸手反击。

这场战斗，就象是猩猩打蚊子，完全的不对等，贺厉仗着龙翼，身形如电，突然突破金陵的防御，那右手用力一抓，抓住金陵的前胸，就要将他的心脏掏出！

但是金陵冷哼一声，猛的一吼，胸膛一震，一下子贺厉竟然被震出一丈开外，那怕他使劲全力，也无法抓开金陵的胸膛，金陵的黑龙体不只是力大无穷，更加的防御无敌。

远处的洛离和王倪天，还在假装一个逃，一个追，看着他们这场龙争虎斗，但是两人脸上都有些惨白，没想到这金陵贺厉竟然将黑龙身修炼到了如此境地。

金陵大吼，用了一掰，竟然将此石板掰下一角，然后用力掷出，那石块足足有人头大小，轰向贺厉！

贺厉快速躲避，然后进攻，这一次金陵毫不防御，随便他打，贺厉打贺厉的，他打他的，他坚信贺厉打自己无数下，自己毫发无伤，但是只要打中他一下，就可以要他命！

贺厉在金陵身上，拼命的攻击，撕扯，钻刺，拳击，掌劈，但是毫无用处，金陵身上龙体刀枪不入，只能留下道道白印，却毫发无伤，双方处于僵持状态！

突然贺厉身形一变，身体倒转，大头朝下，猛的钻入金陵的双腿裤裆之间，钻到他的身后，然后扭头一咬。

这一咬，贺厉的嘴一下子裂到了耳边，化作一个血盆大口，那嘴里两排牙齿，雪白铮亮，全部都是犬牙，如同利刃，一口下去咬中金陵的右脚脚踝，鲜血四溅，这一口将金陵的脚筋咬断！

金陵发出一声惨叫，一下子单腿跪地，贺厉猛的退后，避开金陵的反击，他看着金陵微笑，说道：“黑龙最厉害的，不是爪，也不是翼，而是牙！我的龙牙不好受吧，再强的龙体，我也可以咬断，这才是我最强的绝招！”

看到这一幕，王倪天露出凝重神色，小心翼翼的防备贺厉。在那大殿之中，却有金丹真人说道：“结束了，这个贺厉可惜了！”

“是啊，此子观想龙牙、龙翼，可以说创意十足，可惜了！”

“说什么也没有用，像他这个模样，人不像人，鬼不像鬼，那还是一个修士。

外体幻化，由形及心，内心一定受到影响，神智不复从前，败亡就在眼前！”

所有的金丹真人，都一致认为贺厉败了！果然贺厉露出龙牙之后，断了金陵一条腿后，变得血腥，整个人狂妄起来，张开大口，就想再咬金陵一口，而金陵虽然一条腿残疾，但是他却神智清醒，小心戒备，时刻准备发出绝命一击。

机会来了，贺厉又一次的冲了过来，撕咬金陵，这是他的第四口了，他已经忘记自己的目的，而是享受这种撕咬猎物，血肉迸溅带来的爽快感觉。

金陵毫不抵抗，眼睁睁的看着贺厉咬中自己的左臂，在被咬中的瞬间，金陵反击，用力一扑，速度如电，猛的一抱，赫然将贺厉抱住。

正应了诸多金丹真人所言，贺厉败了，在金陵的拥抱之下，贺厉的身上发出咔咔咔的骨节断裂之声。

贺厉大声的哀嚎，但是一声闷响传来，那时贺厉胸膛被彻底挤爆的声音，贺厉的惨叫声戛然而止，整个人的身躯，被金陵压挤拥抱成一团肉酱。

那怕贺厉攻击金陵多少次，都没有问题，但是被金陵抓住一次机会，贺厉就完蛋了！

金陵长出一口气，赢了，自己赢了！

还未来得及欢呼，这边的王倪天动了，瞬间一闪，速度如风，双脚重重的踩在了金陵的头顶，这一踩之后，金陵头盖粉碎！

王倪天倒转身形，双峰灌耳，双拳重击金陵的太阳穴！

啪嚓！一声巨响，就好像打碎了什么瓷器一样，响遍全场！金陵的左眼眼珠子竟然迸溅出来！

然后王倪天双手抓住金陵的头颅，身体狂转，大吼一声，双臂用力，又是一声咔嚓！金陵的脖子被他拗断，轰然一声，那巨大的身躯倒在石台之上，当场死亡！

盛威真人哈哈一笑，说道："我说什么了，我没有看错人吧，这个王倪天果然够狠，赢了！"

翰海真人摇摇头，说道："战斗还没有结束，继续看，继续看！"

在他们的说话中，王倪天举起双手，不住的欢呼，突然王倪天一愣，他看到一直在逃跑的洛离，悄悄的向着他靠近，不知不觉走到了他身后五尺之地！

王倪天转身看向洛离，哈哈大笑，说道："你小子还想和我学？趁我不注意，来个暗算？本来还想让你多活一会，既然你这么想死，那好我送你上路！"

洛离笑道："哈哈，被你发现了，不过，在我临死之前，我想告诉你一个秘密！"

然后洛离对着王倪天，张口说道："其实，我是你爸爸啊……"

听到洛离调戏自己，王倪天大怒，正要出手，洛离啊字刚刚说完，就是张口一喷！

一道光柱瞬间射出，碗口粗细，白炙如虹，如刀如刃，转眼就到！

这道光柱，激射而出，湛然清冷，光芒流转间，无尽的森然毁灭气息向外铺天盖地的发散而出。

王倪天下意识的一躲，但是毫无用处，就觉着胸口一凉，自己不差于金陵的黑龙鳞防御，在这光柱中，立刻被刺透。

一个碗口大的窟窿出现在王倪天的胸口，然后洛离头颅一动，光柱一转，瞬间王倪天整个胸膛，双手，齐胸而断，整个人一分为二！

在场诸多金丹真人，全部傻眼，张大嘴巴难以相信！

第五十八章 死斗唯我道独行！

王倪天被洛离，一斩两断，但是因为修炼了黑龙身，他并没有立刻死亡，他的上半身，死死的盯着洛离，还说了一句话："混蛋，你，你一开始就骗了我们！"

洛离点点头，算是默认！

王倪天的口中开始冒出血水，他双眼渐渐迷离，看着天空，轻松说道："我，我不想死啊……"

声音戛然而止，王倪天死亡！

洛离来到他的身前，说道："对不住了，兄弟，我也想活下去！"

随着王倪天的死亡，在他身上那用于观想的黑龙血慢慢渗透出来，比起希夷真人分配之时，这黑龙血足足大了数倍，完全就是一整滴，瞬间飞向洛离，融入到洛离的眉心中。

洛离站起，看了一眼其他两人，金陵已经死亡，贺厉那粉碎的身体，却还在不时的蠕动抽搐，他还没有死！

洛离来到贺厉身边，在看过去贺厉已经神智清醒，贺厉满脸的恐惧，他艰难的看向洛离，轻声说道："洛离师兄，我好疼啊，好疼啊，我要死了吗？"

这时的贺厉，又变成洛离刚刚遇到他时的少年，洛离点点头，半跪下去，抱住贺厉的头颅，慢慢的输入真气，切断他粉碎身体传来的剧痛。

贺厉说道："不怎么疼了，我要死了吗？我怕，我怕，洛离师兄，我好怕啊……"

洛离说道："别怕，别怕！"

"尘归尘，土归土，生终将死，灵终将灭，万物终将消亡，在辉煌，不过一抔黄土，一捧青灰！人生百年，如若一梦，岂有永恒不灭者，夕阳末世，惊怖可闻，不过光阴一刹……"

洛离缓缓的念起了往生咒，在洛离的念咒之下，贺厉渐渐的恐惧表情消失，他长出一口气，看着远处的巨大骄阳，说道："师兄，我要走了，师兄，你要活下去，好好的活下去，替我们活下去，把我们没有享受过的精彩，全部的……"

声音停滞，贺厉死亡，最后一刻，嘴角带笑，无怨而亡。

洛离并没有结束念咒，继续在那里念叨："人生百年，如若一梦，岂有永恒不灭者，夕阳末世，惊怖可闻，不过光阴一刹……"

许久洛离结束念咒，闭上贺厉的双眼，缓缓说道："活下去，这活下去怎么就这么难呢！"

一滴黑龙血，飞入洛离的眉心，比起原来，这个也大了数倍。

远处观战众人，明香真人笑了，说道："两滴黑龙血，我就知道金陵不同寻常！"

众人一愣，果然金陵死亡，可是黑龙血却没有飞出！那怕头颅粉碎，脖子拗断，他也没有死！

洛离缓缓站起，看向远处的金陵尸体，说道："起来吧，我知道你没有死！你的黑龙血没有飞出！"

随着洛离的话语，那金陵竟然缓缓的站起，在他站起的同时，头颅、脖颈、脚踝，所有受的伤，都在快速愈合！

看到这一幕，盛威真人说道："这，这不是黑龙身的愈合能力，这是神通力！神通！"

明香真人笑道："不，不是神通，这是仙骨！"

翰海真人一愣说道："仙骨？"

明香真人说道："我都说了，他暗合黑龙之道，岂能是瞎说。

这是仙骨黑龙心，此仙骨的妙用，就是具有黑龙转生之力，可以使人死而复生一次！"

希夷祖师许久没有说话，然后他开口说道：“原来如此！金陵的祖先应该是黑龙宗的修士，可能是其后代因为没有灵根无法修炼，最后散落凡间。

虽然金陵祖先没有灵根可以修炼，但是那黑龙血已经融入到他们家族的血脉中，所以他们这一族，个子高大，憨憨傻傻。

到了金陵这一代，隔代大遗传，具有灵根可以修炼，又恰巧修炼了黑龙宗修炼之道，刺激血脉，演化出仙骨黑龙心，我说他刚入门时，怎么没有检查出来他拥有仙骨呢。

明香师妹，你应该是注意到他，修炼黑龙法，无比的顺利，其他人需要破妄，他根本不用，所以才发现他具有仙骨的吧？”

明香真人说道：“洛老高见！确实如此！”

金陵修炼一直很顺利，和别人不同，大家都认为他憨憨傻傻符合黑龙之道，只有这明香真人透过现象看本质，发现了金陵的秘密！

金陵缓缓站起，在看过去，他和以前完全不同，以前他憨憨傻傻，个子高大，但是现在，他全身肌肉匀称，不高不矮，如同利刃开锋，全身散发一种无形龙威！

他看着洛离，缓缓说道：“那个往生咒很好听，我要是死了，你也给我念一遍吧！”

洛离点点头，说道：“好的！”

金陵继续说道：“你死了，我也给你念！”

说完，他就向着洛离冲去，扬手就是一击！这时的他速度完全不次于死去的贺厉！

洛离长出一口气，出拳，抵挡，脚下不丁不八，开始防御！

“嘭、嘭、嘭！”拳脚相交，爆响传来！

两人在此交手，金陵如同凶兽，拥有巨力，行动敏捷，一举一动完全都是本能。

洛离闪展腾挪，出拳如电，出脚如风，卸、解、闪、退、避！和金陵在此大战！

转眼之间，两人交手足足百合，渐渐洛离不敌，突然他张口一喷，一道光柱射出！

这道光柱射出，正好是金陵出手老力刚消，新力未生之时，只能眼睁睁的看着这道光柱射到自己的身体之上！

方才的拳脚交手，就是为了测出金陵的身手速度，然后这一击，让他避无可避！

果然这一击，正中金陵身上，但是那金陵发出一声大吼，在他身上龙威肉眼可见，那龙威化作一层鳞甲，护住他的全身，他以此对抗洛离的黑龙波！

光柱在金陵身上，被硬生生的抗住，化作无尽白色光点散播四方，金陵被此黑龙**动，虽然双腿插入石板之中，但是身形还是不住的后退。

转眼，他退出一丈开外，洛离的黑龙波也喷吐到了尽头，光柱消失，金陵抬头看向洛离，嘴角带笑，他赢了！那怕洛离最强手段，他都扛过去了，所以赢定了！

方若雷向着希夷老祖，抱拳说道：“恭喜，恭喜，洛老，夺舍法体就是这个了！”

翰海真人、明香真人也是抱拳恭喜，他们都认定金陵赢定了，这就是希夷祖师的夺舍之体了。

盛威真人笑道：“恭喜了，不过洛老，你可是输给我十万灵石，这个可不许赖账啊！”

就在这边诸多金丹真人，认为洛离输定了的时候，洛离轻轻说道：“金陵，你击杀同门贺厉，至其重伤而死，妄图杀害同门洛离，你罪大恶极！”

远处一丈开外的金陵，说道：“什么，你说什么！”

洛离不管他的疑问，继续用只有自己能听到的声音说道：“苍天在上，后土在下！罪证确定，罚恶在前！”

洛离猛的跃起，他向着金陵冲去，反冲锋，奋力一搏！

随着这一句话，一道善功分解，他身上放出一种奇异的元能，那元能融入天地中，受此吸引，天空落下的奇异伟力，注入到洛离身上。

在靠近金陵的瞬间，洛离又是一张嘴，最后一道黑龙波喷出！

一道光芒，瞬间射出，这一击和以前完全不同，这道光芒不再是白炙色，而是暗黑色，不再是碗口粗，只有拇指粗细，而且不再是笔直一道，而是弧形甩出，如同一条软鞭打出！

金陵根本来不及躲避，瞬间一击，打中他的额头，然后顺着额头向下，一扫而过。

金陵死死的看着洛离，咬牙切齿，渐渐的脸色的怒气消失，他开口说道："给我也念那个经吧！"

话语说完，在他额头出现一道血痕，这血痕从额头，到眉心，到嘴，到脖颈，到胸口，一直到身下，然后一声轰鸣，他一分为二，死亡！

洛离轻声说道："苍天在上！后土在下！恶人伏法，罚恶在前！"

一瞬间，全场皆静，翰海真人、明香真人、盛威真人、宗主方若雷，全部傻傻的看着，谁也没有想到，洛离竟然会大逆转，翻盘胜利。

唯有希夷祖师微笑，说道："好了，我赢了，明香师妹、盛威师弟，别忘了你们的灵石！"

盛威真人冷哼一声，一甩袖子，掉头就走，消失无影。

其他众人，全部无语，这次是真正的战斗结束，众人全灭，洛离独活！

金陵死亡，仙骨黑龙心只能起死回生一次，金陵这次是彻底死了，但是那黑龙血并没有出现，他已经完全炼化了黑龙血。

洛离将他分裂的尸体摆回一起，留个全尸。王倪天的尸体也是如此处理，然后洛离在他们两人身前，默默的念起往生咒："尘归尘，土归土，生终将死，灵终将灭，万物终将消亡，在辉煌，不过一抔黄土，一捧青灰！人生百年，如若一梦，岂有永恒不灭者，夕阳末世，惊怖可闻，不过光阴一刹……”

随着咒语，洛离长出一口气，他忍不住对着苍天，大吼一声：“赢了，赢了，我赢了，我活下来了！”

“我会继续的活下去，好好的活下去，自由自在的活下去！”

洛离大吼，死斗结束，洛离获得胜利，掌控黑龙身，活了下来，但是更大的危险，夺舍之危，悄然逼近！

第五十九章 宁死绝不退半步！

不久，一道光门出现，陆续有人走出，开始收拾残局，金陵等人的尸体，都被包裹带走，带回宗门安葬。还有人开始清理现场，修补损坏地面。

洛离则被人引领，顺着光门离开，在紫阳山的一个山洞中走出。

活下来了，活下来了，洛离无比的欣喜，漫步在紫阳山上，一步步的回归空远峰，一眼就看到了苏仙子，她遥遥望着洛离微笑，说道：“恭喜！从今天起，你已不同！

经历死战，众人之中，唯你独活，你从此就是空远峰的副峰主，灵蝶宗灵巧一脉的继承人，将来你结成金丹，就是我空远峰的掌控者！”

洛离一笑，方才洛欣的郁闷，顿时消散，人必须活着，向前看吧！

其实这些话毫无意义，自己不过炼气三重，结成金丹，一百年，二百年，也怕未必，这完全就是空话大话，骗人的鬼话！

洛离微笑回答：

“洛离有今天，多谢仙子大人的指点，仙子不要取笑我了，在你面前，洛离永远都是你的手下弟子！”

苏仙子摇摇头，说道：“什么手下弟子，按照门规，以后我都要见你行礼！”

洛离急忙说道：“仙子不要这么说，洛离何德何能。如果没有当初仙子大人的指点，我也活不到现在，洛离不会忘本的！”

洛离的态度比起以前，更是谦虚，两人聊了几句，洛离说道：“对了，苏仙子，请问洛欣去那了？我怎么没有看到她？”

苏仙子看着洛离，摇摇头，说道：“洛欣已经被太上长老看中，认为是我灵蝶宗的未来苗子，将她送到小苍山波澜洞修炼，至少十年后，才会归来！

你不要想她了，你以后看不到她了，就是看到了，你们的地位已经不同了！”

洛离就是一愣，太上长老，灵蝶宗唯一的元婴真君，竟然看中了洛欣，这对于她来说这是好事啊！可是，可是，为什么自己这么难受呢！

昨日种种，似水无痕。明夕何夕，君已陌路！

苏仙子伸手递过来一套法袍，说道："去休息吧，明天一早到后殿来，是峰主法袍，以后你就穿这个，好好休息一晚吧。"

洛离接过法袍，这法袍和以前的弟子法袍完全不同，金丝银线，气势轩昂，这代表着权利，像外门陈老、各大外院的院首等人，看到洛离，都要行礼，洛离再也和以前不同了。

洛离拿着法袍，回到自己的洞府，坐在修炼室的蒲团之上，许久无语。

一场血战，三人陨命，自己活到了最后，但是更大的危机，等着自己，还需要继续的拼搏。

修炼吧，无所事事，那就修炼吧！修炼的感觉，最爽，最过瘾，只要修炼，什么烦心事，杂乱事，全部都可以忘记。

洛离开始观想黑龙，吸收了两滴黑龙血之后，洛离所观想的龙宝宝身体变大，龙爪、龙牙、龙翼狰狞，龙体魁梧，这都是贺厉他们观想所得，这种经验直接转化给洛离。

贺厉、王倪天并没有白死，他们的一切，贺厉的凶猛，王倪天的狡诈，全部继承给了洛离。

王倪天果然不简单，他竟然通过武学秘籍，修炼出两个黑龙身的独门法术，电光狂龙钻、霹雳狂龙爆！如果不是洛离悍然出手，真正决斗，洛离不一定会赢！

洛离借此开始自己新的修炼，吸收融合他们的这些经验，将这些经验变成自己的。

洛离心中的黑龙，越来越强大，越来越清晰，原来一天只能使用三次的黑龙波，现在进化为五次！

于此同时在他的修炼中，立刻感觉感到气海膨胀，真气无数，洛离只要一冲关，就可以突破炼气三重，进入炼气四重。

但是洛离摇摇头，渐渐散去真气，并不冲关，四重天在灵蝶宗意义重大，搞不好自己进入第四重，那希夷老东西就会过来夺舍，所以不急，不急！

就这样一夜过去，第二天清晨起来，洛离感觉到神清气爽。

刚刚醒来，就听到耳边希夷祖师说道："到后殿来，我有事情吩咐！"

千里传音，就好像在自己的耳边倾诉一样，自己的一举一动，都在对方的掌控之中。

洛离摇摇头，净身洗澡，穿上法袍，前往后殿，来到那里，发现苏仙子已经在那里等候多时了。

洛离看到希夷祖师，赶紧行礼，说道："弟子拜见祖师！"

希夷祖师看着洛离，微微一笑，说道："好，好，我洛家果然没有孬种，好孩子！我为你感到自豪！"

声音慈祥无比，然后他对着楚仙子说道："采真啊，这一段时间辛苦你了，这几年耽误了你的修炼。

以后有他你就不必这么忙了，你把他该知道都教给他，另外以后我的灵餐，就由他负责吧。"

说到这里，苏仙子脸色一变，然后低头说道："是，采真听命！"

原来苏仙子叫做苏采真！

希夷祖师转身又看向洛离，说了几句鼓励的话语，但是很快他脸色黯淡，看过去好像他疲劳无比，他说道："我没有几天了，洛离啊，以后这空远峰就交给你了，你和采真好好的守护这里，不要被外人夺去。

洛离啊，赶快修炼吧，赶快进入四重，那时你就可以掌控空远峰的中枢法阵，我就可以放心的离开了。"

洛离回答道："弟子明白，弟子一定努力！"

暗中想到：“放心的离开？怕是等我四重之后，你就要放心的夺舍了，这第四重境界打死我也不会突破的！”

就这样洛离和苏仙子离开后殿，在空远峰上下游走，苏仙子开始一个个的介绍这些亭台楼榭诞生的时间，有什么用处，一点点的介绍，详细无比。

洛离细细倾听，他有一个奇怪感觉，苏仙子并不是在给自己介绍什么，而是一种缅怀，一种告别。

而且苏仙子好像生病了一样，有时看着洛离，恍然走神，然后脸色羞红，不知道这么怎么了。

不过在灵蝶宗，洛离也混了一年多了，他知道苏仙子是心巧一脉出身，那一脉弟子个个都有点神神叨叨，说不好听一点，一个个都是神经病，也就没有怎么在意。

这些楼阁殿堂，都不是摆设，其中有专门用于修炼某些功法的修炼室，也有记录各种秘籍资料的藏经阁，还有储存物品的宝物库，还有发放门派福利的杂物处，但是这对于洛离全无用处，因为洛离这个副峰主，完全是虚的。

出来后洛欣远走，空远峰就三个活人，希夷老祖、苏仙子、洛离，剩下一个喘气的都没有，没有人听他指挥。

另外空远峰拥有的所有灵田、灵矿、药园、产业，全部被希夷祖师或卖或租，换成灵石，被灵蝶宗其他六脉的弟子控制，只有这一片楼宇亭台还在。

苏仙子看出洛离所想，说道：“洛离，你可不要小看这片基业，这才是真正的财富！因为在此之下，隐藏着四道中型灵脉！

我们空远峰所有灵田、灵矿、药园都是在此大地灵脉的基础上衍生的，包括我们修炼的洞府，所有的灵田、药园、矿洞，一切的一切，都是靠了这灵脉散发的灵气，才能存在，可以说这灵脉，才是根本，这是空远峰无数先辈，走遍千山万水，这才收集的无数灵脉，汇集而成，每一条都价值连城。”

洛离惊讶的说道：“原来如此！”

苏仙子继续引路，三转二转，来到后山，前方出现一处灵田，大约有二三亩。这片灵田有法阵保护，轻易无法进入，苏仙子默念咒语，打开灵田入口，带着洛离进入此地。

只见这灵田之中，并没有种植什么灵谷，而是种植了一种奇异的灵果，看过去如同银州大陆的西红柿。

低矮的秧苗，红红的果实，遍地都是！看着这个灵果，就有一种食欲，好像很好吃的样子。

苏仙子拿起一个，丢给洛离，说道："这叫做仙龙果，具有解毒、聚气、延寿等妙用，很好吃的！"

说完，自己也拿起一个，轻轻一咬，吃了起来。

这一刻，她再也不是那个高高在上，冰冷仙子的模样，就是一个小女孩，甚至看过去，还有一丝略显幼稚的感觉。

洛离拿起仙龙果，一口咬下去，满嘴都是浆水，酸酸的，甜甜的，真的很好吃！

吃完一个，洛离伸手又拿起一个，继续吃了起来。

一个又一个，洛离一口气吃了十个，才算吃饱，吃完之后，洛离说道："这果子真好吃，为什么其他地方没有见过这种仙龙果呢？"

苏仙子说道：

"这是老东西独家秘法，除了他没有人会种，会培养，灵蝶宗独一份，这是咱们峰中，唯一没有卖出去的产业，因为老东西需要靠它们活着。"

说完，苏仙子开始摘取火龙果，洛离帮忙，一口气摘了一百多个，全部装在一个袋子中，苏仙子说道："好了，够了，将这些仙龙果榨汁，凝练，就是老东西的灵餐，他现在的身体基本崩溃，其他的灵食一口也不能吃，全靠这东西活着。"

然后两人离开这里，在离开之时，苏仙子将这打开灵田的咒语法术，全部交给洛离，也不难学，洛离一学就会。

走出灵田的瞬间，突然苏仙子回头看向洛离，说道：“洛离，我有一个事情想要问你！这里处于禁制边缘，金丹真人的神识无法感应的！”

洛离一愣，说道：“什么事情？”

苏仙子说道：“一个人向着深渊滑落，无论他怎么挣扎，最后只能掉入这深渊中，他是该接受这个命运，还是该再挣扎一下，努力拼一下，也许还有可能不会掉入深渊，他该怎么办？”

洛离说道：“认命呗！死了拉倒，早死早托生！”

苏仙子一怒，说道：“你胡说什么！”

洛离一笑，说道：“你看，你自己已经有了答案！

三分天注定，七分靠人拼，没有什么所谓的命运，那怕未来无法抗拒，那也要挣扎，拼命的挣扎反抗。

那怕死了，也要咬他一口，咬掉块肉，让他疼上一辈子，就是咬不到，打不着他，也要崩他一身血，想要我死，看看咱们到底谁先死！”

看着象是回答苏仙子，其实洛离在自己鼓励自己！

苏仙子点点头，说道：“对，就是死了，也要崩他一身血！老东西，老东西！”

最后的几个字，蕴含无尽的仇恨，这时的她好像找到了自己的路，双眼发出奇异的光芒，然后苏仙子说道：“洛离，你自己修炼吧，这最后一次的灵餐，我给老东西送去了！给他最后一顿晚餐！”

最后两字，死死咬出，洛离不由的打了一个寒颤！

说完，她掉头就走，将洛离自己丢在这里。

洛离长出一口气，转身就走，大步流星，他直奔空远峰的藏经阁，那里资料齐全，秘籍无数，记载着空远峰三万年来所有的一切。

那里就是洛离反击的关键，夺舍，重生，那里一定对此有着各种记录，你想让我死，我不会死的，战斗到底，就是死，也要崩你一身血！

第六十章 有缘再次他乡见！

进入藏经阁，虽然空远峰人烟稀少，但是各种防御法阵，禁制机关，全部有效，如果洛离没有现在这个副峰主的身份，根本无法进入这里。

看来这个副峰主的身份，还是有点用处，洛离在此开始看书。

这里的秘籍资料比起外门多了无数，洛离在此看书，随便看，没有任何限制。

但是洛离知道，自己时间有限，也许希夷老祖明天后天，就会行动，所以洛离二话不说，开始看书。

先看目录，然后按照目录中所示，一本本的翻看，洛离看书的速度很快，几乎一本书翻开，快速的翻到后面，然后再拿起第二本书。

这里存储各种经文、书籍、玉竹简足足十万本，其中涵盖修仙界各个方面，在三楼禁制深处，有着灵蝶宗金丹以下大部分的修炼秘法，这些秘法，普通弟子想要观看，必须赚够门派贡献值，才有机会。

但是对于洛离，完全不是问题，他可以随意的观看这些秘籍，但是不许带出，只能记忆。

洛离快速的翻看，这速度极快，他根本记不住里面的内容，但是他还是如此观看。

就是这样，足足一天一夜之后，他才翻遍这些书，然后洛离长出一口气，可以了，他开始使出自己的神通！

“苍天在上！后土在下！好事确定，赏善在后！”

默默的念叨，随着这咒语，一点奇异的元能，开始在洛离体内消散，融入天地中，受此吸引，天空落下的奇异伟力，注入到洛离身上！

至此善功又消失一点，还剩下四十四个，然后在洛离眼中出现奇异光芒，他在看过去，那十万书籍之上，有的书籍，发出红光。

这就是洛离神通的妙用，他大体浏览一遍，然后借助神通，就可以在这书海之中，找出自己想要找的书籍，借此找到对付希夷老祖夺舍的办法。

洛离长出一口气，将那些发出光芒的书籍，全部的记录下来，然后将它们搬到一边，这个搬运并不是简单的搬运，在每本他需要的书籍一旁，他总会拿两本其他的书籍，然后将它们混乱的放在一起。

希夷老祖也许时刻都在监视自己，所以洛离小心谨慎，鱼目混杂，并不将自己需要的秘籍全部的拿在一起，总是多拿两本，混淆是非。

同时，洛离还将三楼所有的灵蝶宗功法秘籍，也都拿了下来，放在一起，做为掩饰。

然后洛离随便拿起一本，开始细细的观看，这一次可不再是走马观花。

一本本书打开，一本本书放下，洛离或者紧锁眉头，或者微微带笑，或者长出一口气，或者咬牙切齿。

许久这些书籍，他都看完，然后他闭眼，开始构思，过了一个时辰，洛离站起，摇摇头，回归住所，开始休息。

自己这一天的苦苦寻找，太累了，脑袋反应不过来，回去休息一晚上，明天继续来看！

第二天，洛离又来到这里，准备开始查看这些书籍，寻找对付希夷祖师夺舍之法，突然苏仙子出现，洛离看到她就是一愣，一直以来，楚仙子都是一副玉洁冰清的高贵模样，身上法袍一尘不染，但是今天，她出奇的不同。

头发披散，双目通红，眼角带泪，她看到洛离，也不废话，就一句话："洛离，有灵石吗？你的灵石都借给我！"

这话说出口，苏仙子紧咬嘴唇，看着洛离。

看来她真的用灵石，洛离也不迟疑，立刻拿出储物袋，将自己袋子中的二百六十七个灵石全部交给了楚仙子。

想了想，洛离拿出炼气丹和符篆，说道：“这是我以前积累的炼气丹，可以卖五十个灵石，这是我这三个月，没事炼制的符篆，大约有一百五十张，可以卖五十个灵石。”

最后他伸手拿出镇砚，说道：“这个是小极品的镇砚，过眼先生鉴定过，可以卖五十个灵石。

我只有这么多了，可惜，我的符笔，也是小极品的，但是被前辈使用了滴血认主之法，只能我用，没有办法出售，不然可以卖一百个灵石。”

储物袋中的东西，洛离翻个底朝天，全部清空，让苏仙子看个清楚。

其实洛离没有说实话，灵器太吓人了，还是不要说为好，不过洛离将自己所有的灵石、符纸、炼气丹，甚至镇砚全部送给了苏仙子。

能放下面子，求到自己，看来苏仙子真的是走投无路，真的是急用灵石，小极品的法器虽然宝贵，但是自己还是有机会可以继续搞到，而苏仙子也许再也不会这么借灵石了。

苏仙子接过洛离的这些灵石，还有符篆丹药法器，向着洛离使劲的点点头，说道：“谢谢！”

然后她咬咬牙，轻声说道：“昨天，我给老东西下毒了，你说的对，那怕就是死，也要崩他一身血兽宠天下，全能召唤师！”

洛离一下子傻了，难怪昨天苏仙子如此古怪，原来她趁着最后一次送饭的机会，给希夷祖师下毒了，可是什么仇恨值得她如此这么做！

洛离还没有想明白，她已经转身就走，不知道去找谁，快步的离开。

洛离摇摇头，这是干什么啊？这是什么事啊！算了，管它如何，自己继续看，突然耳边响起希夷祖师的声音：“洛离，你忘记给我准备灵餐了！”

豁然洛离想起，对了，自己还得给希夷祖师准备灵餐，他急忙的前往那片灵田。

出乎洛离的意料之外，他刚进入灵田，赫然看到希夷祖师在那里浇灌仙龙果，清除杂草，看过去就象是一个老农，在那里劳作。

希夷祖师向着洛离挥挥手，示意他走过来，然后说道："这仙龙果的浇灌，必须在中午时分，太阳最毒的时候，才能浇灌，不然浇灌的灵液，仙龙果不会充分吸收。

还有，这仙龙果最容易生虫子，毒虫一生，不是专修仙植之道的仙农士，根本清除不了，所以必须预防为主，每隔三尺，每三个月要埋下一颗金系灵石，这样借着灵石散发的金系灵气，可以预防仙龙果生虫子……"

这一刻，希夷祖师既没有以前那要死要活的模样，也没有金丹真人该有的气度，他就是一个老农，在农田地里耕作。看来昨天苏仙子的下毒失败了，不过这希夷祖师也害怕了，亲自过来给自己准备灵餐！

洛离在一旁细细观察，希夷祖师继续说道："你知道为什么我可以成为金丹真人，而我的那些同门，现在全部黄土一抔，就是因为我会种植这仙龙果！

除了我，整个灵蝶宗，不，整个天蛛五岛，没有一个人会种植这仙龙果，靠着这仙龙果，我得到师父的欢心，得到师兄弟们的爱戴，手里有着使用不完的灵石，一步步顺利修仙，最后结成金丹，继承空远峰的传承。

全靠这仙龙果了，我才有今天！"

说完，希夷祖师珍惜的触摸着脚下的仙龙果嫩苗。

然后他又说道："这种植之法，我不会传给任何人的，如果我死了，我就要把它们带到棺材里面去，谁也不教！"

洛离明白了，其实希夷祖师不是在和他说话，而是自言自语，人老了总是喜欢唠叨，回忆过去，不过最好有一个观众，洛离就是这个观众。

希夷祖师继续说道："你知道这仙龙果的种植之法，我是怎么得到的吗？

说出来，你绝对无法相信，当初我和师姐游历天下，遇到了传说中的仙农宗的弟子，我们一起结伴，一起探险。"

说到这里，希夷祖师一脸的回忆，回想当年，那段记忆对他可能很重要，然后他继续说道："后来师姐为了保护我们，战死了，他为了补偿我，传授了我仙龙果的育苗、种植、培养、授粉、结果、炼化之法，靠着这个我才能进入金丹境界，才有今天的造化。

师姐，师姐到底长什么样子，一千年了，我已经忘记了，但是我记得她的眼睛，是那么的漂亮，那么的清纯！

她对我很好，她喜欢我，我向她要什么，她都给我，从来不会一点犹豫的。

最后那一刻，我们分开的时候，她看着我，目光就像看着一个死人一样，不，她的心死了，但是我也没有办法啊，仙路崎岖，为了活下去，我只有这么做……师姐，我为了纪念你，这个种植之法，我绝对不传授给任何人，带到棺材里面去……”

希夷祖师说的话语完全前后矛盾，洛离暗想：“什么师姐战死了，搞不好就被老东西给卖了，换取的这个种植之法傲心诀”

希夷祖师还想说什么，突然看向远方，说道：“来客人了，一群羊请老虎吃饭，骨头渣子都剩不下！

你去吧，你去代表我们空远峰，去迎接这远道的客人，哈哈哈，现在的空远峰什么都没有，所以她要什么你给她什么，答应她的一切要求！

对了，今天八月初八，下个月，重阳节，该了断了，我有一个礼物送给你，你会终生难忘的！”

说完，挥挥手，驱赶洛离离开！

洛离走出灵田，苏仙子借钱，灵餐下毒，希夷祖师种地，今天真是各种的莫名其妙，什么客人来了，更是莫名其妙。

不过那重阳节，洛离可是直到希夷祖师要干什么，他要夺舍！还有一个月的时间！逃走，马上逃走？不行，逃不掉的！

这时远方紫阳山主山，轰轰响起礼炮，洛离一愣，那时迎接贵客的七十二响礼炮，只有真正的贵客上门，才会鸣响。

看来真的来客人了，自己代表一下空远峰，过去凑凑热闹吧！

“唉，刚刚选出秘籍，我还没有看呢，就出现这个破事，不知道那里来的混蛋，到灵蝶宗做什么客？”

洛离就向着紫阳山走去，黑龙身的妙用，使得洛离速度极快，一步丈许，不比驼兽慢上多少。

走到一半，只见远方一队人马，虚空飞来，直奔紫阳山，这队人马足足三四百人，气势威压，最前边足足三十六人持幡者开路。

然后三十六人敲动锣鼓，边舞边走，声音震天，在他们身后，足足百人列阵仪仗，分别持七色青冥盖、四海云晃旗、天目万圣旌、仄影幢、青月钺、破天斧、水月鉴等法器位列其后……看到这个，洛离一愣，好像在那里见过！

豁然，洛离想起来了，天蛛坊市，那个坐着经济舱下来，视金丹真人为无物的神秘女子，若彤仙子！最后向自己问路，然后化生百人队伍，前往静鱼宫。

想到这里，洛离立刻躲在树后，隐藏自己的身影，同时还忍不住看向队伍的中心，看看是否能看到那个女子！

一眼看去！

果然，那个女子身穿五色彩袍，头戴紫凤冠，坐在一个凤銮之上，位于队伍的正中心，正在与人闲聊，洛离看到她的瞬间，她立刻好像感应到，回头，向下看去，一眼也看到了洛离，然后她笑了！

双目相对，当他看到她的时候，她也看到了他！

第六十一章 二鬼三巫十七道！

洛离二话不说，就想一跃而起，向着紫阳山冲去，那里有着灵蝶宗的老老少少，那怕这个女子在凶狠，也不用惧怕于她！

但是洛离瞬间强压住自己的冲动，他并没有逃走，因为根本逃不走的！那个女子身前身后，数百手下，这些手下虽然怪异无比，不像活人，但是看过去，一个个都不简单，有它们在，自己绝对逃不掉！

而且方才礼炮齐鸣，应该是迎接客人，那个客人八成就是她，是客不是敌，所以自己不用逃！

洛离没有逃走，而是向着虚空中的女子，抱拳行礼，说道："见过前辈！灵蝶宗弟子洛离，恭迎前辈到我门中做客！"

点出自己的身份，希望她有所顾忌，那女子看着洛离，点点头，算是回应，然后再也不看洛离一眼，队伍向前，瞬间在洛离头顶飘过。

在飘过的瞬间，在洛离身边左右百丈方圆，有十多个修士，由虚化实，腾空而起，加入到方才的队伍中。

他们都是方才瞬间，若彤仙子队伍中的手下，隐身潜伏在洛离四周，幸好洛离没有逃走！

若彤仙子对一旁和她聊天之人，说道："这个是你门中的弟子？"

然后另外一个女子，透过人群，看向洛离，说道："奇怪了，这个弟子我没有看到过，应该是最近一年多加入的弟子。空远峰的法袍，啊，我知道……"

声音消失，队伍远去，洛离长出一口气，刚想随在她们身后，直奔紫阳山而去，突然在他四周，出现四个人影！

这四个人影，一个是飘然道士，一个是黑衣刺客，还有一个是魁梧和尚，最后一个赫然是一个小沙弥。

他们四人围着洛离，都是方才那些离开修士一伙的，那个若彤仙子的手下。

其中那个魁梧和尚开口说道："一年不见，你好像变了很多，血气强横，骨骼精壮。

我说过，我会给你一个改变命运的机会，但是需要一个小小考验，四个和你同境界的修士化身傀儡，打赢有奖励，对了，小心了，败了可是会死人的啊……"

这声音正是那个女子的声音，随着她的话语，这四个修士开始变化，他们开始变得年轻，身体变小！

本来他们站在这里，一个个赫然筑基修为，现在他们的境界开始狂掉，身上的衣服法袍也开始变化，不在是那么的炫耀，变成普通法袍。

在他们身后，各自有两个字。那个道士背后是北辰二字，那个刺客背后是天一，那个和尚背后是罗刹，第四人背后是方寸。

转眼之间，他们都是炼气三重天，四人对视一眼，有的微笑，有的摇头，有的无奈，他们没有一点傀儡感觉，就是四个活人。

他们在选择谁先出手，在这瞬间，洛离出手了！

既然要战，先下手为强，那个道士距离自己最近，干干瘦瘦的就是他了！

距离只有一丈三尺，冲过去，一丈之内，黑龙波灭了他！

看到洛离冲了过来，其他人后退一步，避开战场，只留下那个道士和洛离面对。

道士一笑，说道："选择了我，将是你最大的错误！"

他一伸手，在他身上法袍就是一变，赫然这道袍由无数的符箓组成，然后一挥，在他身前，一张张符箓自动飘起，足足三百六十张，组成一道符墙，横在自己身前。

这些符箓洛离一眼看去，都是普通的炼气期下品中品符箓，倒是没有什么强大的符箓，洛离长出一口气，这种符箓，以自己的黑龙身，完全可以硬抗，就是打上了也是毫发无伤！

转眼之间，两人距离七尺，只要洛离张口，黑龙波一击就可以灭了此人，但是看到挡在眼前的符墙，洛离没有出手，继续冲锋！

随着洛离的靠近，那些符墙之上的符箓开始激活，瞬间洛离就辨认出来清风符、紫薇符、正气符、辟邪符，那些被激活的符箓，都是这类普通的没有什么攻击力的符箓，更不足为惧。

那些符箓一共二十四张，随着他们的激活，立刻在此修士身上飞出符箓，补充符墙上的消耗符箓。

洛离马上就要冲到这符墙之上，距离此人还有三尺，他就要出手，龙爪，破开这符墙。

可是出乎洛离的意料之外，那些被激活的普通符箓，产生的力量瞬间融合在一起，然后这力量就变了，化作一种红色光芒，一边锁住洛离，一边锁在道士身上。那道士在此力量之下，飘然而起，洛离向着他前进一分，他就后退一分，洛离冲上三步，他就退后三步！

洛离忍不住喊道："咫尺天涯！"

这一段时间饱览群书可不是白看的，这是传说中筑基期的中品符箓咫尺天涯，此符箓专门对付修炼体术的修士，使用此符箓之后，锁定敌人和自己的距离，敌人进自己就退，敌人退自己就进，这样善于法术轰击的修士，可以完虐对方。

这符箓在天蛛坊市有卖的，传说只有天行健、方寸宗、空魔宗、北辰宗、通天玄机谷那些上门的修士才可以炼出，这么一张符箓至少价值八百灵石。

可是，这个和自己同样境界的修士，只是使用二十多张普通符箓，竟然制造出符箓咫尺天涯的效果，洛离忍不住喊道："北辰，你是上门北辰的弟子？！"

"百川赴巨海，众星环北辰。照灼烂霄汉，遥裔起长津。"

这是上门北海聚玄星玑紫辰宗的诗号，简称北辰宗，此宗乃是一百零八上门中，唯一一个以符箓立门之派，位于北海长津岛，门中精通十二路符法，感应星宫，传说他们修炼之时，吐纳如雷，挥符如雨，千里风云为之变色。

想不到，自己竟然可以遇到这北辰弟子，虽然只是傀儡，但是其中一个小小符术，就可以看出对方底蕴。

听到洛离的质问，那北辰宗弟子只是微笑，缓缓说道："二鬼三巫十七道，五妖四灭三十魔！八气六巧十六剑！七奇九邪十尊佛！在下北辰正是十七道之一的符道！"

在他说话的时候，符墙之上，一道道的符箓又一次的燃烧激活！

烈炎符、风刃符、巨浪符、金剑符、落石符……但是这符箓激活，却没有发射出去，化作一团烈炎，或者一道风刃，悬浮在此人面前，洛离知道了，又是组合符箓！

将这些普通的小符箓，组合在一起，化作可怕的强大符箓。简单的炼气下品符箓，经过奇妙的组合排序，就可以变成筑基中品符箓，如果让对方组合完毕，出手一击，自己就死了！

洛离猛冲，狂追，但是那咫尺天涯效果犹在，无论洛离怎么的追赶、冲锋，就是和对方距离七尺之遥，无法前进一步。

对方那修士脸上露出鄙夷目光，那些风刃、烈焰开始组合在一起，转眼之间，三十六个下品符箓，化作一个厉害符箓。

洛离突然掉头就跑，他想逃走，其他观战之人，不住摇头，想逃？怎么可能，有着咫尺天涯的效果，那里他也逃不掉。

这时那组合符箓完成，赫然化作一道无色火焰，那无色中却隐约透出淡青色，筑基中品符箓青莲净火，此火善破一切法。具有可怕的毁灭之力，正好用来对付洛离这种化兽炼身的体修士。

青莲净火成型，具有破灭一切法之力，操纵此火，并不是炼气三重天修士可以做到的，受此影响，那连接两人的咫尺天涯顿时受到影响，暗淡消失！

青莲净火正要发射出去，就在这一瞬间，猛的洛离低头用力一抓，举起一块足足有三尺见方的石墩，然后就向着对方撞去。

洛离方才，无论是前进追杀，还是后退逃走，只有一个目的，就是自己来到这石墩之前，然后捡起，一跃撞去！

这一跃撞去，也不是普通的一撞，此乃王倪天融合武学连环穿心腿观想出来的法术，叫做电光狂龙钻，一跃而起，身体横在空中疯狂旋转，双手合拳撞向对方，三丈之地瞬间就到，一撞下去，五尺厚的岩石顿时粉碎。

这是王倪天的绝招，可惜他没有机会使出，就被洛离干掉，然后由洛离继承，洛离抓起石墩，然后使出这招撞去。

一撞下去，正好咫尺天涯消失，其实就是不消失，它也无法及时的反应过来，可以将对方推开，避开洛离的这绝命一击。

两者之间不过七尺，转眼就到，洛离双手举起石墩，那石墩也旋转起来，一下子撞在了青莲净火之上。

青莲净火还没有发射出去，威力并不是最大，与这石墩对撞，轰的一声，立刻被石墩撞散，同时石墩粉碎。

青莲净火散，石墩碎，洛离双拳顺势打中那修士的前胸，一声扑哧清响，洛离在此修士身体中穿过，将此修士一下子在胸口打成两断！

那修士被打成两断，鲜血内脏迸溅，但是这修士残躯，转眼化作液态，如同清水散落四方，然后升华，变成一阵白烟，消散四方！

交手两合，洛离击杀北辰宗修士，胜！

洛离长出一口气，看向另外的三个修士，这个道士是北辰宗的弟子，那三个人，一个是天一，一个是修罗，一个是方寸，看来都是三大上门的弟子，都是可怕的强敌！

然后洛离一指，那个刺客模样的修士，下一个，就是你！

第六十二章 斗战胜佛方寸山！

天一宗，上门之一，信奉唯一之道，精纯第一大衍五十，遁去唯一，杀无赦。

此宗弟子以杀入道，不可修炼任何分身、分神之法。不会御使任何灵兽、灵宠之道。他们就是唯一精纯，纯粹的纯粹！

二鬼三巫十七道，五妖四灭三十魔！八气六巧十六剑！七奇九邪十尊佛！他们正是四灭之一！此宗和七杀宗、殆生宗、杀魔宗为四大杀手门派，以杀为道，杀，杀，杀，杀尽世间修士，唯我独行仙路！

看到洛离挑战，这个天一宗弟子只是微微冷笑，瞬间在他手中出现一道青光，三尺铁剑。

然后人随剑动，人剑合一，向着洛离就是扑来。

一道寒光，洛离根本看不清对方的出手，对方的剑术太强了，虽然洛离也是精通剑术，在银州大陆也算剑法前十，但是和对方一比，自己的剑法什么都不是！

一道剑光，甚至分不清，那个是人，那个是剑，北风冷，剑光寒，只要近身，洛离虽然有着黑龙身，但是在此剑光之下，也是不敌，必被对方砍成无数块。

其他两人露出微笑，这天一宗的修士，可以说是四人中最强的，洛离选择了他，就是选择了死亡。

在此剑下，洛离有死无生，但是洛离就是选择了他，因为看到那剑光及体，洛离猛的张嘴，就是一喷！

黑龙波！白炙如虹，如刀如刃，激射而出，湛然清冷，光芒流转间，无尽的森然毁灭气息向外铺天盖地的发散而出。

就是等待这一刻，看对方打扮，就是近身刺客，果然交手之后，立刻发现对方剑术太强，所以就以自己之长，攻敌之短，瞬间一击，那掌握可怕剑术的天一宗弟子，还没有到洛离身前，就被他的黑龙波，一扫而过，一斩两断，鲜血迸溅，残肢四射！

一直引而不发的黑龙波，初露锋芒，击杀天一宗弟子！洛离胜！

洛离长出一口气，看向那个体格最大，最魁梧的和尚，他一指对方，洛离开始挑战这罗刹宗弟子。

二鬼三巫十七道，五妖四灭三十魔！八气六巧十六剑！七奇九邪十尊佛！

上门罗刹金刚宗，天下十大佛门之一！他们祭拜的罗刹金刚尊，正是十尊佛之一，最精修防御，号称金刚不坏，防御第一！

那和尚看到洛离挑战自己，只是一笑，缓缓向前，走到洛离身前无耻之地，双手合什，闭眼诵经念叨：“我佛慈悲！”

完全就是一副待宰羔羊模样，洛离也不惯毛病，张口就是一喷，黑龙波！

一道光柱射出，湛然清冷，正中大胖和尚的胸口，但是在这和尚胸口之处，化生一个金光，那金光组成一金刚圈将和尚套在其中，黑龙波光柱被此金刚圈挡在外面，白炙龙炎和这金色佛光，互相对撞，发出无尽光华，然后白炙光芒消散，金刚圈粉碎，大胖和尚毫发无伤，站在那里，继续诵经，随着他的诵经，又是一道金刚圈出现！

洛离就是一愣，黑龙波无效！

这时那个和尚抬头，露出一排雪亮的白牙，冲着洛离笑道：“施主还有什么手段，尽管使出吧！”

洛离看着和尚，这就是号称金刚不坏，防御第一的罗刹金刚法，黑龙波竟然无效，无效，无效……还有一个月，老东西就要夺舍，还有一个月了！妈的，他欺负我，你也来欺负我，欺负我，无效，无效，我让你无效……瞬间，洛离狂化了，既然无效，那又如何，我打！

洛离一下子冲了过去，抡起双拳，向着大胖和尚疯狂的轰去，直拳，勾拳，排云掌，铁指，怒爪，窝心脚，拳打脚踢，轰向那个大胖和尚。

那拳脚轰在新生的金刚圈上，发出啪啪之声，金刚圈纹丝不动，洛离的攻击全部无效！

大胖和尚摇摇头，对方黔驴技穷了，自己赢定了，他就要出手！

突然洛离拳脚一变，本来杂乱无章的拳脚，开始变得有序起来，人随拳动，身随意动，有拳脚带动身体，整个人的所有的力量，集中在双手之上，一拳更比一拳，一掌更比一掌猛！

这正是霹雳狂龙爆，乃是王倪天根据武学八卦连环掌，研究观想出来的黑龙法术，只要出手对方中招，就可以连续疯狂的攻击下去，一招更比一招强，无限连环，一瞬间发出六十四击，而且最后一击，六十四击合为一体，打爆强敌。

三个月前，王倪天被洛离以拳脚功夫修理过以后，痛定思痛，他开始练武，将武学融入黑龙身，创造出电光狂龙钻、霹雳狂龙爆两招绝技，所以他才自信满满，谁知道遇到了洛离，一招未用，就这么的死了，最后白白的便宜了洛离。

那大胖和尚开始没有当回事，可是当洛离疯狂的攻击起来，越来越猛，无限狂暴，他才凝神注意，发现事情不对头，但是晚了，洛离已经越来越狂，大胖和尚就是有着其他的逆天本事，也没有办法使出。

轰隆一声巨响，他保护自己的金刚圈被洛离轰碎，那新的金刚圈还没有升起，这时洛离的拳脚横飞，噗呲噗呲打在他的身上。

洛离的黑龙身，乃是黑龙宗秘法，观想黑龙，具有一龙之力，在他拳脚之下，那大胖和尚顿时被他打得骨断筋折，当场化光而去，洛离胜！

说到底他们都是炼气三重天，修士的最底层，那大胖和尚虽然有着无数法门神通，可是因为境界太低无法使出，而洛离的黑龙身，一旦炼成，威力无穷，所以洛离可以打败这上门弟子的傀儡。

如果就此发展，境界越高，上门弟子越强，等到他们达到筑基境界，那时洛离就是使出万般本事也不是人家的对手，到了金丹境界，对方轻轻出手，洛离也许就崩溃死亡。

洛离长出一口气，还剩下最后一个敌人，他看向那个后背写着方寸二字的小沙弥，说实话洛离对方寸宗毫无了解，不然他也不会如此选择！

方寸宗！灵台方寸山，斜月三星洞！十大佛门之一，此宗原是道门，后遁入佛门，拜供之佛乃是斗战胜佛，乃是十尊佛之一，此宗乃是一百零八上门中的肉身斗战第一的上门！

门中弟子信奉天地万物，皆在方寸之间，无间有间，瞬间定生死！

他们个个精通七十二变，铜头铁臂，火眼金睛，虽为佛门弟子，但是就是好斗，只要被他们欺近近身，那就是返虚真一也要皱眉，就是化神真尊也得掉头就跑！

洛离并不知道方寸宗的来头，看到这个小沙弥，最小，最瘦弱，最无力，所以最后一个战他，其实这家伙最强！

交手之后，洛离就知道对手的可怕，这个小沙弥如同一个滚刀肉，就在洛离身前身后旋转跳跃，疯狂出手，那霹雳狂龙爆的八八六十四连击，对于洛离是绝学，对于他就是普通攻击，招招如此，这家伙太强了。

而且你一拳打去，打的是他的头，瞬间那头就变成双腿，一个剪刀腿，就夹住你的拳头，你踢他胸口，瞬间那胸口就变成屁股，狠狠一脚，毫无用处，而且这个小沙弥越战身体越小，你就象是和一个猴子打架，打不到，够不着！

洛离张口就喷，那黑龙波一扫，明明扫中他的胸膛，但是他摇身一变，黑龙波就擦肩而过，毫无用处。而且这小沙弥的拳脚还十分的重，一拳下去打的洛离皮开肉绽，骨断筋折！

强者，真正的强者，死战，拼命的死战！

这一次的战斗，洛离比起以前都要辛苦了无数倍，而且对方很强，洛离开始落败！

洛离打出野火，一声大吼，突然撕开衣服，吼道：“来吧，小子，冲着爷爷这里来！你这狗日的，小猴子，屁大点的小毛孩，来，向着爷爷这里来！”

然后洛离开始骂了起来，大骂，那话语粗俗不堪，对方顿时受激，一声尖叫，双手向着洛离胸膛插去！

洛离赫然一动不动，任由他双手插入自己胸膛之时，然后洛离森然一笑，说道："抓到你了！"

全身肌肉一紧，夹住对方双手，猛的洛离一扑，一把狠狠的抱住了他，用力一挤，就像当初金陵对付贺厉那一招，只听见一声咔嚓，洛离将他挤爆，胜！

这战完全是苦胜，洛离全身带伤，胸口都被人抓开，肉眼可见其中肠子内脏，他一下子坐倒在地上，大口喘气，现在只有依靠黑龙身的强大恢复之力了，生死信天由命了！

一下子洛离躺下，躺在地面之上，全身缓缓往外流血，不过伤口在缓缓恢复，他苦笑一下，说道："难道我就要这么死了？不会吧，太不甘心了，太没有理由了……"

"不会吧，不会吧！不是说胜利有奖励吗？不是说有机会吗？骗人的，女人都是骗子！"

"不管了，如果我能活下来，再见到那个女人，有多远避开多远，疯子，我也没有得罪你，干什么这么对我，等我以后厉害的……"

大量的失血，洛离有一种眼睛昏花的感觉，全身无力，渐渐的双眼模糊！

突然，在他眼中出现一个人，正是那个神秘女子，她侧头看着洛离微笑，说道："要死了吗？我说过有奖励的，便宜你了，想死可没有那么容易！"

说完，在她手上出现一团清水，这清水自成一团，悬浮空中，发出幽幽青光，她轻轻一点，落下两滴，滴入洛离的眼中！

第六十三章 天地灵物洗经髓！

清水入眼，洛离就感觉到无比的清爽，双眼舒服到极限，全身轻松。

然后整个全身都好像侵入清水之中，在那水中，洛离有一种暖洋洋的感觉，就好像重回胎儿时代，躺在妈妈的**里，无比的宁静安详，无比的舒服。

那是纯粹的舒适和满足感，如同全身沐浴在阳光下、浸泡在温水中，又或者是和风送暖、鸟语花香，种种他所经历过的最快美的感受仿佛同时放大千百倍，在瞬间漫过全身。

许久洛离睁开眼睛，赫然发现自己全身上下，所有的伤口全部愈合，再无一丝伤痕，身体轻松无比，整个身体恢复刚入灵蝶宗的那种状态，不高不矮，清秀非常，那炼成黑龙身之后，身体越来越高大，体重越来越重，胳膊越来越粗的种种迹象，彻底消失。

就好像一个无形的牢笼，在洛离身上解除，洛离完全获得了新生！

若彤仙子就微笑的在洛离身前，看着他，洛离站起，看着全身，知道自己身体产生了奇异的变化，都是若彤仙子所为，他忍不住行礼，感激的说道："多谢前辈！"

若彤仙子摇摇头，说道："你打败了我的四大上门分身傀儡，这是你应该得到的奖励。"

洛离说道："那个清水吗？"

若彤仙子点点头说道："黄阶中品天地灵物玉髓天水，产于灵玉之中，万年乃成，对身体净化作用，洗经伐髓更有奇效，我这一次在静鱼宗的洞府探险中得到了七份，奖励你一份！"

天地灵物价值连城，灵蝶宗都没有几个，就是有也是那些金丹真的禁脔，就是她怕是也得千辛万苦才能得到这宝物，说不上经历了多少血战，就这么随便就给了自己，这可完全是大手笔，大人情！

洛离忍不住行礼，又一次的说道"多谢前辈！"

若彤仙子看着洛离，微笑说道："这灵蝶宗格局太小，它容不下你，迟早你会离开这里。

一年不见，你好像修炼了黑龙宗的黑龙道，不过你强行吸收他人的黑龙血，导致你的黑龙身破绽百出，隐藏无数隐患，三年之后，你就会崩溃死亡。

所以我以傀儡战你，你经过了考验，就奖励你一份玉髓天水，修补你的身体隐患，希望你的仙路可以走的更远！"

洛离感激不尽的说道："弟子何德何能，受此前辈大恩！弟子无以回报，感激不尽！"

若彤仙子摇摇头说道："茫茫人海之中，你能看到我，我也能看到你，这就是缘分！

不用谢我，等你强大了，看到比你弱小的后辈，缘分到了，你也可以这样的帮他，我给你一个机会，你就给他一个机会，这就是谢我。

另外如果你是废物，一个傀儡也打不过，死了也就是死了！"

说到这里，她一伸手，周围无数树木花草之上，被抽取无数纤维，那些纤维落到洛离破损法袍之上，顿时那法袍完好无损，一点也没有损坏。

若彤仙子继续说道："好了，快去紫阳山大殿吧，他们都在等你，记住，不要让别人知道你认识我，不然他们不会给你好果子吃！"

随着她的话语，她的身形开始一点点的消散，化作万千流光，消散四方红楼之林海！

洛离呆呆的站在这里，不知道说什么好，对方改造自己的身体，消除隐患，救了自己一命，大恩不言谢，可是自己连这个女子叫什么都不知道！

他只能对着虚空一礼，说道："谢谢前辈！前辈给了我一个机会，若是未来，洛离强了，看到比我弱小的后辈，我也会如此给他们一个机会，在此立誓，永生不忘！"

修仙以来，洛离看到的都是修仙界的冰冷，洛风一句话不慎，前程断绝，洛明怀揣灵石，彻底失踪，洛欣恩爱之后，转身变脸，那无比慈祥的希夷祖师，时刻想夺取自己的身体，可以说处处冰冷，一步错，万劫不复！

可是在此修仙界，也并不是都是如此，也有这样的前辈女子，天地灵物随手送人，给了自己一个机会，救了自己一命！这世间还是有好人的！

洛离摇摇头，继续向前，来到紫阳山，那里热热闹闹，远远看去，敲锣打鼓，欢迎贵客，那女子早在众星捧月之下，进入灵蝶宗大殿。

洛离继续前进，终于到了大殿，立刻被人引入大殿之内，说到底他是代表空远一脉到此，他缓步进入大殿之中，该有的仪式都已经完事，已经进入正题，在那大殿里只有**修士，坐在那里闲聊。

远远看去，灵蝶宗九个金丹真人，除了希夷祖师和两个闭关的真人，到此六个，他们宾主落座，谈笑风声，说的好不热闹，那个女子身边的诸多手下，全部无影无踪，就好像没有出现过一样。

洛离到场，没有一个金丹真人看他一眼，完全无视，在最边缘角落，有个椅子，上边写着空远峰，洛离悄悄的走到哪里坐下，周围还有两个修士，都是筑基修为，他们分别是魂巧、剑巧一脉的峰主。这两脉已经名存实亡，和洛离一样过来凑数。

到了这里，就听见宗主方若雷说道：“多谢若彤仙子，到我灵蝶宗来做客。我灵蝶宗真是蓬荜生辉啊！”

洛离暗中点头，若彤仙子，洛离牢牢的记住了这个名字！

若彤仙子微笑说道：“方宗主客气了，我这次到灵蝶宗，其实有事到此！”

方若雷说道：“仙子客气了，有什么事情，尽管吩咐！”

若彤仙子说道：“我听说灵蝶宗具有彩蝶无数，正好我的众生林，需要一些灵蝶来填充枝叶，我想在贵宗换取一些灵蝶！”

方若雷点点头，说道：“我灵蝶宗，别的没有，这灵蝶倒是有一些，请问仙子都要什么灵蝶？”

若彤仙子说道：“转生庄周蝶，我需要十二只，时纹裂剑蝶，我需要二只，准提问心蝶我需要七只，三界琉璃蝶我需要二只，空蝉圣魂蝶我需要六只！不知道方宗主是否可以割爱。

放心，我以物易物，我这里有庄周梦蝶丹，一颗丹药换一只灵蝶，如果对我的庄周梦蝶丹不感兴趣，我这里还有阿胝婆元丹、九幽轮回丹、阳燧稚子丹，都是一颗丹药，换一颗灵蝶！”

这话一说，众人你看我一眼，我看你一眼，其中翰海真人站起，说道：“准提问心蝶我这里有，请仙子笑纳。我想换四颗庄周梦蝶丹。另外其他的丹药，一样一颗！”

说完，他拿出一个储灵袋，里面装着七只准提问心蝶，递了过去。

若彤仙子也在储物袋中，拿出七颗丹药，这丹药，只见这四枚丹药半透明，颜色紫青色，其中好像一个彩蝶预破丹而出。

接过此丹，翰海真人不住的点头，说道：“好丹，好丹，果然是庄周梦蝶丹，大道有成啊玉楼春！”

另外三枚丹药中，一枚似乎有水，一头金毛暴猿在水中玩耍，掀起一股股浪花。另一枚丹药则是朱红色，里面包藏着熊熊火焰，极为烫手，火焰中不时传来一声清脆的鸣叫，只见一只朱红色怪鸟在火焰中飞来飞去。最后一枚丹药则是青色，里面好像是一个螺旋轮回，有着无尽的幽冥感觉。

看到他开始交换，明香真人也站起说道：“转生庄周蝶我这里也有！我都换庄周梦蝶丹！”

说完，她也开始交换。一旁的盛威真人看着眼红，但是其他三种灵蝶都已经绝种，天高峰特有的七星九天蝶，若彤仙子并没有提出交换，他只能心中着急。

若彤仙子交换完两种灵蝶之后，迟疑的说道：“请问时纹裂剑蝶、三界琉璃蝶、空蝉圣魂蝶，贵宗都不想交换吗？

我这庄周梦蝶丹虽然不是珍贵，但是天下除了我混元宗，怕是没有其他的宗门，具有这个灵药了！”

混元宗，洛离一愣，这个宗门他无数次的听过，当初神威宗破灭，就是混元宗带头所致，想不到若彤仙子竟然是混元宗的弟子！

方若雷长叹一声，说道：“不是不想，我宗这三种灵蝶，已经绝种！”

若彤仙子一愣说道：“不会吧！怎么可能！”

方若雷说道：“唉，就是如此，六千年前时纹裂剑蝶绝种，三千年起空蝉圣魂蝶绝种，现在三界琉璃蝶也是绝种。我们倒是想换，可惜，没有东西换啊！”

若彤仙子一皱眉说道：“原来如此，那我唐突了，既然如此，那就不换了！”

说完，她拿出一盒丹药，递给宗主方若雷，说道：“这是十二颗庄周梦蝶丹，本来我想留着交换的，现在看来不必了，算作我的礼物吧，送给灵蝶宗！”

这话一说，方若雷、盛威真人等人，全部大喜，没想到有此好处。

方若雷还客气的说道：“这，这怎么好意思！”

若彤仙子说道：“没有什么的，其实我也有事相求，前一段时间，我在外海洞府力战七大金丹，若有感悟，突破瓶颈，我马上就要晋升金丹境界。

可是我宗门据此太远，回归路上时间太久，怕是耽误我修炼，我听说贵宗有一处福地紫阳崖，我想暂借宝地修炼，不知道贵宗是否同意？”

洛离心中一动，什么换蝶，什么拜访，怕都是假的，这若彤仙子真正的目的，怕就是灵蝶宗的紫阳崖。

听到这话，方若雷等人更是大喜，这若彤仙子要在灵蝶宗结丹，这更是大好事，筑基修士晋升金丹，会带来天地元气的巨变，结丹结束之后，所在结丹之地灵气变得更易于修炼，更加的充足。

而且在那紫阳崖结丹，可以远远观之，这样可以学到很多东西，还可以至此交好上门弟子，益处无穷，简直就是天上掉馅饼。

方若雷立刻说道：“好，好！仙子放心，我灵蝶宗倾全宗之力，为你护法，你有什么要求，只管吩咐。

对了，我宗虽然三大灵蝶没有了，还有一些类似这些灵蝶的变异异种，虽然没有那些灵蝶那么的厉害，但是也还是不错的，我马上为仙子收集，请仙子笑纳！”

第六十四章 洞府天宫在眼前！

就此事情绝对，若彤仙子雷厉风行，甚至都没有参加灵蝶宗举行的接风宴席，立刻前往紫阳崖在众人的拥护之下，她来到那紫阳崖上，看着四野点点头，说道："各位道友，此地暂借于我了，多谢了，有事尽管叩关找我！

一气生万法，混元破乾坤！"

一气生万法，混元破乾坤！乃是混元宗的诗号！

说完，她一步步走入紫阳崖中，随着她的动作，每一步下去，身体就分裂一次，化生一人，那人或是壮汉，或是老妪，或是少年，或是婢女，转眼之间，这紫阳崖上，足足沾满了百人这些人，洛离都没有看到他们是怎么出来的，他们一个个有血有肉，好像活人一样，这些开始在紫阳崖上忙和起来，搭玲珑，建牌坊，起阁楼，立宫殿，转眼之间，一团云雾，将紫阳崖全部的围赚再也看不到里面的一草一木！

众人惊讶的看着，许久方若雷说道："好厉害的灵奴之法，御灵之术，这就是众生林了！"

盛威真人说道："这，这，为什么这些分身灵奴，看过去都是假的，明明一个个都是分身傀儡可是，可是，你以为假的，却一个个都是有血有肉，有灵有气，和真的活人一样！太邪性了！"

方若雷一瞪眼，说道："你使用吸血蝶试验了？"

盛威真人点点头，说道："我忍不住试了一下，看过去都是假的，但是他们都是活人，可是明明都是假的"

那些分身傀儡不时出现消失，你看到了就知道他们是傀儡灵奴，可是盛威真人偷偷的用秘法测试了一下，这些傀儡却一个个都是有血有肉，都是活人，但是大家心里都知道，这就是傀儡分身，此等法术，就是如此神奇！

方若雷恨恨说道："吸血蝶呢？快和仙子道歉！"

盛威真人说道："吸血蝶已经被她收走了，还说多谢我送蝶之情！"

在无声之中，盛威真人和若彤仙子交手一次，盛威真人完败方若雷说道：“唉，盛威你艾太混了，回去后取十二只七星九天蝶送过来，算是赔礼！”

盛威真人头一次老实的说道：“是，我明白！真是邪性了”

一旁那个邀请若彤仙子到此做客的芊芊真人，说道：“就是如此邪性在静鱼宗外海洞府，真磁宗的飞霞真人洗剑门的无虑先生，灵妙谷的姑射仙子，他们七个金丹真人，就是这么死的！

被一群群，在虚空中自动诞生的傀儡分身，围殴致死，活生生的围殴致死！”

翰烘人说道：“那为什么不攻击她呢，擒贼先擒王！”

芊芊真人摇摇头说道：“找不到的，每一个都是分身，每一个又都是本体！杀之不绝，灭之不粳无穷无尽”

方若雷说道：“唉，找到了又能如何？众生林不过是混元宗五大法门之一，除了众生林，还有琉璃海，还有通天峰，那一个不是盖世神功”

说到这里，方若雷神情一变，严肃的说道：　“传我灵蝶宗掌门号令！”

所有金丹真人一起行礼说道：“弟子听令！”

方若雷说道：“从今天起，紫阳崖为门中禁地，不经若彤仙子许可，任何人不许靠近一步，违令者，门规处罚！

各脉将自己门主的稀有灵蝶种子，全部拿来一份，送给仙子，算是我们的诚意另外，门中法阵全部启动，防止宵小打扰仙子修炼，各位师弟师妹，大家每人在此替仙子护法一个月，一月一换，各位你们看如何？”

所有金丹真人一起说道：“弟子得令！”

就这样，若彤仙子在此紫阳崖住下，每个月一个金丹真人，替她护法，后来渐渐发现，其实就是没有金丹真人的护法，也没有人踏入紫阳崖一步，在第二天的清晨，紫阳升起，这里就是一变，再也不是云雾缭绕这里化作一方巨大的宫殿，只见最前边是一座高逾百丈的巨大牌坊，牌坊上两个大字：天宫！

其中七间十二柱，通体碧透，牌坊之后，云烟如海，仙桥飞架，隐约可见宫阙飞檐，气象森森，令人见之凛然无数人影在此宫殿中游走，其中布满殿宇楼阁，到处都是优美景色白墙绿树红瓦朱门楼榭亭阁花台异树，高低错落，景色优美，一条小溪流淌东西，或为鱼塘或为湖泊，在其中金鳞游鱼闪闪法亮看着有些迷离，似乎烟云变幻，却又栩栩如生，乃是一处小千世界！

洛离回归空远峰，他立刻前往藏经阁，观看书籍，寻找对付希夷祖师夺舍之法可是事情并没有这么简单的完毕，第二天，希夷祖师又有命令，让洛离为若彤仙子送去十二种空远峰特有的灵蝶种子，洛离摇摇头，“唉，静静的看会书，这么难呢？”

洛离只好拿着这些种子前往紫阳崖，刚刚走到紫阳崖前，洛离就看到了苏仙子今天的苏仙子又恢复以前的涅，玉洁冰清，高傲无比，她看到洛离说道：“我和你一起去，看看那上门的若彤仙子，到底什么涅！”

在她的话语中，有一种不服气，凡是女修进入筑基期，都以仙子称呼，这苏仙子在灵蝶宗，可以说乃是隐约为金丹之下，第一女修，无论在美貌还是在实力上，都很自傲现在来了一个上门的仙子，不过也是筑基，却让诸多金丹俯首，昨天整个灵蝶宗上上下下都在谈论此事，这苏仙子自然不服，过来借此机会，看看那若彤仙子到底什么涅，比试一下高低可是洛离却觉着不是如此，昨天苏仙子借取灵石的诡异表现，历历在心，她那里有什么功夫，去比试高低，她一定有着自己的目的，所以洛离急忙答应道：“好的，好的，我们一起去吧！”

带着苏仙子，重临紫阳崖，两人就是一愣，这里和以前完全不同，亭台楼阁，花鸟虫鱼，假山流水，不时白鹤在空中飞过石水花树间鸟鸣蝶飞，池塘上鹤停鱼跃，宫殿金壁辉煌，心思巧妙，一处一景，和谐自然，巧妙融合，可见在此下了多大的功夫，别具匠心，好一处神仙景色进入这里，本来只有三十丈方圆的紫阳崖，化作了一个巨大的宫殿，在侍女的带领下，两人三转五转，过亭台，穿假山，终于来到一处大殿那若彤仙子就在这里，身穿素衣，手持经卷，坐在一个摇椅之上，好不自在看到若彤仙子，洛离就是深深一礼，说道：“见过若彤仙子，弟子洛离多谢仙子帮助！这里有空远峰十二灵蝶种子，弟子为仙子送来！”

若彤仙子看到洛离到此，缓缓站起，说道：“不要叫我什么若彤仙子，奴家姓叶，叶若彤，你以后就叫我若彤师姐吧！这些灵蝶种子，我收下了”

洛离一愣，怎么让自己喊师姐呢？自己何德何能，可以做人家的师弟？

若彤仙子摇摇头说道：“你现在不知道，不明白，无所谓，但是我告诉，当你在人海之中看到我，我也看到你，你和我就已经有缘！”

她声音轻柔，说不出的好听感觉，收下这些灵蝶种子，她轻轻推开宫殿南方窗户，本来那里是一片殿堂，可是推开窗户，洛离惊讶的发现那边是一片森林无尽的森林，各种奇异树木，一株株正挺立，在那树下树上，好像无数生灵栖息繁衍，洛离使劲去看，可是却一点也看不清，只能模糊感觉若彤仙子将那些种子，向着这树林中一丢，那些种子立刻落入林中，隐约中好像无数树木之上，开始飞起彩蝶，但是若彤仙子摇摇头，说道：“可惜了，可惜，这些灵蝶种子都不行啊没有纹裂剑蝶绝种，没有三界琉璃蝶，时空大道难成，唉，我的众生林何时才能大成？”

这哀怨的样子，让洛离心中一疼，说不上的惋惜但是叶若彤转身就恢复原来涅，她看着苏仙子，轻声说道：“你到我这里有什么事情？”

洛离正要解释，苏仙子噗通一声跪下，向着叶若彤不住的跪拜，嘴里说道：“请仙子帮助，只要救我度过此劫，苏采真愿意做碰马，为仙子仆役婢女，用奉仙子为主！”

原来那进来时她的态度，全是为了避开众人的耳目，她真正的目的是求若彤仙子搭救叶若彤伸手触摸苏采真的额头，闭眼沉思，许久她睁开眼睛，摇摇头说道：“不行的，我救不了你！你身上的乃是七大奇门之一四海云游宗的域外契约，不要说我，就是返虚真一，就是七大神主，就是云游宗的弟子，也是无法改变这个契约的只要这契约建立，就必须执行，无法改变，谁让你当时同意了！

去吧，好好的珍惜你的最后时光了，谁也帮不了你，这就是你的命，当初你种下因，现在必须接受果！”

苏仙子忍不住说道：“可是，可是，当时我什么都不懂！”

叶若彤微微摇摇头，苏仙子脸若死灰，她缓缓站起，向着叶若彤一躬，说道：“多谢指点！”

然后她转身离开，如同行尸走肉一样洛离惊讶的看着这一幕，然后问道："这是怎么回事？"

叶若彤说道："你喊我一声师姐，我就告诉你！"

洛离立刻喊道："若彤师姐，求指点！"

叶若彤说道："她当年欠下契约，欠人灵石，如果还不上，就必须以身抵债"

洛离说道："欠了多少灵石？"

叶若彤说道："不用问的，那是陷阱，还不清的！不过，恭喜你了！"

洛离一愣迟疑的说道："恭喜我什么翱"

叶若彤似笑非笑的，看着洛离说道："她对你动情了！"

洛离大叫道"怎么可能？"

叶若彤摇摇头说道："人在绝望的时候，总想捞到一根救命稻草，你就是她的最后稻草！"

第六十五章 回头一任是红尘！

从紫阳崖离开，回归空远峰，洛离也没有弄懂若彤仙子说的什么意思，不过从这一天开始，洛离终于自由了，有时间看书了！

希夷祖师也不喊他制造灵餐了，苏仙子也不知道那里去了，整个空远峰就洛离一人，洛离住在藏经阁，白天看书，晚上看书，醒了看书，睡觉也看书！

拼命的看书，寻找对付希夷祖师的夺舍办法！

其实洛离想过求若彤仙子帮助，但是每次他都想起苏仙子被拒绝时的涅，他不想如此！

做人还是要靠自己，凭什么我不行，拼了！

一本本的仔细观看，就这样一天天的过去，转眼七天之后渐渐的洛离开始不惑，在他脑中，一个个计划渐渐成型但是洛离并不确定这些计划能否成功，要是可以预知未来就好了，看看自己的计划是不是可以成功？

豁然，洛离一愣，是不是可以试验一下自己的神通翱他开始在心中说道："设定：希夷祖师开始夺舍，其中可能性，第一种可能，他使用的是《异事乾坤录》中记载的夺舍之法第二种可能他使用夺舍法宝引魂丹，第三种可能……"

一种种洛离看书知道的可能，一一列举！

"第一百二十一种可能，他金丹炼化，直接注入我的身体，强行夺舍……"

终于这些可能全部列举完毕，然后洛离继续心中想到："我的准备：第一个，我按照《花无蝶》中记录的神识战斗药方，炼制此药，对抗老祖此药方配置办法如下，需要鹤顶红断魂草等十三种毒药原料，以真气炼制……第二个，我以黑龙波在他夺舍之时，发动轰击，破碎他的肉身！

第三个，我有神通赏善罚恶…… 第六十七个……

地点：空远宗峰内殿，空远峰山顶，空远峰的藏经阁……时间：早晨，中午，晚上，午夜，黎明，也许初一，也许十五……过程：按照不言宗的《三十六夺舍大法》中的记录过程，他开始夺舍……”

洛离开始遐想，自己可以看书知道的，想到的所有可能，全部的想象了一遍，然后他默默的念道：“苍天在上！后土在下！好事确定，赏善在后！”

再一次的使用神通，随着神通的启动，一道元能消散四周，天地伟力落下，注入洛离的体内，洛离悬入晕晕沉沉的状态，好像处于梦幻之中，他做了一个梦，在梦中他看到自己，也看到了希夷祖师，更看到了希夷祖师夺舍的全过程不过这个梦并不清楚，很多时候有些情节模模糊糊，这代表着他的书看的还不够，了解的不多，这些超出了他的认识范围而且不是一个梦，希夷祖师夺舍的经过足足发生了十三个，这代表着未来的十三种可能在这些过程中，希夷祖师可能采取的夺舍手段，洛离的抵抗办法，抵抗的效果，一一显现，十三个夺舍过程，最后洛离全部失败，神魂消散，肉体被希夷祖师夺取许久，洛离苏醒过来，摇摇头，情况不妙艾这样下去，自己必死无疑他开始细细的回想这十三个夺舍过程，那些不清楚的地方都在那里，然后开始看书，补充哪些看不清的地方然后寻找破解办法，如果他使用第一次的夺舍之法，我该怎么办？这个不行，我又该怎么办？

一次次的设想，一次次的计算！书就是洛离的武器，知识就是洛离对抗希夷祖师的办法！

就这样又是三天之后，洛离又是全部的设想一次，然后开始启动自己的神通，再一次进行预演这一次十三个梦，全部清晰了九成，虽然还有一部分并不清晰，但是已经无伤大雅，这些梦中，洛离失败十次，二次和对方同归于粳但是有一次，洛离成功，抵御住了希夷祖师的夺舍！

洛离大喜，继续看书研究学习分析，大胆设想，小心求证，一点点的准备然后又一次的测试，这一次洛离失败七次，三次同归于粳三次成功！

这就是消，这就是进步，洛离大喜，继续加紧努力的看书！

阅览群书，空远峰所有的修炼秘籍，洛离倒背如流，灵蝶宗弟子炼气四重天之后，炼化灵蝶的三十三法门，蕴养本命灵蝶的十七心经，转旋跃冲落飘荡浮退闪的十大灵蝶身法，洛离全部的牢记在心可以说，灵蝶宗金丹境界以下，除了七大脉特有的特殊法门，灵蝶宗的普通功法，洛离全部掌握一次次的测试，洛离失败的次数越来越少，最后一次测试，十三个可能，同归于尽三次，十次成功！

至此之后，再也无法进行测试，这就是洛离的最佳状态了，洛离有了对付希夷祖师夺舍之道了这时时间，已经不知不觉的到了九月初一，重阳节就在眼前这一天，洛离头一次离开藏经阁，回归住所，剩下就是等待了，九月初九重阳节！

睡到半夜，突然洛离听到轻轻地敲门声，洛离就是一愣，这么晚了，会是谁呢？

洛离起床，走去开门，走到前室，洛离就看到苏仙子坐在那里，冲着他微笑在她身前，摆着十多瓶空蝉紫阳酒。

这一次苏仙子和以前完全不同，以前除了借钱那天，落魄无比，剩下全部是一副玉洁冰清的高贵涅，但是这一次，她下身穿着蓝色百褶裙，上身穿同色长袖绣花襦衣，一双大眼睛盈盈若水，看着洛离，眼帘微垂，淑静娴雅，若幽谷之兰，让人不免心生爱怜那蓝色百褶裙分叉极大，露出苏仙子雪白长腿，还有那精巧兰花绣鞋和雪白精巧的脚腂，更把美女的楚楚风情体现的淋漓尽致她看到洛离，挥挥手，说道：“来，洛离，陪我喝点酒！”

洛离缓步走过去，说道：“这么晚了，仙子……”

苏仙子摇摇头说道：“不要叫我仙子，叫我采真！”

声音中带着一股醉气，她没有少喝了洛离走到她身前，果然一股酒气，这些时间洛离也是知道她过得很苦，有很多委屈，洛离拿起一壶酒，说道：“好，采真姐，我陪你！”

苏仙子拿起酒壶，和洛离说道：“干！”

洛离也随着说道：“干！”

两人一饮而粳灵酒入腹，空蝉紫阳酒开始喝的时候，辛辣无比，然后后劲十足，洛离全身火热一片，真是舒服！

两人就这样对饮起来，转眼两壶灵酒进肚，苏采真突然说道："洛离，你一定很好奇我的事情，好，今天我都告诉你！"

喝醉的人，就想倾吐，洛离坐在一旁细细倾听，看着那露出来的雪白长腿，看着这个娇媚的女子，不知道为什么洛离感觉到下腹一片火热！

苏采真缓缓说道："我本是灵蝶宗心巧一脉的天之骄子，师父翰烘人对我极好，无数师兄弟暗中喜欢我，灵蝶宗十大天才之首，我坚信我的未来将会继承心巧一脉，成为灵蝶宗中兴的强者！

可是，可是，四年前，一切都完蛋了，空远峰和黑龙宗一起行动，挖掘遗迹，结果全部死绝，希夷老东西回来后，就疯了，他使用金丹权限，让我为他妻妾！"

洛离一愣，说道："不是说，空远峰袭击黑龙宗吗？怎么是一起行动呢？"

苏采真笑道："那是骗你们的，如果真的是袭击黑龙宗，那些炼气期的弟子，去了有什么用，怎么可能全军尽没？黑龙宗怎么可能不知道呢？他们也不是傻子，天蛛联盟就这么屁大地方，谁不知道谁！

好了，好了，你别捣乱，我继续说老东西，回来就疯了，然后使用金丹权限，让我为他妻妾，那个老东西，才不是人呢，当年把喜欢他的师姐卖了，换取了仙龙果的种植之道，才有今天，谁不知道他的那点事！我前途无量，凭什么做他妻妾！我不干！"

洛离看了看四周，轻声说道："采真姐，小心，小心他神识监督！"

苏仙子笑道："没事的，这里是前室，他的神识在此是误区，我们在此做什么，他感应不到的！"

洛离点点头，苏仙子继续说道："可是，可是，师父不知道被他给了什么好处，不在帮我，师父抛弃了我！

然后他诱惑我，只要在今年十月初一之前，为他赚取一万灵石，他就不碰我，保持我的处子之身，而且只要我给够他一万灵石，这空远峰的一切，包括仙龙果的种植之法，全部给我！

只是一万灵石而已，随便在空远峰收刮一下，就够了！不行还有师父，还有那么多的师兄弟！如果不签约，他马上就要坏了我的清白，所以没有办法，我只能签约！

没想到，他早在我之前，就把空远峰的一切，全部的卖掉了，不知道他到底干什么翱这么多的灵石都哪去了？整个空远峰就是花架子，什么都没有！

不过我不怕，机会还在，我拼命的赚钱，为了这一万灵石，我把这洞府中的丹炉都卖了，你们这些弟子的福利，我都克扣了，凡是能想到的地方，我都想到了可是，可是，我上当了，和他签约了契约，这个契约有陷阱，利滚利，驴打滚，那里是一万灵石艾我永远也还不清这个债！”

洛离知道希夷祖师用那些灵石干什么了，他用那些灵石购买了夺舍之法，而且还不够，好像还欠下巨债，所以能卖的希夷老祖都卖了！

苏仙子喝了一口酒，继续说道：“后来我才知道，那个契约是什么契约，十月初一，他把我卖掉，卖给不知道什么人，用以还债！

金丹真人的爱妾，灵蝶宗的十大天才之首，筑基真修，处子之身，貌美如花，还是值点钱的，会有一些变态老修士喜欢买我！

其实他选我的时候，就是为了这个目的，用我还债，就像他那个师姐，这老东西卖女人起家，他现在要卖掉我，我恨他！

我对他下毒，但是我失败了，我拼命的到处借钱，但是我又失败了，我去求所有人，宗主，师父，若彤仙子，我再一次的失败！我的命运已经确定！

所以我来找你，我不能阻止我被卖掉的命运，但是我可以掌控我自己的身子，处子之身，见鬼去吧！洛离，我，我，你要了我吧！”

第六十六章 爱恨情仇绝生死！

洛离傻傻的看着苏仙子，完全的愣住了，苏仙子竟然让洛离要了他！

许久洛离说道："为什么，为什么选择我？"

苏仙子看着洛离，脸色一红，娇艳无比，那双眼有种说不出的轻灵跃动她咬咬牙说道："因为，因为，整个空远峰，就两个男人，一个是老东西，一个是你，你说我选择谁？"

洛离顿时无语！

苏仙子长出一口气，继续说道："还因为，因为，你与众不同！

我和所有人借钱，那些以前仰慕我的师兄弟，听到借钱二字，不是掉头就走，就是翻脸无情，还有的人甚至让我陪他睡觉，却只借给我三百灵石！我至于这么贱吗？

只有你，洛离，二话不说，所有能拿出来的东西，全部给我，这个镇砚，你得到的不容易吧？"

说完，她拿出洛离借给她的镇砚，放在一旁，她继续说道："能有这么一个小极品的镇砚，所有人都会藏着掖着，就是我也是如此可是你想都不想立刻给我，你这个男人是个爷们，和你睡觉，值得！"

也许是酒力发作，苏采真变得豪放无比，什么都敢说然后她看着洛离，继续说道："另外，你很强！"

洛离迟疑的问道："我很强？我才炼气三重！"

苏仙子脸一红，继续说道："不是这个很强，那几天我负责监视你们，普通的男人，也就是一两刻钟，也就完事了但是你，你，你和洛欣，足足搞了三天！超越了我对男人的理解，怎么可能，有这么强的男人！"

说道这里，苏仙子满脸通红，说到底她还是一个处子豁然洛离醒悟，为什么从自己和洛欣好过之后，苏仙子看到自己就不由的满脸通红，避开自己的目光，却又不是的看着自己，原来自己和洛欣恩爱的三天，都是她负责监视的，她看了三天，渐渐动情苏仙子在洛离的目光下，渐渐脸红，她最后一咬牙，说道：“最关键一点，就是喜欢了，喜欢就是喜欢，何必要什么原因！”

听到这句话，洛离再也受不了，喜欢就是喜欢，何必什么原因！

洛离一把就抱住苏仙子，就要抱尽卧室，苏仙子说道：“不行，那里老东西神识可以扫描，不行，只能在这里……”

最后几个字，如同蚊子一样，渐渐无声洛离一笑，一把将桌子上的东西丢到一边，将苏仙子放在桌子上，然后死死的抓住她的手，将她压在那里，洛离全身若火洛离轻轻的吻了过去，苏仙子拼命的摇头，说道：“不要，不要，我后悔了，不要了，我要走了！”

洛离伸手一摸，苏仙子全身僵硬，头一次，她毫无经验，真事到临头，有些怕了，想要反悔这时想走，做梦一样，洛离喊道：“采真，苏采真！”

苏仙子张口刚要回答，洛离一口亲了下去，然后抬头，微笑的看着苏仙子，然后又要亲下去！

苏仙子使劲的摇头，想要挣扎，可是全身一点力气都没有，软的像摊泥，任由洛离摆布！

又是一口亲下去，苏仙子继续摇头；“不要，不要……”

再亲一口，再亲一口，再亲一口！

“不要，不……”

她想躲，想躲过这羞人的摩擦，但自己的身子好象使不出一点力气，她感觉到自己的身子发软发烫再也没有了不要声，苏采真彻底全身瘫软，再也没有了抵抗的力气，然后在洛离的口中，手下，只能发出啊啊的声音蓝色百褶裙褪下，露出那两条雪白长腿，长袖绣花孺衣扒下，露出那两个挺拔高峰，在洛离的手中，那高峰不住的变形，苏采真这一刻，魂外，完全被洛离掌控亲吻，相拥，触摸，刺激，绵绵情话，把玩着苏采真的长腿，洛离渐渐将它们分开，即将剑及履及苏采真终于回过神来，说道：“离，离，我第一次，请温柔一点，艾疼，疼，好疼……”

喘息声，呻吟声在此响起，洛离的动作越来越大，苏采真的呻吟声越来越大，她已经适应了最先他进入一刹那的不适，她配合着他，迎合着他，她似乎想用自己整个的身体容纳着他激情在燃烧，愉悦的喘息声与呻吟声交杂在一起……激情过后，两个人相拥一起，洛离梳理着苏采真被汗水浸透的长发，看着熟睡的苏采真，轻声说道："放心吧，你的契约，我有办法解除！

老东西是立约人，你的契约是十月初一，如果他重阳节死了，立约人死亡，契约就算是自动解除，所以我有办法解除这个契约，从此，我们在一起！"

第二天，太阳升起，睡醒过来的两人，对视一笑，护拥在一起，开始聊天，聊着聊着，又一次的激情澎湃掌握希夷祖师神识扫描规律的苏采真，趁着他神识不在的时候，和洛离一起洗澡，为洛离做饭，两人出去溜达，整个空远峰，就他们两人，这里是他们两人的二人世界，清净安详！

两人在一起，如同一对夫妻，恩爱无比！

就这样一天天的过去，洛离沉浸在此温柔乡中，快乐而又幸福这一天，洛离苏醒，伸手一摸，就是一愣，苏采真不在身边，可是她说好了，要给自己做饭的瞬间，洛离感觉到了一种危险，他豁然而起，立刻到处去找苏采真找来找去，再也不见，洛离彻底傻了，这才九月初七，没有十月初一，她那去了！

最后，没有办法，洛离去找希夷祖师，他一定知道，苏仙子去了那里希夷祖师在那后殿之中，一个人坐在那里，好像在咒骂什么，洛离到此，缓缓走到身前，说道："祖师，方才若彤仙子让我给苏仙子带个话，说有事情找她……"

洛离将若彤仙子抬了出来，借以套话，寻找苏仙子的去向希夷祖师抬头看向洛离，眼中都是疯狂，他大吼道："什么苏仙子，她就是一个小贱人！她死了！"

这话一说，洛离顿时全身一冷，一种愤怒无尽的在心头升起，他就要出手！

那希夷祖师又大吼道：

“是谁，是谁，坏了她的清白！混蛋，混蛋，完全的破坏了我的计划！

竟然可以躲过我的神识扫描，一定是金丹真人！”

暴怒，疯狂的暴怒，在他身上无尽的威压出现，这威压之下，后殿之中，轰的一声，石桌粉碎，烛台崩溃，洛离在这威压之下，不要说出手了，被完全压制，一动也不能动！

希夷祖师还在大声的咆哮：

“是谁，是谁？

是方若雷吗？我知道他对我早有意见了，恨不得看着我早死！是盛威吗？每天装鲁莽，装傻子，以为我不知道，这个方若雷的狗！是翰海吗？这个二五仔，天蛛宗的卧底，吃里爬外的东西！”他看了洛离一眼，说道：“我还是小心点吧！

洛离，最近门中有意外发生，我必须保护你，你先委屈一下，再过两天，重阳节你就轻松了，从此再无烦恼！”

说完，他一伸手，一道渔网出现，瞬间将洛离全身缠起，悬浮空中！

然后希夷祖师在这后殿中，开始来回行走，嘴里不住的叨咕着：“是谁呢？是谁破坏我的计划！

小贱人嘴真硬，那怕我问心拷问，她也不说，宁可自碎心魂，彻底成了白痴，也是不说这个奸夫是谁！

到底是谁做的呢？是谁！”

听到这话，洛离眼睛一红，苏采真死了，为了保护自己，自碎心魂，就是不死，也是白痴，恨，恨，恨，无尽的恨意，在洛离身上升起！

希夷祖师完全没有注意到洛离，他也是恨意无穷，自言自语的说道：“完了，完了，只有处女才值钱，这下子完全不值钱了，这可怎么办，这可怎么办！

那个刘凡，没钱就要命，我可得罪不起，这可怎么办，这可怎么办？”

他不住的叨咕着，转来转去，消失不见，只留下洛离被锁在空中！

这网将洛离牢牢的困赚可以在网中打坐休息，但是就是无法离开，洛离使劲全力，那怕黑龙波也切不开这网难道说苏采真就这么的死了？就这么的消失了，洛离不敢相信，但是这就是事实！

愤怒，无比的愤怒，渐渐的洛离压制住自己的愤怒，无怒无悲，心意已决，和他拼了！

越是愤怒，越是冷静！

为什么艾我只是想要平静的活下去，我从来没有害过人，我只是想好好的活下去，只是这么简单的要求，可是却这么难呢？

不让我活了，你们也不要想活了！

既然不给我活路，那我也不会让你们活下去！

爹，不是孩子不懂事，是他们欺人太甚！

我要和他拼了，那怕就是死，我也要和他拼了，为了苏采真，为了那个喜欢我的女人！

无需原因，只为喜欢！

我要报仇，报仇，杀了他，杀了他！

就是现在洛离可以逃走，他也不会走的，他要杀了希夷老东西！

时间一点点的过去，日升月落，两天时间转眼就过去，重阳节终于到了！

那离开的希夷祖师笑呵呵的回来了，他看着洛离说道：“好了，时间到了，洛离艾我以前说过到了重阳节，我会送你一个礼物，到时间了！

走，你跟我来，我送给你一个最好的礼物，你一定会很高兴的！”

说完，希夷祖师一伸手，将洛离在那法网中放下，然后带着洛离直奔那片灵田而去洛离无声无息，到时间了，图穷匕见，希夷祖师准备夺舍！

十三个应对方案，立刻准备启动，洛离跟在希夷祖师身后，前往那片灵田！

推开灵田篱笆门，洛离长出一口气：“采真，苏采真，我要给你报仇！

你不让我活下去，你也别想活！

就是金丹真人，那又如何，看看到底我们谁能笑到最后！来吧，希夷！老东西！”

第六十七章 明日登天做真仙！

进入这灵田之中，希夷祖师启动法阵，整个灵田外面的篱笆墙，化生无数白雾，将此地团团围住希夷祖师看着洛离，伸手拿出一个晶石！

这晶石六面体，两头尖，就像一根水晶棒，约有鸡蛋粗，三寸长，上面有密密麻麻的符纹，层层叠叠，就象是符咒叠加形成的，看上去非常奇特他献宝一样的说道："你知道这是什么吗？"

洛离摇摇头，说道："不知道！"

希夷祖师笑道："你知道仙身道体吗？"

洛离一愣，扯这个干什么？他回答道："我知道，六十道体，十二仙身！"

希夷祖师点点头说道："对头，对头，六十道体，十二仙身，拥有他们，修仙一步千里，轻松异常本来这需要天生，但是天下门派无数，对此无数门派进行研究，其中以军肉仙骨圣皮真髓等数个中门，研究的最是厉害，最有所得这个就是军肉宗发明出来的，后天道体果！

只要你的灵根，符合道体灵根之数，使用它就会对你的灵根进行巧妙重新排序，你好象是水火土三大灵根，使用这后天道体果，你就可以变成六十道体中的地火道体！"

这是什么意思，洛离有些不懂希夷祖师继续说道："你知道我为了这个宝贝，花了多少灵石吗？

三百万灵石！能卖的我都卖了，还因此欠下了巨债，虽然有人使坏，破坏了我的还债计划，但是我还是摆平了值得了，真的值得了，只要使用了这个宝贝，你就会拥有无上的道体，值得了，值得了！"

瞬间洛离知道了，难怪希夷祖师欠下巨债，都是为了这个后天道体果，他这是给自己夺舍之后准备的，真是想得周到，又是蝶龙变，又是道体之身，如果被他夺舍成功，也许真的可以修炼成元婴真君洛离抱拳说道："多谢祖师厚爱，洛离何德何能，得此宝物！"

希夷祖师看着洛离，说道：

“没关系，你的就是我的，我的也是你的，不用客气！”

瞬间，他一伸手，大地一变，灵田之中，一个奇异的法阵出现，一下子将洛离锁赚无尽的符文，在天空飞舞，以洛离为中心形成一个立体符阵洛离一愣，自己被牢牢锁赚可是这个符阵，这个变化，和自己的十三个设想，都不符合啊一下子洛离傻了，怎么可能，自己千辛万苦的设计，怎么可能没有！

洛离忍不住喊道：“混蛋艾不对头，这没有道理啊”

希夷祖师也是一愣，说道：“你说什么！什么不对头！”

洛离说道：“这，这不应该艾十三个方案，那个也不是这样的，全错了，全错了！这是为什么翱”

希夷祖师傻傻的看着洛离，说道：“这孩子疯了，在说什么胡话？你现在不是应该激动的问我，我想干什么吗？”

洛离使劲的挣扎，这和自己的预想完全不同，他在反抗希夷祖师摇摇头说道：“算了吧，疯就疯吧，要死的人了，可以理解！

其实我的目的，就是夺舍，灭掉你的魂魄，夺取你的身体，用你的肉身重活一次，完成我的梦想，我再也不想经历这阳寿将粳濒临死亡的恐惧了，我要永远的活下去，好好的活下去！

什么修士大道，永求长生，我呸，什么长生？其实一个个就是想活下去，说的好听一点就是长生！

这一次我夺舍重生，可以得到你的黑龙身，同时我炼化的三界琉璃蝶可以一起融合进入你的身体，这样黑龙身三界琉璃蝶完美融合，这就是蝶龙变，既有黑龙的强横，又有灵蝶的轻灵！

而且我还将拥有地火道体之身，经过我的计算，蝶龙变加上道体地火之身，应该会诞生瞬移这个神通！这可是达到元婴境界，才能拥有的神通啊我的未来，可以说从此一番风顺，哼哼，小小的灵蝶宗，再见吧，我夺舍之后，找个机会，就会立刻离开，天下可是有着一百零八个上门，我不信他们会放弃我这个天才！”

希夷祖师说起没完，可是看到拼命挣扎根本没有听他说话的洛离，没有一个好听众，未免毫无意思，他摇摇头说道："没有听众，在精彩也是无聊，开始吧！"

他一指，那符阵开始猛力选择，他手中的晶石飞起，飞入符阵之中，瞬间晶石分解，符阵开始发光发热！

然后开始缩鞋所有的符箓全部钻入到洛离的体内，瞬间一闪，洛离就感觉到自已的身体，好像被人在无限的抽拉弹拽，好像被一万头大象，在身体上边冲过，好像被丢入岩浆之内，被活活的烧成灰烬！

洛离忍不住的大声嚎叫起来，真的好痛，这是发自灵魂身体，肉体中心的疼痛！

许久，洛离清醒过来，抬头一看，已经是晚上，月亮升起，自己还是被锁赚十字掉在空中，但是那周围的符阵没有了希夷祖师看着洛离说道："好了，成功了！

后天道体果已经全部的融入你的体内，一年半载之后，就会变成地火道体！

洛离，最后说一句话吧，你马上要和这个世界再见了，你未完成的事业，我可以替你来完成！"

希夷祖师其实嘴很贱洛离看着四周，突然他笑了，因为他的头发完全被剃光，完全就是一个光头，而希夷祖师也是一个光头，这个场景就是他十三个设想场景中的第十一种设想，在那个设想中，自己成功抵御住了希夷祖师的夺舍洛离哈哈大笑，看着希夷祖师说道："我没有猜中开头，但是我猜中了结果，老天爷还是有眼的，善有善报，恶有恶报！"

希夷祖师看着洛离，摇摇头，说道："这孩子，真的疯了！好吧，你的遗言说完，我也说一句！"

他看了一眼天地，说道：

"偷将天上千年寿，染却人间九日黄今日舍去华轩身，明日登天做真仙！"

说完这些，希夷祖师的肉身，发出咔咔咔的声音，全身爆响，然后他一跃而起，倒立空中，那没有头发的脑袋，和洛离的脑袋，连在一起！

在希夷祖师身上，无尽的元气，注入到洛离的体内，两者心神连接一起，洛离眼前一变，瞬间他出现在一个巨大的空间之内！

这个空间洛离似曾来过，当初接受灵蝶宗法术传承之时，这里曾经出现！

这里就是灵台，又称意识海，又叫做神识空间，人的心灵最深处！

在此空间，洛离傻傻的站在这里，他的四周，什么都没有，虚无空荡！

突然远处有巨响，洛离抬头看去，只见虚空之中，空间巨变，无数花海出现，无数彩蝶纷飞，在那花海彩蝶中，有一只金色飞蝶在飞舞跳动那飞蝶足足有六丈大鞋半人半蝶，十二彩翼，左右飘浮三十六飞剑，其中头颅正是希夷祖师的脑袋，他远远的看着洛离，说道："洛离，这里就是你的神识海，心中灵台，只要我在此把你击杀，你就彻底消散，你的肉身，就是我的！

来吧，洛离，让我们一战吧，战个痛快，胜利者得到一切，失败者彻底消亡！"

看着希夷老祖，洛离身边空间也开始巨变，洛离化作了一只黑龙，不过这个黑龙只是一只龙宝宝，不到三尺，幼稚可爱，正是洛离观想的黑龙，看到希夷祖师真身，他也随着变形洛离对比了一下，自己的龙宝宝不到三尺，可是希夷祖师足足六丈，没得比！

洛离说道："这，这怎么战啊这也太不公平了！祖师，我发现你的嘴很损啊"

希夷祖师笑道："当初，我有你这么大的时候，他们都称我为龙空毒蛇，说话最是阴损！后来境界高了，成了前辈高人，不得不道貌岸然，不能乱说话了！

这世界那有什么公平？其实你死定了，这夺舍之战，我准备了很多年，甚至模拟过一次，我赢定了！"

洛离点点头，说道："我也模拟过，不过我就模拟过十二次，所以你死定了！"

希夷祖师一愣，洛离这个龙宝宝，立刻抱头爬在地上，捂着头颅，屁股冲上，一动不动，将自己占据的神识空间全部让出来希夷祖师摇摇头，说道：“这孩子，真是出人意料，搞不懂艾搞不懂！”

他的花海彩蝶快速的扩展，转眼将此空间大部分占据，最后就剩下洛离身边三尺之地，整个神识空间希夷祖师占据了九成七，洛离还剩下最后三分！

到了此时，洛离抬头看向希夷祖师，说道：“希夷祖师大人，我想向您忏悔！”

希夷祖师迟疑的说道：“你又搞什么？”

洛离说道：“我罪孽深重，其实我在银州大陆时，我是一个杀手，我刺杀了长隆府知府洛天雨，他是您的嫡系子孙，我向您忏悔！”

希夷祖师迟疑的看着洛离，洛离的反应完全出乎他的意料之外，冥冥中他感觉到一种危险，他迟疑的回答道：“什么洛天雨，我没有听说过，杀了就杀了吧！”

洛离继续说道：“我罪孽深重，其实我不是您的后裔，真正的洛离早在十六年前就死了！我是七杀宗外门弟子，冒充洛离，就是为了回归中天世界，避开灵蝶宗的问心大法！

我和您一点血缘关系都没有，我欺骗了您！”

希夷祖师看着洛离，说道：“七杀宗外门弟子？没关系，没有血缘，就没有血缘吧，反正我马上就是你了，我的就是你的，你的都是我的！我不在乎！”

洛离继续说道：“那个，那个，这话可是你说的，我还给您带了一顶绿帽子！

您的爱妾苏采真，其实就是被我睡了，我们在一起很多天，很快乐！

对不起，希夷祖师，你做了乌龟绿王八！”

这话一说，希夷祖师顿时大怒，骂道：“混蛋，混蛋！是你，竟然是你！我怎么没有想到是你呢，难怪那个贱人宁死不说！”

暴怒，但是很快他就冷静，说道：“没关系，你就是我，我就是你，你上了，就是我上了，我的绿帽子，也就是你的！

你到底什么意思？忏悔够了吗？我不在乎你的过去，你可以去死了！”

洛离说道：“你不在乎，我在乎！我是罪人，必须惩罚！”

然后他大喊道：

“洛离，你罪大恶极，刺杀他人后裔，冒充他人子孙，侮辱他人妻妾，你所做之事，天地不容，所以必备天谴！

苍天在上！后土在下！罪证确定，罚恶在前！惩封个罪人吧！”

随着洛离的话语，在他身上一道善功消失，然后吸收天地伟力注入洛离的体内，不过这一次不是赏善，而是罚恶，一声轰鸣，洛离身体自爆，洛离的身体经脉断裂，皮肤破碎，全身迸溅无数血花！

第六十八章 狭路相逢勇者胜！

血光迸溅，身体爆裂，但是那伟力并没有消失，力量一转，开始治愈洛离的身体，转眼洛离身上的伤口痊愈，毫发无伤！

不过在这治愈的同时，神识海中，希夷祖师和洛离同时发出惨叫声，两人如同遭遇酷刑一样！

随着他们的惨叫，希夷祖师那魂力投影所化的花海彩蝶，开始消散，足足消散十分之一！洛离的龙宝宝也在消散，但是微不足道！

希夷祖师看着洛离大吼："这是怎么回事？这到底是怎么回事？"

洛离笑道："第十一种可能设想，为此我模拟过十二次，其中最后六次全部是我胜利！

这叫赏善罚恶，我做了错事，自然要惩罚，惩罚完毕，自然要赏善治疗！

不过都是虚话，其实就是自我催眠，这是我在十二次测试中研究出神通的妙用，要知道这治疗不是白白治疗的，是以元神魂力为代价的！

你就是我，我就是你，即使是我受伤了，你必须也得进行治疗！现在这神识海，你占据九成七，我占据三分，所以你要付出治疗所消耗的九成七的元神魂力，而我负担剩下的三分！

请君入瓮，这是你自找的，所以你去死吧！

洛离，你罪大恶极，苍天在上！后土在下！罪证确定，罚恶在前！惩罚这个罪人吧！"

洛离又是散去一道善功，化作天地伟力落下，注入自己的身体，轰，再一次的身体自爆，然后开始自愈！

随着这一击，希夷祖师的花海彩蝶又开始消散，洛离的龙宝宝也开始消散，两人全部继续哀嚎！

希夷祖师大吼："混蛋，混蛋，你到底是什么人，竟然知道我要夺舍，竟然在此埋伏我！你到底是什么人？"

洛离说道：“我是洛离，我只是想好好的活下去，可是你不给我活路，所以我只有和你拼了！

苍天在上！后土在下！罪证确定，罚恶在前！惩罚这个罪人吧！”

又是一道善功消散，两人又是一起嚎叫，夷祖师的花海彩蝶又暗淡了一些，他想放弃那些神识空间，可是这占据了就无法放弃，他只能硬挺！

他大吼一声说道：“小兔崽子，不要高兴的太早，老子活了千年，什么没有经历过，只要在我消散之前，杀了你，我就赢了！”

说完，那花海彩蝶向着洛离冲去，疯狂的攻击洛离，洛离所化的龙宝宝，奋力大战，一边战斗，一边喊道：“洛离，你罪大恶极，苍天在上！后土在下！罪证确定，罚恶在前！惩罚这个罪人吧！”

又是一道善功散去，两人同时嚎叫！

希夷祖师大吼：“我希夷，苦修千年，为了长生之路，我舍弃了最爱我的师姐，为了活下去，我曾经跪在他人面前，舔着对方的鞋底，我什么没有经历过，什么痛苦没有尝过，这小小痛苦算什么！

小兔崽子，我岂能败给你！”

随着他的大吼，向着洛离疯狂攻击！这攻击远远的超越洛离模拟的那些次数，在这攻击中，洛离的黑龙渐渐不支！

洛离奋力反击，一边反击，洛离一边喊道：“我洛离必须活下去，我爹，我娘，小七，猛龙，小青，贺厉，金陵，他们为了我都死了！他们让我替他们活下去！

我必须活下去，活下去，希夷！老东西，你死定了！

洛离，你罪大恶极，苍天在上！后土在下！罪证确定，罚恶在前！惩罚这个罪人吧！

来吧，痛苦，来的更猛烈吧，希夷，给我死！”

又一次的赏善罚恶，两人同时被重创，发出惨叫，不过希夷老祖承受九成七的伤害，洛离承受三分！

两人在此血战，希夷祖师要在自己消散之前，将洛离彻底杀掉，洛离要挺住希夷祖师的攻击，同时不住的赏善罚恶，将希夷祖师灭绝洛离在这嚎叫声中喝道：“希夷老祖，痛吗？疼吗？这一击是替苏采真打的！

她年轻貌美，她门中娇女，她有着辉煌的人生，可是被你这个老东西陷害，最后失踪惨死，苏采真我替你报仇了！”

洛离大声呼喊，随着他的呼喊，在洛离的神识空间中，出现一个人影，正是苏采真，她微笑的看着洛离，然后向着希夷祖师冲去，加入战斗之中！

希夷祖师冷哼一声，说道：“雕虫小技！”

这是幻像，乃是洛离的想象，此乃神识空间，心有所想，就有所现，虚幻之地，什么都有可能发生！

“洛离，你罪大恶极，苍天在上！后土在下！罪证确定，罚恶在前！惩罚这个罪人吧！”

又是一击，洛离继续喊道：

“很痛吧，这是替贺厉报仇！年轻少年，有父母，有亲人，青春年华，你却让他死斗，最后死在我的怀里，贺厉我替你报仇了！”

随着这声大吼，贺厉出现，向着希夷祖师冲去，加入战斗之中！

“金陵我替你报仇了！”金陵出现！

“王倪天我替你报仇了！”王倪天出现！

洛离又大喊道，

“希夷老祖，这是替你那个被你卖掉的师姐报仇！

她对你喜欢无比，为你付出一切，可是你却为了种植仙龙果之法，将她卖掉，她被你害惨了，生不如死，师姐我替你报仇了！”

大吼完毕，只见虚空之中，出现一个女子，那女子看着希夷祖师，长叹一声！

一下子，洛离和希夷祖师都傻了，没想到真的有此师姐幻象出现，这个不是洛离的幻象，这是是希夷祖师自己的幻象，现在他们两个融合一体，希夷祖师对自己的师姐内疚了一辈子，洛离一提，他就自然想象对方模样，然后幻象出现！

洛离看到一幕，哈哈大笑，喊道："那些被你残杀过的修士们，我替你们报仇了！"

"那些被你欺骗过的修士们，我替你们报仇了！"

"那些你对不起的修士们，我替你们报仇了！"

随着洛离的喊叫，这空间之中，幻象越来越多，希夷祖师这一辈子，害人无数，随着洛离的呼喊，这些幻象一一出现，加入到战斗中，至此希夷祖师再也没有机会攻击洛离，丧失最后的一线生机！

继续赏善罚恶，突然一声轰鸣，代表希夷祖师魂力的花海彩蝶花海彩蝶，开始粉碎！

世间万物，都有极限，在这不断的赏善罚恶中，希夷祖师的魂魄达到了极限，花海彩蝶崩溃，代表着他夺舍失败，他将消亡，洛离将会继续的活下去！

整个神识海中，轰鸣不止，那些花海彩蝶全部粉碎，希夷祖师的彩蝶形象，也开始崩溃，化作原来的老人模样，立在这神识海中！

那些围攻他的众人，一个个的消失，最后只剩下一人，那就是希夷祖师过去背叛卖掉的师姐！

他看着自己的师姐，深深一躬，说道："师姐，对不起，对不起，我错了，我错了，求您原谅，我错了！"

眼泪落下，他在真诚道歉，人之将死，其言也善！

那师姐幻象，轻轻的抚摸希夷祖师的头颅，点点头，轻轻的吻了他那苍老的面容，然后消散，她原谅了他！

希夷祖师长出一口气，他看向洛离，说道："我败了，我要死了，为什么，为什么，我只是想活下去，只是想活下去而已，为什么这么难！"

洛离说道："你想活下去，可是你却想让我死！

我也想活下去，狭路相逢，我们只能一个人活下去！"

希夷祖师看着洛离，说道：

"你赢了，你好好的活下去吧，替我活下去，把我没有享受过的精彩，全部享受……"

说到这里，神识空间中的希夷祖师粉碎，消亡。

瞬间，空间一转，洛离回归本体，他还是被锁在空中，头顶希夷祖师的肉身，化作飞灰，消散四方，金丹真人陨落，至此死亡，真正的死亡，形神俱灭！

看着消散的希夷祖师，洛离其实就剩下三个善功了，可以说希夷在坚持一会，就是洛离惨败！

洛离长叹一声，缓缓念道：

"尘归尘，土归土，生终将死，灵终将灭，万物终将消亡，在辉煌，不过一抔黄土，一捧青灰！人生百年，如若一梦，岂有永恒不灭者，夕阳末世，惊怖可闻，不过光阴一刹……"

往生咒，他在超度希夷祖师！

远处光芒闪烁，感觉到希夷气息消失的金丹真人，全部向着这里飞来！

看着那些光芒，洛离忍不住心中喊道："我赢了，我赢了，我赢了！

我活下来了，我打败了金丹真人！我赢了！

采真、贺厉、金陵、王倪天，我替你们报仇了！"

第六十九章 四海云游有货卖！

那些金丹真人转眼就飞到了灵田边缘，他们想要进入灵田之中，这时灵田四周，希夷老祖布下的防御法阵立刻启动。

众人看了一眼中心的灵蝶宗宗主方若雷，他点头说道："方才洛老的气息消散，这完全不是夺舍应该出现的异象，好像夺舍出现了问题，给我破开！"

一声令下，这些金丹立刻出手，他们翱翔空中，如同灵蝶，飘然若仙，灵幻不定，然后瞬间一击出手，出手之后，轻轻一点，转眼变换位置，果然是万花丛中过，片叶不沾身！

在他们的出手之下，轰轰轰，那灵田防御一声轰鸣，立刻被轰碎！

转眼里面的一切，全部暴露出来，洛离立刻倒下，装作昏迷模样。

这些金丹真人进入灵田之中，他们飘然落下，无比的飘逸洒脱，其中方若雷开始查看现场，许久他说道："洛老肉身崩溃，只有残灰犹存！看来夺舍已经完成，叫醒他！问问他是谁？"

立刻有人解开洛离的枷锁，将他放下，开始叫醒洛离，洛离苏醒，翰海真人冲着洛离喊道："你叫什么名字？"

这质问，如同天神喝问，此乃问心言，洛离必须回答，他想都没有想，开口说道："洛离，我是洛离！"

这话一说，众人长叹一声，最后的一丝可能破灭，希夷祖师夺舍失败，死亡！不然这回答一定是，我是希夷！

方若雷摇摇头，说道："自古以来，金丹夺舍就是艰难，多少前辈先贤，死在这上，洛老就此陨落，倒也正常，这就是他的命！

不过这夺舍门中弟子，好说不好听，此事大家就当过去，就说希夷阳寿已到，今晚陨落！"

盛威真人看着洛离说道：

“他怎么处理？”

方若雷看着洛离，问道：

“洛离，你可知道方才发生了什么？”

洛离摇头说道：“不知道，我迷迷糊糊的正在睡觉，谁知道到了这里，我什么都不知道！”

方若雷点点头，问道：

“不知道就好，其实知道也没有办法，悠悠众口，岂是我们可以堵住的，面子上过去就好了。

洛离你虽然身为空远峰副峰主，但是洛老消散，空远一脉消亡，就剩下你一个孤家寡人了，而且你不过才炼气三重天，你想怎么办？”

洛离一听就明白了，自己这空远峰副峰主到头了，他急忙说道：“弟子不过是普通修士，那里有什么资格做空远峰的副峰主，弟子请求辞去这空远峰的副峰主的职务，请掌门恩准！”

方若雷问道：

“既然你有此心意，那好吧，明天宗门法堂开启，你去辞去职务，然后到我紫阳山修炼，放心吧，我们不会亏待你的！”

洛离行礼说道：“多谢宗主！”

就这样洛离职务一撸到底，有成为普通内门弟子！

那边方若雷对着其他的几个金丹真人说道：“唉，三界琉璃蝶绝种，洛老消散，空远峰名存实亡，按照老规矩来吧！

我们各脉，一脉出十个人支起空远峰的架子，这里的四条中型灵脉，两条算我紫阳山的，剩下的你们分了吧！”

盛威真人喊道：“剩下的两条中型灵脉，分成二十个条小型灵脉，我天高峰分的其中八条！”

翰海真人喊道：“凭什么啊，我九转峰要占八条！”

他们立刻的吵了起来，希夷祖师尸骨未寒，他们就开始分账不均。

洛离不知道说什么好，其中过来两个筑基真修，一前一后，对着洛离说道：“洛离，和我们走吧，这里已经不属于你的洞府了！”

洛离只能离开这里，一路上他发现整个空远峰，到处都是人，他们在各个殿堂上贴上封条，其他各脉开始瓜分空远峰。

洛离说道：“我要回洞府，取下东西！”

那个修士说道：“洞府之中，所有事物，都是宗门的，你的洞府已经封印了，取什么取，赶紧走吧！”

洛离连回归洞府，取东西的权利都没有了，被人押解赶出空远峰！

幸好那灵犀笔，还有苏仙子送回的镇砚，还有那把灵木剑，都在洛离的储物袋中，可是除了这些，洛离的储物袋中再无一物。

就这样洛离被逐出空远峰外，将他带到紫阳山，随便安排一个房间，那两人转身离开！

根本睡不着，洛离长叹一声，坐在窗前，把玩桌子上的笔墨纸砚，这都是普通货色，不含一点灵气，凡人所用的物品。

看着手中的砚台，比起自己的镇砚差了无数倍，洛离摇摇头，伸手推开窗户，看向客房之外的景色，这一切变化的太快了，转眼之间，自己就无家可归。

洛离忍不住说道：

“人生一场大梦，世事几度秋凉！”

突然窗外有人喊道：

“好一个人生一场大梦，世事几度秋凉。

恭喜了，洛老哥，夺舍成功，小弟刘凡，恭喜不尽！”

洛离看过去，在他窗外有个游商打扮的修士，向着洛离微笑，此人极胖，双下巴，脖子很粗，一脸的忠厚老实，穿着就像一个走街串巷的小贩，后背背着一个货栏，这人绝对不是灵蝶宗中人！

洛离一愣，刘凡，这个名字，自己好像在那里听说过！

那刘凡又说道："对了，洛老哥，咱们的帐是不是该结了！我们四海云游宗做的都是小本买卖，概不赊账……"

豁然，洛离想起来，希夷老祖曾经自言自语的说过："那个刘凡，没钱就要命，我可得罪不起！"

瞬间，洛离知道他是谁了，就是他卖给了希夷老祖夺舍之法，卖给了希夷老祖后天道体果，同时收购了苏仙子！就是他，没有他就没有这些事情了，那些人，就不会死了！

一瞬间，洛离怒了，真正的愤怒，这家伙就是罪魁祸首，就是他，他害死了所有人！

这时洛离根本不想自己和对方的实力差距，他一声大吼，一跃在窗户跳出，就向着这个大胖子的硕大脑袋打去！

那刘凡虽然是过来要债，不过还是满脸的讨好微笑，这是商人的习性，看到洛离向着自己打来，他根本没有想到，这家伙会出手就打，就听见啪嚓一声，正好洛离手里拿着砚台，一下子打在他的头顶！

他就是一愣，伸手触摸，迟疑的看着洛离，说道："你打我？"

洛离扬手又是一下，咔嚓！他才反应过来，说道："你能打到我？"

洛离又是一下，咔嚓，他才明白了过来，说道："你竟然敢打我？你竟然可以打到我！"

这一下，洛离用力过大，咔嚓，砚台碎了！

砚台打碎，洛离才想到对方的身份，连希夷祖师都惧怕不已的家伙，岂是简单人物！

顿时洛离心中一冷，但是他没有退缩，大口骂道：“你这个奸商，都是你害的，害死了那么多人！

如果不是你卖给希夷夺舍之法，他岂能如此？苏采真、贺厉、金陵、王倪天都是你害死的！”

那刘凡看着洛离，拍拍头上的砚台的碎末灰尘，说道：“这个你说的不对吧？

苏采真还没有死，你不该埋怨我啊！另外贺厉、金陵、王倪天好像都是你杀的，你杀的人，死在你的手上，你埋怨我更没有道理啊？”

洛离一愣，然后大喜的说道：“苏采真还没有死？”

刘凡没有回答，说道：“再说了，我就是一个商人，自由买卖，也不是我强买强卖，他愿意买，结果搞出的事情，怎么能算到我的头上！

照你这个道理，死在飞剑之下的，都要怨卖飞剑的，死在法宝之下，都要怨卖法宝的，你才是没有道理！”

刘凡几句话，说的洛离哑口无言，确实如此，如果对方就是一个商人，自己还真没有什么理由埋怨对方。

洛离一咬牙，在地上捡起了一个方砖，刘凡顿时倒退，说道：“你要干什么，不许再打了，再打我不忍了，我可还手了！”

刘凡一步步的倒退，看着模样准备转头就跑！

洛离递过去，说道：“我错了，一报还一报，你打我吧，对不起！”

刘凡看着洛离，说道：“真的，真的？让我打你？你有病！”

洛离说道：“我错了，我才鲁莽了，错了就得承认错误！”

刘凡说道：“这不好吧，这可是你求我的，不是我主动攻击的……”

他一把抢过方砖，啪嚓拍在洛离的脑袋上，方砖粉碎，洛离捂着头说道：“谢谢！”

刘凡说道："你真的有病啊，不过倒是挺过瘾的！还能再来一下吗？"

洛离说道："我可不傻，还来我也不干了！你才说苏采真没有死？她在那里？"

洛离之所以如此，就是为了苏采真！

刘凡摇摇头，说道："按照契约，她已经是我的货物，凭什么我告诉你？

可惜了，本来乃是金丹真人爱妾，高傲娇嫩的小处女，现在可好，破了身，碎了魂，卖点全无，残破商品，赔死了！"

洛离心中一动，然后郑重的对刘凡说道："万花丛中过，片叶不沾身！灵蝶宗弟子洛离，见过前辈！"

既然你不告诉我，你还是一个商人，那咱们就按照商人的规矩来吧！

刘凡看到洛离说出门派诗号，他也郑重的回答道："什么都能买，什么都能卖！四海云游宗刘凡，还礼了！

看你这样，老洛夺舍失败了，可惜了，他还欠我六十万灵石，你能不能替他把帐结了？"

说完，刘凡用希望的目光，看着洛离！

洛离回答道："我是洛离，希夷老祖欠你帐，管我屁事，这个我是不会还的，也没有理由还！"

刘凡长叹一声，说道："唉，坏账一笔，又做了一个赔本买卖。"

说完他就要走，洛离说道：

"前辈，你是个游商，应该有好东西，能不能让我看看？如果真的好，我就可以购买一二！

弟子真的诚心想要购买那个残破商品苏采真！怎么她也是残破了，你就卖给我吧，我诚心想买！"

第七十章 也许他年会相遇！

洛离这么一问，那刘凡顿时脸就变了，立刻满脸笑容的转身，对着洛离说道："小兄弟，你真的要买残破商品苏采真？"

洛离说道：

"为什么别人买的，我买不得？我又不是不给你钱！"

刘凡哈哈一笑，说道：

"是啊，是啊，那有把客人往外推的商人！

我看看，我看看……"

刘凡在说话的时候，看向洛离，双眼好像发出精光，在洛离身上扫描一遍，洛离有一种感觉，自己被他看个通透，再无秘密可言草根医生的升迁：医道仕途！

刘凡然后说道：

"好，好，老洛，你有资格做我们的客人！"

洛离摇摇头，说道："我若是没有资格，前辈也许你也不会出现在我面前！"

刘凡一愣，哈哈一笑，然后他打开货栏，瞬间洛离彻底消失，他被拉进一个神秘的空间。

洛离就觉着眼前一变，自己被拉入一处结界幻境之中，自己身处一个巨大的商铺之中，这里锦绣繁华，雕龙玉砌，好一处买卖商铺！

刘凡站在柜台后面，笑着对洛离说道："不过我要先说明白，我四海云游宗修仙宗旨买死卖生，借此挑动天下乱，观人间世情，悟道飞升！

凡是成为我们的客人，遇到我们，他们的人生都会发生奇异逆转，有的人因此丧尽天良，作恶多端，有的人也许放下屠刀，立地成佛，有的人因此倒行逆施，万人唾弃，有的人也许平步青云，飞升仙界！

遇到我们，也可能是好事，也可能坏事，但是肯定逆天夺命，人生至此不同！

遇到我们，会给他们带来想象不到的巨变波折。在这巨变中，他们会拼命挣扎，使劲全力，将自己人性最深处的一切，都爆发出来。

有的人，挺不过去，就此仙路断绝，老洛就是其一，有的人挺过去了，那就将走向不同的人生，至此辉煌，你也许就是其一！

这就是我们四海云游宗存在的价值，观看你们的拼搏，笑看你们的人生，察世间丑态，看人间真情，生生死死，借此我们领悟人间至道，悟道飞升！

这是我们门派的宗旨，我要先和你说清楚，姜太公钓鱼，愿者上钩，一切都是你自己选择的，你要想好！”

说到这里，洛离点点头，这门派似正似邪，非正非邪，以宝物为饵，挑动天下乱，果然是天下七大奇门之一，自有自己的特殊之处。

但是苏采真与自己有情，那怕自己入万劫不复之地，也要救她出来，所以那怕未来自己的人生因此改变，自己也是认了！

洛离说道：“我认了，来吧，我要购买残破商品苏采真！什么代价都可以！”

刘凡哈哈一笑，说道：“对不起，苏采真已经是预售商品，送回了我们的宗门总部，震旦商会在中天世界的分支四海当铺，你是买不回来了！”

洛离顿时大怒，就要发作，刘凡继续说道：“小兄弟，我问你，你买回了苏采真，她已经神魂粉碎，如同白痴一样，如果不经专业修士治疗，三天内必死，你能救她吗？你是想把她买回来后，挖个坑埋起来，立个墓碑做纪念吗？”

这话一说，顿时洛离无语，想不到苏采真受了这么重的伤，如果这样的话，苏采真即使自己买回来，她也是死，有什么意义！

刘凡看着洛离，突然一动不动，好像在做什么，面上露出一丝诡异，百息之后他说道：“你才打了我，你知道吗，多少年，没有人打过我！真是见鬼了，你怎么可能打到我呢？

小兄弟，你以为白打了吗？我告诉，我将怎么报复你！

苏采真方才已经有残破商品提升为质优商品，她的人生已经改变，我在她身上下了一些注，比你身上的道果好上百倍的宝物，因此她将被一些强者买走，或者成为强者弟子，或者成为上门精英，或者成为魔魁爱妾，或者成为灭世魔头，她的人生绝对至此辉煌！

当然她对你的记忆，可能会保留，可能会消失，而且以后你们相遇，或许破镜重圆，或许形同陌路，或许恩爱无边，或许相爱相杀，或许尔虞我诈，或许同心协力，这就是我对你的报复，一想到你们的未来，无数种可能，相爱的人到底结局会怎样，我全身的血都在燃烧，太期待了！

洛离听到这些话，许久不动，然后洛离笑了，说道："谢谢你！"

轮到刘凡一愣，说道："你真是有病，我害你，我报复你，你还谢谢我！"

洛离说道："无论你怎么说，至少我知道苏采真不会死了，她的人生至此改变了，那怕完全忘记我，那怕我们相遇形同陌路，只要她能活下去，我就欣慰不已！

听你这么说，她的人生好像会很辉煌，这样更好，我不过是一个小小修士，炼气三重天，微不足道，和我在一起，她没有什么前途！

她是一个很要强的女人，这样的人生也许才是她要的，至少她可以活下去，我很高兴，所以谢谢你！"

说完，洛离深深一躬，表示感谢，诚心诚意！

刘凡看着，摇摇头说道："真是搞不懂，你真的是有病！"

洛离缓缓说道："你搞不懂，是因为你不知道，这世界很美，但是也很残酷，想要活下去，多么的难啊！"

说到这里，洛离脑海中浮现了小青、贺厉、希夷，他们的所作所为，只有一个目的，就是活下去！但是为了自己活下去，他们只能死！

这话一说，刘凡一滞，说道："我怎么不知道，想当年我也是九死一生，历尽艰辛……"

洛离摇摇头说道："好多年前了吧，你这样高高在上的存在，已经忘记了自己过去的艰辛，活下去，真正的掌控自己命运活下去，自由自在，毫不卑微，很难的，很不容易的！"

说到这里，刘凡无语，许久说道："好吧，你说的对，你打动了我！

我附送你一个优惠，苏采真从此保持清白之身，无论什么样的强者魔头，都无法强迫她，但是她要是自愿献身，那就是她自己的事情了，说到底我也不过是一个小商人，我只能观看，不能改变，希望你们两人将来有个好结局！

对了，既然你到了我这里，我这里有点好东西，你可以看看，买上几个，说不上以后你就不是小修士了！"

洛离摇摇头，说道："我身上没有一个灵石，买不起的！"

刘凡说道："那可不一定，我说了你有资格的，对了，你还没有辞去空远峰副峰主的职务吧？"

洛离一愣，明天白天宗门法堂才会开启，那时自己才会辞职，现在确实还是空远峰副峰主。

洛离点头说道："是的，我没有辞职！"

刘凡说道："那就好了，现在老洛已经死了，你是空远峰副峰主，你有权利处理空远峰的一切事务，空远峰还有四条中型灵脉，你有权卖掉，换句话说，你还是很有资本的，我这里的货物，随便你购买！"

这话一说，洛离想到了翰海真人、盛威真人的嘴脸，希夷祖师刚死，他们就在分配灵脉，现在也许还在吵，卖了它们，卖了它们，让他们去吵吧，最后什么都得不到！洛离心中升起一个爽感！

他喊道："我卖！给我看看你这里都有什么好货色！"

刘凡点头说道："好，好，好！小兄弟来看看我为你特意准备的货物！"

第七十一章 昆仑制艺十万问！

刘凡说完，在洛离身前，出现无数幻象，各种神兵利器，各种法宝灵丹，各种天地灵物，各种神兽魔宠，看的洛离眼花缭乱，瞬间一闪，那些东西全部消失，只留下一样事物！

一团普通无比的水珠液体，大约有拳头大小，浮在空中！这个和那时若彤仙子给自己服用的先天灵物，很是相像。

洛离迟疑的问道："那些宝物呢？"

刘凡说道："那些宝贝，你只能看看，无论是飞剑法宝，还是灵宠灵丹，你以为你能留下？

明天空远峰出事，灵蝶宗必定详查，一查你的储物袋，什么宝贝都是人家的，吃了丹药境界狂升，傻子都知道你有问题！

所以那些宝物，和你无缘，这有这个和你有缘，黄阶中品天地灵物云松心液！

此乃万年灵木云松树心中产生说的神奇灵液，云松笔直挺拔，高入云天，经历千年不灭，就可以体内产生树心，再经历千年不灭，树心中就可以诞生一滴灵液，这团灵液乃是它三万年的积累，具有修补元神妙用，乃是专门修补灵台神识海的灵药！

你以为你和希夷夺舍之战，自己就真的毫发无伤吗？错，虽然希夷消散，但是你的神识海，也是破绽百出，暗伤无数，出于崩溃边缘。

这样下去，虽然你不至于死亡，但是至此你的仙路断绝，永远就是炼气四重天的弟子！

所以，我特意为你准备的货物，黄阶中品天地灵物灵松心液，回去后你立刻炼化，不留任何痕迹，修补识海，让你再无修仙后患之忧，可以继续前进，这样以后观看你的人生，才有意思！

这些灵松心液价值一个中型灵脉！你买不买？"

洛离听到这些，点点头，说道："我买了！"

不管这家伙说的真假，那怕有一丝可能，这个宝物就得卖，反正自己也不损失什么！

刘凡说道："多谢惠顾！"

顿时那团灵液消失，瞬间在柜台上出现一排排的秘籍！

刘凡继续说道："飞剑法宝，灵宠灵丹，这些都不能卖你，卖你是害你，唯独这秘籍，你可以随便买！

财法侣地，这法在修仙之中，排在第二位，法不传六耳，最有价值！"

洛离看向那些秘籍，《三十三云符真经》、《古希伯来丁真灵文》、《食魔药膳七法》、《火罗炼钢诀》、《仙植灭虫十二要领》、《飞天藏形寻矿法》、《云霞炼甲术》、《九度真文》、《天府玄微炼器诀》、《天地交感神应驯兽**》、《上真九霄经水炼真丹经》、《混元浑一灵鉴诀》、《神游星空引神诀》……这秘籍足足数千本，每一本可以看到概要介绍，洛离翻看起来，拿起那《三十三云符真经》这是云霞宗栖霞真君所着，介绍云符炼制之法的秘籍。他又拿起一本《火罗炼钢诀》，这是火罗宗三昧真人所着，教授精炼各种矿石的法决。

翻来翻去，洛离确定这些秘法都是最基本的炼符、炼丹、炼器的秘籍，甚至洛离还看到了灵蝶宗的饲养灵蝶之法，那秘籍自己在空远峰的藏经阁看过，想不到这里也有！

洛离摇摇头，这里完全没有自己想要的类似心如自在经、毫末累土诀，那种厉害的修炼真气经典！也没有具有毁天灭地威能的神功秘籍！

洛离说道："前辈，你未免太小看人了，这些秘籍你也拿出来滥竽充数，要卖你就拿点真东西出来！"

刘凡摇摇头，说道："这你就不懂了，此乃修仙十六艺的精粹，掌握这些秘籍，从此你就有了赚取灵石的手段，一技在手，修炼再也无忧。老洛之所以可以成为金丹真人，就是因为他掌握仙龙果的种植之道，前人之鉴啊！

而且你修炼了万兽化身宗的心如自在经，又兼修了天行健宗的毫末累土诀，这都是上门中最好的入门功法，其他的修炼真气秘籍，对你现在来说，没有多大的用处。

另外老洛虽然失败了，但是却成全你了，不久你的蝶龙变就会大成，可以说此功乃是炼气境界，最强的功法之一，所以再卖给你那些法术神功秘籍，毫无意义！

这些才是你最需要的！”

这么一说，洛离不由的点点头，确实如此，自己当初为了制符的秘籍，费尽了心机，那才得到。希夷祖师为了仙龙果，最爱的师姐都卖了。

而且神威宗的无上传承等着自己继承，比起刘凡卖的其他法术神功秘籍，不知道要好上多少倍，自己现在缺的就是灵石路费，所以目前来说，这些秘籍对于自己才是最有价值的！

洛离说道：“好，我买这修仙十六艺的秘籍，但是这些不行，给我拿点干货，真正的好的东西，要真值一个中型灵脉的秘籍！”

刘凡哈哈一笑，说道：“识货！好东西来了！”

他一挥手，诸多秘籍纷纷消散，最后剩下三十七本！

刘凡继续说道：“修仙十六艺：采矿、炼器，炼剑、灵屠、药膳、种植、炼丹、驯兽、养灵、炼魂、炼符、炼甲、灵文、灵鉴、布阵、附法！

每一艺都是意义重大，我告诉你，那一个修仙有成的强者，都是掌握其中数艺，这才能在仙路上走得更远！

不然你击杀妖魔，不会灵屠，瞎搞一气，至少损失一半的灵石；不会炼魂，白白丢失强敌魂魄，又丢了个一大笔灵石；不会灵鉴，宝贝当石头，有眼无珠；不会采矿，就是找到灵石矿，也是损失一大半灵石。

不会炼器、炼剑、炼甲，只能在人家那里买，黑死你；不会炼丹，嘿嘿，等着被人宰死吧；不懂灵文，十大圣典在前也是看不懂；不懂布阵，最后活活困死在遗迹之中！

所以这修仙十六艺最有价值，因此衍生很多专业灵师，比如善于采矿的寻矿师、建矿师、采矿师，善于种植的灵植师。

就是诸多上门，对此也是很是重视，对此最重视的这些上门之中，首推昆仑！”

瞬间，一本秘籍出现在洛离面前，名字很普通《昆仑制艺十万问》。

刘凡推销起来，说道：“二鬼三巫十七道，五妖四灭三十魔！八气六巧十六剑！七奇九邪十尊佛！天下上门尽在此诗号之中！

但是其中却有一门，却在这诗号之外！那就是昆仑！昆仑拥有修仙十大圣典之一的玉书金箓，自从有人以来，昆仑派就诞生中天世界。经太古混沌时代，远古神魔时代，上古神威时代，近古仙人时代，到现代宗门时代，历时无数万年，传承至今，始终不灭！

所以有云天下大道出昆仑！

这就是昆仑弟子必须修炼的昆仑制艺十万问，此经以问答形式，将修仙十六艺全部囊括其中，将修士所有的方方面面，全部囊括。

上到采矿炼宝，下到炼灵屠药膳，甚至穿衣说话，外貌仪表，全由详尽无比的介绍说明，同时还有秘法支持，可以说这一典在手，修仙制艺，全部精通！方才那几千本秘籍，尽在其中！

此经文被博古通今不言宗，命名为制艺圣典，被无量宗、天魔宗、浩然正气宗、影魔宗、秽魔宗、幻魔宗、大罗金仙宗、太阳神宫、牵机宗、万相宗、造化宗、血海宗、七伤派等等三十八家上门，做为自己门派的弟子的基础制艺经典，可以说乃是修仙十六艺最基础，最全面，最完善，最有价值秘籍经典！

怎么样，干货吧，一个中型灵脉，值不值？”

在他说完之后，那秘籍自动翻开，露出其中内容，显示制符的若干内容。

“问：何为符箓之骨，何为符箓之心，何为符箓之眼？”

“答：符箓之骨，即为下笔之时，笔画所形成的构架，符之骨，如人之骨，苍劲有力，傲骨凌然，才能将符箓之威完美体现，正所谓“有骨符才真，傲骨烈三分！”

符箓之心，即为符箓之神，有骨无神，岂能成符，若是有神，晓性灵、通神明，自有天成之美，此乃符箓之心，有云：“符箓有心纹，天地鬼神惊！”

符箓之眼，即为符之根本，眼成之后，心骨相连，至此符箓有灵，符箓天成！有云“符箓开天眼，纳界一符中！”

符有骨有心有眼，此乃金符，立刻自成奇妙奥义，复杂多变，尽展玄奥，统合日、月、阴、阳、光、雷、暗、金、木、水、火、土等十二气，在小小符箓之内，诸气交通，自成天地，任外间惊雷掣电，内里却生生不息。

……”

洛离随意看过去，一下子就看傻了，脸上时而欣喜，时而苦恼，时而若有所悟，时而皱眉苦索，那内容读起来隐晦难懂，而且庞杂散碎。

但是在洛离脑中却有一种醍醐灌顶的感觉。以前炼符遇到的诸多难题，游刃而解，豁然开朗。

那秘籍突然合上，洛离这才缓过神来，恨不得立刻在看一眼，他长出一口气，说道：“买，买，我买了，必须买！”

刘凡说道：“我会将此秘籍以神识形态，注入你的神识海，千年不灭，你可以随意翻看，还不会被别人发现，不过老规矩，法不传六耳，这秘籍只可你一个掌握，不许外传他人经文！”

这里说的是不许传授经文，但是没有说不许传授那些洛离掌握以后的技术！

洛离点头，表示明白！

刘凡说道：“多谢惠顾！”

那本秘籍消失，还剩下三十六本秘籍，飘在洛离身前！

第七十二章 道德遗法神孽身！

看到《昆仑制艺十万问》消失，空中还有三十六本秘籍，洛离很是迟疑，说道："这，这些都是什么秘籍？"

这些秘籍应该是和昆仑制艺十万问同样价值的秘籍，洛离不由的一愣，那昆仑制艺十万问已经被刘凡说的天花乱坠，这些会是什么秘籍？

好像看出了洛离的疑问，刘凡笑道："这昆仑制艺十万问乃是修仙十六艺的基础，天下英雄辈出，豪强无数！自然有人在这基础之上，配合自己门中秘法，研究出属于自己的无上修仙制艺。

这些制艺都需要哪些宗门的独门秘法配合，属于专业知识，因此世人以士称之为制艺秘传！"

随着他的话语，哪些秘籍一一被点亮，上边各自出现名字：集阳、仙植、扇火、淬药、洗炉……洛离迟疑的看着三十六个秘籍，说道："这都是什么东西？"

刘凡一指那集阳，说道："集阳术，此乃灵屠制艺的最高境界！乃是万兽化身宗的秘传。

灵屠一艺，达到极限，就是屠灵师，有些特殊的妖兽，猎杀得到之后，自己取材完全浪费，不得不请屠灵师收取材料。

屠灵师有的善于剥皮，有的善于剔骨，有的善于取髓，但是他们只能在妖兽的身体基础上收取灵材。

而万兽化身宗的集阳术就不同了，它可以是妖兽灵兽全身的精华，集中自己想要的部分，甚至可以注入其他的天地精华，取一处而废全身，但是那一处绝对是整个灵兽的全身精华所凝集之处，使的这个材料价值翻倍。"

洛离看着这个秘籍，说道："万兽化身宗，我知道了，他们精通万兽之道，因为这个宗门的特性，所以他们才有这个能力！"

刘凡说道："对，对，对！

其他的也是如此，来自仙农宗的仙植术，可以种植万千植物，无所不养，此经典记录仙农宗的三十六米，七十二芽，一百零八果，一千零一叶的种植之法，老洛那个什么仙龙果，不过是此书一百零八果之一，所以此秘籍的珍贵，你应该知道吧？

这本是丹宗的扇火术，扇火童子是丹宗特有的传承，想要炼丹，必须控火，就是依靠这扇火术，丹宗才能在无数炼药门派中，一枝独秀，成为上门之一，此乃不传之迷。

这本是古木岭的淬药术，古木岭乃是妖族门派，为天下草木之妖的大集合，它们天生草木，最懂木性，最会炼丹，这淬药术就是集合万千妖族神通之大成之作。

这本是重玄宗的洗炉术，无论是炼丹，还是炼器，丹炉第一！这是重玄宗专业修整丹炉之法！

这本是血海宗的融符术，这本是血魔宗的血符术，以前天下上门之中，精通符箓之道的，除了北辰，还有一个上清宗，那也是强大宗门，符箓第一。

后来此宗崩溃，分化万千小派，其中死敌血河宗得到最大好处，继承了上清宗的传承。

但是就因为融合了上清宗的传承，在修炼上出现分裂，一路追求精粹，一路追求浩荡，最后血河宗一分为二，变成了血海血魔二宗。

其中血海宗掌握独门的融符术，将群符融合一体，专修符箓聚合之道；血魔宗的血符术，利用精血增加符箓威力，专修符箓精粹之道，各有各的巧妙！

除了他们，北辰宗的变符术，黑羽魔巫宗的巫咒术、也是符道，也是独具一格。

另外这些就是太上感应宗寻矿术、重玄宗的真锤术、冥王宗的粹器术、混元宗的亲情术、都天教的统御术、天机谷的补阵术、九阳教的元阳术、食魔宗仙厨术、不言宗学究术、八方灵宝斋灵商术。

我们云游宗辨材术、八神观的养穴术、圣甲宗元衣术、慈航寺的灵储术、天目宗的灵窥术、大梦苍天洞的灵梦术、窃运观天宗的水镜术、九幽鬼冥派的画皮术、音魔宗的天音术。

星宿宗的摘星术、丹霞宗的采霞术、神霄道的祭神术、道德宗的真言术、龙阳宗的断袖术、神威宗的仙纹术、五毒宗的合蛊术、太白宗的仙酒术！

这些都是那些门派的不传之秘，如果你被人发现，掌握他们门派的这些秘法，你死定了！”

洛离看着这些，有点眼晕啊，许久他才说道：“这个云游宗辨材术？好像就是四海云游宗吧？你的宗门？”

刘凡哈哈一笑，说道：“那当然了，我们宗门岂能没有秘传之法，这辨材，辩的不是普通之材，乃是天地灵物，掌握此术，你可以快速发现天地灵物，轻松采集天地灵物，辨识天地灵物妙用，甚至达到高深境界，可以分解、改变、培养天地灵物！”

洛离问道：“那我会了这个，不会被你们门派追杀吧？”

刘凡说道：“哈哈，那当然不会了，你是花钱买的，只要不外传，随便用！”

洛离点点头，继续看去，然后问道：“这个神威宗的仙纹术？好像神威宗已经灭亡了？”

刘凡点点头说道：“其实神威宗的灭亡就是因为这仙纹术。此术虽然是炼器、炼符、炼甲、布阵、附法的集合之术，但是传说此术乃是来自外域！

据说神威宗中兴祖师在一次外域云游中，卷入虚空黑洞漩涡，到了其他次元世界，那里和我们这里完全不同，是一个什么构装骑士的世界，他在那里得到的此术，回归中天主世界，才诞生的神威仙纹术。

后来神威宗衰落，门中竟无一个返虚真意，为了守护宗门，只能构建最强仙纹，结果走火入魔，建立神狱，培养神孽，残害天下修士，最后反倒因此被灭！”

刘凡咽了一口吐沫，说道："说的累死了，你还有两个中型灵脉，选择两个秘籍吧！"

洛离看着这三十六本秘籍，真的难以选择，这些秘籍都是无上之法，真的不知道选择那个好！

他犹豫的说道："这，这，到底选择那个好呢？还请前辈指点！"

刘凡一笑，一挥手，那三十六本秘籍之上，冒出无数线条，这些线条彼此交融，在虚空之中构成无数光点，那些光点有大有小，有红有黑，有的如同漩涡，有的如同太阳！

刘凡说道："四海云游宗修仙宗旨买死卖生，借此挑动天下乱，观人间世情，悟道飞升"！

这三十六本秘籍，每一本都有背后的故事，你选择了其一，就要接受它们的传承，就会使你的人生发生巨变！

看到没有，这些光点，就是你选择他们后，可能发生的事情，有危险，有死亡，有奇遇，有成功！

这是我们最喜欢看到的事情，我现在给你种下因，将来我就可以看你收获果！所以你选吧，这是你的命运，我不会指点你的！"

什么因果洛离才不在意呢，那是以后的事情，先顾眼前！

洛离看着这些，真的难以选择，到底选择那个好呢？

"集阳、仙植、扇火、淬药、洗炉、血符、融符、变符、巫咒、寻矿、真锤、粹器、亲情、统御、补阵、元阳、仙厨、学究、灵商、辨材、养穴、元衣、灵储、灵窥、灵梦、水镜、画皮、天音、摘星、采霞、祭神、真言、断袖、仙纹、合蛊、仙酒！"

"算了，可熟悉的来吧！神威宗，我要继承神威宗无上传承，所以神威宗那个我必须选！"

想到这里洛离一点，那神威宗的仙纹术，瞬间消失，选择了一个！

最后一个灵脉，洛离实在难以选择，突然他灵机一动，说道：“前辈，我这里有一样东西，请您看看，看看能不能多换一样秘传！”

说完，洛离一张嘴，干呕了半天，将胃里隐藏的那个极品血晶石吐出！

这东西轻易卖不出去，眼前这个家伙，不可以常人论述，卖给他试一试，看看能不能再买两本秘传秘籍！

其实有了储物袋，这个血晶石早该吐出了，可是洛离发现，自从上次自己气冲九关，赏善神通刺激这血晶石之后，自己修炼的时候，这血晶石会微弱的放出元气，加快自己的修炼。

虽然血晶石放出的元气很少，但是蚊子腿也是肉啊，所以洛离一直没有取出！

看到这个刘凡捂着鼻子说道：“好恶心啊！”

但是商人的本能，还是使他拿出手绢接过这个血晶石，一看说道：“不过是一块极品血晶石而已，不值几个钱，没有什么价值，用它还想换秘传，做梦一……”

样字他没有出口，然后他惊讶无比的看着这个极品血晶石，嘴里说道：“奇怪了，奇怪了，这东西有问题，这血晶石怎么有神孽的气息！”

“不止，不止，这东西之上还有道德宗法术刺激过的痕迹，还有神孽气息，奇怪了，奇怪了！”

然后刘凡豁然抬头看向洛离，死死的盯着看，在他眼中无数秘法闪烁，他再重新的检查洛离，许久他笑了，他说道：“难怪你可以打到我，我还是小看你了，神孽，你是神孽，所以你可以打破我的天道防御，可以打到我的头！”

第七十三章 秘传入心封灵禁！

洛离一愣，说道："你说什么？"

刘凡看着洛离，眼中目光离奇，似惋惜，似欣赏，似可怜，似敬佩，他缓缓说道："你今年十七？你出生在神威宗的神狱吧？"

这话一说，直指洛离跟脚，洛离全身就是一颤，但是他面色不变，咬牙说道："是的，我是出生在神威宗的神狱！"

刘凡点点头，说道："那就对了！我说你怎么选择神威宗的仙纹，有此渊源！"

一直以来，慈云大师不知道神威宗为什么捕抓他们，或许知道了也不告诉洛离，洛离对此好奇无比，立刻问道："什么是神孽？"

刘凡说道："神之孽，上古诸神血脉！你不要问了，我说了，你也很快会忘记。

我想想，在神威宗的记录中，他们曾经抓到一名天道宗的金丹真人，据说此女偶然得到道德宗的遗留传承，此女和一个七杀宗的小修士结成伴侣，生了一个孩子，看来那个孩子就是你了！"

听到这话，洛离激动不已，自己的身世也许就是解开，一直以来，慈云大师都不说母亲的出身，原来她是天道宗的弟子！

另外什么道德宗的传承，洛离立刻联想到自己神通赏善罚恶，在某种意义上，和道德宗有些字面上的关联。

他立刻追问道："前辈请您说的详细一些！"

瞬间，洛离完全忘记了神孽的事情，就好像没有听说过一样，方才还关心不已，转眼就忘个干干净净！

刘凡摇摇头说道："果然如此，天道不容，神孽永远记不住自己的出身！"

然后他说道："具体的事情，我就知道这么多！甚至我连你父母的名字，我都不知道！"

洛离很是失望，他又问道："那请问道德宗是怎么回事？"

神孽忘了，这个倒是记着。

刘凡幸灾乐祸的说道："道德宗，上门之一，信奉功德之道，御使信仰之力，强横无比，曾经天下十大上门，仗着自己实力强，到处欺负人！我们门派，无数前辈的观想，都被他们破坏！

这个门派最喜欢做好事，传说可以在做好事中得到功德之力，说的好听，其实就是吸收生灵情绪剧烈变动时产生的灵力和信仰之力。

好事可不是那么容易遇到的，然后他们就人为制造各种好事，让手下爪牙制造海啸、山崩、兽潮、魔劫。然后他们过去救人做好事，积攒功德。"

看来四海云游宗没少被道德宗欺负，刘凡恨意十足！

然后刘凡解恨的说道：

"这个门派好事做绝，强大到了极限，然后他们决定做一件最大的好事，要让整个中天世界感激他们！

可是他们忘记了，斗米恩，升米仇这句老话！对于整个天地也是如此！

最后他们筹划之事完成，惊天地，泣鬼神，真正的好事做绝，天地实在无法报答他们，感谢他们十八辈祖宗，于是整个道德宗消失了！"

洛离惊讶的问道："消失了，什么意思？"

刘凡说道："不知道，或许集体飞升了，或许全部灭绝了，总之，这个好事做完以后，道德宗彻底消失，连同整个山门，上万里的山河土地，一起消失，谁也不知道那去了，此乃修仙界十大迷团之一！"

洛离不由的开始遥想，当年道德宗的过去，这时刘凡说道："好了，好了，时间不多了，你这个极品血晶石我换了，给你换三个秘传秘籍！"

洛离回过头来，说道："对不起，三个不换！"

刘凡说道：“那你要换几个？”

洛离说道：“全部！”

刘凡说道：“你疯了？你可真是狮子大开口，全部？你疯了！我不换了！”

洛离点头说道：“不换就不换！前辈咱们也聊了大半夜了，我对你还是有了一些了解！

这秘籍对于你不算什么，要复制多少，就有多少，完全就是无本买卖，可是这极品血晶石却不同了，天下独一份，我不信你不换！”

刘凡看着洛离，咬牙说道：“你小子是不是修炼了八方灵宝斋的灵商术，这么黑呢！

不能那么多，最多六个！”

洛离说道：“不行！至少要三十！”

“不行，不行，最多七个！”

“我也不漫天要价了，你也别坐地还钱，二十个！”

“二十个？小子，你知道贪多嚼不烂的道理吗？不可能，最多八个！”

“十五个，十五个，最少十五！”

两人在此开始讨价还价，足足讨价了一刻钟，刘凡最后说道：”这样吧，我再给你十个秘传，我们就算两清了。不过这秘传我给你选，绝对是最适合你的，但是选到什么，你不许后悔。”

洛离想想差不多了，点头说道：“好！”

刘凡一伸手，瞬间十本秘籍化作流光，注入洛离的神识海！

洛离细细一看，分别为：万兽化身宗的集阳术、血海宗的融符术、血魔宗的血符术、北辰宗的变符术、黑羽魔巫宗的巫咒术、混元宗的亲情术、云游宗辨材术、八神观的养穴术、道德宗的真言术、太白宗的仙酒术！

洛离一皱眉，万兽化身宗的集阳术、混元宗的亲情术、云游宗辨材术、道德宗的真言术，这都很合适，这些宗门自己了解，都很强大，他们的秘传一定不差，而且道德宗已经消失，这秘传绝对是宝贵财富！

血海宗的融符术、血魔宗的血符术、北辰宗的变符术、黑羽魔巫宗的巫咒术这个把符术的一网打尽，自己喜欢制符，倒也不赔！

可是，这样选择，自己一个炼丹、炼器、炼剑的秘传也没有选到，另外自己看中的仙植、仙厨、学究、灵商一个也没有选中，什么养穴术，仙酒术，有什么屁用，这选择未免太差了，他就要不干。

刘凡看着他，说道："相信我，你绝对不会后悔的！"

不知道为什么听到刘凡的话语，洛离决定不换了，这就是缘分，反正也是白换来的，就这些吧，但是他开口说道："好了，血晶石的换完了，我还剩下最后一个中型灵脉，做事要做绝，就换那个食魔宗的仙厨术。"

刘凡看着洛离，说道："不是说好十本两清了吗？"

洛离说道："那个两清是血精石的两清，这个是我们以前的交易，做商人必须守信啊！"

刘凡长叹一声说道："好吧，好吧，不过我最后说一句，相信我，你不要选仙厨术。

算了和你说实话吧，食魔宗仙厨术，修炼此术如果不是食魔宗弟子，最后会吃成一千斤的大胖子。九阳教的元阳术，必须九阳血脉才能修炼，不言宗学究术除了在不言宗的环境中，才会有用！

八方灵宝斋乃是我四海云游宗的死敌，打死也不会卖给你的！

至于慈航寺的灵储术、天目宗的灵窥术、大梦苍天洞的灵梦术、窃运观天宗的水镜术都需要这些宗门的特殊法门，其实很多秘籍都是挂出来凑数的，忽悠凯子的，所以你可是要想好了！"

洛离看着刘凡，原来看着很多秘传很多，大多数都是骗人的，想了想，说道："好吧，我选择仙植！这个没有问题吧？"

瞬间一闪，那个仙农宗的仙植术，注入洛离的心神之中。

然后刘凡说道："这买卖赔死了，小子，你好自为之吧，记住了，你得到的有些秘传，要是被那些宗门发现，你必死无疑！"

"什么都能买，什么都能卖！"

瞬间一闪，刘凡消失无影，那巨大的商铺幻象也随着消失，洛离傻傻的站在窗外，一切都好像做了一场梦。

只不过在洛离手中拿着一个残碎的砚台，另外还有一团灵液飘浮在洛离面前，证明这一切都不是梦！

洛离摇摇头，丢下砚台，拿起灵液回归住所，刚刚进入屋中，远处空远峰一声轰鸣，整个山峰就好像崩溃一样，无数灵气在其中喷发而出！

这巨变，整个灵蝶宗的弟子全部苏醒，他们都走到屋外，看着远处的巨变，议论声不断。

看来刘凡开始抽取灵蝶宗的灵脉了，不过其他人应该不知道，以为发生了异变，洛离摇摇头，也许很快就会有人来找自己，寻找异变的蛛丝马迹。

他拿起那团灵液开始服食，看到这灵液洛离脑中就浮现一些神识，好像对此灵液的解释说明。

"黄阶中品天地灵物云松心液！

此乃万年灵木云松树心中产生说的神奇灵液，云松笔直挺拔，高入云天，经历千年不灭，就可以体内产生树心，再经历千年不灭，树心中就可以诞生一滴灵液，具有修补元神妙用，乃是专门修补灵台神识海的灵药！

观此灵液，灵气盎然，清澈见底，卖相过于良好，此乃勾兑过的天地灵物。

此液应该为普通的黄阶下品天地灵物云松心液，而且只有三滴，注入寒玉盏、含烟翠凝练，使用秘法，使其等阶提升至中品，以精龙魂魄、太皓精金、紫符天火、闪灵木、黄衍土、封灵玉等物祭炼，使三滴灵液扩张为三十滴！"

洛离看到这里，忍不住大怒骂道：“奸商，奸商！真是无奸不商啊！竟然是假货！”

不过继续看下去，介绍道：

“此液调制之后，含有黄阶中品天地灵物云松心液的一切妙用，更加体现其价值，只不过保存时限只有一年，一年后灵液挥发，毫无灵性！

此乃云游宗辨材术调制云松心液十三法之第七法，其他调制之法如下……”

洛离不由的点头：“药效相同，只是不能长时间保存，我马上就要用了，看来没有什么关系！

这，这些资料应该是辨材术的秘传吧？这么详细，这么厉害！发达了，发达了，看来我还是捡到宝了！”

第七十四章 大道茫茫我独行！

洛离详细的看着关于云松心液的介绍，按照这介绍，最好使用一些灵物灵符，做为催化物，更能激发灵液的特性。

但是洛离现在哪有什么灵物灵符，时间有限，他立刻服用！

按照上边服用的介绍，洛离先滴入双眼两滴灵液，然后刺破自己的心口，将此灵液放在伤口上。

那灵液立刻注入洛离的心口伤口中，然后那伤口自动消失，瞬间洛离眼睛一闭，倒在床上，昏睡过去。

洛离睡着，似梦似醒间，他又一次的回归神识海，灵台空间，在此神识海中，有十三团光芒，在虚空闪烁，这正是洛离得到的十三个秘传！

在四处看过去，洛离顿时发现，这个空间到处都是裂缝，到处都是窟窿，这就是和希夷战斗后留下的伤痕。

这时在虚空之上，一滴滴的雨水落下，这雨水就是灵液，它们流进洛离神识海上的裂缝窟窿中，那些裂缝窟窿立刻开始修补，渐渐的伤痕消失，完好如初，同时神识海开始慢慢变大。

这个修补过程，很是漫长，时间犹如白马过隙，洛离一口气昏睡了三个半月，至少一百天以上！

这些时间，洛离的心神沉浸在意识空间之内，开始学习这些秘传真法！

在半梦半醒间，他在观看《昆仑制艺十万问》，如同海绵一样，吸收里面的知识。

同时他开始观看起其他的十二个秘传，洛离所购买的十二个秘传，分别为血海宗的融符术、血魔宗的血符术、北辰宗的变符术、黑羽魔巫宗的巫咒术、神威宗的仙纹术、万兽化身宗的集阳术、仙农宗的仙植术、混元宗的亲情术、云游宗辨材术、八神观的养穴术、道德宗的真言术、太白宗的仙酒术！

血海宗的融符术、血魔宗的血符术、北辰宗的变符术、黑羽魔巫宗的巫咒术这四个秘传都是制符的诀窍，必须正好可以互相对应，一法通，万法明！

兽化身宗的集阳术，乃是灵屠之法，用以解刨灵兽尸体得到灵材，仙农宗的仙植术乃是种植之道，混元宗的亲情术乃是控制灵兽之术，太白宗的仙酒术乃是酿制灵酒之法。

这些对于洛离很是有用，以昆仑制艺十万问为基础，正好可以使用它们。

用集阳术解刨灵兽，用仙植术种植灵谷灵草，用亲情术控制灵兽，用仙酒术酿制仙酒，用融符术、血符术、变符术、巫咒术制造符箓，依靠这些，洛离完全可以在七月初七之前，赚到三千灵石，太小意思了！

但是其他的秘传，洛离暂时无用。神威宗的仙纹术，乃是炼制奇异的仙纹，但是最弱的仙纹也需要筑基境界，才能炼制！

云游宗辨材术至少必须拥有先天灵物，这先天灵物价值都是不菲，洛离现在可是一个都没有！

八神观的养穴术乃是蕴养灵脉，建立灵穴之道，但是前提必须有灵脉可以让自己随意控制，如果洛离掌控空院峰，或许有用，现在对于洛离毫无用处。

道德宗的真言术乃是辨识灵文之法，可惜现在洛离手中，什么灵文都没有，根本没有办法学习！空有屠龙之技，无处可用！

在洛离半梦半醒的学习中，空远峰灵脉崩溃，灵蝶宗上下沸腾，诸多金丹真人寻找原因。

洛离如果没有昏睡，至少要被审问上百次，但是他处于昏睡之中，诸多金丹真人查看了十多次，储物袋被翻个遍，认定洛离被夺舍元神受损，所以才会昏迷。

最后，灵蝶宗认定，这是希夷祖师做的手脚，生前布下禁制，如果夺舍失败，那就灵脉崩溃，自己死了，什么也不留下，这确实是他的风格，此事和洛离无关。

随着时间的过去，渐渐的事实成立，一切恢复正常。

洛离这一觉足足睡了一百多天，终于听到窗外传来的鞭炮声，才缓缓苏醒过来，细细查看自身，一觉醒来，自己已经晋升炼气第四重境界！

而且神识海经过云松心液的修补，足足扩大了一倍有余，算是因祸得福！那些秘传大半都已经记住，成为自己的本能。

神识范围也有原来五尺一下子达到了一丈，足足提升一倍！

苏醒过来，许久洛离才回过神来，看向四周，自己还在那个客房之中，他缓缓站起，走到窗前，推开窗户往外一看，只见大地一片银装素裹，白茫茫，已是寒冬！

外面有灵蝶宗弟子在放鞭，洛离喊道："师兄，那位师兄，请问现在什么时候？"

那个弟子回头看向洛离，就是一愣，说道："你醒了？现在已经是腊月二十三，小年了！"

洛离这才知道，自己足足昏睡了三个月，一百多天！

洛离苏醒，很快就有门中执事到此，就是送他到此的筑基真修，看着此人，洛离心中怦怦之跳，不知道他们如何安排自己！

那执事看着洛离说道："洛离，我们查过你的资料，你竟然没有拜过祖师堂，甚至都没有在灵蝶宗名册中登记？"

洛离一愣，确实如此，那时苏采真过于着急，自己没有进行入门仪式，他点头说道："是的，那时……"

听完洛离的解释，那执事点点头，说道："原来如此，不怨你，虽然宗主大人让你入紫阳山一脉修炼，但是规矩就是规矩，你没有走过入门仪式，对不起，你现在只是外门弟子，我们内门不能收留你。

这样吧，你是在脱舍院进入内门的，你再回归脱舍院吧，脱舍院的三执事永川，已经进入内门，你就去继承他的职务，在脱舍院做个执事吧！"

听到这个，洛离不知道说什么好，如果紫阳山收留洛离，洛离会在这里生活到明年的七月初七，然后离开，可是现在人家根本不收留自己，发配外门而去！

事情就是如此，就这样洛离被逐出紫阳山，又回到了脱舍院。他完全被冷处理，没有一个人在意他的去留！

洛离离开脱舍院已经半年多了，回来后立刻发现物似人非，除了院首吉安老人在，其他人或者进入内门，或者转入其他外院，再无一个熟人，看着那些新人迟疑的目光，听着他们背后的种种议论，洛离摇摇头！

算了吧，此处不留爷，自有留爷处，我走吧！

离开灵蝶宗，天下之大，那里没有我的安身之处！

洛离萌生离开之念，在离开之前，洛离去拜会吉安老人，这老人对自己相当不错，洛离记着他的人情，在走之前，拜会老人。

老人已经九十多岁了，没有几年好活了，这次离开，也许今生再无相见之期！

看着洛离，吉安老人没有说什么，洛离说明自己离开的决定，就要拜别，吉安老人开口说道："洛离啊，走吧，这灵蝶宗对于你来说，太小了！你的世界在外面，你不要怨恨宗主他们，他们也有着不得已的原因！

离开这里吧，好男儿志在四方。这个给你，算是我留给你的纪念。

如果你实在没有去处，你就到苍北斗州眩光宗，去找一个金丹真人，他叫做镇安真人，是我的三叔公，这里有封介绍信，他会收留你的！"

说完，老人递过来一个储物袋，然后不在说话！

洛离拜别离开，出门打开一看，储物袋中足足有三百灵石，还有一封信，这是吉安老人多年的储蓄，都送给了洛离。

洛离收起，这灵蝶宗既有希夷祖师那样的绝情之人，也有吉安老人这样的良善好人，洛离拿出灵蝶宗所发的各种法袍，还有代表自己身份的门派令牌，整齐的放在一旁，身上再无半点灵蝶宗的事物，然后掉头离开！

最后的看一眼自己生活过的地方，洛离一步步走向原野，离开灵蝶宗，再见了，灵蝶宗！

这里有过我的人生，我的朋友，我的恋人，我的仇人，我会记住你们的！

洛离不知道，在他离开之时，有人在高高的紫阳山峰之巅，一直的看着他离开，那人正是灵蝶宗主方若雷！

看到洛离远去，方若雷对着虚空说道：“祖师，他走了！”

那虚空之中有一个声音响起：“走了好啊！终于走了！”

方若雷说道：“祖师弟子不明白，他不过是一个小小的修士，为什么这么的刻意安排，非得把他逼走？为什么不留下他，此子好好培养，必定一飞冲天！”

这祖师正是灵蝶宗唯一的元婴真君魏黎祖师，他长叹一声回答道：“这孩子被四海云游宗看中了，唉，凡是四海云游宗弟子所到之处，必生事端，必起风波，他们就是惹祸的根苗。

希夷就是例子，搞的我灵蝶宗灭绝一脉，灵脉消失，宗门灵气大损，七大福地的潜龙林妖魔实力大涨，花蝶原灵蝶产量大跌，真是可恨啊，可是我们却又得罪不起！

这孩子被他们看中了，留在灵蝶宗，说不上会搞出什么惊天大事，走吧，只有走了，我们灵蝶宗才能安生！

说到底，我们灵蝶宗太小了，庙小容不下这样的大神！”

方若雷迟疑的说道：“祖师，那四海云游宗那么厉害吗？我看那个胖子很是一般啊？”

魏黎祖师说道：“你不懂的啊，他们是得罪不起的！那个胖子，当年我还是少年之时，他就是这个模样，现在还是这个模样，毫无变化，你说他厉害不厉害？

其实遇到他们，不知道是好是坏。

传说我们脚下的大地，当年的元珠宗，就是因为遇到他们，购买到改天换地之法，结果搞的大陆崩溃，沧海桑田，彻底灭绝。

另外我们灵蝶宗和黑龙宗，可以存在到现在，也是因为我们的先祖在危难的时候，遇到了他们，在他们手中买到了宝贝，我们门派才延续至今！

所以这孩子，我们只能送走，我们灵蝶宗太小了，太脆弱了，再也经不起风波了！”

方若雷点头说道：“弟子明白！”

魏黎祖师又说道：“若雷啊，虽然这次希夷失败了，但是其实也有收获！”

方若雷说道：“我也看出来了，好像洛离他炼成了蝶龙变，所以我才想收他为徒，好好培养，可惜了……”

魏黎祖师说道：“没有关系，他的成功，指明了方向，证明蝶龙变可行，这就足够了！

若雷全力和黑龙宗开始合作吧，我有一个先天灵觉，不只是我黑龙宗的老家伙，也是如此感觉！

天地沉寂的时间太久了，未来将会有天地大变产生，那就是浩劫！若是我灵蝶宗再和以前一样，在此浩劫中，无法存在下去！

所以，必须求变，全力求变，实在不行，我们就和黑龙宗合并，无论是结局如何，必须让我们宗门长存天地间！”

方若雷深深行礼，说道：“弟子明白，弟子遵命！”

这时大雪又一次的下了起来，鹅毛般的雪花飘然落下，方若雷看着天空中的落雪，长叹一声，低声说道：“唉，想要掌控自己人生，自由自在的活下去，怎么这么的难呢！”

大雪落下，万里冰封，天地一片银装素裹，只见苍茫大地之上，只有一行脚印，孤独的，坚定的，向着远方伸延。

它是那么的孤独，却又是那么的坚定，步步向前，毫不犹豫，在这雪白的大地上，留下自己的印记！

洛离，毫不停留，持续向前，淡然，超脱，心中不惑！

看着这天地苍茫，大雪飘飘，四野没有一个人，只有自己一人，在这苍茫的大地上，缓缓行走，洛离忍住扬声唱道："飞羽腾云汉，振翼凌乾坤；俯涉清水涧，仰登紫阳峰！

我有凌云志，更具真龙身；法空观自在，转头悟真经！

大好男儿身，大道我独行！

纵使万刃刀山在眼前，也要向前！"

向前，向前，向前……

无尽的回声，响彻整个大地，传遍天下……

第七十五章 轻如蝴蝶乱随风！

漫步在此，洛离一人前行，北风呼号，寒意无尽，天地一片冰雪！

在此冰雪之下，行人断迹，野兽绝踪，太冷了，吐口吐沫出去，立刻成冰。但是洛离，就是迈步向前，他已经练成了黑龙身，这种寒冷，对于他毫无意义，就好像阳春三月，一点也没有感觉。

寒暑不侵，水火不入，气贯全身，龙象之力，这就是洛离现在的能力。

他随意一步，看着轻飘飘，但是这一步足足迈出一丈远，然后又是一步，又是一丈，看着行走不快，但是速度如电，转眼十里百里之路，尽在脚下。

就是如此，洛离才会在此小年夜，前往天珠宗，而且就依靠自己的力量，在此雪地中行走。

一脚下去，足足一尺深的冰雪，一下子四散，好像万斤重物落下，带着风声，积雪立刻吹开，洛离脚下足足一尺之地，再无任何积雪，没有一点在雪地行走的艰难感觉。

就是那寒冰，也是立刻粉碎，而且在洛离离开之后，那洛离的脚印处，开始慢慢的融化，这就是黑龙身龙炎的威力。

就这样洛离一口气足足的走出了百里，百里之后，洛离渐渐的有了一个奇怪的感觉，在走过的百里，自己的行走完全就好像是一种本能习惯，这么的行走，反倒是一种累赘，不是自己最佳的行走之法。

这个念头升起，很是奇怪，洛离皱眉，他开始放松自己的身体，将自己的身体交给本能运转。

渐渐的洛离发现，自己的脚步越来越轻，不在是一脚下去，积雪四散，寒冰粉碎，然后脚印火气外露。

在后来，一脚下去，轻松无声，毫无一点动静，积雪只是踩下去半尺，整个人就好像轻飘飘的飞了起来，可以驾驭清风，傲立雪上！

越走越是轻松，到后来一脚下去，那积雪竟然纹丝不动，踏雪无痕，于此同时，自己一步的距离，却在越来越远。

原来黑龙身一步乃是一丈，现在轻飘飘一步，一丈一尺，一丈二尺，一丈三尺，一丈五尺，二丈！

足足是过去的一倍！

这是怎么回事？豁然洛离看到了自己的背影，那背影长袖飘飘，如同灵蝶，瞬间洛离知道了！

希夷祖师夺舍虽然失败，但是他的愿望全部成功，他的魂魄带来三界琉璃蝶，融合自己的黑龙身，这是真正的蝶龙变！

那什么炼化灵蝶的三十三法门，蕴养本命灵蝶的十七心经，自己都不用修炼，至此，自己完成灵蝶宗的秘法，融合灵蝶，诞生本命灵蝶，人蝶合一！

不过也有不同，自己并没有什么本命灵蝶，却阴差阳错的达到了人蝶合一！准确的说，乃是人龙蝶三者合一！

洛离长出一口气，继续前进，越走越是轻松，越走速度越快，越是飘逸！

爽，真爽！

洛离长出一口气，开始按照自己当初在空远峰藏经阁所见的灵蝶宗十大身法，开始修炼！

轻轻一转，洛离飘起，如同陀螺，在空中飞荡，无方无相，任何敌人也无法锁定自己的去向。

又是一旋，速度加快，瞬间好像身边带起一阵旋风，让敌人看不清人影，冲向前方！

用力一跃，瞬间一下子飞起十丈高，高高在上！然后一冲，如同烈马，转眼十丈开外，然后一落，脚下如同生根，简直就是违背天地法理，一动不动，立在那里！

洛离一笑，轻轻一飘，在雪面上足足滑出十丈！然后一荡，无影无形，自在四方！向着虚空轻轻一步，浮空而起，飘浮三尺空中，在空中行走！

突然毫无预兆，如同弹簧一样，倒退十丈开外，然后一闪，又是一丈！

洛离一个个的试验，那灵蝶宗十大身法，转、旋、跃、冲、落、飘、荡、浮、退、闪！

在他身上一一体现，轻松无比，好像自己修炼了数百年，本来就会一样，完全融入到骨子中。

洛离皱眉，自己可不是什么修仙天才，按照藏经阁中的记载，想要彻底掌握这灵蝶十法，至少需要百年时间，这是怎么回事？

想来想去，只有一个可能，看来这是希夷祖师留下的好处了！希夷夺舍失败，但是他的修炼经验留了下来，这御使灵蝶宗十大身法的经验，成了洛离的本能，所以洛离一学就会。

“可惜啊，可惜，我还不会御器飞行，不然借助法器之威，御器飞行，遨游天际，那速度更快，动作更飘逸！

对了，上次我过购买的灵木剑还在储物袋中，回来后事情繁多，辰雷符水还没有买到，不然我可以试一试，飞起来到底是什么感觉！”

领悟灵蝶宗十大身法，洛离的速度立刻尽快，随意一步，一下子由二丈达到了三丈，如果使用身法，瞬间一跃十丈开外，轻灵无比，飘然无声，无定无相，道法自然。

洛离越是行走越是高兴，山川，大地，河流，村庄，纷纷脚下过，这种行走的感觉太爽了。

转眼之间，他就走出了三百里，洛离点点头，心中想道：“不对啊，不对！记得按照藏经阁的记录，我就是炼化灵蝶，人蝶合一，也不可能这么的一步三丈，瞬间百里！

我这速度，看起来已经和刚刚进入筑基期的灵蝶宗修士，速度差不多了，这，这就是蝶龙变的好处吧！

以蝶身行走，以龙身发力！这黑龙身不次于灵蝶宗筑基修士的身体，强横的要命，所以以此为力量之源，我才能达到如此境界。

如果我可以御器飞行，那会达到什么程度，不可想象！”

洛离越是行走越是高兴，转眼之间，他看到前方一条大河，横在前边！

这其实不是河，乃是大海，天蛛五岛两个岛屿之间的海岸线，只不过被前辈高人填海造陆，最后剩下这三十里大海，没有填充，算作两个岛屿的分割点。

这海足足三十里宽，平常时候，普通百姓过海，都有渡船，可是今年小年夜，凄冷无比，船夫全部休息，洛离还不会飞行，所以根本无法渡海。

看着这三十里海面，洛离久久不动，好像泥塑一样，只是呆呆目视。

突然他笑了，猛的他一跃而起，向着这大海扑去！

洛离那怕不会飞行，也冲入海中，一跃而起，足足飞出十丈，就要落入大海之时，他轻轻一点海面，一下子荡起，然后向前飘去，又是十丈，再一次落入大海，然后又是一点，旋转飞腾，向着前方继续冲去！

就这样洛离在此海面之上，踏浪而行，向前冲去，他要横渡三十里海面！

这北方呼号，那海面浪大，一个巨浪浮起，足足三十丈高，向着洛离拍去，面对这巨浪，如同一面水墙横在眼前，洛离大吼，伸手就是一击，霹雳狂龙爆！

一拳打出，轰，巨浪粉碎，洛离一下子双脚踏在海面上！

这不是灵蝶身法，而是黑龙身！

黑龙本是海中皇者，这行走大海之上，对于他就是回家！

洛离哈哈一笑，一跃而起，至此在海面上奔腾，更是轻松，继续前行！

开始的时候，洛离掌控灵蝶身法，使用黑龙身，还经常出现错误，破绽百出，但是随着洛离在此踏浪横行，渐渐的灵蝶身法黑龙身，完全变成了他的本能。

到了后来，也没有什么灵蝶十法，再也看不出什么转、旋、跃、冲、落、飘、荡、浮、退、闪，因为这一切，都已经变成了洛离的本能！

三十里跨海磨练，至此洛离的身法大成，达到风行水上、云出岫中、鸟翔蓝天、鱼游碧水这种谐和自然的境界，正所谓道法自然！

“轰”海面之上，一声清响，一个人影踏浪而出，正是洛离，三十里大海，洛离横渡而过，来到天蛛岛！

洛离长出一口气，到了，再往前几百里，在傍晚时分就可以进入天蛛宗坊市。

这片大地，一片死寂，原来这里潮湿阴冷，丛林很多，飞虫无数，但是现在大雪皑皑，所以的昆虫不是死亡，就是蛰伏，所以看过去一片死寂。

洛离长出一口气，但是他并没有立刻向前，而是站在岸边开始喘气，将自己横渡大海消耗的真气和体力，全部恢复过来。

这时黑龙身的一个优势显现，那就是气息绵长，恢复极快，片刻，洛离就恢复过来，全身是劲，然后洛离继续行走。

这时洛离一步下去，只有七尺，不在是灵蝶岛上，一步三丈之遥，他在刻意隐藏实力。

因为洛离上岛，就感觉到一种恶意，那恶意在远处窥视自己。所以立刻隐藏实力，平常无比，继续向前。

这就是黑龙身的另一个优势，先天感应灵敏，预知祸福！

在洛离身后五十丈外，突然一团积雪随着洛离的行走，悄然跟在他的身后，那积雪赫然是一只雪色蜘蛛。

在此地十里之外，一片雪地中，突然一个声音响起：“大哥，来活了，想到这冰天雪地的，竟然在灵蝶岛那边过来一个散修！”

一旁有人深沉说道：“你确定？”

那修士说道：“确定！他已经被我的青眼雪蛛锁定，这家伙没有穿灵蝶宗的法袍，也没有灵蝶宗的令牌气息，绝对不是灵蝶宗弟子，是一个散修。

而且他连界海都是横渡的，不是飞过来，看来不过炼气三四重的境界，虽然可能是个穷鬼，但是咱们哥几个，在此忍饥挨冻等了一天了，怎么不能白出来一次吧？

老大，你说呢？”

一个深沉的声音说道：“对，小年夜，大冷天的，怎么不能白出来一次，就是他了！

他要是识相，交出所有的灵石，给他一个痛快！上！”

第七十六章 蝶龙发威斩雪盗！

一个上字，瞬间雪地中，五个人影浮起，他们都身穿白色雪甲，潜伏大地之中，就是在他们身上走过，也不能发现他们的存在，一个个身上煞气盎然，最弱的也是炼气四重天。

五人出现，那发现洛离之人，在身上拿出一个储灵袋，打开储灵袋，默默念咒，在里面放出五只巨大的蜘蛛。

这些蜘蛛每一只都有七尺大小，狰狞可怕，那蜘蛛腿赫然乃是马腿，踏在雪上，不留一点痕迹，也是踏雪无痕。

众人纷纷踏上这些灵蛛的后背，虽然有人可以御器飞行，但是能省一些真气，就省一些。那发现洛离之人，嘴里吹着奇怪的口哨，御使这五只马蛛向着洛离冲去。

五只马蛛在雪地之上，奔行如电，北风呼啸，可是它们没有一点寒冷的感觉，反倒象是十分享受这冰雪气候。

洛离继续向前，那敌意越来越强，转眼前方出现五道身影，洛离立刻知道，敌人来了！

修仙之人，欲望更强，为了修炼的诸多资源，有一些人，放弃尊严，做起强盗，这老早洛离就听说过，今天自己终于遇到！

但是洛离没有一点惧怕的感觉，其实他心中更想一战！

在领悟灵蝶变之后，洛离最想一战，看看自己到底有多强！所以踏上岸边，洛离就先天感应到那雪蛛的追踪，但是洛离并没有害怕，他继续向前，就要一战！

吸气，出气，聚气，等待！

转眼那五人，冲到了洛离身前，一瞬间，占据洛离四方，形成包围，将洛离包围其中。

这五人，洛离一眼看去，最强者为正中那人，气息如潮，应该是炼气期第六重的境界，马上就要进入炼气后期。

此人气息如此之强，位于众人中心，看着他的模样，乃是众人之首，看他身形、双手、真气运转轨迹，此人必定拥有超强法器，能起到一锤定音的关键作用！

除了他之外，最弱一人，不过炼气四重，躲在此人背后，嘴里好像在吹哨，随着他的哨音，这些人脚下的奇异蜘蛛，来回奔跑，行走如电，看来他乃是专修御使灵兽的兽修，战斗能力不强，那身后追踪自己的雪蛛八成也是他控制的。

另外三人，两人位于自己左右两方，距离相等，不差分毫，两人身体姿势一致，气息相同，双手隐藏。

这两个家伙，都是炼气五重天，应该掌握神织门的秘法，不然不会正好和自己距离相等，这是神织门的秘法，等着放网捕抓自己，这应该是对方的第一攻击手段！

最后一人，炼气五重天，位于自己身后，整个人瘦弱无比，站在蜘蛛背上，如同飞絮，此人擅长轻功，速度极快，但是他眼神具有极强的攻击性，此人应该是剑修！

只有剑修，才会被如此，生于剑，死于剑，御剑战斗速度快，同时具有超强的攻击意识！

一瞬间，洛离对五人的修为能力，判断完毕，这完全是下意识的，没有经过大脑，就得出了结论。

洛离长出一口气，看来这又是希夷老祖留下的遗产，希夷金丹真人，一生不知道战斗多少次，所以瞬间对五人判断完毕！

这时那领头老大喝道：“站住，打劫，把身上的灵石法器全部交出来，老实听话的，留你一条性命，敢于抵抗的，死！”

众人一起喝道：“死！”

一起大吼，恐吓洛离，洛离立刻开口，以哀求的口吻，说道：“各位大爷，各位大爷，咱们远日无怨，近日无仇，放小的一个条生路吧！”

那头领老大说道：“哥几个，等你等半天了，可以放你一条生路，但是要看看你的水，足不足！”

洛离一伸手，心疼无比的拿出储物袋，说道：“大爷，小的只有这么多的灵石了！”

说完，一丢，丢给了对方老大，那老大打开一看说道：“三百灵石！哈哈哈，哥几个，今天没有白出来一次，继续，继续，把你身上的法器也丢过来！”

这话一说，那几个修士顿时脸上出现笑容，三百灵石，好肥的一只羊！

洛离哭丧着脸，又拿出一个储物袋，然后在储物袋中拿出灵木剑，然后又放入储物袋中，向着对方老大丢去！

这一瞬间，那老大伸手去接，其他人的目光都在这储物袋上，不知道这里面有什么好东西！

就这一瞬间，洛离动了！

瞬间一闪，退！荡！闪！冲！

借助向前献出灵石，降低对方的注意力，洛离抓住机会，率先攻击，他攻击的就是自己身后这个御剑者！

剑修，生于剑，死于剑，攻击第一，最是难缠，所以第一个洛离就是对付他！

两人之间相距五六丈，洛离一动，灵蝶身法，瞬间就到，然后立刻出手，电光狂龙钻！

洛离出手，对方反应也很快，要知道他们这些修士，刀尖上讨生活，以打劫为生，时刻全部小心戒备！

洛离拳到，对方身上就升起一道剑光，然后那剑光分化，如同一面光盾横在自己身前，剑光防御！

剑光分化，此乃剑修御剑手段之一，需要剑法达到一定程度，才能掌握，靠着这一手，此人虽是散修，但是也在天蛛宗的坊市中，闯下了不少的名头！

一瞬间，洛离的拳，击中了这剑光盾上，啪啪啪，无尽光华升起四散！

那剑修冷笑，小毛孩子，妄想突袭我，爷爷十年前就玩腻了的手段，只要坚持一息，吴家兄弟出手，把你锁住，看我不把你斩成一百段，我就不姓……他的思绪到此为止，洛离的拳打在剑光之上，被对方挡住，但是洛离这一拳力量太大了，大到那剑光无法抵御的地步，一拳下去，那剑光就暗淡一分，又一拳下去，那剑光又暗淡一分！

转眼之间，洛离如同蝴蝶轻动，瞬间出手十三拳，啪啪啪，第十三拳，所有剑光全部消失，第十四拳打中对方飞剑，正中剑脊，剑碎！

第十五拳，将此碎剑打入对方身躯，这时对方身上升起一道光膜，此乃自动护命金牌类的法器！

第十六拳，第十七拳，光膜粉碎，金牌爆裂，第十八拳，对方心脏粉碎，第十九拳穿透对方身躯，第二十拳头颅爆裂！

二十拳完全是瞬间打出，这就是灵蝶的灵、快、巧，同时又将黑龙的狠、重、猛发挥无疑！

这时那老大才接过洛离丢过来的储物袋，才有人喊道：“三哥，小心……”

打碎这剑修头颅，洛离左脚轻轻一点剑修脚下的马蛛，借力一跃，身形一闪，如同灵蝶飞起，已经冲出十丈开外，然后掉头就向远方跑去！

在洛离刚刚跃出去的瞬间，一道白光飞来，瞬间张开，形成一丈方圆的巨网落下，将剑修的尸体，还有马蛛全部包住，如果不是洛离瞬间跃出，现在他也在网中！

一网扑空，那边老大大吼：“杀了他，挖出他的心，替老三报仇！”

众人向着洛离冲来！御兽的修士伸手又拿出一个储灵袋，开始向外放出灵兽，这一次的不是蜘蛛，而是各种雪色巨狼，足足三十多只，他一指洛离，喝道：“上，咬死他！”这些巨狼向着洛离冲来！

另外两个修士，一前一后，互相交替，向着洛离扑来，他们一伸手，放出一道道的白光，这白光落到洛离上空，就自动展开，化作一道道罗网落下，想要把洛离困住！

这就是神织门的法术，此门最善于使用各种罗网，他们由天蛛宗分裂出来，以蜘蛛结网之法，衍生大道，他们的功法就是驱动各种罗网，网住对手，捕抓敌人。

洛离向前奔跑，转、旋、跃、冲、落、漂泊不定，那罗网没有一个可以网住自己，越逃越远！

“这小子跑的太快了！怎么办，哥？”

“追，杀了剑老三，要是逃了，以后咱们兄弟怎么在坊市立足，使用神行符！”

那两人厌弃身下马蛛无法追上洛离，他们一跃而起，各自激活一个符箓，腾空而且，追向洛离，瞬间他们的速度加快，距离洛离越来越近。

但是于此同时，他们距离驾驭马蛛的老大，越来越远，那老大气息凝重，御器飞行，还不如马蛛跑的快！

一瞬间，对方四人，中间出现断层，中间足足差了四十丈远！

那老大发现不对头，喝道：“不要追了，小心有诈！”

这时一道罗网落下，洛离好像一顿，那网正好把洛离网住，死死的缠住，前边两人高兴的喊道：“抓住了，抓住了！”

他们冲过去，就要收网，以真气注入网中，这网就会变得无比的坚固，其中之人难以逃脱，避免洛离挣开罗网，这样就在网外想怎么虐杀洛离，就怎么虐杀。

在他们身上，一道道光芒继续升起，化作罗网，网住洛离，转眼之间，他们两人冲到了洛离身前一丈之地，在他们手上发出白光，只要这光和罗网接触，那罗网立刻就会变得坚韧无比，万兵难破，此乃神织门秘法！

他们在高兴的大叫，洛离也在笑，他是冷笑，然后他一张嘴，一道光芒喷出！

第七十七章 蛟龙斩处翻沧海！

一道光柱瞬间射出，碗口粗细，白炙如虹，如刀如刃，转眼就到！

这道光柱，湛然清冷，光芒流转间，无尽的森然毁灭气息向外铺天盖地的发散而出。

什么罗网，在此光柱之下，都是虚幻，转眼就碎！那冲过来最快修士，被此光柱一扫，头颅飞起，血液四溅，身首异处！

光柱消散，另外一人，大声惨叫，掉头就跑，洛离冲出罗网，向着他就扑去！

那人回头一指，洛离瞬间感觉到全身一滞，一道无形的罗网，出现在他身边，将他网住，从空中拉下，一下摔在地上。

以前他们发出的罗网，只是普通罗网，这是暗影网，神织门十三罗网之一，此乃需要特殊秘法炼制，发出之后无影无形，悄无声息，此乃对方吴氏兄弟的看家本事。

洛离摔倒，但是瞬间就冲起，他双手巨力一撕，这暗影网虽然无形难躲，但是却毫不坚韧，在洛离黑龙巨力之下，一下子就被撕的粉碎，然后洛离向着那逃走的吴氏兄弟冲去！

一人狂逃，一人猛追，另外两人，就在眼前！

那吴氏兄弟连滚带爬，终于距离老大只有不到三丈，长出一口气，喊道：“大哥，这小子……”

老大吼道：“快闪！”

吴氏兄弟就是一愣，然后胸口一凉，只见一只素手在自己的前胸探出，穿心而过，正是洛离！

洛离拼命狂追，跃、冲、荡、浮、闪、灵蝶身法快速前进，转眼追上了对方，一伸手，黑龙抓，将对方抓死！

吴氏兄弟长大嘴巴，捂着胸口，看着远处马上冲过来的老大，说道：“老大，救命，救命……”

那老大张手就是一指，一道金光飞去，赫然是一把巨锤，竟以锤柄为中心急速旋舞了起来，霎那间化为了巨大的金色光圈，向着洛离轰去！

那光圈在中心处放出了无数道丝丝吸力，一下子轰中洛离所在位置，一声轰鸣，轰！

以那点为中心，方圆一丈距离，都在那爆炸中，此间范围之内，万物粉碎，那被卷入其中的吴氏兄弟的身躯，立刻化作万千血雾，飞溅四方！

可怕的一击，幸亏洛离瞬间倒退，避开三丈开外，不然就是黑龙身被此一击，也是粉身碎骨。

洛离看着那个老大，还有御兽的修士，然后身形飘动，围绕着他们忽前忽后，前后漂移！

现在完全转过来，不是对方追杀洛离，而是洛离围攻对方。

那老大收回法器，一个金色铜锤，悬浮在他头顶，时刻可以发出第二击，他注视着洛离。

另外一个御兽修士，躲在老大身后，那三十头雪狼护卫在他身边。

老大看着洛离说道：“兄弟，很强啊！我认栽了，给兄弟一个生路吧！你的灵石我可以全部退给你，我还可以补给三百灵石！”

另外那个修士喊道：“我们是忠义堂的弟子，你杀了我们，我们堂口不会放过你的！小子，识相一点！”

一个服软，一个威胁，他们怕了，想要求饶！

洛离笑道：“抢劫的还有理了？死在你们手上多少人，他们找谁说理去，遇到我了，都死吧！”

在说话的过程中，洛离围绕他们两个，前后左右，南北东西的开始旋转，忽前忽后，但是洛离不敢侵入对方三丈范围之内，因为那老大的金锤，很是可怕，只要进入对方三丈范围之内，那金锤就要发出！

洛离冷冷一笑，就是如此，那又如何！强攻！

瞬间，洛离向着老大冲去，身上来回闪烁，漂泊不定，前进一步，退后两步，再进三步，再退一步，如同翩翩蝴蝶一样，根本确定不了他的进攻方向。

那老大死死盯着洛离，头顶金锤，数次都要发出，可是他都忍住了，不能妄动，一锤下去，如果打不到对方……想到这里，那老大全身冰冷，他一咬牙喝道："老五，让它们上！缠住他！"

它们就是那些雪狼，他让那个御兽的修士驱动雪狼，缠住洛离，然后一锤定音！

那御兽修士发出一声尖叫，在他尖叫声中，那些雪狼立刻向着洛离冲去，它们一动，瞬间洛离也动了，他掉头向着这些雪狼冲去！

与此同时，洛离身上发出猛烈龙威，在此龙威之下，那些雪狼全部一声惨叫，伏倒地上，一动不动。

洛离在这雪狼中，轻松突破，直奔那御兽修士而去，那修士立刻傻了，看着距离自己不到两丈的洛离，他驱动身边雪狼围攻洛离，可是那些雪狼全部一动不动。

他急忙在手中拿出十多张符箓，一一激活，风刃、火焰、寒冰，一道道符箓打在了洛离的身上。但是洛离的黑龙身强横无比，这些符箓毫无用处！

他绝望的喊道："老大，大哥，救我！"

那老大没有任何行动，他只是看着自己的兄弟，其实他真正目的，就是用自己的兄弟缠住洛离，然后一击灭杀！

瞬间，洛离到了那御兽修士身前，扬手就要一击，那老大大吼一声，金锤发出！

洛离猛的一跃，放弃御兽修士，直冲天空，足足跃起三丈高，那金锤在他脚下飞过，然后他向着那老大冲去。

两人之间相距两丈，瞬间就到，洛离双手发出幽光，就要撕碎对方，但是那老大也笑了，在他手上发出也发出幽光，一道无形的丝线横在两者之间，只要自己轻轻一勒，就可以缠住洛离的脖子，将他头颅切下！

御使这无形蛛丝才是对方老大的真正本事，那金锤不过是幌子！

就在那无形蛛丝马上要缠到洛离脖子的时候，洛离身形一扭，成九十度奇异形态，竟然避开了那无形蛛丝，然后身体在老大身边冲过！

轰，远处金锤发出巨爆，那御兽修士被这一锤炸的粉碎，当场死亡，其他雪狼发出一声哀嚎，主人死了，它们各奔四方。

那老大，大口喘气，嘴里说道："你，你怎么可能看到我的……"

在他脖子之上，嗤，鲜血迸溅，方才错身而过，洛离撕开了他的脖子，死亡！

洛离长出一口气，说道："先天感应！在你眼中它是无形，在我心中，清晰可见！"

黑龙身的先天感应，果然厉害，那无形蛛丝，被洛离完全发现，他以一对五，毫发无损，击杀五个修士。

这蝶龙变可是希夷老祖费尽心尽，死亡数百人，消耗过百万灵石，这才得到的无上大法，若是连几个劫修都不能轻易杀掉，何必费这功夫！

战斗结束，自然要打扫战场，洛离的储物袋，自然取回，一个灵石也没有损失。

可惜其中两人都被金锤打碎，什么都没有剩下。在剩下的三个人身上，洛离找到了三个储物袋。

打开之后，那个剑修储物袋中只有三十多灵石，但是丹药很多，足足一百多颗炼气丹，收获不小。

那个吴氏兄弟储物袋中有一百多灵石，没有丹药，丹药都应该在他兄弟身上，已经化作齑粉。不过他除了灵石还有一团团的蛛丝，这应该是他施法之物，用法术刺激，化作罗网。

最大的收获，是那个老大，他的储物袋中，洛离足足找到了二百多个灵石，还有六十多颗炼气丹，除了这些，还有一个金色铜锤，这绝对是上好的法器。

另外，洛离还收获一条无形的蛛丝，这蛛丝足有十丈长，无影无形，却十分的坚硬，洛离使出全身力气都无法撕开，可见其的柔韧。

输入真气，这蛛丝完全的随着洛离的心意舞动，可以提前布下，形成绝杀陷阱。

洛离点点头，难怪都说杀人放火金腰带，这一战自己至少收获三百三十四颗灵石，加上自己原来的三百灵石，就是六百三十四灵石。

除了这个，还有一百六十三颗炼气丹，还有两个法器，真是发财了！

不过这财是拿命换来的，自己方才一丝差错，现在就是地上的尸体，被人家清点战利品了。

除了这些，洛离脚下还有一只马蛛，这是老大的座驾，其他的雪狼马蛛在主人死后，全部逃走了，唯独这个，被洛离镇压。

洛离要降服这个马蛛，做为代步工具，有骑的，谁自己走路啊！其实洛离真正的目的，就是想试验一下自己的到的那些秘传，是不是有效。

第七十八章 暴虎除时拔远山！

一脚踩着马蛛，缓缓放出龙威，那马蛛在他的龙威之下，一动不动，被完全镇压！

洛离一边试验着如何降服它。

在睡梦中，自己记忆的《昆仑制艺十万问》中，寻找答案。

立刻那《昆仑制艺十万问》的记忆打开，采矿、炼器，炼剑、灵屠、药膳、种植、炼丹、驯兽、养灵、炼魂、炼符、炼甲、灵文、灵鉴、布阵、附法！

十六个部分等洛离选择，洛离选择了驯兽，顿时在脑中回忆起无数问题："驯兽……灵体、实体、能体、神体，这家伙是活得，有血肉，是实体！"

"实体灵兽，妖、魔、灵、仙、鬼、赢、鳞、毛、羽、昆、麟、凤、龟、龙……"

"这应该是蜘蛛，找找，找到了，靠了，这蛛类灵兽足足三百多种，看看有没有这个马蛛？"

"找到了，位于蛛类第二百七十三位，属于黄级下品兽蛛，用于拉货赶路，适合炼气期使用，不过却具有进化可能，可以进化为飞马蛛，适合筑基期使用。

原来如此，原来如此！"

洛离找到了关于收复马蛛的问答："问，如何驯服驴蛛、象蛛、马蛛、牛蛛、飞羽蛛、鳞走蛛、陆行蛛、飞马蛛、御风蛛、地行蛛等来货赶路类灵蛛？"

"答：此类灵蛛不具备战斗性，智力低下，只要稍加控制，易于驯服，长期类驯服灵法共有三种，如下……短期控制类驯服灵法共有七种，如下……"

洛离看着这些灵法，一共十种，可以让自己驯服这个马蛛，但是洛离身上没有储灵袋，这种灵蛛代入坊市中，必须放入储灵袋。

而且那个驯兽修士说过什么忠义堂，这灵蛛体表有一个奇异印记，怕就是那什么忠义堂的印记，就是能带入坊市，也怕事情很多，所以只能短期驯服。

洛离开始查看那七种短期驯服马蛛的灵法，可是这七个到底使用哪个好呢？

就在洛离犹豫的时候，就在这时洛离购买的秘传之一，那混元宗的亲情术，突然发出光芒。

在其中出现一道秘法，用此秘法正好可以配合那七个短期驯服马蛛灵法之一，混元宗可是天下六大御兽控灵门派之一，所以这混元宗的亲情术，其实就是驯兽养灵之法，让灵兽以为自己是它们的亲人，为自己拼命效力。

试一试吧，看看到底有什么用！

洛离不在放出龙威，镇压脚下马蛛，那马蛛就要逃走，洛离瞬间使出昆仑山的灵法，用力抓住马蛛的脑袋，按照那灵法的运转轨迹，输入灵力。

这法术极其简单，一学就会，灵气随着洛离的特定法术频率，缓缓输出，在此灵气之下，那马蛛复眼迷茫，晃晃悠悠，不在逃走。

洛离然后使出混元亲情术中传递过来的法术，体内真气运转，在手中渐渐的升起一道流光，洛离用力一抓，抓了一把冰雪，转眼那雪化作了水，然后洛离拿着这水到了马蛛眼前。

其实这水还可以注入灵水，效果更佳，还可以注入鲜血，那更是厉害，但是洛离现在就是试验，所以随便的抓了一把冰雪，化作雪水！

在洛离的法门之下，灵气注入雪水之中，发出一种诱人的味道，那马蛛立刻忍不住过去吸取，越吸眼神越迷离！

渐渐的马蛛一下子晕倒，一动不动，洛离抓住马蛛头顶的手，没有松开，继续输入灵气。

大约过了一炷香的时间，那马蛛睁开眼睛，看着洛离，复眼中都是喜悦，它围着洛离开始左右奔跑，彻底被洛离降服！

这才多大功夫，正常就是天蛛宗弟子想要再一次的降服这马蛛，也得月余时间，洛离片刻就得到了马蛛的忠心。

洛离坐上马蛛后背，说道："去，坊市！"

那马蛛立刻向着天蛛宗坊市跑去，速度极快，能有代步的，何必自己一步步的走，洛离难的轻松。

三百里距离，大约一个时辰，远处巨大的坊市肉眼可见，这是天色已经傍晚，太阳马上就要落山。

洛离跳下马蛛，拍拍它的后背，说道："自己走吧，好自为之，不要再被抓住了！"

那马蛛对洛离十分的舍不得，围着洛离尖叫，舍不得离开，但是洛离摇摇头，它最后长吼一声，转身冲入冰雪之地，消失不见。

洛离进入坊市，那干元天蛛的大网铺天盖地，进入网中，瞬间一闪，洛离出现在天蛛宗的巨大悬山坊市之中。

不过并没有像上次那样，直接进入坊市，而是来到一个特殊的大门之前，在此有足足近百可怕的各种狰狞蜘蛛，排列两旁。

在这些蜘蛛中心，有一个修士，大约炼气七八重，坐在桌子后面，好像在等待什么，看到洛离出现，他说道："心似蛛丝游碧落，身如蜩甲化枯枝！"

这是天珠宗的诗号，洛离张口就要回答："万花丛中过，片叶不沾身！"

但是咬咬牙，憋了回去，自己已经是散修，不再是灵蝶宗弟子，这诗号无法再说了！

那修士继续说道："这位道友，你第一次到天蛛宗的坊市吧？"

洛离迟疑的说道："我来过好几次了啊，直接就进去了！"

那修士一愣，看看洛离，然后查看桌子上的卷宗，最后说道："前几次你拥有灵蝶宗的门派令牌，属于天蛛宗盟友，可以随意进入。

但是现在你没有令牌，也没有法袍，属于散修，这是第一次进入，所以要登记的！”

洛离点点头，自己现在身份不同了，属于散修，要登记了！

他说道：“好的，我登记！”

修士问道：“姓名，修炼境界，到此天蛛宗坊市，是否打算长住？”

洛离回答道：“洛离，炼气四重，打算长住！”

修士开始记录，然后说道：“好，短期的话，三天一个灵石；长住的话，一个月八个灵石，三个月后，一个月五个灵石！缴纳灵石吧？”

他怕洛离不懂，还解释道：“以前你是有着灵蝶宗的身份，属于有跟脚的盟友，所以可以不花灵石！

但是你现在不同行了，是散修，在此居住必须缴纳灵石，要知道坊市之内，不许私斗，在此完全安全，不像外面，劫修遍地，那里也不安全。

而且这里，灵气充足，不次于一些门派的三等精舍，在这里修炼好处无穷，所以需要你缴纳灵石！”

洛离点点头，说道：“我明白！”

然后他拿出二十四个灵石说道：“我缴纳三个月的！”

距离七月初七，还有七个月，怎么也是在此长住了，所以洛离先缴纳三个月的灵石费用。

修士点点头，默默施法，一道法术在洛离身上闪过，他说道：“好了，蛛爷爷已经记住你的气息了，进去吧！以后全部正常！”

洛离说道：“谢谢了！”

在他身边经过，向前一步，瞬间进入坊市之中。

看着坊市，数月未到，外面大雪漫天，这里还是四季如春，毫无变化，果然是一个好地方！

到此坊市，洛离看着四周，不知道自己应该前往何处。

按照惯例，应该找一个客栈住下，以此为据点，熟悉坊市，然后寻找赚钱之法，可是洛离不想那样，他在犹豫！

其实他还有两个选择，在此坊市他还是有两个朋友的。

这两个朋友，其实要加引号的，一个是穆英雄，尘炼宗的金丹真人，工坊尘中楼的老板！一个是朱明华，过眼先生，号称包打听，在茂源斋有摊位买卖！

洛离曾经和穆英雄约定过献血换灵石，在空远峰修炼黑龙身的时候，穆英雄送给他的符箓全部激活，让他过来献血，可是那时洛离被软禁，根本无法离开。

所以这事洛离属于违约，他要过去道歉！

那个朱明华，消息灵通，和洛离认识，见到他可以打听出在此天蛛宗，什么买卖才能赚到钱！

先去找谁呢？洛离有一种奇异的感觉，这两人代表着两条不同的人生道路！

这种感觉很奇怪，洛离冥冥中好像知道，自己去找这两个人，就是两条道路，代表自己的未来的两种不同人生！

如何选择呢？自己的未来何去何从？

算了，先往前走，走到哪里，算哪里！

洛离向前走去，走出不远，前方就是工坊一条街，尘中楼就在其中，就这个吧！

洛离进入尘中楼，这里比起以前更是破败了，不知道多少天没有客人来了，其实穆英雄也不在乎这点买卖。

进入楼中，那穆英雄正在那里发呆，他看到洛离，就是怒道："你小子怎么回事？让你来不来，现在才想起过来，不用了，滚！"

洛离深深一躬，说道：

“前辈，对不住了，洛离言而无信了，可是事有原因，我那时被软禁门中，无法离开，请前辈见谅！”

穆英雄说完，又是一躬，然后洛离站起，就要离开！

那穆英雄看着洛离，说道：“等一等？修炼了黑龙身，你也姓洛，你是希夷那老东西的后辈弟子？”

此人金丹真人，一眼看出洛离底细！

洛离回答道：“是的！不过我现在已经是一个散修了，不再是灵蝶宗弟子了！”

穆英雄说道：“我知道，希夷老东西死了，空远峰崩溃，树倒猢狲散，你被清除门派了？丧家之犬啊！”

洛离说道：“我是离开灵蝶宗，不过不是被赶走的，是我自己决定离开的，现在洛离乃是一个散修，前辈，对不起了，上次的事情，是洛离的错，洛离过来道歉！

但是前辈，请你不要侮辱我，我不是丧家之犬，那怕不再是灵蝶宗弟子，我洛离也会活的好好的！”

道歉结束，洛离转头就走！

那穆英雄看着洛离，突然笑了，开口说道：“不要走了！小子，我向你道歉，我收回我的话，你不是丧家之犬！

既然你没有了去处，就留着我这里吧，我看你顺眼，脾气也很倔，对我胃口，正好我的小店需要干活的，你留下帮我干活吧！”

第七十九 一丈之地天地宽！

金丹真人的道歉，开口真挚的挽留，洛离忍不住眼睛一红，对方看出自己无处可去，收留自己！

他点点头，说道：“谢谢前辈！”

至此，洛离落脚工坊尘中楼。

穆英雄虽然贵为金丹真人，但是一点架子都没有，高兴就夸，不高兴开口就骂，一点不玩虚的，丝毫不做作。

洛离刚刚张口同意，他立刻就给安排任务：“好了，洛小子，你整理一下这店面，来人你负责接待！

那两个小兔崽子，一走就是三天，这三天都让我看店，无聊死了，正好你来了，以后由你负责了！”

洛离一愣说道：“要是来客人了，我怎么接待啊？”

穆英雄说道：“什么接待，什么活都可以接，这小破地方，还没有我炼不了的东西，价钱你随意开，他们愿意做就做，不愿意做就让他们滚，就这么接待。

好了，我正好想出一个好点子，如果那两个小兔崽子回来了，没有事也不要打扰我！”

说完，穆英雄转身离开，不见踪影。

整个店铺就剩下洛离一人，由他打理，他摇摇头，真的不知道说什么好。

整个店铺完全就是一个特点，脏乱差，那东西摆放的到处都是，好像几个月没有清理过，洛离摇摇头，开始清理。

打扫、清理、擦地、擦窗户，整理店面，大体的整理一下，洛离足足干了一个时辰，这才算是完事，这时外面已经漆黑。

工坊之内，点燃法灯，再看过去，这工坊变了模样，窗明几净，看过去亮堂无比，洛离点点头。

这时有两个人走进工坊，全身都是寒意，正是穆英雄的两个徒弟，看来他们出门办事去了，看到洛离，他们也不奇怪，喊道：“新来的？我好像见过你？”

洛离说道：“在下洛离，穆前辈收留我在此，让我在此打杂！”

其中一个魁梧大汉说道：“什么穆前辈，你都喊他老爹就行了，大家都这么叫！”

另外一人说道：“靠了，小子，你就留在这里吧，工坊完全变了一个样，这才是住人的地方！以前那就是狗窝！”

魁梧大汉说道：“老六，别白话了，快，把好东西拿出来，我们蹲了三天才搞到的，来，好好的祭炼一下！”

老六说道：“是，五哥，马上来！”

他们来到这工坊中心，开始布置法阵，激活火炉，准备炼器。

洛离看了一眼，他缓缓走了出去，他们两个应该在外面辛苦了许久，这才回来，应该还没有吃饭。

洛离在外面随意的转了一圈，找了几家店铺采购了一番，回来后，支起一个红铜火锅，烧好木炭，准备食材，开始涮锅子。

摆好桌子，准备各种食材，其中灵兽肉洛离就买了七种，一片片切得薄如蝉翼，用冰冻符冻好，除了这些灵肉，还有羊肉、牛肉、牛百叶、猪脑、海蜇皮、鱼丸、虾丸。

还有各种蔬菜，白菜、菠菜、土豆、宽粉、油麦、冻豆腐、油豆皮、蘑菇、红薯片、金针磨……那边兄弟两个炼制了足足半个时辰，撤去法阵，满意的走出，出来一看，就是一愣，一桌子的食材满满腾腾。

洛离说道：“两位前辈，都没有吃饭吧，来，吃一口吧！”

老五说道：“本来没有食欲，看到这么多的好吃的，想吃了！”

老六也说道：“废话什么，赶快吃吧！”

两人坐下，他们没有喊穆英雄，因为穆英雄吩咐不要打扰他，于是他们吃了起来！

夹起一片薄薄的灵肉，在紫铜火锅中的沸水里一涮，两涮，三涮，在最准确的火候捞出来，放进面前的佐料碗里一蘸，然后送进嘴里，真是一种享受，太好吃了！

这佐料又极讲究，有芝麻酱、绍兴黄酒、酱豆腐、臆韭菜花、辣椒油、虾油、葱花儿、香菜末儿，锅底汤中加以海米、口蘑……幸好这坊市的商铺什么都有，洛离没有费多大功夫就全部凑齐！

真是舒服，这涮肉完全把清、香、鲜、美的独特魅力，显示的淋漓尽致，入口即溶，令人陶醉，就是好吃。

洛离一伸手，又拿出一壶灵酒，都是他方才买的，正好喝酒涮锅子，真是享受！吃的老五老六满嘴流油，这个爽啊！差一点把舌头吃到肚子里。

洛离微笑，其实这食材是方才出去凑合买到的，根本没有太多的准备时间，不然这火锅绝对更好吃。

这是他在《昆仑制艺十万问》中学习到的制作办法，不要小看这火锅，这肉、菜、锅底、汤都需要使用特殊法术制造，这样口感才会绝佳。

《昆仑制艺十万问》不只是只有修仙十六艺的内容，对昆仑弟子的衣食住行，全部有着详细的介绍，每逢节假日，昆仑弟子必定涮锅，享受无比。

吃到一半，那穆英雄也大步的冲出，骂道："小兔崽子们，你们吃好吃的，竟然也不喊我！"

被这香气所诱惑，穆英雄冲了出来，加入到大吃大喝的行列，几杯酒下去，洛离就和他们打成一片，老爹、五哥、六哥的喊个不停了。

酒宴过后，众人休息，洛离拥有自己的一个单间，躺在床上，看着窗外星空，一切就象是做梦一样。

第二天，洛离早早起来，继续收拾，其实他这收拾也不是瞎收拾，是按照《昆仑制艺十万问》中的介绍，进行的收拾，此书真是包揽一切，衣食住行，什么都有，简直就是修仙百科全书。

就这样，洛离在此住下，做点凌杂活计，没事的时候，他就开始发呆，其实不是发呆，他在将睡梦中没有记忆的那些内容，全部的记住。

就这样转眼过年，新年之时，穆英雄还给了洛离一个红包，里面三百颗灵石，油水十足。

这一段时间，洛离刻苦学习，渐渐的那些秘传知识，全部学会吸收，无论是可以用上的秘传，还是现在用不上的秘传，全部被他记在脑海中，变成属于自己的东西。

随着洛离对这些知识的吸收，昆仑制艺十万问中关于衣食住行等等方面的知识，融入到洛离的生活中，他整个人在悄悄的改变，变的大气起来，双眼有神，衣着潇洒，微微带笑，带着无尽的魅力，气息堂堂正正，醇厚无比。

元宵节那天，洛离又做了一桌好酒菜，穆英雄随口说道："洛离啊，要不是我知道你的底细，我都会以为你是那些上门弟子呢？"

洛离哈哈一笑，岔开话题，至此那些变化悄悄消失，洛离还是洛离，深藏身与名！

除了学习那些修仙制艺，洛离对于本身的修炼也没有落下。

可惜灵蝶宗关于心如自在经的修炼直到炼气第四重，后面的心如自在经就都没有了，而灵蝶宗本身的炼气之法，太过于轻柔，并不适合已经蝶龙变的洛离。

最后洛离消耗了仅剩下的三个善功之一，得到最佳答案，继续修炼天行健宗的毫末累土诀。

洛离掌握的此经，可以让他修炼到炼气期第七重，但是第七重之后，洛离就没有了炼气之术了。

炼气有了方向，洛离开始不住的修炼灵蝶宗的其他秘法，借以融入自己的蝶龙变中，此法完全没有带路人，一切都靠洛离自己研究，需要自己开路，披荆斩棘！

越是修炼，洛离越是喜欢。这蝶龙变，既有灵蝶的轻盈灵巧，万花丛中过，片叶不沾身！又有黑龙的凶猛厚重，无敌龙威！

它们的融合，将灵蝶宗对敌威力不强的弱点，和黑龙宗行动笨重缓慢的缺点，全部弥补，真是痛快！

但是也有一个缺陷，那就是缺乏远程攻击手段，黑龙波的距离只有一丈，说到底洛离现在只能算作体修，近身之后，才能克敌！

不过，细细研究，洛离发现，筑基以下，那怕进入炼气后期的修士，只要被自己欺近一丈之内，也可能被自己击杀！

渐渐的，在这残酷的修仙世界中，洛离有了一丝自傲的本钱！

那怕你可以御剑万里，不及我身前一丈之地。

第八十章 游刃有余生意火！

元宵节以后，洛离就正式的接管了尘中楼！

那五哥六哥根本不管事，他们一心炼器，对于这经营毫无兴趣，有着洛离在此，所以接待客人的事情，全部由他负责。

洛离很是奇怪，曾经问过五哥："五哥，为什么你们开起这么一个工坊呢？"

五哥回答道：

"说实话，我们尘炼宗的工坊，都会专门有一系修士负责这些杂务，接待客人，定制法器。但是我们到此，没有惊动任何人，所以那一系的专门弟子，没有调来。

老爹进入金丹大圆满已经三百年了，迟迟不能突破，进入元婴境界。

后来，老爹为上门观天宗的修士千辛万苦祭炼成功了一个法宝，对方感激不尽，使用窥镜**指点老爹突破契机，最后得到四个字：运在天蛛。

所以，我们就到了这里，在此足足已经六十年了，可是这好运还没有来啊，真是闹心啊！不知道要在这个破地方，还要待上多长时间！"

原来如此，在刘凡那里，洛离看到过窃运观天宗的水镜术，所以他好奇的问道："五哥，观天宗是什么门派？"

老五一皱眉，说道：

"这个门派好邪门的，他们位列一百零八上门之中，七大奇门之一，全称天地无极水镜无垠窃运观天宗。

此宗弟子最善于窥视天机，观人气运，号称前知三万年，后看七千载！

他们的预言，极其准确！虽然从来没有听过此宗弟子施法战斗过，但是没有一个修士敢去得罪他们，大家遇到难关，都会过去求此宗弟子帮忙，窥视天机一线，借以度过难关！"

洛离点点头，说道："我知道了，就是算命打卦的！"

老五点点头，说道："算是吧！每隔十年一次的修仙小会，一百八十年一次的修仙中会，一千零一年的修仙大会，必是此宗、不言宗、昆仑等几个宗门主持！"

洛离说道："修仙小会，中会，大会，这个是什么？"

虽然《昆仑制艺十万问》记录的知识很多，但是都是记录的制艺，衣食住行之类的知识，对于这些修仙界的事情，却根本没有记录。

老五说道："小会，又叫做天才会，小范围举行，乃是各派后进弟子的舞台，金丹之下的集会，显示各派后继有人。

中会，又叫做英雄会，乃是金丹真人的聚会，交流，交易，比武，排名，显示各派中层力量，后力不绝！

大会，又叫做宗门会，这个可是极其重要了，门派大比，决定一百零八上门，八百旁门，三千左道的排名的升降！

不要小看这些排名，它们决定着各大门派占据的天地灵地，门派兴亡！"

洛离点头，这些全部一一记在心中，想了想，他拿出自己缴获的金色铜锤和那个无形蛛丝，说道："五哥，你看这两件法器如何？能不能帮我祭炼一下？"

老五一看，说道："这是混元一气锤和无形乌金丝！

混元一气锤是混元宗流传出来的法器，一击发出，如同霹雳，不过此锤炼制时施法，已经滴血认主了，无法祭炼，输入他人真气就爆，只能分解提取材料。

这无形乌金丝，乃是影魔宗流传出来的法器，不过也被人滴血认主了，也只能分解材料，这两个分解后的材料能换三百灵石。"

洛离一皱眉，看来只能如此了，说道；"那就麻烦五哥了！"

老五开始帮着洛离祭炼，混元一气锤、无形乌金丝被分解变成材料，洛离全部卖掉，又多了三百灵石，达到一千二百灵石大关。

就在这时有人推开工坊大门，说道：“有人在吗？我想修理法器！”

洛离立刻迎了过去，说道：“这位客官，请问有什么事情吗？”

“那个道友，你看我这柄飞剑是否还有修缮完好的可能？”

一个清癯如松的道人从储物袋里拍出了一柄钝圆无锋、黯淡无光的金色小剑，带着几分试探的神色望着洛离。

洛离接过金色小剑，仔细的观看，然后说道：“道友请在这里小坐一会，这里有香茶一杯，我进去借助法器看看！”

说完洛离进入后面，找到五哥，说道：“买卖来了，五哥你看看能修上吗？”

五哥看来一眼，伸手运指凝出一点星光般耀眼的真元，在剑锷上端划出一条短短的横线，金色小剑就跟变戏法似的浮现出一层蒙蒙的红色宝光。

五哥将真元一透，金色小剑吐出火焰，立时化成一柄三尺多长、烈炎缭绕的神兵利器。

他说道：“好了，修完了，给他吧，要三十灵石！”

这就完事了？这可真是术业有专攻，但是洛离可没有这么办，他将此剑留在这里，然后走出，对着那个道人说道：“这剑，不怎么好修啊，不过也能修上，但是需要好几种贵重原料，太白精金、天辰金沙、万年寒铁，至少要三百灵石！”

“没问题，我这柄九阳飞剑可是花了一千灵石买来的。”

洛离说道：“那好，你等着！”

说完洛离进去，然后就看见室内发出五色光芒，传出轰轰巨响，最后白炙光芒连续暴涨七次，然后洛离满头是汗的走了出来，说道：“修好了，承惠三百灵石。”

那清癯道人接过飞剑，高兴无比，说道：“谢谢，谢谢！”

然后拿出三百灵石，说道：“太谢谢了！我还会介绍其他朋友到此的！”

洛离说道：“道友慢走，这个给你，下次你要是介绍朋友到此，让他拿着这个玉牌，我给他打九折优惠。这算是你介绍来的，你介绍来一个，我给你好处费十个灵石！”

说完，洛离递过去一把普通玉牌，并不值钱。

那清癯道人高兴无比，说道：“好，好！你等着，我马上就去介绍！”

就这样洛离赚了三百灵石，递给了五哥，五哥伸手收起三十灵石，说道：“那二百七十灵石是你的了！”

这就二百七十灵石进袋，洛离不由的眼睛一亮，好像这里也是一个金矿。

但是这灵石，洛离没有自己收起来，他搬过来一个大铁箱子，将这灵石都存入箱子内，自己不过是尘中楼跑腿的而已，赚的是工钱，这灵石不是自己的。

看到洛离的行动，老五暗中点点头，不再说话。做人就得如此，就要知道什么是自己的，什么不是自己的！

那清癯道人果然不是没有胡说，到了下午，他就介绍来两个修士，都是修理物品，这是小事，老五伸手就搞定，不过洛离还是做得有声有色，然后打九折，死死的宰了对方一笔，最后给了道人回扣。

同时洛离也送了他们玉牌，只要他们带人过来，立刻给回扣，这几个人离开，立刻告诉其他的朋友，就这样一传十，十传百，开始不断有人到此，陆续不绝！

本来以老五老六的实力，修炼炼制这些法器，太简单了，只是他们以前不愿意做而已。

渐渐的人们发现老五老六的强大之处，开始不再修理法器，而是炼制法器，炼制这些法器，对于尘炼宗高徒，完全就是玩一样。

就这样，一个传一个，在洛离的经营下，这尘中楼的生意立刻火爆起来，门前经常排队，那铁箱子里的灵石转眼就装满了。

生意火爆，但是至此老五老六就脱不开身了，事情无数。

老六突然对洛离说道：

“洛离啊，我们到此是寻机缘的，不是来干活赚灵石的！”

洛离立刻懂了，然后挂出牌子：“尘中楼，每天只做六个炼器生意，如有需要者，请提前报名，等待通知！”

顿时那些排队众修士，不干了，说什么的都有，这家店铺太狂了，有人要教训一个老板，但是洛离毫不在意，有老爹在此，说什么都是屁话。

在绝对的实力面前，一切都是虚幻，很快外面无语，再也没有人敢说什么。

不过虽然每天只做六个炼器生意，但是尘中楼的生意更加的火爆，因为能被尘中楼接活，这是备有面子的事情，所有修士反倒更加的喜欢到尘中楼定制法器。

洛离将这些委托任务，每天晚上整理好，传给老五老六他们，让他们在其中寻找机缘，也许说不上那个生意，就是老爹苦求不到的突破机缘。

渐渐的，一个高端炼器的委托出现在铺子中，这已经不是炼器了，而是炼制法宝，七十二地煞灵禁，融合化生天罡灵禁！

这个生意老五老六已经无法完成，老爹不得不出现，炼制这个法宝。

炼制法宝，需要特殊的法炉，特殊的灵材，这些事情老爹都不避让洛离，让他亲眼目睹，看到这一切。

洛离看的心旷神怡，太精彩了，更让他激动的是炼制法宝的价格，法宝炼成，老爹直接收取两万灵石的委托费用！

两万灵石啊，洛离一下子傻了！好多的钱啊！

第八十一章 机运一步入长生！

很快到了一月底，老爹也不客气，将箱子中的灵石全部收起，转身给了洛离六百灵石，算作工钱！

至此洛离达到了一千八百个灵石，不过那些炼气丹，在这些天里，洛离炼化三十多颗。

进入四重天以后，此乃炼气中期，气海扩展十多倍，和以前完全不同，需要吸收大量的灵气，才能气海圆满而且四重天之后，掌握法术，消耗的灵气开始急剧增加，几乎晚上吸收的灵气，一个法术，全部耗粳灵气数量不进反退幸亏洛离的黑龙身，所有法术都是身体本能反应，不像那些其他修士，使用法术需要消耗大量的灵气，但是黑龙身的进阶，气海圆满需要的灵气，却是同阶修士需要灵气的十倍！

至此吸收灵石获得灵气，完全不够用，只有一边吸收灵石灵气，一边吞噬炼气丹，才能维持修炼速度，这修炼之后，就算是入了不归路，只能向前，没有一个修士愿意修为倒退，那怕退步一点，就心如刀割，恨不得去死，不到万不得一，没有一个修士愿意修为倒退！

所以现在洛离四重天，对炼气丹需求大量增加，这样下去，洛离算计还得准备一些灵石购买炼气丹，才能维持住自己的修炼难怪修士的灵石永远不够用，至此洛离知道了灵石的重要性，看着老爹的炼宝，洛离感觉这个买卖真是一本万利，有着昆仑制艺十万问的基船他也想学习一下炼器老爹很仗义，立刻传授洛离炼器之法，洛离马上小心祭炼按照老爹所传授的技法，洛离打开熔炉，点火，备材，准备祭炼，一步步那都是正确无比，不差分毫，老爹在身后不住的点头！

可是到了祭炼之时，洛离总是无法控制那炉火，一声巨响，熔炉炸炉了！

老爹说道：“没关系，没关系，继续，继续！”

洛离继续，又是一步步的完美完成，可是到了控火那一步，又是一声巨响，炸炉！

老爹开始脸色变化，但是还是鼓励的说道：“没关系，没关系，只是意外！继续，继续！”

继续，还是炸炉，炸炉，在第十七次炸炉之后，老爹实在说不出什么鼓励的话语，他说道："洛离艾看来你的火灵根有问题艾极其不稳定，导致你无法控制炉火看来炼丹，炼器，炼剑，这些事情，你今生无缘了！"

洛离摇摇头，难怪那刘凡没有卖给自己炼丹炼器炼剑的秘传，原来他知道自己无法掌控炉火，根本祭炼不了幸好当时自己没有坚持，不然一定傻眼！

老天给人打开一扇门，一定关闭另外一扇门，自己根本没有炼器的潜质，只能放弃！

洛离不知道，老爹看着洛离，在暗处摇摇头，口中轻声说道："可惜了，这个孩子，不知道为什么就是无法掌控炉火呢，看来无法成为我的第七个弟子了，可惜，可惜！"

老爹很看重洛离，具有黑龙身的洛离，筑基后可以掌控龙炎，不次于天地灵火，所以老爹一直想要收他为弟子，但是没想到，做什么都行的洛离，火灵根不稳，就是无法炼器！

其实洛离和老爹他们都不知道，为什么洛离的火灵根不稳，因为那是后天道体果正在发挥作用，洛离的灵根在以一种奇妙的方式，悄悄改变所以洛离根本无法控制这炉火，以为自己绝了炼丹，炼器，炼剑的前路！

无法炼器，每天又只有六个生意，渐渐的洛离有了时间，他开始寻找其他的办法，寻找发财之道对了，洛离想起了自己购买的灵木剑，他拿出那把灵木剑，然后又在工坊中找到材料辰雷符水，这属于炼器材料，工坊中到处都是洛离以符水洗剑，很快这灵木剑发生改变，整个剑体发出灵光，其中灵性被引出，无尽的沧桑浩瀚气息也随之透了出来，这是灵木历经万年遗留下的气息，随着这气息外放，法剑变异灵木剑变异，引来老爹的注意，他拿起此剑，久久不语，好像他在领悟什么一边干活的老五老六全部紧张的站起，看着老爹，难道说这就是所谓的机缘？

可是老爹看了许久，摇摇头，说道："不对，不对，还是差了一分！"

他伸手一指，那团地心熔炎出现，老爹虚空炼器，为洛离这把变异的灵木剑，进行祭炼！随着祭炼，老爹不断的向着其中注入各种材料，看到那些材料，一旁的老六一脸的舍不得！

祭炼到极处，老爹喊道："小六，青虹！"

老六立刻打开自己的储物袋，拿出一团青色光芒，那光芒像做一道彩虹，如同活物一样，好像知道自己的命运，在拼命的挣扎老爹抓住这道青虹，猛的像剑中一压，只听见一声轰鸣，转眼之间，这剑在老爹的手中化作一把三尺青锋巾如冰般晶莹，剑光含而不放，轻如无物，若隐若现，却藏不住那股无匹的锋锐巾轻抖，巾中有无数星辉闪耀跳跃，其美不可方物老爹说道："灵木剑，在怎么变异，也是木属性，剑就该锋利，就该无所不斩，所以它不合适做剑此剑经过我尘炼门秘法炼制，性质全变，木焚为火，由木性化作火性，此乃火系纯阳之剑，你火灵根不稳，正好可以用来御剑，可以不时的爆发超强攻击另外我注入了一只青虹兽，此乃在九天之上收取的霞之灵兽，注入此剑后，此结轻一斩，就会产生青虹剑气，消这只青虹兽可以成为此剑的介，所以此剑我命名为焚阳青虹剑！

此剑质地完全可以达到三阶神剑，我一道地煞灵禁都没有留下，免得破坏你以后的祭炼等到你进入炼气后期，就可以寻找纯火系地煞灵禁，筹齐七十二道地煞灵禁，进行组合，化生一道天罡灵禁，此剑就会真正的入阶，由飞剑晋升为一阶神剑如果你机缘够，可以筹齐第二道天罡灵禁，此剑就会晋升为二阶神剑！"

洛离说道："那筹齐三道天罡灵禁，就是三阶神剑吗？"

老爹摇摇头说道："做梦，筹齐四道天罡灵禁的神剑，才是三阶神剑在此之后，筹齐九道天罡灵禁，九道天罡灵禁就会化作一种小真阳灵禁，那就是四阶神剑！

于此同理，不足七十二道地煞灵禁的就是法器，凑齐七十二地煞灵禁化生一道天罡灵禁，就是一阶法宝，两道天罡灵禁就是二阶法宝，四道天罡灵禁就是三阶，九道化作小真阳灵禁，就是四阶法宝至于四阶以上的法宝神剑，后面的就不和你说了，因为说了也白说，我炼器多年，也不过拥有一把四阶神剑，普通的金丹真人，也就是御使三阶神剑"

洛离说道："这么难？"

老爹说道：“那当然了，要知道这筹齐灵禁，很难很难，不要说天罡灵禁，就是地煞灵禁，都是很难凑齐的，因为它们都无法重复使用相同的禁制，只会重合，毫无意义必须是不同的禁制，才能炼制在一起”

洛离说道：“艾炼成三阶飞剑，就是需要四道天罡灵禁，也就是四百三十二道地煞灵禁？”

老爹说道：“对，不过，这也不是那么绝对的因为无论是天罡灵禁，还是地煞灵禁，其中也有各种灵巧组合，将它们炼入法宝飞剑之内，就会得到各不相同的法术效果就像你得到的混元一气锤，其实就是以金火光气，四系三十六道不同的地煞灵禁，以一定次序，巧妙的组合在一起，诞生的强大法器此锤虽然只有三十六道灵禁，但是在法器中，乃是佼佼者，属于上品法器此锤的地煞灵禁次序，为混元宗开发出来，所以命名为混元一气锤这些法器灵禁组合，都是各宗不传之密！

我们所谓炼器，就是就是先炼法器主体，再注入灵禁组合，记住了，这灵禁都十分值钱，此物是灵石灵丹之外的宝物，最值得掠夺收集贩卖交换的宝贝”

说到这里，洛离才明白什么才是灵禁，当初自己在空远峰的藏经阁也看过这类灵禁，但是毫不在意，全部无视，这时才知道空入宝山老爹说到这里，长出一口气，说道“好了，说了这么多的废话了，准备滴血认主吧！

我会标记清楚，这样别人一看此乃认主飞剑，就不会产生掠夺之心，不然怕你亮剑之后，就会被人灭了，夺走此剑！”

这借要滴血认主，洛离咬破中指，在此较滴血，于此同时他嘴里轻轻念叨：“苍天在上！后土在下！好事确定，赏善在后！”

随着洛离的这句话，他体内的剩下的两道善功，一道善功消散，引天地之力落下，注入笔中！

随着洛离的鲜血还有天地伟力的注入，那剑就是一变，在巾上出现七个古符文，红橙黄绿蓝锭紫，七枚符文出现看到这一幕，老五老六忍不住喊道：“介，这是介！”

“想不到竟然有介诞生，太难以相信了！”

他们紧张的看着，但是那剑中升起一道青光，这青光和这符文对抗！

本来洛离注入善功，此剑会形成介，但是那青虹在炼剑之时就已经注入，虽然还不是介，但是已经视此剑为家园禁脔，岂能让其他介产生，所以一战！

这青虹乃是此剑的一部分，得天独厚，占据优势，渐渐的新生介本体七个符文都被它击碎，此剑介还没有诞生，就此消散那老五忍不住惋惜喊道："太可惜了，太可惜了，就差一步艾介就要诞生了！"

老六也说道："是艾是艾唉，老天爷艾就这么的失败了，太可惜了！"

七色灵符粉碎，那青虹却将此灵符吞下，七色消失，较出现一个奇异符文一直没有说话的老爹，突然哈哈大笑起来，喊道："我懂了，我懂了！"

虽然介粉碎，没有诞生，但是老爹因此悟道，他大吼道："我懂了，我懂了，为什么会万物归尘，为什么要和光同尘，原来如此，原来如此！

这剑本身有灵，后注入之灵，两者竞争，先灵占据优势，后灵必然无法存在，只有欺骗先前之灵，才能存活下去，借以吞噬先灵，六尘不染，超尘拔俗！

我懂了，我懂了，哈哈哈，原来我的契机就在这里，我的运，就在这里！"

随着他的话语，老爹身上爆发一声声的骨节爆炸之声，老五老六抱在一起大哭大笑起来至此穆英雄苦熬三百六十年，今日终于得成大道，突破瓶颈，突破金丹后境界，之差一步，晋升元婴！

第八十二章 尘中楼铺改姓洛！

老爹悟道，他面带微笑，缓缓坐下，一动不动。

他处于一种奇异的状态中，与外界隔绝，无声无息，这是悟道破关状态，老五老六开始疯狂的在身上掏出灵石，在老爹身前身后布阵，其中一人连续发出十二道飞符，那些飞符瞬间化作流光，消失天边。

做完这些道：

“洛离，师父突破瓶颈，之差一步，就要晋升元婴。

我们要回归宗门了，只有那里的灵气，才能让师父破关。你和我们走吗？师父一直想收你做徒弟？”

洛离一滞，一旁的老六说道：“洛离，虽然你没有炼器之能，但是我们尘炼门有一脉专门负责买卖，不用炼器，正好适合你？你和我们走吗？”

洛离微笑摇摇头，说道：

“不了，不能炼器，我去什么尘炼门，我不去了，祝愿老爹早日突破，进入元婴境界！”

老六长叹一声说道：“到也是如此，我们的缘分尽了，等一会大师伯到此，我们就会护送师父离开。

老五，把灵石都拿出来，这些灵石都给洛离留下吧！”

说完，他开始拿出储物袋中所有的灵石，老五也是如此，两人凑了四千多灵石，这是他们全部的资产，递给了洛离。

洛离没有接这些灵石，说道：“六哥，五哥，我不要这些灵石！”

洛离不能要，因为这是老五老六的所有灵石，他们回归门派之后，六十年没有回家了，怎么不得给家里老小带点礼物，那里都得用灵石。

虽然他们有着大笔的灵石，不过都在老爹身上，现在老爹处于悟道状态，根本拿不出来，这就是他们的所有灵石了，所以自己不能要。

老五说道："你留着吧，师父至少要十年二十年后，才会苏醒，你拿着这些灵石防身，这些年我们不能帮你了。"

老六说道："这个商铺，我们房租交到年底，你打理吧，愿意干什么就干什么。

年底你要是想继续租的话，去找坊市的管事，三千灵石一年，如果你不想干了，这个商铺的续租权限你可以卖出去，也是三千灵石，只要在店门口放上一个牌子，无数人过来购买这个续租手续。"

洛离点头，表示明白，换句话说，这店铺自己不想要了，转租手续就可以卖三千灵石，这很正常，坊市就这么大，店铺就那么多，想开店的修士无数，所以转租权也很值钱。

老五接着说道：

"这天蛛宗最近三十年，也有大问题，那太上长老灵虚真尊还有门下三大元婴都不知道去向，不知道搞什么东西。

就剩下了掌门毒螯真君在此坐镇，此老不理世事，门下三个弟子，到处乱搞，各自偷偷建立堂口，什么忠义堂，什么四海堂，搞的这里乌烟瘴气。

我看这天蛛宗，不出十年，必出大事，所以能离开，还是离开吧！记住，什么时候，保命是第一位的，如果没有去处，尘炼门的大门永远为你敞开！"

洛离开口问道："忠义堂？"

老五说道："是的，毒螯真君三弟子智蛛真人所建立的，如果我们走了，你继续开了店铺，他们如果过来要保护费，你就打出我们尘炼门的旗号，我看他们敢收一个！"

洛离使劲的点点头，开口说道："五哥，六哥，这灵石我不要了，这样吧，你们把火系地煞灵禁给我吧！我知道尘炼门的门规，就是师父弟子间也不许私自传授灵禁，这灵石就当我买灵禁的。"

老五老六对视一眼，也许这样对洛离更好，其实灵禁比灵石还要有价值，因为灵石可以随便赚到，灵禁却是需要机缘才能买到，他们点点头，各自拿出一个奇异玉竹简，说道：“你选吧，这是我们掌握的灵禁，你随便的选吧，不过每条灵禁宗门内部价两百灵石！”

洛离开始挑选，神识进入两个玉竹简中，顿时里面出现足足一千多的地煞灵禁，分成各个属性，生、死、晦、明、幻、灭，日、月、阴、阳、光、雷、暗、金、木、水、火、土、风、云……这些灵禁，有的为单属性灵禁，有的为复合属性灵禁，有的地煞灵禁一条条单独排列，也有几个地煞灵禁组合在一起，形成一个个小组合。

将此地煞灵禁组合打入相应的法器载体之中，就会祭炼出相应的法器，这就是祭炼之道。

每个地煞灵禁，洛离只能看到大体介绍，具体灵禁内容，需要购买到手后，慢慢研究。

洛离选择火系地煞灵禁，顿时其中出现近百条灵禁，但是真正的纯火系地煞灵禁，只有十八条，都是各不相同的地煞灵禁，其中五条还是一个小组合。

洛离说道：“好了，就这十八条火系地煞灵禁，咦，这七个木系地煞灵禁小组合，好像正好适合我修炼，这个我也要了！”

说完，洛离在储物袋中，拿出灵石道：“五哥，这些地煞灵禁都卖给我吧！大家的灵石都在老爹那里，拿不出来。

你们回归宗门，那里是你们的家，家里老的小的一堆，出来六十年了，回去了怎么也得带点礼物，不能空手赤拳吧，让小辈们失望。”

这么一说，老五长叹一声，老六说道：“好吧，老五收起来吧，洛离说的也有道理！”

老五接过洛离的一千灵石，然后递给了洛离一个奇异的玉竹简，说道：“这玉竹简乃是秘法炼制，专门用于存放灵禁，正好我多一个，你看好的那个灵禁组合，我放在其中了。不过这玉竹简还刚刚炼制，还没有成型，明天你再细看！

这复制注入灵禁需要秘法，你不是我尘炼门弟子，我不能传你，等你炼器的时候，请人把这灵禁注入到法器中，那就可以了。

可惜，如果灵禁你不会复制之法，只能使用一次，所以这复制灵禁之法，一定要想办法得到！

另外炼器时要和炼器者签订心魔契约，防止他偷偷复制你的炼器灵禁，他要是想要这些灵禁，必须抵扣灵石！”

这都是灵禁的知识，那玉竹简中的地煞灵禁，洛离没有相应的秘法，只要出售使用一次，就会消失！

不过洛离不在意，其实他就是找一个借口，送给两人灵石，这玉竹简随手收了起来。

他们继续等待，大约到了晚上，外面传来敲门声，开门一看，老五老六急忙行礼！

只见外面多了一人，这人看过去普通无比，但是洛离知道他是元婴真君，他过来护送老爹回归尘炼门。

那人也不怎么说话，他进入屋中，看了洛离等人一眼，在他目光下，洛离等人忍不住后退，他开始在老爹身前身后布阵，然后法袖一挥，老爹连同身下三尺之地，一起消失。

然后他一指老五老六，这两人也凭空消失，都被他收起，他看了一眼洛离，微微点头，说道：“我带他们走了，再见了！形骸非真，红花易老，大地亦幻，万物归尘！”说完，转身离开。

洛离随在此人身后送行，可是走出不远，那人就消失不见，不知去向，至此老爹穆英雄回归尘炼门，整个尘中楼就剩下洛离一人，孤孤单单！

洛离摘下外面的牌子，尘中楼再也不炼器了，看着孤单的工坊，说不出的一种寂寞感，在心中升起。

但是更多的是兴奋，从今天起，这家店铺就是洛离的了，到此没有过二个月，自己就拥有了一家坊市中的店铺，这是普通修士奋斗十年二十年，才能得到的东西！

“我也是老板了，哈哈哈，没有想到啊，我也是老板了！”

第二天，洛离心神注入那玉竹简中，就是一愣，除了十八道纯火系地煞灵禁，赫然其中还有其他的灵禁。

这禁制不是洛离随便选择的七个木系禁制小组合，而是足足三十六道地煞灵禁的组合，其中金、火、光、气，四系灵禁俱全！

这灵禁组合以一定巧妙的次序排列，看在眼中，这就是一个锤形，豁然，洛离知道了，这是混元一气锤的灵禁组合。

只要炼制出锤体，将此灵禁一道道的打入锤体，法器就是自成！

这混元一气锤的灵禁组合，乃是完美组合，比起单独的灵禁还要值钱，至少价值八千灵石，果然投我以桃，报之以李，自己这一千灵石赚到了，老五老六打铁的出身，绝对仗义！

洛离长叹一声，收起玉竹简，看着空荡荡的尘中楼，自己可不会什么炼器，以前的买卖不能做了，另外自己就剩下八百灵石了，距离七月初七还有六个月，看来自己要抓紧时间了。

必须另辟蹊径，寻找另外一个赚钱买卖，多赚灵石，到时候七月初七，离开这里！

怎么赚钱呢？想都不用想，那就是制符，有着血魔宗的血符术、血海宗的融符术、北辰宗的变符术、黑羽魔巫宗的巫咒术，自己的符箓如果不能赚钱，撒泡尿沁死自己得了！

不过要好好算计一下，不能再像以前，制造一些炼气期的下品符箓赚钱，三个符箓一个灵石，那太低端了，自己有店铺在此，怎么也得做点大买卖。

洛离开始研究，一步步的策划，那些秘传中的知识开始起到作用，洛离渐渐的不惑，找到自己的赚钱之路。

第八十三章 纵剑腾空游苍穹！

“诸多符箓种类之中，防御符箓的价格最是昂贵，普通的金刚符，即使就是下品符箓，可是却价值一个灵石，相当于炼气期中品符箓的价格。”

“之所以如此，因为防御符箓最难炼制，拥有一个，在关键时刻就可以救自己的命，所以价格才会那么昂贵，所以，我炼制符箓，应该炼制防御符箓！”

“炼制什么防御符箓呢？我好好查查，金刚符、护盾符、元甲符、六丁六甲符、泰山不动符……”

“不行，这些符箓，其他人也可以炼制，就是我炼制出来，也是泯泯众人中，显不出我的手段，赚钱就要独一份，垄断，这才是显出我的能耐，才能发财！”

“到底选择那一个呢？我看这个紫薇天甲符不错啊！”

“好好的研究一下，好像这个符，我可以炼制！”

“紫薇天甲符，筑基下品防御符箓，三张价值一百灵石！激活之后，形成金符护身光环，具有强大的防御力，同时与修士的真气连接，只要修士向着此符输入真气，此符就可以持续运转，不像其他的防御符箓符力消耗一空，自动消散。

而且具有反弹之力，可以将对方的攻击，随机的反弹回去，虽然只能反弹对方攻击的三成之力，但是这也是反击！”

“好，就这个符了，虽然此符需要筑基修为才能炼制，我炼制不了，但是仔细算计算计，好像也不是没有办法！”“对，就搞这个！不过要准备一段时间，好好想想，不能出现纰漏……对，就这样，应该没有问题！”

洛离拿定主意，但是他并没有马上开始炼制，而是开始在坊市外转来转去，这天蛛宗的坊市，整个悬山中心地带乃是坊市，坊市之外，有着大量的灵田，由天蛛宗外门弟子耕作。

洛离开始在这灵田中，转来转去，他在寻找自己想要的东西。

这坊市外面的灵田，看着不大，可是真要是走起来，却也不小，足足有千亩灵田，而且灵田之间很少有空隙，遍布各种禁制，那些种田人身上有灵符，可以随意往来，洛离没有特制灵符，根本不能在灵田中走动，很容易激活禁制，或者踩坏灵田中的作物，引起事端。

洛离不由的摇摇头，看来必须御剑飞行了！

他拿出焚阳青虹剑，试一试自己能不能御剑飞起，不过不能在这里试验，他离开坊市，回归外面大地。

这时正是二月上旬，外面还是一片大雪，北风呼号，很是寒冷，洛离向着远方走去，想要找到一个僻静之地，好好炼剑。

走出大约百里，前方突然传来一声尖叫，只见一个马蛛向着洛离冲来，正是上次洛离放声的那个马蛛，它竟然一直在坊市外面等待洛离。

看到这马蛛，洛离不知道说什么好，看来混元宗的亲情术果然厉害，这么久马蛛还想着自己。

洛离伸手一抓，抓起一团积雪，继续施展混元宗的亲情术，加深和马蛛的感情，看来这次回去，要搞一个储灵袋，将此马蛛随身携带，算作自己的宠物。

施法结束，洛离登上马蛛后背，这马蛛带着洛离来到一片森林之中，在此寂静无比，洛离开始炼剑！

洛离看着这焚阳青虹剑，缓缓的将自己的真元输入剑中，真元一入飞剑，立刻飞剑有了反应，完全和自己心心相应，意念相合。

洛离一愣，一般炼剑都需要漫长的过程，至少数天才能达到这种心意相通的地步，这是怎么回事？

看着那剑身之上的奇异符文，洛离若有所悟，虽然他注入的善功，没有形成剑灵，但是那青虹吞噬未成型的剑灵，也算半个剑灵，与洛离心心相应，所以可以省去无数炼剑过程。

洛离手一抖，这把飞剑顿时飞出，“嗖”的一声飞到三丈之外，钉在一颗大树之上，洛离手腕一抖，那颗大树一声轰鸣，粉碎！

顿时飞剑在森林内飞腾，在看过去，已经不是剑体，而是一道青虹，随着自己的意念，好像飞鸟一样灵活，又像游鱼一样迅捷。

这飞剑在三丈之内，洛离可以运用自如，但是出了三丈，就开始控制不灵，自己不过炼气四重，只能御剑三丈对敌！

其实炼气四重御使法器，有效范围只有一丈，五重才是两丈，那个御使混元一气锤的修士，炼气六重，才能在三丈范围御使自如，只有进入炼气后期，才能越过这个界限。

洛离之所以可以在三丈范围，御使飞剑自如，一个是因为黑龙身的强横，洛离具有强大的先天感应，另一个洛离的神识空间经过天地灵物云松心液修补，洛离的神识远远强横于别人，所以他才能达到六重天的三丈范围。

这个三丈范围是指法器飞剑，随着自己的心意，在这个范围内掌控在心。那放出类的法术，或者轰出去不能收回的法器，或者飞镖飞刀飞石头这类暗器，自然可以超过三丈范围，不在这个范围之内。

洛离御使飞剑，瞬间一斩，那青虹一下子刺透一颗大树，足足一尺粗细的树身瞬间粉碎，接连接续，又是一个大树，被飞剑斩碎，这飞剑简直就是锋利至极，无所不能。

而且随着飞剑的斩刺，不时的爆发一道道的火焰，火焰不受洛离控制，完全是随机产生，属于额外增加的伤害，这就是焚阳青虹剑的来历。

看着这飞剑飞舞，洛离猛的一转，那青虹瞬间向着自己刺来，一剑刺中自己的前胸！

噗哧，这可不是自杀，乃是试验这飞剑的威力，一剑下去，洛离前胸的黑龙防御启动，那剑噗的一声，只能刺去洛离前胸三寸，再也无法向前！

青虹消散，那把飞剑插在洛离前胸，微微颤动，想要挣脱，但是在洛离黑龙防御之下，无法挣脱。

洛离轻轻的拔出飞剑，鲜血都没有留下，那伤口自动愈合，看来自己的黑龙身，真是强悍！

洛离点点头，看来自己以后的主战方式还是黑龙身，这飞剑只是辅助手段，不过如果自己要是能在飞剑中添加灵禁，每加一道这飞剑就强横一分，以后倒也可以成为强力主攻手段。

但是现在这飞剑的用途，就是御剑飞行！

洛离一指飞剑，诸多的真气注入，按照灵蝶宗的秘法控制，顿时焚阳青虹剑化作长四尺，宽一尺的青虹光芒，剑光围绕在飞剑左右蔓延，在这剑光范围之上完全可以站人。

洛离一跃到飞剑之上，身体轻晃一下随即站稳，飞剑也只是一摆，还是平稳的浮在了空中。瞬间，那剑光将洛离完全包围，洛离整个人处于剑光的保护之中。

像鸟儿一样，在空中自由自在地飞翔，大概是所有人心中最原始，也最渴求的愿望之一。洛离也不例外，对天空中飞遁的剑光有着极大兴趣。

洛离掐符念咒，使出蝶龙变的法术，一个起字，顿时飞剑腾空，剑随心动，向空中飞去。

灵蝶宗的十大身法，真正的用处就在于御器，以前洛离是以自己身体为器，现在有了真正的飞剑，那灵蝶宗身法的真正威力，才能发挥出来！

御剑飞行，以剑器为媒，通天地之元气，借之浮游往来，出入青冥。洛离控制着脚下青虹，让它在空中转了几个圈，速度极慢，但飞得很稳。

洛离可以感觉到，天地元气通过焚阳青虹剑，与体内真元发生了颇为微妙的感应。自己的身体好像活了一样，因为不只是灵蝶，黑龙也是翱翔天空的强者，御剑而飞，才是它们真正威力的体现！

洛离开始运转，自己的真元每一次运转，都会通过法决施展出来，作用于焚阳青虹剑，然后通过剑身，再作用于天地元气。这样自己才可以翱翔在天空之上。

洛离控制着青虹，渐渐的飞起，飞离地面！

飞翔在天空之中，翱翔天宇，这种感觉，真是痛快！

洛离拼命的加速，那青虹速度如电，将洛离蝶龙变的威力完全展现，更是痛快！

速度达到最快之时，顿时有些剑光失去了掌握，四面散溢，在洛离贴近的大地之上留下了不少划痕。洛离由此明白，若过了这个速度，他便无法顺利掌控飞行，以后倒是要小心了。

洛离吐了口气，减慢速度，一边体验着御空飞行的新异感觉，一边小心翼翼地控制真元，使其与脚下的焚阳青虹剑剑光气息，往来有如一体，直至圆融无碍之时，方才再一次提升高度。

这一次洛离向天空冲去，看看到底自己能飞多高，脚下的山峰渐渐地变小了，从他这个高度，整个峰顶一览无遗，远处剑峰部落成了遥远的美丽景色，在他眼中闪闪发亮。

足足达到百丈高度的时候，洛离就无法再向上前进了，剑光开始紊乱，控制渐渐不灵，看来这就是洛离的最高御剑高度了。

洛离不得不下降，高空的风呼啸而过，这种感觉太美好了，让洛离满心的高兴。

他缓缓地驾剑绕圈，接着便加快了速度，到后来便开始上下起伏，侧旋飞掠，急停急起，穿越树林，飞过高山，足足玩了大半个时辰，真是痛快！

再一次的飞到高空，洛离向着天地四方看去，真是一切尽在眼中，大好山河，真是江山如画！

第八十四章 集 阳采血万千蛛！

掌握御剑飞行以后，洛离回归坊市，先买了一个储灵袋，然后回去将那个马蛛装入袋中，算作洛离的第一个灵宠。

储灵袋只要放入灵石，灵宠就可以在储灵袋中修炼、休息、睡觉，完全没有气闷憋屈的感觉。

马蛛装入储灵袋之后，就处于一种离奇状态，无声无息，开始节蛹，洛离不由的一愣，这应该是即将进化的前兆。

想不到自己真是运气，马蛛所进化的飞马蛛，可是筑基境界修士所用的灵宠，不知道是不是混元宗的亲情术的缘故，这混元宗真是厉害，要是能加入这个宗门就好了！

然后洛离回归坊市，御剑而起，在诸多的坊市所种的灵田上空飞行，寻找自己想要的灵田。

“这个是灵谷，不行，不行！”

“这个是灵白菜，不行啊！”

“这个是仙稻，不行！”

就这样洛离飞来飞去，终于在一片灵田中，找到了自己想要的！

只见在他脚下，大约有三亩灵田，这灵田中种植的乃是一种大叶仙草，这种仙草叫做大叶芹，三个月一熟，那根部具有灵性，是制作灵宠仙粮的原料。

洛离看着不住的点头，就是这个了，他缓缓落下，落到这灵田之中，立刻触动禁制，那灵田中心的法石，发出嘀嘀嘀的警告声！

洛离站在这里不动，不到一会，远处冲过来三个修士，一个老头二个中年人，都是炼气二三重的境界，他们就是种植这片灵田的主人，禁制被触动，他们立刻知道，冲过来看看是谁破坏自己的庄稼。

看到洛离，他们一愣，不象是小偷啊？

洛离看口说道："三位道友，我最近饲养了一只灵宠，需要一些大叶芹特制灵宠仙粮，市面上出售的大叶芹质量太差，我想自己买一些没有成熟的大叶芹，自己调制，你们这三亩灵田连同里面的大叶芹，转租给我吧！"

洛离站在飞剑之上，侃侃而谈，白衣飘飘，言语中带有一种说不出的自信，这就是他学习昆仑制艺十万问，养成的气质，那些修士看到洛离，不敢直视，相形惭愧，哪敢追究洛离闯入灵田之罪。

其中一个老者鼓起勇气，说道："道友，你想多少灵石转租？"

洛离开口说道："一亩灵田，可产大叶芹六十斤，六十斤大叶芹不过二十块灵石，一年可产四季，换句话说这一亩灵田可产八十灵石！

这样吧，我一亩灵田我给你们一百灵石，算作一年的租金，你们看如何？"

这片灵田质量并不好，不然也不会种植大叶芹，一年根本到不了八十灵石的收入，洛离一亩地一年一百灵石，一亩地白赚二三十灵石，顿时他们露出喜色，老者立刻回答道："好，好，好，我们租了！走吧，我们去签协议去！"

洛离点点头，说道："好，另外我还需要几个干活的，你们给我打打下手，三天一个灵石，愿意的就过来干！"

这话一说，那三个修士更是高兴，三天一个灵石不少了，他们不过才都是二三重的修士，在灵蝶宗一个月的福利才二三个灵石而已，顿时高兴的找不到北了。

这样洛离他们在天蛛宗坊市签订了契约，契约签好，这三个修士就对洛离恭敬不已，老板长，老板短的喊着，转身他们都成了洛离的长工。

这三人也算是修仙世家，他们姓金，老者是父亲，两个中年人是他儿子，分别叫做金成栋、金成罡，他们都是五行灵根，修炼了多少年，不过才炼气二三重的境界。

他们这辈子没有前途了，但是金成栋有个儿子金佳新，三行灵根，加入天蛛宗外门，前途无量。这灵田就是金佳新租到的，全家种植，赚灵石支持金佳鑫在天蛛宗修炼。

有了这金家三父子，洛离省了不少力气，他带着三人，前往茂源斋，早在尘中楼洛离落脚之后，就和朱明华取得了联系。

看到洛离到此，朱明华喊道："洛离兄弟，来了？你让我买的货，我都搞到了，不过数量有点多，一天只能给你运来一千只。"

洛离说道："好，没问题！这是我雇佣的手下，每天就让他们来取货吧！"

朱明华看了金家三人一眼，说道："好，你们跟我走，我带你们去取货。"

说完带着他们来到了商会的货站，只见一排蜘蛛的尸体堆在那里，这是一阶灵兽红铜蛛，这种蜘蛛乃是天蛛宗的特产，最弱小无比的灵兽，以红铜矿为食，一个月就可以成熟，多用来养肥了杀掉，给其他灵兽做饲料。

洛离委托朱明华，为自己在茂源斋订购一批灵兽，一百头成熟的红铜蛛，不过才价值三个灵石，可以说很便宜，洛离一口气买了一万头，这样他还剩下二百灵石。

金家父子三人，看着这些红铜蛛，蜘蛛死后，八只蛛腿卷取，每只蛛体大约有一尺大小，金黄色，如同红铜。

他们就是一愣，金成栋说道："老板，你买这东西干什么，这东西在矿洞里有的是，就知道吃铜矿，啥用没有，你要的话，我们给你抓去。"

洛离摇摇头，说道："一天一千只，你们能抓到？"

金成栋说道："这，这可不行，一天二三十个倒是没有问题，过百就得专门养殖了。"

洛离说道："好，你们把它们都给我搬到我的商铺，然后还有其他的活计！"

金家三人开始为洛离搬运，到了尘中楼，他们羡慕不已，对洛离更是恭敬，人家这是有商铺的老板，自己算是遇到贵人了！

看着店铺，金成栋悄声的说道："爹，你看我们好好干，能不能在这里做个伙计？"

金老爹点点头，说道："我看行，咱们父子好好干，勤快点，如果能做了这店铺的伙计，多赚点灵石，小新那里就好过一些！"

金成罡也说道："是啊，是啊，这是老天爷给我们的机会，我们要把握住啊！"

金成栋说道："是啊，我们拼命一些，多赚灵石，到时候小新修炼有成，我们就没有白活一次！"

这金家父子都是散修，岁数偏大，没有那个商铺会雇佣他们，要不是他们儿子入了天蛛宗的外门，他们连这坊市都进不来，要知道在此坊市居住的散修是要缴纳灵石的。所以现在有机会在眼前，个个高兴不已。

到了商铺，洛离命令金家三人，开始整理这红铜蛛，先将蛛腿砍掉，然后一一送到法阵之中。

在那楼中原来炼器炉的地方，洛离布下了一个法阵，这是万兽化身宗集阳术的屠宰台法阵。

这个法阵准确的说刻在地面之上，大约有一丈方圆，那法纹有高有低，成奇异形态，其上有十八颗灵石为骨，构建完成。

洛离慢慢的激活其中的灵石，那十八颗灵石一颗颗的发出光芒，整个法阵就像活了一样，法纹蠕动，发出光芒，那光芒的照射下，地面好像变成了一片血肉，一股血腥气传出。

看到这法阵，金家父子三人，不觉的有些惧怕，他们颤颤巍巍，抱着一只红铜蛛，送到法阵之上，洛离站在那里准备解刨。

洛离法袍全部脱掉，只是穿了一个普通的短衣，那红铜蛛放在他的身前，他说是解刨，倒不如说是挤压！

洛离使用集阳术中的法决，利用身下的法阵，对着那台上的红铜蛛就是一压，只听见扑哧一声，这红铜蛛爆出一股鲜红的鲜血，然后整个蛛体完全变成灰色，由金家父子运走。

那一股鲜血的血液，就是整个红铜蛛的精华，自动顺着法纹留到法阵外的一个玉瓶中。

一只红铜蛛只有一二滴血液精华，十只大约可以采取一钱血液精华，洛离一天解刨一千只，足足十天才分解完毕，一万只红铜蛛，也就是十斤，洛离得到十斤红铜蛛的血液精华。

这天解刨完毕，洛离付给金家父子三人薪水，在他们离开之后，洛离悄悄的带着这些血液精华，来到那大叶芹的灵田。

这十天，每到晚上，洛离就会在此灵田中，激活一个法阵，然后用白天得到的血液精华浇灌这些大叶芹。

这个法阵是洛离按照仙农宗的仙植术布下的，可以促使大叶芹发生变异，吸收这法阵中的灵气，还有那血液精华，全部融入到一片片巨大的叶子中。

这样的精心种植之后，大叶芹具有的灵气不在汇集根部，而是融入到叶子中。

看着慢慢变化的灵田，洛离微笑，这些精心调制诞生的大叶芹，它们的叶子极其坚韧，具有吸法特性，这就是洛离制符的符纸，只有这样的符纸，才能经受血符术、融符术、变符术的调制。

三月一号，足足消耗了四斤的血液精华，终于这大叶芹达到洛离的要求，洛离指挥金家父子，将这些大叶芹全部收获，大约每三十片的叶子，可以产生一个变异叶片，经过金家父子的苦心采集，洛离得到三百片变异叶片。

收集完毕，洛离继续指挥金家父子，重新种植大叶芹，这对于金家三人来说，乃是他们的老本行，父子三人，在那里辛苦劳作，重新种植大叶芹。

洛离带着三百片变异叶片，回到店铺，按照昆仑十万问中的介绍，开始制造符纸。

晒干、打磨、提浆、滤水、压榨、脱水、烘缸、干燥、焙干，最后得到二百张符纸。

看着这些符纸，洛离笑了，工欲善其必先利其器，终于可以制符了。

第八十五章 供不应求真好卖！

符纸制造完毕，按照秘传，洛离消耗一斤精血，制造了七两灵墨，然后他长出一口气，制符开始！

但是洛离没有直接制符，而是在身前摆上一盆清水，不住的在清水中用手指画符演练。

这是一种练习，此乃清水炼心法，乃是北辰宗的变符术中特有的法术，就这样洛离一口气练了十多天，到了三月十五，他才结束练习！

三月十五，月亮圆满，位于头顶正空，洛离在月下摆出法台，准备制符！

净身、净手、净口、净笔墨纸砚台，凝神收息忘我，渡真气和意念与笔端，然后拿出一张特制的符纸，摆在法台之上，将灵墨倒入镇砚，开始慢慢的熬开，又拿出灵犀笔，默默准备！

站在那里，足足一刻钟，洛离没有动，这时一团乌云将圆月遮挡，不一会乌云散去，圆月露出，在这一瞬间，洛离一挥而下，制出一张符箓！

这张符箓，不是什么紫薇天甲符，赫然乃是一张金刚符，当初老五曾经用此符和洛离战斗过，虽然是炼气期下品符箓，但是价值一个灵石。

但是这个金刚符和老五使用的那个，完全不同，洛离一笔下去，金色辉煌，那笔走龙蛇，铁划银钩，自成符骨！其中蕴含神意，如同天成，符心一片！那符骨符心，万千连同，符眼清晰，至此符箓有灵，符箓天成！

这就是洛离修炼清水炼心法的收获，他点点头，继续制符，下一个符箓赫然既不是紫薇天甲符，也不是金刚符，而是元甲符，此符完全是一片亮银色，此乃炼气期中品符箓价值一个灵石。

然后洛离制造了第三个符箓，荆棘符，此符乃是暗红色，此乃炼气期上品符箓价值三个灵石。

三个符箓制造完毕，洛离将它们摆在法台之上，一边默默施法，一边一个符箓滴入一滴血液精华，那血液精华滴入之后，这三张符箓，本来的金色、银色、暗红色，全部一变，全部化作鲜红色，仿佛要从符纸上冲出来一般。

这就是血魔宗的血符术，经此秘法调制，这三张符箓，全部增加三层威力，这就相当于小极品灵符了，相当于上品灵符，一张可以卖三个灵石。

洛离点点头，开始继续释法，这一次是血海宗的融符术，随着他的法术，这三张符箓渐渐的融合一体！

这就是洛离的紫薇天甲符，用金刚符来抵抗攻击，用元甲符连接真气，使金刚符不至于符力消散，用荆棘符来伪装反弹之力，然后使用融符术，将它们融合一体，就可以冒充紫薇天甲符了！

渐渐的三张符箓融合一体，化作一张血红色的奇异符箓，洛离点点头开始进行下一步，使用北辰宗的变符术，改变这张符箓的外体模样。

渐渐的符箓改变，变成了一片椭圆树叶形状，乍看去金灿灿，浑无瑕疵，如果细致感应，便可见到上面细密图纹，盘转曲折，自成一片蔷薇叶片。

在此符上，灵气盎然，不住与外界元气相激，引发周遭元气随之变动，催化为一层如虚似幻的烟气。

成了，洛离微笑，卖相十足，这绝对就是紫薇天甲符，谁也看不出这是假冒的！

其实这虽然是假冒的，但是真的符法效果，和紫薇天甲符没有任何区别，唯一不同的是紫薇天甲符乃是一笔画出，洛离的紫薇天甲符需要各种加工！

还差最后一步，洛离开始使出黑羽魔巫宗的巫咒术，在此符箓中，留下了一个小小的禁制，之所以如此，洛离就是为了预防万一有一天，自己的敌人使用了这个符箓，那该怎么办？

加上这个小小的禁制，如果洛离的敌人使用此符，那就是自取灭亡！

至此符成，洛离长出一口气，打坐吞下炼气丹，吸收灵石之气，开始补气，这一张完整的紫薇天甲符，需要洛离现在全身三分之一的灵气。

足足过了半个时辰，洛离真气恢复，他细细的计算，按照补充灵气的速度，大约一天可以炼制出十张符箓。

不过现实并不会那么多，第一次制符自己倾尽全力，只会成功，在以后，会出现诸多问题，成符率绝对不会百分百，能达到一半，就已经很不错了！

灵符制造完毕，洛离计算成本，大约每张紫薇天甲符的成本为十八个灵石，而紫薇天甲符此乃筑基期符箓，至少一张价值三十三灵石，按照自己的办法，应该可以卖到五十灵石，三倍的利润！

第二天一早，洛离拿着这张符箓，开始在天蛛宗所有的店铺中，寻找过眼先生，请他们鉴定。

一个个的过眼先生，对此符进行鉴定，最后都得到一个答案，紫薇天甲符！

洛离微笑，可以了，继续！

他继续制符，在以后的日子里，二百张符纸，全部变成了金刚符、元甲符、荆棘符，三张一套，虽然有十几张符箓在制符时失败，但是洛离还是制造出了六十二套符箓。

然后血符术，这个容易，六十二套符箓一张未坏，不过进行融符术的时候，开始出现损毁，最后只剩下四十七套符箓，完美融合。

在最后进行变符术的时候，又有十一套符箓损毁，最后洛离得到三十六张紫薇天甲符！

符箓制好，洛离开始贩卖，直接在尘中楼外，立起一个牌子，上边写道："出售符箓，一道符箓五十灵石，一天仅售三道！"

这牌子立起，周围过往的客人，不由的睁目结舌，纷纷议论道："这是什么符箓啊？一道符箓五十灵石，太贵了吧！"

"是啊，是啊，炼气期的上品符箓不过才三个灵石，就是筑基期的下品符箓，三道才一百灵石，这一道符箓就五十灵石，抢劫吗？"

"如果是筑基期中品符箓，怎么会在这个小店铺里出售？我不相信！"

"最可气的是一天才卖三道，他以为他这符箓是宝贝吗？傻子才买！"

周围的路过客人议论纷纷，但是没有一个人购买，都不相信这个牌子上所写的内容。

就这样五天过去了，转眼四月初一，洛离一道符箓也没有出售出去，但是洛离好不着急，将外面的牌子改成一天仅售两道，更让路过的众人嘲笑不已。

四月初一，散修朱建走在天蛛宗的坊市之中，全身冰凉，他四行灵根，千辛万苦走上修仙之路，苦修三十年，最后只是炼气六重天，渐渐的知道自己再无出头之日，将自己的希望全部的寄托在儿女身上。

一对儿女也是争气，分别进入了神织门外门，但是在宗门修炼，需要大量的灵石，朱建不得不来到天蛛宗的坊市，诚诚恳恳种植灵田，赚取灵石，供应儿女修炼。

可是，天道不公，自己种植的三十亩灵田，被一个无赖散修看中，此人仗着乃是四海堂的弟子，对自己百般欺凌，逼着自己将这三十亩的灵田转租给他！

可是，可是，这灵田关系到自己的一对子女的未来，朱建一咬牙接受了对方死斗的邀请，决一生死，胜利者可以继续的种植这些灵田。

接受死斗之后，朱建倾尽家产花了五百灵石购买法器，又准备了各种符箓丹药，这时有朋友传递消息，他才知道此人竟然是劫修出身，以抢劫为生，刀口舔血，战斗经验无数。

自己虽然比他高了一个境界，可是一辈子闭门修炼，苦苦种田，那里是的对方的对手。

四月初一，天蛛宗的生死台，两人决斗，不能退缩。

朱建漫步在此大街上，心中冰冷，也许这是自己最后一次在此漫步了，可是却不能退缩，那怕战死失去灵田，若是退缩，自己的儿女在神织门如何抬头做人，一辈子算是完了。

眼看着生死台就在眼前，无数观众在那里等待，朱建咬咬牙，长出一口气，死就死吧，那怕自己死了，也要咬掉对手一块肉，另外儿子一定会替自己报仇的！

突然身后有人说道：“道友，请留步！”

只见一个少年微笑的看着自己，然后对方说道：“道友，我看你命不该绝，此物给你！”

说完，他递过来一个锦绣玉盒，那玉盒雕刻的漂亮无比，他继续说道：“这里面有你一道生机，你收好了！”

朱建接过那玉盒，看着这个少年，说道：“你，你想要干什么？”

那少年说道：“如果你靠着它，活了下来，就到我尘中楼，送过来五十灵石！

切记，这是你的生机，你要好好把握！”

说完，少年飘然而去，朱建死死的抓住这玉盒，虽然这事看着那么离奇，但是那少年身上有一种自信，感染了他，让他坚信对方的话语。

进入生死台，在无数观众的欢呼声中，决斗开始，果然和所有人预想的一样，那怕拿着价值五百灵石的法器，朱建也不是对方的对手，对方战斗经验丰富，朱建不过就是一个农夫，御使法器，就是瞎打瞎砸，不久就受伤流血，半死不活。

“难道我就要这样死了吗？”

朱建不甘心，突然他想起了那个玉盒，拼命打开，赫然发现里面是一张符箓！

这种符箓朱建战前准备了足足近百，但是毫无效果，攻击符箓都被对方躲过，防御符箓都被对方破解，看到这符箓顿时心凉了半截。

但是他还是激活了这个符箓，瞬间一道金色光芒升起，在他身上化作金盾。

此盾一生，立刻逆转乾坤，这符箓无论对手怎么攻击，只要朱建体内真气不绝，金盾就毫不消失，对方那可怕的战斗经验，变得毫无意义，因为朱建站在那里，一动不动，他也破开不了朱建的金色光盾。

对方暴怒，疯狂攻击，谁知道这金盾竟然反弹伤害，一个不留神，对方被自己的攻击反弹伤了双脚，行动不便。立刻被朱建抓住机会，一法器打下去，当场打死，竟然赢了！

顿时场外无数观众怒骂起来，他们都压了朱建死亡，谁知道一个小小的金符改变了胜败！

但是也有人，开始关心起朱建所用的金盾，这是什么符箓，这么强大，有人认出此乃紫薇天甲符！

朱建胜利，他跌跌撞撞的冲到了尘中楼，拿出五十灵石，放在柜台感激洛离，然后，瞬间，一群随着朱建到此的修士，冲进尘中楼，挤个水泄不通，个个喊道："那个符箓，我买！"

"我也买，我也买，多少灵石，我都买！"

"可以保命的符箓，多少灵石都值得，我买！"

"我买，我买！卖给我吧！"

第八十六章 排队排到姥姥桥！

面对这汹涌的人海，洛离早有准备，一使眼色，站在柜台前的金成栋，清清嗓子，喊道：“对不起，本店每天只卖两道符箓，购买者请到这边排队选号，一会进行抽签，抽到者可以购买！”

这话一说，顿时无数的购买者喊了起来：“什么，没有符卖，还的选号，这算是怎么回事？”

“是啊，是啊，老子有灵石，你竟然不买，你可真牛逼，老子不买了！”

“对，不买了，不买了，竟然一天就卖两道，太黑了吧！”

顿时间喊成一片，但是洛离等人毫不在意，你愿意喊就喊，想买符箓，必须排队买号，然后抽签。

喊来喊去，众人不再呼喊，开始打起小算盘：“原来一天就两道符箓，可见这符箓都是精品，更的买到手。”

“这绝对是好东西，不能错过了，排队就排队吧，我买不到，别人他也买不到！”

“试一试运气，一直以来我的运气都很好，试一试！”

那些喊着要走的修士，没有一个离开，全部乖乖的过来排队，足足一百多人排起长队，他们已经无视紫薇天甲符的实际价格，就是五十灵石也认了！

金成栋开始售签。

“你是第一号！”“你是第二号！”“你是第三号！”

足足发出去一百二十一个签号，然后金成栋拿出一个巨大的金瓶，对着朱建说道：“今天你是幸运者，由你来抽取吧！”

朱建点点头伸手在金瓶中，取出两个字条，然后念道：“七十六号！一百零七号！”

被叫到的两个修士，立刻大喊：“我中了，我中了！”

他们冲了出来，拿出五十灵石，购买走两个符箓，看着洛离感激不尽，一点也没有，花了五十灵石就买了一个符箓的大头感觉。

看着他们欣喜的模样，洛离真的不知道说什么好，因为在方才竟然从他们身上传递过来两个善功，想不到这卖符箓，还能卖出善功来，真是天下之大，无奇不有！

这两道善功，加上在朱建身上得到的，自己终于又有了四道善功！除了这四道善功，洛离还有一道善德，一直没有激活。

买卖结束，金成栋喊道："好了，今天的符箓卖完了，明天清晨放号，中午抽签，又想买的，尽管过来排队！"

说完，店铺关门，一天就做一次买卖。

那买到灵符的两个修士，高兴不已，走了出去，这时一个修士悄悄的走了过来，正是金成罡，他悄声的说道："兄弟，这灵符你卖吗？"

那修士刚买到手，怎么会卖，说道："不卖，想买自己排队去！"

金成罡继续说道："我出七十灵石，买这个符箓！"

这句话说得大声无比，一旁金老爹假装听到，大喊道："七十灵石有收的？出门就赚了二十灵石，太牛逼了，明天我全家都来排队。"

那修士顿时犹豫起来，金成罡立刻消失，去问另外一人，金老爹在后面高喊，七十灵石，七十灵石！

那些没有抽到符箓的修士，全部听见，立刻羡慕不已！

"靠了，出门就涨二十灵石！"

"这符箓太赚了，太牛逼了，明天我一家子都过来排队！"

"我也去找我朋友，大家一起排队，出门就赚二十！必须来排队！"

就这样这符箓被洛离抬到七十灵石，所有修士都认为这是极品灵符，买到手就可要赚二十灵石，在心里对此符箓相信无比，都确信这符箓就值这个价！

第二天，一早，尘中楼打开店铺大门，外面足足一排人在等候选号，一眼看去，足足三百多修士，排队排到姥姥桥。

反正待着也没事，不过排会队而已，也不费力气，万一运气好，转手就赚二十灵石，抱着这个心态，不少修士都过来排队。

金成栋开始放号，中午抽签，两个幸运儿中签，买走符箓，皆大欢喜。

就这样尘中楼前排队放号，已经成为天蛛坊市一景，那紫薇天甲符渐渐的被炒了起来，中签买到符箓的转手就可以七十灵石卖掉。

不过真有买的，天蛛宗共有十三处福地，三处为次元世界，除了银州大陆之外，其中一处次元世界魔蛛森林对外开放，诸多修士都可以去魔蛛森林探险。

这魔蛛森林，到处都是各种奇异的魔蛛，修士缴纳一定的灵石，就可以通过天蛛宗的坊市，传送到此大陆。

在此可以捕抓魔蛛，收集魔蛛蛛卵，收集各种材料，天蛛宗会以优惠的价格收取，这也是天蛛宗坊市兴旺的原因之一，很多人都是冲着这个魔蛛森林而来。

有此紫薇天甲符，比起那些普通的防御符箓好上无数倍，就相当于多了一个护身金牌，多了一条命，所以多花几十灵石，值得了！

每天只有两道符箓出售，很多人等不及，他们开始寻找其他办法，渐渐的有传说，茂源斋朱明华有门路，可以搞到紫薇天甲符，有人开始过去找他，果然不假，这里可以买到紫薇天甲符，想买多少就买多少，但是价格比较贵，一百灵石！

其实这就是洛离的另外一条销售途径，每一道紫薇天甲符给朱明华，十个灵石的回扣，让他代卖。

那店铺的两道灵符是指标，雷打不动，确定这紫薇天甲符的身价，这个地方才是真正卖货的途径！

四月初十，洛离再一次的收割大叶芹，收集精血，开始炼符，因为三十六张符箓就剩下三张了，不炼制不行了！

大叶芹经过秘法催化，一个月成熟，这次产量远远高于上次，足足得到五百多张符纸，一边卖货，一边制符，经过十多天的努力，洛离制造出七十四张紫薇天甲符。

就这样四月过去，洛离细细一算，扣除成本自己赚到了四千灵石，看着眼前的一堆堆灵石，洛离激动不已，七月初七前往楚南昌州，绝对没有问题了。

按照这个趋势，自己还能赚两个月，那时手里至少能有近万灵石，发财了，发财了！

洛离发财庆幸不已，他对面的专营符箓的商铺，却郁闷不已，自从洛离开始贩卖紫薇天甲符以来，其他三个符店生意立刻锐减。

那些买符的进来第一句话就是问："有紫薇天甲符吗？"

回答没有之后，对方丢下一句话："连紫薇天甲符都没有，开什么符店呢？"转头就走，让这店铺的掌柜伙计都郁闷不已。

这紫薇天甲符就象是一个风向标，好像没有它，符店档次立刻下降，成为三流野店。

坚持了一个月，实在不行了，掌柜的不得不去找东家。

天蛛宗坊市宗，有三家专门经营符箓的店铺，其实都是一人的产业，他们的老板都是天蛛宗的灵蛛真人。

灵蛛真人为天蛛宗掌门毒螯真君的二弟子，天蛛坊市中的四海堂，就是他建立的！

三家符店的掌柜的，一起前来诉苦，当然了接待他们的不会是灵蛛真人，而是灵蛛真人的大儿子万景洪，此人大约四十多岁，乃是筑基修士，炼符大师，他细细倾听掌柜们的诉苦，问道："这个紫薇天甲符，我们不能炼制吗？"

掌柜的回答道："大爷您是炼符的行家，您应该知道，不行啊，这是个筑基期符箓，必须筑基境界才能炼制，而且炼制之法很难搞到。

咱们四海堂共有十二个筑基真修，但是没有一个人能够炼制此符。”

另外一个掌柜的说道：“这符其实也不算什么，在其他大州的商铺都有出售的，三个才价值一百灵石，不过咱们这里，属于外海之地，没有人专修此道，所以没有会炼制的。

我们可以去最近的角州大陆，进一批货，但是来回至少要两个月，需要大笔灵石，还要有专人前往，还请大爷同意！”

万景洪阴沉的说道：“三十个灵石的符箓，可以卖到五十，这商铺有点能耐啊，先不要去什么角州，明天我过去看看！

我还真不信了，在此天蛛宗，除了我爹，还有人比我更精通符道！明天我好好看看，看看他们是过江龙，还是坐地虎，我看看到底是何方神圣！”

第八十七章 一念之差千万里

第二天一早，万景洪起床，自己一个人，悄悄的前往尘中楼。

万景洪慈眉善目，头发极短，目光如电，隐约身上有一股形的威压，让所有看到他的人，不由的低头。他身穿灰布长袍，全身清清爽爽，没有任何饰品，要不是有这股恐怖的威压，他就象是邻家的大叔，一副和蔼可亲的模样。

来到尘中楼前，他就是一愣，这里足足站着三百人，排起长队默默等待，看到这个架势，万景洪就是一皱眉，看来自己来对了。

那些排队的修士，都是炼气境界，大家一边排队等候，一边议论。

“你们听说了吗？刘铁上次在魔蛛森林，遇到了蛛王，全靠了这紫薇天甲符逃了回来。”“是啊，是啊，然后第二天他就到这里，高价又收了一道紫薇天甲符，这就是他的救命符啊。”

“救命符，我怎么听说和刘铁一起遇到蛛王的李三，也有这紫薇天甲符，但是他死在了魔蛛森林。”

“唉，李三倒霉，他不过炼气四重天，刘铁是炼气六重天，刘铁真气雄厚，紫薇天甲符没有碎，逃了出来。

李三真气不足，紫薇天甲符碎了，结果被蛛王吃掉了，这就是命啊！”

“是啊，是啊，这就是命啊，李三要是不被蛛王吃掉，刘铁也逃不出来，老话说的好，遇到熊，怎么能逃出来，只要比同伴跑的就行！

李三果然应了此理，唉！

对了，你们说，最近魔蛛森林怎么了，好像魔蛛越来越多，越来越强！”

“是啊，我也发现了，不过这样好，咱们的收获也是越来越多，越来越好！”

“你们扯远了，要我说，这符箓再好，它也是符箓，关键还是在我们个人的修为。”

“话是这个话，但是这个符箓还是要买的，那怕贵点，比起金刚符、六丁六甲那些符箓，咱们的命可就一条，灵石没了可以赚，命没了，就是没了！”

“不知道今天是那两个幸运儿？反正早上待着也没有事，过来排排队，万一运气来了转手就能赚二十灵石，不过耽误点功夫而已！”

众人在此排队，这是那尘中楼的大门打开，金成栋开始外放号码，万景洪随在众人之后，领取了一个号码，但是他看到了尘中楼上的标志，不由的一皱眉。

“尘炼门，原来是尘炼门的产业，以前一直听说，尘炼门有个长老在我们天蛛宗隐居，看来就是这里了！”

号码抽取，有两个幸运儿中奖，得到了紫薇天甲符。有人是真的需要，有人转身就开始变卖。

“谁买了，鲜出炉的紫薇天甲符了，只要七十五灵石！”

七十灵石是过去式了，现在已经涨价五个灵石。

万景洪一指，立刻隐藏在暗处的手下过去，花了七十五灵石，买下这个紫薇天甲符，然后万景洪回归住所，开始研究这个符箓。

万景洪其实也是一个制符大师，不然他家不会经营三家符店，可以说整个天蛛宗的符店都在他的掌控之中。

看着这个符箓，万景洪开始解析，他要分解出来此符的构造，然后自己炼制，说实话他真没有把这个紫薇天甲符当回事。

解析开始，越是解析，万景洪眉头越是紧锁，脸色越是难看，大约过了一个时辰，一声轰鸣，紫薇天甲符粉碎了，万景洪解符失败！

他皱着眉头说道：“好像这符有点学问啊！来人，给我去收，给我多多的收集这个紫薇天甲符！”

四海堂乃是天蛛宗的地头蛇，很就有人在朱明华处，买来了五道符箓，万景洪继续解析。

越是解析，他越是紧锁眉头，又疑惑，到迟疑，到惊讶，到难以相信，一天一夜之后，万景洪停止解析，拿着最后一张紫薇天甲符，双手颤抖的去找自己的老爹。

灵蛛真人正在闭关修炼，轻易不许打扰，但是万景洪管不了那么多了，敲响传信钟，惊醒灵蛛真人。

灵蛛真人出关，面色不爽，看到儿子就问道："景洪，发生了什么事情，你喊我出关？"

万景洪递过去那张紫薇天甲符，灵蛛真人说道："这不就是一张筑基期的符箓吗？有什么好大惊小怪的？"

他开始查看，万景洪制符之力都是他传授的，此人才是天蛛宗符法第一人。

随便的看了几眼，灵蛛真人开始皱眉，他说道："马上给我起法台，请万母蛛灵！"

他看不出紫薇天甲符的底细，开始启动辅助手段，激活法台，请宗门守护神兽万母蛛灵助阵！

再一次的解析，许久，灵蛛真人摇摇头，说道："我也解析不出来啊，这符看着是紫薇天甲符，但是绝对不是！"

"此符奥秘比，蕴含天道，其中我看出有被北辰宗符法痕迹，也有血海宗的符法印记，有血魔宗的符道痕迹，甚至还有黑羽魔巫宗的巫咒气息。

太厉害了，太厉害了，这符你花了几千灵石搞到的？"

万景洪说道："爹，一百灵石！"

灵蛛真人顿时睁大了眼睛说道："什么，一百灵石？"

随着他的这句话，在他身后，一只巨大的火焰蜘蛛现形，足足有三丈大小，如同活的一样，狰狞恐怖，这是灵蛛真人的金丹异象，因为心情激动而显现。

万景洪说道：“真的，是这么回事……”

他详细的将此事情，告诉给了灵蛛真人，灵蛛真人轻捋胡须，悬入沉思当中。

许久他才说道：

“看来，灵虚老祖的事发了！”

灵虚老祖就是灵虚真尊，天蛛五岛唯一的一个化神境界强者，天蛛宗的太上长老，天蛛五派联盟的真正老大！

听到这话万景洪就是一呆，说道：“爹，怎么回事？”

灵蛛真人说道：“尘中楼在六十年开业，那个穆英雄说是到此寻找突破机缘，忽悠傻子一样，鬼才相信他！

咱们这穷乡僻壤，那里有什么机缘，其实那时老祖的计划就已经开始，那些上门应该有所发现，所以派来尘炼门长老过来监视。

现在是不是穆英雄离开了？”

万景洪说道：“是的，年初，穆英雄师徒三人离开，然后一个叫做洛离的，继承了尘中楼，这紫薇天甲符就是他炼制的！”

灵蛛真人说道：“你看，果然如此！”

他们父子完全误会，一念之差千万里，错误的解读穆英雄师徒离开的原因！

灵蛛真人继续说道：“那些上门发现了灵虚老祖的计划，所以换人监视，这洛离绝对不简单，替换了穆英雄师徒三人。”

万景洪说道：“可是，爹，我调查过了，这洛离不过炼气四重天，是灵蝶宗的弃徒，身份没有什么异常啊？”

灵蛛真人说道：“你明白什么！真正的洛离，鬼知道那里去了，这个应该是假冒的，用了那个小子的身份。

你看这符，不过是普通的筑基符箓，可是其中却蕴藏几大上门的符道，别说是你，就是我都炼不出来！

此子绝对不简单！这只是他的伪装，这符箓应该是他待着没事闹着玩的，不然为什么他就一天卖两道？”

洛离的符箓也被错误解读，心插柳柳成荫！

万景洪点头说道：“对，爹你说的对，正常人有钱不赚是傻子，为什么一天就卖两道，就是因为他根本没有在意，闹着玩的！

我明白了，传说有些老家伙，喜欢作弄人，他一定喜欢看门前小修士们排队，故意这么搞的！

爹，你真高，看出他的底细！”

灵蛛真人点头说道：“儿子，你也不错，孺子可教。你知道怎么对付他了吧？”

万景洪说道：“我明白了，我不管他，他爱怎么搞，就怎么搞，我就当看不到。”

灵蛛真人说道：“对头，控制住你的手下，不要得罪他，也不要管他，他爱干什么，就干什么，就当看不到。

但是如果你可以接触到他，那就接触他，能卖点好就卖，能结交就结交，不过要有理有据，不卑不亢，不要上杆子，被人看不起！

这个符箓，能收就要悄悄的多收集一些，有此符箓，我们父子好好研究，也许我们的符道可以因此突破。”

万景洪说道：“爹，儿子明白了。”

然后他想了想，咋着胆子又问道：“爹，灵虚老祖他们到底做什么啊？”

灵蛛真人长叹一声说道：“本来你不该知道，但是现在告诉你也行了。

灵虚老祖在三百前踏入化神境界就有预感，修仙界在未来将会巨变，每逢巨变必是大劫，咱们这天蛛宗看着强大，其实外强中干，这样下去，咱们宗门不一定能够避过大劫。

为了宗门延续，所以老祖苦心寻找解决之道，在六十年前发现咱们这的魔蛛森林，其实乃是一处大世界的外围投影，可以通过那里进入一处大世界，那个大世界乃是远古神魔时代，育母蛛神开辟出的大世界。

灵虚老祖带着其他三位师叔，由魔蛛森林进入那个育母蛛神大世界，希望在那里可以找到强力蛛灵，如果运气好的话，可以得到元珠，那样就可以修炼元珠门的远古秘法。

那可是元珠门的上古秘法啊！那时我们天蛛宗就会大兴，度过这个浩劫。

这种前往其他大世界的通道，一般都被那些上门把持，如果我们这里的消息走漏，那些上门一定会过来抢夺我们这个通道，搞不好我们天蛛宗，就有灭亡的可能，所以消息绝对不能外露！”

万景洪说道：“爹，孩儿明白！”

灵蛛真人又长叹一声说道：“唉，老祖他们本来每隔一年，就有消息传出，一切顺利。可是三十年前，他们突然音讯中断，三十年毫消息。

所以我们建立起什么四海堂忠义堂，进行自污，做出师父昏庸，师门内讧的假象，搅浑整滩水，隐藏真相。

但是就是如此，如果十年之后，再消息，只怕这个秘密通道我们守不住了！师父这些年拼命修炼，希望可以晋升化神，那些上门的贪婪，不是你我可以想象的！

这样或许我们未来可以让出通道，保存宗门，不然也许大劫未生，我们天蛛宗就此消亡！”

灵蛛真人的师父就是天蛛宗的宗主毒螯真君，说到这里，他不由的感叹道：“唉，这修仙界，真是一步错，万劫不复，想要活下去，怎么这么的难呢？！”

第八十八章 宛转蛛丝巧意真

五月份转眼过去，无论是种植大叶芹，还是炼制紫薇天甲符，洛离全部得心应手，熟能生巧啊！

这个月他一共制出八十七张紫薇天甲符，而且全部卖出去，扣除成本一下子赚到了五千灵石。看着储物袋中的九千灵石，洛离激动不已，七月初七前往楚南昌州，坐头等舱都快够了，但是洛离不会那么奢侈，灵石还是要省点花，用钱的地方有的是，经济舱就行，大不了买点炼气丹，打坐一个月呗！

六月份，生意继续好，不知道为什么魔蛛森林这一段时间发生巨变，经常会出现一些好东西，无数修士到那里去探险，很多人满载而归。

尘中楼门口天天有排队的，朱明华天天都能卖出去一二道符箓，看这意思，这个月能赚到六千灵石。

紫薇天甲符卖的这么好，其实很多都被灵蛛真人父子收购，只是他们做的隐秘，洛离没有发现而已。

洛离有些犹豫，自己要不要明年再去神威宗，接受传承。现在势头很好，这样还可以多赚几个月，这可是灵石啊！

但是洛离最后下定了决心，不行，必须今年走！

“我的紫薇天甲符，现在看着挺火，但是已经有人前往其他地域，购买此符。

这符在其他地方三个才是一百灵石，等到其他人买回来，我的生意就不会这么好赚了。

而且，现在赚的再多，不过是些灵石而已，传承才是根本，有了神威宗的传承，灵石算个什么，所以我必须走！

只是，我走了，这店铺我还保留不啊？是卖了呢？还是缴纳三千灵石，放在这里，可是要空上一年的，还要多花三千灵石？”

洛离难以选择，最后他一咬牙：“卖掉，必须卖掉！

这天蛛五岛不过就这么大，对于整个天下来说，不过弹丸之地。

天下之大，何处不能容身，我趁着年轻，应该走遍天下，去楚南看看海，去苍北看看雪，这才是我的人生！

小小的一个店铺，我有蝶龙变，我有十二秘传，我有神威宗的传承，小小店铺对于我算得了什么！”

就这样洛离拿定主意，开始委托朱明华为自己出售转租权，朱明华一听，说道：“不是吧，这么赚钱的买卖，就此放弃了？”

洛离说道：“我想去外面转转，云游天下！”

朱明华说道：“这样啊，确实如此，这天蛛五岛，真的就是弹丸之地，出去走走也好。

这店铺的转租给我吧，你七月走，这房子就算租给我了，我给你四千三百灵石。”

没看出来，这家伙还很有钱，洛离说道：“不用了，大家都是朋友，四千灵石！”

朱明华说道：“那好，那好，我们去办手续吧！”

就这样洛离和他办了交接手续，尘中楼的租赁者变成了朱明华，七月以后尘中楼就是他的了，洛离又得到四千灵石，兜里灵石达到一万三千，头一次过万！

这些天，又一次的收割了大叶芹，洛离制出了九十多张符箓，算上这些符箓，还可以赚上五六千的灵石，洛离真是高兴。

怎么也是要走了，洛离传授给金家父子制符之法，当然了不会是秘传，只是最普通的制符法门，可是出乎洛离的意料之外，这金家父子三个人，一个人也学不会这制符法门。

洛离摇摇头，算了吧，就像自己无法炼器一样，这也是需要天赋的，洛离转而传授给他们一套灵植法门。

这个金家父子一学就会，还举一反三，洛离摇摇头，看来他们是天生的农民，种地天赋极强。

虽然这个灵植之法，只是小术，微不足道，但是有了这个手艺，金家父子至此不会受穷，虽然也不会大富大贵，但是足够温饱了。

不是洛离不传授那些什么七十二芽，一百零八果的种植之法，有道是法不传六耳，不可轻易传授，当初希夷祖师可是为了其中的仙龙果，可是把师姐都卖了，所以洛离不会轻易的传授这些**。

这样一天天过去，六月份的符箓也够卖了，洛离也就不在意了，越来越轻松。

好事成双，那洛离收起的马蛛竟然真的进化了，进化为飞马蛛，在那八只马腿之上，长出两只翅膀，这翅膀如同蝙蝠之翼，至此有了飞行能力。

飞马蛛乃是筑基期的坐骑，价值接近一千灵石，洛离真是大收获，没事他就带着飞马蛛出去狂奔兜风。

飞马蛛飞的并不高，它真正的能力在于弹跳滑翔，在地面快速穿行，然后一跃而起，在三丈高空飘动滑翔，飞出二三里落下，然后又是一弹，继续飘飞，这速度十分之快，相当于筑基期修士飞行速度。

洛离在训练飞马蛛的同时，也在炼剑，御剑飞行！

这御使飞剑之后，剑光踩在脚下，随着自己的心念而动，洛离想前就前，想后就后，转、旋、跃、冲、落、飘、荡、浮、退、闪，随心所欲，将蝶龙变发挥的淋漓尽致，战斗力比起以前飙升。

洛离刻苦的修炼，他已经决定离开，外面的世界什么都有可能发生，所以勤学苦练，将来也许可以保住自己的一条命。

看到洛离一天无所事事，在外修炼游荡，朱明华说道：“洛离啊，你要是带着没事，就去魔蛛森林玩玩去，小心一些，应该没有大事，或许还能有大收获呢！”

洛离想了想，也是如此，自己要走了，魔蛛森林还没有去过，是有点说不出，就加入一支朱明华介绍的队伍，前往天蛛宗的福地之一的魔蛛森林。

就这样六月十四，一大早，洛离就和七个修士一起前往魔蛛森林，在坊市传送门，缴纳了十个灵石，得到一个传送玉符，然后瞬间一闪，洛离身处一个奇异的大陆。

这片大陆，到处都是各种低矮的类似藤蔓的植物，脚下泥土漆黑，一脚下去噗呲一声，身陷其中。

四周围的花草树木，依旧还活着，但是说不出的诡异，枝干多曲折而不直，表皮凹凸不平又多皲裂，常有荆棘丛生，不再整齐光洁。

叶子颜色是黑紫，要么落光了，要么就化成蛇虫一般的蜿蜒柔韧，常常会无风自动，暗影中吓人一身冷汗。

偶尔有花绽放，颜色多深邃而妖媚，透着复杂诡秘的香味；偶尔有果结成，果实的形状古怪，颜色诡异，叫人只觉得惊悚，绝提不起丝毫品尝的勇气。

在此环境中，洛离立刻放出飞马蛛，小心的御使焚阳青虹剑，谨慎无比！

除了此剑，洛离身上还带了二十道紫薇天甲符，还有一道善德，五十四个善功，足以应对一切危机。

这些善功都是最近在天蛛宗积攒的，很多购买到紫薇天甲符，感激不尽，洛离因此得到善功！

带队的修士姓王，哈哈大笑道："洛离啊，没事的，除了遇到蛛王，这里没有危险的，要是那么危险，谁还敢过来！"

说完，他带着洛离在此探索，确实没有危险，走了半天，什么灵蛛洛离也没有看到。

老王也很惊讶，说道："见鬼了，怎么回事，什么灵蛛也没有，靠了，真是反常了！"

在反常也是如此，他们在此四个时辰，除了遇到几窝普通的兽蛛，什么灵蛛也没有遇到，最后那传送玉符到点，将他们传送离开这里，可以说白去了一次。

第二天，六月十五，洛离又和他们到此，结果和昨天一样，还是白来一次，四个时辰除了采集一些材料，灵蛛只是看到三三两两，又是白来一次。

第三天，六月十六，洛离就不去了，太没有意思了，不过这两天也没有白去，在那阴暗环境中，洛离升起一个炼制筑基期攻击性灵符的念头，他在尘中楼开始炼符。

老王带着自己的兄弟们，又一次的前往了魔蛛森林，他们就不信了，找不到其他灵蛛。

在六月十五的晚上，那魔蛛森林中深处，不时的传来轰轰轰的巨响，猛的一声轰鸣，有人越界而归，来到魔蛛森林。

然后他们所到之处，无数光芒升起，无数灵蛛向着他们冲去，这就是这两天没有灵蛛的原因，整个魔蛛森林中，所有的灵蛛全部在森林深处，准备阻止他们回归。

战斗激烈，整个魔蛛森林都在随着震颤，不过这时天蛛宗修士都已经离开，没有人发现异常，渐渐的那巨大的光芒将那些回归者渐渐困住。

光芒中闪烁，其中一个白眉白发的老修士，传递出无数的飞符信息，但是都被这个世界击碎，根本无法传递出去。

他最后用力一指，瞬间，在他身上升起一道闪电，这是一个由闪电凝结而成的蜘蛛，完全的能量体，它向着外面疯狂的冲去。

那无数魔蛛森林中的灵蛛，在后面追杀，那雷精蜘蛛足足冲出去千里，最后被诸多灵蛛围住，灭杀，化作一团电光，消散四方！

看到雷精蜘蛛消散，老修士长出一口气，在他身边，有人说道："师父，雷精蜘蛛冲出去了？"

这老修士正是天蛛宗的太上长老灵虚真尊，他摇摇头，说道："没有，已经被打碎了，不过骗过了这方天地。雷精蜘蛛具有凝华重生之力，它可以重新化作蛛卵！

这里已经是我们宗门的地盘了，明天会有人找到这雷精蜘蛛的蛛卵，此乃我门十二上蛛之一，一定会缴纳宗门，被弟子炼化！

这样我们我们被困在这里的消息，就会被宗门得到！”

另外一个修士长出一口气说道：“那就好，那就好，希望他们得到消息，过来救助我们。”

灵虚真尊说道：“另外，我也将域外大世界的秘密，保存在雷精蜘蛛中，如果我们回不去了，这秘密宗门也可以知道，老三老四的牺牲就没有白费了！”

另外一个修士点头说道：“是啊，师父，唉，两位师弟死的好惨啊！不过得到这样的大秘密，他们没有白死！”

灵虚真尊点点头，说道：“毒牙，好了，能做的我们都做到了，现在我们坚守本心，守缺抱一吧！不要被外魔侵入，坚持，坚持，三十年，我们都挺过来了。

我们被困在这里，但是这里已经靠近中天主世界了，也许，也许十年，我们就可以脱困！”

毒牙真君说道：“是，弟子明白！希望毒螯师兄可以过来帮我们，不要在此被困，时间很难捱的。”

渐渐的两人无声，他们被光芒包围，这里什么都没有，好像什么都没有发生过！

雷精蜘蛛粉碎之处，渐渐的有月光融入那里，在六月十六的清晨，化生一个雷芒圆卵！

正好老王他们到此，发现这个蛛卵，顿时众人大喜，发财了！

然后这个蛛卵，被天蛛宗收购，放入天蛛宗的宝库之中，精心保存起来，此乃天蛛宗十二上蛛之一，只有门中精英弟子，才可以分配炼化！

第八十九章 名园高会送芳辰

六月十六日，洛离并没有和老王他们前往魔蛛森林，而是在家里研究新的攻击性符箓，他想要如同紫薇天甲符那样，通过几个炼气期符箓的融合，制造出相当于筑基期的攻击符箓。

其实这个有例可循，上次和若彤师姐分身大战，其中有一个北辰宗弟子分身，他就是以融符，以风刃、烈焰等三十六个下品符箓，化作筑基中品符箓青莲净火，青莲净火，具有破灭一切法之力，专破各种炼体修士，那时自己被打中，绝对有死无生。

以他为例子，洛离开始设计，通过自己这些时间对符箓的理解，开始研究属于自己的符箓。

以昆仑十万问中的学问为基础，以血符术、融符术、变符术、巫咒术为主体，洛离开始研究。

渐渐的无数思路出现，无数种融合之法在洛离心中诞生，但是如果洛离一个个的试验，至少要半年时间，才能确定那个才会成功。

幸好洛离不用如此，他默默念咒："苍天在上！后土在下！好事确定，赏善在后！"

默默的念叨，随着这咒语，一点奇异的元能，开始在洛离体内消散，融入天地中，受此吸引，天空落下的奇异伟力，注入到洛离身上！

五十四个善功，消失一道，然后洛离脑中那些无数的融合之法，纷纷消散，最后就剩下一个！

感受着这个融合之法，洛离开始炼制符箓。

按照紫薇天甲符的步骤，使用大叶芹所制作的特殊符纸，洛离接连画出了辟邪符、大日符、落雷符、风刃符、炎击符、清净符、轻灵符等等九种符箓，三十一张炼气期中下品符箓。

然后开始以血符术，将部分符箓增强威力，又将部分符箓减弱威力，然后开始以融符术进行融合，但是并不是一次完全融合，而是分开融合，一共融合五次，最后得到一个血色雷符。

这血符之中，蕴含无尽雷光，不时发出轰轰之音，洛离长出一口气，炼成了！

然后改变外体，这雷符变成了一道金色圆形符箓，只一挥，符箓中就发出微微光芒，如初生的太阳，映得四面三寸之地有如白昼。

同时洛离也做了处理，巫咒术下，此符的攻击对自己无效，雷电必然在自己身边错开。

炼制这个符箓，是炼制紫薇天甲符辛苦的数倍，炼制一张符箓出来，洛离就感觉全身精气好像消耗一空，看来这一天也就是能炼制二张，多了不可能。

休息了好半天，洛离全身真元恢复，继续炼制，结果这一次失败，这时天色已晚，洛离开始修炼，每天的炼气，雷打不动。

第二天继续炼制，结果这一次在融符上，又一次的失败。不过第二次却取得了成功。

一天炼制二次，一共花了五天时间，洛离一共炼出了五张雷符，几乎五成的成功率。

算了一下成本，洛离不由的皱眉，这一张雷符至少要一百二十灵石的成本，好贵啊！

洛离拿着雷符前往坊市的演武堂，在坊市之中，有一个付费修炼法术之处，就是演武堂，在此可以修炼任何法术，其中天蛛宗的珠灵会予以指点，当然了这个费用可不便宜。

不过洛离也不在乎了，这几天又赚了一些灵石，自己身上已经有了一万五千灵石，不差这一百灵石演武指点费用。

进入演武堂缴纳灵石，洛离来到一个大厅之中，一个靶子自动升起，这是用以修炼法术的靶子。

洛离看着那个靶子，默默的激活自己炼制的符箓，瞬间他感觉到一道真气注入符箓之中，那符箓立刻激活，化作一道雷光，在自己手中射出。

这雷光笔直射出，正中那靶子中心，一声轰鸣，那靶子粉碎，那里炸出一个足足三尺大坑，这威力绝对十足，自己被此神雷击中，必死无疑。

符箓射出，洛离默默等待，很快就有蛛灵点评，果然不到一会，一个声音在自己耳边升起：“此乃筑基期下品符箓少阳神雷，射程三十丈距离，威力强悍，筑基期以下修士，很难抵御这种符箓的攻击。”

渐渐的蛛灵给了评价，洛离计算一下。

“筑基下品符箓，三十三个灵石一张，我炼制的这个，五成的成功率，算下成本，靠了，这一张符箓至少价值一百二十个灵石，要是用来买他人炼制的此符，我可以买三张了。”

“看来这次试验失败了，炼气期炼制筑基期的符箓，虽然可行，但是成本极高，那紫薇天甲符只是特例。”

“太赔本了，不过随着以后制符的熟练，这个符箓会节约成本的。”

“但是这也不算赔本吧，在此天蛛宗，筑基期的符箓可是想买也买不到，就是其他大地方，这种攻击性的筑基符箓，怕是也难买到，有灵石你买不到！

这么看，这就是值得了，这符不能卖了，就当练习制符技巧了！”

就这样炼制攻击性符箓的计划失败，洛离剩下四张少阳神雷，留着自用。

这样转眼就到了六月二十日，这一天朱明华和老王过来找他，这时的老王完全和前几天不同，整个身上法袍全换，一看就是发财了。

老王说道：“洛离啊，你太倒霉了，十六号那天，你说什么也不去了。

结果那天我们发财了，捡到了雷精蜘蛛之卵，天蛛宗奖励我们一万灵石！”

洛离一愣说道：“一万灵石？这么多！”

朱明华说道：“名义上的，都折现为各种奖励，比如天蛛宗外门弟子资格算二千灵石，入内门算五千，天蛛宗拍卖会资格，各种法袍、法器、灵宠、灵田的转租权等等。”

洛离点点头，灵石可是硬头货，一万灵石能不拿就不拿，那入门的名额，都是天蛛宗自己的东西，说多少灵石就多少灵石。至于法袍法器什么的，都是天蛛宗弟子不用的，废物利用。不过对于散修可是好东西。

洛离说道：“运气啊，运气！”

朱明华说道：“这次来找你，主要是老王有两次天蛛宗拍卖会资格，这资格对于他们什么用都没有，他们都是苦哈哈，没有灵石，去了也是看热闹，所以过来问问你要不要参加？”

洛离说道：“拍卖会，竞拍吗？”

朱明华说道：“想得美，竞拍大会天蛛宗十年举行一次，这不过是每个季度举行的一次例会，不是竞拍，标价拍卖。

大家拿出东西，标出最低价和一口价，一天时间内，谁出价最高，谁得到那个东西。”

洛离说道：“原来如此啊！”他有点兴趣索然。

朱明华一看这样不行，他说道：“不要小看这个拍卖会，有好东西的。

明天就是这个季度的例会，听说有人要出售在静鱼宫外海仙府发现的宝物，而且静鱼宫的鱼翔浅底避水术也会出售，另外天蛛宗为了壮势，还拿出了一个天地灵物出售。

下个月初三，初十，十五，还会各自增加一次临时拍卖会！

下个月初一来自苍北地域的跨越飞舟会到此，初七是来自楚南地域的飞舟，十二是来自关西地域的飞舟，它们都会带来一大批那边宗门的特产，所以三天后都会临时加一场拍卖。

你下月初七就走了，所以就卖你两个参会资格，你可以去看看，开开眼界，这天蛛宗拍卖会资格不过才一百灵石，但是没有机缘，你空有灵石，却买不到资格。”

洛离被朱明华说的兴趣升起，想了想，确实如此，拿出两百灵石，购买了这两次拍卖会的资格。

老王感激不尽的离开，对于洛离不算什么，对于老王这两百灵石可是不小的数目，洛离没有想到因此还白得了一个善功。

第二天一早，洛离就起来前往这个拍卖会，这个拍卖会还是在坊市中，不过位于坊市的正中心，自辟出一个空间。

来到一处坊市中心大殿之前，洛离将一枚玉简放在台前，这就是拍卖会的资格证明。

顿时前方出现一个法阵，洛离在法阵中布下十二个灵石，灵石一入法阵，就如同一块阳光下的寒冰一般迅速的消解，一道灵光腾起，洛离已经消失。

待得洛离再次出现的时候，人已经到了一处方圆只有五尺，高也只有一丈的小屋当中。

在小屋的一角放着一套黑色的衣衫和一张黑色的斗篷，这套衣服，从头到脚，可以将修士完全的遮蔽其中，那斗篷更是巨大，完全将修士遮蔽！

洛离将黑色的衣衫和斗篷穿在身上。推开小屋之门，洛离走进了一间庞大的宫殿，这里就是天珠宗的拍卖会了！

洛离顿时察觉到宫殿的四周隐藏的法阵与身上所传的黑色衣衫与斗篷产生了一种莫名的联系。

洛离神色凝重，神念延伸而出，仔细查探着周身的情境，这才发现这套黑色的衣衫本身虽然拥有一些遮掩修士气息的功能。

但是这种阻挡，遇到一些修为深厚，特别是一些在神识修炼上有特殊秘法，或者练有神异瞳术法术的修士的时候，这种衣衫依旧无法阻挡他人的窥视。

不过在这座宫殿当中具有一套神奇的法阵，每一套黑色的衣衫都与这套法阵相连，两者之间产生一种奇异的共鸣，如此修士便能够通过衣衫而得到整套法阵的帮助，将修士的身份层层遮掩起来。

如此若是有人依旧想要窥测他人的秘密，便要以一人之力对抗整座法阵，蚍蜉撼大树，绝对是自取其辱。

第九十章 鱼翔浅底避水术

洛离点点头，难怪这天蛛宗拍卖会，一个季度举行一次，来者还是不少，看来果然花费了不少心思。

在这宫殿当中密密麻麻的排列着数百水晶柜台，不断的有身着黑衣头戴斗篷的修士出现，但是也有人根本不穿这黑衣斗篷，外面什么样，现在还是什么样，他们根本不肖隐藏身形，出现在此！

有人立刻直奔其中的水晶柜台，拿出灵石放入其中，租赁柜台，然后拿出自己准备要交易的货物，标上价格，或者写上自己的特殊要求。

接下来一段时间，修士便可以在各个水晶柜台前观看各种货物，寻找自己所需之物。

这对于洛离而言却是比较新鲜，他开始一个个的看了起来！

“龙蜒香，来源黑龙镇海宗，宗门特产，焚烧具有奇异效用，驱外魔，得灵性，修炼时的辅助上等药香，十只龙蜒香一起出售，最低价三百灵石，一口价一千灵石。”

除了这些文字，还有使用它的说明，此香需要特殊的点燃和熄灭之法，才能催发药效，修炼时点燃这一炷香，效果极佳。

“真是好贵啊，十只三百，一只三十灵石，不过才能点燃二个时辰，这真是烧钱啊，买不起！”

洛离继续看下去。

“紫云聚气丹，采集九百九十九朵紫云花之精华，炼制而成，一旦服用下去，可以加速真气聚合运转，乃是修炼的辅助良药，百颗一盒，最低价五百灵石，一口价一千灵石。”

洛离想道：“这个应该是炼气丹的进阶药物，蕴含紫云花精华，普通炼气丹是二个灵石，这就是五颗灵石。

我的炼气丹马上要没了，试一试，拍一盒！”

想到这里，洛离在上边轻轻触摸，顿时出现一个水镜，洛离可以输入数字，他输入五百灵石，最低价，瞬间在那个水晶盒子下边出现一行字，第一次出价五百灵石。

如果一天，没有人比洛离出价更高，到了晚上，洛离就可以过去用灵石买下这盒丹药。如果别人出价比洛离高，那这就属于下一个出价者了。

如果洛离非买不可，就可以一口价，选择那个，直接其中放入一千灵石，然后水晶盒打开，直接拿走药物，完成交易。

这个完事，洛离继续向前走，看着下一个水晶盒子。

“坤元换骨丹，秘法炼制，可以增强服用者的体制，如同换骨一般，乃是修炼的上等辅助药丹，十颗一盒，最低价五百灵石，一口价一千灵石。”

“大黄补血丹，上等金疮药，内服，专治疗内伤，一颗下去，气血补充，内伤痊愈，乃是治疗的上等丹药，十颗一盒，最低价五十灵石，一口价一百灵石。”

“红铁捣药杵，炼气期下品法器，蕴含十六道禁制，适合炼丹，最低价三百灵石，一口价五百灵石！”

“千年雷击桃木，天地灵材，内涵雷劲，专破妖邪，最低价三百灵石，一口价五百灵石！”

“储物腰带（伪），蕴含八个储物袋，其中蕴含聚灵法阵，收取物品轻松快捷，附送八个三丈许储物袋，最低价三千五百灵石，一口价四千灵石！”

看到这个洛离点点头，真想买一个，但是太贵了。这个不是真正的储物腰带，储物袋只要里面装了东西，就无法放入相同类型的储物袋中，因为这个特性，很多修士都是身上带着好几个储物袋，看着像凡间的丐帮几袋弟子，十分不雅。

有人发明出将储物袋炼制在腰带中，这样既可以伪装成储物腰带，又省去了怀里揣着几个袋子的尴尬，这种腰带叫做伪储物腰带。

真正的储物腰带是储物袋之上的储物法器，自成一个空间，是储物袋空间的十多倍。

这个腰带其实还真不贵，一个三丈方圆的储物袋，价值五百灵石，这个完全就是一个卖储物袋的价，洛离真想买一个，但是三千五百灵石，不是小数，洛离一共才有一万五千灵石，想了想，最后只有放弃。

继续看下去，突然一个神识传到洛离的耳朵中："您所竞拍的紫云聚气丹，已经有人出价五百五十灵石，您的标价失败了！"

洛离笑了笑，失败就失败吧，反正买不买都行。

他继续的看下去，这里各种法器、材料、丹药、秘籍，甚至灵谷、灵草全部有出售的，可以说修仙所用器物，这里都有出售的。

这些东西有一些特点，有的货物特别便宜，有些法器，给价就走，因为他们来历不明，应该是抢劫所得，在此销赃。

有些货物，都是大宗买卖，所以给出一定的利润点，也很便宜，其中洛离看到一份灵谷直接一万斤打包出售，价格比起在外面单独购买要便宜二成，但是有的货物特别昂贵，比如一些名师炼制的法器，比如一些灵兽灵宠，比如天蛛宗拿出来撑场面的玄阶天地灵物黑瑜戊土，直接标价十五万灵石，根本没有一口价的最高限制，你加价，天蛛宗就加价，反正他们自己家买卖，所以谁也买不去！

这些东西都特别贵，比如洛离眼前的秘籍法决，静鱼宫的鱼翔浅底避水术！

"鱼翔浅底避水术，静鱼宫秘法，人族修士也可以修炼，修炼后，施展法决，自动产生避水气罩，入水后如同潜鱼，轻松游动，可以潜入海底千丈以下，毫无压力，还可以抵御各种潮汐漩涡袭击，此乃无上水系**，一口价二千灵石！

同时附送上古大派元珠宗内门修炼心法，从炼气期到仙人境界，最完整完美的超级心法！"

洛离看着这个，犹豫不决，他真的想买下来，这是避水法决，有此法决，无论是大江大河，还是大海汪洋，自己都可以横渡，配合自己的黑龙身，妙用无穷！

而且还附送以前元珠宗的完整修炼法决，虽然看起来这个法决八成不值钱，废物一个，但是白给的，不要白不要！

这些秘籍只有一个价格，二千灵石就卖！洛离咬咬牙，标价，购买一份！

直接水晶打开，等待洛离放入灵石，当二千灵石放入其中，那里面光芒一闪，出现两个玉竹简，一个是鱼翔浅底避水术，一个是元珠宗的传承，洛离知道其中都有心魔誓言，只能一个人修炼。

收起两个玉竹简，洛离继续向前，走着走着，前边一个柜台吸引了他！

"曲径穿花灵蝶袍。灵蝶宗特产，轻灵法袍，蕴含三十二道灵禁，具有法术曲径穿花、幻蝶盾。

每天可激活一次法术曲径穿花，瞬间提升一倍飞行速度，时效为十息时间。每天被动激活三次法术幻蝶盾，遇到危险，幻蝶盾自动激活，抵挡袭击。

同时自带清洁、避尘、汇集灵气、自动修复等法袍能力，适合炼气期筑基期修士穿戴！最低价五百灵石，一口价一千灵石！"

看到这个法袍，洛离心动不已，此袍其实最大的特点，就是漂亮！此袍是以百层薄纱重叠织就，穿起来却是浑然一体，除手感细腻之外，便如寻常布料一般，可其繁复精致之处，却是巧夺天工。

袍面之上，好像有千百颗星光，横亘其中，有若一条缩小的天河，看着是那么的美丽，此袍穿上，修士那怕只有三分气质，立刻显出十分，真是一件好法袍！

这法袍在灵蝶宗内门普通修士也没有几个人拥有，至少得是筑基修士才能拥有，十分值钱，洛离以前看别人穿，老早就羡慕不已了，他立刻输入五百五十灵石！

继续看下去，下一个柜台：

"空蝉紫阳酒，灵蝶宗特产，以灵蝶宗精心饲养的空蝉灵蝶为原料，配合藏红花、白虹草、临枫叶、赤珠果、玄阳草、天蛛草等十六味五十年的仙草，酿制三年，又埋在紫阳崖之下，吸收三年紫阳之气，方才成酒，百坛美酒，一口价三百灵石！"

这个是大宗货物，直接定价，不用竞价，灵蝶宗的空蝉紫阳酒，洛离喝过，很是喜欢，看来这一片的柜台都是灵蝶宗的特产了！

突然洛离心中一动，在此拍卖会上，看出来了灵石多少也不多，自己要是去了外地，怎么赚取灵石呢？

方才自己也好像看到了黑龙宗、天蛛宗的灵酒特产，好像这天蛛五宗都善于产酒，而且这酒都不贵，按照太白宗的仙酒术上记载，这些灵酒都没有达到最佳状态。

这些灵酒，自己是不是可以购买一批，然后通过太白宗的仙酒术，进行勾兑提纯，制造成太白宗仙酒，然后到楚南地域的修士坊市大卖一番，这不就是一条来钱道吗？

豁然，洛离想清楚了！就是如此！洛离立刻行动起来，最后确定此处拍卖行，共有五种灵酒，灵蝶宗的空蝉紫阳酒三个灵石一坛，紫霜寒蝶酒二个灵石一坛。

黑龙宗的龙焱火烧酒二个灵石一坛，天蛛宗的毒蛛青霞酒三个灵石一坛，静鱼宫的深海龙浆二个灵石一坛！

然后洛离开始采购，空蝉紫阳酒五百坛，紫霜寒蝶酒二百坛，龙焱火烧酒三百坛，毒蛛青霞酒三百坛，深海龙浆三百坛，一使劲洛离将所有拍卖行中出售的灵酒全部买绝！

一下子洛离花了四千灵石，买到了一千六百坛灵酒，幸好对方附送最便宜的储物袋，不然洛离可没有地方放，不过洛离还是折腾了半天，将它们放在一个储物袋中，免得自己背着七八个储物袋，看着像丐帮弟子。

第九十一章 旧爱红颜可记否

这一番采购，洛离花了六千灵石，还剩下九千，这灵石真不禁花。

他继续的看下去，前方一个柜台处，只见一个女修，根本没有穿黑袍斗篷，在那里默默看着，洛离也走过去观看。

那女修正当韶龄，一身浅紫云纹折枝莲花样的纱袄，头上发髻挽了倭堕髻，简单簪了只羊脂白玉莲花头的如意簪，如晨间初凝的露珠，清艳明媚，不可方物。

洛离看到她一愣，说道："方映雪？"

灵蝶宗的弟子都认识她，此女乃是灵蝶宗宗主方若雷的女儿，灵蝶宗十大天才之首，此女具有慧根过目不忘，修仙一步千里，已经是筑基境界，十年内就可以冲击金丹境界，无数灵蝶宗弟子仰慕的对象。

洛离话语刚落，方映雪看向洛离，迟疑的说道："你的声音我听过，你是灵蝶宗弟子！"

洛离苦苦一笑，想不到此女真的记着自己的声音，方映雪皱眉沉思，突然一睁眼，说道："你是洛离！"

洛离苦笑说道："我已经离开灵蝶宗了！"

然后他岔开话题说道："映雪仙子怎么没有使用黑袍斗篷呢？"

方映雪一笑，说道："用不着的，那黑袍斗篷毫无用处，这天蛛五盟，屁大的地方，谁不知道谁，穿不穿都一样！"

这到也是，对于方映雪他们来说，天蛛五盟的领导层，上位者，彼此熟悉，谁不知道谁，所以他们根本不用穿。

但是对于洛离就不同了，如果不是方映雪可以听出他的声音，八成不会认出他。

看到洛离的表情，方映雪好像知道洛离所想，她严颜一笑，说道："洛离，你买了那么多的灵酒，干什么啊？"

洛离一下子傻了，自己买什么她都知道，不用说一定是在天蛛宗拍卖会后台知道的，他们都彼此熟悉，看来再好的制度，也挡不住人情，自己的身份怕是这五派高层想查，绝对可以查出来。

洛离又想岔开话题，他看向那个水晶柜台，一看就是一愣，说道："疯了，疯了？这神织门竟然将自己门中秘法，拿出来卖灵石？"

只见那柜台中，赫然是一套法决，乃是神织门的根本修炼之法，从炼气期到筑基期，完整的一套，售价不过才一百灵石，洛离有点傻眼。

方映雪摇摇头说道："他们没有傻，从古到今，他们就是如此！"

洛离一愣，看着方映雪，不明白她说的什么意思。

方映雪继续说道："看在你买了我灵蝶宗很多灵酒的份上，没有忘本，我告诉你为什么！

神织门本是天蛛宗的附庸门派，开宗祖师就是看灵蛛布网捕食，才诞生的神织门的理念。

神织门开宗之后，只有一处福地，还是银州大陆，根本无法养活门派中的众弟子，最后有人想出一个办法，那就是出售门中织网！

这秘法出售的目的，就是让人学会御使罗网之术，但是你想御使真正有用的罗网，除了神织门本身的十三罗网，其他罗网全部废物，而这十三罗网只有神织门弟子才会炼制，这就是神织门的赚取灵石之路。"

洛离点点头，原来如此，上次自己遇到的那两个御使罗网的修士，除了最后那道暗影网，无形无息，很是厉害，其他的罗网不堪一击，在自己的黑龙波之下，立刻粉碎。

洛离说道："明白了，明白了，看来这就是神织门的经营之道，教会所有修士如何使用罗网，然后贩卖门中最好的十三罗网，用以赚取灵石。"

方映雪点点头，说道："对，咱们这天蛛五岛出去行走天下的修士，没有不带天蛛宗灵蛛战宠的，没有不穿灵蝶宗法袍的，没有不会御使神织门罗网的。

就这样神织门一点点强大起来，现在已经拥有四处福地，渐渐摆脱天蛛宗，成为左道之一。”

洛离一伸手，购买了这神织门的秘法，不过是一百灵石而已，不算什么。

方映雪笑道：“这个秘法附带的炼气诀，前炼气七重都是可以修炼，第八重以后到筑基，都是唬人的，还没有人可以靠这个进入筑基期。

那边就有神织门的十三罗网，买了秘籍，怎么也得买上一二个，金丝网、缚妖网、绝地网，很不错的。

另外十三罗网中，最好的心魔网、紫雷网、金炎网，神织门是绝对不会出卖的。”

洛离抱拳说道：“多谢仙子指点，他过去观看！”

那里十个柜台出售神织门的十大罗网，柔风网、夺命网、毒藤网、暗影网、缚妖网、真灵网、暮雨网、天罗网、绝地网！

这每个罗网都是一个法器，可以反复使用，其中天罗网、绝地网最贵，都是五百灵石，剩下的都是三百灵石。

记得当时希夷祖师使用灵网将自己挂起，那时洛离就很羡慕这罗网之术，想了想，一咬牙，按照方映雪所说的购买了金丝网、缚妖网、绝地网，又多买了一个暗影网，又花了一千四百灵石。

洛离又在这里转了转，其中天蛛宗的一些灵宠很吸引他，但是价格都是不菲，最便宜的三千多灵石，洛离现在就剩下七千灵石，有点舍不得，最后都没有买。

很快到了傍晚，拍卖会结束，洛离购买的那个曲径穿花灵蝶袍到手，至此洛离一共花了八千灵石，结束拍卖会之旅。

回到之所，洛离首先炼化那鱼翔浅底避水术的玉竹简，立下心魔誓言，学习这个法术，这个法术很容易，有着黑龙身的资本，大约三四天，洛离就可以彻底掌握这个秘法。

那附送的元珠宗秘法，果然坑爹，需要什么元珠，这东西现在修仙界已经绝种，就是不绝种也是价格贵到死，拿来修炼什么天蛛宗**，真是白瞎了。

然后洛离炼化曲径穿花灵蝶袍，这个也很容易，一夜而已，这法袍就彻底炼化，袍子披上身上，与体内气机交映，便散射出一片轻光，在此轻光之下，洛离变得英俊无比，尽显不俗风采！

那些灵酒，洛离收藏在储物袋中，时刻翻看仙酒术，渐渐的心中有了想法，不过现在不着急下手祭炼。

神织门的法术也很简单，洛离修炼了两天，就掌握了御使罗网之法，可以随意的发出各种罗网。

金丝网可以化作一道三丈方圆的巨网，将对手捕抓，那网都是用金丝织成，坚固无比，就是洛离的黑龙身，轻易也撕不开。

但是这金丝网使用法术很容易破开而出，所以需要缚妖网的配合，此网乃是由无数符箓组成，具有破解法术之能，只要被这网网住，很难施法成功。

金丝网搭配缚妖网，正好绝配，一个封住肉身力气，一个封住法术，将对手捕抓。

绝地网，是一个暗中布置的罗网，融入大地之中，根本无法被人发现，其他罗网可以融入其中，一起布置，唯一的缺陷，只能布置好罗网，等敌人自动进网。

暗影网无影无形，很容易躲开敌人的注意，但是此网并不结实，很容易被破坏。

渐渐洛离将这些罗网掌控由心，这时他发现神织门的赚钱之道，这些罗网号称可以反复使用，但是网住敌人，对方必定死命挣扎，这罗网就会受损。

开始还能自己维修几次，但是最后罗网一定粉碎坏掉，这时你已经习惯使用这些罗网，只会继续花钱购买！真是一本万利的好买卖啊！

转眼间拍卖会已经过去了三天，六月二十五日，突然有人上门，来找洛离。

那人直接破门而入，来人正是方映雪，她一脸的严肃，看到洛离，她开口问道：“洛离，你还记得洛欣吗？”

这话一说，洛离一愣，洛欣自从上次分别，已经快一年不见了，他紧张的说道：“洛欣，洛欣怎么了？”

方映雪长叹一声，说道：“你要还记得她吗？”

洛离说道：“能不记得吗？她，她不是被太上长老看中，认为是灵蝶宗的未来苗子，送到小苍山波澜洞修炼，十年后才会归来！”

方映雪说道：“胡说八道，什么小苍山波澜洞？她一直在灵蝶宗紫阳山，不过倒是被认为是灵蝶宗的未来苗子，唉，反倒因此害了她！”

洛离焦急的说道：“她，她到底怎么了？”

方映雪说道：“你跟我来吧，这次我出去办事三个月，前几天才回来，没想到啊，没想到，唉！”

说完，她一把抓住洛离，一跃而起，向着远方遁去。

方映雪筑基真修，速度极快，瞬间一闪，就是数十丈外，转眼之间就冲出坊市，然后她一伸手，放出一辆彩翼飞车，带着洛离向着南方遁去。

在路上她缓缓说道：“洛欣是我的小师妹，被认为是灵蝶宗的未来苗子，她很是乖巧，我很喜欢她。

三个月前她还修炼的很好，我最近才回来，拍卖会结束回归山门，发现她已经快不行了……”

洛离打断她的话说道：“怎么会这样？”

方映雪说道：“走火入魔，她修炼太着急了，苦修蝶龙变，结果一个月前走火入魔！

门中使尽了办法也是无法救治，最后只能把她送到了金秋岛上，那里有着我们天蛛五岛最好的神医。

可是，唉，怕是不行了，门中已经将她的父母接来团聚了，算是送她走过最后的日子。

虽然她不说，但是我知道她最想看你，所以我过来找你，不知道你还记不记得她？”

说到这里，洛离完全傻了，洛欣要死了？那个清秀的小女孩，那个看着自己目光中带着无尽柔情的洛欣，就这样要死了？！

第九十二章 灵蝶飞千里，终遇暴风雨！

飞车如电，转眼之间冲出天蛛五岛，向着南方大海足足飞出了五百里，前方出现一个小岛，这就是金秋岛，大约方圆有三十里大小。

在那岛上中心有一片建筑群落，那里就是莫神医所在之处，此人乃是散修，流落到此，为天蛛五派联盟治愈无数修士，最后天蛛五派联盟将此岛送予他，凡是五派门中无法治愈的病患，全部送到这里，以求最后一线生机。

彩翼飞车很快来到岛上，降落了在那片楼宇亭台中，方映雪带着洛离，快步的冲向一个房间，在那门口洛离看到了一些熟悉的面孔，赫然是银州大陆洛家中人，他们是洛欣的父母，被带出银州大陆，见洛欣最后一面。

众人个个面目垂泪，看到洛离，他们想要说什么，方映雪一摆手，说道："以后再说，快，洛离，快，也许还能看到她最后一面！"

洛离冲到屋子中，一眼就看到了床榻之上的洛欣，顿时惊呆。

这时的洛欣并没有一点病之将死的模样，看过去容颜焕发，精神无比，但是这种容颜焕发，并不是正常的状态！

此乃回光返照，就象是洛欣在燃烧自己生命换取这容颜焕发，这和当初在银州服用长生毒而死的师兄弟们，一模一样，看着人好好的，但是她的潜能，她的生命，已经全部耗尽，只剩下一个空架子。

现在她这是散发着最后的娇艳美丽，但是时刻都有可能倒下死亡。

在洛欣身上有一道强大的威压，龙威，她的亲人因此无法待在屋中，因为这威压太强了，强到肉眼可见，如同光环一样，将整个屋子照亮，在此屋中，只有一个老者，手中拿着银针，在不住的刺穴，压制这龙威的爆发。

洛离看到洛欣，立刻就明白了，果然当初自己想的完成正确，洛欣观想的是完整黑龙体。

境界低的时候她还能压制住黑龙观想，随着她的境界的提升，越来越难以压制，最后就象是三岁小孩舞动大锤。根本控制不住，最后将自己打伤，现在走火入魔，精气神全部耗尽，只能默默等死。其实当初在空远峰，她开始修炼黑龙身的时候，就已经走上了这条不归路。

洛离进屋之后，洛欣傻傻的看着洛离，目光中蕴含各种情绪，爱恋、愧疚、迟疑、悲伤、不甘心、还有喜欢！

洛离看着洛欣，眼中只有深情，两人对视，渐渐的洛欣眼中那些其他情绪消失，只剩下爱恋喜欢！

这时方映雪向着那老者问道：“莫神医，她还有救吗？那怕散功也行，只要能活下去，那就行！”

老者摇摇头，说道：“精气血全部耗尽，就是大罗神仙来了，也是无救，有什么遗言快说吧，我快压不住了，没有多长时间了。”

方映雪长叹一声，一拉莫神医，两人离开，将此房间交给了洛离和洛欣，让他们享受最后的时刻。

洛离缓缓走到洛欣身边，这时他发现洛欣竟然比自己还高了一个头，这一段时间，她在拼命修炼黑龙身，刺激身体狂长。

洛离伸手触摸洛欣的长发，这是以前洛离最喜欢的动作，洛欣突然忍不住的大哭起来，一把抱住洛离，两人顿时间好像回到了过去，那三天他们最快乐的时光！

彼此相拥，默默无语！

许久，洛欣说道：

“对不起，对不起，对不起，那时我不该说要杀掉你，对不起！”

死斗之前，洛欣一直宣称自己要最后杀掉洛离，那时她心中真的有杀意杀心，如果她参加死斗，洛离真的是废物，她一定会毫不犹豫的杀掉洛离！

可是这些并没有发生，在少女心中，一直很愧疚，认为自己背叛了洛离，这也是她一直避开洛离，不想见他的原因。

洛离笑道：“没关系的，都过去了，过去了！”

洛欣抬头看着洛离，突然说道：“如果我参加死斗，你是不是已经杀了我？！”

这也是洛欣不想见洛离的原因，如果她参加死斗，洛离隐藏实力，会不会杀了自己？洛离他是不是在欺骗自己？少女同时也在怀疑洛离对自己的爱。

就是因为这愧疚怀疑，不知道，不相信，洛欣将自己的精神全部击中在修炼中，逃避现实，结果修炼太快，走火入魔，现在马上就要油灯枯尽，消散人间。

洛离听到洛欣的疑问，他一笑，回答道："过去的，都过去了，那都不重要，你知道我喜欢你就行了！

不管如何，我们爱过，我喜欢你，你喜欢我，我们在一起很快乐，这就够了！"

这话一说，洛欣长出一口气，缓缓说道："是的，我们爱过，我喜欢你，你喜欢我，我们在一起很快乐，这就够了！"

这话一说，她就好像放下了一个重担，顿时一笑，这一笑百媚千宠，无比艳丽，她看着洛离，伸手去摸洛离的脸颊，说道："洛离哥，我们爱过，这就够了，我要死了，你好好的活下去，不要忘记我啊！"

看着洛欣，洛离不知道说什么好，眼泪忍不住的留下！

洛欣轻轻的接住洛离的眼泪，说道："临死之时，有人为我流泪，这就够了！洛离哥我很喜欢你为贺厉他们念的往生咒，我死了，你也要给我念念吧！"

洛离拼命的点头，洛欣又说道："洛离哥，你要好好的活下去，百年，千年，万年，成为仙人，永远的活下去，不要死啊！把我们没有享受过的精彩，全部的享受了！"

洛离已经记不清这是第几个人如此对他说了，无形之中，无尽的压力，背在他的身上，但是他无法抗拒，他只能使劲的点点头，说道："好，好，我一定要好好的活下去，洛欣说道："那就好，那就好！以后有了其他的漂亮妹妹，不要忘记我啊！"

然后她调皮一笑，说道："怎么也是要死了，我送你最后一个礼物吧。"

说完，她猛的抓起洛离的右手手臂，放在嘴里，死死的一口咬下去，咬的鲜血四溅，但是瞬间洛离的黑龙身反击，自动震开洛欣的嘴，这微微的一震，乃是最后一颗稻草，耗尽了洛欣的最后一点精气神，结束了洛欣的性命。

洛欣倒下，气息消散，但是她在临死之前，微笑的看着洛离，说道："其实一年前，我就该死在死斗中，死在你的手中，老天让我多活了一年，够本了……"

然后她向外看去，眼神迷离的说道："洛明，小明，小风，你们都来接我了吗？好，好，我们一起走，我们一起去中天大世界，去那个传说的地方，一起修仙……"

这话说完，她面带微笑，缓缓闭眼，瞬间在她身上，那黑龙血飞出，注入到洛离的眉心。

洛欣被洛离身体自然反应震死，那死斗法咒还在，洛欣苦修的黑龙血，被洛离吸收。这就是她送给洛离的礼物，用情人的血结束自己的性命，将自己苦修的一切，送给情人！

看到这一幕，洛离轻轻抚摸洛欣的长发，缓缓念道："尘归尘，土归土，生终将死，灵终将灭，万物终将消亡，在辉煌，不过一抔黄土，一捧青灰！

人生百年，如若一梦，岂有永恒不灭者，夕阳末世，惊怖可闻，不过光阴一刹……"

洛欣死亡！

缓缓念经，许久过去，洛离才反应过来，洛欣死了！

悲伤在心中无限的升起，看到那闭眼好像熟睡的洛欣，洛离想起来父亲，想起了失散的雪眉，想起了变成白痴的苏采真，想起了希夷祖师，想起了那些因为自己而死的人……这一年以来，洛离以为自己渐渐的掌控了自己的命运，谁知道今天洛欣死在了自己怀中，自己却一点办法都没有，只能默默的看着她死亡，就好像回到了银州大陆，看着龙首山陷入火焰中一样，那种无助悲哀的感觉，不由的浮上心头。

这种感觉，好讨厌啊！再也不想要！不想要！不想要！

心中好疼啊，真的好疼！

忍不住，洛离一声长啸，发泄自己的心中的痛苦！啊啊啊啊……一声长吼，蕴含无尽的悲伤！

听到洛离的悲鸣，外面也哭成了一片，大家知道洛欣死了！

许久方映雪走入室内，走到洛欣身边，说道：“万花丛中过，片叶不沾身！

灵蝶飞千里，终遇暴风雨。

彩翼纷折断，落花溪水边。

心念若不散，守住灵一线。

残躯必化蛹，重阳归人间！”

说完，她一点洛欣眉心，一道灵光消失，这是灵蝶宗的往生加持法咒，洛欣魂魄被加持灵力庇护，如果可以投胎转世，必能护住一点灵光，也许还有重新修道之日。

加持完毕，方映雪也是许久不动，洛离猛的站起，一把抓住方映雪，大声的质问道：“为什么，为什么，你们非得如此！

你们为了这个蝶龙变，害死了洛欣，为什么啊？”

方映雪说道：“为了宗门传承！”

洛离说道：“宗门传承真的那么重要吗？”

方映雪说道：“重要！对于你，宗门只是一个过客，对于我，对了洛欣，宗门那是我们的家！

我们在这里欢笑，我们在这里哭泣，我们在这里活着，也在这里死去！

这里是我们的家啊，遮风挡雨的地方，有它在，我们才有今天，现在它出现危机，轮到我们为它付出一切。

希夷祖师临死破灭空远峰，灵脉消散，导致灵蝶宗整个地气大变，彩蝶谷灵蝶产量大跌，这样下去，宗门也许不到五百年，就要跌出左道，成为那些无名的小门派。

所以必须修炼黑龙身，进而修炼蝶龙变！这是灵蝶宗的生路，死再多的人，也得如此！”

洛离问道：“那么大的宗门就靠她一个人吗？为什么其他人不去修炼？非得让她？”

方映雪惨然一笑，说道：“不是她一个人，我也修炼了！”

说完，她的眼睛一红，这是修炼黑龙身的特征，然后她继续说道：“不是每个人都像你那么好运，希夷老祖夺舍失败，你继承了他的一切，不用自己苦苦修炼！

你知道吗？这三个月我干什么去了？我们去南海屠龙，历尽九死一生，十人去，四人回，这才屠杀了一条黑龙，抽取其精血，炼制黑龙血！”

说到这里，她缓缓的解开背部的衣服，只见后背一个巨大的伤疤，时隔今日，多少天了，这伤疤也没有好，可见当时受伤之严重，可以说这条命完全是捡回来的！

她摇摇头说道：“你们这种散修，永远也不懂的，这种家的感觉，这种宗门的荣耀，真的不懂！”

洛离长出一口气，没想到会这样，这黑龙身对于灵蝶宗这么的重要，他说道：“我是不懂这种宗门的荣耀，其实我懂如何炼成黑龙身！为什么你们不问问我呢？

我告诉你们黑龙身的修炼之法！”

方映雪一愣说道：“什么？你说什么？你的黑龙身不是希夷老祖夺舍失败，留给你的吗？”

洛离说道：“我真的就知道，我告诉你吧，你们修黑龙身之所以失败，是因为你们最开始走错了路！

从开始之时，你们的观想就是错的，首先必须……”

洛离缓缓述说，将自己修炼黑龙身的奥秘，一点点的诉说出来！

第九十三章 快意恩仇当尽欢！

一直以来，灵蝶宗认为洛离掌握黑龙身，都是以为死斗成功，还有希夷夺舍失败，才会如此，没有一个人想到会是洛离自己研究出的观想之道。*。*说到底洛离不过是一个小修士，炼气四重而已，说他创造改变功法，没有人会相信。

方映雪听完洛离所说，许久不语，然后她站起，整理衣服，向着洛离就是跪下一拜！

洛离一惊，急忙搀扶，但是方映雪坚定无比的拒绝洛离的搀扶，继续又是两拜，然后她站起，说道："这不是我拜的，是未来灵蝶宗无数后辈对你的感激，至此大恩，永世难忘！"

然后她站起，说道："我先回宗门，洛离你对我灵蝶宗的大恩，我们灵蝶宗必有重谢！"

说完，她站起立刻遁走，回归灵蝶宗，开始验证此法，至此灵蝶宗前途改变。

洛欣遗体自然有人处理，葬入灵蝶宗陵墓，看着洛欣的父母哭着离开，虽然洛欣死了，但是他们获得炼体灵丹，可以为凡人增加寿命，可以多活二十年，也算是个补偿。

得到洛欣的黑龙血，洛离的龙威足足强大一倍，先天感应更是厉害，神识范围由原来一丈，再一次的提升，达到一丈七尺，足足提升了七成！

洛离回归尘中楼，坐在楼中不知道说什么好，时间一点点的过去，转眼到了七月，紫薇天甲符的买卖正式结束，洛离将尘中楼交给了朱明华，金氏父子很幸运，继续被朱明华所雇佣。

洛离就在等待七月初七，自己离开这里，再见了天蛛五岛，我要去神威宗，得到无上传承！

可是不知道为什么，洛离有一种不想离开的感觉，这里有太多的人，太多事，牵挂自己，这么离开，不甘心！

洛离长出一口气，开始苦修，练剑，练体，练网，在苦修中，消散那种离别的感觉。

不甘心啊，不甘心，总有一种不甘心的感觉！

洛离炼气四重，蝶龙变修炼大成，掌控法术鱼翔浅底避水术，神织门控网之道。

翩翩少年，身穿曲径穿花灵蝶袍，手持焚阳青虹剑，拥有金丝网、缚妖网、绝地网、暗影网，还拥有十二张紫薇天甲符，还有十二少阳神雷符。

最后几天的买卖，使的洛离又赚了一千灵石，现在拥有八千灵石，除了灵石还有一千六百坛灵酒，可以说身家丰厚了。

七月初一，来自苍北地域的跨越飞舟已经到此，市面上开始出现修士零星贩卖紫薇天甲符，这是有人到其他地域采购，乘坐此飞舟归来。

他们也想卖到五十灵石，但是卖符的太多了，很快出现恶性竞争，紫薇天甲符开始掉价，他们可没有洛离这个能耐，很快紫薇天甲符跌倒了四十灵石以下，洛离很庆幸自己结束了紫薇天甲符的买卖。

七月初三，天蛛宗临时加开一场拍卖会，其实就是开始贩卖跨越飞舟带来的货物，每年如此，七月时多加开三场拍卖会。

洛离又一次的进入会场，开始寻找适合自己的货物，其实主要就是看看热闹，长长见识。

这会场中，一个个水晶盒内，放着的都是来自苍北地域的货物，只是看看，洛离就感觉到苍北地域和本地的不同，他们的货物都带着一种豪迈沧桑的感觉，洛离忍不住点点头，未来有机会自己一定要游遍天下，感受天地各处的不同风情。

这一次不知道为什么灵蝶宗没有参会，他们集体缺席，别人不知道原因，洛离知道，他们集体闭关研究黑龙身修炼之法。

转来转去，洛离转到一个水晶盒之前，这一片都是灵宠，大部分都是天蛛宗的灵蛛，洛离看着那个水晶盒，就是一愣！

在那水晶盒中，一共有八只虫卵，大约是三种类型，都还只是虫蛹，需要孵化，才能进化为灵兽，收为灵宠。

上边写着介绍："不知名虫蛹，八只一起出售，一口价四千灵石！"

看着这些虫蛹，洛离使劲的揉了揉眼睛，他不相信自己看到的一切，这虫蛹赫然是蝶蛹，而且还是时纹裂剑蝶、三界琉璃蝶、空蝉圣魂蝶的蝶蛹！

"不可能，不可能，明明这三种灵蝶，灵蝶宗已经灭绝了，这里怎么会有？"

洛离使劲的瞪瞪眼睛，按照自己在空远峰藏经阁中所见的记录，开始重新的判断这些灵蛹。

"大如黄豆，色金黄，带有灵韵，三息自动跳动一下，其中灵气为金土气息，……"

"靠了，靠了，就是，就是，真的就是！可是，可是，它们怎么会在这里出现呢？

啊，我知道了这是有人在苍北带过来的货物，我记得灵蝶宗有一个秘法，可以由虫蛹推算出它们的产地，如果灵蝶宗得到此蛹，就会找到它们的产地，采集足够繁衍的灵蛹，至此重新拥有这些灵蝶！"

洛离马上回头，寻找灵蝶宗的弟子，可是因为洛离将黑龙身的正确观想之法，传授给了方映雪，这次拍卖会，一个灵蝶宗弟子都没有来，灵蝶宗错过了这个机会！

就在这时，有两个修士也走到这里，他们也看到这虫蛹，其中一个也是一惊，说道："乌师兄，乌师兄，这，这好像是灵蝶宗时纹裂剑蝶、三界琉璃蝶、空蝉圣魂蝶的蝶蛹！"

另外一人说道："王师弟，你没有看错吧！不要胡说八道！"

王师弟说道："绝对不会的，我是宗门藏经阁的掌经人，这真的是时纹裂剑蝶、三界琉璃蝶、空蝉圣魂蝶的蝶蛹。

赶紧通知灵蝶宗，让他们过来购买这灵蝶，去年灵蝶宗好像受到重创，只要他们得到这灵蝶，就可以恢复过来！”

另外一人却一愣，缓缓说道：“等一等，王师弟，不能通知灵蝶宗！”

他小心的四周看了一眼，洛离距离他们很远，应该听不到他们的说话，但是他还是不放心，悄悄的使用了一个秘法，不过他万万没有想到，洛离先天感应强悍，不过炼气四重天，神识已经达到一丈七尺，他的法术保护毫无用处，他们说话，洛离全部听到！

乌师兄继续说道：

“昨天我听智蛛师伯说，在灵蝶宗的暗探，发现灵蝶宗得到了黑龙宗的修炼秘法，整个宗门现在全在研究，如果他们再得到这失去的灵蝶，也许他们就会大兴！”

王师弟说道：“大兴，那不是更好吗？我们都是盟友啊？”

乌师兄说道：“王师弟，你太天真了，一个盟中只能有一个头领，若是灵蝶宗大兴，也许就是我天蛛宗的衰落之时，说到底这天蛛五岛有一个左道门派就够了！

这灵蝶不能让灵蝶宗买走，师弟你手中有多少灵石，我们凑一凑，把这灵蝶买了，然后毁了它们，已经有了黑龙身的灵蝶宗，绝对不能再得到这些灵蝶了！”

王师弟说道：“师兄，我明白了，如果再让这些灵蝶失而复得，那时灵蝶宗强大起来，五派联盟之中，次强主弱，立生祸端，为了宗门，毁了它们！”

两人开始凑齐灵石，但是他们身上的灵石全部凑够不到三千，根本不够，乌师兄说道：“师弟，你看着这个灵蝶，我去找智蛛师叔，马上就回来！”

他转身快步离开！

听到这一幕，瞬间，洛离呆了！

摆在他前边有两个选择，一个什么都当没有看到，转头就走，七月七离开这里，那样避开危险，可以平安无事的活下去。

另一个就是买下这些灵蝶，送到灵蝶宗，这样灵蝶宗就可以通过它们找到产地，得到足够的种子，重振灵蝶宗，但是至此和天蛛宗为敌，对方绝对不会善罢甘休，能不能活着回到灵蝶宗，那是一个疑问。

选择这条路，十分危险，天蛛宗强者无数，也许自己就会死在这里！

瞬间，一个选择，摆在洛离面前。

“哈哈，灵蝶宗管我什么事，我都不是灵蝶宗弟子了，他们对我并不仗义，把我从内门逐出，希夷老祖就想着夺舍，都不是好东西，我为什么要帮助他们！

我爹让我好好的活下去，为了让我活下去，死了那么多人，我可不能将自己处于险地之中，算了吧，就当没有看到，就当什么都不知道，如果我不在这里，不也是如此了吗？谁让灵蝶宗今天没有弟子在此！”

想到这里，洛离转身，就要离开，但是他笑了，猛的他冲了过去，来到那水晶盒子前边，拿出四千灵石放入其中，盒子打开，他采取八个虫卵，掉头就往外走！

“灵蝶宗，灵蝶宗，有我记挂的人，有我记挂的事！虽然有人害我，但是也有人帮我！苏采真、洛欣、希夷祖师、吉安老人、贺厉、金陵、王倪天、七哥、老沙、高鹏……我的朋友，我的恋人，我的仇人，那里有我的过去，我的生活！”

“若彤师姐，她需要这些灵蝶，她帮过我，她救过我，当她需要的时候，我就要帮助她！只要我帮了她，她一定会给我很多好处的！”

“或许，我选择看不到，选择离开，我可以活下去，但是那种活着，苟延残喘，人活着，心已经死了，行尸走肉，一辈子为此愧疚！”

“我可不是希夷，我不想老了的时候，像他一样忏悔，我是洛离，我有我的人生，我的信念！”

“爹，也不会希望我那样的憋屈活下去，爹说过好男人就该快意恩仇，想做就做，妈的，拼了，那怕就是死了，老子这事做定了！”

第九十四章 太虚挂剑全生杀

洛离买完虫蛹，掉头就走，那天蛛宗的修士就是一愣，这才反应过来，他喊道："站住，你想干什么？放下，放下，不然你就是与我天蛛宗为敌，赶紧给我放下！"

洛离转身看着他，微笑说道："在此大庭广众之下，诸多修士面前，你要是敢阻止我，我就说出你们师兄弟方才合计之事！

天蛛宗算计盟友，传出去声誉扫地，万年名声毁于一旦，你就是罪人！

你不要动，动，我就喊！"

一边说着，一边洛离快步离开！

王师弟乃是藏经阁弟子，天天观看经书，就是因此才会发现这些虫蛹，但是也是因为如此，他不善于和人交际，性格迟钝，被洛离这么一恐吓，他不知道怎么办好，在他犹豫的时候，洛离已经离开这里。

回归那个小屋子，快速脱去黑袍，传送离开，洛离快步向着坊市之外走去。

希望对方调查自己身份，可以花上一些时间，不过尘中楼必须舍弃，希望不会连累朱明华金家父子他们！

洛离根本没有回家，直接离开，幸好他的身家，全部带在身上，不然就损失惨重了。

刚刚走出不到百丈，就见前边一群人向着这里走来，其中带头的正是那乌师兄，在中心乃是一个金丹真人，正是智蛛老人！

洛离神色不变，心都不多跳一下，就当没有看到他们，和他们擦肩而过，向着西门一步步的走去。

走到坊市西门，一跃而出，瞬间洛离离开了坊市空间，回归外面的自然天地，然后洛离立刻放出飞马蛛，向着西方冲去！

西方就是灵蝶岛所在位置，飞马蛛飞出三里，洛离一拍蛛头，掉转方向，向着南方飞去，这是虚晃一枪，对方一定会追杀自己，在天蛛宗和灵蝶宗的交界处布下人马，所以自己要避开那边，先去其他岛屿，再回灵蝶岛！

刚刚飞出十里，远处坊市一声轰鸣，那无尽的蛛网收起，千元天蛛开始封闭空间，坊市众人再也无法离开，看来在坊市中，他们开始搜捕自己。

洛离暗中长出一口气，如果自己慢行一步，自己绝对无法离开坊市，因为这坊市乃是金丹蛛妖的附属空间，一切都在对方的掌握之中。

洛离对于自己身份的保密，毫无信心，上一次方映雪都可以发现自己的身份，天蛛五派太小了，谁不知道谁，自己的身份很快就会暴露，所以就要快逃！

飞马蛛奔行如电，短短不到数百息，飞出百里，相当于筑基期修士的飞行速度，只是不善于长途飞行，已经累的气喘吁吁。

洛离立刻收起飞马蛛，让他在储灵袋中休息，然后自己御剑低空快速飞行。洛离的以蝶龙变之法，御剑全力飞遁，不比飞马蛛慢上多少。

飞出不到十里。只见那天蛛宗的方向，无数的光芒升起，向着西方飞去，那都是御气御剑的光芒，他们搜查结束，开始向西追捕自己，自己要是向西，必死无疑！

又大约飞出了三十里，洛离放出飞马蛛，继续前行，快，快，快，必须在对方反应过来，冲出天蛛岛。

这样又冲出百里，就差八十里，就可以离开天蛛岛，洛离长叹一声，剩下的路不再那么好走了！

在黑龙身的感应之下，远处大地之上，有人盯住了自己，他们在向自己靠近，可是洛离看去，那里只是一片普通的森林，毫无任何异常。

洛离长出一口气，他收起飞马蛛，开始御剑向前，敌人已经到了，这是天蛛宗的弟子。

不同于黑龙宗弟子的身体强横，灵蝶宗弟子的灵活轻巧，天蛛宗弟子的特点是诡、隐、毒！

他们如同蜘蛛捕食一样，隐藏巧妙，然后在关键时刻，发出致命一击。他们所到之处，你根本看不到他们的踪迹，不知不觉他们就到了你的身边。

之所以如此，是因为天蛛宗门中有一种炼甲之法，可以炼制一种仙甲，叫做蜩甲，可以使他们隐藏天地间，这就是天蛛宗诗号，身如蜩甲化枯枝的由来。

现在对方已经盯住自己，那就只有战了，杀出去，所以洛离收起飞马蛛，御剑前行，八十里路，杀出去！

继续飞行，前方是一片小树林，大约三里方圆，在进入树林第十息，瞬间一闪，五道人影在洛离身前身后穿出，他们手持各种法器，向着洛离发出猛攻。

他们的速度极快，一个个瞬间在洛离身边擦肩而过，在这一霎那发出自己的最强的攻击，然后瞬间消失，融入树林之中，再也看不到踪迹。

天蛛宗的攻击，之所以选择在洛离进入树林第十息的时候，因为猎物进入树林一定会小心，可是十息之后袭击没有出现，猎物必定放松。

他们在洛离身边的穿梭，也是有着说道的，顺序为左前右前后。

当人被袭击的时候，都会快速的反应抵御，这个次序前边四个就是为了引导洛离不住的变化方向，抵御袭击，真正可怕的是最后一击，经过前边四击，将洛离引向前方，然后最可怕的敌人在洛离身后发出致命一击！

经过前边两次变向的诱导，很难有人能够反应过来，此乃天蛛宗的围杀术！

瞬间，袭击就到，洛离根本没有反应过来，但是他也不用反应过来，他的身体就做出了回应，转、旋、跃、冲、落、飘、荡、浮、退、闪！

瞬间，他躲开了前边四人的袭击，这是第五人在他身后出现，一只毒锥，御器刺来！

洛离身形轻轻一步，好像这个动作无比的自然，只是微微一动，那毒锥就立刻落空，最可怕的第五击，被洛离轻松避开，蝶龙变既有蝶的轻灵，又有龙的感知，这刺杀对洛离毫无意义！

但是那五个刺客瞬间消失，他们之所以可以来去如电，是因为天蛛宗弟子都会炼制一种奇异的蛛丝，叫做碧落蛛丝！将蛛丝固定在一点，然后拉起，放开，就可以借着这个碧落蛛丝的收缩弹性，百丈距离之内，瞬间就到。

据说天蛛宗的化神境界强者，那碧落蛛丝长达万里，借助这碧落蛛丝弹性，可以瞬间跨越两个大陆！

而天蛛宗飞升的三位祖师，也是借助这碧落蛛丝，瞬间弹送出中天主世界，这就是天蛛宗诗号心似蛛丝游碧落的由来！

一击之后，五人落空，但是就好像从来没有出现过这五人，他们立刻遁入大地之中，消失无影。

不过洛离长出一口气，这应该是天蛛宗的外门弟子，而且都是炼气期，除了最后一击领头的乃是炼气后期，其他人都是五六重的境界，可以一战！

有人喝道：

“小子，只要你交出灵蝶卵，我们天蛛宗就既往不咎，放你一条生路！”

洛离一笑，说道：“先动手，后说话，我交出去，你们岂能不灭口！”

那人笑道：“想不到竟然真的让我们遇到了大鱼，上，兄弟们，杀了他！”

瞬间，五人又一次的冲出，突然出现，在蛛丝的牵引下，如同一道霹雳一样，袭击洛离！于此同时，其中两人身上亮起金光，这金光洛离熟悉无比，正是他的紫薇天甲符。

洛离笑了，他轻轻一动，一道可怕的龙威，在他身上发出，那龙威凶恶无比，方圆十丈，尽在此威之下。

天蛛宗五人飞在空中，虽然在碧落蛛丝的牵引下，他们还在继续飞行，但是他们被此龙威威压，全部一滞。

洛离一伸手激活一道少阳神雷符，一道雷光直奔五人中最强那人轰去！面对这神雷，那人一丝都没有惧怕，身上亮起了金光，启动了紫薇天甲符。

于此同时，焚阳青虹剑一闪，在洛离身上飞出，直奔距离自己最远一人，那人也是激活了紫薇天甲符，然后洛离向着距离自己最近那人冲去。

神雷起，对方继续飞行，抗拒龙威，拼命挣扎，终于挣脱洛离的龙威，但是洛离已经到了最近那个天蛛宗弟子的身前，用力一击，霹雳狂龙爆！

那天蛛宗弟子，在碧落蛛丝的牵引下，身体飞快的向着前方飞去，可是洛离更快，转眼追上他。

看着这一拳轰来，这天蛛宗弟子很是凶残，不在乎洛离的一击，而是举起自己手中的法器毒刃，用力狂攻洛离，想要和他同归于尽！

洛离也是毫不退让，猛力一击，继续直奔他胸口，任由法器毒刃斩中自己，这时洛离身上升起一道金光，紫薇天甲符启动，挡住对方的毒刃攻击！

霹雳狂龙爆一拳下去，打中对方，穿胸而过，将对方身体打出一个大窟窿，当场死亡！

轰，这时神雷爆炸的声音才响起，神雷轰中天蛛宗的带头弟子，紫薇天甲符被毫无作用，如同虚无，自动消散，他被神雷直接轰中，一下子将他在空中，炸成碎片！

这就是洛离布下禁制的缘故，使用他所炼制的紫薇天甲符，面对洛离，和没有一样。如果不是有此符，那个带头弟子，也许不会被神雷击中！

在这巨响声中，洛离借着对方毒刀斩中自己的力量，猛的向着另外一个天蛛宗的修士冲去。

焚阳青虹剑化作一道青虹，斩中最远那个天蛛宗修士，同样紫薇天甲符也是和没有一样，在那修士万分的惊讶迟疑不相信中，一剑下去，对方身首异处。

与此同时洛离撞到了另外一个天蛛宗修士身上，电光狂龙钻，当场打爆！

这一切发生都在一刹那，不过眨眼功夫，最后剩下的那个天蛛宗修士大惊，自己的师兄全部死亡，他马上就要借助碧落蛛丝，立刻远遁，但是地面之上升起一道大网，一下子将他罩住。

正是暗影网，洛离在无声无息中发出，然后洛离瞬间就到了他的身前，他高喊道：“我是天蛛宗外门巡山弟子，你敢杀我……”

洛离一击，扑哧，顿时无声，然后收起暗影网，甩掉鲜血，一步未停，快步的向着南方冲去！

第九十五章 万花丛中过，片叶不沾身！

击杀五名天蛛宗外门巡山弟子，放出飞马蛛，洛离继续向前，这一次他默默催动秘传中记录的秘法，飞马蛛速度立刻加快，是以前的足足一倍，虽然这种秘法对飞马蛛会造成很大的伤害，但是洛离顾不了那么多了，只能如此！

速度提升到最快，因为他知道，或许以前对方不知道自己怎么遁逃，但是现在弟子被杀，对方一定知道自己的行踪了！

不到百息，洛离又冲出去五十里，前方还有三十里，就是大海分界，甚至远远的都能看到那大海分界，过了这海界，就是黑龙岛！

突然远方传来御空之声，洛离回头一看，只见远处数十道光芒向着自己飞来，行踪暴露。

唯一庆幸的是，那些遁光快速追来，但是并没有比自己快多少，看来自己不过是一个小小的炼气期弟子，金丹真人不好意思丢下这个颜面，并没有亲自出动捕抓自己，来的最强也就是筑基真修。

天蛛宗的修士，本来就不擅长飞遁之法，而自己的飞马蛛，经过法力催发，速度已经不比那些筑基真修速度慢，所以洛离还有一线生机。

他继续催发飞马蛛的潜力，那飞马蛛口角开始出血，复眼血红，不过速度更快，拼命向前，快，快，快，只要入海，三十里的海域，就会给自己带来无尽生机。

那边十多个筑基真修，他们看着洛离，远远咬住他，疯狂追赶，双方大约距离五里。

有人喝道："洛离，你杀我天蛛宗外门巡山弟子，该当何罪，赶快束手就擒，不然休怪我们下手无情。"

洛离开口说道："不是我想要杀他们，是他们想要杀我！他们那一个不是炼气五重以上境界，我不过四重，境界远远高于我，被我所杀，完全是学艺不精，不要怨我！

各位老前辈，你们都是筑基真修，高高在上，不会那么不要脸，也想以大欺小，击杀你我这个炼气期四重小修士？”

这是洛离唯一的一线生机，他在刺激对方，希望对方不要以大欺小，那样自己还有一线生机。

那声音继续说道：“不要以为有人护着你，你就可以为所欲为，你真以为我们天蛛宗没有天才弟子吗？

小的们，去，给我杀了他！让我们看看这蝶龙变到底有多强！”

一声令下，顿时在洛离身后的荒野中，无数阴暗处，有人回答道：“是，弟子遵命！”

听着大地之上，传来沙沙的声音，洛离想到：“无数天蛛宗的弟子都在追我，不过他怎么知道蝶龙变，那有人护着我，什么意思？算了，没有心思管那个，逃吧！”

就在这一瞬间，猛的前方虚无之处，突然现形出现一排修士，足足有三十二人，组成梅花战阵。

他们和以前洛离击杀的那五个天蛛宗的外门弟子，完全不同，个个器宇轩昂，身穿艳丽法袍，他们组成奇异阵势，突然出现在洛离前方百丈的大地之上，然后这些修士开始喷毒！

在他们的身上、手中、口里，开始向着洛离发射毒液，这毒液有的绿色，有的是红色，有的是紫色，每个人连续发出至少数十击，一瞬间，足足三千毒弹，向着洛离喷来。

天蛛宗弟子，善于隐遁攻击，善于御使灵蛛，善于掌控毒术，这就是他们的毒海杀！

这些毒弹速度不同，方向不定，角度多变，形成无误差别弹雨毒群，漫布天空，几乎将洛离身前身后三十丈方圆，全部覆盖，整个空间，完全就是一个毒海世界！

那弹雨，如同瀑布狂泄，如同奔流长河，如同暴雨落下，轰向洛离。不要说洛离，就是筑基真修面对这可怕的弹雨，也是饮恨此处。

方才那筑基真修的喝喊，其实只是欺骗洛离，让他分神，早有修士堵在洛离身前，准备这可怕毒雨。

面对如此弹雨，洛离一声大吼，不躲不闪，不退反进，御剑而起，向着这弹雨冲去！

一道剑光升起，一道金光浮现，洛离在此启动一道紫薇天甲符，护在自己身前，然后洛离在此弹雨之中，闪展腾挪，前突后窜，转、旋、跃、冲、落、飘、荡、浮、退、闪！

他借助对方发射毒弹的瞬间间隙，形成的微小空隙，开始躲避，一边躲避，一边向前！

我躲，我闪，我避，我挡，我冲，我跳，我飘，我荡，我……我……冲过来了！

如果没有空隙，飞剑一转，或者释放少阳神雷，炸出空隙，洛离硬是在这雨海之中寻找出一条通道，冲过了这弹雨。

但是那飞马蛛就没有这么幸运了，顿时被这弹雨打中，一声哀嚎，瞬间，在空中被溶解粉碎，鲜血迸溅四方，死亡。

瞬间，洛离越过百丈距离，到了那些修士的头顶，剑光闪烁，他冲了过去，继续向前，速度更快。

看到这一幕，无论是在后面追赶的筑基真修，还是发射弹雨的诸多炼气期天蛛门内门弟子，心中不约而同的心里升起一句话："万花丛中过，片叶不沾身！"

那怕毒海一片，这灵蝶宗的修士也可以轻松飞过，没有空隙挤出空隙！

越是这样，就越不能让他跑了，那些炼气期天蛛宗内门弟子，纷纷掉头，追赶洛离，他们借助碧落蛛丝，拼命一弹，冲向洛离。

同时在洛离身前，不住的跳出天蛛宗的弟子，他们有的放出各种灵蛛，有的发出罗网，有的猛扑过来，斩杀洛离，都是想要缠住洛离，让他无法向前。

但是洛离，如同翩翩蝴蝶，轻轻一点，我躲，我闪，我点，我避开，我弹，我跳，在这无数的追杀堵截中，飘然而过。

什么灵宠，什么罗网，什么碧落蛛丝，全部无效，洛离非但没有速度减低一点，反倒越来越快，冲出所有人的堵截，只是向前！

那怕洛离周围足足数百修士，那怕无数天蛛宗的修士，使劲手段，但是他们就挡不住，抓不到洛离！

在洛离的飞遁之下，这些弟子惊讶的发现，自己根本追不上，洛离的速度太快了，而且灵巧的过分，就是追上了，对方也可以轻易的摆脱自己的攻击，一点也不停歇。

就是一群人，把洛离死死围住，那怕手拉手的位置，洛离还是能找出一个小空子，轻松通过！

“万花丛中过，片叶不沾身！”

转眼，那些天蛛宗的筑基真修追到这里，他们超过这些炼气期弟子，继续追赶，可是他们也发现，自己竟然也是追不上！

虽然天蛛宗御器飞行并不是强项，但是这也太离谱了，绝对不可能的事情，可是就是发生了！

三十里，二十五里，二十里，十五里，十里……远远的那大海，肉眼可见，只要入海，海阔任鱼跃，天空任鸟飞！

那领头的筑基真修喝道：

“这小子太滑了，太快了，给我启动灵蛛封天阵，给我追上他！”

有人迟疑的说道：“大师兄，真的要启动封天阵？启动一次需要十万灵石啊！”

那大师兄喝道：“启动！”

顿时有人回答：“遵命！”

整个天地猛的一颤，轰轰轰，洛离发现在自己眼前，虚空之中，一道道奇异的蛛丝出现，整个天地，整个天蛛岛，方圆三千里，完全笼罩在一个巨大的蛛网中。

其中洛离所在方圆百里，那蛛网更是繁多，几乎每隔三五尺的空间，就有一道蛛丝，从大地升起，横斜在天地间！

万丝为网，天地为笼，这就是天蛛宗的灵蛛封天阵！

一瞬间，所有天蛛宗弟子，立刻将自己的碧落蛛丝，和这些蛛丝连接在一起，至此他们的碧落蛛丝不再是一道，而是整个网络，他们的行动速度一下子飙升，向着洛离追来！

在此蛛网密布的天地中，不要说修士，就是飞鸟也无法避开这么多的蛛丝，顿时一群群的飞鸟大雁，撞在蛛丝之上，立刻被黏住，一动也不能动，只能呀呀长鸣！

眼看着，洛离处于险地，前方蛛网重重，后面对方马上就要追上自己，生死就在眼前！

洛离猛的一声大吼：“万花丛中过，片叶不沾身！“然后他开口高声唱到：“豪不必驰千骑，雄不在垂双鞬。

天生俊气自相逐，出与雕鹗同飞翻。

朝行九衢不得意，下鞭走马城西原。

忽闻燕雁一声去，回鞍挟弹平陵园。

归来青楼曲未半，美人玉色当金尊。

淮阴少年不相下，酒酣半笑倚市门。

安知我有不平色，白日欲落红尘昏。

死生容易如反掌，得意失意由一言。

少年但饮莫相问，此中报仇亦报恩。”

在此歌声中，他继续在这蛛网之中，翩翩飞行，那怕你们人再多，那怕你们网再密，我也是可以通过，万花丛中过，片叶不沾身！

一道道蛛网好像无物，轻松突破，洛离如同一只彩蝶，地间，那怕锁入牢笼中，也是轻松突破。

后面的天蛛宗修士全部看傻了，甚至有人不小心忘记控制碧落蛛丝，撞到了一起。

万花丛中过，片叶不沾身！这句话，再不是心中默念，无数的天蛛宗弟子，忍不住开口喊道，他们这一刻才知道灵蝶宗的这句话的含义。

那领头的大师兄，囔囔自语说道：“这不可能，这不可能，灵蝶宗的身法，绝对没有这么变态！灵蝶宗弟子，这么的飞行，早就没有灵气了，飞不动了，不可能！”

“这是蝶龙变，蝶龙变，黑龙为身，灵蝶为法的蝶龙变！”

“杀了他，杀了他，一定要杀了他！”

诸多天蛛宗弟子，一起狂怒，疯狂追赶，但是就是追不上，那怕你是筑基真修，还是炼气弟子，就是追不上！

追上了，也打不到洛离，洛离转眼轻松把他们甩开，那遍布天地的蛛网，反倒成了洛离的仪仗，成了那些天蛛宗弟子的障碍！

十里，八里，六里，四里，二里……

第九十六章 千里血战归灵蝶！

甚至可以听到那哗哗的海浪声，眼看着洛离就要飞出天蛛岛！

看着前方的大海，洛离疯狂飞行，只差一里了，只要在加把劲，自己就可以进入大海中了，那时自己就自由了，活了下来！

那大师兄喝道："给我启动天幕，启动天幕！"

随着他的大喊，遥远的天蛛宗内，一声轰鸣，足足十万灵石化作灰烬，在那大海边界，沙滩之上，一声轰鸣，一道光幕出现，整个天蛛岛被此光幕保护其中。

那光幕没有任何的空隙，将这个天蛛岛护住，光幕闪烁，洛离甚至都来不及掉转方向，一下子撞到了这光幕之上！

轰，一声清响，洛离被反弹回来足足数丈，他冲不出去，那怕那大海只在数尺之外，但是咫尺天涯，他出不起！

洛离立刻顺着这光幕，向着一边飞去，但是毫无意义，飞出数百丈，整个天地都在这光幕的保护之下，无法逃走。

那些天蛛宗的修士扇面排开，围向洛离，最近的只差三十丈，就抓住洛离，他们近在咫尺，洛离插翅难飞！

这可怎么办？难道我就要死在这里了吗？

洛离长出一口气，喝道"苍天在上！后土在下！好事确定，赏善在后！"

随着这咒语，一点奇异的元能，开始在洛离体内消散，融入天地中，受此吸引，天空落下的奇异伟力，注入到洛离身上！

在洛离脑中出现了一个逃生之法，那就是他继续撞向光幕，在撞上的瞬间，闭上眼睛。

洛离二话不说，立刻如此，运转全身真元，拼命的向着那光幕撞去，远处的大师兄冷笑一声，说道："想要撞开天幕？哼哼，金丹以下，做梦一样，小子，你死定了！"

洛离拼命撞去，就在撞上的瞬间，洛离闭眼，心中拼命的想道：“我要出去，我要出去！”

瞬间，洛离装上光幕，但是却没有像上次的碰撞，洛离身形一闪，下一刻出现在三十丈外，洛离瞬间挪移，飞出光幕之外！

他长出一口气，当时脑中响起希夷祖师夺舍时，所说的一句话“经过我的计算，蝶龙变加上道体地火之身，应该会诞生瞬移这个神通！这可是达到元婴境界，才能拥有的神通啊！”

看来这就是挪移神通了，瞬间移动，洛离冲出天幕包围，自由了！然后洛离猛的向着大海投去，噗通一声，钻入海中，鱼翔浅底，再也不见踪迹。

这时那些天蛛宗弟子到此，那天幕反倒阻挡住了他们的去路，大师兄急忙下令解除天幕。

天幕消失，大师兄冲到海边，向着大海中疯狂发动轰击，轰轰轰！

大海一边方圆百丈，尽在爆炸之中，然后身后一些同样修炼过鱼翔浅底避水术的天蛛宗弟子，一头扎入水中，可是这大海无垠，一人躲，万人找不到，看着那茫茫大海，那里有什么洛离。

钻入大海之中，洛离立刻启动鱼翔浅底避水术，这法术启动，立刻在洛离身前身后，化生一个贴身气罩，在此气罩的保护下，洛离可以自由呼吸，有一种自己本来就是鱼的感觉。

他向着灵蝶岛的方向游去，游出不到数百丈，身后轰轰轰的爆炸声传来，洛离长出一口气，自己杀出来了！

这鱼翔浅底避水术，果然没有白花灵石，这是灵妙，自己如同游鱼一样，在海中可以轻松往来。

继续向前游动，洛离有一种奇异的感觉，好像自己本来就属于这大海，在此海底，才是自己的家园，这就是黑龙身的本能感应，黑龙本为海中神龙，有此感觉，毫不稀奇。

他顺着大海潮汐的方向，向着灵蝶岛游去，只要到了那里，随便找一个地方上岸，就可以进入灵蝶岛，那灵蝶岛的海岸线足足千里，这么远的距离，洛离就不信了天蛛宗还能找到自己，一切就算结束。

大约过了半个时辰，洛离来到灵蝶岛边，但是他没有上岛，继续向前游，足足又游出了百里，他才要上岛，这样安全第一，避开危险。

突然洛离有一个奇怪的感应，好像有人看到了自己。

这种看到，不是那种法术的窥视，而是一种心灵本能，有人锁定了自己，这是血脉感应。

洛离一愣，看向远方，只见远方有五个人，快速的向着他游来，他们身穿天蛛宗弟子普通法袍，用以掩饰自己身份，但是洛离一眼就知道，他们是黑龙宗弟子。

天蛛五岛才多大啊，天蛛五派联盟谁不知道谁啊，在灵蝶宗研究蝶龙变的时候，黑龙宗就已经知道，在天蛛宗追杀洛离的时候，他们就开始关注，同天蛛宗不想灵蝶宗崛起一样，他们也是如此，现在他们派出五个弟子，过来袭击洛离。

说是袭击，有的谈不上，因为对方五人全部都是炼气四重天的境界，和洛离一样，他们依靠黑龙感应，在这茫茫海岸线中，锁定洛离，来到他的身边。

那五人快速逼近洛离，其中一人看着洛离，在这海中虽未说话，但是他的神念已经传递给了洛离："杂种，你侮辱了黑龙血脉，小小的蝴蝶，也妄想成龙，杂种，去死吧！"

他冲向了洛离，其他四人远远围住，一动不动，这人虽然没有使用鱼翔浅底避水术，但是速度不比洛离慢，他冲向洛离双手舞动，在他手中巨大的龙爪出现，足足有五尺大小，虚幻真气组成，可以抓开一切。

瞬间，他就到了洛离身边，就要出手，抓死洛离，洛离猛的一张嘴，一道光柱射出，白炙如虹，如刀如刃，激射而出，湛然清冷，光芒流转间，无尽的森然毁灭气息向外铺天盖地的发散而出。

黑龙波！

一击下去，龙爪粉碎，那个修士，被洛离这一击，直接头颅粉碎，死亡。

其他四人看着一愣，然后又一人冲了过来，在他身上无尽的龙威发出，此人的先天感应极强，洛离有种感觉，如果使用黑龙波，对方一定可以避开！

不过那又如何，洛离向着他迎去，双手舞动，和他战斗在一起，两人交手，立刻这水域之中，就好像两条蛟龙在互相厮杀，浪花翻滚，水波四溅。

但是洛离完全占据优势，对方的黑龙身很强，可是对方和洛离一比，太过于笨拙了，拥有同样身体力气，有着对方没有的灵巧，几招下去，对方就受伤，再过几招，洛离用力一抓，对方就被他活生生的拗断头颅，死亡！

剩下三人对视一眼，立刻一起冲了过来，三人围攻洛离，洛离开始出手，那怕对方三人，但是再多的蛮牛，也打不到老虎，洛离如同翩翩蝴蝶，在他们的围攻中，游刃有余，避开他们的攻击，一招招冰冷的还击。

三人虽然围攻洛离，可是毫无用处，最后一个个都被洛离击杀，而且洛离毫发无伤。

长出一口气，洛离一跃而起，冲到岸上，向着远方快步的冲去。

傻子都知道，这是黑龙宗在试探自己的蝶龙变，所以派出五个同样的炼气四重修士，一旦试探结束，那就是无情屠杀。

所以洛离不在选择方向，就是向着灵蝶宗冲去，刚刚冲出去三十里，黑龙宗的反击到了，他们没有出手，而是将洛离的位置告诉了天蛛宗，后面一道强大的气息出现，金丹真人！

那人速度极快，百里距离转眼就到，洛离刚刚感觉到，那人就已经如同一道流光，靠近了洛离，回头一看，赫然是智蛛真人，距离自己不到百丈！

洛离停步，不在奔跑，猛的冲着天空大声喊道：“灵蝶宗的列祖列宗啊，我已经尽力了，谁让你的后辈太窝囊，有这样的传人，灵蝶宗灭亡就灭亡吧！耗子一帮，喂猫的货！”

洛离不信了，自己已经冲到灵蝶宗三十里以内，对方天蛛宗的金丹真人，如此越境，灵蝶宗会不知道？

随着他的大声辱骂，远处有人说道：“智蛛师兄，你踏入我灵蝶宗，意欲何为？”

第九十七章 金丹一粒定长生！

这是盛威真人的声音，果然他们已经发现自己的踪迹，看来自己安全了！

智蛛真人停止脚步，说道："此子盗窃我天蛛宗的秘宝，我特来捕抓他！"

盛威真人说道："盗窃秘宝？此子乃是我灵蝶宗弟子，智蛛师兄，可否看在我们两宗的交情上……"

瞬间，洛离就知道了，灵蝶宗不知道自己得到的是什么，就以为自己犯事了，所以逃回灵蝶宗，不然不会这么说。

他立刻喊道："我有……"

这话刚刚出手，整个天地就是一晃，轰轰轰，洛离双眼一黑，无尽的爆炸声，在洛离身边传来，智蛛真人向着他出手了，阻止他说下去，想要杀人灭口，毁掉灵蝶蛹。

盛威真人毫不犹豫的出手相助，两大金丹对战，引发天地异象。

轰，轰，轰，洛离有一个感觉天塌了，这就是金丹真人！太强了！精气凝结，出手风雷！

洛离可算可以看清楚眼前的一切，只见虚空之中，一只足足五十丈大小的蜘蛛幻象，和一只三十丈大小的灵蝶幻象，彼此对视。

而在那蜘蛛之下，智蛛真人看着洛离，眼中尽是无奈可惜的目光，他没有想到盛威真人反应如此之快，会立刻出手保护洛离。

盛威真人站在洛离身前，左手垂下，鲜血一滴滴的留下，看来他受伤了，但是他毫不惧怕，面对智蛛真人，护住洛离！

以前洛离对此人，印象不怎么好，此人专横跋扈，目中无人，从来没有正眼看过洛离，但是万万没有想到，他竟然会出手护住自己，自己可是还没有说出拥有灵蝶蛹，对方就出手了。

洛离忍不住问道："为什么？"

盛威真人微笑道：“不管怎么说，你是我灵蝶宗弟子，无论你做了什么事情，既然逃回我们灵蝶宗，那我们就要庇护你，不能让你当场送命。

不过如果你真的盗窃了天蛛宗的秘宝，那我们也会秉公办事，不会……”

说到这里，他就傻了，因为洛离拿出了那些蝶蛹，这些蝶蛹多少年来，他们时刻念叨，记忆在心，一眼看到，立刻知道这是什么。

一瞬间，在盛威真人身上爆发无尽气息，他明白了，为什么天蛛宗追杀洛离，战，那就战吧！

远处的智蛛真人说道：“啊，原来是误会啊，唉，对不住了，门中有事，我先回去了！”

说完，他一跃而起，化作流光，回归天蛛岛，盛威真人死死的盯着他，直到他远去，才长出一口气。对着洛离说道：“这，这是？”

洛离点点头，时纹裂剑蝶、三界琉璃蝶、空蝉圣魂蝶，一样留下一颗，然后将剩下的递给了盛威真人，盛威真人用颤抖的手接了过去，说道：“师兄，师兄，你看看，你看看……”

瞬间，方若雷出现在洛离身边，原来他也早就到了，这可能就是智蛛真人离开的原因。

方若雷也用颤抖的手，接过灵蝶蛹，说道：“是，是，绝对是，只要我们使用秘法，就可以找到产地，就可以采集够足够的种子，使这三大灵蝶重新回归人间！”

盛威真人说道：“师兄，师兄，我们灵蝶宗大兴有望了！”

方若雷说道：“大兴，大兴啊！从此我们的宗门大兴有望了！”

他长出一口气，看向洛离，就是一躬，说道：“谢谢，谢谢！我们得到消息，你和天蛛宗发生纠纷，被天蛛宗追杀，所以才会逃回灵蝶宗！

我们不知道，原来是因为这灵蝶种子，不然就是拼死一战，也要去接你，救你！”

洛离笑道：“我现在拥有的一切，来自灵蝶宗，如果没有你们，我现在还在银州大陆，混沌一生，那里知道修仙的精彩，因果循环，一切皆是命运！”

方若雷长叹一声说道：“灵蝶宗负你啊，负你啊！”

然后他回头对着虚空喊道：“翰海，你自领惩罚吧，去苦蝶窑闭关百年！”

远处翰海真人的声音说道：“弟子错了，弟子领命，弟子真的不知道竟然是此蝶蛹，唉！”

以前希夷祖师就骂过翰海真人，二五仔，天蛛宗的卧底，看来果然这翰海真人外通天蛛宗，这次的天蛛宗情报错误，就是他暗中搞的手脚。

然后方若雷喊道：“映雪，过来！”

“什么事情？”

方映雪清脆的问道，迟疑的走了过来。

方若雷对洛离说道：“洛离，不要走了，你就留在灵蝶宗吧！你觉着我的小女方映雪如何，你要是喜欢，就嫁给你，继承我的宗主之位！”

洛离一愣，随即看向方映雪。

只见方映雪高高的个子，双峰挺起，颈白，腰细，那白皙的面容上五官如同刀刻，不由的咽下了一口口水！

此话一说，洛离、盛威真人和方映雪都傻了，想不到方若雷如此之说。

洛离急忙说道：“宗主，宗主大人，我还想到处走走，去楚南地域看看……”

盛威真人也急忙抢着说道：“是啊，是啊，一看洛离就知道此子本非池中物，出去走走也好！

现在说这个还有点早，等到洛离回来再说，我们回宗门吧，赶紧施法找到这个灵蝶的产地，这个才是正路！”

方若雷说道："对，对，先办正事，回宗门！"

说完，他一挥手，洛离就感到自己飞了起来，腾云驾雾，不到百息，眼前一亮，自己又回到了灵蝶山紫阳峰上！

回到紫阳山上，方若雷开始聚集灵蝶宗所有金丹真人，准备施法，每个人都很兴奋，因为灵蝶宗有了无尽的光明未来。

所有人看着洛离，目光中都带着感激，然后众人开始施法，首先在大地之上布置一个足足百丈大小的法阵。

这法阵布置成功之后，在其中心升起无尽云雾，化作一个地图，看着有种十分熟悉的感觉，赫然就是天蛛五岛的地图，然后众人将这些蝶蛹放在了地图中心，足足四个金丹真人，围住法阵，开始施法。

其他金丹真人默默等待，这种法术搞不好要进行数天数月，随着法术的运转，那法阵中心的地图，将会不住的变化，顺着蝶蛹的来源，一点点向着其他大陆变化，最后找到这些灵蝶蛹的产地。

洛离看了一会，看来这个真的不是短时间可以结束的，他转身离开，直奔紫阳崖而去。

距离若彤仙子占据紫阳崖，已经一年多了，现在那里完全就是一块禁地，洛离来到紫阳崖前，就看到无尽的云雾，将那里覆盖，若彤仙子进入晋升金丹的关键时刻，已经不再放人进入她所构建的小千世界之中。

洛离站在那云雾之外，大声的喊道："若彤，若彤师姐，我给你带了灵蝶种子了，我完成了你的嘱托！"

说完，他拿出时纹裂剑蝶、三界琉璃蝶、空蝉圣魂蝶，用力的丢了过去，丢入这云雾之中！

那灵蝶蛹进入云雾之中，云雾好像开始沸腾，发出呼呼呼的声音，就好像烧开水所冒的热气，整个紫阳崖处于一种巨颤之中。

突然一声轰响，这里的所有云雾，全部消散，在洛离面前，赫然是十八棵奇异的树木，长在那里！

这树木很是奇怪，看过去枝叶茂盛，可是那枝叶，那树枝，那树干，好像都不是树，好像都是人的奇怪感觉！

只见这树林中，有三只彩蝶在翩翩起舞，正是时纹裂剑蝶、三界琉璃蝶、空蝉圣魂蝶，它们竟然化作了成蝶，在此飞舞。

随着它们的飞舞，这树林中开始剧烈变化，隐约洛离感觉到它们在变大，再变得具有方向感，在变得沧桑，好像时间在不住的流过！

猛然间一声轰鸣，天地一震，无尽的元气向着这里汇集，然后在此爆发无尽的光芒，洛离忍不住回退，不住的后退……然后在那紫阳崖中，一个声音响起："三界琉璃生远近，时纹裂剑化古今。

八卦气中潜至宝，五行光里隐元神。

黑虎行时倾雨露，赤龙耕处产琼瑰。

苦修百年今悟道，金丹一粒定长生。"

一声轰鸣，在看过去，那里什么都没有，只有一个翩翩女子，正是若彤仙子，不，现在是若彤真人，在她手中拿着一幅画，微笑的看着！

第九十八章 众生林里玄妙处！

那幅画大约有三尺长，一尺宽，画轴为金，画质为银，不知道其中到底有什么。

若彤仙子看了半天，点点头，那画瞬间粉碎，消失！然后她就是一闪，到了洛离身边，说道："谢谢了，洛离师弟，你为我带来时纹裂剑蝶、三界琉璃蝶、空蝉圣魂蝶，使我少了十年之功！"

说完，她深深一躬，洛离急忙还礼，说道： "其实，其实……"

突然在天空中飞过来数十道流光，那些流光注入到她的身上，若彤仙子一笑，说道："不用说了！虽然我在修炼，但是我的分身还在，整个天蛛五岛都有我的耳报神，所有的一切我都知道！

恭喜你洛离，炼成蝶龙变，掌握瞬移神通！"

洛离回答道："谢谢，师姐夸奖，瞬移，我还没有彻底精通，还不能说掌握！"

若彤仙子继续说道："你帮了我大忙，必须回报，我想想，回报你什么为好呢？"

她在想回报洛离的报酬，洛离虽然面色不变，心中却说道："灵石，灵石，给我一万两万灵石就行了！"

但是若彤仙子没有一点拿出灵石的模样，她开口说道："好像你被天蛛宗追杀，他们竟敢……"

突然远方一声巨响，轰！

若彤仙子的话语被打断，她迟疑的看着远方，说道："找到了，这么快？"

然后她一伸手，一个水镜在身前出现，水镜中正是诸多施法的灵蝶宗真人，他们激动不已，喊道："找到了，找到了，找打了灵蝶产地！"

然后只见那地图中，出现那三种灵蝶的产地，所有人全部一愣！

那产地赫然是灵蝶宗紫阳山彩蝶谷，那里为灵蝶宗的福地，花海一片，那里养着灵蝶宗掌控的千种蝴蝶，都是灵兽，七大灵蝶，都是那里出产。

所有人傻了，找来找去，原来在自己家里！

他们你看我，我看你，不知道说什么好！

方若雷吼道："这是怎么回事，到底是怎么回事？法术绝对不会出问题！

给我查，严查，挖地三尺，也给我查出来！"

立刻有修士冲了过去，不到片刻，有一具尸体被人抬了上来，这人洛离以前曾经见过。

修士回报道：

"报告宗主，一切都是驭兽斋三执事所为，他利用职权，偷偷的贩卖彩蝶谷中的灵蝶，在年初的时候，他发现了几种以前没有见过的灵蝶种子，看出价值不菲，将其隐藏，然后偷偷卖到了天蛛宗。

事情败露，他自杀身亡，我们使用搜魂之术，其魂魄中的记忆，正是如此！"

时纹裂剑蝶、空蝉圣魂蝶，都绝种了三千年，普通的修士，没有人知道它们的模样，当彩蝶谷重新诞生这些灵蝶种子，此人竟然不识，但是感觉出这是好东西，所以将其隐藏，偷偷贩卖。

但是洛离总觉着这个借口，有点说不过去，总好像有些什么问题！时纹裂剑蝶、空蝉圣魂蝶不认识可以说过去，但是那三界琉璃蝶不认识，身为一个管事，实在说不过去！

不过人已经死了，魂已经搜了，线索至此中断，方若雷一伸手，那此人魂魄顿时灰飞烟灭，他焦急的问道："那些灵蝶种子，可否成为灵蝶源？"

弟子回答道："报告宗主，没有问题，从此我宗又恢复七大灵蝶！"

这话一说，顿时间山上山下一起传来欢呼声，至此灵蝶宗大兴！

那些真人高兴不已，但是也有人迟疑，盛威真人说道："这是怎么回事，都灭绝了，怎么会突然恢复呢？"

方若雷也不知道也是好奇，突然虚空中传来一个声音，说道："古老相传，破而后立，看来空远峰四大灵脉消失，破坏了我灵蝶宗的风水地火和大地地气，使我灵蝶宗重创，但是一弊必有一利！

在风水破坏之后，我灵蝶宗重建风水地火之后，属于破而后立，一切重来，所以七大灵蝶全部恢复！

看来，这是天意了，天意，祖师爷金蝶仙子在仙界庇护我们，老天爷保佑啊！"

这声音正是灵蝶宗真君魏黎祖师的声音。但是洛离有种感觉，他有一句话没有说，那就是谢谢刘凡。

隐约中，洛离有了一个感觉，这事是刘凡做的！无论是希夷老祖，还是自己的买卖，刘凡的真正目的就是为了这四个中型灵脉，他抽走之后，改变灵蝶宗三万年不变格局，破而后立，重新恢复灵蝶宗无上实力！

看到这一幕，若彤仙子皱眉，细细思量，然后说道："看来应该是这些蝶种根本没有断绝，只是彩蝶谷日益老化，灵气不足，无法孵化灵蛹。

经过这次变动，破而后立，彩蝶谷如同重生，灵气也随着变异，或许灵气强度减弱，但是灵气性质恢复当年状态，所以这蝶种可以恢复。

破而后立？破而后立！破而后立！！！……"

若彤仙子陷入一种自言自语的状态中，若有所悟，好像在思考什么。

那边水镜中灵蝶宗众人，还是在欢庆，至此七大灵蝶全部回归，又得到黑龙身修炼之法，灵蝶宗真的要大兴了。

若彤仙子突然回过神来，微笑的看着洛离，说道："对了，听说你被天蛛宗追杀了？"

洛离说道："是的，好不容易我才逃出来，我的灵宠飞马蛛都死了！"

若彤仙子继续问道：“天蛛宗以大欺小，你服吗？”

洛离长出一口气，说道：“不服！”

但是苦笑一下，说道：“不服又能怎么地？”

灵蝶宗虽然气势如虹，但是明知道天蛛宗袭击自己，是为了灭绝灵蝶传承，也只能默默不语，装作没有发生过，不服也得挺着。

若彤仙子问道：这口气，你想出吗？”

洛离毫不犹豫的说道：“想！”

“那就跟我来吧，我们杀过去！”

洛离一愣，说道：“什么，师姐你说什么？”

若彤仙子说道：“既然他们追杀你，那我们就追杀他们！

既然他们以大欺小欺负你，那我们就过去，以小欺大，欺负欺负他们。”

这话一说，洛离傻了，若彤仙子不过刚刚进入金丹境界，就要为自己出去，杀过去，大战天蛛宗，一种血液沸腾的感觉，在心中升起！

但是他还是迟疑的说道：“天蛛宗，虽然化神真尊不在，但是有毒螯真君坐镇，他可是元婴真君啊，师姐，你才进入金丹境界，境界不稳……”

若彤仙子一笑，说道：“化神不在？这不更好！

灵蝶宗，欠你的，他们自然报答奖励，奖励来，奖励去，你们的牵涉将会越来越深！

所以这奖励，还是我来吧，在此紫阳崖上，我因此悟道，这算是我对他们的回报！”

在我混元宗之前，什么元婴真君算什么，不足畏惧，就是因为境界不稳，所以才要去那天蛛宗，杀过去，讨回公道！”

说完，她一伸手，洛离瞬间腾云而起，她带着洛离向着天蛛宗飞去。

在她飞起的同时，在她身边那仪仗队伍，又一次的出现，护卫，侍女，鼓手，这一次足足出现千人，队伍是以前的三四倍，气势威压，最前边足足一百零八持幡者开路。

然后一百零八敲动锣鼓，一百零八人的舞者，边舞边走，声音震天，在他们身后，足足百人列阵仪仗，分别持七色青冥盖、四海云晃旗、天目万圣旌、仄影幢、青月钺、破天斧、水月鉴等法器位列其后……洛离根本没有看清楚这些人是怎么出现的，凭空而出，转眼之间，他就坐在一个无盖长轿上，被人抬着，向着天蛛宗飞去。

那抬轿的足足八人，前四后四，其中一人回头向着洛离一眨眼，洛离一愣，这人正是当初若彤仙子试炼之间，和自己战斗的那个东辰宗弟子。

在此队伍中，看着周围这些人，让洛离有种很奇怪的感觉，你看着他们凭空出现，自动分裂，你就知道他们都是分身幻影，都是假的。

可是你仔细观看他们，他们又都象是真的，有血有肉，有灵有气，和真的活人一样！

洛离迟疑的看着他们，不知道说什么好，若彤仙子一笑，说道："很好奇吗？这就是我混元宗的众生林的玄妙之处！

自家未达莫来看，修取菩提心不乱。大觉因明凡圣同，苦空圆满光不散。含识缘中晓了难，爱河须渡达彼岸。我见人见众生见，菩萨行持终不惮。郁郁黄花生翠竹，天高地广周游遍。十方妙色能照烛，离他一念是因缘。"

随着若彤的话语，那周围千人一起念起这段诗词，千人一口，豁然洛离有了一个奇怪的矛盾感觉，这些人其实都是活人，都有自己的生命，但是他们却又都是若彤一人而已！

若彤仙子念完之后，缓缓说道："以念为源，空度真灵，一念一灵，聚灵为众！以气为身，半虚半真，养灵入体，以求长生！以神为控，本我真我，诸众一心，亿万成林！

这就是众生林，我混元宗七**门之一！得此道，可以化生亿万分身，筑基灭金丹，金丹战元婴，毫无问题！"

洛离听着若彤的诉说，不禁对此法无限羡慕。

若彤仙子又说道：“这些分身法灵，其实都是我的一个念头所化，但是他们吸收灵气，炼气化身，已经渐渐的开始形成属于自己的意识生命。”

洛离听到这里一愣，说道：“他们自己的生命？我看过有些典籍，说召唤真灵有了自己的生命，会发生叛乱的？”

若彤仙子说道：“那是其他门派的普通法术，我混元宗众生林，绝无这个问题！

因为他们虽然是生命，但是说到底还是我的一部分，可以说他们就是我！

有他们相助，我的修炼，就不是我一个人再修炼，而是大家一起修炼，相当于我一个人修炼的多少倍！

所以长生林在混元七法中，是最难修炼的，但是修炼大成，却是最有益处的，他化自在分身越多，修炼的速度越快，因为我不是一个人，而是一群人！”

洛离忍不住问道：“那，那是多少人啊？”

若彤仙子说道：“其实你看到了，我的众生林一共有十八颗树，我拥有十八个他化自在分身！

洛离，切记，以后在其他的混元宗弟子面前，不可以询问此事，此乃混元宗弟子的隐秘，如果关系不是特别熟悉，绝对不要询问！”

洛离点头，说道：“洛离错了，洛离明白！”

不过洛离暗想：“在其他的混元宗弟子面前？除了你，我还能看到什么其他的混元宗弟子？

难道，难道说，她要收我为徒，引我入混元？”

第九十九章 讨回公道斗天蛛！

若彤仙子说道：

“洛离我之所以告诉你，是有一件事想要求你！”

洛离说道：“什么事，师姐尽管吩咐！”

若彤仙子说道：

“你以前试炼时战斗过的北辰天鸣子，天一龙杀，他们都是我的他化自在分身。

其实他们也都是现实中存在的修士，有的是我的朋友，我的长生林，每诞生一个他化自在分身，就需要一个身体模板。

我找他们帮忙，就以他们的身体，为模板这才构建出十八颗长生树！

现在我进入了金丹境界，自动化生十八他化自在分身，但是我现在没有那么多的身体模板，所以我想请你帮我炼制一个身体模板！”

洛离听到这话，顿时心中一冷，不会和希夷祖师那样，想要夺舍吗？

但是他嘴里说道：“没问题，小意思！”

现在人在对方轿中，人为鱼肉，还是敞亮一点为好！

若彤仙子一笑，百媚千娇，说道：“你放心吧，不会伤到你的！

只是需要你的一点鲜血，其他的毫发无伤，只要你不抵抗就行了！”

洛离说道：“来吧，小意思了！”

若彤仙子点点头，瞬间一道光注入到洛离身上，洛离立刻感觉到自己的身体软绵绵，好像处于母体羊水之中，无比的舒服。

在此感觉之下，洛离有一种想要睡觉的念头，但是他控制着自己，千万不要睡过去！

也不知道过了多久，一声清响，洛离瞬间回归现实，发现那所有分身全部不见，只有自己和若彤仙子，在天空飞行。

那副画再一次的出现在若彤仙子手中，她微笑的看着，然后让洛离看看，洛离一眼看去，只见那画中乃是一片树林，和紫阳崖上完全一样，只是多了一颗树！

若彤仙子说道："好，有你身体做模板，我又多了一颗长生树，蝶龙变之体，在万兽化神宗，那也是七大龙变之一，有资格做我的众生林中一树！"

然后她一挥手，瞬间那画卷消散，诸多分身再一次的出现，但是洛离这一次赫然发现，其中有人和自己很像！

这种像不是容貌，不是体型，也不是精神，看着就是不同的两个人，但是就是感觉很像。

若彤仙子说道："很像吧，我的众生林是混元宗众生一百零三道中的天宫道！

那怕最后化生亿万，其实都是我的十九个他化自在分身的影子，在此千人中，其中就有五十人，以你身体为模板，化生出来的，所以你感觉熟悉，在本质上说，和你一模一样！

你的身体至此就是我的众生林中的一棵树，无数分身的骨干，然后这些分身加载天宫道中的七十二神将、二十八星宿、十二星君战斗体系，去糟粕剩精华，逐渐的培养各种天宫战士……"

说到这里，若彤仙子看到了洛离一脸不懂的模样，说道："说了你也不懂，来，进来看看，就知道了！"

瞬间那幅画又一次的出现，然后发出一道光芒，将洛离吸入画中，洛离直奔一颗大树飞去，那大树和自己有一种心血相连的感觉。

在那树下，站着足足数十人，他们有的呆滞无比，有的露出苦愁表情，有的嚎啕大哭。

洛离迟疑的问道："他们这是怎么了？"

若彤仙子说道："他们原来都是其他的他化分身，衍生的分身，但是他们或者愚笨无比，或者冥顽不灵，或者不尊号令，都属于废物。

我可以构建的分身只能一千零一，他们占了地方，所以都要回炉消散，然后腾出地方，制造以你为模板的他化分身影子！"

在她说话的过程中，这些人一个个的开始溶解，化作一团团的如同泥土一样的物质，注入和洛离心血相连的大树之下。

然后那大树的树干开始开支发芽，开花结果，诞生一个个的果实，那果实落下，变成一个个光着屁股的男人！

这些人样貌不同，身高不同，胖瘦不同，但是洛离看到他们，就有一种熟悉的感觉，他们就是自己！

这些人诞生之后，立刻有人爬起开始站排，然后围着这大树转圈跑，在奔跑的时候，他们身上自动出现衣服，有的人变年轻，有的人变老。

但是也有人，傻呵呵的就在树下趴着，不知道排队奔跑，变化身形，结果他们身体立刻开始消融，化作泥土，回归大树！

这都是不合格的产品，然后大树再一次的化生种子，诞生一个个的新人，直到这些新人完成考验，确定他们的智商情商达标，他们才算正式的诞生！

然后虚空中，出现无数人影，洛离看过去，只见这些人影，一个个法冠霞袍，威武无比，赫然是民间传说中的一些人物形象，那正中的应该是三清四帝，外围的是十大天师，在外围是十二星君，然后是二十八星宿，最后是七十二神将！

不过这些形象中只有七十二神将和二十八星宿是亮的，其他三清四帝都是暗灭的，没有一点光芒。

那些诞生的新人看着这些神将星宿，在他们身上发出光芒，和天空的影像结合，然后这些新人开始变化，他们竟然渐渐的变成那些神将星宿的模样！

他们的实力，开始狂飙，从普通的凡人，开始进入炼气期，然后一层层的晋升！

但是在这晋升中，有人爆体而亡，再一次化作春泥，诞生新人，也有人疯狂晋升，突破筑基期，然后继续突破！

洛离看的傻傻的，他的傻是装的，他心中暗想：“这可真是无上秘法啊！太厉害了！”

“可是这种秘法，通常都会避而不宣，为什么若彤师姐一次次的和我解释，介绍给我，怎么有种感觉好像市场卖货，再推销自己的商品一样，难道说，难道说，她要收我为徒？”“不会吧，不会吧，如果能修的如此秘法，什么都值得了！”

这时那些人中，赫然有人突破了筑基期，马上就要进入金丹期，洛离完全傻了，这次是真傻，他说道：“这，这可能吗？金丹境界，一堆的金丹境界分身？”

若彤笑道：“很正常，不然我混元众生林如何是天下六灵法之一！

只要我境界达到什么程度，我的一千零一分身就都达到什么程度！只不过只有他化自在分身，才是真正的金丹境界，其他这些普通分身，只有金丹境界的十分之一威力！”

洛离又一次惊呆：

“十分之一威力，这可是足足一千个分身啊，强，太强了，难怪若彤有着挑战元婴真君的自信！”

就在这时，突然整个空间一声轰鸣，天地一颤，那十九颗大树突然一动不动，所有的分身小人全部僵直。

若彤一愣，说道：“不好！我刚刚进入金丹境界，分身晋升元气不足啊！洛离，你还有灵石吗？都给我！”

听到这个，洛离立刻把自己剩下的四千灵石全部拿出来，递给了若彤仙子，若彤仙子一指，那些灵石全部飞出去，落到大地之上！

轰，空间一震，一切恢复正常！

若彤仙子长叹一声，说道：“唉，我混元宗最讨厌的事情，就是这个，灵石永远不够！”

洛离点点头，说道：“以气为身，养灵化体！这气就是灵气吧，虽然师姐你的法术强大无比，但是它的消耗也是极其巨大，需要无数的灵石化生灵气支持！

对不对，师姐？”

若彤仙子点点头，说道：“天下事有一利必有一弊，还想法力强悍，还想不消耗灵气，可能吗？天下好事都是你家的？”

瞬间，洛离有所醒悟，为什么若彤仙子没有一点奖赏自己灵石的意思，为什么自己第一次看到她，她是乘坐飞舟的经济舱到此，因为她穷，没有灵石做起头等舱！

她的众生林需要无数的灵石，那怕赚的再多，也不够花，所以她是一个穷人，和希夷祖师苏采真一样，根本没有多少灵石！穷鬼！

只不过希夷祖师和苏采真是为了还债，她是为了修炼！

他指着若彤仙子说道：

“啊，若彤师姐，你之所以到灵蝶宗紫阳崖结丹，其实其他的都是假的，你的目的是为了紫阳崖每天诞生的灵气，那可是相当于一个上品灵石啊！因为你已经没有一颗灵石了！”

若彤仙子被洛离说中实情，她脸色隐约一红，然后傲娇的说道：“我辈修仙，在于逍遥，在于自在，小小的灵石，这些阿堵物，何必在意，千金散去还复来！

好了，别说那么多了，前边到了天蛛宗，先讨回公道再说！”

瞬间洛离被放出画卷，回归天空，这时那队伍又出现，不过这一次和以前不同，赫然足足三百六十五个天宫神将战士，组成战阵，向着远方的天蛛宗杀去！

这战阵杀气腾腾，洛离突然有了一种奇怪的感觉，好像若彤仙子被自己说中了短处，恼羞成怒，要拿天蛛宗撒气！

第一百章 有请白虎昴日鸡！

前方就是天蛛岛，若彤仙子眼睛一立，喝道：“变阵！”

这天空中队伍就是一变，原来的诸多众人，开始一个个的消失，不再是以前那人多势众，只剩下一百零八人，组成一个奇异战阵，向着天蛛岛杀去！

看来虽然分身千人，但是真正能够上阵战斗的并没有那么多！

一百零八修士组成一阵，随着大阵的完成，无尽的元气被他们吸收，法阵自成，天道自然。

在众人身外，开始出现一阵阵的雷光，然后还有各种奇异的火焰，雷火交迸，不时散发各色光芒，赤橙黄绿青蓝紫，看似几分虚无，又见绚烂，然而虹光吞吐间，虚空波纹层生，云气流散，扭曲光影，更显堂皇威凛之势。

天蛛宗早就有人发现这个，有巡山修士出现，虽然只有五人，还都是外门弟子，不到筑基境界，但是他们还是现身，挡在了大阵之外！

其中带队弟子，喝道：“心似蛛丝游碧落，身如蜩甲化枯枝！

前方修士，请止步，此乃左道天蛛宗地域，请说明来意，不然再向前一步，视尔等为入侵之敌！”

若彤一笑，回答道：“一气生万法，混元破乾坤！

我乃混元宗弟子若彤，年前得天蛛宗智蛛真人大恩，夺我至宝，今天前来拜会感谢！”

在她的说话过程中，那五个天蛛宗外门弟子身体一软，全部倒下，无法站起，若彤的回答，是对整个天蛛宗的回答，这种小角色，她还不至于看上一眼。

队伍丝毫没有停顿，继续向前，远处天蛛宗，一声声的钟声响起，强敌入侵，发出警报！

瞬间，整个岛屿之上，轰轰轰，虚空之中，一道道奇异的蛛丝出现，整个天地，整个天蛛岛，方圆三千里，完全笼罩在一个巨大的蛛网中，蛛网繁多，几乎每隔三五尺的空间，就有一道蛛丝，从大地升起，横斜在天地间！无数的丝线诞生，天蛛宗的灵蛛封天阵启动。

洛离上一次的法阵启动，和此一比就是小巫见大巫，这次无论是在蛛网的稠密程度，蛛丝的粗细程度，都是洛离上一次的数十倍！

那构建坊市的巨大蜘蛛一动，瞬间消失，回归宗门，避免在战斗中，坊市因此被毁！

随着这法阵启动，周围天地中，传来无尽的沙沙沙的声音，就好像无数蜘蛛爬过大地，不知道在此天蛛岛上，多少天蛛宗的修士，隐遁出现，围住整个战阵队伍。

若彤仙子一笑，说道：“披甲！”

随着她的这行号令，瞬间这一百零八个分身，身上开始出现甲胄！

看着他们，洛离一愣，他们赫然和自己才见过的七十二神将一模一样！

有的身披银白色全身甲，时身后的大红披风飘飞，威仪赫赫宛若战神。有的一身软甲，身体轻巧，外披宽袍，腰系玉带，悬剑带冠，甚是英武。

有的一身重甲，通体呈天青色，兜鍪、披膊、甲裙、重靴等各部件虽是各自**，但上面密密麻麻镌刻着复杂的纹路，却给人强烈的整体统一之感，一体而下，应该是某种特殊的符纹。

有的甲胄狰狞，头戴铁面具，上面雕刻出狰狞的五官轮廓，外围有五道如鱼鳍般的尖锐锋刃均匀地分张五方，罩在头上，乍看去倒象是某种异兽的头颅，令人望之生寒。

有的后背交叉摆置着两杆似旗又似幡的东西，长有五尺，旗面也是金属的，上面的符画花纹精致华美，又流动着浓烈的灵光，一看便知不凡。

有的身披巨型黑甲，仿佛是由巨型的肌肉撑开似的，上面金纹闪烁，极其醒目，兜鍪上也带面甲，却是深绿颜色，上有层层黑纹。

有的脸上覆了一个丑陋的雷公嘴面具，铁青的底色，古铜的尖喙。有的带着天魁狼面具，凶猛无比，夺人心魄！

瞬间，众人披甲，整个战阵又是一变，他们现在就是一个钢铁洪流，一个可怕军队，所到之处，在他们散发的灵气雷光之下，那些上门蛛丝，都不必清理，自动消融，灵蛛封天阵不攻自破。

远处有一个声音响起："若彤仙子，大驾到此，欢迎，欢迎！我已经等你足足一年多了！"

若彤仙子一笑，说道："智蛛吗？上次静鱼宫外海仙府，你夺我碧霞彩凤珠，今天我来找你了！"

原来什么替洛离报仇，只是顺便而已，若彤仙子真正的目的是找智蛛报仇，上次在静鱼宫外海仙府所发掘的法宝碧霞彩凤珠被智蛛所夺。

那智蛛真人冷笑一声，说道："那是海外洞府遗留的法宝，怎么是你的了？天地至宝，有德者居住，你得不到，就不要怨恨别人！"

若彤仙子说道："说的好听，要不是火鸦真人和惜花公子，被你忽悠的过来送死，那碧霞彩凤珠岂能被你夺走？"

智蛛真人说道："在下道号智蛛，谁让他们愚笨，其实我老早就算计到，你会到此，所以为你准备了一番大礼，启动，毒海滔天！"

随着他的一声令下，只见天地之中，出现足足三千名修士，这些修士借助这遍布天地间的封天阵，一个个悬挂在蛛丝之上，组成奇异战阵，三五一群，七八一伙，在近百的筑基真修的率领下，将若彤等人牢牢困住！

命令下达，这些修士，一起吐毒，炼气期弟子发射数十毒液，筑基期弟子发射数百巨大毒团，顿时间无数的毒弹，从着四面八方，向着洛离所在的队伍发射而来。

满天都是，足足数十万的毒液团，疯狂袭击而来！

若彤仙子冷笑一声，喝道："接战！"

瞬间，若彤仙子消失，融入到诸多分身中，再也没有人可以找到她的影子，于此同时洛离耳边听到若彤仙子的话语："来吧，你也过来接战，试一试我这众生林的威力！"

洛离身体一闪，消失无影，然后他发现自己变成了队伍中的一员，身穿金光铠甲，全身覆盖龙鳞，在双肩上有冲天翅一般护肩，胸口虚悬了一面护心镜，背后有一面盾牌般的护甲，头盔宛如龙首，头上有两支尺余长，犹如利剑般，尖锐无匹的锐角。腰间是四片金色战裙，一直垂到了膝盖。再往下便是一双龙形战靴，鞋底周围，各有八个金色钢钩，不拘是抓地，还是用来蹴敌，都是极有力量。

还没有等洛离看清楚自己的身体，这一百零八战士中，有三十六人向外走出，其中就有洛离一个，洛离的身体不受自己控制的，大步走到队伍之外。

后背金盾升起，瞬间在天空中组成三十六面法盾，这些法盾交替循环，组成一个将不可摧的防御，抵御对方毒液的攻击！

三十六人各自施展法术，或者如同洛离这样的祭出金盾，或者立起光罩，或者激发护甲，形成道道防御，那满天的毒液，遇到这些防御，立刻被挡住，毫无用处！

智蛛真人的声音出现，冷冷说道：“祭灵，化形！”

那些发射毒液的天蛛宗修士，立刻纷纷拿出灵宠，都是各种蜘蛛，然后他们开始用秘法击杀这些蜘蛛。

那些蜘蛛发出惨叫，一只只被杀掉！

与此同时，他们发射的毒弹，在空中随着蜘蛛的祭杀，开始融合，变异，分解，一边飞行，一边变形，化作一只只被杀的毒液蜘蛛，如同活的一样，向着洛离等人扑来！

这些毒液蜘蛛撞到洛离等人的防御之上，那巨大的毒液蜘蛛躯体，立刻粉碎，但是那些毒液碎片，马上化作各种小型蜘蛛，一生十，十生百，这些小蜘蛛顺着防御的破绽，开始向里面爬行渗透。

它们一边前进，一边被防御击碎，一边分解变成更小的毒液蜘蛛，继续渗透，真是遇缝就入，那怕是光幕一片，毫无缝隙，它们开始腐蚀光幕，自己制造缝隙，继续潜入！

立刻洛离等三十六人构建的防御体系，出现漏洞，就在这时，里面七十二分身中，若彤仙子的声音响起："昴日三分今恰一，树莺飞簧巧调律。瑞气珑葱满竹室。长庚叶梦，太白生今夕。昴宿储精岳降神，天教抱送玉麒麟。

有请二十八星宿白虎昴日鸡！"

随着她的一声令下，其中又站出三十六神将，洛离瞬间一闪，他从那个防御神将的身体中，回到这三十六神将之一的身体中！

这个分身，面目清秀，戴一顶烂银盔，光欺白雪；贯一副兜鍪甲，亮敌秋霜。上罩着锦征袍，真个是彩云笼玉；腰束着犀纹带，果然象花蟒缠金。手执着紫金枪，霞飞电掣；脚穿着猪皮靴。

这个和上一个完全不同，上一个是魁梧大汉，战斗套路是防守反击，稳扎稳打，而这个战斗套路的疯狂进攻，以快取胜！

这三十六神将一出，他们与此同时，全部施展一个法术，一起嘴里念叨："岧岧天宝台，光明烂流日。炜烨玉华林，蒨璨耀朱实。常念餐元精，錬液固形质。金光散紫微，窈窕大乘逸。

有请二十八星宿白虎昴日鸡，降临！"

然后他们一起高喊："咕咕咕！"

如同公鸡一样，随着他们的高喊，在他们头顶之上，出现一只巨大的公鸡，那公鸡足足有百丈之大，雄伟异常，如同巨神，傲立天空！

其中虚空之上，西方一个星宿，白日星现，无尽的光芒注入这公鸡幻象之中，它向天打鸣，咕咕咕！这声音，如同一道波浪，向外散去。

所到之处，随着这一声鸣响，所有的毒液蜘蛛，在此打鸣声中，开始颤抖，有的掉头就要跑，然后一个个的粉碎！

然后这声波继续扩散，方圆十里皆在这范围之内，那些所有的天蛛宗修士，听到这一声鸡鸣，他们就感觉全身气血沸腾，一种无比的恐惧，在他们身上升起，然后全身真气消散，身体无力，他们身体一歪，全部倒下！

自古以来，公鸡就是各种毒物的克星，这二十八星宿的昴日鸡，更是如此，专破一切邪魔外道毒虫蜘蛛！

Milton Keynes UK
Ingram Content Group UK Ltd.
UKHW010622181124
2908UKWH00049B/432